«PANDORA»

PALOMA SÁNCHEZ-GARNICA

IL CONFINE SEGRETO DEI RICORDI

Traduzione di Federica Niola

Sperling & Kupfer

La citazione da Goethe è tratta dal *Faust*, traduzione e note di Guido Manacorda, Rizzoli, Milano 2005.

Pubblicato per

Sperling & Kupfer

da Mondadori Libri S.p.A.

ISBN 978-88-200-6917-9

I Edizione giugno 2021

Anno 2021-2022-2023 - Edizione 1 2 3 4 5 6 7 8 9 10

A Manolo, l'uomo che ogni giorno trasforma la mia vita
in un'avventura straordinaria.

Sono venuto ma non sono tornato.
Max Aub

Tutte le false pretese cadono come fiori:
una finzione non può durare.
Cicerone

Sappi che c'è un occhio che vede tutto,
un orecchio che sente tutto e una mano
che prende nota.
Frase di origine ebraica

Non esiste al mondo il silenzio di cui ho bisogno.
Franz Kafka

Non si può trovare pace sottraendosi alla vita.
Virginia Woolf

Ha quasi vent'anni ed è già stanco di sognare,
ma oltre il confine ci sono la sua casa, il suo mondo, la sua città.
Pensa che il filo spinato è solo un pezzo di metallo,
che non può fermare la sua sete di volare.

LIBRE è una canzone composta da José Luis Armenteros e da Pablo Herrero Bravo, in omaggio alla prima vittima del muro di Berlino, innalzato a partire dal 13 agosto 1961. Appena un anno dopo, il 17 agosto 1962, Peter Fechter, un operaio diciottenne impiegato nella costruzione che abitava a Berlino Est, decise di provare a superare il muro con un amico, per fare visita alla sorella nella parte occidentale. I due giovani aspettarono il momento adatto, saltarono la prima recinzione metallica e corsero nella striscia di terreno di circa cinquanta metri fino a raggiungere il muro fatto di cemento che li separava dall'Ovest. Quando stavano per riuscirci, un soldato della DDR sparò, colpendo al bacino Peter, che cadde accanto al muro nella cosiddetta «striscia della morte». Il suo compagno di fuga non poté fare niente per soccorrerlo e fu costretto a saltare dall'altra parte per non essere raggiunto dagli spari. Peter Fecher giacque disteso per quasi un'ora senza ricevere assistenza, invocando aiuto, dissanguandosi sotto gli occhi di tutti, come crudele monito impartito dai militari della DDR, che fino a cinquantacinque minuti dopo non consentirono alle guardie di andare a prenderlo, e di fronte all'impotenza degli occidentali, che avevano il divieto assoluto di entrare in quella zona e temevano gli spari della polizia.

La canzone divenne un canto universale alla libertà. Il cantante Nino Bravo la rese popolare con la sua interpretazione straordinaria pochi mesi prima che un incidente d'auto ponesse fine alla sua vita.

PARTE PRIMA

PARTE PRIMA

1

Da mesi spiava ogni movimento, ogni parola e ogni silenzio della coppia di fronte, che in quel momento, ignara, si stava abbandonando all'intimità. A pochi metri, dall'altra parte della via, appuntava con metodo ogni particolare, anche apparentemente insignificante, per conoscere la quotidianità, le abitudini, il modo di camminare e di vestirsi dell'uomo, il suo modo di abbracciare la donna, di baciarla, di rivolgersi a lei; come entrava in casa e che cosa faceva o diceva quando ne usciva, gli orari e la routine del risveglio e del sonno, le azioni abituali di ogni giorno e gli eventi straordinari, o non così tanto, dei fine settimana e delle vacanze. Ascoltava le conversazioni per studiare il loro modo di essere. Mentre dormivano, valutava e memorizzava tutte le novità della giornata, riproduceva le espressioni e gli atteggiamenti davanti allo specchio, modulava l'intonazione della voce, imitava la loro cadenza e ripeteva le parole che usavano abitualmente. In più, analizzava fotografie e informazioni personali di tutti coloro che circondavano lui e lei, la domestica, i genitori, gli amici, i colleghi, memorizzava volti e nomi, date ed eventi determinanti delle loro vite, che doveva immagazzinare nella memoria per la propria sicurezza. Il compito si era rivelato semplice. Era abituato a quel genere di appostamento per raccogliere informazioni utili, ma in genere le persone che spiava erano molto più sfuggenti, più criptiche, più inaccessibili, e complicavano il suo lavoro, con risultati che in alcuni casi si rivelavano privi dell'efficacia e dell'affidabilità necessarie, entrambe imprescindibili (informazione efficace e affidabile) in determinate questioni. Li aveva seguiti per settimane;

prima lui: lo studio, i rapporti con il padre e gli altri avvocati, quelli con i quali andava d'accordo e quelli con i quali si confrontava a malapena e in seguito anche lei, con meno cautele, per conoscerla il meglio possibile. Il pedinamento era stato facile, perché la sua vita si era rivelata molto semplice, circoscritta all'ambito domestico, la casa, le bambine, i genitori, i suoceri e l'amica hostess che vedeva ogni tanto. Studiava come rideva, come parlava, il tono della sua voce, il modo di fumare e di reggere la sigaretta, mai davanti a lui, perché evidentemente non amava che lo facesse. Aveva constatato che la vita sessuale della coppia era saltuaria, troppo occasionale per un matrimonio così recente. Rapporti rapidi, goduti appena, sfoghi sporadici. Peraltro nella vita dell'uomo non aveva riscontrato altre donne: l'amava, si sforzava di compiacerla, ma le pressioni sociali, professionali e lavorative gli complicavano le cose. Lei, semplicemente, ne prendeva atto e si adeguava.

Era arrivato a Madrid qualche mese prima con una missione da compiere. L'appartamento, situato davanti al palazzo della casa che avrebbe dovuto osservare, gli era stato procurato da agenti che non aveva mai visto né conosciuto. Gli avevano lasciato la chiave e l'indirizzo nell'alloggio sicuro di Parigi. Quando era arrivato, aveva trovato una sofisticata apparecchiatura di ascolto montata per udire tutto ciò che avveniva nell'abitazione di fronte, a pochi metri; si percepiva la mano esperta del KGB. Le condizioni erano perfette. Dalla finestra poteva osservare con il binocolo i due balconi del salotto, la finestra della stanza matrimoniale e quella di una piccola sala da pranzo annessa alla cucina. Udiva tutto ciò che si faceva e si diceva dentro l'appartamento. Per sondare di persona il terreno, era entrato nella casa, aspettando che fosse vuota e scegliendo uno dei fine settimana in cui i membri della famiglia andavano fuori Madrid. Aveva avuto tutto il tempo necessario per ispezionare ogni angolo, per acquisire familiarità con i mobili e gli oggetti e per trascorrere un intero pomeriggio al suo interno, in tranquillità, adottando tutte le accortezze necessarie per non lasciare traccia del suo passaggio.

Aveva esaminato tutto, il guardaroba della stanza principale, i cassetti del comodino (aveva capito che lei occupava il lato destro del letto) e la scrivania nello studio di lui. Non era riuscito a entrare nella camera con la culla in cui dormiva la bambina più piccola: si era fermato sulla soglia, paralizzato dai suoi ricordi amari, pungenti come spine conficcate nella mente. Si era avvicinato alla domestica e alle bambine al parco e aveva avuto modo di verificare che il suo travestimento funzionava, perché era passato del tutto inosservato agli occhi della maggiore, che aveva ereditato la bellezza della madre. La piccola era uguale al padre: occhi chiarissimi, bionda e con la pelle molto chiara. Non poteva fare a meno di sentire una fitta al cuore ogni volta che la vedeva o sentiva la sua voce, il suo pianto, le sue risate. Ogni cosa lo riportava a un passato doloroso che lui si costringeva a controllare con freddezza, per non diventare vulnerabile.

Diede un'occhiata all'orologio. Accarezzò il quadrante bianco rimpiangendo le promesse di amore eterno. Dischiuse le labbra in una smorfia ironica: l'eternità era stata davvero breve, effimera, e il presunto amore infinito maledettamente fugace. Chiuse gli occhi per bloccare il ricordo, serrò la bocca, imprecò in tedesco e si lasciò sfuggire un profondo sospiro. Poi riaprì gli occhi, più tranquillo, con l'emozione sotto controllo. Stavano per svegliarsi. Si guardò allo specchio e confrontò il riflesso con la foto di Daniel Sandoval attaccata alla cornice. Sul tavolo c'erano la parrucca scura, i baffi e le basette posticce (ma non la barba, perché avrebbe attirato troppo l'attenzione in un Paese che la guardava con diffidenza), un paio di occhiali scuri, imprescindibili per nascondere gli occhi grigi, trasparenti come quelli del padre, troppo tedeschi e molto rari da quelle parti. Passare inosservato era fondamentale, e fino a quel momento ci era riuscito. Aveva esperienza, ma doveva stare all'erta. Quel giorno sarebbe stato cruciale per il piano ordito mesi prima. La sera precedente era stata depositata sulla scrivania di Daniel Sandoval, in studio, la busta che conteneva il messaggio e i biglietti ferroviari. A quel punto non restava che attendere la sua reazione.

Bevve un sorso del tè che si era preparato e rimase in attesa, aspettando che si svegliassero le persone che dormivano placidamente sull'altro lato della strada. L'altoparlante alla sua destra, che aveva taciuto per tutta la notte, sputò il ruggito della sveglia che suonava nel palazzo di fronte. Si portò meccanicamente il binocolo al volto. Cominciava lo spettacolo.

2

Il suono intermittente della sveglia si insinua nel sonno e lo spezza, lo interrompe bruscamente, provocando dapprima turbamento, poi la delusione di sapere che la placida calma notturna è terminata. Non restava che sottrarre la mano al calore delle lenzuola e premere il pulsante che avrebbe disattivato il fastidioso rumore. Indugiò per un attimo e sentì la gamba di Daniel, che le diede un paio di colpetti, sfiorandola appena.

«Spegnila...» mormorò con voce nasale, avvolto nelle coperte.

Con gli occhi chiusi, per cullarsi ancora per qualche secondo nel sonno, Sofía tirò fuori la mano e procedette a tastoni finché non trovò l'apparecchio che fendeva l'aria con il suo fracasso, lo toccò e udì nuovamente lui che la esortava con insistenza a ristabilire la quiete necessaria a uscire dal torpore e svegliarsi del tutto. Lei riuscì a spegnere la sveglia e il silenzio si impose nell'aria, regnando sovrano. Ma non era lo stesso di prima: era un silenzio fatto di rumori sottili, di sbadigli, di gemiti impastati, di sfregamento dei corpi che si muovono sotto le lenzuola per sgranchirsi. Alla fine si alzò e indossò la vestaglia che teneva accanto al letto. Lui si mosse appena, approfittando dei pochi minuti di quiete che ancora gli rimanevano.

In cucina, lei accese la radio e appoggiò la fronte al vetro della finestra. Non immaginava che un paio di occhi scrutatori la stessero osservando. La voce dell'annunciatore riferiva le ultime notizie parlando rapidamente, con una dizione perfetta, un tono piacevole. Cominciava a fare giorno. La via era ancora deserta. Alla sua sinistra si intravedeva plaza Santa Bárbara, altrettanto tranquilla. Si intuiva appena il lento risveglio della città, non c'era troppo rumore, non c'erano voci né si udivano colpi di clacson, frenate o accelerate, come se i passanti mattinieri si trascinassero addosso il sonno, prima di risvegliarsi del tutto. Mise il caffè nella caffettiera. Sfregò un cerino e accese la fiamma del fornello. Estrasse la bottiglia del latte dal frigo, ne versò il contenuto in un pentolino e lo mise su un altro fornello, accanto alla caffettiera. Prese il pane in cassetta e i biscotti, la marmellata, il burro, le tazze e le posate, i tovaglioli, e dispose tutto sul tavolo della sala da pranzo, annessa all'enorme cucina. Poi, ciabattando nel corridoio, entrò in una camera ancora buia. Cercò l'interruttore della lampada sul comodino, accese la luce e si sedette sul bordo di un lettino. Appoggiò la mano sulla trapunta rosa e palpò dolcemente il piccolo corpo coperto, ancora immobile, tra le braccia di Morfeo. Annusò l'odore infantile. Accarezzò i capelli morbidi.

«Buongiorno, principessa. È ora di alzarsi.»

Avvicinò le labbra per baciare la guancia calda e rosea, ma la piccola si sottrasse e la sua testa scura sparì dentro le coperte, cercando di sfuggire al risveglio forzato.

«Forza, Isabel, bisogna andare a scuola», disse dolcemente Sofía. Poi si alzò e spostò un po' i lembi del lenzuolo. «La maestra ti insegnerà un sacco di belle cose.»

Il piccolo corpo si appallottolò come un animaletto, protestando con deboli grugniti insonnoliti.

La porta della camera attigua era socchiusa. Quando lei la aprì, vide Vitoria, o Vito come la chiamavano tutti, che si stava vestendo. Le due donne si salutarono con la mano e un sorriso. Sofía si avvicinò alla culla di Beatriz, che dormiva ancora.

«Non ha fiatato per tutta la notte», le sussurrò Vito, quasi all'orecchio. «È un vero angelo.»

Proprio in quel momento la bambina più grande irruppe urlando nella stanza.

«Vito! Vito!»

Si buttò tra le braccia della donna, che la accolse con immenso affetto.

«Non dai il buongiorno alla mamma?» domandò Sofía, avvicinandosi a lei e toccandole il naso.

A quel punto la bambina si gettò tra le braccia della madre. La più piccola si era svegliata sentendo la voce della sorella e si muoveva nel suo lettino.

«Facciamo colazione?» domandò la madre alla maggiore, che si girò con fare capriccioso e si buttò tra le braccia di Vito.

«No, voglio stare con Vito...»

«Stia tranquilla, signora, a loro ci penso io.»

«Grazie, Vito.»

Sofía tornò in corridoio e si affacciò sulla camera matrimoniale.

«Daniel, alzati, altrimenti fai tardi.»

Poi tornò in cucina e finì di preparare la colazione. A Daniel piaceva che se ne occupasse lei; i pasti spettavano a Sofía, era una mania del marito, che lei non discuteva. Prima che arrivassero gli altri, bevve un caffè ascoltando le notizie. Poco dopo entrarono Isabel e Vito, con Beatriz in braccio. Isabel, con il pigiama rosa, ormai del tutto sveglia, parlava senza sosta. Beatriz, ancora assonnata, con i capelli biondi e ricci scompigliati, si appendeva con affetto al collo di Vito. Isabel si arrampicò su una sedia e si mise in ginocchio, con i gomiti sul tavolo. Vito mise la piccola sul seggiolone e le annodò il bavaglino al collo. Poi andò a prepararle il biberon. Sofía versò il latte nella tazza di Isabel. Spalmò la marmellata su un biscotto e glielo porse; la bambina lo intinse nella tazza del latte, bagnandosi la punta delle dita.

«Isabel, non fare porcherie; non infilare le dita nel latte», la rimproverò e gliele pulì con il tovagliolo perché non si macchiasse il pigiama.

La bambina parlava, protestava, domandava, raccontava, alzando il tono per attirare l'attenzione della madre, che cercava di non perdere la pazienza.

Poco dopo, rasato e pettinato, Daniel entrò in cucina già vestito, fatta eccezione per la cravatta e la giacca del completo. Non guardò le bambine. Isabel tacque per un attimo, intimorita, perché sapeva che il padre si arrabbiava molto più seriamente della madre. La più piccola fece una moina che lui non colse, assorto com'era nei suoi pensieri.

Daniel rabbrividì, accigliandosi.

«Si gela. Hanno spento il riscaldamento?»

«Siamo in aprile», gli rispose Sofía mentre infilava una fetta di pane nel tostapane. «Ieri hanno iniziato a tenerlo spento nel pomeriggio.»

«Be', fa freddo. Di' al portinaio di non spegnerlo, altrimenti gli faccio una piazzata.»

«Se lo tengono acceso di sera, soffochiamo.»

«Sofía, diglielo», le intimò in tono tassativo. «Decido io quando bisogna spegnere il riscaldamento nel palazzo.»

«Non capisco come puoi dire che si gela», brontolò lei. «Non fa affatto freddo.»

Lui la guardò per un attimo e non disse niente. Appoggiò i fogli che aveva in mano in un angolo del tavolo, concentrandosi sulla lettura. Sofía si sbrigò a servirgli una tazza di caffè nero, piena fino all'orlo e senza zucchero, e spalmò burro e marmellata di pesche sul pane appena tostato, come piaceva a lui. Poi glielo porse. Lui lo prese senza alzare gli occhi dai documenti e lo addentò. Masticava assorto, come se non avesse nessuno intorno, seduto sul bordo della sedia, senza rilassarsi, per non perdere tempo.

All'improvviso, il latte della tazza di Isabel si versò, schizzando tutto intorno. Sofía reagì prontamente, riuscendo a spostare i fogli nel momento esatto in cui il latte stava per inzupparli. Daniel alzò gli occhi, infastidito e lei glieli restituì con un'espressione paziente di rimprovero.

«Non so come ti viene in mente di portare il lavoro a tavola. Poi ti lamenti se si sporca.»

Lui non rispose. Con i fogli in mano, sulle ginocchia, lontani da eventuali spruzzi, tornò a immergersi nelle sue faccende.

Sofía pulì il latte versato con uno straccio e rimase in piedi, appoggiata al piano della cucina. Ogni tanto beveva un sorso di caffè in attesa di fare colazione con calma quando tutti se ne fossero andati.

«Forza, Isabel, bevi, che si fa tardi», la incalzò la madre. La bambina finì il latte che le avevano versato nuovamente nella tazza e si allontanò di corsa. «Lavati bene i denti. Ora viene Vito.»

Vito finì di dare il biberon alla piccola, la prese e la portò via per vestire lei e la sorella.

Sofía osservò il marito. Si domandava che fine avesse fatto l'uomo allegro e coraggioso del quale si era innamorata. Dov'erano finiti i risvegli pieni di passione e di tenerezza, i sogni di una vita insieme, le illusioni raggiungibili, a portata di mano. Non sapeva quando fosse cambiato tutto, in quale momento si fosse instaurata tra loro quella specie di routine noiosa, a volte irritante, che li condizionava sempre di più. Un tempo le piaceva osservare quella sua espressione seria, meditabonda, come se si preparasse per fronteggiare il mondo da solo. Lei era ancora molto innamorata, ma sentiva che lo stava perdendo. Dopo sei anni di matrimonio, si domandava che futuro li attendesse, ora che sembravano sempre più lontani, più estranei, più annoiati dalla vita in comune appena cominciata. Non sapeva se anche lui se lo domandasse, se qualche volta pensasse a come sarebbero diventati nel giro di altri sei anni o di venti.

Il fischio del segnale orario radiofonico strappò entrambi al mutismo. Daniel alzò gli occhi e si guardò intorno.

«È tardissimo», mormorò finendo il caffè in un sorso.

Si alzò, radunò le carte e uscì dalla cucina.

Lei lo seguì in corridoio, ma prima di raggiungerlo, si fermò davanti alla camera in cui Vito stava vestendo Isabel, cantando una canzone. Beatriz, seduta sul letto disfatto della sorella maggiore, applaudiva entusiasta. Sofía, vedendo la scena, sorrise. Le lasciò e proseguì verso la sua camera da letto. Daniel era davanti allo specchio ad annodarsi la cravatta. Lei si avvicinò, si mise davanti a lui, dando le spalle allo specchio, e lo aiutò a completare il nodo. Lui la lasciò fare, scrutandola con gli occhi strizzati in un sorriso. Lei sentiva il suo sguardo mentre si affannava per rendere il nodo perfetto; alzava gli occhi ogni tanto, solo per un attimo, sorridendo a sua volta perché le piaceva quando lui la guardava così. Finì e si allontanò. Lui si osservò allo specchio. Con espressione soddisfatta si passò la mano sul petto, come per lisciare i vestiti.

«Fai il nodo meglio di me», disse con orgoglio, come se le concedesse un riconoscimento non meritato.

«L'ho fatto a mio padre da quando ho l'età della ragione. È una frana con le cravatte.» Sorrise al ricordo. «Salivo sulla sedia per arrivargli al collo.»

Lui le sorrise. Prese la giacca e la indossò.

«Nel fine settimana andiamo a El Escorial, così cambiamo un po' aria.»

«No, questo fine settimana no», protestò lei. «C'è l'Eurofestival e voglio vedere Massiel: vinciamo di sicuro.»

«Figurati se vinciamo. L'Europa non ci vota neanche morta.»

«Ma io voglio vederlo.»

«I miei ci vanno e sai che a mia madre fa piacere che ci siano le bambine.»

Sofía mostrò il proprio disagio con una smorfia.

«Decidono sempre per noi.»

«Non decidono loro. Ieri mia madre mi ha chiamato per propormelo e le ho detto di sì.»

Sofía pensò che mai nessuno chiedeva a lei se aveva voglia o no di passare tutto il fine settimana in compagnia dei suoceri in quella villetta a El Escorial, dove non si poteva fare altro che passeggiare; non c'era neanche il televisore. Ma non disse nulla. Sapeva che se c'era di mezzo la suocera, con Daniel la battaglia era persa in partenza. La sua passione per la madre era troppo grande.

Ne approfittò per fare una proposta che le girava in testa da un po' di tempo.

«Per Pasqua potremmo andare a Siviglia.»

«A Siviglia?» domandò lui. «Sai quanta gente c'è? Neanche per sogno. In più sarebbe una sfacchinata per le bambine. Sono un sacco di chilometri e le strade in quel periodo sono come le processioni dei penitenti.» Guardò l'orologio. «Vado, ho una riunione importante.»

«Torni per pranzo?»

«Non mi aspettare. Mio padre vuole che andiamo a Navalcarnero per un problema di testamenti.» Mentre parlava mise in tasca il pacchetto di Ducados e l'accendino, prese le chiavi e la valigetta che Sofía gli porgeva. «Probabilmente mangeremo lì.»

La baciò sulla bocca, un bacio rapido, fugace, sfiorandola appena.

«Non dimenticare la sciarpa», disse lei, con una punta di sarcasmo.

Daniel era straordinariamente freddoloso, tanto che faticava a smettere l'abbigliamento invernale nonostante le temperature ormai primaverili, soprattutto intorno all'ora di pranzo.

Uscì dalla stanza di fretta.

Lei rimase ferma, le braccia conserte, in mezzo alla camera. Quando sentì la porta che si chiudeva, si guardò intorno con espressione annoiata e abbattuta. Fece un lungo sospiro. Tirò su le persiane e aprì la finestra per arieggiare la stanza. Si affacciò, lo guardò uscire dal portone a passo svelto, senza voltarsi neanche per un attimo verso la finestra, come se uscendo si fosse dimenticato di lei, ormai concentrato su un mondo estraneo. Con diverse falcate raggiunse l'auto, parcheggiata accanto al marciapiede di fronte, un'enorme Seat 1500 bianca, nuova, che aveva appena un mese. Se ne prendeva cura come se fosse di porcellana, toglieva ogni granello di polvere, non permetteva alle bambine di salire in piedi sui sedili, come se fosse uno spazio sacro. Niente a che vedere con la vecchia Seat 600, la macchina che era rimasta a lei. Sofía amava guidare fin dai tempi dell'università. Suo padre le lasciava la vecchia Seat 1400 per andare alla Ciudad Universitaria. La sua macchina era un regalo del suocero, il nonno materno di Sofía, un famoso impresario farmaceutico. Sebbene don Zacarías, il padre di lei, sapesse guidare, preferiva spostarsi a piedi, in metropolitana o in autobus, e se aveva fretta prendeva un taxi, quindi le lasciava spesso la macchina, ma come tante altre cose di nascosto dalla madre, che non vedeva di buon occhio le donne al volante. Sorrise ricordando quei tempi. Per lei la Seat 600 smessa da Daniel era stata una forma di liberazione. Aveva faticato per convincerlo a non venderla e dovuto fornire mille argomentazioni affinché riconoscesse i vantaggi di lasciarle guidare una macchina sua, e alla fine l'aveva convinto dicendo che, se avesse venduto la macchina piccola, magari qualche volta lei avrebbe dovuto prendere quella grande, la sua, eventualità inconcepibile.

Lo vide partire e procedere verso plaza Santa Bárbara. Si allontanò dalla finestra perché Isabel entrò di corsa, con la piccola cartella della scuola, per darle un bacio. Vito rimase sulla porta, in attesa che si salutassero. Teneva Beatriz in braccio. Indossava la giacca sopra il grembiule da lavoro, e aveva la borsa del pane e il portamonete in mano.

«Quanto pane prendo?» domandò.

«Basta un filone, il signore non viene a pranzo, e compri un litro di latte, che è finito. Bisognerebbe fare la spesa, ma non so... A quanto pare trascorreremo il fine settimana nella villetta dei miei suoceri.»

«Allora non c'è molto da comprare. Frutta ne è rimasta e in frigo ci sono uova e petti di pollo.»

«Facciamo la spesa lunedì.»

Salutò le bambine con un bacio sulla guancia per ciascuna.

Vito mise fretta a Isabel affinché uscisse dalla camera e la guidò verso la porta, dove c'era il passeggino della piccola. La mise seduta e la legò. Nel frattempo Isabel aprì la porta e uscì sul pianerottolo, ma si arrestò seguendo gli ordini di Vito, che le intimò di non muoversi. Quando finalmente se ne furono andate, Sofía ascoltò il silenzio della casa. Alle sue spalle filtrava il rumore della strada, della giornata cittadina che stava cominciando. Si guardò intorno. Era l'unica che non aveva nulla da fare... Niente di importante. Doveva sistemare gli armadi, tirare fuori i vestiti per la mezza stagione, mettere via i cappotti, gli stivali e le coperte, tutto tranne le cose di Daniel: il suo abbigliamento invernale l'avrebbe lasciato a portata di mano fino a giugno inoltrato, quando il tempo mutevole della primavera non avrebbe più potuto giocargli un brutto tiro. Poi avrebbe preparato il pranzo delle bambine. Da due settimane la piccola andava al nido per quattro ore al giorno, perché Vito avesse tempo di pulire la casa e di stirare. Aveva preso la decisione contro il parere di quasi tutti, a cominciare da suo marito, che non capiva la ragione di affidarla a gente sconosciuta quando era ancora così piccola. Sofía l'aveva iscritta contando unicamente sull'appoggio del padre e della sua amica Carmen, che l'aveva spinta a farlo. Sua madre era inorridita, e l'aveva criticata come se avesse lasciato la figlia in un orfanotrofio; la suocera non capiva, persino la stessa Vito aveva insistito nel dire che se la cavava bene con la bambina, che non la disturbava nelle faccende. Ma si era messa contro tutto e tutti, in un piccolo e stupido atto di ribellione, anche se non aveva potuto evitare un'ombra di senso di colpa all'idea di essere considerata una cattiva madre. Le bambine avrebbero mangiato prima, perché la maggiore doveva tornare a scuola; intanto, la piccola avrebbe fatto il riposino. Poi lei avrebbe mangiato da sola nella sala da pranzo e Vito in cucina. Un'altra giornata noiosa da far passare, attendendo il ritorno di Daniel.

Con espressione svogliata si avvicinò di nuovo alla finestra. L'ombra del tedio e l'indolenza incombevano su di lei come una maledizione. Il sole si nascondeva dietro nuvole scure che minacciavano pioggia. Era una giornata cupa, e Sofía si sentì irrimediabilmente travolta dalla malinconia. La piazza era sempre più affollata di passanti che avanzavano a passo svelto, frettolosi, diretti verso i loro impegni, stretti nei cappotti per proteggersi dal fresco mattutino. Le piaceva concentrarsi su qualcuno, chiedendosi come fosse la sua vita, dove fosse diretto, che pensieri lo assillassero in quel momento, se fosse felice o nascondesse una tristezza, se vivesse in compagnia o in solitudine, se gli piacesse la sua vita o, al contrario, la detestasse, quale fosse la sua occupazione. Ma quando il passante analizzato scompariva dal suo campo visivo, tutte le domande si rivoltavano contro di lei, come un boomerang che la costringeva a mettersi in discussione, urlandole che sarebbe dovuto toccare a lei passare nella via, magari osservata da qualcuno dalla finestra, mentre dirigeva i suoi passi verso i corridoi delle facoltà scientifiche, che a quell'ora ribollivano di studenti vivaci, di giovani pieni di progetti ed entusiasmo, o meglio ancora verso un laboratorio, per immergersi in una ricerca appassionante che le facesse dimenticare tutto ciò che in quel momento non era sotto i suoi occhi concentrati sulla lente di un microscopio. Aveva rimandato tutto quando decise di sposarsi, senza sceglierlo davvero: la decisione era spettata ad altri, a cominciare da Daniel, che aveva fretta di farlo. Purtroppo lei aveva capito troppo tardi che non era spinto dall'entusiasmo di cominciare una vita insieme, ma dal bisogno di sottrarsi all'asfissiante controllo paterno, e di liberarsi dalle eccessive attenzioni materne che, vista la sua età, lo facevano sentire come se fosse ancora un bambino. Secondo lui erano pronti per intraprendere una vita insieme; in fondo aveva un lavoro assicurato nello studio del genitore (altro buon motivo per allontanarsi dalla casa paterna). In più, l'alloggio in cui abitavano era stato un regalo dei suoceri quando lui aveva cominciato a lavorare: un appartamento antico, con i soffitti alti, restaurato in modo squisito secondo i gusti di doña Sagrario, la madre di Daniel, che aveva scelto tutto: la tappezzeria, le tende, i rivestimenti, i mobili, la cucina con gli utensili, le stoviglie e i piatti, i soprammobili, persino le lenzuola, le trapunte, i tappeti. Era già tutto predisposto quando Sofía era entrata nella sua vita, tutto stabilito quando aveva messo piede per la prima volta nell'appartamento. Lei aveva dovuto soltanto sistemare i propri vestiti negli armadi e l'occorrente per la toilette nel bagno, il resto era già pronto. Perciò, quando era entrata per la prima volta in quella casa, si era sentita in un luogo estraneo; persino adesso continuava a non percepirla del tutto sua, come se fosse in prestito.

Aveva conosciuto Daniel a una conferenza tenuta da suo padre nell'aula magna della facoltà di fisica. Era un pomeriggio di gennaio, pioveva a dirotto e la sala era quasi vuota, appena una dozzina di studenti. Sofía era già seduta in prima fila quando era arrivato lui. Aveva percorso il corridoio senza esitazioni e le si era seduto vicino. Durante tutta l'esposizione era stato molto attento. Quando la conferenza era finita, aveva applaudito con entusiasmo. Lei aveva notato il libro di diritto penale che aveva con sé e non era riuscita a resistere. Gli aveva domandato che cosa ci facesse uno studente di Giurisprudenza a una conferenza sulla teoria della relatività. Lui aveva sorriso, si era presentato con estrema educazione e le aveva detto che la sua vera passione era la fisica, e che studiava Giurisprudenza solo per fare piacere a suo padre, un famoso avvocato, molto conosciuto a Madrid. Poi era passato a fare domande lui. Lei gli aveva raccontato che stava frequentando il terzo anno di Chimica, e che era anche lei lì per fare piacere a suo padre, visto che era il relatore. Gli aveva presentato don Zacarías e avevano chiacchierato per un po'. Il giorno dopo, alla fine delle lezioni, Sofía se lo era ritrovata davanti alla porta della facoltà, appoggiato a una 600 bianca, che fumava una sigaretta. Lui le aveva proposto di accompagnarla a casa, ma lei aveva la sua macchina. In quel modo ne aveva alimentato l'interesse e la fascinazione. Si erano messi d'accordo per prendere un caffè in centro. Sofía aveva appreso che lui era all'ultimo anno, che era sempre stato interessato alle scienze, ma che il destino lo aveva condotto su una strada diversa e che doveva ancora capire se fosse sbagliata oppure no. Avevano cominciato a uscire insieme e, pochi mesi dopo, si erano fidanzati. Lui si era laureato a pieni voti e subito dopo l'aveva chiesta in sposa. A lei mancava ancora un anno, e aveva dovuto promettere al padre che avrebbe concluso gli studi; Daniel si era impegnato con don Zacarías per appoggiarla. Lei aveva tenuto fede alla promessa e aveva conseguito il diploma. Era diventata madre nove mesi dopo ma si era anche laureata, in due anni e con molti sforzi. L'appoggio di Daniel si era limitato a non intromettersi, perché l'interesse per le sue occupazioni era ormai sfumato. Una volta instaurata la routine del matrimonio, lui non si era più occupato degli interessi personali di Sofía. L'unico che, senza posa, continuava a spronarla a non abbandonare l'idea di fare un dottorato era suo padre. Per lei don Zacarías era sempre stato un alleato, al contrario della madre, doña Adela, che astutamente aveva portato a poco a poco Daniel dalla sua parte, per imporle la vita di una donna *comediocomanda*, come era solita affermare con una convinzione irriducibile. Aveva cercato di impedirle di frequentare le lezioni quando era incinta, ma si era dovuta scontrare con il suo impegno e con l'appoggio di don Zacarías. Tuttavia, Adela e Daniel erano riusciti a fare in modo che, pur stando benissimo, Sofía si sentisse a disagio a lezione, come se la gravidanza fosse uno stato vergognoso, da nascondere. Fin dalla nascita, poi Isabel si era rivelata una bambina inquieta: piangeva molto, mangiava male, dormiva appena. Sofía se ne prendeva cura giorno e notte. All'epoca non c'era Vito, ma soltanto una domestica esterna che aiutava nei lavori di casa. Durante i primi anni di maternità, si era dedicata completamente alla figlia, mettendo da parte le sue ambizioni e l'idea di prepararsi per il dottorato. Quando la bambina era un po' cresciuta, aveva pensato di poter tornare a una vita normale, ma era rimasta incinta di Beatriz. Su insistenza della suocera, che aveva visto la povera nuora estenuata dalla prima bambina, avevano assunto Vito a tempo pieno, perché la aiutasse con le figlie e i lavori di casa. A mano a mano che le bambine crescevano, Sofía si rendeva conto che si stava allontanando sempre di più dalle sue aspirazioni a beneficio delle figlie e del marito; il progetto del dottorato dopo la laurea era caduto nel dimenticatoio, in attesa di tempi migliori; si sentiva sempre più distante da quella che considerava la sua passione, ossia il mondo della ricerca. Il rapporto stretto che aveva con il padre rendeva tutto più evidente, perché lui le ricordava ciò che avrebbe voluto essere e ciò a cui aveva rinunciato; si sentiva sempre più intrappolata nell'apatia e nell'inedia; continuava a rimandare, senza decidersi a fare niente.

Un lungo sospiro le sfuggì dalle labbra, un sospiro di disincanto, di tedio, ma soprattutto di pigrizia. Alzò gli occhi e, senza rendersene conto, li rivolse verso il palazzo di fronte. Le parve di vedere un'ombra che si allontanava da una finestra. La tenda si mosse leggermente. Qualcuno la stava osservando e lei lo aveva scoperto. Ma non diede importanza alla cosa.

3

DANIEL parcheggiò in calle Alcalá, proprio di fronte al portone dello studio fondato da suo padre. Quando scese, fece un giro intorno alla macchina per verificare che fosse tutto a posto, la carrozzeria impeccabile, senza un graffio, senza un granello di polvere. Era soddisfatto dell'acquisto, una vettura veloce e distinta, nulla a che vedere con la piccola e angusta utilitaria che aveva passato a Sofía.

Quando entrò nel portone guardò la targa dorata: ROMUALDO SANDOVAL, AVVOCATO. PRIMO PIANO. Un unico nome, benché nello studio ne lavorassero altri. A lui sarebbe piaciuto vedere il proprio. Tutti hanno le loro piccole vanità nell'annunciarsi al mondo, ma quella con suo padre era una battaglia persa; del resto ne aveva già perse diverse altre, ed era diventato un avvocato. Non gli era mai piaciuta la legge e nemmeno le dinamiche dei processi. Ma non aveva avuto alternativa. La sua strada era segnata sin da quando era piccolissimo. Nessuno gli aveva chiesto se voleva diventare o fare qualcosa d'altro. Così come era stato iscritto alla scuola degli Scolopi quando era alto un metro, si era ritrovato a frequentare Giurisprudenza, e una volta laureato, si era adattato al ritmo dello studio, come parte di un grande meccanismo, inutile individualmente, valida soltanto se inserita al suo interno, predeterminata dal volere altrui.

Oltre a lui e a suo padre, in studio lavoravano altri otto avvocati, ai quali si aggiungevano diversi praticanti che cambiavano regolarmente. Lo studio godeva di grande prestigio e si occupava di tutti gli ambiti del diritto. Le cause internazionali che vedevano coinvolte persone straniere o con interessi al di fuori della Spagna erano assegnate a lui, l'unico che conosceva le lingue. Era molto portato: parlava il francese perfettamente e se la cavava bene con l'inglese (viste le poche occasioni che aveva di usarlo); il suo tedesco, invece, era talmente rudimentale da permettergli appena di ordinare una birra o di contare fino a cento, e solo perché il padre era stato apertamente filotedesco durante la Seconda guerra mondiale e sin da quando lui era piccolo gli aveva caldeggiato non solo la lingua, ma il modo di agire tedesco che, secondo il patriarca Sandoval, si riassumeva nella correttezza, nel lavorare bene e sodo, e nella serietà verso se stessi e verso il cliente. Era stata la linea da seguire, inculcata a forza al figlio fin dalla più tenera infanzia, addolcita unicamente dalla presenza della madre.

Daniel non arrivava mai per primo in studio. Il padre lo anticipava sempre, come anticipava tutti, persino Elvira, la segretaria. Per Romualdo Sandoval alzarsi presto non era un merito, e non gli costava fatica, in più la solitudine del primo mattino gli permetteva di affrontare gli impegni della giornata con più calma, in silenzio e senza interruzioni inopportune. Daniel si sforzava di imitarlo, cercava inconsciamente la sua approvazione in ogni cosa che faceva, ma non riusciva mai a essere alla sua altezza, al suo livello, a eguagliare la sua capacità di lavoro, la sua risolutezza, la sua efficienza: c'era sempre qualcosa che deludeva il patriarca, provocando in lui un'ingiusta frustrazione, perché, nonostante l'avversione per il mondo delle toghe, cercava di essere un buon avvocato e, in alcuni ambiti, otteneva risultati eccellenti per lo studio. Ma don Romualdo non gli concedeva mai una lode; concludeva sempre che avrebbe potuto fare meglio. Non era mai abbastanza.

Daniel entrò nello studio a passo svelto, cercando di trovare l'energia per affrontare la giornata. Non si fermò alla chiamata di Elvira che, a passi corti e svelti, storcendosi le caviglie sulle scarpe instabili, lo seguì nel corridoio riferendogli le telefonate insistenti di un cliente che voleva essere ricevuto in mattinata.

«Ricevo soltanto nel pomeriggio, Elvira, lo sa.»

«Sì, gliel'ho detto, don Daniel, ma il cliente dice che non può aspettare. Oggi ha già chiamato quattro volte, e non so quante ieri pomeriggio.»

Appoggiò la valigetta sulla scrivania e notò la busta bianca posata sul portadocumenti di pelle che gli aveva regalato la madre il giorno in cui era entrato nell'albo degli avvocati.

«Va bene, gli dica di venire lunedì intorno alle dieci. Mi sembra di essere libero.»

«Sì, lunedì fino alle dodici non ha impegni.»

La segretaria si voltò e uscì dal suo ufficio.

Lui prese la busta. Recava, scritti a macchina, il suo nome, cognome, e la dicitura «personale», sottolineata. Non aveva né mittente né francobollo, cosa che lo stupì.

«Elvira!» chiamò a gran voce.

Aspettò che arrivasse.

«Mi dica, don Daniel.»

«Chi l'ha portata?»

Elvira si avvicinò senza smettere di guardare la busta che lui le mostrava.

«Era qui, sul mio tavolo», aggiunse, notando l'aria sorpresa della donna.

«Non lo so, don Daniel. È la prima volta che la vedo.»

«Non l'ha portata lei?» domandò con le sopracciglia aggrottate, stupito.

«No. Non ho ancora distribuito la posta.»

«Allora chi è stato? È senza francobollo.»

La donna si strinse nelle spalle.

«Non lo so, signor Sandoval.» Quando voleva darsi un tono serio, gli riservava il trattamento che usava con suo padre. «Magari un praticante.»

Il telefono di Elvira squillò e lei ne approfittò per lasciare l'ufficio.

Lui si sedette e aprì la busta. Ne estrasse due biglietti ferroviari per quel pomeriggio, 5 aprile, uno da Madrid a Hendaya e un altro diretto a Parigi, con arrivo il giorno 6. Pensò a un errore. Oltre ai biglietti, la busta conteneva un foglio piegato. Lo aprì. Recava alcune righe scritte a macchina, senza firma. Di primo acchito pensò a uno scherzo di cattivo gusto, ma subito dopo rilesse il foglio, senza capire che cosa significasse. Sconcertato, controllò di nuovo il nome sulla busta per assicurarsi che fosse diretta a lui, e rilesse le due righe del messaggio, incapace di assimilarne il contenuto. La voce secca del padre lo strappò al suo turbamento. Era sulla porta, vigoroso, erculeo come un gigante, nonostante i settant'anni passati.

«A mezzogiorno partiamo per Navalcarnero. Abbiamo appuntamento all'una con il notaio.»

Subito dopo don Romualdo si girò e si dileguò.

Non chiedeva mai. Le sue frasi erano ordini, non lasciavano possibilità di replica. Lui non si mosse. Rimase a fissare il punto in cui era scomparso il padre. Fu assalito dai dubbi. Rilesse il messaggio. Si alzò per andare a informarsi, ma il suono del telefono lo sottrasse al suo sconcerto. Senza appoggiare sul tavolo la missiva, alzò la cornetta. Elvira gli comunicò che c'era sua madre al telefono. «Me la passi», disse Daniel, in tono grave. Ingoiò la saliva e tornò a sedersi. Cercò di mantenere la calma.

«Ciao, figliolo. Disturbo?»

«Ciao, mamma, non mi disturbi mai. Dimmi tutto.»

«Volevo solo farti sapere che ho prenotato la paella per domenica, e che vengo in macchina con voi perché tuo padre dice che al mattino vuole portarsi avanti con il lavoro e che salirà sabato pomeriggio. Mi piacerebbe partire presto, per sfruttare la giornata.»

«Va bene, mamma, non preoccuparti. Passiamo a prenderti intorno alle dieci, va bene?»

«Grazie. Mi fate un gran piacere a venire: lì da sola mi annoio, ma cambiare aria mi fa bene, mi dà forza per la settimana. Il clima di Madrid non mi giova.»

«Lo so, mamma», disse con affettuosa pazienza. «Anche a noi fa piacere uscire da Madrid, e per le bambine la campagna è un toccasana.»

«Bene, ti lascio lavorare. Un bacio. Sai che sei la mia vita.»

«Sì, mamma», mormorò lui, turbato. «Lo so.»

Si accomiatava sempre così. Gli ripeteva sempre che era la sua vita, il suo unico figlio, tanto desiderato. Lui adorava la madre. Era così dolce, così fragile, così delicata e affettuosa che non si poteva fare a meno di amarla, prendersene cura e proteggerla.

Quando riattaccò, riguardò il foglio, senza reagire. Diede un'occhiata all'orologio. Mezz'ora dopo avrebbe avuto una riunione con un cliente importante, la posta in gioco era alta. Decise di prendere il toro per le corna. Si alzò e si diresse verso l'ufficio del padre. La porta era socchiusa, quanto bastava per vedere don Romualdo concentrato su un dossier aperto sulla scrivania, il sigaro in mano, l'aria pesante, con l'aroma denso che si poteva quasi masticare. Lui odiava da sempre quei maledetti sigari Cornelia, pagati a peso d'oro, fatti arrivare di contrabbando da L'Avana, e che segnavano con il loro odore la presenza paterna.

Bussò due volte con le nocche.

«Papà, posso parlarti un momento?»

«Che cosa c'è?» domandò don Romualdo senza alzare gli occhi dal documento, imprimendo alle parole un chiaro tono impaziente.

Entrò e chiuse la porta. Non poteva evitare la sensazione di blocco che sin da bambino lo pervadeva in presenza del padre, una strana combinazione di amore e ammirazione assurda che lo rendeva una sua imitazione nel modo di fare le cose, pur essendo consapevole (sempre di più con il passare degli anni) di non possedere l'aura indiscutibile che circondava la figura di Romualdo Sandoval nel mondo dell'avvocatura. Il suo aspetto si imponeva di per sé: alto, robusto, il volto asciutto, i capelli radi e ancora scuri, anche se cominciavano a incanutirsi alle tempie, pettinati all'indietro con la brillantina, la fronte vigorosa, gli occhi vivaci, lo sguardo incisivo capace di piegare le volontà più tenaci. Era sempre impeccabile, con i completi su misura, le camicie bianche immacolate e le cravatte di seta dai colori tenui, né troppo chiari né troppo scuri. Il suo modo di fare era elegante, seppure freddo e distante; se voleva allontanare qualcuno, lo faceva senza remore, con naturalezza, scatenando un'educata, squisita e sconcertante ostilità.

«Senti... c'è una cosa...» Il balbettio disturbò il padre, che alzò gli occhi e gli rivolse uno sguardo severo.

«Ho molto lavoro, Daniel. Dimmi che cosa vuoi.»

Lui guardò il foglio che reggeva in mano, valutando il da farsi. Sotto lo sguardo recriminatorio del padre, deglutì di nuovo. Si avvicinò al tavolo e gli tese il foglio.

«Qualcuno ha lasciato questo sulla mia scrivania. Elvira dice che non è stata lei, e io... Magari è solo uno scherzo di cattivo gusto...»

Il padre non smise di osservarlo mentre parlava. Solo quando il figlio tacque, guardò il foglio che aveva davanti, lo prese e lo lesse in silenzio.

Tardò a sollevare lo sguardo. Daniel lo scrutava, cercando di valutare la sua reazione per capire che cosa ci fosse di vero in quelle righe, ma don Romualdo era molto abile nel nascondere le emozioni, positive o negative che fossero. La sua capacità di restare impassibile era sconcertante, anche in situazioni disdicevoli, sconvolgenti o assurde. Sapeva controllarsi, conservando una serenità straordinaria. Era una delle sue armi per sconfiggere l'avversario. La sua durezza di carattere gli permetteva di vedere tutto da una prospettiva superiore a quella degli altri che, invece, si mostravano attanagliati dalla paura, dal senso di colpa o dal timore al momento di conoscere gli sviluppi fatidici.

Quando finalmente sollevò lo sguardo, Daniel si rese conto di avere trattenuto il respiro. Prese fiato. Sentì le pulsazioni del cuore nelle tempie come scosse elettriche.

«Chi te l'ha dato?» La voce di don Romualdo si era fatta cavernosa.

«Te l'ho detto, non lo so... La busta non è affrancata. Qualcuno l'ha portata a mano, ma Elvira non ha idea di chi possa essere stato. Ieri, quando ho lasciato il mio ufficio, c'eravate soltanto tu e lei.»

«Dov'è la busta?»

Lui gliela mostrò.

«Dentro ci sono i biglietti del treno per Parigi di stasera. È tutto molto strano.»

Don Romualdo prese la busta e la girò per verificare che non ci fossero indizi sul possibile mittente. Alzò la cornetta e chiamò Elvira. Mentre aspettava, estrasse i biglietti e li mise accanto al messaggio.

Quando la segretaria entrò nella stanza, le porse la busta vuota.

«Verifichi chi ha lasciato questa sul tavolo di mio figlio. Domandi a tutti, donna delle pulizie compresa.»

«È già andata via...»

«Allora le telefoni.»

«Sì, signor Sandoval. Lo faccio subito.»

Padre e figlio rimasero in silenzio. Il messaggio tra le mani di don Romualdo. Daniel in piedi, non osava sedersi, in attesa di sapere, di capire il significato di quella lettera.

«Dev'essere uno scherzo di pessimo gusto di qualche cliente», disse per provocare una reazione nel genitore.

«Siediti», gli disse il padre con fermezza, ma addolcendo il tono, che divenne conciliante. Il suo atteggiamento lo mise in guardia.

Si sedette con espressione amareggiata. Don Romualdo prese il sigaro dal posacenere e se lo portò alla bocca, inspirando il fumo. Daniel si rese conto che rifuggiva il suo sguardo. La situazione era spiacevole per entrambi, come era sempre accaduto tra loro; si sentivano sempre a disagio quando erano a tu per tu. Solo la presenza della madre riusciva ad alleggerire l'atmosfera, rilassando l'apprensione del figlio e l'irritazione del padre, contenuta in una compostezza forzata. Don Romualdo trattava la moglie con una delicatezza che non riservava a nessuno, la proteggeva come un fragile oggetto di cristallo che rischiava di rompersi. Daniel aveva imparato quel modo di fare. Entrambi cercavano di evitarle ogni preoccupazione, risolvendo ogni problema prima che arrivasse a coinvolgerla. L'atteggiamento del padre e del figlio verso doña Sagrario l'aveva trasformata in una donna debole, con una volontà fragile e uno spirito vulnerabile.

Elvira tornò e comunicò che nessuno aveva visto la busta e che nessuno era entrato nella stanza di don Daniel per lasciarla sul suo tavolo.

«Bene, Elvira. Esca e chiuda la porta. E che nessuno ci disturbi, per nessuna ragione, intesi?»

«Certo, signor Sandoval.»

La segretaria uscì e chiuse la porta. Padre e figlio si ritrovarono l'uno di fronte all'altro, immersi in un silenzio perturbante. Don Romualdo mostrava un'apprensione sconosciuta. Il mento accostato al petto, le labbra tese, chiaramente sconvolto, l'espressione meditabonda.

«Pensi di prendere sul serio il messaggio?» chiese in tono grave.

Lui lo fissò. Conosceva il padre: la sua tattica per affrontare ogni questione significativa era sempre la stessa, domandare all'avversario che cosa avrebbe fatto. Nel caso di faccende ininfluenti, lo avrebbe liquidato immediatamente. Non usava perdersi in chiacchiere. Quindi decise di procedere con i piedi di piombo.

«Dovrei?»

Don Romualdo rilesse il messaggio con espressione cupa, dilatando le narici come se accusasse un problema respiratorio e i suoi polmoni avessero bisogno di ossigeno. Dopo un momento di silenzio, prese fiato e raddrizzò la schiena, deciso a risolvere la questione.

«Tua madre non deve saperne niente.» Il tono severo lo mise in allerta.

«Posso chiedere perché?»

Don Romualdo lo guardò con un'intensità sconcertante.

«Daniel, straccia quel messaggio. Dimentica di averlo letto. Tutto ciò che otterrai è farti del male, aprendo un vaso di Pandora che non potrai richiudere.»

Lui tardò a reagire, confuso dalle parole del padre.

«Vuoi dire che è tutto vero? Che mia madre non è... la mia madre biologica?»

«Se così fosse, cambierebbe qualcosa?»

Daniel si alzò, come spinto da una molla. Il suo volto divenne teso e sentì una rabbia incredibile che gli scorreva dentro, come se il suo sangue fosse diventato incandescente.

«Certo che cambierebbe! Come potrebbe essere altrimenti?»

Per la prima volta da quando aveva raggiunto l'età della ragione, intravide l'ombra del senso di colpa sul volto del padre.

«Siediti.» La sua voce suonava come una supplica, ma lui non si mosse. Allora il padre lo guardò, tese una mano e gli disse con serenità: «Per favore... siediti».

Dopo alcuni secondi pieni di tensione, inquietanti, Daniel tornò ad accomodarsi lentamente, in allerta, senza distogliere lo sguardo dal volto del padre.

Don Romualdo parlò con gli occhi bassi, l'atteggiamento schivo, con parole venate di una profonda tristezza accumulata nel tempo.

«Mi spezzava il cuore vederla piangere ogni volta che aveva il ciclo o, peggio ancora, quando restava incinta e poi perdeva il bambino. Ha avuto quattro aborti, che ha pianto come fossero figli nati, amati, cresciuti e venuti a mancare. Poi è riuscita a portare a termine una gravidanza. Era così felice di vedere la pancia che cresceva, di sentire che il bambino si muoveva. Non immagini quanto desiderasse quel figlio... Ma le contrazioni sono cominciate prima del tempo...» Fece un lungo sospiro, come se soffrisse nell'udire le proprie parole. «Non so... Mi sembra tutto confuso, i ricordi sono avvolti in una specie di nebbia vischiosa. Il parto è durato ore... non so dirti quante, molte, infinite ore di dolore. Quando ho sentito il pianto del neonato ho avuto un brivido. Era il giorno dell'Epifania, ho pensato che un figlio era il migliore dei regali, per lei. Quando l'ho vista raggiante di felicità nonostante il volto emaciato, con il bambino tra le braccia, è stato il momento più emozionante della mia vita.» Ammutolì e tese le labbra. Poi proseguì, con un'ombra lugubre negli occhi. «Ma il pianto si è spento nel giro di poche ore, due, tre... Non so.» In quel momento alzò gli occhi per guardare il figlio. «Era un bambino perfetto.» Gli tremò la voce e Daniel fu sorpreso vedendo che il padre era capace di commuoversi per qualcosa. «Lei era sfinita dallo sforzo, ha avuto un'emorragia che per poco non l'ha uccisa. Erano tempi difficili. La guerra era alla fine, non c'era niente di niente, né farmaci né cibo, nulla per attenuare il freddo pungente che si insinuava come una maledizione in quella soffitta. È sopravvissuta grazie alla proprietaria della pensione che c'era nel palazzo dove ci nascondevamo da una Madrid ostile; io ero incapace di prendermi cura di lei, non avevo la forza di fare niente; quella donna la nutriva, la lavava, le cambiava le lenzuola intrise di sangue... Dio mio.» Tacque per un istante e sollevò lo sguardo, con il volto pieno di angoscia. «Per ore ha lottato per sopravvivere. Non la smetteva di chiedere del bambino, e io non sono riuscito... Non ho potuto dirle che...» Tacque, con un nodo in gola. Strinse le labbra, tese la mandibola cercando di ingoiare l'emozione che lo sovrastava, nonostante la lotta interiore per conservare la maschera di freddezza che l'aveva sempre caratterizzato. «Ero convinto che quando l'avesse saputo, si sarebbe lasciata morire... Non sarebbe stata in grado di superare la perdita.» Prese fiato, come se uscisse da un pozzo, e alzò lo sguardo verso Daniel. «A quel punto è comparsa quella donna...»

«Mia madre?» lo interruppe, impaziente di sapere.

Romualdo negò.

«No, non poteva essere tua madre, vista l'età. Forse era tua nonna, perché solo una nonna può piangere in quel modo. Piangeva come se tutto il dolore del mondo si fosse concentrato dentro di lei, ma era un pianto silenzioso, così quieto che ancora rabbrividisco al ricordo. Mi ha detto che eri sano e che avevi bisogno di una madre che si prendesse cura di te. Qualcuno le aveva parlato del nostro desiderio di diventare genitori, che in realtà era unicamente di tua madre.» Sollevò gli occhi e lo guardò, per confermare le sue parole. «La madre che ti ha cresciuto e curato con tutta la dedizione e la dolcezza del mondo.» Padre e figlio si sfidarono con lo sguardo, ma il padre cedette subito. Distolse gli occhi e si abbandonò ai ricordi amari che la memoria gli restituiva. «Io volevo soltanto che fosse felice, che stesse bene. Ti ho preso tra le braccia, ti ho guardato e prima che potessi reagire, la donna era scomparsa. Allora ti ho messo tra le braccia di tua madre e ti ho lasciato lì.» Tacque per un momento, meditabondo.

Trasse un lungo sospiro e tornò a guardarlo, recuperando parte del consueto brio. «Lei crede che tu sia il figlio che ha messo al mondo con così tanta sofferenza. Per lei sei un miracolo. Tutto qui. Non c'è altro. Ti abbiamo cresciuto meglio che potevamo.»

Daniel ascoltava il racconto come se non fosse una storia reale, come se quell'uomo, che non gli aveva mai raccontato una fiaba in tutta la sua vita, gliene stesse raccontando una ora. Quello che considerava suo padre non gli aveva mai parlato come stava facendo in quel momento. Non sapeva che cosa pensare.

«Sai chi è?» domandò, turbato.

«Non ne ho idea...»

«Non hai mai saputo niente di lei... se è viva o morta?» insistette, caricando di perplessità ogni parola.

Don Romualdo negò fermamente.

«Ti ho detto tutto quello che so. Il medico che ha assistito al parto e ha certificato la morte del bambino era un nostro amico. Era passato solo un giorno. Mi ha consigliato di non dirle la verità. Era troppo debole, e non avrei risolto niente. Si è fatto carico di tutto per sostituirti al neonato morto... Allora era tutto possibile. La gente aveva visto tua madre incinta, e nessuno ha dubitato che fossi nostro figlio.»

«Allora in quale giorno sono nato, in realtà?»

Don Romualdo si strinse nelle spalle.

«Per noi, il 6 gennaio del '39. Ma forse il 5, o il 4. Non lo so. Il medico ha detto che non potevi avere più di una settimana, avevi ancora il cordone ombelicale.»

Restarono immersi in un silenzio pesante. In sottofondo si udivano le voci degli altri avvocati, gli squilli dei telefoni, passi che andavano e venivano; ma sembrava che padre e figlio fossero soli al mondo, concentrati su una realtà passata che li scuoteva con violenza.

«Adesso che lo sai, che cosa pensi di fare?» domandò il padre.

Esitò per qualche secondo, riflettendo.

«Non lo so...» balbettò. «È inconcepibile...»

«Non andarci, Daniel. Smuovere il passato può essere molto doloroso e, soprattutto, inutile.»

Daniel lo guardò con espressione ansiosa. Si protese in avanti.

«Devo andare all'appuntamento. Ho bisogno di sapere chi sono realmente. Se non ci vado, forse perderò la mia unica possibilità di conoscere la verità.»

«La verità?» ripeté il padre, con una tristezza piena di arroganza. «La verità è che se tua madre viene a saperlo, il dispiacere la ucciderà, e la colpa sarà solo tua.» Tacque per un istante. Padre e figlio si fissavano. Alla fine il padre abbassò lo sguardo, in segno di resa. Il tono della sua voce si addolcì. «Daniel, la lealtà conta più della verità. Lei non se lo merita.»

Daniel prese i biglietti e il messaggio, senza smettere di guardare il padre.

«Non lo saprà», disse con un filo di voce. «Ma io andrò a quell'appuntamento.»

«Né lei né tua moglie. Se Sofía lo scopre, alla fine lo saprà anche lei. Le donne non sono capaci di tacere. Fallo per lei, per la donna che si è sempre prodigata per te da quando ti ho messo tra le sue braccia... Per favore...» non poté evitare che gli tremasse la voce.

Lui assentì con un lieve cenno.

«Non lo sapranno. Ma io ho bisogno di conoscere quella donna.»

4

SQUILLÒ il telefono. Sofía si sedette sul letto e alzò la cornetta dell'apparecchio appoggiato sul comodino, senza immaginare che dall'altra parte della via qualcuno si concentrava sulla sua conversazione.

«Carmen! Che bello sentirti. Sei già tornata?»

«Sono arrivata ieri da New York. Sono stanca morta. Non capisco se devo fare colazione, pranzare o cenare. Il jet lag è terribile. Che confusione. Ho voglia di vederti. Ti ho portato un regalo. Tuo marito ti dà il permesso di incontrare la tua migliore amica?»

«Non viene a pranzo, è ostaggio di mio suocero.»

«Che novità.»

«Se vuoi mangiamo insieme.»

«Vediamoci come al solito, a Princesa.»

«Mi hai salvato, Carmen, mi sentivo crollare il mondo addosso ancora prima di affrontare la giornata.»

«Sai come la penso, Sofía. Perché non cominci il dottorato? È per questo che hai iscritto Beatriz al nido. Non fai altro che rimandare e amareggiarti, tale e quale a tua madre.»

«Se continui così attacco e piango per il resto della giornata.»

Risero entrambe e si accordarono per vedersi.

Quando posò la cornetta, Sofía si guardò allo specchio e fece un sorriso. Sembrava che la sua giornata si fosse illuminata. Il cambio degli armadi poteva attendere. E Vito avrebbe provveduto al pranzo delle bambine.

Carmen Santos era la sua migliore amica da quando erano molto piccole. Erano nate a una settimana di distanza. Finché Sofía si era sposata, avevano abitato nello stesso palazzo, porta a porta. I loro padri, Zacarías Márquez e Vicente Santos, erano stati grandi amici; non altrettanto le loro madri, troppo progredita quella di Carmen per il carattere rancoroso e intollerante di doña Adela, l'implacabile madre di Sofía. I due uomini erano stati compagni di università, avevano fatto insieme il dottorato e si erano sostenuti a vicenda durante i concorsi per le cattedre. Con il tempo le avevano ottenute entrambi, ma a diversi anni di distanza: prima Zacarías, con l'aiuto di quella che dopo la guerra era divenuta la sua famiglia acquisita; Vicente aveva faticato di più, poiché aveva dovuto scontare la sua appartenenza alla fazione sbagliata e la mancanza di figure autorevoli che lo appoggiassero.

Zacarías Márquez e Adela Abadía, i genitori di Sofía, si erano conosciuti nell'autunno del 1935 durante un ricevimento organizzato dal rettore della Universidad Central, al quale lei partecipava in quanto figlia unica di un famoso impresario farmaceutico, don Benito Abadía. Adela aveva vent'anni ed era viziata e protetta dal padre. Quando aveva visto Zacarías, si era subito invaghita di lui. Il suo modo di parlare, di esprimersi, la serenità con la quale esponeva i suoi argomenti, amava tutto di lui. Anche a suo padre pareva un bravo ragazzo e persino un buon partito, che avrebbe potuto offrire alla figlia e alla famiglia il tocco intellettuale che mancava a lui, figlio di un generale dell'esercito che aveva combattuto nella guerra di Cuba. Il fatto di avere raggiunto in così giovane età il traguardo di dottore *cum laude* in fisica e le sue chiare aspirazioni avevano indotto don Benito Abadía a prendere in considerazione il pretendente. Con il sostegno paterno, Adela aveva alimentato la sua predilezione per il giovane neolaureato dall'aria colta e squisita, anche se al momento del primo incontro Zacarías Márquez non era solo: era venuto alla festa accompagnato da una ragazza di nome Patricia Torres, laureata come lui in fisica, con un dottorato e la stravagante aspirazione di diventare una scienziata. Adela l'aveva osservata come si guarda una bestia rara, senza riscontrare in lei attrattive che potessero farle concorrenza, né un briciolo di eleganza, né classe, neppure bellezza. Era solo una saputella con il proposito ridicolo di tenere testa agli uomini. Il giovane aspirante professore e la sua amica non si erano presentati come fidanzati, si trattavano come buoni amici, chiamandosi colleghi, contraddicendo la visione tradizionale che ribolliva nella mente di Adela, convinta che una donna non potesse essere collega di un uomo nella professione, meno che mai in un campo maschile (nella sua testa) quanto la fisica e la scienza in generale. In quel momento aveva cominciato a essere più insistente, adoperandosi perché Zacarías la invitasse a uscire. Non era stato facile, perché il giovane scienziato era quanto mai sfuggente. Peraltro il corteggiamento si era interrotto sul nascere con l'inizio della guerra. Avevano smesso di vedersi perché Adela si era trasferita con i genitori a Salamanca, mentre Zacarías era rimasto a Madrid, come l'amico Vicente. I due erano riusciti a evitare di partire per il fronte, Zacarías a causa della miopia che lo costringeva a portare gli occhiali, e Vicente per una leggera zoppia, dovuta a una malformazione congenita. Entrambi erano stati destinati ai servizi ausiliari. Nessuno dei due aveva mai sparato un colpo durante il conflitto, ma l'onta di trovarsi nella Madrid assediata con l'uniforme dell'esercito popolare ricadeva su di loro come una condanna e, alla fine della guerra, erano stati costretti a fornire spiegazioni. Vicente era stato arrestato per primo e condannato a dieci anni di prigione. Zacarías viveva nel terrore. Sapeva di poter essere arrestato da un momento all'altro. Un giorno aveva incontrato Adela per strada, e lei lo aveva riconosciuto. Avevano bevuto un caffè insieme e Zacarías le aveva raccontato le difficoltà che stava vivendo. Da giorni dormiva a casa di un conoscente, che rischiava di avere problemi ospitandolo; non osava tornare a casa, dove abitava la madre. Adela lo aveva ascoltato con attenzione e aveva avuto un'idea. Gli aveva proposto di nascondersi a casa sua: suo padre era un imprenditore conosciuto che avrebbe potuto fornirgli tutto il sostegno necessario per uscire indenne da quella difficile situazione. Zacarías l'aveva ringraziata per l'interessamento, ma era convinto che il padre della ragazza non si sarebbe prestato a nascondere un ricercato. In quell'occasione Zacarías aveva capito che Adela riusciva sempre a spuntarla in ogni situazione, con il padre, con la madre e con lui stesso. Don Benito Abadía era un imprenditore audace e coraggioso, che aveva come sola debolezza l'adorazione per la sua unica figlia, alla quale non riusciva a negare nulla. Quando si era presentata a casa con Zacarías e aveva riferito al padre la sua situazione delicata e l'idea di ospitarlo, don Benito ci aveva pensato, valutando la situazione per un momento e ascoltando gli argomenti che forniva in propria difesa lo stesso Zacarías, supportati da Adelina che, entusiasta, evocava la protezione dovuta a quel ragazzo, evidentemente innocente. Alla fine don Benito aveva acconsentito, ma a una condizione; tenendo conto della posizione delicata in cui avrebbe posto lui e tutta la famiglia, e sapendo che Adela era ancora innamorata di quel giovane dall'aspetto gracile, gli aveva chiesto di sposare sua figlia; Zacarías, seduto su una poltrona di quel salotto austero, di fronte a un'Adela raggiante, aveva ascoltato la proposta, sconcertato. Aveva guardato la ragazza dagli occhi scuri, che prima della guerra gli era parsa una giovane capricciosa e insistente: era diventata una donna sicura, ferma, matura. Sapeva che gli stava offrendo la possibilità di salvarsi, ma non poteva mentirle, e le aveva confessato che non era innamorato, certo che la ragazza avrebbe desistito di fronte alla mancanza di un sentimento reciproco; ma per lei non era un inconveniente. «Ti chiedo soltanto di rispettarmi», aveva detto Adela, «di essere gentile con me, e di offrirmi una convivenza tranquilla, del resto me ne occuperò io.» Zacarías non ci aveva pensato due volte (non aveva il tempo di farlo) e aveva accettato la proposta. Si era ritrovato sposato per pura sopravvivenza, e riconosceva l'affetto e la gentilezza che gli avevano riservato quelli che sarebbero diventati i suoi suoceri e, naturalmente, quella che era divenuta sua moglie e la madre dei suoi figli. In quel modo, come genero del facoltoso imprenditore Benito Abadía, risultava intoccabile, e oltre a formare una famiglia con Adela, era diventato professore e aveva potuto dedicarsi a ciò che realmente amava, l'insegnamento all'università e, soprattutto, la ricerca con i fondi del suocero.

Il matrimonio con Adela Abadía non aveva favorito soltanto Zacarías: con il tempo (in occasione della nascita del suo primo figlio e primo nipote dell'imprenditore Abadía) aveva portato anche l'indulto per Vicente, a patto che entrasse nella División Azul per rimediare alla sua colpa. Così aveva trascorso quattordici mesi nelle gelide steppe russe. Al ritorno si era sposato con Concha, l'amore della sua vita, sua fidanzata sin dall'adolescenza, rimasta incinta prima che lui partisse. Quando era tornato dalla Russia, sua figlia Carmen aveva dieci mesi. La casa di Vicente e Concha era un luogo di incontro, frequentato abitualmente da Zacarías Márquez (sempre senza Adela) e da altri compagni e amici fidati. Nessuno era tenuto a nulla ma, in tempi di grandi ristrettezze, ciascuno portava ciò che poteva: una bottiglia di vino, o un dolce comprato per strada, del liquore all'anice o del cognac, o un pacchetto di sigarette messo sul tavolo, a disposizione di tutti. Qualcuno arrivava senza niente e non doveva scusarsi prima di inserirsi nella conversazione, per esporre idee, pensieri, opinioni, dissertare rispettando l'avversario, parlare di questioni divine o umane, analizzando la vita con quel misto di insoddisfazione e di gioia che sprizzano gli intellettuali. Nella sicurezza di quelle quattro mura, non avevano problemi a dichiararsi massoni, atei, liberi pensatori e amanti del progresso, tutto con la massima discrezione e in segreto, poiché ciascuno di loro conosceva le conseguenze dell'essere scoperto. Zacarías Márquez era felice di quelle riunioni, come lo era delle sue lezioni, o nel laboratorio, immerso nell'incanto straordinario di provette, refrigeranti, cristallizzatori, mortai, bacchette e pinze. Un pomeriggio Vicente e Zacarías si trovavano da soli in un ufficio. All'improvviso Vicente si era sentito male, si era portato la mano al petto e aveva perso i sensi. Zacarías aveva cercato di soccorrerlo, ma Vicente era morto pochi minuti dopo tra le braccia dell'amico, per un infarto fulminante.

Quella morte aveva segnato per sempre Zacarías, rendendolo un uomo taciturno, solitario, sempre più disincantato, specie quando l'anno successivo Sofía, la luce dei suoi occhi, aveva sposato Daniel Sandoval, di cui Zacarías non si fidava fino in fondo, consapevole che con quel matrimonio avrebbe interrotto tutte le ambizioni professionali che negli anni aveva instillato in Sofía. Don Zacarías aveva seguito il percorso scolastico della figlia fin da quando era molto piccola, le sue esposizioni a scuola erano brillanti, così come i suoi voti. Da quando aveva cominciato a pronunciare le prime parole, le aveva insegnato l'inglese e un po' di tedesco, lingue necessarie per muoversi nel mondo scientifico. A volte, quando le lezioni glielo permettevano, di nascosto dalla madre, l'aveva portata in laboratorio e aveva constatato le sue attitudini per il metodo scientifico e, soprattutto, l'interesse risvegliato in quella adolescente da tutto ciò che ribolliva tra quelle quattro mura. Le sue mani delicate maneggiavano i materiali e gli strumenti come se fosse nata per farlo. Per lei, il regalo più gradito non erano state le bambole o le cucinette che si ostinavano a donarle la madre e i nonni, ma un microscopio binoculare James Swift & Son che il padre aveva ordinato a un collega inglese, con quattro lenti e una lampadina sotto la piastra per i campioni. L'entusiasmo dimostrato da Sofía era stato pari soltanto alla monumentale delusione della madre. Ma nonostante l'indignazione di Adela di fronte a un regalo inappropriato per una bambina di dieci anni, Sofía aveva snobbato i giocattoli per concentrarsi su quel piccolo gioiello, come fosse il più prezioso dei tesori. Si era persino costruita un piccolo laboratorio nella sua stanza con pipette, provette, un portaprovette e i matracci che il padre le aveva comprato al mercato del Rastro, e che la madre si era affrettata a buttare nella spazzatura pochi giorni dopo, con grande dispiacere, perplessità e rabbia di Sofía, che si era rifugiata tra le braccia del padre per farsi consolare. L'episodio aveva convinto don Zacarías che la figlia fosse una futura scienziata molto promettente, e si era impegnato per impedire che i ruoli prestabiliti, i costumi e sua moglie precludessero alla figlia il cammino della scienza.

Sofía e il padre erano sempre andati d'accordo, sostenendosi a vicenda in casa, terreno arduo per entrambi. Sofía poteva parlare con lui senza sentirsi imbarazzata, niente a che vedere con ciò che accadeva con la madre, intollerante nei confronti di quella figlia così simile al padre in tutto. Era precisamente quest'ultimo il rimprovero che le rivolgeva di continuo, la complicità con l'altro genitore, che la innervosiva. Con il tempo doña Adela era diventata una donna dalla morale intransigente, religiosissima, rigida e ligia a una disciplina marziale, che imponeva a se stessa e a coloro che la circondavano, soprattutto agli altri suoi due figli, Benito e Adelina, che era riuscita a forgiare a proprio piacimento, senza grandi opposizioni. Il suo carattere forte risultava opprimente per lo spirito sensibile e tiepido di don Zacarías, per nulla incline alle liti, nemico dei toni accesi e delle discussioni senza importanza che, a suo parere, costituivano una perdita di tempo e di energie. Dunque quando una questione, in genere irrilevante, minacciava di sfociare in una battaglia campale, decideva di ritirarsi dal conflitto prima di ricevere il primo colpo, dandole ragione su tutto; in quel modo la disarmava, pur non riuscendo a calmarla, visto che lei continuava a parlargli della faccenda, analizzandola, forte della sua ragione, dei suoi argomenti incontrovertibili, finché, senza un nemico da fiaccare, si ritirava, riportando la pace. In rarissime occasioni don Zacarías l'aveva affrontata con impegno e decisione, fermo come una roccia, erigendo un muro invalicabile che doña Adela era incapace di abbattere. Una di quelle poche occasioni riguardava gli studi di Sofía. Don Zacarías l'aveva incoraggiata a studiare fin da piccolissima e non solo alle superiori, ma spronandola a frequentare l'università. «È l'unica cosa che nessuno potrà toglierti, in futuro una laurea ti aprirà le porte per fare ciò che vorrai della tua vita.» Glielo aveva ripetuto così tante volte e in ogni modo che, contro il parere di tutti (con l'acquiescenza dell'interessata, entusiasta delle scienze altrettanto se non più del padre), Sofía era entrata all'università ed era riuscita a laurearsi in Chimica. Come alle superiori, i suoi voti erano eccellenti, e avevano creato molte aspettative in alcuni professori, in particolare un docente di biochimica, collega di laboratorio di don Zacarías, che lo aveva spronato a impuntarsi affinché la figlia non sprecasse le sue attitudini scientifiche. Durante gli studi aveva sempre avuto la madre contro. Aveva sopportato e superato tutti gli ostacoli che doña Adela frapponeva grazie alla protezione del padre, aveva tollerato il suo scherno e quello dei suoi fratelli (Benito, di un anno più vecchio di lei, aveva fatto carriera nell'esercito e Adelina, di due anni più giovane, che don Zacarías non era riuscito a indirizzare verso l'università, che si era arresa a Adela, la quale l'aveva resa una moglie sollecita e una madre attenta di tre bambini, dati alla luce nel giro di soli cinque anni) e aveva fatto orecchie da mercante ai suoi commenti su quanto fossero mal viste le ragazze universitarie e su quanto se ne sparlasse nelle aule delle facoltà. Doña Adela non si stancava di ripeterle quanto fosse inutile per una donna studiare qualcosa che non avrebbe in alcun modo contribuito all'abilità nell'organizzare una casa *comediocomanda*. «Una ragazza deve imparare soltanto come diventare una brava moglie, una buona madre, deve saper tacere e vivere nell'ombra del suo uomo.» Era ciò che Sofía si sentiva ripetere dalla madre, dai fratelli, dalla nonna materna e, naturalmente, dal nonno materno, che aveva smesso di parlarle quando aveva saputo che si era iscritta all'università, e come se non bastasse alla facoltà di Chimica. La semplice idea aveva fatto inorridire tutti e provocato un dispiacere alla famiglia.

Era logico, dunque, che Daniel avesse trovato in doña Adela il migliore dei complici al momento di convincere Sofía a sposarsi, e che continuasse a contare su di lei per tenerla a casa e per allontanare le idee pellegrine riguardo i dottorati e i laboratori. Don Zacarías aveva perso quest'ultima battaglia, almeno per il momento; ma non intendeva arrendersi e continuava a insistere affinché Sofía concorresse al dottorato, per riuscire a dedicarsi, un giorno, alla ricerca. Ogni tanto la tentava con proposte interessanti per approfondire una possibile tesi di dottorato. Ma riceveva sempre la stessa risposta: «Più avanti, quando le bambine saranno un po' più grandi».

Mentre si preparava per uscire con l'amica, Sofía accese il piccolo giradischi che teneva in camera da letto. Era un apparecchio portatile con una valigetta in finta pelle bicolore, rosso e avorio, regalo di nozze di Carmen. La musica di Scott McKenzie la fece desiderare di visitare città come San Francisco. Da bambine, lei e Carmen fantasticavano di viaggiare in luoghi lontani. Prendevano il mappamondo che Vicente teneva in studio e con le dita tracciavano le destinazioni immaginate. India, Australia, Londra, Roma, New York, San Pietroburgo o Sebastopoli: l'importante era viaggiare, per terra, per mare o in volo, conoscere altra gente, parlare altre lingue, camminare in altre strade. Quando avevano compiuto quattordici anni, avevano fatto un patto di sangue, pungendosi con un ago i palmi e avvicinando le mani, di non separarsi mai, di non sposarsi e di non avere figli. Carmen aveva mantenuto la sua parte del patto ed era riuscita a realizzare la maggioranza di quei sogni. Non aveva figli, a vent'anni si era presentata a un colloquio per diventare hostess dell'Iberia Airlines ed era stata presa. Da sette anni girava il mondo. Anche se ormai la sua condizione di donna nubile sembrava minacciata da un avvenente pilota, che da due anni le faceva la corte.

Sofía si guardò allo specchio. Aveva fatto esattamente il contrario di quanto aveva promesso con quel patto di sangue: si era sposata troppo presto, era diventata madre troppo in fretta e, come se non bastasse, aveva affrontato una seconda gravidanza, pur essendosi riproposta di non ricascarci dopo l'esperienza terribile che aveva vissuto con la prima figlia. Era diventata così come la madre voleva che fosse, l'esatto contrario di ciò che voleva essere lei, di ciò che suo padre aveva previsto che sarebbe potuta diventare. Sentiva di averlo deluso, e di avere deluso se stessa.

Cambiò disco e mise quello che le aveva regalato il padre per il suo compleanno. Abbassò la puntina sui solchi che giravano. Le piaceva guardare il volto dell'autore sulla copertina del singolo, virata in rosso, con i tratti sfumati, l'espressione accigliata, come se fosse arrabbiato con il mondo, lo sguardo di lato. La divertiva quel gesto di ribellione. La musica cominciò a suonare e la voce dolce e grave di Luis Eduardo Aute irruppe nella stanza con la sua Aleluya.

*Una historia que termina, una piel que no respira, una nube desgarrada, una sangre derramada, aleluya.**

Si mise a canticchiarla mentre finiva di vestirsi; a furia di ascoltarla, la sapeva a memoria.

Dall'altra parte della strada, l'uomo che la osservava la sentiva cantare e sorrideva. Senza staccare gli occhi dal binocolo, si concentrò sul testo: ... *la sonrisa de un recuerdo, la mentira de un te quiero, unos cuerpos que se anudan, una niña que pregunta, aleluuuya...* **

Rapita dalla musica e dal canto, Sofía non udì lo squillo del telefono. Vito, che era tornata, se ne accorse e si affacciò sulla porta della stanza.

«Signora, signora, il telefono...»

Sofía si voltò, sconcertata dall'interruzione. Capì e corse a rispondere. Si portò la cornetta all'orecchio; sentiva appena la voce del padre, perché quella di Aute sovrastava la conversazione.

«Aspetta un attimo, papà.»

Si allontanò, sollevò il braccio del giradischi e con il silenzio in sottofondo riprese la cornetta e si sedette sul letto.

«Come stai?»

«Bene. Sono contento di avere indovinato, con quel disco. Non sapevo se ti sarebbe piaciuto.»

«Mi conosci troppo bene per non indovinare.»

«Per oggi hai già qualche progetto che non coinvolga il mio amato genero?»

«Ebbene sì. Ho appuntamento con Carmen.»

«Quella ragazza riesce sempre ad anticiparmi. Avrei voluto vederti, devo dirti una cosa.»

«Se vuoi ci vediamo prima di pranzo. Dove sei?»

«In laboratorio», rispose don Zacarías. «Va bene all'una? Dobbiamo fare in fretta, perché sai che alle due in punto devo rientrare in casa altrimenti il sergente, tua madre, mi concia per le feste.»

* «Una storia che finisce, una pelle che non respira, una nube strappata, un sangue versato, alleluja.»

** «...Il sorriso di un ricordo, la bugia di un ti amo, corpi che si intrecciano, una bambina che domanda, alleluja...»

«Papà, hai la pazienza di un santo.»

«Sì», ribatté, ridendo. «Mi sono guadagnato il paradiso. Peccato che non creda nel paradiso e nemmeno nei santi: tutta questa pazienza non mi servirà a niente.»

Sofía riattaccò sorridendo. Adorava il padre. Era una brava persona, le diceva Carmen, che dalla morte del suo la guardava con una sana invidia perché lo aveva ancora al suo fianco. Sofía tornò al giradischi e prese un altro singolo.

Dall'altro lato della via, l'uomo che la spiava si disse: «Scommetto che indovino quale sceglierai, mia cara Sofía». Poco dopo risuonò la voce di Raphael, con la canzone *Mi gran noche*. L'uomo sorrise tra sé, canticchiando la melodia. «Mi faccio i complimenti. Ti conosco bene, Sofía, quasi meglio di tuo marito.»

5

Per Sofía la giornata si era rivelata straordinaria, così come per Daniel, ma per ragioni diverse, e in un altro senso. Sorrideva, ascoltando un LP che le aveva portato Carmen da New York. Frank Sinatra e sua figlia che cantavano insieme *Somethin' Stupid*. Fumava una sigaretta americana, fornita anche quella dall'amica, mentre canticchiava il testo. Osservò la copertina del disco: trovava commovente lo sguardo complice tra Frank Sinatra e la figlia Nancy che si toccavano il naso. Pensava a quanto le sarebbe piaciuto vedere New York, passeggiare per le sue vie piene di gente, ammirare i grattacieli, vedere la famosa Quinta Strada, entrare da Tiffany o stare fuori dal negozio, all'alba, ferma davanti alla vetrina con un vestito da sera e uno chignon alto in testa, emulando la meravigliosa Audrey Hepburn in *Colazione da Tiffany*. Quel film aveva segnato le due amiche. Erano andate a vederlo il primo giorno di programmazione al Lope de Vega, e lo avevano amato così tanto che ci erano ritornate tre volte. Era stata la scintilla che aveva spinto Carmen a decidere di lasciare gli studi in Biologia, appena iniziati, per diventare hostess, il modo più facile per realizzare il suo sogno, quello di viaggiare, per di più con uno stipendio. Sofía sospirò. Invidiava Carmen, invidiava la sua libertà di decidere che cosa fare delle proprie giornate, che cosa comprare o come vestirsi. Carmen osava portare la gonna corta, e indossava con naturalezza i pantaloni Capri che acquistava a New York o in Italia e che, con i tacchi bassi, la facevano assomigliare ad Audrey Hepburn. Di certo attirava l'attenzione, in una Madrid ancora restia ai cambiamenti che si insinuavano irrimediabilmente, soprattutto grazie alle ragazze giovani e alle turiste nelle località balneari. Ma Carmen, lungi dal tacere di fronte ai commenti che suscitava al suo passaggio, alle voci volgari e offensive, rispondeva a tono, senza intimorirsi, chiudendo la bocca a uomini e donne. Era emancipata da ogni punto di vista, lo era sempre stata, come Sofía finché non si era sposata. Era evidente che, nonostante tutto, le cose stavano cambiando ed erano sempre più numerose le ragazze che rompevano con le tradizioni considerate consone, e questo rendeva Sofía ancora più consapevole di essere prigioniera di una spirale nella quale non sarebbe mai dovuta entrare; si vestiva per accontentare il marito, si pettinava come piaceva a lui, entrava e usciva di casa assecondando il suo volere. Tutto era sottoposto alla sua supervisione e, in qualche modo, a quella di sua suocera e di sua madre, sempre pronte a darsi man forte come ferme guardiane del focolare. Ci pensava molto spesso, ma non faceva nulla per porvi rimedio, lo sapeva.

Ci pensava, ci pensava sin troppo di frequente, ma quel giorno in modo speciale, per diverse ragioni. Suo padre le aveva proposto di nuovo un argomento per la tesi di dottorato, attinente alla biologia molecolare, materia che l'aveva interessata molto durante gli studi dopo la scoperta, avvenuta nel 1953, del DNA. In più le era stato prospettato l'incentivo allettante di fare la tesi con Mercedes Montalcini. Doveva decidere immediatamente, perché altrimenti la ricerca sarebbe stata offerta a un altro studente, più sollecito ed entusiasta. Sofía aveva ascoltato con attenzione e promesso che avrebbe valutato la proposta e dato una risposta il prima possibile. Non aveva detto che ne avrebbe discusso con Daniel, perché Zacarías avrebbe reagito male, come sempre. Tuttavia sapeva che, senza l'appoggio e il permesso del marito, le sarebbe stato impossibile affrontare qualunque impegno per il dottorato. Più tardi, a pranzo, ascoltò rapita la cronaca del viaggio a New York della sua amica Carmen. La trovava stupenda con la pettinatura corta e gonfia alla Jackie Onassis, il trucco ardito, gli stivali di vernice scandalosamente rosa, il vestito variopinto che le donava molto, in netto contrasto con il suo, un semplice abito blu con la giacca in tinta, due dita sopra il ginocchio, la collana di perle regalata da Daniel, le scarpe a mezzo tacco e la borsa fuori moda. «Sei bellissima, stai benissimo», le aveva detto Sofía diverse volte. L'amica rispondeva sempre nello stesso modo, che lei non poteva continuare così, che stava diventando una donna noiosa e che doveva reagire. Per la prima volta Sofía si ripropose sul serio di accettare la proposta che le aveva fatto il padre, o per meglio dire di riferire a suo marito l'opportunità che le si prospettava, al fine di ottenere l'appoggio necessario.

Sentì la porta di casa aprirsi. Era Daniel. D'istinto, si agitò e spense la sigaretta, sventolando la mano davanti al viso per cercare inutilmente di disperdere il fumo sospeso nell'aria. Si alzò e tolse il disco. A lui non piaceva la musica che ascoltava, era più il tipo da *zarzuelas*. Le bambine stavano giocando in camera con Vito. Vide il marito dirigersi verso la camera da letto, senza dire una parola. Lo seguì, stando in guardia perché temeva che avesse saputo della sua uscita a pranzo con Carmen e che fosse infastidito: non vedeva di buon occhio la sua amica d'infanzia, Sofía lo sapeva, quindi in genere non gli diceva niente quando si incontrava con lei.

«Ciao», disse entrando in camera. Daniel si stava togliendo la giacca. «Sei arrivato presto. Dovevi andare a Navalcarnero, e pensavo che...»

«Abbiamo finito prima», la interruppe lui, serio, senza guardarla.

Sofía si avvicinò e gli diede un bacio. Lui lo ricevette con freddezza, come assente.

«Come è andata la giornata?» domandò Sofía. Lo faceva sempre, anche se la maggior parte delle volte otteneva soltanto un secco «Bene», uno «Stanco» e poco più. Quel giorno non fece eccezione.

«Bene», rispose lui distrattamente.

«È successo qualcosa?»

Sembrava più taciturno del solito, più schivo. Sofía si convinse che avesse saputo dell'uscita con Carmen. Aveva l'atteggiamento abituale con cui dimostrava il suo malessere: non parlarle, non guardarla, distruggerla moralmente. Per poi attaccarla indispettito.

Lui la guardò come se l'avesse vista solo in quel momento. Negò, serrò le labbra, disfò il nodo della cravatta e si sedette sul letto con espressione abbattuta. Si nascose il volto tra le mani. I gomiti sulle ginocchia.

«Sono stanco.»

«Hai discusso con tuo padre?» insistette Sofía, ansiosa di conversare con lui.

Daniel pensò alla madre, alla paella che avrebbe dovuto annullare e al dispiacere di non poter andare a El Escorial.

«Nel fine settimana non possiamo andare alla villetta con i miei genitori.»

«Ah no?» domandò lei, contenendo l'entusiasmo. «Allora possiamo andare a casa di Carmen, che ha organizzato una piccola festa per l'Eurofestival. La canzone di Massiel le piace molto.» Sperava in una sua resa, ma il suo coraggio si sgonfiò subito, vedendo il suo sguardo scontroso.

Daniel si accucciò per slacciarsi le scarpe e parlò senza guardarla.

«È possibile che debba fare un viaggio a Parigi.»

Il volto di Sofía si illuminò, di un sorriso pieno di illusione.

«A Parigi? Quando? Potrei venire con te. È un sacco di tempo che non andiamo da qualche parte da soli.»

«No... non è possibile.» Daniel era nervoso, schivava lo sguardo inquisitorio della moglie, consapevole di averle congelato il sorriso sulle labbra. «È una faccenda di lavoro.»

«Ma ci vai da solo?»

«Sì, da solo, ma saranno pochi giorni, solo una scappata... Non ne vale la pena... Non potrei stare con te.»

«Non mi dispiacerebbe stare da sola a Parigi», rispose Sofía, ritrovando il sorriso, come una supplica sottile, quasi sottomessa.

«No, Sofía, non è possibile», concluse lui, con fermezza, deciso a liquidare il discorso, che chiaramente lo metteva a disagio. «Vado in treno, sono un sacco di ore. In più, ho già la prenotazione e sarebbe un pasticcio.»

«Hai già la prenotazione?» domandò lei, sorpresa. «Quando parti?»

Lui la guardò per un attimo, prima di rispondere.

«Stasera.»

«Stasera? E perché non mi hai detto niente?»

«Perché non ero sicuro di andare... Ma credo di doverlo fare.»

«Ah...» mormorò lei, sconcertata. «Sono sempre l'ultima a sapere le cose. E a che ora, si può sapere?»

«Il treno parte alle nove dalla Estación del Norte. Preparami qualcosa di veloce da mangiare.»

Parlava con decisione, per evitare le domande.

«E che vestiti ti porti?» domandò lei meccanicamente, tornando ai suoi doveri.

«Poca roba, non mi tratterrò per molti giorni.»

«Va bene, ti preparo qualcosa per cena e poi ti faccio la valigia.» Sofía pensò di tacere, ma decise di non farlo; in fondo era arrabbiata per il suo atteggiamento, furiosa perché si vedeva sempre messa da parte in ogni decisione, anche la più insignificante. «Daniel, ho parlato con mio padre, mi ha detto che ci sono delle borse di studio per gli studenti di dottorato, di diecimila pesetas. Riguardano la biologia molecolare, e mi interesserebbe moltissimo.» Daniel le rivolse uno sguardo offeso, come se nelle sue parole avesse percepito qualcosa di fastidioso, di volgare. Lei non si intimorì e, armandosi di fermezza, proseguì: «Pensavo di accettare».

«Ne abbiamo parlato tante volte, Sofía. Non ne hai bisogno. In questa casa lavoro già io, e guadagno abbastanza.»

«Il punto non sono i soldi; l'argomento della ricerca mi interessa tantissimo...»

«Ti fa così schifo la vita che ti offro?»

Sapeva benissimo come demoralizzarla, come affondare il suo entusiasmo per spuntarla. Non era la prima volta che affrontava una situazione simile.

«Non si tratta di questo, Daniel. Il punto è che devi cogliere le opportunità che ti si presentano, altrimenti le perdi. Se non accetto, la borsa andrà a qualcun altro. E, ti ripeto, l'argomento mi entusiasma...»

«Magari più avanti. Le bambine sono ancora piccole. Lascia perdere.»

«Ma io non voglio lasciar perdere. Ho lasciato perdere per troppo tempo. Avrei dovuto...»

«Basta!» la interruppe seccamente. «Fine del discorso.»

Sofía non disse nulla, schiacciata dalla delusione.

Daniel rifletté per un attimo e cambiò tono, facendosi più conciliante.

«Ne parliamo al mio ritorno. Adesso non è proprio il momento.»

«Non è mai il momento per le cose che interessano a me.»

Lui si indignò, assumendo un'espressione infastidita.

«Non voglio parlare di questa cosa, non adesso. Smettila.»

Rimasero in silenzio, a disagio.

Sofía, sconfitta, si avviò, dandogli le spalle.

«Vado a preparare la cena.»

Dall'altra parte della via, un uomo si abbandonò sulla poltrona con un sorriso soddisfatto. Aveva ascoltato la conversazione. «Bene, bene, Daniel Sandoval, molto presto ci vedremo in faccia.» Respirò tranquillamente. Le cose si stavano avviando verso la conclusione. Sopra il tavolo c'erano il suo passaporto, falsificato alla perfezione, con il nome francese che aveva usato per tutto quel tempo, e il biglietto aereo per Parigi. Sarebbe partito due ore dopo Daniel Sandoval, e sarebbe arrivato molto prima di lui. Avevano la stessa meta, uno via terra e l'altro in aereo, e lo stesso obiettivo. Guardò l'ora. Si affacciò per osservare il palazzo di fronte. Le tende nascondevano l'interno. Ormai non aveva importanza. Aveva tutto ciò che gli serviva. Cominciò a ritirare lentamente le proprie cose.

6

La banchina brulicava di persone che si muovevano rapidamente, piene di valigie, pacchi che sbattevano contro le gambe di chi procedeva in senso contrario o camminava più lentamente o si fermava a guardare il biglietto per verificare il numero della carrozza. La tensione e l'inquietudine pervadevano coloro che sarebbero restati, ma anche coloro che stavano per mettersi in viaggio. Si parlavano pungolati dalla fretta per la partenza imminente, dando e ricevendo consigli, raccomandazioni, dimostrazioni sbrigative d'amore, di affetto affannato, come se volessero accumulare i baci e gli abbracci di cui sarebbero stati privati durante la separazione.

Daniel e Sofía erano l'uno di fronte all'altra, accanto al vagone. Dovevano far trascorrere i minuti che mancavano alla partenza. La piccola valigia a terra, vicino a loro.

«Potevi almeno prendere il vagone letto. Arriverai distrutto.»

«Non ho prenotato io...» disse confuso. «E in realtà non ci ho pensato. Ma non preoccuparti, starò bene.»

«Mi chiami quando arrivi?»

«Sì, Sofía», rispose senza nascondere l'irritazione per l'insistenza. «Ti avviso quando sono in albergo.»

«Anche se è tardi, o presto. Non importa, tu chiamami, così sto tranquilla. Sai se l'albergo è in centro?»

«Non ne ho idea.»

Lo trovava inquieto, sfuggente, come se non vedesse l'ora di sbarazzarsi di lei. Ed era vero. Daniel aspettava con ansia la partenza per restare da solo con i pensieri che gli affollavano la mente.

«Si può sapere cos'hai? Sembri preoccupato.»

«Non ho niente», rispose lui, infastidito dalla testardaggine della moglie e, soprattutto dal suo sguardo inquisitorio, che stava tentando di schivare. «È una questione di lavoro, tutto qui.»

«E non puoi dirmi di che si tratta? Non capisco tutti questi misteri. Mi fanno diventare sospettosa.»

A quel punto la fissò con un'intensità piena di pentimento. Fece schioccare la lingua. Non era colpa sua. La guardò e le sorrise, accarezzandole i capelli.

«Non preoccuparti. Davvero, non è niente. Si tratta solo di una questione complessa... Una negoziazione difficile. Non so come me la caverò, e in più non parlo francese da tempo... Tutto qui.»

Si guardarono per qualche secondo, in silenzio. Per un attimo ebbe la tentazione di svelarle il vero motivo del viaggio, ma qualcuno gli diede uno spintone, facendolo precipitare in uno stato di impazienza piena di turbamento. Si guardò intorno, implorando silenziosamente tra sé che il treno si avviasse, finalmente, finché si udì il fischio che annunciava la partenza, e la sua intenzione di confessare ogni cosa fu accantonata. Abbracciò la moglie e, all'orecchio, senza guardarla, le sussurrò: «Ti amo, Sofía. Ti amo tanto».

Sofía lo guardò e gli sorrise con gratitudine.

«Sono convinta che te la caverai benissimo», affermò lei, con fragile fermezza. «Il tuo francese è sempre stato perfetto.»

Si abbracciarono di nuovo, e lui le sussurrò nuovamente all'orecchio: «Ti prometto che al ritorno ti dico tutto. Fidati di me». La allontanò da sé per cercare il suo sguardo. «Lo farai?»

«L'ho sempre fatto, lo sai.»

Il treno sussultò. I due si diedero un ultimo, rapido bacio, e lui salì a bordo. Si affacciò subito da un finestrino. Sofía camminava accompagnando il movimento del treno, senza smettere di guardarlo, come se in quel modo potesse evitare la separazione, rimandare l'assenza imminente. Alzò il braccio verso di lui per raggiungere la sua mano. Lui tese la propria, ma riuscì soltanto a sfiorarle le dita. Sofía rimase con il braccio in alto, la mano tesa verso di lui, accelerando il passo con la sensazione angosciante che il filo da cui erano collegati si tendesse sempre di più, che a ogni metro percorso dal treno si disfacesse il nodo che li aveva mantenuti uniti.

«Fammi sapere quando torni. Ti aspetto», urlò, rallentando, quando non riuscì più a tenere il passo del convoglio. «Ti amo...»

Lui non disse nulla: si limitò a sorridere, senza smettere di guardarla.

«Chiamami...» disse lei. Si portò la mano all'orecchio, consapevole che la sua voce non poteva raggiungerlo.

Alla fine si fermò, inchiodata al binario con un'opprimente sensazione di commiato, di solitudine, mentre vedeva la figura immobile del marito che si allontanava, trascinata dalla forza della locomotiva.

Quando lo perse di vista, si sentì prostrata, incapace di trattenere le lacrime, come se le fondamenta sulle quali poggiava la sua vita avessero ceduto all'improvviso. Si ripeteva che era solo per qualche giorno, tre o quattro, magari cinque, ma non poteva evitare la sensazione inspiegabile di nostalgia che la stava aggredendo. Incapace di muovere un passo, come se fosse al tappeto, priva di forze, si sedette su una panchina, si coprì il volto con le mani e pianse sconsolata. Quando alzò lo sguardo, si accorse di essere rimasta da sola sul binario. Si asciugò le lacrime, fece un respiro profondo cercando di riempirsi i polmoni, e tornò a casa, trascinando con sé uno strano sentimento di solitudine.

Posteggiò la 1500 di fronte al palazzo. Daniel l'aveva guidata fino alla stazione. Durante il tragitto le aveva raccomandato più volte di fare attenzione con la leva del cambio, di schiacciare la frizione dolcemente, di tenere conto che i freni di quella macchina erano più bruschi rispetto a quelli della 600; lei lo aveva ascoltato, assentendo a tutto e senza dire niente. Prima di allontanarsi, verificò che tutte le portiere fossero chiuse, i finestrini alzati e le ruote dritte, come Daniel le aveva detto di fare. In quel momento vide uscire un uomo con la valigia dal portone di fronte al suo. Lo notò perché le parve che fosse troppo coperto, con un impermeabile e una sciarpa intorno al collo, oltre a un cappello Borsalino che ormai usavano in pochi. Un abbigliamento esagerato per il capriccioso e precoce caldo primaverile di quelle prime serate di aprile. Sorrise pensando a quanto fosse freddoloso suo marito. Chiuse la macchina e infilò la chiave nella borsa. Quando alzò gli occhi, incrociò lo sguardo dell'uomo. Aveva i baffi e le basette lunghe e folte, e sembrava che nascondesse il volto sotto la tesa del cappello. La luce del lampione lo illuminò, e per un attimo intravide i suoi occhi chiari, uno sguardo indagatore che le procurò un brivido. Si voltò a guardarlo mentre si allontanava con la valigia in mano, un po' curvo, la schiena ampia, alto, con le spalle larghe. Il suo modo di camminare gli parve stranamente familiare.

L'uomo si sistemò la tesa del Borsalino sulla fronte e abbozzò un sorriso. Lo aveva fatto apposta, aveva atteso nel portone finché non aveva visto la macchina che parcheggiava per incrociare Sofía e guardarla negli occhi per un attimo, da vicino. A volte lo faceva, si esponeva, portava al limite il rischio di essere scoperto, sentiva il bisogno di fornire qualche pista per mettere alla prova l'avversario. Sapeva che non avrebbe dovuto farlo, che la regola ferrea del suo lavoro era quella di non rischiare inutilmente. La posta in gioco era molto alta, troppo per giocare con la sorte. Ma non era riuscito a resistere. Aveva continuato a camminare, sentendosi gli occhi di lei sulla schiena, quei suoi occhi dolci che lo osservavano e si domandavano che cosa stesse succedendo. Si costrinse a non girarsi, a non alimentare il suo stupore.

7

DANIEL si accomodò al suo posto, abbandonandosi sul sedile. Era sfinito. Chiuse gli occhi e per un bel po' si lasciò cullare dallo sferragliare del vagone, nel tentativo di calmarsi. Il treno l'avrebbe portato a Hendaya; da lì avrebbe preso il Sudexpress per Parigi. Aveva molte ore davanti per pensare al senso di quello strano viaggio, per capire se stava agendo correttamente o se, come gli aveva detto il padre, avrebbe fatto meglio a lasciar perdere quella faccenda spinosa e continuare con la sua vita, l'unica che aveva mai avuto. Ma la curiosità, il bisogno di sapere chi ci fosse dietro a quel messaggio lo avevano spinto a non ascoltare i consigli del padre, decidendo di recarsi all'appuntamento e rischiare un'enorme delusione.

Sapeva che Sofía era infastidita e preoccupata dal suo strano atteggiamento. Con lei non era riuscito a nascondere il proprio turbamento: troppe domande senza risposta, troppo peso concentrato in poche righe scritte a macchina, la scoperta che la donna considerata da sempre la sua madre adorata, amatissima, in realtà non lo era. Era a pezzi, con una strana e incomprensibile sensazione di abbandono che lo soffocava. Era un'altra la donna che lo aveva portato in grembo, dato alla luce e consegnato a quella che si era sempre considerata e comportata come una madre. Si domandava che genere di donna può abbandonare il figlio appena nato, costringendolo a vivere una vita che non gli spettava. E, insieme, si tormentava rispondendo a quelle domande con il ricordo delle attenzioni di quella che considerava la propria madre, la sua presenza, i suoi abbracci, la sua dolcezza, la sua protezione, il suo affetto incondizionato e generoso. Non poteva deludere la donna che lo aveva allevato, dandogli la vita che aveva vissuto. Quale sarebbe stato il suo destino se fosse rimasto con l'altra madre, quella che lo aveva abbandonato o dato o consegnato o che se lo era visto strappare dalle braccia? Quei pensieri lo fecero rabbrividire. E se fosse stato così? Se in realtà quella donna non lo avesse abbandonato, se si fosse vista sottrarre il figlio che aveva appena dato alla luce da qualcuno che aveva approfittato dei momenti di debolezza, di vulnerabilità che seguono il parto? Era stato testimone diretto di quella sensazione di sentirsi persi in Sofía, dopo che aveva partorito le sue figlie, così debole, così dolcemente fragile, così sola se lui non fosse stato con lei, a proteggerla. Ma di nuovo gli tornava in mente il termine «adottato» (anche se legalmente era stato spacciato per biologico) e l'angoscia di essere tale lo aggrediva come una condanna terribile. Pativa senza capire fino in fondo il perché.

Per quello aveva accettato quello strano invito. Doveva guardare in faccia la verità, domandare a quella donna la ragione del suo comportamento, i particolari, dove, quando... I suoi sentimenti al momento di separarsi per sempre da lui. Aveva bisogno di fugare i dubbi che gli pesavano dentro come se avesse le vene piene di piombo, il cervello disseminato di piccoli aghi appuntiti.

Si portò una mano al petto. Nella tasca della giacca conservava il breve messaggio, secco e inquietante: *Se vuole conoscere la sua vera madre, la sua madre biologica, prenda il treno per Parigi di stasera e pernotti all'hotel* Voltaire, *rue de Condé. Venga solo, altrimenti l'incontro non avverrà, lei avrà fatto un viaggio a vuoto e non saprà mai più niente.*

La missiva gli era stata recapitata in ufficio: forse chi l'aveva portata non conosceva il suo indirizzo di casa. Forse aveva ricostruito soltanto le tracce della sua vita professionale. Non capiva la ragione dell'appuntamento a Parigi. Magari quella donna viveva lì. Ma come era arrivata sulla sua scrivania quella busta? Da quando aveva letto il messaggio, la sua vita ruotava intorno al suo contenuto. A un certo punto aveva pensato di raccontare tutto a Sofía, contravvenendo alla supplica del padre, ma si era vergognato.

Non sapeva esattamente che cosa lo facesse vergognare, ma non era stato capace di confessarglielo.

Il treno procedeva fendendo la notte. Nello scompartimento c'erano soltanto due donne e un uomo, che si abbandonarono subito a un sonno cullato dal movimento, dormicchiando con la testa appoggiata al sedile, che ogni tanto cadeva. Daniel era come assente, li ignorava, in preda a una crescente sensazione di solitudine. Aveva gli occhi fissi nel buio profondo che si apriva fuori dal finestrino, con i contorni sfumati della campagna in mezzo ai pali del telegrafo che intervallavano l'orizzonte, tagliandolo in verticale.

Mentre il treno stava per raggiungere la frontiera, all'aeroporto di Parigi atterrava l'aereo proveniente da Madrid, dal quale scese un uomo dai capelli scuri, con gli occhi nascosti da un cappello a tesa larga.

8

Il viaggio era stato lungo e sfinente. Il treno era partito da Hendaya in ritardo ed era arrivato a Parigi cinque ore dopo il previsto. Durante l'attesa, tra continue fermate e brusche partenze, Daniel si era riproposto di prenotare il viaggio di ritorno in un vagone letto, almeno sarebbe stato sdraiato. Aveva pensato anche all'aereo: forse sarebbe stato meglio trascorrere qualche ora di angoscia senza i piedi per terra che perdere un'altra giornata per un viaggio così scomodo. Avrebbe valutato a suo tempo.

Erano le quattro del pomeriggio di sabato quando finalmente si sdraiò sul letto dell'albergo. Si addormentò profondamente sopra la trapunta, vestito, con la valigia chiusa, senza badare a niente, senza la forza di pensare a nulla, finché alcuni colpi alla porta lo strapparono a quel letargo, colpi ripetuti accompagnati dalla voce di una donna che lo chiamava insistentemente per nome, chiedendogli di aprire.

«*Monsieur Sandoval, ouvrez la porte, s'il vous plaît... Monsieur, monsieur...*»

Si era fatto buio e la stanza era avvolta in una penombra inquietante. Svegliato di soprassalto, stordito dal torpore, confuso dall'ambiente sconosciuto, si alzò e articolò un secco «Arrivo». I colpi cessarono, e ne approfittò per rispondere con più precisione.

«Arrivo... *Un moment, s'il vous plaît, un moment.*»

Procedette tentoni, guidato dalla luce che filtrava sotto la porta, e la raggiunse inciampando nella valigia, che lo fece vacillare. Accese la luce e quando riuscì ad aprire, una donna dall'età indefinita, la testa avvolta in un foulard legato sotto il mento e un paio di occhiali scuri che le nascondevano gli occhi, gli chiese: «Monsieur Sandoval? Daniel Sandoval?»

Lui confermò con un secco «Oui». La donna gli tese una busta e non appena lui l'ebbe presa dalle sue mani si girò e se ne andò. Daniel la osservò mentre si allontanava nel corridoio. Era ancora intontito.

Con il messaggio in mano, chiuse la porta. Guardò il Rolex che portava al polso. Erano circa le otto di sera. Aveva dormito solo quattro ore. L'aria viziata della stanza era così densa che si sarebbe potuta masticare. Aprì la finestra e si riempì i polmoni della brezza fresca della sera. Si affacciò e osservò la via deserta. La luce fioca dei lampioni formava brevi coni illuminati sul marciapiede. Il fragore lontano della città si infiltrava attraverso gli incroci, alle due estremità della strada, dove si scorgeva il traffico delle macchine e dei passanti, come se tutti evitassero l'angusta via. In quel momento vide uscire dall'albergo la donna con il foulard. La seguì con lo sguardo, sentendo il rumore dei suoi tacchi che rimbombava nel vuoto. La perse di vista a un incrocio, mentre si immergeva nella baraonda della città.

Guardò la busta chiusa. Ancora prima di raggiungere Parigi si era pentito di essere entrato in quel gioco. Non sarebbe dovuto andare a quell'assurdo appuntamento. Chiuse la finestra e osservò la busta misteriosa. Di nuovo senza francobollo, pensò scoraggiato, di nuovo senza mittente. Portava scritto il suo nome, questa volta a mano, con l'inchiostro blu, come il testo del messaggio che estrasse dal suo interno. Fu sorpreso dalla grafia, che assomigliava moltissimo alla sua: regolare, fluida, dinamica, lettere verticali, leggermente inclinate a destra, strette e tracciate con decisione. Era atteso all'indirizzo indicato, alle ore ventuno. Consultò di nuovo l'orologio. Aveva poco più di quarantacinque minuti. Si sedette sul letto, indeciso. La rete cigolò sotto il suo peso, producendo un rumore fastidioso. Non aveva mai sopportato quel suono, lo faceva indispettire. Esitò ancora una volta sul da farsi, se recarsi al nuovo appuntamento, portando avanti quel gioco assurdo. Che bisogno aveva di vedere in faccia una donna che non significava nulla nella sua vita, che non conosceva e della quale aveva ignorato l'esistenza fino al giorno prima? Sentiva delle voci provenienti dalla stanza vicina. Era intontito, aveva dormito poco e non toccava cibo da ore. Decise di chiamare Sofía per dirle che era arrivato. Prese il telefono e chiese la linea, ma la centralinista dell'albergo lo avvisò che ci sarebbe potuto volere del tempo, perché c'erano problemi con le chiamate internazionali. Avrebbe riprovato più tardi. Dopo alcuni secondi di esitazione, si alzò, infilò il messaggio nella tasca della giacca, prese l'impermeabile, uscì dalla stanza e percorse il corridoio per scendere alla reception. Chiamò un taxi e, una volta a bordo, fornì l'indirizzo al conducente. L'albergo in cui alloggiava si trovava nel Quartiere Latino, in rue de Condé, e la sua meta era Villiers. Impiegarono più di mezz'ora a raggiungere la destinazione. Il traffico era intenso, un po' caotico. Il tassista chiese scusa per le deviazioni e gli spiegò che c'era stata una manifestazione, che alcune vie erano chiuse. Daniel non disse nulla. Tacque per tutto il tragitto. Guardava le strade senza vederle, come se avesse sugli occhi un velo che gli ottenebrava la vista.

Quando scese dal taxi rimase per un attimo davanti al portone. Guardò l'edificio, una facciata tipica di Parigi, antica e signorile. Le portefinestre alte e le serrande di legno verde, con le dorature sulle ringhiere e un androne ampio e profondo. In fondo intravide una scala di legno. Alzò le sopracciglia e guardò in alto. Secondo le indicazioni del messaggio, sarebbe dovuto salire fino all'ultimo piano. L'ascesa fu lenta, faticosa, come se avesse una zavorra di piombo ai piedi. Qualcosa dentro di lui lo spronava a salire uno scalino dopo l'altro... Ma una voce gli urlava che era ancora in tempo per fuggire, per evitare il tunnel di emozioni dal quale non sarebbe uscito indenne. Quando arrivò davanti alla porta, sentì il battito del suo cuore. Alla salita di cinque piani si univa la tensione che cresceva a mano a mano che si avvicinava il momento. Prima di suonare prese fiato e cercò di calmarsi. Non si sentivano rumori dentro l'appartamento. Pigiò il campanello, che rimbombò fendendo il silenzio. Aspettò qualche secondo, inquieto. Di fronte ai suoi occhi c'era una piccola grata che nascondeva lo spioncino. Qualcuno aprì lo sportello, e Daniel si sentì osservato. Come travolto da un'onda improvvisa, si chiese che aspetto avrebbe avuto, che tipo di donna avrebbe trovato dietro quella porta, una donna che l'aveva visto due volte, una in quel momento, soltanto per un istante, un volto attraverso la grata, e l'altra ventinove anni prima, quando era nato. O magari no, magari anche per lei era la prima volta; era possibile che, pur avendolo portato in grembo per mesi, non avesse potuto o non le fosse stato permesso di vederlo in faccia. Era possibile. Una partoriente nella posizione del parto non scorge il neonato finché non glielo mettono davanti, o forse lei non l'aveva voluto guardare per separarsene più facilmente, per evitare che la visione la unisse per sempre a suo figlio. Rabbrividì udendo il rumore secco di una serratura che scattava, e nei pochi secondi che precedettero l'apertura, continuò a elucubrare chiedendosi come sarebbe stata. La immaginò coetanea della madre, più sana e giovane, o invecchiata dal dolore. Non riusciva a definirla senza sovrapporla alla figura della madre, che fino a quel momento aveva popolato tutti i suoi ricordi, senza lasciare spazio ad altre donne. Si rese conto di non avere pensato a che cosa avrebbe detto, a come si sarebbe comportato. La porta si aprì lentamente, e Daniel non si trovò di fronte la donna, più giovane o più vecchia di Sagrario, identificabile come la madre insospettata che aveva fatto irruzione nella sua vita pochi giorni prima. Gli aprì un uomo. Vedendolo, rimase talmente colpito che rischiò di svenire.

9

La vita di Klaus Zaisser non era stata facile. Viveva in costante stato d'allerta, sempre attento al pericolo, alla minaccia, al tradimento. Era nato durante i terribili colpi di coda della guerra civile, nella fazione dei vinti, costretti a girare il mondo portandosi dietro il peso della sconfitta. Aveva vissuto i primi cinque anni a Mosca, nel fragore di un'altra contesa, i giochi d'infanzia interrotti dalle bombe e dalla morte, e quando era arrivata la pace era tornato a Berlino, città dalla quale otto anni prima era partito suo padre per combattere una guerra estranea, in Spagna, difendendo le idee nelle quali credeva fermamente. Berlino era una città distrutta, segnata dalle rovine fumanti che per anni sarebbero rimaste tali in molti quartieri. Le bombe avevano smesso di esplodere, ma la morte restava, silenziosa e molto più crudele, perché perpetrava l'agonia tinta di fame, rovine, stenti, freddo e miseria umana.

Dopo la guerra il territorio della Germania sconfitta era stato suddiviso in due parti, la zona occidentale occupata dagli Alleati (Stati Uniti, Gran Bretagna e Francia) e il territorio orientale, controllato dall'Unione Sovietica. La città di Berlino era stata anch'essa divisa in quattro zone, sotto l'influenza dei diversi Paesi vincitori; i quartieri a Ovest erano controllati dagli USA, dall'Inghilterra e dalla Francia, e tutta la zona Est era sottoposta all'influenza sovietica. Tutti i cittadini erano tedeschi, ma quelli dell'Est avevano un passaporto diverso da quelli occidentali. All'inizio la frontiera si percepiva appena, a Berlino. I tram, le auto, i passanti, la metropolitana, tutto attraversava le diverse zone di una città votata alla ricostruzione. La gente si muoveva liberamente tra i diversi settori in cui la capitale era stata frammentata, anche se la supremazia dell'autorità vigente in ciascuna parte si percepiva nelle bandiere che ondeggiavano nei due lati, nelle divise dei soldati e dei poliziotti, e nell'enorme ritratto di Stalin che si ergeva una volta oltrepassata la Porta di Brandeburgo, indicando ai passanti, o a chi entrava in auto sotto gli archi della porta monumentale, che si trovava nella zona sovietica.

Per tutta l'adolescenza, Klaus aveva avuto la sensazione di abitare una città in ricostruzione perenne. Con i genitori e Bettina (la sorella minore), abitava in un appartamento della zona in cui si era imposto il sistema sovietico, con tutte le conseguenze del caso, dove attraversando una strada, andando alla fermata successiva del tram o della metropolitana, o attraversando un ponte, si poteva raggiungere un'altra Germania, quella che nel 1949 era diventata la Repubblica Federale di Germania (RFG), e che già allora sfoggiava il suo sfarzoso progetto capitalista grazie al Piano Marshall americano. Presto si era cominciato a percepire i modi diversi di concepire la prosperità. Nella parte occidentale tutto procedeva più rapidamente, in modo più coordinato, con mezzi tecnici ed economici più avanzati. Nella zona sovietica, che nell'ottobre 1949 era diventata la Repubblica Democratica Tedesca (DDR), tutto procedeva più lentamente, per colpa di una burocrazia sempre più farraginosa. Il passare del tempo aveva reso più evidente la disparità. Klaus aveva vissuto la differenza all'interno della propria famiglia. Nei primi anni del dopoguerra, suo padre aveva lavorato come tornitore in un'officina e la madre era stata assunta in una fabbrica di mattoni. Il lavoro era duro e lo stipendio molto basso. Grazie a un'amica che si era trasferita nella zona occidentale, la madre aveva ottenuto un lavoro di commessa in una panetteria dall'altra parte della città. La paga era molto più alta, il lavoro molto più tranquillo e gli orari meno rigidi rendevano possibili altre attività, come andare a prendere la figlia a scuola, leggere, passeggiare... Inoltre, le avevano offerto l'opportunità di vivere in quella zona della città, in una casa che prevedeva un sussidio per l'affitto. La disponibilità nella parte occidentale era molto maggiore, c'era più scelta al momento di decidere come spendere il denaro guadagnato. Tuttavia il capofamiglia si era opposto categoricamente al trasferimento. Le sue convinzioni comuniste non glielo consentivano, perché avrebbe significato un tradimento del suo Paese. La madre non si era adoperata per imporre l'idea di passare dall'altro lato, ammaliata com'era dai principi irremovibili del marito; aveva rinunciato all'offerta e al lavoro in panetteria, ed era tornata alla fabbrica di mattoni, convinta che bisognasse contribuire alla costruzione del Paese con il proprio granello di sabbia, con la propria manodopera.

Klaus era cresciuto nelle contraddizioni tra Est e Ovest, tra chi aveva qualcosa e chi non aveva nulla solo per il fatto di abitare a un certo numero civico di una stessa via o corso. Sin da piccolo si era dimostrato un bambino studioso, taciturno e osservatore. Percepiva tutto ciò che avveniva intorno a lui con la maturità propria di chi è cresciuto sempre in allarme. Otteneva ottimi voti e presto si era distinto per la facilità di imparare le lingue e la velocità sorprendente con la quale assimilava idiomi molto diversi, con un accento talmente perfetto da sembrare madrelingua. A quindici anni parlava correntemente il tedesco, lo spagnolo, l'inglese, e se la cavava molto bene con il francese e il russo. La madre lo aveva spronato a studiare architettura, vista la richiesta di professionisti, ma lui aveva deciso di dedicarsi alla fisica, all'Università di Humboldt. Lì aveva conosciuto Hanna. Si erano innamorati subito, a prima vista, un colpo di fulmine. Si divertivano, studiavano e si spronavano a vicenda: tutto ciò che sapeva o interessava uno dei due interessava anche l'altro, che lo apprendeva subito. Klaus aveva imparato a giocare a scacchi con Hanna e, in cambio, lei aveva imparato lo spagnolo per parlargli d'amore nella lingua che lui usava per comunicare con la madre e la sorella; la divertiva esprimersi davanti ad amici e conoscenti senza farsi capire da nessuno, con messaggi altrimenti riservati all'intimità. Poco dopo Hanna era rimasta incinta di Klaus. Stavano entrambi per terminare gli studi, non avevano mezzi per mantenersi. Avevano deciso di aspettare di raggiungere una condizione più stabile per sposarsi e andare a vivere insieme. Quindi Hanna era rimasta a casa della madre, con la bambina. Klaus trascorreva più tempo possibile con loro. Subito dopo la laurea, Hanna aveva trovato un buon lavoro presso un'azienda farmaceutica di Berlino Ovest, ed era diventata una *grenzgängerin*, una «frontaliera». Diverse volte al giorno superava i controlli per andare a lavorare e tornare a casa della madre, vedova di guerra, che si guadagnava da vivere dando lezioni di pianoforte al conservatorio. Klaus collaborava a un giornale locale come correttore di bozze, con uno stipendio infimo, senza troppo entusiasmo e ben poche prospettive, ma aveva la possibilità di lavorare da casa, e occuparsi della bambina per la maggior parte della giornata.

Hanna era contraria alla divisione di Berlino e alla politica sovietica imposta a Est. Suo padre era stato ucciso dai russi, come ripeteva di continuo sua madre. Gli stessi russi che le avevano tolto il marito, che l'avevano violentata selvaggiamente come la maggior parte delle donne tra i quindici e i sessant'anni che si trovavano a Berlino quando nel 1945 erano entrati in città, adesso governavano il suo Paese. Aveva cresciuto Hanna all'insegna di quel rifiuto, e non voleva che la figlia vivesse sotto l'influenza del Cremlino. Il primo passo per evitarlo era stato il lavoro, quello successivo la ferma determinazione a stabilirsi nella zona Ovest, americana, inglese o francese, purché fosse al di fuori di quella russa. Sebbene Klaus fosse d'accordo con lei, faticava a decidersi, perché in casa aveva conosciuto l'altra faccia della medaglia; suo padre era un fervente sostenitore del sistema socialista affermatosi a Est dopo la guerra, sistema che provvedeva alle necessità di tutta la popolazione, tranne, naturalmente, nel caso dei dissidenti, dei cittadini indesiderati o scomodi per il Partito. In quei casi le misure di repressione apparivano giustificate. Secondo suo padre ogni tradimento verso il Paese era intollerabile. Per questo Klaus faticava a decidere: sapeva che, se fosse andato a vivere nella zona occidentale e, soprattutto, se fosse riuscito a lavorare per un'azienda che non apparteneva alla Repubblica Democratica Tedesca, il padre non l'avrebbe mai perdonato, sentendosi pugnalato alle spalle. La madre, consapevole delle sue intenzioni, lo aveva avvisato: il colpo per il padre sarebbe stato definitivo. Ma quando le possibili lealtà sono contrapposte, è inevitabile che una sia tradita, e l'amore di Klaus per Hanna era stato molto più forte del rispettoso affetto che nutriva verso il padre. Aveva annunciato alla famiglia che sarebbe andato a vivere con la piccola Jessie, che allora aveva un anno, nella zona occidentale. Ma aveva nascosto l'intenzione di lavorare dall'altra parte, che sarebbe apparsa imperdonabile. Nonostante tutto, le cose erano andate come previsto. Il padre aveva spiattellato tutto il suo arsenale di accuse: stava tradendo il suo Paese, si vendeva al capitalismo, con il suo atteggiamento contribuiva alla ricchezza e alla crescita del nemico, impoverendo i suoi concittadini. Klaus aveva tentato di non cedere. Non aveva chiare idee politiche. Non badava né ai valori né ai principi cui era legato suo padre, e che sua madre proclamava con fervore. Il genitore aveva minacciato di denunciarlo e di cacciarlo di casa, e l'avrebbe fatto se non fosse stato per Gloria, la madre, che si era adoperata per placare gli animi con una diplomazia degna di un ambasciatore. Alla fine il padre aveva accettato a denti stretti che il figlio se ne andasse, e si era raggiunta almeno una tregua. In poco tempo Hanna aveva individuato un appartamento ed erano stati pronti per il trasloco. Finché non avesse trovato un lavoro nella zona occidentale, Klaus avrebbe attraversato la frontiera per recarsi al giornale. Quindi, una volta affittato l'appartamento, lo avevano ammobiliato con l'essenziale e avevano cominciato a trasferire le loro cose. Prevedevano di traslocare definitivamente il secondo fine settimana di agosto del 1961. La madre di Klaus aveva proposto loro una cena d'addio, per provare a calmare le acque. Non voleva perdere il figlio e la nipote. La coppia aveva accettato con piacere, visto che nessuno dei due voleva alimentare il risentimento del padre. Avevano cenato tutti insieme. A un certo punto della serata, il genitore di Klaus, che conosceva l'abilità di Hanna negli scacchi, le aveva proposto una partita. Il gioco era andato per le lunghe, Hanna aveva vinto la prima partita e gli aveva concesso la rivincita. Klaus si godeva il gioco intelligente della fidanzata; conosceva l'abilità del padre negli scacchi e si sentiva orgoglioso di Hanna. La seconda partita l'aveva vinta il padre, ed era seguito uno spareggio. Avevano finito con uno stallo, soddisfatti della sfida, e riconciliati. Era molto tardi, la bambina si era addormentata tra le braccia di Bettina, la sorella di Klaus. Gloria aveva proposto loro di dormire lì, e il padre di Klaus si era offerto di accompagnarli a casa con l'auto di un vicino, che la domenica gliela prestava. Sebbene la coppia fosse ansiosa di inaugurare la nuova casa, aveva acconsentito a fermarsi per non turbare il sonno della piccola Jessie. In più, Klaus era molto soddisfatto e assolutamente convinto che il padre, finalmente, avesse accettato il suo trasferimento.

Ma il risveglio era stato un incubo. Durante la notte il governo della Repubblica Democratica Tedesca aveva ordinato la chiusura di tutte le frontiere, proibendo il transito dei suoi cittadini verso il lato occidentale, con la scusa di proteggere la popolazione, ergendo un muro di contenimento all'avanzata del fascismo. La chiusura della frontiera aveva isolato Berlino Ovest. Ai cittadini della DDR, a prescindere dal luogo in cui vivevano, non era permesso lasciare il Paese senza un visto o un'autorizzazione. Klaus e Hanna erano disperati: erano prigionieri, non potevano tornare nella parte occidentale della città, non potevano raggiungere la casa che ancora non avevano inaugurato. L'ordine era tassativo e drammatico per molti, che si erano trovati con l'esistenza divisa da una parte o dall'altra della città, separati da pochi metri e da una recinzione di filo spinato che si dispiegava davanti ai loro occhi impotenti, sorvegliati a vista da centinaia di soldati e poliziotti armati, con cani da guardia e l'ordine esplicito di non lasciar passare nessuno, sparando a chi avesse provato a superare o a saltare la barriera. Hanna aveva soltanto ciò che indossava, era senza lavoro, senza le sue cose né quelle della bambina, rimaste nell'appartamento ormai irraggiungibile. Sconcertata, la mattina stessa era tornata con la bambina a casa della madre.

Pochi giorni dopo, Klaus le aveva prospettato un modo per passare tutti e tre dall'altra parte, attraverso gli appartamenti della Bernauer Strasse, situati sulla linea che divideva la città. Era semplice, bastava calarsi dalla finestra sul marciapiede, saltare il filo spinato, e si era dall'altra parte. Alcuni abitanti della zona occidentale aiutavano le persone a superare la recinzione che le separava dalla libertà. Hanna aveva ascoltato Klaus senza dire nulla, osservandolo mentre le esponeva i particolari con entusiasmo: sarebbe stato facile, avrebbe fabbricato un'imbragatura per calare la bambina, glielo aveva suggerito un collega parlandogli della fuga di sua sorella e dei suoi tre nipoti. L'impeto di Klaus si era spento di fronte all'espressione di Hanna.

«Che c'è, Hanna?»

«Non posso farlo, Klaus, non possiamo esporre la bambina. Mi hanno detto che tolgono i figli alle persone arrestate... E io non posso... Morirei se accadesse qualcosa a Jessie... In più c'è l'ordine di sparare a morte, a giovani e vecchi, neonati e adolescenti...»

«E che cosa pensi di fare? Vuoi rimanere con le mani in mano senza fare niente, mentre ci rinchiudono dietro un muro sempre più alto?»

«Non può durare», aveva risposto lei, senza convinzione. «Il mondo non può permettere una cosa del genere, non può permetterlo...»

«Dobbiamo andarcene da qui, Hanna.»

«Non posso. Adesso non siamo più soli, Klaus, la bambina conta più di tutto. Guarda...»

Gli mostrava un giornale locale, con la notizia dell'arresto di una coppia che aveva cercato di superare il confine con i figli piccoli nel Nord del Paese.

«Una collega, che è rimasta intrappolata qui anche lei, li conosceva: mi ha detto che i genitori sono finiti in carcere, e che i bambini saranno dati in adozione... Non li lasciano neppure ai nonni...» Lo aveva guardato con l'angoscia riflessa sul volto. «La piccola ha l'età di Jessie.» Aveva negato con il capo. «Non lo sopporterei, Klaus, non sopporterei di perdere mia figlia. Non possiamo rischiare che ci tolgano la bambina, o peggio...»

Klaus l'aveva stretta al petto. La sua voce era ferma, sostenuta da una convinzione implacabile.

«Non succederà, Hanna. Mi hai sentito? Non permetterò che vi accada qualcosa. Vi proteggerò entrambe, a costo della vita.»

Ma il timore che accadesse qualcosa di brutto alla bambina non gli permetteva di persuadere del tutto Hanna. Klaus l'aveva spronata, perché stavano sfrattando tutti gli abitanti dagli edifici che confinavano con il Muro, trasferendoli nei sobborghi della città se non avevano altri luoghi in cui andare; i primi piani dei palazzi della via erano stati murati, e cominciavano a esserlo anche quelli superiori. Era riuscito a convincerla soltanto grazie a Jessica, la madre di Hanna, che l'aveva esortata a portare la nipote fuori dal carcere in cui erano stati rinchiusi e aveva promesso che li avrebbe seguiti non appena avesse sistemato alcune faccende in sospeso. Quindi Hanna, con il terrore addosso, si era accomiatata dalla madre e aveva deciso di seguire Klaus con la piccola Jessie. Nessuno, tranne la madre di Hanna, era al corrente delle loro intenzioni.

Si erano incontrati a notte fonda, per approfittare della protezione offerta dal buio. Klaus era uscito di casa senza fare rumore: non aveva bagagli, solo i documenti e un po' di soldi che aveva risparmiato. Era andato a prendere Hanna e la bambina, che lo aspettavano a casa. Jessica li aveva salutati trattenendo il pianto. «Prenditi cura di mia figlia e di mia nipote, Klaus, ti supplico, prenditene cura, sono tutto ciò che mi resta al mondo.» Quelle parole erano rimaste impresse nella coscienza di Klaus. Aveva preso in braccio la figlia, profondamente addormentata; le avevano dato una piccola dose di un tranquillante naturale che Jessica prendeva per dormire. Avevano raggiunto a piedi Bernauer Strasse senza incrociare nessuno. Quando vedevano una pattuglia, si nascondevano per evitarla. Erano entrati in uno dei portoni ed erano saliti al secondo piano; avevano trovato la porta di un appartamento aperta. Ovviamente non erano i primi a usare quella via di fuga. Si erano affacciati alla finestra. L'altezza era considerevole, tuttavia la facciata presentava una serie di sporgenze per appoggiarsi prima di saltare. Non si vedeva anima viva, era ancora buio, ma il chiarore dell'alba cominciava a diffondersi, illuminando l'orizzonte della città che avevano davanti, come una promessa di libertà. Dovevano affrettarsi. Prima si era calata Hanna, con l'aiuto di Klaus. Con la destrezza derivata dalla paura, era saltata giù, perdendo l'equilibrio e ruzzolando sul marciapiede. Si era alzata e aveva sollevato le braccia per comunicare a Klaus che era pronta ad accogliere Jessie. Lui aveva messo la bambina nell'imbragatura; per un attimo aveva contemplato la placidità del suo volto angelico. Era rabbrividito per la tenerezza. L'aveva baciata sulla guancia piena e rosata, e con grande attenzione l'aveva calata, tendendo la corda. Quando la bambina era arrivata tra le mani di Hanna, aveva lasciato andare il capo della corda e si era preparato a scendere, ma non ne aveva avuto il tempo, perché proprio in quel momento un fascio di luce aveva illuminato la madre, immobilizzandola, e dall'ombra era uscita una mezza dozzina di poliziotti che si era avventata su Hanna, le aveva tolto la piccola dalle braccia e l'aveva bloccata. In quel momento, il pianto spaventato di Jessie si era mescolato alle voci dei poliziotti e alle urla di Hanna, e Klaus, testimone della scena terribile, si era sentito dilaniare.

Erano seguiti alcuni secondi di impotenza paralizzante, mentre udiva il pianto inconsolabile della piccola e le urla strazianti di Hanna, che chiamava la figlia mentre veniva trascinata via dalle guardie. Sconvolto, incapace di reagire, con il cuore in una morsa e una paura atroce addosso, si era girato, senza sapere che fare. In quel momento i suoi occhi avevano messo a fuoco la figura di Bettina, rigida e tremante, che lo guardava, scossa. Li aveva seguiti per fuggire con loro. Dopo qualche secondo di stordimento, i due fratelli si erano abbracciati, terrorizzati. Dovevano andarsene il prima possibile. Avevano sceso le scale in silenzio, ma qualcuno li attendeva davanti al portone. Con una violenza spropositata, avevano strappato la sorella dalle braccia di Klaus, che si era sentito morire di angoscia vedendo i suoi occhi pieni di terrore che lo supplicavano inutilmente di aiutarla. Con le braccia tese verso di lui, faceva resistenza con una forza inusitata per una ragazza di sedici anni, esile e fragile di aspetto. Intanto lui era immobilizzato dalla forza bruta di due giganti che gli storcevano le braccia, al punto che si sarebbe rotto un osso opponendo la minima resistenza. Era evidente che lo stavano tenendo fermo soltanto per costringerlo a guardare l'arresto brutale della sorella minore, l'immagine terribile della ragazza in mano a quei disgraziati, la disperazione insopportabile all'idea che le venisse fatto del male... L'immagine lo aveva mandato in pezzi. Aveva visto caricare Bettina su un furgone blu, come quelli usati per la distribuzione del pane. Era stata l'ultima cosa che aveva visto prima di essere bendato. Poi era stato ammanettato e introdotto in un veicolo di cui non conosceva modello e colore. Lo spazio era molto angusto. Si era accorto che qualcuno gli ancorava le caviglie a terra. Poi aveva sentito l'accensione del motore, e il furgoncino che si metteva in moto. Il viaggio era durato ore, o così gli era parso, perché il tempo sembrava eterno; scosso dall'ondeggiamento del veicolo e fiaccato dal caldo e dalla sete, si sentiva sempre peggio. Aveva cercato di alzarsi in piedi, ma aveva sbattuto la testa contro il tetto, quindi aveva desistito, e quando si era riseduto, aveva sentito qualcosa di viscoso e molle nei pantaloni. Aveva avuto un conato di vomito e si era sporcato i vestiti. Il veicolo si era fermato diverse volte per poi ripartire, senza che nessuno si occupasse di lui. Aveva intuito che a ogni fermata arrestavano qualcun altro; aveva sentito una serie di urla soffocate e il suono sordo dei colpi quando un'altra persona era introdotta nello scompartimento, la paura che filtrava da ogni fessura come un gas tossico che avvelenava l'aria.

Quando finalmente aveva udito la serratura che si apriva, aveva supplicato di avere un po' d'acqua, ma nessuno gli aveva dato retta. Lo avevano tirato fuori dal furgone a spintoni. Era riuscito a vedere il pavimento e una porta con le sbarre dove lo avevano fatto entrare, diretto verso una scala che gli avevano fatto scendere, sempre con la testa piegata; avevano percorso un corridoio, illuminato da luci rosse, finché si erano fermati davanti a un'altra porta; aveva udito il forte rumore metallico dell'apertura mentre gli toglievano le manette, con suo grande sollievo, e lo buttavano dentro una cella; quando era stato chiuso dentro, si era ritrovato nel buio più assoluto. Per giorni (non sapeva quanti, perché aveva perso la nozione del tempo), era rimasto in quella cella buia, umida e angusta, senza nient'altro al di fuori di una branda in legno e un secchio per i suoi bisogni. Non aveva mai parlato con nessuno, finché un giorno lo avevano portato in un ufficio. Lo avevano interrogato per ore. Gli ufficiali si davano il cambio, costringendolo a ricominciare tutto dall'inizio: chi lo aveva aiutato a scappare? Sempre la stessa domanda da ogni ufficiale che si sedeva al tavolo, sempre in divisa, sempre serio, con il volto imperscrutabile. Klaus cercava di rispondere, disorientato, sopraffatto dalla paura, non tanto per sé, ma per il tormento di non sapere nulla di Hanna e della bambina, con la mente bombardata dai timori espressi dalla ragazza e dalla propria insistenza per convincerla. Non sapeva dove fosse, non era riuscito a prendersi cura di loro e a proteggerle, non poteva salvarle. La sua angoscia era molto più grande e più amara dello sfinimento e dell'umiliazione di stare per ore seduto davanti a chi lo interrogava, costretto nella stessa posizione, con le mani sotto le cosce e i palmi sulla sedia.

Era durato a lungo, non sapeva per quanto; non gli era permesso dormire, né mangiare, né andare in bagno, solo ascoltare le stesse domande, ripetute all'infinito: perché voleva saltare, con chi era, chi lo aveva aiutato. All'inizio rispondeva che non aveva intenzione di fuggire, che era da solo e che era andato in quell'appartamento per curiosità, che aveva incontrato le due donne e che lo avevano seguito temendo che commettesse la pazzia di saltare dall'altra parte. Non avevano nessuna colpa, le loro intenzioni erano buone, volevano convincerlo a non farlo. Le domande degli ufficiali continuavano, insistenti, pesanti, monotone come una cantilena. Alla fine, gli avevano detto che se non avesse confessato avrebbe compromesso gravemente la sorella e Hanna, e che non avrebbe mai più rivisto la figlia. Quella minaccia lo aveva distrutto più della stanchezza fisica e della mancanza di sonno e di cibo. Aveva confessato l'intenzione di passare nella parte occidentale, aveva cercato di liberare di ogni responsabilità Hanna e aveva aggiunto che era stato lui a convincerla, minacciando di portare via la bambina se non avesse assecondato il suo progetto; era l'unico responsabile. Della sorella aveva detto che li aveva seguiti per pura curiosità adolescenziale. Era stato accusato di diserzione e di tradimento. Non aveva avuto un processo, non aveva avuto diritto a una difesa, le prove erano inconfutabili. Era stato condannato a cinque anni di prigione.

Era stato finchiuso in una cella dove la luce non si spegneva mai. Un giaciglio di legno, un materasso, una coperta, una sedia, un tavolo, un lavandino e un gabinetto. Non c'era altro. Doveva dormire a pancia in su, con le braccia fuori dalla branda. Durante il giorno non poteva sdraiarsi. Non poteva leggere, cantare, fischiare, non poteva fare nulla tranne pensare e concentrarsi sul passare del tempo. Era rimasto lì per sei mesi.

Poi era stato condotto davanti a un ufficiale, che in seguito avrebbe conosciuto come compagno capo Markus. Questi gli aveva proposto di diventare un informatore del Ministerium für Staatssicherheit, la Stasi. Avrebbe avuto uno stipendio e la fedina penale nuovamente pulita. Klaus aveva domandato di Hanna e di sua figlia, e Markus gli aveva risposto che se non avesse accettato non le avrebbe riviste. Per incoraggiarlo gli aveva detto che la sorella era stata rimandata a casa. Klaus non aveva avuto scelta: se non avesse accettato, sarebbe tornato in prigione e sua sorella e Hanna sarebbero state accusate di avere coperto il suo tentativo di fuga dal Paese. Avevano anche minacciato rappresaglie contro i suoi genitori. Aveva firmato il documento in cui si impegnava a eseguire gli ordini come chi firma la propria sentenza di morte, scritta di proprio pugno sotto dettatura del boia: «Io, Klaus Zaisser, acconsento volontariamente ad appoggiare attivamente le forze di sicurezza della DDR nella loro lotta giusta. Giuro di mantenere il silenzio con tutti sul mio contributo al ministero per la Sicurezza dello Stato. Sono consapevole che, se infrangerò l'impegno preso, sarò punito secondo le leggi vigenti nella DDR.»

La sera in cui era stato liberato, nevicava e soffiava un vento gelido. Era stato condotto in auto fino alla porta di casa sua, in Borsigstrasse. Avrebbe ricordato per sempre ciò che aveva provato respirando l'aria fredda, percependo i fiocchi gelidi che gli crivellavano la pelle. Indossava gli stessi vestiti estivi con i quali era stato arrestato, che gli erano stati restituiti prima della liberazione: una camicia, un paio di pantaloni leggeri, e le scarpe senza calze. Sentiva l'aria gelida che penetrava in ogni poro della sua pelle, ma non gli importava. Si era trattenuto sul marciapiede, immobile davanti al palazzo, a guardare la neve che cadeva lentamente, nascondendo a poco a poco il suolo sotto un manto bianco. Non c'era nessuno, non si sentiva nulla. Riusciva a udire il rumore dei fiocchi che cadevano a terra, rallegrato da quella sensazione di pace e di silenzio, di libertà. Quando la madre gli aveva aperto la porta, era fradicio e intirizzito, i capelli increspati dal freddo, la pelle arrossata e gelida. Si erano guardati, l'uno di fronte all'altra, incapaci di reagire, commossi dall'incontro. Gli pareva che fossero trascorsi sei anni invece che sei mesi. Aveva abbracciato la madre. Nessuno dei due aveva detto nulla. Aveva sentito il calore del suo corpo e quello delle sue lacrime. Il padre lo aveva guardato con durezza, immobile, senza traccia di emozione, con una delusione profonda riflessa sul volto, come si guarda l'emblema della slealtà, dell'amara ingratitudine filiale; si era girato e se n'era andato. La visione della sorella era stata un pugno nello stomaco. Lo osservava senza avvicinarsi, con diffidenza. Non aveva più la sfolgorante chioma lunga e scura. Portava i capelli cortissimi, scalati, che indurivano i suoi tratti infantili. Ma, soprattutto, i suoi occhi avevano perso completamente la luce che illuminava il suo sguardo. Bettina non si era mossa, mantenendo un'espressione schiva, distante. Klaus si era avvicinato lentamente, tremando nei vestiti congelati. L'aveva osservata per un momento, cercando di indovinare i suoi pensieri per capire come stava. Le aveva accarezzato il volto e le aveva sorriso, ma lei non aveva reagito. Né un gesto né un accenno di gioia, solo uno sguardo fisso, grondante di dolore. Le aveva dato un bacio sulla fronte. La ragazza affettuosa e allegra che si appendeva al suo collo per raccontargli tutto ciò che le era successo era sparita, trasformata in una giovane scontrosa, dallo sguardo sfuggente, rigida e diffidente. Klaus aveva chiesto di Hanna e di sua figlia, ma nessuno sembrava avere notizie, nessuno le aveva riviste. Restava solo un silenzio terribile, un vuoto incomprensibile: erano sparite, svanite dalla faccia della terra. Gloria era convinta che Hanna fosse riuscita a passare dall'altra parte con la bambina; era la versione fornita a suo marito, la stessa imposta a tutti, in casa. Quel tradimento era un atto deplorevole e soprattutto imperdonabile, e tutti l'avevano cancellata dalla memoria. Non nominavano mai lei e la bambina, non ne parlavano mai, come se fossero entrambe morte; se Klaus cercava di farlo, i suoi genitori si comportavano come se non fossero mai esistite nella vita del figlio, né nella loro. Klaus sapeva che Hanna non poteva avere attraversato il filo spinato perché, se così fosse stato, avrebbe trovato un modo per mettersi in contatto con lui.

La madre di Hanna era divenuta schiva, come se, all'improvviso, il genero perfetto fosse diventato un appestato, un mostro che bisognava fuggire e tenere lontano. Non gli aveva detto nulla, ripetendo sempre le stesse parole: «Non cercarle. Dimenticale, dimenticale per sempre. Non torneranno mai più.»

Klaus era così deciso a trovarle che il capo Markus lo aveva chiamato a rapporto per intimargli di abbandonare la ricerca, evidentemente inutile, perché, purtroppo, gli aveva detto, erano morte entrambe a pochi giorni dall'arresto. «Un tragico incidente. Argomento chiuso», si era limitato a rispondere, senza badare alle domande insistenti su come e quando fossero morte, e dove fossero sepolte. Klaus era tornato a casa di Jessica per avere conferma di quell'informazione. Lei non avrebbe potuto mentirgli su una cosa del genere, non avrebbe potuto mentirgli sulla morte di sua figlia e di sua nipote. Ma il suo silenzio lo aveva trafitto. Dopo molte suppliche gli aveva confermato che erano morte. Lui non era riuscito a estorcerle una parola di più, neanche una. Jessica era muta come una tomba. Al dolore della perdita si sommava il peso di avere condotto alla morte le due persone più importanti della sua vita. I meccanismi della Stasi non prevedevano un periodo di lutto, quindi il capo Markus gli aveva intimato di dimenticare.

Klaus Zaisser aveva lavorato per un po' come informatore, ma presto era diventato un *Geheimer Informant*, un GI della sempre più temuta e potente Stasi. Tranne la sorella, che lo aveva sempre intuito, nessuno intorno a lui aveva mai saputo niente della sua attività. Gli avevano procurato un lavoro presso il laboratorio di fisica dell'università, una specie di risarcimento per i mesi di reclusione, gli avevano detto. Lui lo aveva accettato come avrebbe potuto accettare di lavorare in miniera, senza il minimo entusiasmo. In realtà non aveva mai svolto il lavoro per il quale era pagato ogni mese. Doveva recarsi ogni giorno all'università, dove seguiva un corso intensivo per diventare una spia, per imparare a sorvegliare la gente e a gestire le informazioni ottenute. Sarebbe diventato un uomo dai mille volti, capace di superare agevolmente qualunque difficoltà, salvandosi la vita a scapito di altri, se fosse stato necessario, un individuo freddo e calcolatore. All'inizio gli era stato assegnato il compito di sorvegliare conoscenti, amici, compagni di classe, negozianti del quartiere, vicini. Piaceva alla gente e sapeva convincerla, guadagnandosi la sua fiducia; molti gli confessavano le loro idee, le loro paure, le loro inclinazioni, i loro progetti per il futuro, gli aprivano le porte delle loro case.

Quando era necessario, additava il sospettato senza indugi e senza sollevare sospetti. Nessuna sua vittima aveva mai saputo di essere stata denunciata da lui. Avrebbe fatto qualunque cosa per proteggere la sorella e se stesso; non era disposto a tornare in prigione. Quella determinazione implacabile lo aveva reso molto efficiente e lo aveva portato a meritare la fiducia dei suoi superiori. Era seguito un apprendistato esaustivo delle tecniche di sorveglianza, aveva imparato nozioni di psicologia per estorcere informazioni, come individuare, copiare, analizzare documenti e disseminare falsi, qualora fosse stato necessario, senza lasciare tracce. Il suo fine occulto era ottenere una missione all'estero: sperava di varcare quella maledetta frontiera che gli impediva di muoversi liberamente, di respirare un'aria che non fosse viziata dal tanfo del tradimento e della paura. Presto gli era capitata l'occasione, con alcune missioni nella Germania Federale. Nonostante le raccomandazioni da parte del suo capo perché non cercasse la figlia e Hanna, Klaus ne aveva approfittato per indagare, con somma cautela, nei centri di accoglienza in cui confluivano coloro che riuscivano a uscire dalla DDR, senza bagagli, senza soldi, senza documenti, senza niente per ricominciare. Ma era stato tutto inutile. Nessuno sapeva nulla di loro. Si era rassegnato, suo malgrado, a una realtà che gli appariva sempre più evidente: non le avrebbe più riviste. Nel tempo aveva perfezionato il suo accento ed era stato mandato a Parigi con un passaporto francese. Molto spesso era stato tentato di non tornare, di restare in Occidente per sempre, a Parigi, a Londra o in America, ma alla fine rientrava sempre, perché la sua ossessione più grande era far uscire la sorella dalla DDR. Non poteva abbandonarla, se l'era ripromesso, e a ogni ritorno quell'impegno si faceva più fermo, più saldo, più irrinunciabile.

10

Era come guardarsi allo specchio. Nessuno può vedere se stesso, se non nell'immagine che lo specchio resitutisce. Per questo fu colpito così profondamente quando si rivide nel volto dell'uomo che gli aveva aperto la porta; esattamente uguale al suo riflesso. Gli stessi occhi, le stesse labbra, gli zigomi identici, uguali la forma del mento, delle orecchie, del collo, delle spalle, la stessa frangia con il picco della vedova che la teneva un po' sollevata, la stessa statura e la stessa corporatura. Daniel lo fissava, incapace di parlare, finché non udì la propria voce in quella dell'altro.

«Sono contento di conoscerti, Daniel», disse l'uomo, sorridendo. Poi si fece da parte. «Entra, prego.»

Lui tardò a reagire. Fece un passo verso l'interno dell'appartamento con le vertigini di chi si appresta a spiccare un salto nel vuoto. Non smise di guardarlo, sconvolto dalla somiglianza. Si distinguevano solo per l'abbigliamento: maglione a collo alto, giacca e pantaloni grigi nel caso del suo ospite, impermeabile, completo e cravatta nel suo.

La porta si chiuse alle sue spalle, e finalmente riuscì a parlare.

«Che cosa significa?» domandò senza smettere di guardare l'altro uomo.

Klaus si strinse nelle spalle con espressione affabile.

«È evidente, hai un gemello e non lo sapevi...» Alzò le sopracciglia e sorrise. «Finora. Mi chiamo Klaus.»

Gli tese la mano deciso a stringergliela, ma rimase immobile, senza distogliere lo sguardo da quegli occhi, che erano come i suoi.

«Io non devo presentarmi. Ovviamente conosci il mio nome. Da quanto tempo?»

«Capisco il tuo turbamento», disse Klaus abbassando la mano, senza smettere di mostrarsi cordiale, accondiscendente. «Mi è accaduta la stessa cosa quando mia madre... nostra madre me l'ha detto. Un gemello, ho pensato, una persona geneticamente uguale a me che vive a migliaia di chilometri di distanza, in un ambiente diverso...»

«E con due genitori che non sono i suoi», lo interruppe seccamente lui, incapace di rinunciare a coloro che aveva sempre considerato propri genitori e che all'improvviso avevano smesso di esserlo. L'affanno della confusione era doloroso.

Klaus si irrigidì.

«Non dimenticare che in questa faccenda sono una vittima tanto quanto te.»

«Tu sei sempre stato dove dovevi essere, con i genitori che ti corrispondevano secondo la legge naturale.»

Klaus rimase in silenzio, valutando la situazione senza smettere di guardarlo.

«Ricominciamo da capo», disse allungando il braccio e tendendogli la mano. «Sono Klaus», proseguì, muovendo la mano, come per incoraggiarlo a stringergliela. «Tuo fratello Klaus.»

Ma Daniel non accennò a scostare le braccia dai fianchi. Continuava a guardarlo, a scrutare i suoi occhi in cerca di una risposta alla propria confusione, sebbene fosse tutto sin troppo chiaro, sin troppo evidente.

«Dov'è mia madre?»

Klaus riabbassò la mano, con espressione delusa.

«La vedrai, se vuoi, ovviamente.»

«Voglio vederla adesso. Sono venuto apposta.» Si guardò intorno, come se la cercasse. «Dov'è?»

«Non è qui», gli rispose Klaus in tono grave. «Non è a Parigi. Se vuoi conoscerla devi accompagnarmi in un lungo viaggio.»

Daniel lo guardò con diffidenza.

«Ho già fatto un lungo viaggio.»

«Ma non hai raggiunto la meta. Non ancora.»

«Facciamola finita», concluse lui, che cominciava a spazientirsi. «Dove dovrei andare, adesso?»

«A Berlino. Dove vivono i nostri genitori e nostra sorella.»

«Nostra sorella?»

«Si chiama Bettina. Ha ventiquattro anni.» Sorrise apertamente. «È molto più bella di noi, e molto intelligente, brillante, direi. Si è laureata in Medicina in quattro anni, con il massimo dei voti.» Tacque per un istante, con il volto adombrato. «Sarà una grande pediatra.» La sua voce si spezzò fino a diventare un sussurro, come se parlasse tra sé, come se le parole gli facessero male.

Daniel, che continuava a scrutarlo, finalmente abbassò gli occhi verso il pavimento. Accennò una risata mentre rialzava il volto, e si guardò intorno, senza vedere nulla di particolare.

«Che buffo. Avrei sempre voluto dei fratelli... Non mi sono mai rassegnato a essere figlio unico.» Aprì le mani, come se volesse abbracciare tutto ciò che aveva intorno. «E all'improvviso spuntano fuori un gemello e una sorella minore.»

«Ci sediamo?» lo esortò Klaus, con gentilezza.

Lui si lasciò guidare verso un soggiorno con due poltrone. L'arredamento era semplice ed essenziale, come se la persona che occupava l'appartamento fosse di passaggio. C'erano due abbaini e due finestre suddivise da listelli di legno bianco, dai quali si scorgeva un orizzonte di tetti grigi. Sconvolto, si sedette su una poltrona, restando eretto, in allerta, chiaramente a disagio. Per un attimo volse lo sguardo verso il cielo buio di Parigi.

«Perché mi hai fatto venire qui? Perché tutti questi misteri? Perché non ti sei presentato subito?»

Klaus si sedette di fronte a lui.

«Mi sembrava meglio che ci conoscessimo prima noi due. Alcune cose bisogna assimilarle a poco a poco. Viaggio spesso a Parigi per lavoro, per questo ci siamo conosciuti qui.»

«Continuo a non capire. Questo incontro mi pare fuori luogo. Perché non mi hai scritto dicendomi che esistevi? Avresti potuto telefonarmi, non so... Sarebbe stato tutto più semplice.»

«Magari più semplice per te», ribatté Klaus con un sorriso tranquillo. «Per me non è affatto facile andare a Madrid. La mia situazione è un po' speciale, diciamo...»

«Che cosa significa speciale?»

Klaus si tirò su, protendendosi verso di lui, con i gomiti sulle ginocchia, le mani intrecciate in aria.

«Noi, la tua altra famiglia, siamo cittadini della Germania Est, la cosiddetta Repubblica Democratica, che di democratico non ha nulla. È semplicemente una dittatura come quella che avete in Spagna, ma di segno contrario.» Fece un sorriso ironico, con la bocca piegata di lato, come se cercasse la sua complicità. «Naturalmente, spero che questo commento resti tra te e me, perché nel mio Paese si finisce in carcere per molto meno. Le dittature sono così, non ammettono le critiche.» Recuperò la gravità del volto. «Come puoi immaginare, le nostre opportunità di andare all'estero sono molto limitate, per quanto riguarda la Germania Ovest, quasi inesistenti per quanto invece riguarda la Spagna. È difficile da spiegare. Si potrebbe dire che siamo prigionieri nel nostro Paese.»

«E tu come mai puoi venire a Parigi? Godi di privilegi che i tuoi concittadini non hanno?»

«Ciascuno si guadagna i propri privilegi come può. Tu l'hai fatto, in Spagna. Mi sembra di avere capito che tuo padre è un uomo molto ben visto dal regime franchista. Non puoi negare che la tua posizione privilegiata ti abbia semplificato la vita.»

Daniel osservò a lungo il proprio clone. Aveva già cominciato a cogliere alcune differenze, al di là della somiglianza fisica, che non si percepivano a prima vista, dal momento che aveva riconosciuto nell'altro gli stessi gesti, gli stessi modi, ma percepì un contrasto nell'uso del linguaggio, forse nel tentativo di trovare qualcosa che lo distinguesse dall'intruso che aveva appena fatto irruzione nella sua vita, senza che lui potesse immaginarne l'esistenza... O forse lo aveva sempre percepito, inconsciamente. Ricordò la veemenza con la quale aveva desiderato un fratello da quando aveva raggiunto l'età della ragione, la solitudine che lo aveva turbato per tutta l'infanzia pur essendo coperto di affetto e di attenzioni dalla madre, come se gli mancasse qualcosa addosso, un arto amputato e separato dal suo corpo.

«A quanto vedo sai molte cose di me», aggiunse, mantenendo le distanze.

«Qualcuna in più rispetto a quelle che sai tu di me. Ma si può rimediare, con il tempo. Daniel, quando mia madre mi ha rivelato la tua esistenza, all'inizio non volevo crederci. Pensavo che fosse un suo delirio. Mi ha detto che voleva vederti prima di morire.»

«Sta morendo?» domandò, con freddezza.

«Tutti moriamo un po' ogni giorno, non credi? Ma la malattia di nostra madre si chiama tristezza, e se la trascina dietro come una condanna dal giorno in cui siamo nati.»

«La condanna di avermi abbandonato appena nato, immagino.»

Klaus rimase in silenzio.

«Credo che sia tutto un po' più complicato.»

«Mi ha abbandonato?» domandò con un tono secco, che non dava tregua, che pretendeva di sapere. «Ho il diritto di sapere cos'è accaduto, perché sono dove sono, perché non mi ha cresciuto accanto a lei, a te... A quella che avrebbe dovuto essere la mia famiglia.»

Klaus fece cenno di no, con espressione gentile.

«Mi dispiace, Daniel, ma credo che debba raccontarti tutto lei... È un suo diritto.»

Rimasero in silenzio per qualche secondo, scrutandosi senza posa, cercando di capire i pensieri dell'altro.

Daniel aprì le labbra, ma si sentì mancare la saliva in bocca.

«Puoi darmi un po' d'acqua, per favore?» chiese. «Ho la bocca asciutta.»

La cucina era parte della stanza in cui si trovavano; i due ambienti erano divisi unicamente da un bancone con due sedie alte, come quelle dei bar. Un piccolo frigo, due fornelli, un lavandino e qualche mobile in legno scuro completavano l'arredamento. Mentre Klaus riempiva il bicchiere, vide un telefono su un comò accanto al muro. Gli venne in mente Sofía.

«Ti spiace se faccio una telefonata?» domandò quando l'altro gli allungò il bicchiere. «Non ho fatto in tempo ad avvisare mia moglie che sono arrivato. Se non la chiamo si preoccuperà.»

Klaus lo invitò a farlo con un gesto della mano.

«Certo.»

Bevve un sorso e appoggiò il bicchiere sul tavolino in mezzo alle poltrone. Si avvicinò e, prima di fare il numero, si voltò verso il fratello.

«Ti pagherò la telefonata.»

Klaus lo guardò e sorrise scuotendo il capo, con un'espressione di sufficienza.

«Non preoccuparti, posso permettermela.»

Mentre tirava su la cornetta, guardò l'ora. In un francese piuttosto fluido, fornì all'operatrice il suo numero di casa. Pensò che Sofía dovesse essere preoccupata. Era troppo apprensiva, si agitava per ogni cosa, per qualsiasi evento fuori dall'ordinario. Si allarmava subito, si turbava per cose che non erano successe ma sarebbero potute succedere, qualunque disgrazia altrui la metteva in allerta, la morte di un conoscente o una malattia, come se gli effetti potessero raggiungere lei o le persone che la circondavano; qualche linea di febbre la induceva a portare subito le bambine al pronto soccorso, a chiamare il medico, angosciata. Daniel si atteneva al detto: «Nessuna nuova, buona nuova», ma lei no. Doveva chiamarla ogni volta che tornava in ufficio, perché altrimenti era presa dal panico e telefonava come una moglie isterica, assillata dalla gelosia e dal sospetto. Era sicuro che quell'atteggiamento fosse una conseguenza della noia. Non aveva altro a cui pensare tutto il giorno al di fuori di ciò che stavano facendo gli altri. Di sicuro non era riuscita a dormire, in attesa della sua telefonata, di sicuro non era andata a messa, per paura che lui chiamasse proprio nel momento in cui si trovava fuori casa. Quindi era meglio telefonarle, dirle che andava tutto bene. Mentre restava in attesa, valutò se raccontarle il motivo del suo viaggio, la sorpresa del gemello, l'eventualità di recarsi a Berlino per conoscere non solo la madre, ma tutta la sua famiglia, il vero padre e la sorella. Il cuore gli batteva forte al solo pensiero. Una persona con il suo stesso sangue era cresciuta a molti chilometri da lui, a sua insaputa. Quel dato di fatto era talmente difficile da digerire che faticava a pensare, e quando l'operatrice gli disse che il numero richiesto era occupato, suo malgrado trasse un respiro di sollievo.

Mentre Daniel aveva ancora la cornetta appoggiata all'orecchio, Klaus si versò un cognac e si accese una sigaretta. Lasciò il pacchetto sul tavolino accanto alle poltrone. Lo guardava con la coda dell'occhio. Si sedette dandogli le spalle, attento alle sue reazioni.

«Con chi starà parlando?» mormorò Daniel, mentre rimetteva la cornetta sulla base. «Le donne non stanno mai zitte.»

«Prova più tardi. Abbiamo tempo, e molte cose di cui discutere.»

Ma Daniel non si arrese al primo tentativo. Si rimise in contatto con l'operatrice e richiese una nuova chiamata. Klaus attese con pazienza. Sentì che riattaccava, schioccando la lingua. Tornò al suo posto e, prima di risedersi, bevve un altro sorso d'acqua. Il gemello gli rivolse uno sguardo di sufficienza.

«Vuoi un cognac? Ho anche del whisky.»

«Un cognac mi farà bene.»

Klaus gli preparò il bicchiere e si sedettero sulle poltrone, l'uno di fronte all'altro, come se si specchiassero.

Daniel lo guardava con un misto di curiosità e stupore, tenendo il bicchiere in mano. Era a disagio, si sentiva fuori luogo. Sorseggiò il liquido ambrato, sentendo il calore che gli scendeva in gola.

«Allora, che cosa devo fare per conoscere mia madre?»

«Non dimenticare tuo padre e tua sorella, anche loro sono parte della tua famiglia.» Daniel non disse niente. Sostenne il suo sguardo, con arroganza. Klaus proseguì con una serenità impertinente: «Te l'ho detto. Vivono a Berlino. Se vorrai conoscerli dovrai andare lì».

«E se non voglio?»

Klaus alzò le mani e agitò la testa.

«Puoi fare quello che vuoi. La decisione è tua. Nessuno ti obbliga.»

Ci fu un lungo silenzio. Klaus inspirò il fumo della sigaretta. Aveva le gambe incrociate e l'espressione serena di chi ha la situazione sotto controllo. Si alzò e andò verso il comò. Aprì un cassetto e tirò fuori una busta. Tornò e la mise sul tavolo.

«Sono due biglietti aerei per Berlino Ovest. Uno è a nome tuo. Da lì passeremo a Est, da Friedrichstrasse.»

Lui guardò la busta aperta, dalla quale spuntavano i biglietti aerei.

«Non posso entrare nella DDR.» Appoggiò il bicchiere, tirò fuori il passaporto, lo aprì e lo mise sul tavolo. C'era la foto di Sofía accanto alla sua nella prima pagina. «Gli spagnoli hanno il divieto di andare in alcuni Paesi, per esempio il tuo.»

«Lo so», disse Klaus, senza guardare il documento. «Ma c'è una soluzione.» Aprì la busta e tirò fuori i biglietti e un foglio piegato. Glielo tese. «È un visto che ti autorizza a entrare nel Paese e trattenerti per tre giorni.»

«Si può richiedere senza presentare il passaporto dell'interessato?» domandò, stupito.

«Diciamo che ho qualche contatto», rispose Klaus, senza dare altre spiegazioni. «Sarai un ospite speciale della DDR.»

Daniel aprì il foglio e lo guardò, aggrottando le sopracciglia.

«Non capisco perché anticipi le mie decisioni. E se non avessi intenzione di andarci?»

Klaus lo fissò. La sua espressione si fece ironica, il sorriso con una nota esasperata. Voleva dimostrargli che cominciava a perdere la pazienza.

«Io domani prenderò quell'aereo, con o senza di te. Ma se non vieni, non saprai più niente di noi. Mai più», disse con fermezza. «Potrai tornare alla tua vita e noi continueremo a non farne parte.» Tacque per un attimo, facendosi serio. «La decisione spetta a te.»

Daniel era confuso e turbato. Era arrivato fino a quel punto e qualcosa dentro di lui lo spingeva a proseguire. Non aveva nulla da perdere, tolto qualche giorno. Conoscere le sue origini, chi era in realtà, o come sarebbe stata la sua vita, se il destino non avesse scelto lui invece del suo gemello, gli pareva un buon motivo per lasciarsi trascinare. Era sempre più pressante il bisogno di conoscere la famiglia che era appena comparsa nella sua vita, la madre, ma anche il padre e la sorella, sapere di più del gemello che aveva di fronte. Non vedeva ragioni per non andare a Berlino. Ma cercò di chiarire i propri dubbi: aveva bisogno di conferme, perché tutta la situazione gli appariva piena di ombre e priva di logica.

«Perché stai facendo tutto questo?» domandò, con un filo di voce.

«Ma come», ribatté Klaus, sorpreso. «Sono tuo fratello, mia madre... tua madre vuole conoscerti. Come potrei non farlo, o almeno provarci, se in questo modo posso riportare un po' di tranquillità nella sua vita, tormentata dal tuo ricordo? Che cosa dovrei fare, secondo te? Niente? Stare fermo? Non considerare ciò che mi ha chiesto? Sarebbe come punirla di nuovo, non credi? Non sei curioso di sapere perché sei stato abbandonato?» Tacque per qualche secondo, fissandolo. Alzò l'indice e glielo puntò contro, come per dare enfasi alle sue parole: «Sono convinto che, se avesse potuto, sarebbe venuta a cercarti personalmente. Ma non può. La verità è questa, semplice e complicata, a seconda di come la si guardi, ma è la verità».

Klaus osservava con prudenza il cedimento nella mente del gemello. Gli parve il momento di sferrare il colpo definitivo per convincerlo. In silenzio, si alzò di nuovo e si avvicinò al comò. Prese qualcosa e tornò a sedersi. Era una foto. Gliela porse, ma Daniel non reagì, dibattendosi tra la diffidenza e la curiosità.

«Siamo noi quattro», disse sventolandola, per invitare l'altro a prenderla in mano. «È stata scattata meno di un anno fa.»

Lui la guardò, con difficoltà. Poi si sporse lentamente in avanti e la prese con una prudenza ingenua, timoroso all'idea di posare gli occhi su quell'immagine. Quando la ebbe in mano, si risedette sulla poltrona, cercando una posizione, o un punto di appoggio.

La foto era di qualità scadente: non era a colori, e neppure in bianco e nero, piuttosto seppiata. Era stata scattata in strada, davanti al portone di un palazzo con la facciata grigia. Il padre e Klaus sui lati, le due donne in mezzo, Bettina accanto al fratello, con il suo braccio sulla spalla. Sorridevano tutti, e guardavano l'obiettivo, tranne il padre, che era serio e con lo sguardo rivolto di lato, come se volesse distogliere l'attenzione dalla persona che stava facendo la foto. Il volto, ruvido e indurito, assomigliava a quello di Klaus e al suo con qualche anno in più. Ricordava un po' Lee Marvin. Bettina, invece, assomigliava alla madre, un po' più alta, ben fatta, più bella di loro, come gli aveva detto il gemello. Benché sorridesse, aveva un'espressione forzata, di circostanza, di sicuro sollecitata dal fotografo; la parola magica e le labbra che si schiudono in una posa. Portava la gonna, una camicia stampata e un giacchino. La madre era più bassa, esile, con un aspetto macilento, invecchiata precocemente, vestita con una gonna e un golf chiaro. Il padre portava un completo, senza cravatta; come Bettina, era molto magro e alto, quasi come Klaus, che nella foto indossava un paio di pantaloni scuri tipo jeans e una camicia con un golf scollato a V.

I suoi occhi scrutavano il volto della madre.

«Come si chiama?» domandò, sollevando lo sguardo dall'immagine per un attimo. «Lei, qual è il suo nome?»

«Gloria Montes. E lui è Alwin, Alwin Zaisser. Stanno entrambi per compiere cinquant'anni. Ci hanno avuto quando ne avevano venti. Anzi, lei non li aveva compiuti quando ha lasciato la Spagna.»

«E dove siamo nati?»

«A Madrid. La notte del 2 gennaio 1939.»

«Il mio compleanno è il 6, il giorno dell'Epifania.»

«Be', sono ventinove anni che lo festeggi quattro giorni dopo», aggiunse, sarcastico.

«Come sono arrivato dai miei genitori adottivi?»

Klaus lo fissò con un sorriso di sufficienza, come se valutasse la situazione.

«Deve raccontartelo lei, te l'ho già detto.» Abbassò gli occhi sulla foto che Daniel teneva in mano. «Quella è la porta del nostro palazzo. Abbiamo un appartamento troppo piccolo per quattro persone, ma ce lo facciamo bastare, non si può fare altrimenti. A Berlino è difficile trovare un alloggio se sei giovane e non hai una famiglia.»

Mentre Klaus parlava, Daniel non smise di osservare i quattro volti, i parenti che non conosceva, a eccezione di quello incontrato pochi minuti prima. Era molto strano scoprire l'esistenza di una persona alla quale si è stati uniti nei primi mesi di vita, avvinti nello spazio silenzioso e privo di gravità del ventre materno. Fece un lungo sospiro, come se fosse esausto, e rialzò la testa, senza smettere di guardare quei volti.

«Mi sembra incredibile», disse quasi sussurrando.

Poi alzò lo sguardo verso il gemello, con espressione grave.

Klaus si bagnò le labbra con il cognac. Fece l'ultimo tiro della sigaretta e la schiacciò nel posacenere pieno di mozziconi.

«Devi decidere tu. Se vuoi, ti prenoto subito un volo di ritorno per Madrid. Mi pare che ci sia un aereo domani mattina presto. Oppure torni in treno, come preferisci.»

Lui lo guardò per qualche secondo. Negò con la testa.

«No, no. Vengo con te a Berlino. Almeno la sfacchinata in treno sarà servita a qualcosa. Quasi un giorno intero. È stato estenuante.»

«Ho il terrore dell'aereo. Lo prendo se proprio non posso farne a meno, e ogni volta sto malissimo. Ho immaginato che fosse così anche per te. Dicono che i gemelli hanno le stesse fobie, le stesse paure, gli stessi gusti. Per questo ti ho fatto avere un biglietto del treno. Non volevo che l'idea del volo ti scoraggiasse.»

«Sì, hai ragione. Preferisco avere i piedi per terra. Ma ci sono stati troppi ritardi, troppi contrattempi in poche ore. È stato molto pesante.» Lo guardò come se all'improvviso avesse ricordato un particolare importante che non quadrava. «Dimmi una cosa: come è arrivata quella busta sul tavolo della mia stanza? Non era affrancata. Nessuno nello studio ne sapeva nulla. Deve averla portata qualcuno da fuori. Chi è stato?»

Klaus abbozzò un sorriso scaltro.

«Ho un caro amico francese che viene spesso a Madrid. La settimana scorsa era lì, te l'ha lasciata lui.»

«E come ha fatto a mettermela sul tavolo?»

Klaus sorrise di nuovo.

«Il mio amico sa come entrare ovunque senza farsi notare. In queste situazioni è un vero maestro.» Sollevò le sopracciglia e agitò la testa. «Ma non chiedermi come ha fatto questa volta, perché non lo so. Forse è entrato come cliente o magari ha pagato qualcuno.

Non ne ho idea. Dovrei domandarglielo.» Lo guardò sorridendo, ostentando sicurezza. «Se vuoi lo faccio.»

Daniel lo ascoltava rapito e sconcertato.

«Perché non me l'hai mandata per posta?»

Klaus fece schioccare la lingua, scuotendo la testa.

«Non potevo rischiare che andasse perduta. Se non ti fossi presentato all'appuntamento, sarebbe stata la fine di questa avventura. Volevo essere sicuro che la busta arrivasse nelle tue mani... Si diventa un po' paranoici quando si vive in un Paese dove le lettere si perdono con una facilità incredibile.»

Osservò per qualche secondo il suo riflesso dal vivo, finché assentì serrando le labbra.

«Ti trovo stranamente ingegnoso, nel modo di fare le cose, intendo...»

Klaus alzò le sopracciglia, senza dire nulla. Dopo un lungo silenzio, Daniel indicò i biglietti aerei e disse: «Va bene. Vengo con te a Berlino».

Subito dopo ammutolì, come se quelle parole lo avessero condannato. Infine si mise a ridere, per stemperare la tensione accumulata. Sentiva il sangue che affluiva nelle sue tempie palpitanti.

Klaus sorrise soddisfatto, ma con prudenza.

«Sono contento della tua decisione. Domani verrò a prenderti in albergo alle sei del mattino. L'aereo parte alle nove. Ancora una cosa, non ti stupire quando mi vedrai, porterò una parrucca e un paio di baffi finti. I miei soggiorni fuori dalla Germania Est sono, per così dire, in incognito. Tra l'altro, così facendo, al confine non si stupiranno vedendo due gemelli con cognomi e nazionalità diverse. La polizia del mio Paese è molto sospettosa. In ogni caso è una specie di tenuta da lavoro... Ma ne riparleremo.»

«Altri segreti...»

«Ti renderai conto che il segreto è il mio terreno abituale.» Klaus finì in un sorso il cognac, appoggiò il bicchiere sul tavolo e si alzò. Doveva concludere la visita. «Avremo tempo per parlarne durante il viaggio. Sarà meglio che riposi. Ci aspettano un lungo tragitto e molte emozioni da vivere.»

Daniel gli tese la foto per restituirgliela, ma Klaus la rifiutò con un gesto della mano.

«No, tienila tu, l'ho portata per te.»

11

NON appena entrò nella stanza 220 dell'albergo, cercò nuovamente di mettersi in contatto con Sofía. La centralinista gli disse che non riusciva a inoltrare la chiamata, che forse c'era un problema con le linee, e gli consigliò di tentare più tardi. Daniel ordinò qualche panino e una birra e si sdraiò sul letto con la foto in mano. Non riusciva a smettere di pensare a ciò che gli stava accadendo. Osservò con calma il ritratto. Sperava di decifrare i recessi mentali di ogni persona che lo guardava, o che guardava il fotografo, che con una leggera pressione del dito aveva immortalato per sempre l'istantanea che in quel momento gli permetteva di anticipare gli eventi, di preparare la mente al primo incontro, osservando il volto della madre appena scoperta, e quello del padre, e della sorella. Riguardo a Klaus, invece, gli bastava guardarsi allo specchio. Avevano gli stessi tratti del padre, biondi, capelli folti e un po' crespi, occhi chiari, chiarissimi, un po' allungati, espressivi, diceva la gente, una delle sue attrattive maggiori, che si trasformavano in una linea quando sorridevano, anche se nella foto il padre non lo faceva.

Pensava alla madre, quella che lo aveva allevato e che continuava a considerare tale, diversa dalla donna dell'immagine che, accanto al fratello, lo aveva portato in grembo durante la gravidanza, lo aveva dato alla luce con il dolore intenso e frenetico che prova una donna quando partorisce. Aveva visto Sofía che si trasfigurava a ogni contrazione, sempre più forte, più dolorosa, tanto che faceva male soltanto guardarla. Ricordava la prima volta che aveva visto le sue figlie, ormai in braccio a Sofía, che si era miracolosamente ripresa, con il volto sereno e felice. Si domandava come fosse possibile, per un padre, separarsi dal figlio in quel momento. E perché proprio da lui, quale ragione aveva portato sua madre a scegliere l'uno e non il suo gemello. Sarebbe stato meglio restare con lei, tra le sue braccia. In quel caso, lui avrebbe vissuto la vita del fratello Klaus, e forse Klaus starebbe guardando quell'immagine.

I suoi occhi si posarono sulla figura dell'uomo che l'aveva concepito, che gli aveva trasmesso i propri geni. Si domandava che cosa avesse di lui, che cosa avesse ereditato oltre alla straordinaria somiglianza fisica. Era come vedersi vent'anni dopo, cinquantenne. All'improvviso capì perché non aveva niente del padre che lo aveva allevato. Non si era mai riconosciuto in Romualdo Sandoval, anche se ammetteva l'inerzia della sua influenza implacabile.

Si addormentò e si svegliò infreddolito, a notte fonda. Si alzò e si avvicinò alla finestra. Sulla via deserta cadeva una pioggia sottile. Non c'erano rumori. Diede un'occhiata all'orologio. Mancava un'ora al momento in cui sarebbe stato chiamato dalla reception. Aveva chiesto la sveglia alle cinque. Non voleva riaddormentarsi. La valigia, intatta, era aperta su una panca ai piedi del letto. Non aveva tirato fuori nulla, perché non si era tolto nulla. Si spogliò e si fece una doccia, si rasò e si vestì. Mentre si stava annodando la cravatta, suonò il telefono. Chiese di nuovo una telefonata a Madrid. Non gli importava di svegliare Sofía a quell'ora. Doveva parlarle, raccontarle ciò che stava accadendo, anche se farlo al telefono non sarebbe stato facile. Ma fu costretto a rimandare, perché i problemi di linea con la Spagna continuavano.

Chiese se era possibile bere un caffè e scese per mangiare qualcosa mentre aspettava l'arrivo del fratello. Quando Klaus entrò nella hall dell'albergo, lo riconobbe nonostante la parrucca scura che spuntava dal Borsalino nero, i baffi e il giaccone con il bavero alzato fino alle guance. Non era difficile, visto che lo aveva avvisato. In più la hall, a quell'ora, era quasi vuota.

«Sembri una spia da film», gli disse quando erano ormai a bordo del taxi.

Klaus lo guardò e gli rivolse un mezzo sorriso, senza dire niente.

Durante il tragitto verso l'aeroporto parlarono soltanto del bisogno impellente di Daniel, che voleva mettersi in contatto con Madrid.

«Cominceranno a preoccuparsi, e conoscendo mia moglie, è capace di chiamare la polizia, scatenando un quarantotto.»

«Ci proveremo a Berlino», disse guardando l'ora. «Abbiamo i minuti contati, adesso. Se continuano i problemi di linea, puoi mandare un telegramma. Così tua moglie saprà che stai bene.»

«Preferirei parlarle, raccontarle quello che mi sta succedendo... in un telegramma sarebbe difficile da spiegare.»

Klaus lo guardò per qualche secondo.

«Non preoccuparti, quando atterreremo potrai parlarle a lungo e con calma. Adesso facciamo in modo di arrivare puntuali e salire sull'aereo.»

Raggiunsero l'aeroporto giusto in tempo per prendere il volo Air France diretto a Berlino. Quando l'aereo decollò, per allontanare la paura, cercò di intavolare una conversazione con il gemello.

«Sei sposato?»

«Come?» chiese Klaus, sconcertato.

«Ti ho chiesto se sei sposato. Hai figli?»

Klaus impiegò un po' a rispondere, come se dovesse pensarci, o come se non si aspettasse una domanda del genere.

«No, non sono sposato.»

«Ah. Io sì...» disse, guardandolo con la coda dell'occhio. Klaus continuò a fissare il cielo fuori dal minuscolo finestrino. «Sapevi anche questo?»

Klaus si voltò verso di lui, senza rispondere, limitandosi a guardarlo prima di rigirarsi verso il finestrino.

«Non ti sei mai innamorato?» insistette Daniel.

«Mai è un sacco di tempo», rispose, amareggiato, senza muoversi.

«Mi sembra di capire che non vuoi parlarne.»

I suoi occhi lo trafissero di nuovo, e la smorfia rabbiosa che precedette le sue parole anticipò la risposta.

«No», concluse, fermamente. «Non è il momento.»

Daniel tacque, e durante il resto del volo i due conversarono molto poco. Il silenzio si protrasse nell'aeroporto di Tempelhof. Presero un taxi che li guidò tra le vie di Berlino Ovest. Daniel osservava tutto con curiosità, imbevendosi della vitalità e della confusione di quelle strade vivaci, piene di negozi con insegne luminose, vetrine splendide decorate benissimo, venditori ambulanti di mandorle e fiori, ristoranti, caffè, *dehors* con tende a righe e sedie verdi e rosse, dove la gente sorseggiava birra seduta al sole. Gli ricordò i boulevard parigini. Le auto erano molto diverse da quelle spagnole, Mercedes, Volkswagen rosse, nere, bianche, gialle, blu. Berlino era una città attiva, straordinariamente vitale.

Il sole primaverile brillava nonostante le dense nubi che cominciavano a circondarlo, come una buia premonizione che avrebbe interrotto il clima tiepido che gli abitanti della città si stavano godendo. Durante il tragitto Klaus rimase taciturno. Sembrava teso, in allerta. Ma Daniel non diede importanza alla cosa, attirato com'era dalle vie e dalla gente che le percorreva, intento a osservare tutto con avidità.

Il taxi li lasciò alla stazione Bahnhof am Zoo.

«Prenderemo un treno per passare nella parte orientale», disse Klaus dopo aver pagato il taxi. «All'uscita c'è un ufficio postale, e cercheremo di fare una telefonata a Madrid. Altrimenti, potrai mandare un telegramma a tua moglie.»

La stazione odorava di frutta, spezie esotiche e caffè. C'era poca gente sul binario del treno diretto a Friedrichstrasse. Niente a che vedere con la confusione della banchina di fronte, dove sarebbe passato il convoglio occidentale. Quando il treno arrivò, un fiume di gente scese in fretta e furia e si disperse sulla banchina, dirigendosi verso l'uscita. Era l'ultima stazione occidentale prima di entrare nella zona Est della città. Klaus salì sul treno, seguito da Daniel. Ciascuno con la sua piccola valigia in mano. La sicurezza di Klaus contrastava con la sua fascinazione, che assorbiva tutto ciò che lo circondava, stando attento ai volti, all'ambiente, alla differenza rispetto al mondo che conosceva. Nel vagone erano circondati da una dozzina di persone, tutte zitte, assenti. Daniel le osservò: sembravano figure mute, grigie. Si udì un fischio e le porte si chiusero. Il treno si mise in marcia. Uscirono all'esterno su un binario sopraelevato, che gli permise di guardare dal finestrino la città molto diversa nella quale stavano entrando. Il paesaggio urbano cambiò subito. I tetti, le vie, i parchi non avevano nulla a che vedere con quelli che aveva osservato nel tragitto dall'aeroporto. E all'improvviso la striscia, il Muro, la frontiera netta tra una città e l'altra, separate da un pericoloso serpente a riposo, dormiente, intimidatorio agli occhi di chiunque avesse osato affrontarlo. Non per niente era conosciuto come «striscia della morte».

«Non pensavo che fosse così», mormorò senza togliere gli occhi dalla linea divisoria che sembrava l'entrata di un campo di concentramento.

«Fa sempre effetto...» aggiunse Klaus. E lo indicò con il dito appoggiato sul vetro del finestrino.

Quella cicatrice dell'umiliazione umana cominciava sul lato occidentale con la solidità del Muro in cemento, grandi blocchi bianchi, solidi, arrotondati nella parte alta, per impedire che i cittadini dell'Ovest raggiungessero la cresta. Al di là si alzavano grate e fili spinati, e una striscia di sabbia che nascondeva cavi e mine che se non uccidevano, potevano strappare le gambe alle persone. Poi una strada, dove si muovevano le pattuglie della Volkspolizei, la polizia popolare, con la divisa grigia e il casco caratteristico. Gli agenti, che tutti chiamavano VoPos, gli spiegò Klaus, erano incaricati della sorveglianza alla frontiera lungo il perimetro di Berlino Est, ed erano accompagnati da cani ferocissimi che braccavano i cittadini coraggiosi, terrorizzati e ingenui che osavano inseguire la libertà; il perimetro era chiuso da sbarramenti per i veicoli, da una grata elettrificata che mandava segnali alla torre più vicina e alle altre torri di sorveglianza che controllavano tutto.

«I cittadini della DDR non possono raggiungere il Muro», disse Klaus guardando dal finestrino. «La 'barriera di protezione antifascista', come viene chiamata nella parte Est, è il simbolo della divisione del Paese in due parti.»

«Avevo sentito parlare del Muro, ma non pensavo che fosse così...» mormorò Daniel, sconvolto da ciò che stava vedendo. «È come entrare in un immenso carcere. Una prigione per tutti i cittadini.»

«In realtà a Berlino il Muro circonda la zona occidentale, che è una specie di isola in mezzo alla Repubblica Democratica Tedesca. E non tutti i cittadini della DDR pensano di essere rinchiusi: molti accettano le restrizioni alle frontiere come un modo di difendersi dal nemico esterno. I nostri genitori la pensano così, per esempio, ne sono convinti. Avrai modo di rendertene conto.»

«È incomprensibile.» Daniel parlava senza smettere di guardare la striscia di sicurezza.

Klaus non disse nulla, scostò gli occhi dal finestrino e affondò nel sedile.

Fu un tragitto breve ma intenso. Una sola fermata del treno urbano li aveva portati in un altro Paese, dentro la stessa Germania, con cittadini tedeschi che parlavano la medesima lingua, ma con un passaporto diverso, un governo diverso, un modo diverso di concepire lo Stato, un'economia diversa, altre leggi, un altro modo di immaginare la vita.

«Adesso bisogna passare il confine», gli disse Klaus mentre scendevano dal vagone. «Devi entrare da solo. Ti squadreranno. La trafila potrebbe essere spiacevole per via degli spazi angusti; sarai solo e circondato di specchi, e i poliziotti addetti alla frontiera non sono certo un modello di gentilezza. Non dire niente. Qui l'inglese non lo capisce nessuno e il tedesco è molto stretto.»

«Sai anche che parlo l'inglese?»

Klaus gli sorrise, gli mise la mano sulla spalla e gli restituì la domanda in modo affabile.

«Lo parli?»

Daniel rimase sorpreso. Si strinse nelle spalle e si ritrasse.

«Lo conosco un po', ma a Madrid non ho molte occasioni di praticarlo.»

«Probabilmente sei portato per le lingue, come me. È facile indovinare le tue caratteristiche. Sei il mio gemello, geneticamente siamo identici, non dimenticarlo.» Girò la testa verso il luogo in cui si dirigevano gli altri passeggeri. Lo guardò. «Mantieni la calma mentre verificano i tuoi dati. Diffidano di chi si mostra inquieto.»

«Cazzo, mi stai terrorizzando», aggiunse con un sorriso ironico.

Klaus sorrise a sua volta.

«Nel mio Paese la polizia è molto sospettosa. Anche se il vero problema non è l'entrata, bensì l'uscita.»

«Spero che mi lascino tornare», rise Daniel.

«Non sei un cittadino della DDR. Non possono trattenerti, se non commetti un reato.»

Daniel lo guardò di nuovo.

«È così in tutti i Paesi. Anche in Spagna. È la legge.»

«Puoi stare tranquillo. Con me non avrai problemi. Sei mio ospite, il mio ospite d'onore.»

Klaus gli indicò la scala e lui seguì la breve fila di passeggeri scesi dal treno diretto a Berlino Est. Aspettò il proprio turno. Regnava un silenzio da brividi. Nessuno parlava. Erano tutti attenti a rispettare la fila. Klaus entrò per primo.

«Ti aspetto all'uscita.»

Scomparve dietro una porta, come tutti coloro che lo avevano preceduto. Quando toccò a lui, Daniel entrò nella cabina ricoperta di pannelli di un colore bruciato, con uno specchio inclinato nella parte superiore, in modo che la guardia potesse vedere alle proprie spalle alzando semplicemente gli occhi. A sinistra si trovava il poliziotto, protetto da un vetro, in una posizione più elevata. Lo osservò con freddezza e non rispose al saluto che lui gli rivolse mentre gli consegnava il passaporto, con il visto che gli aveva dato Klaus, attraverso la grata presente nel vetro. Aspettò con pazienza, non sapendo se guardare il volto di chi lo scrutava con attenzione, come se cercasse qualche mancanza nei suoi occhi o nella sua espressione. La nazionalità spagnola aumentava di certo la diffidenza del poliziotto, come sarebbe avvenuto per un cittadino proveniente da un qualunque Paese comunista intenzionato a entrare in Spagna. Immaginava le rogne, i dubbi e i sospetti. Non sapeva per quanto tempo fosse rimasto in quella stanza. L'ufficiale alzò il telefono e, senza comporre numeri, disse solo due parole, che lui non capì. Seguirono altri sguardi inquisitori, alternati all'ispezione del passaporto, del visto, della foto accanto a quella di Sofía... Daniel pensò alla moglie, a che cosa avrebbe detto se l'avesse visto lì, davanti al poliziotto che continuava a guardarlo. Tutto sommato, però, era tranquillo, perché sapeva che il passaporto famigliare era stato rinnovato qualche mese prima. Il poliziotto aveva ancora la cornetta accostata all'orecchio, come se stesse ricevendo istruzioni, impassibile, l'espressione ieratica, finché riattaccò, prese un timbro e lo appose su una pagina del passaporto. Glielo riconsegnò con arroganza, come se gli avesse concesso una grazia.

Finalmente uscì dal cubicolo asfissiante e vide Klaus che lo aspettava, fumando una sigaretta. Gli sorrise.

«Com'è stata l'esperienza?»

«Non mi sono mai sentito così osservato in vita mia, e dire che vivo sotto una dittatura.»

«Te l'avevo detto che in questo Paese rompono le scatole alle frontiere. Vogliono controllare tutto ciò che entra e che esce.» Prese la sua valigia e gli indicò l'uscita. «Vediamo se riesci a chiamare tua moglie, non vorrei che avessi una crisi matrimoniale per colpa nostra.»

Uscirono dalla stazione e Daniel rimase stupefatto. La città rumorosa, colorata e vivace che si era appena lasciato alle spalle non aveva niente a che vedere con la desolazione di quelle vie, di quelle auto, di quella gente; persino il rumore era diverso, più attutito, più vuoto. Raggiunsero l'ufficio postale. Chiese di chiamare a Madrid, fornì il numero, e l'operatrice ci provò. Si rivolgeva a Klaus a voce bassa, parlando in fretta, con frasi brevi e secche, senza guardarlo. Daniel li osservava, ma non capiva nulla di ciò che dicevano.

«È impossibile mettersi in contatto con Madrid.»

«Dille di provare con un altro numero», gli propose, e scrisse quello dell'ufficio.

La centralinista lo prese con espressione infastidita, come se il nuovo tentativo la disturbasse. Di nuovo frasi brevi in un tedesco impenetrabile.

«Impossibile», concluse Klaus. «Manda un telegramma e facciamo prima. Ci riproveremo più tardi.»

Klaus lo aiutò e lui cercò di essere sintetico: «Starò via per qualche giorno. Tutto bene. Chiedi a mio padre. Fatti raccontare tutto. Non può fare altrimenti.» Pagò Klaus, perché Daniel aveva soltanto pesetas, e qualche franco cambiato a Hendaya.

«Te li restituirò, insieme alle altre spese. Non devi pagarmi tutto.»

«Avremo tempo di fare i conti.»

Daniel si calmò. Almeno Sofía avrebbe saputo che stava bene, pensò, fiducioso.

All'uscita li attendeva un uomo con un giubbotto di pelle e i capelli folti e nerissimi. Salutò Klaus e prese la sua valigia. Non degnò Daniel di uno sguardo. Attraversarono la via e salirono su un'auto, una Volga nera con i sedili di velluto. L'uomo mise il bagaglio di Klaus nel baule e aspettò che lui caricasse la sua valigia, chiuse e si mise al volante. I due fratelli si accomodarono sui sedili posteriori. La vettura odorava di fumo e di sudore. Solo allora Klaus si tolse il cappello, si liberò della parrucca e si strappò i baffi. I due gemelli si guardarono con un breve sorriso. Daniel era nervoso, Klaus sereno.

L'autista lo osservava nello specchietto retrovisore. Aveva uno sguardo indagatorio, disturbante.

Daniel si rese conto che nel giro di pochi minuti si sarebbe trovato di fronte alla donna che l'aveva messo al mondo, e fu nuovamente investito dai dubbi, dai timori, dalle paure. Che cosa le avrebbe detto? L'avrebbe abbracciata?

«Klaus, i tuoi sanno che stiamo arrivando?»

Il fratello fece un lungo sospiro.

«Sì, ci aspettano.»

12

A mano a mano che l'auto avanzava, lo stupore di Daniel aumentava. Vie lastricate deserte, con buche o toppe nell'asfalto, quasi prive di negozi; in ogni angolo si respirava la desolazione; le facciate conservavano i segni della guerra, si susseguivano gli scheletri di edifici distrutti dai bombardamenti, mucchi di carbone accanto ai portoni di legno per riscaldare le case, come se la primavera non dovesse mai arrivare, e si esibivano simboli che in Spagna avrebbero creato gravi problemi. A ogni angolo, in ogni vetrina semivuota, su ogni parete nuda sventolavano bandiere rosse, o svettavano i volti di Marx e di Lenin, magari insieme, incorniciati nella falce e martello, e le insegne dell'onnipresente Partito di Unità Socialista. Per Daniel era tutto scioccante, essendo cresciuto circondato dalla simbologia opposta, unica anch'essa, ma diversissima, con il pregiudizio impresso a fuoco nella coscienza: tutto ciò che odorava di comunismo era diabolico, sinonimo di morte, dolore e malvagità personificata nei militanti e negli adepti di quel credo; era l'ossessione di Franco, ribadita in ogni arringa: «Il complotto giudeo-massonico-comunista-intellettuale», che univa tutti i nemici in una perversa cospirazione, con l'oscuro intento di dominare e sottomettere il mondo, niente a che vedere con i nobili propositi del Generalissimo, che aveva sempre messo la sua ferrea volontà a disposizione degli spagnoli, per difenderli da qualunque pericolo esterno e interno. Per questo era sorpreso e inquietato mentre attraversava quelle vie disseminate di segni proibiti e condannati nel suo Paese, alieni alla sua ideologia.

Senza dire una parola, l'autista li condusse in una via solitaria, dove fermò la macchina davanti a una chiesa. Scesero dall'auto. Daniel, sorpreso, guardò la facciata di mattoni rossi del tempio.

«Non sapevo che conservaste le chiese.»

Klaus lo guardò con accondiscendenza agitando la testa.

«Non è l'unica. Questa è evangelica, ma ci sono anche quelle cattoliche. La nostra costituzione garantisce la libertà religiosa e di culto. Non esiste legge o potere pubblico che costringa le persone a professare una religione. Ciascuno sceglie chi pregare, o di non pregare, se vuole. Una parte della Chiesa vede in questo sistema un'alternativa a tutti i mali del capitalismo. Ma non voglio mentirti: una cosa è la teoria e un'altra la realtà. Qui l'unica religione ammessa è l'ideologia di Marx e di Lenin, consacrata da Mosca, che sta sopra tutto e tutti, e che ci condurrà alla vittoria finale. Tutto ciò che esula da questo credo suscita sospetto; so di persone credenti svantaggiate al momento di entrare in una certa università, o di ottenere un posto di lavoro, una promozione... La libertà esiste, la discriminazione anche; è un paradosso, certo. È accaduto a nostra madre, anni fa, quando ero bambino: ha avuto problemi con i turni in fabbrica. Il capo dello stabilimento era venuto a sapere che la domenica andava a messa.» Klaus lo guardò con sarcasmo e proseguì. «Lo faceva contro la volontà di mio padre, che è ateo fino al midollo. In questo assomiglio a lui.»

«Ha smesso di andare a messa la domenica?»

«Molto tempo fa, anche se temo che sia stata una decisione più pratica che spirituale.»

«Non credo che in questo ambito esistano le mezze misure: o si è atei o non lo si è. Chi crede in Dio non può rinunciare alla propria fede per un posto di lavoro migliore.»

Klaus lo osservò con fare riflessivo.

«Un proverbio spagnolo dice che quando si dorme sullo stesso materasso si finisce per pensarla allo stesso modo... No?» Lui annuì. «Be', i nostri genitori dormono insieme da anni. E ti assicuro che mio padre non entrerebbe in una chiesa neanche morto, se non per bruciarla.» Alzò le sopracciglia, sorridendo con sarcasmo. «Sono parole sue.»

«Che ironia, viverci proprio di fronte. Immagino che gli si contorceranno le budella ogni volta che entra ed esce di casa.»

«Ci si abitua a tutto», rispose Klaus.

Daniel riguardò l'edificio sacro, senza nascondere lo stupore; era convinto che nei Paesi comunisti le chiese fossero tutte chiuse, se non distrutte, bruciate o saccheggiate. L'ignoranza genera un sacco di pregiudizi, pensò tra sé.

Klaus raggiunse il portabagagli dell'auto, lo aprì e scaricò le valigie. L'uomo con il giubbotto di pelle rimise in moto l'auto e si allontanò senza dire niente. La via era deserta. C'era qualche albero qua e là, coperto di foglie rachitiche, che agonizzavano mosse da una triste brezza grigia. Non si vedevano negozi. Il tratto di marciapiede davanti al palazzo era pieno di avvallamenti, e tutta la carreggiata era in pessimo stato, con buchi e solchi nell'asfalto. Proprio accanto a loro erano parcheggiate due Trabant scolorite, e un po' più in là una Wartburg verde.

«Pensavo che ci fosse più movimento», disse prendendo la valigia senza smettere di guardarsi intorno. «Sembra una città fantasma.»

«È domenica», spiegò Klaus. «E la gente la domenica riposa.»

Klaus si avviò verso il portone. Il fratello lo seguì lentamente, come se avesse i piedi carichi di piombo che gli appesantiva la falcata. Quando raggiunse il portone, prima di aprirlo, Klaus si voltò verso di lui.

«Sei pronto?»

Daniel si fermò a un paio di passi da lui, come se non volesse avvicinarsi troppo, timoroso di varcare la soglia di quel palazzo. I suoi occhi si posarono sul volto del gemello, identico al suo.

«Come puoi essere pronto a conoscere la persona che ti ha dato alla luce a distanza di ventinove anni?»

«Andiamo», disse Klaus aprendo il portone. Si voltò e lo fece passare per primo. «Sarà più facile di quanto immagini.»

Come la via, il portone era grigio, brutto, freddo e deserto, quasi abbandonato. Salirono quattro rampe di scale fino a un pianerottolo con tre porte. Klaus si fermò davanti a quella centrale, dipinta di scuro, a differenza delle altre due, giallastre. Appoggiò la valigia a terra e suonò il campanello. Accanto a lui Daniel aveva le dita strette intorno al proprio bagaglio, e l'altra mano nella tasca dell'impermeabile, nascosta e contratta per il nervosismo. Aveva la schiena coperta di sudore e le palpitazioni.

La porta si aprì lentamente e comparve una ragazza bruna, la giovane della foto, ma con i capelli sciolti sulle spalle. Indossava un paio di jeans e un golf blu scuro. Non portava orecchini né catenine o braccialetti, neppure l'orologio al polso. Daniel notava quel genere di particolari: pensava di capire una donna dagli orecchini che indossava, o dalla gonna, dai tacchi. Questa aveva le scarpe basse, come un uomo. La ragazza guardò prima l'uno e poi l'altro, più che sorpresa, meravigliata dalla somiglianza. Infilò le mani in tasca e si strinse nelle spalle.

«Santo cielo! Se non fosse per i vestiti, non saprei chi dei due conosco.»

Klaus entrò e le diede un bacio sulla fronte, la guardò per un attimo sorridendo, ed entrambi si voltarono verso di lui, che era rimasto fermo, inchiodato sulla soglia.

«Lei è Bettina, tua sorella», disse Klaus mettendole un braccio sulla spalla e stringendola a sé. «Ti ho detto che era molto più bella di noi.» Lo invitò a seguirlo con un gesto. «Forza, non restare lì.»

Daniel entrò lentamente, insicuro. Bettina chiuse la porta senza dire niente, quasi senza guardarlo. Prese la valigia di Klaus, gli diede le spalle e imboccò lo stretto corridoio che si apriva di fronte a loro.

«Papà non c'è», disse senza voltarsi. «È andato a una riunione del Partito.»

I due fratelli la seguirono. Prima Klaus, poi Daniel.

«E la mamma?»

«È in cucina.» Si fermò davanti a una porta e si girò verso di loro. «È molto agitata. Vai prima tu», disse guardando Klaus.

Si udiva un rumore di stoviglie. Entrarono in una stanza.

«Aspetta qui», gli disse Klaus. «Vado a parlarle.»

Uscì e Daniel e Bettina rimasero da soli. La stanza era piccola, un letto accostato al muro, una piccola scrivania, una libreria stracolma di libri, una sedia e un armadio a una sola anta. La finestra era coperta da una sottile tenda a righe di diverse tonalità. Lui pensò a sua madre, che avrebbe trovato quel mobilio orrendo, antiquato, senza stile, privo di personalità. In realtà, il poco che aveva visto era accogliente. Bettina lo osservava dalla porta, con le braccia incrociate al petto, lo sguardo scialbo. Lui appoggiò la valigia e si avvicinò alla finestra. Prese fiato gonfiando i polmoni, per acquietare la tensione che lo pervadeva. Si udivano le voci di Klaus e di sua madre. Parlavano in tedesco, e non capì nulla. Il tono era calmo.

Daniel si girò e guardò Bettina. Le sorrise.

«Parli benissimo lo spagnolo», disse tanto per dire qualcosa.

Lei fece una smorfia ironica.

«Nostra madre si rivolge a noi in spagnolo, soprattutto quando vuole fare arrabbiare nostro padre, che lo odia per via del sentore fascista che avverte in tutto ciò che viene dalla Spagna.»

«Non parto bene con lui, allora, perché sono spagnolo e sono orgoglioso del mio Paese.»

Lei non disse nulla.

Daniel schivò quegli occhi che lo osservavano come se fosse una bestia rara. Era agitato e non sapeva come comportarsi. Si sentì a disagio.

«Sapevi della mia esistenza?» domandò.

«L'ho saputo da pochissimo, come gli altri. Mia madre lo ha nascosto per un sacco di tempo, troppo.»

«Lo penso anche io...» aggiunse. «Ventinove anni sono troppi.»

Si udirono i passi di Klaus, che poco dopo si affacciò sulla stanza.

«Vieni, Daniel. È ora che tu conosca la donna che ti ha messo al mondo.»

Lui si sentì mancare l'ossigeno. Inspirò gonfiando il petto e soffiò fuori l'aria, come per farsi forza. Si liberò dell'impermeabile e lo lasciò sul letto. Solo allora assentì e uscì dalla camera, incrociando sulla porta Bettina che, insolente, lo guardò senza nascondere un misto di sospetto e di arroganza. I due fratelli percorsero il corridoio fino a raggiungere la cucina. La donna della foto era di spalle, come se temesse l'incontro. Era molto nervosa, non poteva evitarlo. Quando sentì la presenza del figlio perduto, prese fiato e si girò lentamente, con il cuore che palpitava e un misto di apprensione, curiosità e ansia per l'incontro. La visione di Daniel la colpì a tal punto che le scivolò la tazza che reggeva tra le mani e che si schiantò violentemente a terra, andando in mille pezzi. Lei non si scompose, lo sguardo fisso sul figlio, paralizzata. Daniel, assorto tanto quanto lei, fece subito per chinarsi, ma Klaus lo anticipò.

«Lascia stare, faccio io.»

Madre e figlio continuavano a fissarsi mentre Klaus finiva di raccogliere i cocci. Lei si copriva la bocca con la mano, per contenere il turbamento che provava vedendo i due gemelli insieme dopo tanto tempo.

«Dio mio», mormorò, «siete identici.»

Era più minuta, più magra, più scura di come se la aspettava. Portava i capelli raccolti sulla nuca con una riga molto marcata; spostò una ciocca che le ricadeva sulla guancia. Istintivamente, si tolse subito il grembiule, come se volesse fare bella figura. Aveva un aspetto stanco, con occhiaie profonde, la pelle giallastra, opaca, rugosa e invecchiata precocemente. Daniel non poté evitare di paragonarla alla donna che lo aveva allevato, che pur avendo dodici anni più di lei conservava una pelle molto più liscia, più luminosa, più riposata.

Quando Klaus ebbe terminato di raccoglierli, buttò i cocci nella spazzatura; poi guardò il gemello e la madre, sorridendo.

«Be', credo che non ci sia bisogno di presentazioni. Sarà meglio che vi lasciamo soli. Immagino che dobbiate chiarire molte cose.»

Dopo che ebbe parlato, uscì dalla stanza e costrinse Bettina a seguirlo, vincendo la sua resistenza. Gli altri due rimasero da soli in quella cucina piccola, con mobili vecchi e un po' rovinati, gli elettrodomestici essenziali, antiquati, e un tavolo di legno dipinto di bianco attaccato alla finestra, senza tende, dalla quale si intravedeva un ampio cortile con una mezza dozzina di alberi dai rami ancora sprovvisti della chioma primaverile.

Gloria mise via il grembiule. Le tremavano le mani e le nascose incrociando le braccia. Daniel si rese conto che era sul punto di piangere, sopraffatta dall'emozione trattenuta, la mandibola tesa. Lei gli sorrise, ma la sua espressione si torse in una smorfia strana. Anche lui cercò di sorridere: non sapeva che fare, che dire e come comportarsi. Pensò di darle un bacio e si avvicinò a lei. Gloria si irrigidì, decisa a non lasciarsi andare al pianto. Le tremava il mento e le si velarono gli occhi, ma cancellò le lacrime passandosi la mano sulla guancia.

«Dio mio… siete identici», ripeté. «Due gocce d'acqua.»

Daniel pensò al tono di voce della donna che gli aveva dato la vita. Pensò che le prime parole udite da un neonato sono fondamentali per il suo modo di essere. Si domandò se gli avesse detto qualcosa quando era nato, se gli avesse riservato parole dolci, pentite, addolorate per la separazione imminente, se avesse pianto quando aveva preso la decisione di consegnarlo a due sconosciuti.

«Pare di sì», disse, cercando di non farsi contagiare dall'emozione. «I gemelli sono così.»

Gloria faticava sempre di più a trattenere le lacrime. Deglutì, scansò lo sguardo del figlio e gli diede le spalle.

«Vuoi un caffè?»

Daniel si scostò con una strana sensazione di delusione. Infilò le mani nelle tasche dei pantaloni e si guardò intorno.

«Sì, grazie, qualcosa di caldo mi farà bene.»

«Siediti.» Gloria parlava con un filo di voce, come se temesse di farlo.

Lui si sedette al tavolo e guardò per un momento il cortile. Si vedevano altre finestre, ma non percepì segni di vita dietro i vetri. Gloria tirò fuori due tazze da una credenza e le mise sul tavolo. Poi prese la caffettiera e le riempì entrambe.

«Zucchero?»

«No, grazie.»

«Come tuo fratello», mormorò. «Non gli è mai piaciuto lo zucchero. In questo avete preso da vostro padre. Immagino che tu sia anche un inguaribile freddoloso...» Lo guardò e sorrise di fronte alla sua espressione. «Proprio come Klaus. Non fa mai abbastanza caldo, per lui.»

«È vero, capita anche a me. Sono freddolosissimo.»

Gloria si sedette di fronte a lui. Lo guardò di nuovo. Nei suoi occhi l'emozione si era trasformata in curiosità. Abbozzò un sorriso.

«Che cos'hai pensato quando hai visto Klaus per la prima volta?»

Daniel bevve un sorso di caffè. Era appena fatto e la sua gola accolse con sollievo il liquido caldo.

«Che cosa potevo pensare?» mormorò abbozzando una smorfia gentile. «Sono rimasto di sasso. Era come guardarmi allo specchio.»

Gloria sorrise senza smettere di osservarlo. Il suo sguardo si era fatto accogliente, incuriosito.

«Ti ringrazio per essere venuto... Abbiamo tante cose di cui parlare... Ho tante cose da raccontarti.»

«Ventinove anni danno molto da parlare», aggiunse lui assentendo.

Sentiva profumo di cannella. Forse aveva fatto un dolce, perché aveva un po' di farina sulla fronte e sugli avambracci.

«Daniel... Ti chiami Daniel, vero?»

Lui annuì.

«Non ti avrei chiamato così», disse evitando il suo sguardo, rivolta alla finestra.

«Posso sapere quale sarebbe stato il mio nome?»

Lei tornò a guardarlo e sorrise. Bevve un sorso di caffè prima di rispondere.

«Felipe, come mio padre e mio fratello.»

Daniel fece un lungo sospiro.

«Gloria», pronunciò il suo nome, consapevole che gli sarebbe stato impossibile chiamarla mamma. «Devo sapere perché non mi chiamo così. Devo capire la mia esistenza.»

Gli occhi di lei si riempirono di lacrime. Assentì e cominciò a parlare con voce rotta e flebile, poi calma, flemmatica. Un flusso lento di ricordi recuperati nella memoria si trasformò in un racconto senza interruzioni, senza stacchi, che lui ascoltò rapito.

13

Gloria Montes aveva diciotto anni quando conobbe Alwin Zaisser. Era scoppiata la guerra e la popolazione civile di Madrid stava vivendo momenti complicati. Era la minore di quattro fratelli, l'unica femmina. Il padre aveva una panetteria a Cuatro Caminos. La madre faceva le pulizie in una pensione del centro, e i fratelli aiutavano il padre in negozio. Alcuni impastavano, altri servivano e facevano le consegne. Si erano sempre guadagnati il necessario per vivere, finché la guerra aveva cambiato tutto.

I fratelli erano dovuti andare a combattere e lei non li aveva più rivisti. Il padre aveva continuato a fare il pane quando aveva la farina per impastare. La madre continuava a lavorare alla pensione in cambio di cibo e prodotti di prima necessità, e Gloria passava la giornata a cercare per tutta la città qualcosa da mettere nella sporta. Ricordava il freddo che faceva il giorno in cui aveva conosciuto l'uomo che aveva cambiato il suo destino. Era metà dicembre del 1937. Cadeva una pioggia sottile che a tratti diventava neve. Aveva passato la mattinata a fare la coda per aggiudicarsi un sacchetto di carbone in calle del Barco. Quando era arrivato il suo turno, era partito largo il suono assordante della sirena che avvisava la popolazione di un bombardamento imminente. La gente si era dispersa subito, ma lei non si era mossa finché il carbonaio, di fretta, le aveva consegnato la sua razione. Solo allora era corsa verso la Gran Vía per rifugiarsi nell'entrata della metropolitana. Durante la corsa udiva il frastuono delle bombe che esplodevano. Il suolo tremava sotto i suoi piedi. Altri ritardatari come lei avevano la stessa espressione intimorita nell'udire il fischio che anticipava lo scoppio, l'attesa spaventosa dell'esplosione successiva e il rimbombo del colpo, sempre troppo vicino. Una bomba era caduta a pochi metri da lei. Istintivamente si era gettata a terra e si era coperta la testa sentendo i calcinacci che le cadevano addosso. Era rimasta accecata per un attimo e circondata da un silenzio inquietante, assordata dall'onda d'urto e completamente disorientata. In quel momento non sentiva dolore né ferite, aveva solo paura, paura di ricevere il colpo di grazia, paura di avere perso il carbone che, con gli occhi irritati e annebbiati, cercava tra le macerie sparse intorno a lei. Attanagliata da quella paura paralizzante, si era accorta che un paio di braccia forti l'avevano sollevata da terra e la trascinavano in un portone vicino prima che un'altra bomba scoppiasse nel punto esatto in cui era distesa. La forza della detonazione li aveva scaraventati entrambi all'interno dell'androne, con le pareti scosse dall'esplosione. Gloria sentiva che il corpo cui appartenevano le braccia la proteggeva dalla pioggia di calcinacci e vetri che scendevano su di loro come acqua maledetta. Erano rimasti così per un po', sdraiati a terra, fermi, rannicchiati l'uno vicino all'altra, avvolti in un buio denso, accecati dalla polvere che si era alzata, il suo protettore avvinto al suo corpo, rattrappito, rigido. L'aria era irrespirabile per l'odore intenso di zolfo della polvere bruciata. Continuavano a udire i bombardamenti, i fischi inquietanti, i motori degli aerei che sganciavano il loro carico mortale. Finché finalmente si era fatto silenzio. Un silenzio da brividi presto infranto da gemiti di dolore, urla di ricerca, pianti, morte.

Gloria aveva sentito che il suo salvatore si alzava e la costringeva a fare altrettanto. Riusciva appena ad aprire gli occhi, che bruciavano come trafitti da braci incandescenti.

«Stai bene?»

Aveva una voce dolce e insieme virile, con un forte accento straniero. Lei aveva assentito, cercando di sputare per espellere la terra che aveva in gola.

«Fai attenzione, non muoverti troppo. Sei ferita.»

In quel momento aveva aperto gli occhi e lo aveva visto. Aveva i capelli, il volto e i vestiti coperti da un velo biancastro che gli dava un aspetto spettrale, ma gli occhi di un grigio azzurrato spiccavano nel suo volto come stelle splendenti. Era rimasta affascinata, soprattutto quando aveva aperto la bocca carnosa in un caldo sorriso, mostrando i denti bianchi.

«Grazie...» aveva mormorato Gloria, con voce tremante. «Ti devo la vita.»

«Il debito ci unirà per sempre», aveva aggiunto lui, con un sorriso gentile. «Ti fa male?»

Nella tragedia che li circondava, Gloria aveva sentito la dolce frecciata dell'amore, un sentimento che non si cura delle bombe, delle guerre, delle ferite, riuscendo a stemperare l'orrore della morte e della distruzione.

Solo allora aveva avvertito un intenso bruciore alla gamba. Aveva una ferita poco sopra il ginocchio, che sanguinava abbondantemente. Il ragazzo straniero dagli occhi grigi si era slegato il fazzoletto che portava al collo e aveva coperto la ferita, avvolgendole la gamba.

«Non sembra grave, ma ti rimarrà la cicatrice», aveva detto mentre maneggiava la stoffa con delicatezza. Il suo sguardo passava dalla sua gamba al suo volto, senza smettere di sorridere. «Ti porto dove possano curare.» Aveva terminato il bendaggio di fortuna e le aveva teso la mano. «Mi chiamo Alwin, Alwin Zaisser. Sono tedesco, di Berlino.»

Lei aveva allungato la sua e gliel'aveva stretta, sorridendo. Si erano guardati negli occhi, il volto e i capelli coperti di polvere.

«Potevi anche non dirmelo, visto l'accento. Mi chiamo Gloria Montes. Che cosa ci fa un berlinese in mezzo a questa guerra?»

«Difende la Repubblica.»

«E che cosa gliene importa a un tedesco della Repubblica spagnola?»

«Difendo il sistema che considero migliore per la società», aveva detto senza smettere di sorridere, imprimendo al suo tono una grande dignità. «Qui, nel mio Paese o dall'altra parte del mondo.»

«Dove hai imparato lo spagnolo? Nonostante l'accento lo parli benissimo.»

«Qui, dai compagni. Con un po' di impegno si impara in fretta. Pensi di riuscire a camminare?»

Gloria si era appoggiata a lui e si era lasciata sollevare, ma quando aveva appoggiato il piede destro a terra, si era contorta per il dolore.

«Mi fa malissimo.»

«Può darsi che sia rimasto dentro un pezzo di metallo. Bisogna estrarlo il prima possibile per evitare che la ferita si infetti. Andiamo. Ti aiuto.»

«Ho la bocca piena di terra», aveva detto Gloria, sputando.

Alwin aveva tirato fuori dalla tasca una piccola borraccia foderata di pelle scura e gliel'aveva passata.

«Tieni. Sciacquati la bocca.»

Gloria aveva bevuto un sorso di quel liquido e l'aveva sputato tossendo, disgustata.

«Ti avevo detto di sciacquarti», disse Alwin ridendo divertito, «non di bere».

Lei lo aveva guardato, e i suoi occhi le erano parsi i più belli che avesse mai visto. Gli aveva sorriso e gli aveva permesso di prenderla in braccio; i loro volti erano vicinissimi.

«Ti porto a farti curare la ferita.»

Alwin Zaisser era un tedesco di diciannove anni che nutriva il desiderio di cambiare il mondo per renderlo migliore. Con quel proposito e l'entusiasmo degli anni giovanili si era arruolato nelle Brigate internazionali reclutate nella sua Berlino natale per combattere in favore della Repubblica spagnola. Gli ideali comunisti gli erano stati infusi da un professore che gli aveva trasmesso la convinzione che solo i sistemi socialisti avrebbero reso possibile una società più giusta ed egualitaria.

Gloria e Alwin si erano innamorati in mezzo al disastro provocato dalla guerra. Quando la contesa lo consentiva, Alwin andava a trovarla, parlavano del futuro, della loro vita insieme. «Voglio trascorrere il resto della mia esistenza accanto a te», le aveva detto una sera del 1938, mentre passeggiavano mano nella mano nel Parque del Retiro. Lei gli aveva risposto con le stesse parole, e si era consegnata a lui, anima e corpo, per sempre. Quando il padre di Gloria era venuto a sapere che era incinta l'aveva sbattuta a terra con uno schiaffo, e avrebbe continuato a picchiarla se la madre non si fosse frapposta. Era un uomo rabbioso, amareggiato da quella guerra maledetta che gli aveva tolto tutto, indurito e disumano, al punto di scaricare tutta la sua folle rabbia sull'unica cosa buona che gli era rimasta. L'aveva cacciata di casa. Gloria si era rifugiata da un'amica della madre. Alwin si era subito impegnato seriamente con lei e con il loro figlio. Andava a trovarla quando poteva, perché la situazione di Madrid era sempre più complicata nei mesi che avevano preceduto la fine della guerra. Quando, nel dicembre del 1938, Alwin le aveva annunciato che avrebbe lasciato la Spagna, le aveva chiesto di andare con lui. Lei era pronta a seguirlo in capo al mondo, ma chi avrebbe dovuto occuparsi di farlo uscire dal Paese si era rifiutato di portarla con sé, vista la gravidanza avanzata, perché avrebbe complicato la fuga. Le avevano promesso che quando avesse partorito, e lei e il neonato fossero stati pronti a intraprendere un lungo viaggio, le avrebbero fornito l'assistenza necessaria e i biglietti per poterlo raggiungere.

Così Alwin era andato da solo a Mosca, costretto dalle circostanze. A Berlino non poteva tornare, perché nel suo Paese era considerato un reietto, ricercato come traditore del nazismo, e lo attendeva una morte certa.

Gloria era rimasta con la madre e l'amica di quest'ultima, che l'avevano assistita quando era giunto il momento del parto. Era notte, faceva molto freddo e soffiava un vento gelido che filtrava dalle fessure delle finestre, come una premonizione del futuro che li attendeva. Mentre si occupavano del primo neonato, si erano rese conto che ce n'era un altro. Erano due gemelli. I bambini erano nati piccoli, ma perfetti. La situazione di Gloria era complicata. Il contatto che avrebbe dovuto portarla a Valencia per intraprendere il lungo viaggio verso la Russia aveva detto che avrebbe portato con sé soltanto una donna e un bambino. Gli ordini che aveva ricevuto erano quelli e non ne avrebbe accettato nessun altro. Sarebbe stato rischioso. Gloria aveva pensato di restare, ma le era stato detto che avrebbe corso un grave pericolo. Il Servicio de Información Militar la stava cercando e se gli agenti l'avessero trovata, l'avrebbero uccisa come rappresaglia verso Alwin Zaisser, scappato con informazioni compromettenti. Se non l'avessero fatto loro, l'avrebbero ammazzata quelli dell'altra fazione. Era al centro di due fronti inconciliabili, una moneta di scambio con tutto da perdere; l'unica opportunità di salvarsi era lasciare la Spagna. La madre di Gloria l'aveva costretta ad accettare il viaggio; voleva che sopravvivesse a ogni costo, anche a migliaia di chilometri, per sapere che la figlia e i nipoti erano vivi. Aveva pensato di tenere un gemello, ma il marito si era rifiutato categoricamente di farlo, minacciando di cacciare di casa entrambi. Non c'era tempo per pensare, e la madre di Gloria aveva preso una decisione: avrebbero dato in adozione uno dei neonati. Alla pensione in cui lavorava aveva sentito parlare di una coppia che non riusciva ad avere figli. I due sposi vivevano nascosti da due anni in una soffitta del palazzo che ospitava la pensione, per sfuggire alla denuncia della portinaia della loro casa. Uscivano pochissimo, per il timore di essere scoperti. Ricevevano aiuto dalla domestica della pensione, che conosceva la donna da prima della guerra, perché si era comportata molto bene con lei in un momento di difficoltà. In più la coppia tirava avanti grazie a ciò che riceveva da Aranjuez, da un fratello della moglie, soldi e prodotti dell'orto, che dividevano con la domestica. Era stata quest'ultima a rivelare, desolata, che la donna aveva appena partorito, ma il bambino era morto poche ore dopo la nascita. Era l'occasione perfetta.

Gloria non era riuscita a scegliere il bambino da dare via. Aveva pregato la madre di prenderne uno dalla culla. Non aveva voluto guardare. Quando la madre aveva lasciato la stanza con il neonato tra le braccia, aveva udito il pianto disperato del bambino rimasto. L'aveva avvicinato al seno. Per mesi lo aveva allattato bagnandolo di lacrime. Lo strazio era durato per anni, finché si era abituata al dolore.

La madre di Gloria, con il gemello scelto, si era presentata alla soffitta dove si nascondeva la coppia e lo aveva consegnato all'uomo che da allora in poi gli avrebbe fatto da genitore.

«Mio padre è morto poche settimane dopo che me ne sono andata», aggiunse Gloria con il tono caldo del ricordo, «per un attacco di cuore. Così mi ha detto mia madre in una lettera che mi è arrivata mesi dopo. Lei è morta quell'estate. Un'auto l'ha investita mentre attraversava la strada.» Tacque per un momento, pensierosa, poi fece un lungo tiro della sigaretta prima di continuare. «Ma so che è morta di dolore e di solitudine. Me lo ha scritto la sua amica dal Messico, dove era esiliata. Erano molte le persone costrette a lasciare la Spagna, a quel tempo.»

Il fumo delle sigarette fumate da entrambi aveva formato una nebbia azzurrina nell'aria della cucina. Daniel aveva tirato fuori il suo pacchetto di Ducados e le aveva offerte alla madre. Gloria parlava piano, in tono sommesso, senza fretta, raccontando ogni particolare ripescato nella memoria. Fumava e lasciava che il fumo le uscisse dalle labbra.

«Il viaggio è stato lungo e duro.» La sua voce era bassa e calda.

«Ero da sola, senza aiuti. Se avessi potuto restare a Madrid, non avrei mai rinunciato a te.»

«Ma l'hai fatto.» Il tono brusco di Daniel sorprese Gloria. Era la prima volta che interveniva da quando lei aveva cominciato a raccontare. «Mi hai abbandonato per correre dietro a un uomo che se n'era andato lasciando te e i tuoi figli al loro destino.» La guardò fiero, aggressivo, risentito. «Un vero uomo non fa una cosa del genere.»

Lei lo guardò, desolata e si portò la sigaretta alle labbra. Lui si rese conto che le tremava la mano.

«Non hai idea», mormorò Gloria, con amarezza.

«Sono padre», replicò lui, con veemenza. «Non abbandonerei mai mia moglie e le mie figlie, mai», ripeté in tono di sfida. «Hai sentito? Non le abbandonerei per niente al mondo, meno che mai in circostanze difficili... Dio santo, non ha giustificazioni.»

Gloria deglutì. Il suo sguardo intenso si caricò di tristezza.

«Non capisci niente», disse in tono secco.

«Ho fatto migliaia di chilometri per farmelo spiegare.»

Gloria, nervosa, si portò di nuovo la sigaretta alla bocca, inspirò il fumo e abbozzò una risata accondiscendente.

«È tutto facile, quando non hai mai dovuto scegliere», protese il corpo verso di lui con la dignità impressa sul volto. «Scegliere davvero, intendo, non che vestito metterti o quale macchina comprare... Scegliere tra la vita e la morte, la tua e soprattutto quella dei tuoi cari. In genere siamo molto coraggiosi quando la situazione è sotto controllo, ma non sempre è possibile, e in guerra il coraggio altruista di cui ti vanti potrebbe costare la vita a te e alla tua famiglia. A volte bisogna ingoiare il coraggio e la dignità, e umiliarsi, agire da codardi pur di salvare le persone che ami.» Lo fissava senza disprezzo, condannando la sua mancanza di tatto, il suo errore di valutazione. «Devi ingoiare il tuo dolore e andare avanti.» Rimase in silenzio per qualche secondo, pensierosa. Si tirò indietro e con la sigaretta smosse la cenere che traboccava dal posacenere. «È vero che ti ho lasciato a Madrid, che non ti ho portato con me.» In quel momento tornò a guardarlo negli occhi, cercando la sua comprensione, o forse il suo perdono. «Ma non ti ho abbandonato. Se avessi avuto una minima possibilità, non avrei mai permesso a mia madre di portarti via da me.» Abbassò di nuovo lo sguardo e il suo tono si addolcì. «Mia madre mi ha assicurato che saresti stato bene, e io le ho creduto, ho dovuto farlo per non impazzire. Quando è finita la guerra, due mesi prima di morire, mi ha scritto per confermarmelo.» Si aprì in un sorriso e i suoi occhi scuri si illuminarono, scintillanti. «Eri capitato tra i vincitori. Avresti avuto un'esistenza facile, agiata, una bella vita che io non ti avrei mai potuto dare.» Il suo volto si adombrò di nuovo. «Se fossi rimasta a Madrid, saremmo sopravvissuti a stento. La mia relazione con Alwin mi aveva compromesso.» I suoi occhi trafissero quelli di Daniel, consapevole di ciò che avrebbe detto. «Uomini come il tuo padre adottivo mi avrebbero condannato senza esitazioni.»

«Non metterla su questo piano.»

«Faceva parte del meccanismo di repressione, la pace dei vincitori. Che ti piaccia o no, è ciò che è accaduto a molti di coloro che sono rimasti, sopravvissuti a una guerra che non era la loro.» Si guardarono negli occhi, sfidandosi per qualche secondo, ma Gloria abbassò lo sguardo per prima, fece l'ultimo tiro della sigaretta e la schiacciò nel posacenere. «Non ho lasciato solo te, ho lasciato anche mia madre, con una sofferenza insopportabile. Quella maledetta guerra le aveva strappato tutti i suoi figli.» Lo guardò con una intensità pungente, in cerca della sua comprensione. «Tutti, Daniel. E lei ha lasciato partire l'unica figlia che le era rimasta per salvarle la vita, sapendo che non mi avrebbe più rivisto, che non avrebbe rivisto né me né i nipoti appena nati.» Alzò le sopracciglia e fece una smorfia, serrando le labbra. «Alla fine, bisogna riconoscere che quello più avvantaggiato da questa storia terribile sei stato tu. La vita per te è stata facile. Sei cresciuto nella bambagia, senza guerre né stenti, senza fame e senza freddo. Noi abbiamo lasciato una guerra per affrontarne un'altra. È stata molto dura.»

Daniel cambiò posizione, infastidito.

«Quindi io sarei un privilegiato», disse senza nascondere il sarcasmo.

Il volto di Gloria si spezzò in un moto d'ira, torbido, aspro.

«I tuoi genitori adottivi sono tra quelli che mantengono al potere il criminale che vi governa, che si fa chiamare Generalissimo per ingigantire la sua meschinità miserabile. Gli stessi che beneficiano di un sistema corrotto e ingiusto. Che tu lo voglia o no, ne fai parte.»

«Non ti permetto di parlarmi così», la apostrofò con espressione risentita.

Gloria lo guardò e tacque. Non intendeva offenderlo, non era giusto insultare lui e i suoi genitori adottivi, che evidentemente lo avevano allevato con affetto, a prescindere dalle loro inclinazioni politiche. Non poteva rinfacciargli nulla, non doveva.

«Mi dispiace...» mormorò con sincerità. «Hai ragione a prendertela. Non avrei dovuto parlarti così. Ti prego di perdonarmi.»

Daniel si sentì a disagio. Non voleva farla stare male. Ma le sue parole avevano fatto riaffiorare un amaro malessere. Ricordava l'ammirazione nutrita da bambino verso il padre e gli omaggi ricevuti per il suo apporto eroico alla causa della Nuova Spagna, come sottolineava il genitore con petulante veemenza. Ma presto aveva capito che dietro quel suo padre eroico e pieno di dignità si nascondeva un mostro con la coscienza sporca. Romualdo Sandoval era appartenuto alla Quinta Colonna di Madrid. Le sue denunce avevano provocato centinaia di arresti, decine di condanne al carcere o a morte. Un giorno, all'università, un compagno di corso aveva sollevato gravi accuse verso suo padre, definendolo traditore, arrivista, sempre pronto a saltare sul carro dei vincitori, privo di scrupoli al momento di denunciare i colleghi per farsi strada. Il padre di quel collega era stato una sua vittima, e in quel momento stava marcendo in prigione per una denuncia ingiusta dell'onnipotente Romualdo Sandoval. Quelle imputazioni lo tormentavano talmente tanto che era arrivato a parlarne con la madre. Lei non aveva negato né confermato le accuse, limitandosi a supplicarlo tra le lacrime di dimenticare tutto, di non pensarci, perché il passato non si poteva cambiare. Gli aveva chiesto di non dire nulla al padre, di farlo per lei, perché se lei continuava a stargli accanto dopo tutti quegli anni non era di certo l'uomo malvagio o terribile che gli avevano dipinto... E lui aveva ceduto di nuovo al ricatto emotivo materno, e aveva dimenticato, o aveva cercato di farlo; non aveva chiesto spiegazioni al padre, non aveva osato farlo, proteggendosi dietro l'alibi di non far soffrire la madre, di non alimentare un conflitto che avrebbe creato complicazioni. A partire da quel momento aveva lottato contro la sua coscienza e aveva dovuto resistere al rifiuto che suscitava in lui il padre disceso all'inferno, solo in merito all'amore che provava verso la madre. Daniel si rese conto che aveva molte cose da tacere.

Gloria lo guardava, inquieta. Sapeva che non avrebbe dovuto cedere al gioco dei rimproveri e meno che mai contro la parte più debole e innocente in tutta quella faccenda.

«Non ho il diritto di giudicare nessuno, meno che mai i tuoi genitori. Ti hanno allevato molto meglio di come avrei potuto fare io.» Fece un lungo sospiro, pieno di stanchezza. «Una madre vuole sempre il meglio per i suoi figli, ed è evidente che hai avuto una vita migliore rispetto a quella dei tuoi fratelli. Ma ti prego di non giudicarci. È l'unica cosa che ti chiedo. Puoi andartene, puoi dimenticarci per sempre. Ma non hai il diritto di giudicarci.»

Lui abbassò gli occhi, vergognandosi. Aveva ragione lei, non aveva il diritto di giudicare. Quella donna gli stava raccontando da un'ora le difficoltà del suo passato e con le sue parole lo aveva distrutto. L'aveva sottoposta a un processo sommario sin da quando aveva saputo della sua esistenza.

Gloria prese un'altra sigaretta.

«Te le finisco», commentò, sorridendo. «Qui non si trovano.»

«Non importa», aggiunse Daniel, avvicinandole la fiamma dell'accendino. «Ne ho altre.»

Fece un lungo tiro e buttò fuori il fumo alzando il mento. Poi lo abbassò e continuò a parlare.

«Mia madre mi ha raccontato pochissimo dei tuoi genitori adottivi. Mi ha detto che non sapeva chi fossero, che aveva visto solo lui nel momento in cui ti aveva consegnato. Pensava che fosse meglio così, che non sapessi. La scorsa estate, mentre facevo pulizie nell'armadio, ho ritrovato l'ultima lettera che mi ha scritto. Quando l'ho ricevuta, lei era morta da due mesi.» I suoi occhi continuavano a guardare fuori della finestra, lo sguardo perso nell'orizzonte grigio. «Dopo la firma, in una specie di poscritto, c'era un nome, Romualdo Sandoval. Ho subito capito che era il nome dell'uomo a cui ti aveva consegnato. Immagino che alla fine fosse venuta a saperlo, e che me l'avesse riferito nella speranza di non perdere per sempre le tue tracce. Se un giorno avessi deciso di tornare in Spagna, o se avessi voluto sapere che fine avevi fatto. Ma quelli non erano anni buoni, per noi. La vita a Mosca era molto dura, c'era la guerra, e poi siamo venuti qui, in una città in rovina. Bisognava ricominciare da capo. La dittatura in Spagna non aiutava. Non potevo tornare, ero un'esiliata. Così quel nome è finito nel dimenticatoio... o così credevo.» Lo guardò negli occhi, lo sguardo annegato in una tristezza profonda. «Ci sono cose che per quanto ti impegni non riesci a scordare. Magari il tempo ti aiuta a confinarle nell'angolo più remoto della tua memoria, per evitare la sofferenza, ma non significa che non ci siano più e che da un momento all'altro non possano riemergere, riaprendo la ferita.»

«Perché proprio adesso?»

«Non lo so. Ho trovato quella lettera, l'ho riletta e ho sentito il bisogno di dire la verità. Nessuno sapeva della tua esistenza, né tuo padre né tua sorella e neppure Klaus, che è parte di questa storia. Ho preferito non dire nulla. Ho taciuto per non far soffrire nessuno. Che senso avrebbe avuto parlare? Tuo padre doveva sopportare sin troppe cose per caricarlo anche di questo dolore.» Fece cenno di no con il capo, gli occhi persi fuori dalla finestra. «Non so spiegare perché sia accaduto proprio adesso... All'improvviso ho sentito il bisogno di vederti, di conoscerti, di raccontarti ciò che era accaduto e ciò che avevo provato, ciò che provo adesso.»

«E adesso che mi hai visto, che cosa provi?» domandò stringendosi nelle spalle.

Gloria ci pensò per un attimo. Arricciò le labbra, indecisa.

«Provo molte cose... Emozione, sollievo, gratitudine, paura...»

«Paura?»

«Paura del tuo rifiuto.»

Daniel non disse nulla. Sostenne il suo sguardo per qualche secondo, ma poi lo schivò. Prese una sigaretta e la accese.

«Vuoi un altro caffè?» domandò alzandosi con la tazza in mano. «È francese, ce lo porta Klaus da Parigi.»

Lui assentì. Riempì la caffettiera d'acqua, versò il caffè da un pacchetto che lasciò sul bancone, e lo mise sul fuoco.

«Non avevo mai visto niente di simile», disse osservando la vecchia caffettiera, bollata e bruciacchiata, con il manico di legno.

«È russa. È vecchia come il cucco. L'abbiamo portata da Mosca, e già allora non era nuova. Chissà quanti anni ha. Ma bisogna riconoscere che fa un buon caffè.»

Chiuse il pacchetto e si appoggiò al bancone in attesa che l'acqua bollisse. Madre e figlio si guardarono. Daniel aprì le mani e sollevò le sopracciglia.

«E adesso?» domandò.

«Adesso, niente. Sei qui e ti ringrazio. Puoi andartene quando vuoi.» Si udì la porta e, subito dopo, una voce maschile. Gloria si raddrizzò e guardò verso il corridoio.

«È arrivato Alwin... Tuo padre... Non sapeva della tua esistenza», ribadì, come se temesse una reazione negativa.

Alwin comparve sulla porta. Daniel si alzò, non sapendo che fare. Gloria era in mezzo ai due uomini.

«Vi lascio soli», disse la madre accennando a uscire, ma Alwin glielo impedì, senza distogliere lo sguardo.

«Non ho niente da dirgli.»

Parlò in spagnolo, imprimendo a ogni lettera un forte accento tedesco. Aveva l'aria stanca. Indossava una tuta grigia e una giacca spessa, oltre a un cappello di lana nero in testa, che in quel momento si tolse mettendo in mostra i capelli color cenere. Daniel ebbe la conferma della somiglianza.

«È tuo figlio, Alwin, guardalo, è esattamente uguale a Klaus. È venuto a conoscerti.»

«Be', ora che mi ha conosciuto, voglio che se ne vada. La sua presenza qui ci compromette, lo sai», disse guardando la moglie.

«In che cosa può comprometterci? È nostro figlio.»

«Tuo figlio è un fascista allevato da un fascista in un Paese governato da un fascista. Ti sembra poco per metterci nei guai?»

«Non sono fascista», lo apostrofò Daniel, offeso.

«Non intendo discutere con te», ribatté l'uomo con disprezzo. «Voglio che tu esca da casa mia.»

Scese un silenzio pieno di disagio. Alwin guardò la moglie e le domandò in tedesco se c'era da mangiare.

Gloria scattò in piedi.

«Ti preparo subito qualcosa», disse in tono secco.

«Non posso aspettare», aggiunse con un accento serrato. «Devo andare in fabbrica. C'è stato un problema.» Tacque per un momento e annusò l'aria. Si avvicinò alla caffettiera dove cominciava a gorgogliare il caffè appena fatto, lo tolse dal fuoco e versò il contenuto nel lavandino. Prese il pacchetto di caffè francese, lo aprì e lo buttò nella spazzatura. Si voltò verso la moglie e le parlò in tono brusco: «Ti ho detto mille volte che in questa casa non si consuma niente che provenga dall'Occidente.»

Accigliato, fece per andarsene. Ma la voce ferma di Gloria lo bloccò.

«Che tu lo voglia o no, è tuo figlio.»

Alwin si girò e la guardò.

«Che ti sia chiaro: io ho solo due figli. Klaus e Bettina. Punto e basta.» I suoi occhi si posarono su Daniel per un istante, per poi tornare alla moglie. «Non lo voglio qui, capito?»

Se ne andò. Daniel guardò Bettina, appoggiata allo stipite della porta, con le braccia incrociate e un'espressione di circostanza. Dopo qualche secondo, la ragazza si girò e scomparve.

Senza dire nulla, Daniel tornò nella stanza dove aveva lasciato le sue cose. Klaus, di spalle, guardava fuori dalla finestra.

14

«Non è stata una buona idea. Sarà meglio che me ne vada il prima possibile.»

Klaus non si scompose. Rimase davanti alla finestra a osservare la pioggia sottile che cadeva sull'asfalto grigio.

«Ho preparato tutto», disse in tono grave, voltandosi verso la stanza illuminata dalla tenue luce della lampadina che pendeva dal soffitto. «È tardi, per oggi dormi qui.»

Daniel era in piedi accanto alla porta socchiusa. Guardò il letto.

«Non voglio disturbare. Preferirei andare in albergo. Ho dei soldi con me; sono pesetas, ma posso cambiarli, immagino.»

«Non preoccuparti dei soldi. Non permetterò che tu vada in un hotel, c'è la mia stanza. So che non è un granché, ma per una notte ti accontenterai. Adesso sarebbe complicato uscire a cercare un albergo. Dammi retta, resta. Ci ripensiamo domani.»

«Ti ho detto che voglio andare via, domani stesso, possibilmente.»

«Bene, non c'è problema. Sei libero di fare quello che vuoi. Cercavo soltanto di essere gentile.»

Klaus si voltò e riportò lo sguardo sulla via deserta. Il silenzio che li circondava opprimeva Daniel. Si sentiva fuori posto, come un intruso fastidioso che tutti guardavano con sospetto. L'alloggio era piccolo e freddo, con il pavimento coperto da un orribile e malconcio linoleum marrone. Era pentito di avere accettato l'invito di Klaus e di essersi recato a Berlino. L'incontro con Gloria era stato deludente; non aveva mai provato qualcosa di diverso dalla pena, e quel pensiero gli induceva uno strano senso di colpa, anche se non poteva farci niente. Non aveva provato nessun sentimento filiale nei suoi confronti. La considerava lontana dalla sua vita, dal suo percorso, dalle sue influenze. La sorella lo guardava come se camminasse su un campo minato, non capiva se volesse vederlo saltare in aria o sparire per sempre. L'apparente gentilezza di Klaus aveva qualcosa di oscuro che non riusciva a capire fino in fondo, ma che percepiva con un'intensità fastidiosa. E, ciliegina sulla torta, c'era l'atteggiamento del suo padre biologico. Quel suo rifiuto esplicito gli era parso innecessario e crudele. Non meritava il suo disprezzo, e il suo astio gli era parso ingiusto. Sentiva il bisogno di rientrare, non voleva trattenersi neanche un altro giorno.

«Va bene», disse, rassegnato. «Hai ragione, mi dispiace. Passerò la notte qui. Ma domani andrò a Berlino Ovest. Prenderò un aereo e tornerò in Spagna. Venire è stato un errore.»

Klaus si voltò di nuovo verso di lui e lo guardò per un attimo, studiandolo. Le mani in tasca, nella stessa posizione che aveva assunto lui.

«Come vuoi. Domani ti accompagno al confine.»

Daniel schivò subito il suo sguardo. Gli parve che gli rimproverasse il suo atteggiamento, e anche quello lo infastidì. Che cosa pretendeva?

Cercò di allentare la tensione che si era venuta a creare per la sua decisione di andarsene.

«Si può telefonare in Spagna, da qui?»

«In questa parte della città è molto complicato, a dire la verità.»

«Allora domani manderò un altro telegramma a mia moglie per avvisarla che tornerò prima del fine settimana, soprattutto perché tranquillizzi mia madre.» Lo guardò con la coda dell'occhio, ma non si corresse. «Lì è Pasqua. Lei è molto religiosa ed è capace di uscire scalza in processione per via della mia assenza. Non conosce la ragione del mio viaggio.»

«Chi ne è al corrente? Chi sa che è riapparsa tua madre?» disse in tono ironico. «L'hai detto a qualcuno?»

«Soltanto a mio padre. Finché non ho letto quel messaggio non avevo idea di essere stato adottato... o abbandonato, o consegnato... Continuo a non sapere che cosa mi è successo, e chi sono...»

«E che cosa ti ha detto? Così, per curiosità...» Voleva indagare nella mente del fratello, come avesse preso la notizia, come avesse affrontato quella strana situazione.

«Non ha negato, ed è già tanto, conoscendolo. Non mi ha detto granché, perché non ne sapeva molto. A quanto pare mia madre aveva appena partorito un bambino, morto dopo poche ore. Una donna mi ha consegnato a mio padre. Mia madre pensa che sia il figlio nato da lei, e così deve continuare a essere. L'amo troppo per svelarle la verità. È stata una buona madre, e sarebbe una sofferenza inutile. È una donna cagionevole e molto vulnerabile. Risolve tutto a suon di preghiere e messe, è molto devota.» Sorrise e gli brillarono gli occhi. «Una santa, come direbbero in Spagna.»

«Non so se Gloria sia una santa, ma è forte come una quercia. E non è perfetta, ma per me e per Bettina è stata una buona madre.» Gli rivolse uno sguardo di sfida, finché Daniel non distolse gli occhi. «Pensi di raccontare tutto a tua moglie?»

Lui rifletté per qualche secondo, valutando la risposta.

«Se mio padre non le ha ancora detto nulla, non sarò io a farlo. Dopo ciò che ho vissuto qui, credo che non ne valga la pena.»

«Ah, grazie mille», disse, infastidito.

«Non fraintendermi, Klaus. Mi fa piacere averti incontrato, sapere della vostra esistenza ma, date le circostanze, dubito che tutto ciò possa cambiare le cose per qualcuno di noi. Viviamo in mondi diversi, e io non cambierò, come credo che non lo farete voi. Abbiamo vissuto per ventinove anni all'insaputa gli uni degli altri, e credo che possiamo continuare così. Non dico di non tenerci in contatto, magari con il tempo potremo rivederci, sempre proteggendo mia madre, ovviamente. Lei viene prima di tutto, e deve restarne fuori.»

«Capisco», mormorò Klaus. Fece un lungo sospiro, appoggiò il mento al petto e serrò le labbra.

Daniel si sedette sul letto, che cigolò sotto il suo peso. Fece un'espressione disgustata, come se si fosse seduto su un letamaio. Klaus se ne accorse. Era ora di allentare la tensione.

«Anche tu patisci i cigolii?»

«Li odio fin da bambino», rispose, sorridendo. «Non li sopporto.»

«Succede anche a me. Non riesco ad abituarmi. E dire che dormo in quel letto da quando ero ragazzino.»

Daniel notò la laurea appesa alla parete. Si leggeva il nome di Klaus.

«Che cos'è?» chiese indicando il foglio.

«Il mio diploma universitario. Sono laureato in fisica.»

«Fisica», ripeté Daniel, alzando le sopracciglia. «Mio suocero è un fisico, un ottimo ricercatore, con pochissimi mezzi.» Abbozzò un sorriso circospetto. «È quello che avrei voluto studiare. Sono sempre stato affascinato dalla fisica, fin da piccolo. Prendevo ottimi voti di scienze. Ma ho studiato giurisprudenza e faccio l'avvocato...» Lo guardò e alzò le sopracciglia, sorridendo. «Ma tu questo lo sai.»

Klaus si sedette sull'unica sedia presente nella stanza. Gli era molto vicino. Si piegò in avanti appoggiando i gomiti sulle ginocchia.

«E perché l'hai fatto? Perché hai studiato giurisprudenza e non una materia scientifica?»

Si strinse nelle spalle.

«Non ho avuto la possibilità di scegliere. L'ha deciso mio padre. Ha deciso quasi sempre al posto mio.» Tacque per qualche secondo, come se riflettesse sulle proprie parole, ma proseguì quasi subito. «E tu, che sei un fisico, che cosa fai? Non me l'hai ancora detto.»

«Insegno all'università, mi pagano bene.»

«Interessante.» Daniel aggrottò le sopracciglia, pensieroso. «E la parrucca e i baffi? Vai a fare lezione in incognito?»

Klaus lo guardò con un sorriso accondiscendente.

«In questo Paese può capitare. Di uscire in incognito, intendo. Per apparire diverso dalla persona che sei.»

«In Spagna è un reato.»

«Non sempre, te lo assicuro. Se si gira in incognito per conto dello Stato, non lo è. Hai mai sentito parlare dei servizi segreti?»

Daniel aprì la bocca in un sorriso incredulo.

«Non mi dire che sei una spia...»

Klaus piegò la testa.

«Non proprio, e se anche lo fossi, non te lo rivelerei di certo. Ti ho già detto che il mio lavoro era speciale, e che aveva qualcosa di segreto. Ciascuno si guadagna da vivere come può», aggiunse in tono indolente.

«Capisco... Per questo puoi uscire dalla DDR senza problemi. È incredibile ciò che accade qui a Berlino, con la città divisa in due. Come si affronta il fatto di dover superare una frontiera per attraversare un ponte della città in cui vivi, o una via, o per entrare e uscire da una stazione della metropolitana?»

Klaus si strinse nelle spalle.

«È difficile rispondere... Bisogna vivere qui, per capirlo, o più precisamente bisogna essere cittadini della DDR per capire la portata di quel Muro.»

Klaus tirò fuori il pacchetto di sigarette che aveva nella tasca della camicia e glielo porse, lui accettò ed estrasse dai pantaloni un accendino d'oro Dupont. Fece scattare la fiamma e la avvicinò alla sigaretta di Klaus; poi accese la sua.

«Bell'accendino», disse Klaus quando il fratello richiuse il coperchio con un suono metallico.

Daniel lo guardò e lo accarezzò con il pollice.

«È un regalo di mia moglie per il nostro quinto anniversario.»

«Ha buon gusto.»

In quel momento Bettina si affacciò sulla porta.

«Me ne date una?»

Istintivamente Daniel si alzò in piedi.

«Entra», disse Klaus allungandole il pacchetto. «Vediamo se insieme riusciamo a spiegargli com'è vivere qui.»

«Puoi sederti», disse Bettina con una smorfia divertita. «Altrimenti non ci stiamo.»

Daniel tornò a sedersi, ma sul bordo del letto, per evitare che la rete cigolasse. Bettina si accese la sigaretta con quella di Klaus e si accomodò sul tavolo con le gambe penzoloni. Era proprio di fronte a lui, ma sopra la sua testa. Era scalza, e faceva dondolare i piedi accanto a lui, che notò le dita dritte, le unghie perfette, tagliate corte, pulite, la pelle bianca, l'arco pronunciato. Osservava spesso i piedi delle persone; alcune avevano un corpo spettacolare, un volto bellissimo, ma se i piedi erano brutti per lui perdevano ogni attrattiva.

Alzò lo sguardo e incrociò quello della sorella, vivace, brillante, con gli occhi incorniciati da ciglia spesse e scure, uguali a quelle della madre.

«Come vuoi che si viva qui», disse lei alzando il volume della radio che aveva a portata di mano. «Male, malissimo. Alcuni sono privilegiati», disse rivolgendo a Klaus un sorriso complice. «Per fortuna ci procura prodotti che vengono dall'altro lato, e che qui sono impensabili o irraggiungibili.» Sollevò la mano che reggeva la sigaretta. «Come le sigarette, questi jeans Wrangler che calzano benissimo.» Alzò la gamba per mostrare i pantaloni, guardandoli con soddisfazione. «Ho dovuto staccare l'etichetta per evitare di attirare l'attenzione. Ci porta anche il caffè e il cioccolato svizzero, anche se, come hai potuto vedere, dobbiamo consumarlo di nascosto per non farcelo buttare nel lavandino. Bisogna riconoscere che il tabacco americano è molto meglio di quello russo, per non parlare del cioccolato: quello di qui è una purga, è la soluzione statale per la stitichezza della popolazione.»

Risero tutti e tre.

«Vuole andarsene domani», disse Klaus, rivolto alla sorella. «Non l'abbiamo saputo accogliere.»

«Non si tratta di questo», intervenne Daniel cercando di giustificarsi. «È...» esitò. I due fratelli lo fissavano e lui si sentì in imbarazzo. «In realtà non so bene che cosa sono venuto a fare, qui.»

«Dici così per via della reazione di papà?» domandò lei, e continuò senza aspettare la risposta. «Non devi farci caso, è amareggiato», aggiunse con espressione triste. «Ricordo quando era allegro, divertente, coraggioso, con principi incrollabili. Doveva essere così per andarsene a diciotto anni, lasciare casa sua e partire per una guerra che non gli apparteneva, per difendere quegli ideali... Io lo trovo commovente, no?» Tacque per un momento. Non voleva dirgli la verità, cioè che il padre aveva cambiato atteggiamento nel momento in cui Klaus e lei, con Hanna e la piccola Jessie, avevano cercato di passare nella zona occidentale, dalla parte del nemico. Non aveva voluto né potuto perdonare quel tradimento dei figli, che gli aveva indurito il carattere, rendendolo un uomo arido, freddo, intrattabile. Guardò Daniel. Le sembrò così vulnerabile, così fuori posto che abbozzò un sorriso gentile prima di continuare. «Di sicuro questo maledetto sistema politico li ha trasformati in creature grigie, ombrose, prive di empatia. Nostro padre è così, e anche nostra madre, che però lo nasconde meglio.»

«Almeno lei mi ha trattato con rispetto.»

«Le madri sono fatte di un'altra pasta, soprattutto quando si tratta dei figli.»

«Continuo a non capire il suo rifiuto.» Evitava di chiamarlo padre. «Non sono venuto per dare fastidio. Non era nelle mie intenzioni. Sono dispiaciuto tanto quanto lui, se non di più.»

Bettina si protese in avanti, come se volesse avvicinarsi un po' di più a Daniel, cercando la sua attenzione.

«Nostro padre è in guerra con il mondo, o meglio, pensa che il mondo cospiri contro di lui, contro il Partito, contro lo Stato, contro,

contro, contro... È una paranoia molto diffusa, da queste parti; o sei una spia o ti senti spiato, o entrambe le cose, tutto può essere. Di fatto qui nella DDR siamo sempre sorvegliati, la privacy non esiste, si vede tutto, si sa tutto, si sente tutto. Fai una scorreggia e tutta la Stasi lo viene immediatamente a sapere, e se è abbastanza forte si fa rapporto a Ulbricht in persona.»

Risero di nuovo dell'ironia di Bettina, ma stavolta la risata era più forzata. Daniel fu sorpreso da quanto fosse disinvolta. Doveva alzare il volto per guardarla. Si sentiva a disagio, in soggezione. Fece un tiro della sigaretta e abbassò di nuovo la testa.

«Non capisco come possa compromettervi la mia presenza.»

«Non preoccuparti troppo di questo», aggiunse lei mantenendo il sarcasmo. «In questo Paese siamo tutti possibili traditori del potere: tu, io, Klaus, l'inquilino di sopra, il passante che cammina per strada. L'ombra del sospetto incombe su tutti.»

Daniel si strinse nelle spalle.

«Non ho intenzione di compromettere nessuno. Per questo è meglio che me ne vada... il prima possibile.»

Klaus e Bettina si guardarono. Si vedeva che c'era molta complicità tra loro e non capiva se lo facessero apposta, ma sembrava che si burlassero del suo turbamento.

«Puoi andartene quando vuoi», aggiunse lei. «Non tutti possono farlo, qui. Klaus sì, perché ha un lavoro speciale.» Lo disse con ironia, rivolta a lui. «Ma a me, per esempio, non concedono neanche il permesso di uscita per un giorno, perché sanno che se uscissi non tornerei più.» Il suo volto si adombrò. «Lo Stato pretende che ripaghi con il lavoro il costo della mia formazione. Gli operai e i contadini hanno finanziato i miei studi, e io sono tenuta a restituire loro i soldi in qualche modo, è il motto del Partito di Unità Socialista, partito unico, naturalmente, sistema unico: se non sei d'accordo finisci in prigione. Mi lasceranno uscire solo quando andrò in pensione. Che te ne pare?»

«Hanno ragione.»

Tutti e tre si voltarono verso la porta. Gloria era appoggiata allo stipite, con le braccia incrociate sotto il petto.

«Ecco la fervente paladina del comunismo», replicò la figlia, infastidita.

«Sostengo il socialismo e la giustizia sociale. Non ti sembra giusto?»

«Non capisco come si possa difendere la giustizia sociale con un muro che ci rinchiude nel nostro Paese.»

«È un baluardo contro il fascismo devastante e distruttivo. Chiudere le frontiere è una misura necessaria per evitare mali maggiori. Il capitalismo è sempre stato contrario alla riunificazione della Germania, perché è interessato alla divisione, al proprio tornaconto. Siamo in pericolo, per questo è stato eretto il Muro, per difendere i nostri ideali, la nostra società, i prodotti dei nostri negozi che gli occidentali portavano via a palate, a prezzi ridicoli, svuotando gli scaffali e sottraendoli a noi. Svalutavano la nostra moneta, o così, o la rovina.»

Bettina la guardava con una smorfia ironica.

«Nessuno è più cieco di chi non vuole vedere, mamma. Non ti rendi conto di quello che succede? O meglio, del fatto che non succede niente, perché qui, nel vostro paradiso in terra, non succede mai niente. Questo Paese è diventato uno spazio congelato nel tempo, è sempre tutto previsto, non esistono l'iniziativa personale né l'entusiasmo di intraprendere qualcosa, tutto si perpetra con una monotonia snervante.»

«Abbiamo solo bisogno di tempo per dispiegare le forze produttive. Soltanto con il socialismo si può raggiungere la libertà umana, la vera libertà.»

«Libertà? Che libertà sarebbe quella di impedire ai cittadini di muoversi, di vivere e di lavorare dove vogliono? Ci costringono a rinunciare al presente in nome del futuro.»

«La gente ha bisogno di ordine, Bettina, di qualcosa a cui aggrapparsi.» Il tono fermo della madre stava diventando conciliante. «Nella zona Ovest c'è gente molto ricca che vive a scapito degli altri, costretti a morire di fame perché restano senza lavoro; tutto si compra, tutto si vende, l'istruzione, l'alloggio, il lavoro, persino la malattia è oggetto di transazioni, e chi non ha i soldi per comprarsi la salute muore. Il minimo che si può chiedere alla popolazione è la lealtà, la solidarietà verso i concittadini. Quelli che cercano di fuggire tradiscono non solo la patria, ma soprattutto i loro vicini, la loro famiglia, i loro amici e colleghi di lavoro, li abbandonano in cambio di una Coca-Cola o di un jeans firmato.»

«In cerca della libertà!» replicò Bettina, irritata. «E se ti prendono ti rinchiudono come un cane e la paghi per tutta la vita.»

«Non puoi lamentarti, tu e tuo fratello non avete subito rappresaglie per la stupidaggine che avete fatto. Il sistema che dileggi ha perdonato la vostra mancanza di lealtà. Klaus ha un buon lavoro all'università e tu hai potuto studiare Medicina nella migliore facoltà del Paese.»

Klaus cambiò posizione. Il sangue gli ribolliva come lava incandescente.

Serrò le labbra e abbassò gli occhi per non lasciar trapelare la sua furia. Era giunto alla conclusione che fosse inutile discutere con la madre. La sua adesione cieca al sistema la rendeva immune a tutto, non capiva niente, non sapeva niente, e voleva proseguire così.

Klaus taceva, ma Bettina no. Sebbene conoscesse il modo di ragionare della madre, le sue idee e la sua difesa a oltranza della forma di vita che la soffocava senza via di scampo, non riusciva a capacitarsi.

«Come puoi essere così ingenua, mamma», mormorò.

«Non vi è mai mancato niente», replicò lei, con vigore. «Tuo padre e io ci siamo spezzati la schiena per costruire il Paese che voi volete vedere affondare nella feccia del capitalismo. A volte mi chiedo cos'abbiamo sbagliato.»

«Noi figli», proseguì Bettina, sottolineando le parole con un certo sarcasmo, «non abbiamo scelto questo sistema. Il vostro sistema comunista, per quanto vogliate ammantarlo di socialismo, è una dittatura che annulla ogni ingerenza, ogni opposizione. Bisogna accettare senza fiatare che lo Stato stabilisca ciò che è bene e ciò che è male e questo, che tu lo voglia o no, fomenta la cecità ideologica dei cittadini. O ti sottometti, o ti costringono a sottometterti.»

«Quanto sbagli, figlia mia. Spero che un giorno tu possa aprire gli occhi.»

«Il desiderio è reciproco, mamma», aggiunse Bettina, mostrando la sua irritazione. «Anche se temo che, quando lo farai, sarà troppo tardi per tutti.»

La madre si raddrizzò, con espressione delusa.

«Lasciate perdere», disse Klaus, con misura. «Mamma, sai che non la convincerai, e a te dico la stessa cosa, Bettina, non riuscirai mai a cancellare le idee che porta impresse a fuoco nella coscienza.»

Ma Gloria non tacque: continuò a parlare senza smettere di guardare Bettina.

«Impresse con l'orgoglio di credere in esse. Il Paese che tu odi così tanto dà ai suoi cittadini istruzione e sanità gratuiti, sovvenzioni per gli affitti e il cibo, tutti hanno un lavoro e, soprattutto, qui siamo tutti uguali, uomini, donne, i più intelligenti e i più deboli, siamo tutti uguali per lo Stato.»

«È per questo che marcisco in una fabbrica di mobili anche se mi sono laureata a pieni voti in Medicina, perché siamo tutti uguali, secondo te.»

Il volto della madre si adombrò. Gloria alzò il mento cercando di conferire dignità alle sue parole, pur sentendosi disarmata di fronte alle affermazioni della figlia.

«Non c'entra niente. Hai avuto un incidente... E ne stai pagando le conseguenze.»

Bettina la guardò, offesa, con la mandibola tesa, il respiro accelerato. La sua voce era piena di rancore, addolorata, profondamente ferita.

«Continui a pensare che quel bambino sia morto per colpa mia.»

«Quello che va bene per molti non va bene per tutti», concluse la madre.

«Capisco...» La voce e il volto alterato di Bettina preannunciavano un'esplosione di astio.

«Basta così», intervenne Klaus. «Mamma, smettila. Quando vuoi sai essere molto pungente.»

Gloria lo guardò, a metà tra la tristezza e il compatimento.

«Non capisci niente, nessuno di voi due capisce niente.»

Si udì il padre che usciva dal bagno. Gloria si voltò per andarsene, ma prima si affacciò sulla porta socchiusa e si rivolse a loro, quasi in un sussurro.

«Abbassate la voce, non voglio problemi.»

Poi chiuse la porta del tutto e la stanza fu avvolta dal silenzio.

«Questo Paese fa schifo», protestò Bettina.

«Stai attenta, Bettina», mormorò Klaus.

«La gente è prostrata. Siamo solo numeri. Odio questo sistema, lo odio con tutte le mie forze.»

«Avete tentato di lasciare Berlino?»

Bettina e Klaus si guardarono.

«Non voglio parlarne», rispose lei, perentoria.

«Davvero non si può lasciare il Paese, se si vuole?» domandò, incredulo.

«No, Daniel. Qui le cose funzionano in un altro modo. Decidono loro chi esce e chi rimane. E chi ci prova senza avere il permesso, perché in questo Paese si sente soffocare, finisce ucciso o arrestato.»

«In Spagna la gente può muoversi liberamente», aggiunse lui.

«Non mi seccare, Daniel», disse Bettina con veemenza, gettandosi all'indietro, sorpresa. «La Spagna non è certo un modello, meno che mai in fatto di libertà. Siete schiacciati sotto lo stivale di un dittatore fascista che governa con il pugno di ferro e calpesta tutto ciò che si muove.»

«Ci sono differenze evidenti», si difese. «Io posso entrare e uscire dal mio Paese senza problemi.»

«Non mi sentirai difendere un sistema che significa povertà per tutti tranne che per i dirigenti. Il comunismo significa ripartizione estensiva della povertà. Ma, Daniel, nessuna dittatura è buona, né da una parte né dall'altra. E mi sembra assurdo che tu, che vivi in un sistema dittatoriale, non te ne renda conto.»

«Il sistema del mio Paese non ha niente a che vedere con quello che ho visto qui. Credo che il comunismo sia un surrogato della religione.» Guardò Klaus, rivolgendosi a lui. «L'hai detto tu prima.»

«Certo», aggiunse Bettina, ironica. «E il franchismo è religione allo stato puro.»

Daniel non disse nulla. Non voleva addentrarsi in una discussione sul sistema politico spagnolo.

«Sai una cosa? Questo Paese mi soffoca... Se potessi, me ne andrei subito. Qualunque posto del mondo sarebbe migliore di questo.» Bettina si erse come se si fosse resa conto di qualcosa. «Ma non sceglierei mai la Spagna.»

«Perché no?» domandò, con un sorriso compiaciuto. «Posso assicurarti che, se non ti metti nei pasticci, vivi benissimo.»

Lei lo guardò con candore, come se l'offerta del fratello l'avesse commossa.

«Non ho dubbi, ma dimmi, che cosa potrei fare, in Spagna? Mi risulta che lì le donne siano considerate alla stregua di minorenni, che abbiano bisogno del permesso del marito o del padre per svolgere qualunque pratica, e che non abbiano libero accesso all'università...»

«Non è vero», replicò Daniel con supponenza. «Molte donne studiano all'università. Mia moglie è laureata in Chimica.»

«E lavora?» domandò Klaus, senza nascondere l'ironia.

«No», rispose lui, convinto. «Non ha bisogno di farlo. Si prende cura delle sue figlie e di me, che sono suo marito e guadagno abbastanza per non farle mancare niente.»

«Ma pensa», aggiunse lei, con sarcasmo. «Non sei grandicello per avere qualcuno che badi a te? E lei che cosa ne pensa? È d'accordo?»

«Certo che è d'accordo», rispose lui, con sufficienza.

«Allora perché ha studiato? Non capisco. Che senso ha andare all'università per poi chiudersi in casa a lavare mutande?»

Klaus non poté reprimere una risata, che contenne subito vedendo la faccia del gemello.

Daniel era sconcertato. Nonostante l'insistenza di Sofía per fare il dottorato, sempre rimandato, e le frecciatine del suocero in alcune occasioni, non aveva mai guardato le cose da quel punto di vista. Non capiva la logica di quel modo di vedere.

«Be', è normale», aggiunse, cercando di mantenersi fermo. «Ognuno ha il posto che gli compete.»

«Allora, secondo te, il posto di una donna è a casa. E se lei, oltre che essere madre e moglie, volesse lavorare e guadagnarsi i suoi soldi per non dipendere da te? Potrebbe farlo?»

«Certo che potrebbe, ma Sofía non vuole. È così. E non mi sembra opportuno parlarne.»

Daniel era infastidito. Non gli piaceva quel modo di vedere, in realtà si era sempre tenuto alla larga da quelle idee.

«Tutte le dittature sono uguali, caro fratellino. Non venirmi a dire che in Spagna è tutto meraviglioso, perché sarà così per te, che sei maschio, ricco e sostieni il partito unico.»

«Cambiamo discorso», concluse Klaus. «Non arriveremo da nessuna parte e potrebbe causarci problemi.»

Calò il silenzio nella stanza piena di fumo, finché Bettina non lo spezzò.

«Mi ha detto Klaus che sei sposato e hai figli.»

Daniel guardò per un attimo il gemello.

«Ho due figlie», confermò. «Una di cinque anni, uguale alla madre, e la più piccola di un anno, che assomiglia molto a me», aggiunse sorridendo.

«Noi siamo ancora soli...»

Mentre lo diceva, Bettina si pentì. Rivolse lo sguardo a Klaus e scorse il dolore riflesso nei suoi occhi per la solitudine imposta bruscamente. Klaus scattò come una molla, si avvicinò alla finestra e diede le spalle ai fratelli. Bettina sapeva che era straziato dal ricordo della piccola Jessie. Serrò le labbra e sorrise con tristezza.

Klaus spense la radio.

«È tardi», concluse, deciso a porre fine alla conversazione. «Facciamola finita.»

15

«DIO mio, Sofía, sei proprio abituata male.» Carmen cercava di convincerla di quanto fosse assurda la sua tristezza. «Se facessi così ogni volta che sono lontana da Javier, la mia vita sarebbe un dramma.»

«Non è la stessa cosa. Voi non vivete insieme, lui non è tuo marito, e in più tu sei abituata così. È il vostro lavoro. Non è solo che se n'è andato così, all'improvviso, e per risolvere una questione misteriosa che a quanto pare non conosce nessuno.» Fece schioccare la lingua con espressione pensosa. «Era così strano... Non ha neanche salutato la madre.»

«Non ci credo.» Carmen aveva spalancato gli occhi, esagerando l'espressione stupefatta. «Questo sì che è grave. Daniel Sandoval che se ne va a Parigi senza salutare la madre... Non ci credo.»

«Be', è vero. Lei, poveretta, ci è rimasta male perché non ha potuto andare a El Escorial.»

«Quella donna è ossessionata da quella benedetta casa a El Escorial...»

«Non immagini quanto. Tra l'altro la sua ossessione devo pagarla io. Da quando hanno quella villetta, siamo rinchiusi lì una settimana sì e l'altra pure... E oltre a dover sopportare il muso di mio suocero e le manie di mia suocera, è una noia terribile. Devi venirci, una volta.»

Carmen scoppiò a ridere, scuotendo la testa.

«Non credo che ai tuoi suoceri farebbe piacere. Non godo precisamente delle loro simpatie...»

«Sì, ma sei mia amica, quindi si arrangiano.»

«Siamo amiche, ma non ho voglia di condividere la tua noia a

El Escorial. Preferisco stare qui, a Madrid, nel mio territorio. Tra l'altro hai chiesto a tuo suocero il motivo del viaggio? Lui deve per forza saperlo.»

«Non ci penso neanche... Se lo facessi mi liquiderebbe come sempre, soprattutto quando si tratta di lavoro. Non posso neanche avvicinarmi.»

L'amica la osservava attentamente. Era seduta di fronte a lei, in salotto, con la voce tonante di Vito in sottofondo che cantava una canzone alle bambine mentre le lavava.

«E non ti è passato per la testa che sia andata a spassarsela con un'altra? Scusa se te lo dico, Sofía, ma a volte sembri così ingenua, quando si tratta di lui. San Daniel senza peccato...»

«Non ha bisogno di andare a Parigi per tradirmi, direi...» rispose Sofía, contenendo l'indignazione.

«E se ha una donna piena di soldi? Magari gli ha pagato un fine settimana di lusso là. Non immagini quante storie si intuiscono durante i voli: intrallazzi di ogni genere, resteresti a bocca aperta. Ma si capisce lontano un miglio, te lo assicuro. Però è strano che sia partito in treno. Quindici ore di viaggio, se va bene, se non ci sono ritardi, e per restare solo tre o quattro giorni... È proprio strano.»

«No, a me non stupisce. Daniel non salirebbe mai su un aereo senza esserci costretto», sbuffò, estenuata. «Non credo che la causa del suo viaggio sia una donna... Se almeno mi avesse chiamato... E dire che gliel'ho chiesto.»

«Fallo tu.»

«Io? Dovrei chiamare l'albergo?»

«Certo, perché no?»

Sofía si fece pensierosa. Erano passati due giorni dalla partenza di Daniel. Doveva essere arrivato a Parigi da ore. Alla fine lei aveva visto l'Eurofestival a casa, con le bambine e Vito, entusiasta dell'esibizione di Massiel. Non era voluta andare da Carmen, per aspettare la telefonata che le aveva promesso. Aveva assistito in diretta alla vittoria risicata di Massiel con la sua canzone orecchiabile. Il sabato non si era stupita troppo della mancanza di notizie. Erano un sacco di ore di viaggio, di sicuro era stanco e non aveva voglia di chiamare. Ma la domenica si era alzata con la speranza di ricevere l'agognata telefonata. Aveva passato tutta la giornata attaccata al telefono. Non era neanche andata a messa, attirandosi gli anatemi della madre, che era venuta a prendersi le bambine per portarle in chiesa. Aveva passato la mattinata a guardare la cornetta, tirandola su ogni tanto per verificare se c'era la linea. Quando il telefono si era messo a suonare, aveva risposto con ansia, e sentendo la voce di Carmen che la invitava a bere qualcosa, aveva rifiutato, perché doveva aspettare la telefonata di Daniel. In realtà non aveva voglia di uscire, non se la sentiva. Poco dopo aveva suonato di nuovo il telefono, facendola ancora una volta trasalire, il cuore che batteva forte e la speranza di sentire la voce di suo marito all'altro capo della linea. Ma era rimasta di nuovo delusa, ancora di più, perché non era l'amica, che aveva liquidato velocemente invitandola a venire da lei, ma la madre, che parlava senza ascoltare, infervorata, lamentandosi di tutto, protestando per il comportamento delle bambine in chiesa, dicendo che non si poteva saltare la messa senza una giustificazione... Sofía la sentiva senza ascoltarla, inquieta perché con quelle chiacchiere banali occupava inutilmente la linea. Sapeva che se avesse replicato si sarebbe impegolata in una discussione assurda e interminabile. Per questo l'aveva lasciata parlare, per farla sfogare finché non si fosse stancata e avesse riattaccato lei.

«Dammi il numero dell'albergo», disse Carmen con decisione, alzandosi e avvicinandosi all'apparecchio.

Sofía cercò l'appunto di Daniel con il nome dell'hotel in cui avrebbe alloggiato. Non le aveva lasciato il numero. Chiamarono il servizio informazioni e dopo diversi tentativi riuscirono a mettersi in contatto con Parigi. Carmen, in un francese perfetto, domandò al receptionist, e venne a sapere che monsieur Sandoval non era in camera. Attaccò e tornò a sedersi di fronte all'amica.

«Almeno sai che è arrivato. Ora smettila di pensare a lui e goditi questi giorni. Ho lasciato detto di farti chiamare.»

«Oggi è domenica», mormorò Sofía pensierosa, delusa perché non era riuscita a parlare con il marito. «Dove può essere andato, di domenica?»

«Magari a cena?» ipotizzò Carmen, prendendola in giro. «In genere a Parigi si cena.» Di fronte alla faccia preoccupata dell'amica, mise da parte il tono ironico. «Martedì ho un volo per Barcellona. In genere non è pieno e posso trovarti un posto. Il comandante è amico di Javier, e se glielo chiedo...»

Dovette tacere, perché Sofía negava seccamente.

«Ti ringrazio, Carmen, ma non posso partire. Peraltro sarei una pessima compagnia. Cambiamo argomento, dai, raccontami come vanno i preparativi per il matrimonio. Avete già una data?»

Carmen la guardò con espressione seria. Serrò le labbra.

«Non ci sarà nessun matrimonio.»

«Perché? Sembravate decisi...»

«Io non tanto: aveva deciso tutto Javier. Oltre a stabilire che ci dobbiamo sposare, vorrebbe anche che lasciassi il lavoro. E su questo non ho intenzione di cedere, Sofía. Non voglio smettere di lavorare.»

«Ma ne avevate parlato, sembrava tutto risolto...»

«Certo, secondo lui dovrei lavorare fino al matrimonio, al massimo fino a quando non rimarrò incinta, e peraltro mi mette fretta, perché vuole dei figli il prima possibile. Poi basta voli. Dovrei restare chiusa in casa. Ma io non ci sto, Sofía. Non voglio finire come te...»

Sofía si sentì offesa e Carmen se ne accorse. Era talmente diretta e sincera che a volte non considerava le conseguenze delle sue parole.

«Scusami, Sofía, ma sai come la penso. Non voglio legarmi a un uomo e dipendere da lui. Voglio entrare e uscire senza dover chiedere il suo permesso e non voglio sentirmi costretta a dare spiegazioni.»

«Ma sei innamorata di Javier o no?»

«Certo che sono innamorata di lui, è un uomo straordinario.» Tacque e mise il broncio. «Non credo che ne troverei mai un altro come lui.» Fece un lungo sospiro. «Ma non posso accettare il suo ricatto ancora prima di cominciare una vita insieme. Se cedo, che cosa mi rimarrà? In questo Paese le donne sposate fanno fatica a condurre una vita indipendente dal marito. E sai che non sopporto di essere manovrata.»

Sofía la guardò ribollendo di una sana invidia per la decisione dell'amica, per il coraggio che a lei era mancato.

«Ti capisco perfettamente, e ti appoggio.»

Le due amiche brindarono con i loro bicchieri di vino.

«Temo che dovrai accontentarti di un'amica zitella.»

«Basta che non diventi una lagna, una basta e avanza.»

16

KLAUS si stava rasando davanti allo specchio del bagno. Fece una rapida doccia. L'acqua era fredda. Quel boiler maledetto si era rotto per l'ennesima volta. Nella zona occidentale cose del genere non accadevano, o accadevano di rado, e si risolvevano in fretta. Lì, invece, avrebbero impiegato giorni per reperire il pezzo da sostituire, magari settimane, restando impantanati nelle maglie della burocrazia, in attesa di farselo riparare, per l'ennesima volta. I genitori non si lamentavano, come al solito, pur avendo buoni motivi per farlo; appartenevano alla generazione che aveva subìto la guerra, che aveva dovuto ricostruire tutto da capo, ed erano grati per ogni cosa, per ogni piccolo progresso; consideravano tutto straordinario per via dello sforzo, per il lavoro realizzato nei primi anni del dopoguerra. Avevano l'austerità e la sobrietà tatuate sulla pelle e disciolte nelle vene; davano per scontato che le cose fossero così, e che tutto richiedesse tempo per essere risolto. La madre cercava sempre il lato positivo; secondo lei le difficoltà favorivano la capacità di improvvisazione, fondamentale per fare grandi cose con pochi mezzi; affermava che a Ovest la solidarietà non esisteva, perché la gente aveva tutto, in abbondanza, ma ignorava il concetto di «comunità», elemento fondamentale per collaborare e aiutarsi a vicenda. Bettina protestava; Klaus conosceva il motivo della sua insubordinazione, dell'esasperazione tinta di rassegnazione apparente che pervadeva la sua vita quotidiana. Sapeva ciò che aveva passato la sorella; lo sapevano anche i genitori, ma non dicevano niente, non avevano mai fatto niente, non avevano mosso un dito per difendere la figlia, anzi, avevano ignorato tutto fin dall'inizio, attenendosi al silenzio sottomesso che aveva reso ancora più profonda la dolorosa ferita di Bettina. Anche lui aveva taciuto, non aveva fatto niente, ed essere stato costretto a guardare dall'altra parte lo faceva sentire terribilmente impotente; l'imperativo era tacere e sopportare per non peggiorare le cose, come lo supplicava la madre, mantenere la calma. Klaus era sicuro che un giorno avrebbero pagato per le loro colpe; aveva bisogno di convincersi che sarebbe finita una volta per tutte l'impunità vergognosa in cui vivevano alcuni pezzi grossi del Partito, che giravano tronfi sulle loro auto ufficiali, guidate da autisti in divisa, vivevano in case di lusso, compravano in negozi riservati a loro e al loro entourage, e continuavano a violentare, abusare, intimidire e manipolare persone come Bettina... Mantenere la calma, ecco il motto della madre, perché sia lei sia il padre erano disperatamente ciechi di fronte alla realtà e non vedevano e non credevano alla drammatica versione della figlia, nella convinzione che esagerasse per giustificare la smania di lasciare il Paese.

Klaus odiava tutto, odiava il bagno, il boiler, l'appartamento, il palazzo, il cibo che mangiavano, odiava la burocrazia, il Partito, il silenzio, la diffidenza, l'atmosfera di sospetto in cui viveva la gente, con tutti che sorvegliavano tutti. Qualunque altro posto sarebbe stato meglio di quella Berlino asfissiante. Il suo unico obiettivo era ottenere un'altra missione per uscire di nuovo, per fuggire lontano, anche solo per un periodo, la possibilità di vivere una vita diversa con un nome e un aspetto diversi. Sempre in allerta, sempre a spiare altre persone, sempre immerso nell'inganno, nell'impostura, in una farsa costante. Ogni volta che usciva non poteva evitare il desiderio di non dover tornare, di chiedere asilo politico nella Germania federale, persino di collaborare con il suo governo per distruggere quel muro della vergogna, che richiedeva investimenti ingenti in termini di personale e di mezzi. Ma tornava sempre. Sua sorella non meritava di essere abbandonata. Erano entrambi segnati, non avevano scampo. Era stata fermata diverse volte perché un conoscente, un collega o qualcuno che aveva parlato per un momento con lei era passato dall'altro lato o ci aveva provato. L'avevano interrogata a oltranza per ore, per giorni interi, e poi l'avevano rilasciata. Poi era ricominciato sempre tutto, di nuovo l'agonia, gli incubi, quell'apatia paralizzante. Di fronte all'indolenza complice dei genitori. Klaus sbuffò per resistere al freddo mentre si asciugava vigorosamente. Sentì bussare alla porta.

«Un attimo», disse a voce alta.

Si sfregò i capelli davanti allo specchio. Si pettinò e con l'asciugamano legato in vita aprì la porta. Vide Daniel, in corridoio, appoggiato alla parete, in attesa, con il necessaire in una mano, i pantaloni del giorno prima e la maglia del pigiama. Gli sorrise.

«Buongiorno, hai dormito?»

Lui gli restituì l'espressione gentile e fece cenno di no.

«Non ho chiuso occhio. Mi manca il mio letto... E poi c'è questo silenzio. Troppo per me. Hai finito? Ho bisogno...»

Klaus si allontanò dalla porta del bagno per lasciarlo entrare. I gemelli si guardarono per un attimo. Erano due gocce d'acqua. Si sorrisero con la sensazione di vedersi riflessi in uno specchio.

«Trovi un asciugamano pulito vicino alla doccia», gli fece sapere Klaus, indicando l'interno del bagno. «È blu. Ah, e non c'è l'acqua calda... Mi dispiace. Si è rotto il boiler. Qui capita spesso.»

Daniel assentì, rassegnato. Era sconcertato: non aveva nessuna voglia di fare la doccia con l'acqua fredda in un posto freddo e umido come quello. Ma ringraziò e chiuse la porta. C'era solo un bagno, cieco, piccolo, scomodo come tutto il resto, in quella casa. Rimpianse le comodità della propria. Si guardò allo specchio. Aveva l'aria stanca. Non aveva chiuso occhio, non soltanto per via del letto e del silenzio, ma perché aveva rimuginato per tutta la notte, gli occhi aperti fissi sul soffitto pieno di ombre inquietanti. Aveva sentito la mancanza di Sofía, del suo abbraccio, dei suoi piedi sempre gelati. Rimpiangeva la sua pelle e i suoi capelli neri sparsi sul cuscino. Gli piaceva arrotolarne una ciocca tra le dita e guardare la moglie che dormiva, non si era mai stancato di farlo. La amava molto di più di quanto volesse ammettere, anche se non glielo dimostrava. L'ammirava troppo e non poteva evitare di sentirsi inibito dalla sua intelligenza. Conosceva la sua sete di ricerca, ce l'aveva nel sangue, come il padre. «È un topo da laboratorio», sosteneva Zacarías. «Non sarà mai felice se non la lasci libera di dedicarsi alla ricerca.» Quelle parole dette un paio di settimane prima gli bombardavano la mente. Da un lato, avrebbe voluto vederla felice come dottorata in Chimica, con il camice bianco, ma temeva che quella condizione potesse rivelare la sua inferiorità rispetto a lei, perché sapeva che, se l'avesse lasciata volare come desiderava, Sofía sarebbe arrivata molto in alto, e questo lo inquietava troppo per riuscire ad accettarlo. Era una catena: Romualdo Sandoval decideva per lui, e lui avrebbe deciso per Sofía.

Dopo la doccia tornò in camera per finire di vestirsi. Mentre stava facendo il nodo della cravatta, faticando perché non c'era uno specchio, sentì bussare alla porta.

«Avanti», disse.

Comparve Gloria, sorridente.

«Ti va un caffè? L'ho appena preparato. Ma è quello di qui, niente a che vedere con quello di ieri.»

«Ti ringrazio.»

«Mi dispiace per il boiler... Noi ci siamo abituati, ma immagino che tu...»

«Non fa niente. Non preoccuparti.»

Gloria guardò la valigia posata sul letto, pronta.

«Mi ha detto Klaus che hai deciso di andare via.» Il tono della sua voce fiaccò il suo umore.

«Gloria, io...» Rimandò il nodo e mosse le mani verso di lei, come per giustificarsi. «Mi dispiace, mi dispiace davvero. Non ho motivo di stare qui, in più credo che la mia presenza si sia rivelata scomoda. E ho alcune faccende in sospeso a Madrid... Insomma, devo rientrare.»

«Certo», disse lei, senza nascondere quanto fosse avvilita. «È logico che tu sia rimasto deluso da noi.»

«Non è questo...» Tacque senza sapere che cosa dire, perché era esattamente ciò che era successo: la delusione profonda riguardo al suo passato gli era piovuta addosso come un secchio di acqua gelida. Pensò alla doccia che aveva appena fatto come al coronamento di quello che considerava un fiasco.

«Non devi giustificarti, Daniel. Ti capisco.» Tacque un momento prima di continuare. «Mi piacerebbe che tu e Klaus manteneste i contatti, anche solo ogni tanto.»

«Sì, sì, credo che non sarà un problema, se ci vediamo... ogni tanto...»

Daniel mentiva: non aveva alcun desiderio di rivedere il gemello, almeno finché fosse stata viva sua madre, non l'estranea che aveva davanti, bensì la donna che aveva passato le notti in bianco a vegliarlo, che aveva fatto sacrifici per lui e lo aveva abbracciato quando piangeva, alimentando i tuoi sogni e consolando i suoi dolori, l'unica che lo faceva sentire un figlio, una persona speciale, importante, irripetibile. Era sconvolto dall'angosciante sensazione di avere sbagliato a recarsi a quel maledetto appuntamento; doveva suo malgrado dare ragione al padre, a Romualdo, e ammettere che quel viaggio era stato un errore. La sua vita era perfetta così com'era, non aveva bisogno di altro, né di conoscere il gemello, né la madre, e meno che mai il padre che gli aveva rivolto a malapena la parola, o la sorella che gli aveva dimostrato così poca simpatia. Sapeva chiaramente che avrebbe potuto vivere senza di loro, avrebbe potuto evitarli senza problemi.

«Non so se è chiedere troppo...» aggiunse Gloria, imbarazzata. «Ma potresti scrivermi ogni tanto, per farmi sapere di te, delle mie nipoti?» Gloria pensò per un momento alla piccola Jessie, ma cancellò immediatamente il ricordo, ricacciandola nell'oblio imposto, frutto della sua sottomissione. «Mi sembra di avere capito che hai due figlie.»

«Sì, una di cinque e una di un anno.»

«Mi piacerebbe sapere qualcosa di loro, se non è un problema per te...» Le tremava la voce.

«Sì, certo...» si sforzò di mormorare, guardandola di sfuggita, profondamente a disagio.

Gloria era consapevole dei suoi sentimenti, dell'irritazione contenuta. Si raddrizzò, decisa a lasciarlo stare.

«Vieni in cucina. Ti preparo qualcosa da mangiare prima che te ne vada.»

Scomparve lasciando un sorriso e uno sguardo inquieto nella mente di Daniel, che finì di annodarsi la cravatta alla bell'e meglio; era troppo corta, ma non se ne curò. Il passaporto era sopra la valigia. Prese il portafoglio con i soldi e lo infilò nella tasca dei pantaloni. Si mise al polso il Rolex che gli aveva regalato la madre a Natale. Lo guardò e sorrise, ricordandola. Aveva voglia di abbracciarla, di ritornare nel proprio ambiente.

Dalla cucina sentì la voce di Gloria che diceva qualcosa in tedesco.

17

Bettina e Klaus erano seduti l'uno di fronte all'altra, davanti alle rispettive tazze di caffè. Lei la circondava con le mani, come se volesse raccogliere il calore che emanava la ceramica; Klaus aveva le braccia incrociate sul tavolo e con una mano reggeva la tazza per il manico. Stavano in silenzio, come assenti, ciascuno a guardare punti diversi al di là della finestra. Gloria trafficava con piatti e bicchieri, e ogni tanto parlava in tedesco. Quando Bettina vide Daniel, si alzò in fretta e finì il caffè in un sorso.

«Siediti, sto andando via», disse mettendo la tazza nel lavandino. «Impiego un'ora per raggiungere il lavoro. Due anni fa ho fatto richiesta per un'auto, ma vista la lista d'attesa, ce ne vorranno altri dieci, come minimo.»

Parlava con un misto di sarcasmo e irritazione, come se fosse sempre in preda all'ira, furiosa, oppositiva.

«Anche in Spagna dobbiamo aspettare per avere una macchina, ma non così tanto.» Daniel parlava con le mani in tasca, senza decidersi a sedersi. «Dodici anni sono tanti.»

«E un paio d'anni per avere un appartamento, se sei fortunato. Qui funziona tutto rigorosamente seguendo i turni», disse esagerando la parola «rigorosamente». «Certo, se sei del Partito e hai qualcuno che ti appoggia, l'attesa si abbrevia.»

Gloria la zittì con una frase in tedesco, secca e tagliente.

«Ti proibisco di parlare così», concluse a bassa voce, contenendo l'ira. «Avrai la macchina quando arriverà il tuo turno, come tutti.»

Bettina guardò la madre. Alzò il mento con arroganza, trattenendo la furia che sembrava traboccare a ogni respiro. Guardò Daniel, si girò e se ne andò senza salutare.

Gloria gli versò una tazza di caffè fumante.

«Devi scusarla. Non si sveglia di buon umore. Siediti. Vuoi una fetta di pane tostato o un pezzo di pandispagna? Il pane è di segale.»

«No, grazie, mi basta il caffè.»

Daniel si sedette sotto lo sguardo attento di Klaus. Indossava una camicia e una giacca scura ed emanava un odore di colonia che si mescolava all'aroma del caffè. Si portò la tazza alle labbra e bevve un sorso. Era amaro, niente a che vedere con quello che Alwin aveva buttato nel lavandino, ma lo riscaldò.

«A che ora usciamo?» domandò.

«Quando vuoi. La macchina ci aspetta davanti al portone. Sappi che non potrai prendere un volo diretto per Madrid. Dovrai fare scalo ad Amburgo, ad Hannover o a Bonn, oppure a Parigi, se vuoi. Non so le coincidenze. Te le diranno all'agenzia.»

«Domanderò. Immagino che non mi accompagnerai dall'altra parte.»

Klaus rispose di no.

«Mi dispiace, ho da fare. Sono stato fuori per molto tempo. Ma non preoccuparti, ti do l'indirizzo di un'agenzia di viaggi che può farti la prenotazione. Con un po' di fortuna, magari stanotte dormirai a casa, con tua moglie e le tue figlie.»

Gloria lo guardò e Daniel abbassò lo sguardo sul fondo della tazza.

Vista l'insistenza della donna, tipicamente materna, mangiò un pezzo di pandispagna con la marmellata fatta in casa. Bevve il caffè e uscì dalla cucina. Era ansioso di lasciare quel luogo e di telefonare a Sofía. L'avrebbe fatto quando fosse arrivato a Berlino Ovest. Mentre chiudeva la valigia sperò che si fosse accontentata del telegramma e che non fosse troppo arrabbiata. Una scenata piena di urla e rimproveri era l'ultima cosa di cui aveva bisogno. Le avrebbe comprato un regalo per farsi perdonare. Pensò di cambiare i soldi in marchi al di là del confine. Le avrebbe detto che aveva dovuto raggiungere Berlino Ovest in aereo per risolvere la faccenda di lavoro che lo aveva portato a Parigi. Bugia più, bugia meno. Voleva abbracciarla, aveva bisogno di stringerla a sé per sentirsi di nuovo al sicuro, accanto a lei.

Klaus si affacciò sulla stanza.

«Sei pronto?»

Daniel annuì.

«Tieni il passaporto a portata di mano.»

Klaus scomparve e lui diede un'ultima occhiata alla camera che non vedeva l'ora di lasciare. Gloria li accompagnò al portone. Era una giornata plumbea. Il cielo era coperto da grandi nubi che minacciavano pioggia. Faceva freddo e l'umidità accentuava l'aspetto grigio delle vie e dei palazzi, a eccezione dei mattoni rossi della chiesa, una nota di colore in tanta monotonia.

Mentre Klaus caricava la valigia in macchina, madre e figlio si guardarono. Gloria lo prese per le braccia con affetto. Era la prima volta che si toccavano. Daniel si rese conto che non le aveva dato neanche un bacio, neppure una stretta di mano. Le parve strano sentire la pressione delle sue mani.

«Devi scusare Alwin», disse con una smorfia triste. «Non è voluto restare. Continua a negare la realtà. Non lo biasimare, ti prego. Per lui è tutto molto difficile da assimilare.»

«Difficile come per me, immagino», aggiunse brusco, ma colse subito l'espressione contrita della donna e cercò di rimediare. «Tranquilla, in fondo lo capisco», mentì, perché il suo atteggiamento era stato una delle ragioni per lasciare di corsa quella casa, per allontanarsi da una famiglia che non era e non sarebbe mai stata sua, così diversa in tutto, nelle abitudini, nei modi.

«Sarà meglio che andiamo», disse Klaus, che aspettava appoggiato alla macchina, con la portiera aperta.

Lui non sapeva come accomiatarsi da Gloria. Sorrise a disagio e si infilò nell'auto come se fuggisse dalle proprie paure. Prima che partissero, madre e figlio si guardarono attraverso il vetro del finestrino. Daniel sentì un brivido. Quegli occhi scuri supplicavano un amore filiale che lui era incapace di provare.

L'autista mise in moto e l'auto si avviò lentamente. L'uomo non era lo stesso del giorno prima.

«Devi essere una persona importante», disse. «Auto ufficiale con l'autista.»

«Consideralo un omaggio della DDR, dopotutto non siamo stati capaci di farti sentire a tuo agio, qui». Infilò la mano nella tasca della giacca, tirò fuori un biglietto e glielo diede. «Eccoti l'indirizzo dell'agenzia di viaggi. È vicinissimo all'uscita della metropolitana. Se vuoi puoi andarci a piedi. Sul retro c'è una piccola cartina.» Mise un dito sul biglietto. «Questa è la stazione Bahnhof am Zoo, dove sbucherai nell'altra zona; ci siamo stati ieri, ricordi?» Daniel annuì, concentrandosi sul biglietto. «Quando esci, prendi la prima via a destra e prosegui dritto. La troverai. Non puoi sbagliare.» Rimise la mano in tasca, tirò fuori un biglietto del S-Bahn e glielo porse. «Prendilo, così non devi fare la coda per comprarlo.»

Daniel lo guardò con un sorriso.

«Se una volta vieni a Madrid, sarà a mie spese.»

«Senz'altro», aggiunse Klaus.

Daniel mise via il biglietto dell'agenzia e quello del treno. Lasciò vagare lo sguardo sulle vie della città che sembrava sospesa nel tempo, come se ristagnasse in un passato remoto dominato dalla carestia, dagli stenti e da un inquietante alone di tristezza.

Arrivarono alla stazione di Friedrichstrasse. Daniel e Klaus scesero dalla macchina e si guardarono, l'uno di fronte all'altro.

«Temo che finisca tutto qui», disse Klaus in tono grave.

«È meglio così. Almeno finché mia madre sarà viva.»

«Come vuoi. È una tua decisione e io la rispetto. Ognuno ha la sua vita.»

«So dove trovarti. Quando mia madre verrà a mancare ti cercherò, se per te va bene.»

«Va bene.» Tacque per un attimo e abbozzò un sorriso. «Scusa se non ti accompagno dentro, non amo entrare nel Tränenpalast.»

Lui corrugò le sopracciglia, senza dire niente.

Klaus chiarì: «Mi riferisco al Palazzo delle Lacrime, lo chiamano così perché è il luogo dove i cittadini della Germania Est si accomiatano dai loro cari con il passaporto occidentale. Non sopporto gli addii.» Gli rivolse uno sguardo indagatorio, poi sorrise con complicità. «Forza, vai, altrimenti si fa tardi.»

Gli tese la mano e se la strinsero cordialmente. Non ci furono altre dimostrazioni di affetto. Mentre prendeva la valigia, Klaus si raccomandò.

«Consegna il passaporto al controllo e aspetta con pazienza che verifichino la tua identità. Sai che può volerci qualche minuto. Mantieni la calma, d'accordo? Abbi cura di te.»

Daniel annuì con gratitudine, prese la valigia e scese le scale che lo avrebbero condotto alla frontiera per uscire dalla DDR. Diede un'ultima occhiata al gemello, che lo guardava. Alzarono entrambi la mano come estremo gesto di saluto.

Quando sparì dalla sua vista, Klaus si appoggiò al tetto dell'auto, tirò fuori il pacchetto di sigarette e se ne accese una. In quel momento l'autista, che era rimasto seduto al volante, scese e senza dire niente si diresse verso le scale che aveva imboccato Daniel.

18

Negli ultimi sette anni Klaus aveva realizzato due missioni di una certa importanza per la Stasi, nella parte del seduttore. Aveva dovuto avvicinare due donne, una a Berlino Ovest e una a Parigi, entrambe segretarie di alti comandi, al fine di estorcere informazioni riservate sui loro capi. Il lavoro era consistito nel corteggiarle per farle innamorare, e non aveva avuto problemi con nessuna delle due, perché Klaus, oltre a contare su un aspetto attraente, sapeva essere molto affascinante e coinvolgente, e quando le incaute fanciulle si erano abbandonate tra le sue braccia, le aveva sfruttate il più possibile. Con la prima aveva dovuto scendere a patti con se stesso e con i suoi pregiudizi: non gli piaceva, non lo attraeva fisicamente, il suo tono di voce lo infastidiva, sosteneva conversazioni vuote e stupide, mostrava un eccesso di peso e di anni, e le puzzava l'alito. Era come se lo avessero messo alla prova portando all'estremo la sua capacità seduttiva; si era dovuto sforzare per non far trasparire il rifiuto di baciarla e l'assenza di libido di fronte alla focosità smisurata, contenuta troppo a lungo, che mostrava lei. Riconosceva che i corsi preparatori erano stati utili per imparare a fingere con successo, perché altrimenti sarebbe stato un fiasco. Le informazioni che aveva ottenuto erano preziose ed erano state apprezzate dai suoi capi, quindi era stato ricompensato con la seconda missione nella bella Parigi. La città l'aveva affascinato. Per portare a termine l'incarico aveva perfezionato il suo francese in tempi record, e la missione era stata molto più piacevole, più interessante, e la recitazione e l'inganno non così penosi, perché la donna da sedurre aveva un bel fisico, il seno prosperoso, i fianchi larghi, i capelli fluenti e scuri, ed eccitava il suo lato più lubrico. Aveva dovuto aggirare un ostacolo. La segretaria era fidanzata da tre anni e progettava di sposarsi, quindi per portare a termine l'incarico Klaus era stato costretto a intromettersi nella sua storia d'amore e rovinarla.

In apparenza la rivelazione della madre, che gli aveva svelato l'esistenza di un gemello, lo aveva lasciato impassibile. Di certo aveva sempre provato una strana sensazione di solitudine, arginata dalla nascita di Bettina, che adorava. Se n'era preso cura fin da quando era piccola, la proteggeva, la viziava per cercare di compensare il vuoto che lo perseguitava fin da piccolissimo. Tuttavia, quando aveva visto il luogo in cui era cresciuto il suo gemello, aveva provato una punta di odio, immaginando con rabbia l'alternativa di una vita migliore. Ciò nonostante, aveva promesso alla madre che avrebbe trovato il fratello e che avrebbe provato a portarlo da lei. Era il desiderio di Gloria, ma non quello del padre, che non aveva mai saputo nulla di quel figlio, cresciuto tra le braccia del franchismo, in seno a una famiglia che appoggiava il regime, come un nemico infrequentabile. Aveva avviato per suo conto alcune indagini, utilizzando i contatti che aveva a Madrid. I primi tentativi avevano subito portato risultati. Aveva ricevuto a Parigi una foto a mezzo busto, in completo, lo sguardo alto, serio. Era la sua immagine, ma non era lui. I due fratelli erano identici. Nella busta che conteneva la foto c'erano anche i dati personali, famigliari e professionali di Daniel Sandoval. Sposato, due figlie di cinque e un anno, lavorava come avvocato nello studio del padre adottivo, un pezzo grosso del regime, che frequentava la cerchia vicina a Franco, amico personale di Carrero Blanco. Romualdo Sandoval si muoveva abitualmente tra le alte cariche dello Stato come fosse a casa propria.

Il giorno dopo aver ricevuto le informazioni sul gemello, gli era stato intimato di presentarsi a Berlino con urgenza. Non si era stupito. La fretta era abituale quando si trattava di cambiare il piano in corsa, o di fornire dati utili per la missione assegnata. Aveva lasciato la bella segretaria francese ed era partito il giorno stesso per Berlino. Non appena era uscito dalla stazione della metropolitana in Friedrichstrasse era salito su un'auto che lo aveva portato direttamente al quartiere generale della Stasi. Lì lo attendeva il capo Markus, seduto dietro la sua scrivania, serio, con il sigaro avana pinzato tra le dita, lo sguardo supponente e la smorfia malvagia che Klaus conosceva molto bene. L'aria era viziata per il fumo combinato alla colonia di Markus. Quando si era seduto, Klaus aveva notato la cartellina aperta sul tavolo, davanti al capo. Gli era venuto il batticuore perché aveva riconosciuto la foto del fratello, la stessa che aveva ricevuto lui.

«Compagno Zaisser, voglio che mi spieghi con calma chi è Daniel Sandoval.» Il tono perentorio della sua voce era presagio di rappresaglie per avere usato i mezzi e gli agenti della Stasi per affari estranei all'incarico che gli era stato affidato.

Klaus era terrorizzato. Lo avevano scoperto, aveva commesso una mancanza grave. Lo sapeva ed era molto nervoso.

«È una faccenda personale.»

«Raccontami.»

Klaus lo aveva guardato. Quell'uomo aveva due occhi spaventosi che sembravano magneti, perché era molto difficile schivarli quando pretendevano attenzione. Klaus aveva parlato con calma, in attesa della reazione di Markus.

«È il mio gemello.»

Per qualche secondo il capo Markus lo aveva guardato stupito. Poi aveva accennato un sorriso scaltro.

«Non sapevo che avessi un gemello.»

«Neanche io. Mia madre me l'ha rivelato solo qualche mese fa. Lo ha dato in adozione pochi giorni dopo la nascita. Erano tempi difficili e non poteva occuparsi di entrambi. Tranne lei, nessuno della famiglia aveva notizia della sua esistenza. Quando siamo nati, mio padre ha dovuto abbandonare la Spagna per dirigersi a Mosca. Poi l'abbiamo raggiunto mia madre e io. Daniel è rimasto a Madrid. Abbiamo vissuto per tutti questi anni senza sapere l'uno dell'altro.»

«Ma pensa... Interessante», aveva detto alzando la foto. Poi aveva sollevato lo sguardo verso di lui. «Quindi questo non sei tu.» Klaus aveva negato scuotendo il capo. «La somiglianza è straordinaria. Siete esattamente uguali.»

«A quanto pare.»

Il capo Markus aveva posato la foto con sufficienza, come se avesse perso ogni interesse. Aveva aggrottato le sopracciglia, con espressione dura, un moto perverso ben noto a Klaus.

«Immagino che tu conosca la gravità della tua mancanza, visto che hai usato i mezzi dell'organizzazione per il tuo tornaconto personale, senza autorizzazione.»

Era sceso un silenzio pieno di tensione. Klaus era stato investito dagli oscuri ricordi del periodo passato in carcere. Era angustiato dall'idea di finirci di nuovo. Aveva chiuso gli occhi e sentito il battito del suo cuore, così forte che faticava a respirare. Aveva cercato di mantenere la calma.

«Conosci le conseguenze di un atto simile», aveva proseguito Markus di fronte al suo silenzio.

Klaus aveva aperto gli occhi e ingoiato la saliva, insieme al senso di oppressione.

«Compagno capo...» Il balbettio smascherava la sua colpevolezza e il suo disagio. «Ho soltanto cercato di esaudire un desiderio di mia madre, che voleva sapere che fine avesse fatto, conoscerlo dopo tanti anni; è normale per una madre.»

Il capo aveva smesso di parlare, compiacendosi della paura di Klaus. Erano i momenti che amava di più, l'odore del terrore che sprigionava il detenuto, l'accusato, il sospettato. Il potere sulla vita e sul destino altrui alimentava la sua vacua vanità.

«Rischi di passare dieci anni in prigione...»

Klaus aveva cercato di mantenere la calma.

«Compagno capo, non ho pregiudicato niente e nessuno, era un'informazione insignificante, una questione personale che riguarda soltanto la mia famiglia e me. Non credo che meriti un castigo del genere.» Il suo tono implorava una clemenza che gli pareva impossibile.

«Stai insinuando che imponiamo pene non giustificate?»

«No... Non intendevo... Io...» Aveva abbassato lo sguardo, sconfitto. «Mi dispiace, compagno capo.»

Mentre parlava, Markus faceva finta di leggere il dossier di Daniel Sandoval, con lo sguardo torvo. Godeva nel sentire le parole terrorizzate di Klaus. Infine si era alzato, aveva chiuso la cartellina e l'aveva presa in mano.

«Vedrò che cosa posso fare», aveva detto con un'accondiscendenza sconvolgente. «Aspetta qui.»

Klaus Zeisser era rimasto da solo, rinchiuso per più di otto ore, attento a ogni suono proveniente dal corridoio, perché temeva che la porta si aprisse e comparisse qualcuno per condurlo in prigione senza spiegazioni. Faceva caldo, sudava copiosamente, ma non osava alzarsi. L'agitazione gli aveva indotto il bisogno di urinare. Aveva cercato di controllarsi per non farsela addosso. Il passare del tempo aumentava la sua impazienza e la sua vulnerabilità. Non accadeva nulla, nessuno si curava di lui, nel bene o nel male: sembrava che avessero dimenticato la sua esistenza. Ogni secondo che passava era come una bastonata. Sfinito, aveva chiuso gli occhi, provando a pensare a qualcos'altro, per allontanarsi da quel luogo con la mente, volando lontano, nel bosco o sul mare, per respirare aria fresca. Il brusco suono metallico della serratura lo aveva strappato a quel tentativo di evasione mentale. Si era voltato con ansia e aveva visto il compagno capo che tornava con la cartellina in mano, fresco e sorridente come se si fosse assentato soltanto per qualche minuto. Si era seduto con calma dall'altra parte del tavolo.

Klaus lo guardava, impaziente.

«Compagno capo», aveva detto con un filo di voce. «Ho bisogno di andare al gabinetto.»

Il capo lo aveva guardato per un attimo e aveva sorriso, mostrando una smorfia meschina.

«Ogni cosa a suo tempo, compagno Zaisser, ogni cosa a suo tempo.»

Markus aveva appoggiato la cartellina sul tavolo. Aveva preso un sigaro e lo aveva acceso. Si era proteso in avanti, con le braccia appoggiate sul piano della scrivania, gli occhi penetranti fissi sul volto impaurito e sfinito di Klaus. Aveva tirato una lunga boccata e, strizzando gli occhi per evitare il fumo, gli aveva parlato con voce tonante.

«Compagno Klaus, hai usato i mezzi a disposizione del ministero per una faccenda personale; è un'infrazione gravissima. Sai che provo affetto per te; negli anni hai dimostrato un'efficienza encomiabile, e questo ha senz'altro un suo peso, per noi. Ne ho parlato con i miei superiori, ho esposto il tuo caso, la tua situazione e...» Aveva taciuto per un momento, sfoggiando una smorfia contrariata. «Devo dirti che il tuo modo di agire è stato giudicato molto male», disse aprendo le braccia, «ma date le circostanze, hai la possibilità di rimediare, sempre che tu lo voglia.»

«Che cosa dovrei fare?»

Il capo aveva sorriso soddisfatto, aveva premuto un pulsante senza dire niente e aveva atteso in silenzio che la porta si aprisse.

«Ha chiamato, compagno capo?»

«Accompagna il compagno Zaisser al gabinetto. Non vorrei che se la facesse addosso in mia presenza.»

Umiliato, Klaus si era alzato e, con un dolore intenso al basso ventre, aveva seguito il passo della guardia che lo precedeva. Si era liberato, quasi al limite della sopportazione e la sensazione di sollievo lo aveva fatto rabbrividire. Gli girava la testa, aveva sete e fame, era in preda ai conati, con forti fitte all'addome, ma non aveva vomitato. Quando era riuscito a calmarsi, si era bagnato il volto per rinfrescarsi. Guardandosi allo specchio aveva visto il riflesso della sconfitta, della sottomissione, dell'oppressione. Era uscito dal bagno. L'uomo in divisa lo aveva scortato nuovamente fino all'ufficio del capo Markus.

La porta si era chiusa alle sue spalle; Klaus si sentiva un po' più rilassato.

«Parli, compagno capo», aveva detto, pronto a udire la proposta che gli avrebbe evitato la prigione.

PARTE SECONDA

1

Il telefono suonò e Sofía corse a rispondere, temendo che gli squilli si interrompessero.

«Sì?» Quando udì la voce della suocera le venne voglia di piangere. Si abbandonò sulla poltrona, scoraggiata. «No, Sagrario, non so ancora niente.» La donna parlava con un filo di voce, angosciata dalla mancanza di notizie del figlio adorato. Tutti che cercavano di nascondere quel viaggio improvviso a Parigi; prima le avevano detto che era andato a Bilbao e che sarebbe tornato presto, poi avevano dovuto confessare che era andato a Parigi, il tutto veniva ordito da don Romualdo, che incaricava Elvira, la segretaria, di chiamare Sofía per informarla di che cosa dovesse dire e che cosa tacere. Sofía aveva sempre pensato che l'ansia di protezione del padre e del figlio stava trasformando Sagrario in una demente, in una bambina con i capelli bianchi, incapace di sopportare qualunque contrarietà. La esasperava e le faceva pena, proprio perché sembrava una bambina piccola, ingenua e innocente come le sue figlie. Per questo si sentiva in dovere di rassicurarla, pur non avendo un briciolo di sicurezza, sentendosi sull'orlo di un crollo per l'agitazione, la rabbia di fronte all'indifferenza e alla trascuratezza ingiustificabile del marito. «Non si preoccupi, Sagrario, sa com'è Daniel, si distrae e non sa più che giorno è. Di sicuro domani sarà qui, è Giovedì Santo anche in Francia, e sarà festa, immagino... non lo so, Sagrario.» La suocera la lasciava parlare, supplicandola di telefonarle se avesse avuto notizie, perché viveva sulle spine per il suo unico figlio. «Certo, Sagrario, non si preoccupi... Sì, sì, gli ho lasciato un messaggio in albergo. Lo richiamo anche oggi... Non voglio essere pedante, sa bene come reagisce, non gli piace che lo chiami quando sta lavorando... Le farò sapere, in ogni caso... Buonasera, Sagrario, si riguardi. Un abbraccio.»

Attaccò e rimase un istante con lo sguardo fisso davanti a sé, senza vedere niente. Era divorata dalla rabbia. Non capiva come Daniel potesse farle una cosa del genere. Erano passati cinque giorni dalla sua partenza e lei continuava a non avere notizie. Aprì il cassetto dove teneva il numero dell'albergo, alzò la cornetta e parlò con l'operatrice per richiedere la chiamata. Attese. Udì una voce femminile. La linea era disturbata, c'era molto rumore e la voce era lontana. Con il suo francese un po' arrugginito, domandò (per la seconda volta in pochi giorni) del marito. Dovette ripetere il nome diverse volte, perché la donna non capiva. Ebbe la sensazione che non si impegnasse molto. Sofía compitò il cognome lentamente, urlando, finché la donna le chiese di aspettare. Lei rimase in attesa per un periodo di tempo che le parve lunghissimo, con l'orecchio attaccato alla cornetta, il desiderio ardente di sentire la voce di Daniel, che si arrabbiava per la telefonata: «La teleselezione costa una fortuna.» Muoveva la gamba nervosamente e guardava la porta che dava sul corridoio. Si sentivano le bambine che giocavano in camera loro. La voce dall'altra parte del filo la riportò alla realtà. Non era Daniel. La receptionist non si sforzava di parlare ad alta voce, il suo tono era così flebile che si udiva appena, quindi Sofía dovette chiederle diverse volte di ripetere ciò che le aveva detto, scandendo ogni parola. Percepì l'irritazione della donna che le riferiva un messaggio angosciante. Il signor Sandoval aveva lasciato l'albergo domenica mattina, molto presto. Era tutto. Sofía ribadì che aveva chiamato domenica pomeriggio, ma non le avevano detto niente. Era impossibile parlare con una persona che non aveva nessuna intenzione di rispondere. Fu come un pugno nello stomaco.

Attaccò, confusa; si sentiva sull'orlo di una crisi di nervi, o di uno svenimento. Cercò di calmarsi. Pensò che magari suo marito sarebbe comparso sulla porta da un momento all'altro. Se avesse davvero lasciato l'albergo domenica, a quel punto sarebbe già rientrato a casa. Cercava di stare tranquilla, ma era in preda all'ira. Perché non la chiamava? Se lo chiedeva di continuo. Che cosa gli costava? In quel momento Isabel irruppe piangendo nel salotto per ottenere la sua attenzione. Sofía non le diede retta.

«Vito. Vitoria!» urlava con rabbia, indifferente alle richieste della bambina.

Vito comparve in sala con Beatriz, che piangeva a sua volta. Era stupita di essere stata chiamata con il suo nome completo, perché non lo usava nessuno.

«Mi dica, signora.»

«Porti via la bambina, per favore.» Isabel era ancora attaccata alla sua gamba, e frignava a pieni polmoni. «Devo uscire.» Si alzò e si liberò dalla presa della figlia come se si togliesse un vestito. «Tornerò tra un paio d'ore. Le lavi e le faccia cenare.»

Uscirono tutte e tre in corridoio, dirette verso il bagno. Sofía andò in camera sua, si mise il fard e il rossetto, indossò le scarpe. Prese le chiavi della macchina grande dal cassetto del comò. Era un dispetto a Daniel. Guidare la sua macchina senza bisogno era un sacrilegio, ai suoi occhi, soprattutto per andare in studio. Si sarebbe infuriato, tanto quanto lo era lei, che in qualche modo aveva bisogno di sfogarsi. Il suocero non amava vederla in ufficio, odiava le visite familiari, ma Sofía era stanca di aspettare.

Con la borsa in mano uscì di casa senza dire nulla, confusa e furente.

Parcheggiò la macchina davanti al portone dello studio che era e sarebbe sempre stato del suocero. Romualdo Sandoval disponeva, organizzava, decideva e distribuiva guadagni, casi e cause secondo il suo capriccio, senza consultarsi con nessuno, come se gli altri avvocati fossero pedoni della sua scacchiera. Salì le scale e aprì la porta. La segretaria si stupì di vederla. Si conoscevano pochissimo, dalle feste di Natale e da eventi che si contavano sulla punta delle dita.

«Buonasera, signora Sandoval. È successo qualcosa?» La domanda sottolineava quanto fosse insolita la sua visita.

«Posso parlare con mio suocero? Gli dica che è urgente.»

«È nel suo ufficio. Lo avviso.» Alzò la cornetta e parlò sottovoce. Lanciò un'occhiata a Sofía, annuendo. Poi riattaccò. «Deve aspettare, è con un cliente, ma quando avrà finito la riceverà.»

Sofía guardò la segretaria con diffidenza. Sapeva che il suocero non era con nessuno, e sapeva che non sarebbe stato felice di riceverla. Era consapevole di quanto lo avesse infastidito la sua visita, ma non se ne sarebbe andata di lì senza conoscere la ragione di quel silenzio e di quel misterioso e improvviso viaggio a Parigi. Si sedette di fronte a Elvira. Gli sguardi delle due donne si incrociavano ogni tanto. Dopo un momento di silenzio pieno di tensione, la segretaria le domandò: «Vuole un caffè o una tisana?»

«No grazie, non voglio niente.»

Aspettò, cercando di darsi un contegno, la borsa sulle ginocchia, seduta sulla poltrona di velluto verde nella splendida sala d'attesa annessa al bancone di Elvira, che intanto continuava il suo lavoro, battendo energicamente a macchina, gli occhiali di celluloide nera, la voluminosa chioma corta troppo cotonata, con litri di lacca, pensò Sofía osservandone il profilo. Era sempre avvolta in un alone dolciastro che impregnava tutto ciò che la circondava, annunciando la sua presenza. Si capiva che aveva tutto sotto controllo, chi entrava, chi usciva e chi restava in attesa. Era nubile, e lavorava nello studio da quando aveva diciotto anni. Ormai aveva superato i trenta e don Romualdo si fidava ciecamente di lei. Non era né bella né brutta, magra, scura e non troppo alta. Aveva avuto un fidanzato, ma l'aveva lasciato perché non voleva abbandonare il lavoro per sposarsi. Preferiva lavorare che fare la casalinga. Sofía la fissava mentre batteva a macchina a grande velocità. A volte Daniel le aveva dato a intendere che avesse una storia con il suocero. All'improvviso le venne da chiedersi se anche suo marito avesse avuto una storia con lei. Si sentì soffocare al solo pensiero. Era così sensibile. Aveva le mestruazioni, si sentiva sola e un po' abbandonata. In quel momento, come se le avesse letto nel pensiero, Elvira la guardò. In un impulso immotivato di arroganza, Sofía incrociò le gambe, si sistemò i capelli e tirò indietro le spalle, come per mettere in mostra il seno. Elvira tornò subito alle sue occupazioni e lasciò Sofía alle sue pose. Stava per alzarsi e andarsene quando squillò il telefono sul tavolo di Elvira. La segretaria sollevò la cornetta, ascoltò con attenzione e riattaccò.

«Può accomodarsi», le disse. «Il signor Sandoval l'aspetta nel suo ufficio. Vuole che la accompagni?»

Sofía si alzò lentamente, insicura. Rifiutò con un mezzo sorriso gentile, allungando la mano a bloccare ogni proposito. Prese fiato, per radunare le forze che le mancavano, e avanzò lungo il corridoio a passi corti. Faticava a riconoscerlo, ma il suocero la metteva in soggezione. Anzi, più che soggezione le incuteva paura.

«Mi dispiace disturbarla, Romualdo.»

«Che succede, Sofía?» Alzò la mano per farla accomodare. «Non ho molto tempo, quelle prima di Pasqua sono giornate difficili.» Parlava con un esasperante tono paternalistico. «Dimmi, di che cosa hai bisogno? È successo qualcosa alle bambine?»

Non si riferiva mai a loro chiamandole nipoti. Sembrava sempre infastidito quando si trovava in loro compagnia, come se non sapesse che fare, che dire, in che modo comportarsi con due bambine che saltavano e strillavano intorno a lui. Era irritato dai loro toni e si dileguava subito, rifugiandosi da qualche parte, fuori dalla portata dei loro abbracci.

«No, no, le bambine stanno bene. Si tratta di Daniel.»

«Che succede? Hai saputo quando torna?»

«Sono qui per questo. Non so niente di lui. Da venerdì non dà segni di vita.»

«Ah, ecco...» Romualdo fece schioccare la lingua con espressione delusa. «Calmati, Sofía, sei troppo su di giri.»

«Non sono su di giri, Romualdo, sono arrabbiata, che è diverso.» Aveva ritrovato le forze per una rivendicazione che considerava giusta. Aprì le braccia per contenere la frustrazione. «Né una chiamata, né un telegramma, e dire che gli avevo chiesto espressamente di farsi sentire», aggiunse senza nascondere l'irritazione. «Sono preoccupata, molto preoccupata.»

La sua veemenza infastidiva il suocero. Sofía lo percepì vedendo le sopracciglia corrugate, la mandibola tesa.

«Non preoccuparti più del dovuto, figliola» la apostrofò, con disprezzo. «Sei abituata male.»

Sofía rimase di stucco. Non l'aveva invitata ad accomodarsi. Il suocero poteva essere l'uomo più galante del mondo o il più screanzato. Le tremavano le gambe e si lasciò cadere lentamente sul bordo della sedia, temendo che glielo vietasse con un bramito, adducendo il lavoro accumulato. Era evidente che considerava il suo atteggiamento alla stregua di un attacco isterico, proprio di una donna debole.

«Non mi parli così, Romualdo», gli intimò, decisa a non farsi intimorire. «Non si tratta di essere abituati bene o male. Piuttosto bisognerebbe sforzarsi un po' per tranquillizzare le persone che si preoccupano. Sagrario sta come me, se non peggio, perché le è stata detta una bugia, e non credo che a me sia stata detta tutta la verità. Mi chiama diverse volte al giorno per chiedermi notizie e io non so più che cosa dirle.»

Si rese conto che aveva sbagliato. Mettere in mezzo la suocera non era una buona idea.

Romualdo parlò con un tagliente tono di disprezzo, senza nascondere la propria irritazione.

«Eccone un'altra...» Si protese in avanti e la indicò con il dito, come per riprenderla. «Tuo marito ha faccende importanti da sbrigare a Parigi, non può stare a pensare alle telefonate da fare a sua moglie, a sua madre... A chiunque!» Diede un colpo sul tavolo, che fece trasalire Sofía. «Santo cielo! Non avete idea di che cosa significhi lavorare. È via da venerdì. Fa quello che deve fare, punto e basta. Non ci sono segreti. Per Dio, Sofía, lascialo respirare, stai tranquilla che non lo perderai. Sei molto peggio di sua madre.»

Sofía si sentì ribollire il sangue. Serrò le labbra e strinse le dita intorno al manico della borsa.

«Sono preoccupata, tutto qui», ripeté con voce tremante. Tutta la forza che le sembrava di avere radunato svanì come il denso fumo che aleggiava nell'ufficio.

«Te lo ripeto, non angosciarti più del dovuto», le disse sottolineando ogni parola con acrimonia. «Pensa alle tue figlie e lascia che tuo marito sistemi le sue faccende. Daniel sa badare a se stesso. Tornerà quando potrà farlo, né prima né dopo.»

Sofía sentì la rabbia che le risaliva in gola, infiammandole le guance.

«Vai a casa e stai tranquilla», aggiunse Romualdo, addolcendo un po' il tono aggressivo, ma non abbastanza da arginare la sensazione di abbandono in cui era sprofondata Sofía. «Vedrai che torna.»

Sofía si alzò, deglutì, lo guardò per un attimo e, senza dire niente, incapace di sostenere lo sguardo del suocero, si girò e se ne andò, furente come quando era arrivata, se non di più.

Romualdo ascoltò il rumore avvilito dei suoi tacchi. Sapeva di essere stato duro, ma non gli piacevano le donne che si perdevano in un bicchiere d'acqua, la moglie gli bastava e avanzava. La mattina stessa aveva ricevuto un telegramma da Parigi: «Mi serve tempo per pensare. Non mi cercate. Sto bene. Daniel.» Capiva che il figlio aveva bisogno di tempo ed era intenzionato a concederglielo, anche se la moglie e la nuora lo avrebbero messo in croce. Bisognava avere pazienza e ridistribuire il lavoro dello studio. Non sapeva per quanto si sarebbe protratta la sua assenza. Era un grave contrattempo.

Don Romualdo era abituato ad avere tutto sotto controllo, ogni movimento e ogni azione, ma in quella situazione c'era poco da fare. Avrebbe dovuto impedirgli di recarsi a quello stupido appuntamento, non avrebbe dovuto dirgli la verità su sua madre. Aveva avuto un momento di debolezza del quale si era pentito subito, e adesso si rendeva conto dell'errore commesso. Era consapevole che quella rivelazione avrebbe costituito un possibile problema, visto il complicato rapporto tra loro due, un intollerabile tallone d'Achille agli occhi del figlio. Ma a quel punto non restava che aspettare il suo ritorno, lasciargli il tempo di cui diceva di avere bisogno.

Intanto Sofía era salita in macchina. Infilò la chiave nel quadro, ma non avviò il motore. Non era in grado di guidare. Afferrò il volante con entrambe le mani, come se si aggrappasse a un salvagente per non affondare nelle acque nere di un mare pieno di incertezze, di debolezza e di indignazione. La rabbia la devastava e straripava sotto forma di lacrime, annebbiandole la vista. Quando riuscì a calmarsi, si guardò nello specchietto retrovisore. Aveva un aspetto orribile. Gli occhi gonfi e arrossati, il mascara sbavato. Si pulì le guance, si asciugò gli occhi, fece un respiro profondo e si accinse a raggiungere il padre. Aveva deciso di accettare la sua offerta per iniziare la tesi di dottorato. All'improvviso, si sentì meglio. Accese la macchina che, quando inserì la marcia, sussultò e si spense. Era turbata. Se ci fosse stato Daniel le avrebbe fatto una scenata. Con la mano sulla chiave, senza osare girarla per non rovinarla, crollò di nuovo. Non poteva farlo, non poteva accettare la ricerca per poi abbandonarla: era certa che sarebbe stata incapace di dedicarle tutto il tempo necessario, senza limiti né orari, senza pensare ai figli e al marito, alla fame e al sonno. Sapeva bene che, nel momento in cui lo avesse accettato, la sua vita avrebbe cominciato a ruotare unicamente intorno al dottorato. Se avesse fallito, non avrebbe dovuto rendere conto soltanto a se stessa, ma anche al padre, alla direttrice della tesi e agli altri candidati che sarebbero stati esclusi. Non poteva accettare senza averne parlato con Daniel.

2

La Pasqua passò, con il suo odore di incenso, le sue processioni, la musica stridente e mesta di trombe e tamburi, il raccoglimento, le visite di rito. Sofía non aveva preso parte a nessuna cerimonia, si rifiutava di uscire di casa nel caso Daniel avesse dato un segno di vita. Non se ne rammaricava troppo: andava a messa la domenica, rispettava i precetti di ogni cattolico, ma in fondo non era particolarmente devota ad alcuni dogmi, che non la convincevano fino in fondo, imbevuta com'era delle teorie di suo padre. Sin da piccola aveva dovuto destreggiarsi per non deludere il moderato ateismo del padre e per assecondare l'esaltazione religiosa della madre. La suocera capiva e appoggiava la sua decisione di non muoversi di casa, ma aveva fatto in modo che le bambine andassero in chiesa, alle veglie e alle processioni. Quindi, ogni pomeriggio doña Sagrario veniva a prenderle e le portava con sé, concedendo a Sofía una gradita solitudine e un accogliente silenzio. La madre di Sofía chiamava spesso, per sapere se c'erano notizie. Alla risposta negativa della figlia seguiva una serie di idee pellegrine sull'assenza di Daniel, mille domande per sapere se avevano litigato, se lei lo aveva deluso in qualcosa: «Tutta colpa di tuo padre e della sua fissazione del dottorato, di quella maledetta tesi e di tutte quelle altre idiozie. Spero che un giorno vi convincerete entrambi che noi donne valiamo per quello che siamo, e che non siamo fatte per stare chiuse in un laboratorio con gli occhi appiccicati a un microscopio.» Sofía cercava di ribattere citando Mercedes Montalcini e altre colleghe che l'avevano preceduta. «È solo la moglie di uno scienziato che fa finta di essere una scienziata, che gioca a fare l'uomo, ecco che cos'è.» La madre pronunciava ogni frase con un tono inopportuno e malvagio che sconvolgeva Sofía: «Dedica il tuo tempo ai tuoi doveri, cioè tuo marito, le tue bambine e la tua casa, punto e basta, perché ti avverto, figlia mia, se continui a pensare alle tue idiozie, un giorno rimarrai fregata e senza marito, sempre che non sia già accaduto...» Le conversazioni con lei erano così pesanti che a volte Sofía riattaccava senza salutare, in malo modo, con rabbia evidente, che per di più stupiva la madre. Si domandava come facesse suo padre a sopportarla. Erano così diversi; capiva le ore che passava in laboratorio sin dal primo mattino; in genere non tornava neppure a mangiare, perché se ritardava (cosa che succedeva spesso perché quando si immergeva nelle sue ricerche, Zacarías perdeva il senso del tempo), anche solo di qualche minuto dopo le due, ora stabilita per sedersi a tavola, provocava un'irritazione terribile, un'offesa incomprensibile, quindi in genere mangiava in un ristorante davanti al laboratorio, o alla mensa degli studenti della facoltà, se aveva lezione, e solo quando gli veniva fame, senza attenersi a un orario stabilito. Gli piaceva lasciarsi guidare dai suoi istinti primari in cose così elementari per un essere umano: mangiare quando aveva fame, dormire quando aveva sonno. A volte l'inserviente doveva avvisarlo che stava per chiudere, e lui restava stupefatto, con la sensazione di avere appena cominciato, anche se aveva passato ore concentrato sul lavoro, che lo appassionava talmente tanto da non capire che il resto delle persone potesse sprecare il tempo in banalità. Chi voleva incontrarlo doveva andare lì, non a casa sua. La vita in comune dei genitori di Sofía si limitava ad abitare nella stessa casa; si trattavano con rispetto e correttezza, niente di più, e da anni non dividevano neppure il letto.

L'amica Carmen era l'unica spalla su cui piangere, anche se le sue assenze dovute al lavoro creavano un vuoto difficile da riempire. Era lei che la incoraggiava ad andare alla polizia per denunciare la scomparsa del marito. Sofía non si era ancora decisa a farlo per paura di risultare ridicola, come le ripeteva la madre.

Quando le vacanze furono finite, doña Sagrario continuò a presentarsi da lei: si piazzava a casa sua per un'ora o due, o per tutto il pomeriggio, fino all'ora di cena, facendo disperare Sofía, che non sopportava la sua presenza troppo a lungo, perché non aveva nulla che la legasse a lei al di fuori del figlio. Ma doña Sagrario si era imposta il sacro dovere di stare accanto alla nuora il più possibile, in una mutua consolazione, per sospirare all'unisono, entrambe prostrate, a testa bassa, parlando quasi in un sussurro, cosa che innervosiva Sofía perché le sembravano i preliminari di una veglia funebre, le donne riunite a condividere il dolore e la speranza di un ritorno del marito e del figlio. Mancava solo che la suocera si vestisse a lutto, possibilità che non poteva escludere, se l'assenza fosse proseguita; la conosceva e sapeva che ne sarebbe stata capace.

Era trascorso quasi un mese dalla partenza di Daniel, e Sofía continuava a non avere notizie. Un'apatia malata aveva sostituito la rabbia e la furia delle prime settimane. Ogni giorno che passava sentiva il mondo pesarle addosso come una fredda lastra di marmo. Continuava a domandarsi se gli fosse successo qualcosa, ma tutti le dicevano che nel caso l'avrebbe saputo. Allora faceva un passo avanti con i pensieri e si prospettava la possibilità che il marito l'avesse abbandonata per un'altra con l'intenzione di non tornare, cosa che in molti pensavano senza dirglielo, rivolgendole sguardi di pietà: poveretta, abbandonata così giovane. Sofía cercava di tenersi lontano dalle chiacchiere, dai conoscenti che chiamavano allarmati quando venivano a sapere dell'assenza inspiegabile. Forniva pochi particolari perché non ne aveva, non sapeva, non capiva, e ascoltava consolazioni assurde, infiocchettate di parole, toni vacui, a volte maliziosi, che abbattevano il suo spirito più della solitudine imposta.

Condivideva i suoi timori soltanto con Carmen, che insisteva perché andasse alla polizia, nonostante la testardaggine che la convinceva a non farlo per non dover dare ragione alla madre. «Che cosa pensi di dire, che tuo marito non ti chiama da un mese?» le diceva con ironia malvagia doña Adela. «Tuo suocero ti ha detto che sta facendo il suo dovere, che sta lavorando per lo studio. Pensi che la polizia vada a cercarlo a Parigi? In effetti non hanno niente da risolvere qui e non vedono l'ora di andare a cercare un marito ingrato che non si degna di chiamare la moglie.» Ma la madre cominciava a darle ragione sul fatto che, almeno, avrebbe potuto mandarle un telegramma, farle una rapida chiamata, non so, qualcosa, ammetteva con riluttanza, perché faticava a stare dalla sua parte. Però da lì ad andare alla polizia c'era un abisso. Immersa nell'incertezza, Sofía lasciava che i giorni passassero, l'uno dopo l'altro.

Solo con Carmen speculava sui motivi dell'assenza, e l'idea di un'avventura si faceva largo nella sua mente, con veemenza sempre maggiore, come se preferisse quella possibilità all'eventualità che gli fosse accaduto qualcosa di grave. Carmen cercava di sgonfiare le sue congetture, adducendo che faticava a immaginare Daniel che ordiva un piano così ingegnoso per sparire e scappare con un'altra, o magari sì, insisteva Sofía, magari aveva trovato in altre braccia ciò che l'aveva stancato con lei; gli uomini si stufano presto, diceva sua madre, sono infedeli per natura, ma ciò che conta è che tornino sempre, che non si trattengano in un altro letto abbastanza a lungo da alimentare il disinteresse coniugale, al punto di cambiare rotta nella passione sessuale. Molti uomini danno una svolta brusca alla propria vita per unirsi a donne più giovani, meno note, meno abituali, che con il tempo diventano uguali o peggiori della compagna abbandonata; a quel punto l'uomo soddisfatto della conquista torna alle gonne della moglie, che lo accetta di nuovo senza rinfacciargli niente. Sofía ripensava alle parole della madre avvertendo uno spasmo, perché era convinta che lei non avrebbe mai potuto tollerare un'infedeltà di Daniel, se ne fosse venuta a conoscenza. Non escludeva che ve ne fossero state, ma il fatto di ignorarle la proteggeva dalla furia della gelosia, perché non era costretta a esercitare il perdono, a inghiottire l'orgoglio e a sforzarsi per riammetterlo nel proprio letto pur sapendo che aveva baciato un'altra, che aveva accarezzato un altro seno e un'altra pelle, che aveva baciato altre labbra e penetrato un altro sesso. Lei non avrebbe potuto, non sarebbe riuscita ad accettarlo.

Dormiva appena, passava la notte a guardare la foto che teneva sul comò. Risaliva a un anno prima ed era stata incorniciata perché Daniel era venuto molto bene, con gli occhi fissi davanti a sé, lo sguardo terso e sereno che sembrava parlarle, un po' serio, forse, ma era lui, era il suo volto. Sofía non poteva evitare di parlargli, di domandare a quell'immagine dove fosse, perché non la chiamasse, che cosa gli stesse capitando; era così preoccupata... «Non mi vedi? Non dormo, non tocco cibo, la gente comincia a sparlare, dove sei, Daniel, dove ti nascondi, e perché mi tieni lontano, se ti amo così tanto? Sei così importante per me.» In genere si addormentava con la cornice in grembo, cedendo a un dormiveglia dal quale si svegliava di soprassalto per qualunque rumore proveniente dalla strada, sentendo Isabel che chiamava o la piccola che piangeva. Di giorno cercava di proseguire la sua routine, ma era infastidita dalla presenza delle bambine, dalle loro voci, dai loro giochi, dalle loro domande senza risposta. Aspettava che Vito le portasse fuori per chiudersi in camera sua a piangere o per stare semplicemente da sola, pensare, guardare la foto, rivolgere domande al volto dell'immagine o affacciarsi per ore alla finestra nella speranza di avvistare la figura di Daniel tra la gente. Era incapace di concentrarsi, girava per la casa come un'anima in pena, metteva una canzone, apriva l'album delle foto e piangeva, con gli occhi annebbiati, contemplando le immagini della loro breve vita insieme, i primi incontri, le prime gite da fidanzati, il matrimonio, il viaggio di nozze, i compleanni, i Natali. Le pareva tutto lontano, ormai perduto. Analizzava nel dettaglio le ultime settimane di Daniel, il suo atteggiamento, le sue parole, le sue carezze, il suo desiderio, ma non trovava nulla che la inducesse a pensare che la loro relazione fosse in pericolo, che lui avesse avuto la necessità impellente e drastica di allontanarsi a oltranza senza dare notizie.

Doña Sagrario arrivò con un vassoio di pasticcini per le bambine. Sofía si innervosì perché se mangiavano troppi dolci finivano per avere mal di pancia. Glielo aveva detto varie volte, ma la suocera non le dava ascolto e diceva: «Poverine, che cosa vuoi che sia se ne mangiano uno». Contenendo la rabbia, prese il vassoio dalle mani spigolose della suocera e lo mise in frigo. Al di là dei pasticcini inopportuni, Sofía notò che quel giorno Sagrario sembrava più tranquilla, più sorridente, un po' più ottimista. In salotto occupava sempre la poltrona che in genere usava il figlio, apposta, come se volesse ribadire il suo diritto di stare lì.

«Novità?» domandò non appena si fu accomodata.

«No, Sagrario», le rispose Sofía in tono stanco, mentre si sedeva di fronte a lei. «Sa che se venissi a sapere qualcosa, lei sarebbe la prima persona che chiamerei.»

«E tu come stai, figliola?»

La domanda insistente e ovvia la irritò oltremisura.

«Che domande, Sagrario, come vuole che stia? Male, sto male. Non so se mio marito è vivo o morto, non capisco perché non mi chiama e non mi manda un telegramma per dirmi qualcosa, fosse anche che non vuole vedermi mai più... Non so, una cosa qualsiasi!» Sofía si raddrizzò, per farsi forza. «Ma ormai non aspetto più. Avrei dovuto capirlo da tempo. Domani stesso vado alla polizia a denunciare la sua scomparsa.»

La suocera la guardò, sconvolta, come se Sofía le avesse detto che aveva intenzione di scatenare un branco di cani rabbiosi sulle tracce del marito.

«Ma no, figliola, non è il caso. Daresti solo adito alle voci. Toglitelo dalla testa.»

«E se gli è successo qualcosa?» domandò con la confusione riflessa sul volto.

«Che cosa vuoi che gli sia successo... Tornerà. A volte gli uomini decidono di prendere le distanze, sono crisi normali, succede a tutti, gli anni di matrimonio, la monotonia... Sono solo spaventati, e alla fine tornano sempre.»

Sofía la fissò, stupefatta.

«Non mi dica che giustifica il comportamento di suo figlio.»

«Be', non è il caso di allarmarsi. Pensa sempre che se gli fosse successo qualcosa di grave, lo avremmo saputo.»

«No, Sagrario, io non ce la faccio più. Va sempre peggio. Domani mattina vado al commissariato.»

Doña Sagrario fece schioccare la lingua. Rifletté e arricciò le labbra scurite dal rossetto, sollevando lo sguardo verso la nuora.

«Non dovrei dirti niente, ma te lo dico lo stesso.» Sorrise e, come se le facesse una confidenza, abbassò il tono e si protese verso di lei. «Stai tranquilla, mi ha detto Romualdo che Daniel gli ha chiesto tempo.»

«Gli ha chiesto tempo?» ripeté Sofía con espressione incredula.

«Sì. Gli ha mandato un telegramma in cui gli chiedeva tempo.» Scosse la mano, per minimizzare. «Non so, per pensare, cose del genere... Te l'ho detto, gli uomini sono fatti così, e noi dobbiamo capirli.»

Sofía reagì alle parole della suocera come se avesse ricevuto uno schiaffo in faccia; si sentiva persino le guance in fiamme.

«Quando glielo ha detto?»

«Be'... non ne sono sicura, ma credo che il telegramma l'abbia ricevuto prima di Pasqua.» Alzò la mano per declinare le responsabilità. «Io non lo sapevo, Romualdo me lo ha detto solo ieri, per tranquillizzarmi.»

«Quindi Daniel ha mandato un telegramma al padre?» Sofía non riusciva a credere alle proprie orecchie. «E perché Romualdo non me lo ha detto?»

«Non lo so, figliola. Avrà pensato che era meglio non dirtelo. In realtà mi ha raccomandato di non riferirtelo, quindi non so se ho fatto bene a parlartene.»

«Perché? Perché avrebbe dovuto nascondermelo? Che senso ha?»

«Non lo so», rispose con espressione ingenua. «Sono cose loro.»

Sofía non sapeva se ridere o piangere.

«Cose loro...» ripeté, senza smettere di guardarla. «E perché avrebbe dovuto chiedere tempo al padre e non a me? Perché avrebbe dovuto mandare un telegramma al padre e non a me, che sono sua moglie?» Parlava a se stessa, senza capire.

«Non importa a chi lo ha mandato. Conta solo che l'abbia mandato. Adesso diamogli il tempo che chiede.»

«Tutto qui?» L'irritazione di Sofía cresceva di fronte all'insensibilità che la suocera mostrava nei suoi confronti. Proprio la donna che bisognava trattare come fosse di porcellana per non urtare la sua grande sensibilità.

«Sì, tutto qui. Sappiamo che sta bene e che ha bisogno di tempo, tutto qui», ripeté Sagrario decisa a liquidare la faccenda.

«E che cosa diceva il telegramma? È ancora a Parigi? Quando pensa di tornare?» chiese incalzando la donna, senza lasciarle il tempo di aprire bocca.

La suocera si strinse nelle spalle, con l'espressione tonta che sfoggiava quando voleva mostrare di non capire ciò che stava accadendo davvero.

«Io non l'ho visto, e non so se sia a Parigi o a Sebastopoli. Sai bene che lo pensavo a Bilbao. Mi avete trattato come un'idiota.»

«Non mi metta in mezzo, Sagrario. Quella di Bilbao era un'idea di suo marito, non certo mia.»

Sagrario rimase in silenzio, a riflettere. Poi fece un lungo sospiro prima di proseguire in tono stanco: «Bisogna riconoscere che, a volte, gli uomini sono davvero incomprensibili. Noi ci guadagniamo il paradiso, avendoci a che fare, lo dico sempre.»

Sofía non credeva alle sue orecchie. Si alzò come azionata da una molla. Era così agitata che le tremavano le mani.

«Adesso è meglio che torni a casa, Sagrario. Ho mal di testa e credo che andrò a stendermi per un momento.»

«Figliola, hai l'emicrania. Ne ho sofferto a lungo anche io. Ma ora che non mi vengono più, sto molto meglio.»

Mentre si alzava e prendeva il soprabito intonato al resto dell'abbigliamento, i movimenti lenti, eccessivamente posati, come se temesse di rompersi, cominciò a enumerarle i suoi acciacchi, le sue caldane, la sua artrite e i suoi problemi alla vescica. Sofía la guardava come se fosse una caricatura. Non aveva mai passato così tanto tempo a tu per tu con la suocera, e non poteva fare a meno di sorprendersi di quanto potesse essere ingenua, anche se a volte aveva la sensazione che, più che esserlo, si fingesse sprovveduta, ricorrendo al presunto candore che le impediva di cogliere alcunché, pur capendo tutto. Come se fosse più furba e astuta e più forte di mente e di fisico di tutti coloro che la circondavano e si prendevano cura di lei, proteggendola con le loro attenzioni eccessive.

Non appena riuscì a buttare Sagrario fuori di casa, fece il numero dello studio. Le rispose Elvira, che le passò don Romualdo Sandoval.

Senza neanche dargli modo di salutare, lo incalzò subito chiedendogli se era vero che aveva ricevuto un telegramma da Daniel.

«L'ho sempre detto», commentò il suocero in tono infastidito. «Le donne non sanno tenere la bocca chiusa.»

Sofía sbottò.

«E perché non me ne ha parlato? Non si rende conto di che cosa sto passando?»

«Be', adesso lo sai. E allora? Le cose sono cambiate in qualche modo?»

«Avevo il diritto di saperlo.»

«Se Daniel ha mandato il telegramma a me, avrà avuto i suoi motivi.»

«Ho intenzione di andare a denunciare la sua scomparsa alla polizia.»

«Santo cielo, Sofía, non essere ridicola.» Aveva un tono mordace di rimprovero. «Non puoi andare a riferire le tue stupidaggini alla polizia.»

«Non avere notizie del proprio marito da un mese non mi sembra una stupidaggine.»

«Non ti permetterò di compromettermi. Ti proibisco di andare alla polizia.»

Sofía era consapevole che, se Romualdo avesse voluto, la denuncia che avrebbe presentato sarebbe finita nel cestino prima che avesse abbandonato il commissariato. Cercò di fargli capire la gravità della situazione.

«E come la comprometterei? E se gli è successo qualcosa?»

«Lo sapremmo. Nessuno muore senza che si sappia. Se Daniel fosse ferito o avesse un problema, a quest'ora l'avremmo saputo. Fammi il favore di calmarti. E lascia in pace tuo marito. Tornerà quando potrà farlo.»

«Che cosa mi nascondete?» domandò, in un ultimo tentativo di capire che cosa stesse accadendo.

«Niente.» La risposta fu così ferma da troncare qualunque replica.

Sofía cercò di parlare, ma Romualdo Sandoval non era disposto a perdere neanche un minuto con lei, quindi si scusò dicendole che doveva uscire dallo studio per una commissione urgente e riattaccò.

Lei rimase per qualche secondo esterrefatta, con la cornetta attaccata all'orecchio, finché decise di rimetterla a posto. Istintivamente, nel bisogno incontenibile di sfogarsi con qualcuno, chiamò Carmen, ma siccome non rispondeva, si ricordò che sarebbe stata a New York fino al week-end. Poi fece il numero del padre al laboratorio, pur sapendo che don Zacarías non avrebbe mai alzato il telefono. In effetti il padre sentì gli squilli intermittenti per un bel po', finché la chiamata non si interruppe. Sofía rimise a posto la cornetta con una sensazione angosciosa di inquietudine, di solitudine. Le vite di tutti gli altri andavano avanti, mentre lei era arenata, intrappolata in una dilazione interminabile accanto a quell'apparecchio color crema che nelle ultime settimane era stato al centro della sua attenzione. Pensò a quanto si potesse dipendere da uno squillo capace di annunciare una telefonata tanto attesa, che però non arriva mai. Sfinita, si lasciò cadere sulla poltrona, si raggomitolò e pianse, pianse liberamente, lasciandosi andare ai singhiozzi incontrollati, finché si tranquillizzò, sul punto di addormentarsi.

Il suono del telefono la strappò bruscamente al suo letargo. Alzò la testa e, confusa, guardò l'apparecchio come se fosse una minaccia. Si udivano le voci delle bambine in cucina. Vito probabilmente le stava facendo cenare. Si rese conto che aveva addosso una coperta sottile e che la sala era in penombra. Doveva avere dormito almeno un paio d'ore. Sentì i passi frettolosi di Vito in corridoio. Si tirò su e alzò la cornetta proprio mentre la donna si affacciava sulla porta socchiusa.

All'altro capo della linea udì la voce angosciata di Elvira.

«Signora Sandoval?»

«Sì, sono io, chi parla?» domandò, pur conoscendo la risposta.

«Doña Sofía...» Il fatto che la chiamasse e per di più si rivolgesse a lei pronunciando il suo nome di battesimo la mise in allerta. «Sono Elvira, la segretaria.»

Sofía la interruppe, impaziente.

«Elvira, che succede?»

«Mi hanno appena chiamato dall'ospedale...» Vi fu un silenzio di un paio di secondi. «Si tratta del signor Sandoval...»

Sofía sentì le gambe che cedevano.

«Mio marito? Che cos'è successo a mio marito?»

«No, non suo marito... Don Romualdo: ha avuto un incidente.»

Sofía non poté evitare di tirare un sospiro di sollievo. Per un momento si era vista definitivamente vedova, con due figlie ancora piccole e già orfane.

«Un incidente? Dove?»

«Stava andando a Navalcarnero e, a quanto pare, si è schiantato contro un muro.»

«E come sta?»

«Non lo so, non hanno voluto dirmelo. Mi hanno detto solo che era ricoverato e che dovevo avvisare la sua famiglia...» Le tremava la voce. «Ma credo che stia molto male.»

«Mia suocera lo sa?»

«No, non ho osato... Per questo ho chiamato lei, non sapevo come dirlo a doña Sagrario. Può parlarle lei?»

«Sì, certo, in che ospedale è ricoverato?»

La segretaria le fornì tutti i particolari che, diligentemente, aveva appuntato durante la chiamata ricevuta dall'ospedale. Sofía attaccò e si girò come per dare le spalle al telefono, la mano sul petto, poi sul volto. Prima di avvisare Sagrario decise di informarsi sulle condizioni di Romualdo.

Il medico confermò i timori di Elvira. Era molto grave: incosciente e sedato. Secondo una prima ricostruzione, la macchina era rimasta senza freni nella discesa verso il fiume Guadarrama e aveva sbattuto con violenza contro il parapetto di un ponte. Romualdo era in pericolo di vita. Non restava che aspettare, per vedere come sarebbero evolute le sue condizioni nei giorni successivi.

Prima che la notizia si diffondesse, Sofía si presentò a casa della suocera, sorprendendola.

«Che ci fai qui? Ha chiamato Daniel?»

«Sagrario, Romualdo ha avuto un incidente stradale.»

Per un momento sua suocera rimase impassibile, come se la sua mente si rifiutasse di trasferire alla coscienza quell'informazione, per rimandarla, allontanarla, espellerla.

«Vengo dalla clinica de la Concepción e mi hanno detto che...» Ingoiò la saliva, aveva la bocca secca. «Sta male, molto male...»

La suocera continuava a non reagire. Si limitava a fissarla con occhi piccoli, scuri, lo sguardo apparentemente ingenuo.

«Lo hai visto?» domandò con voce gutturale. Era evidente che stava trattenendo l'urlo che avrebbe liberato la sua paura.

«No. Dopo aver parlato con il medico sono venuta subito a prenderla. La accompagno all'ospedale.»

«Sì... È meglio che andiamo.»

Quando arrivarono, la notizia si era già diffusa, e davanti all'ingresso si erano appostati i giornalisti, sperando di ottenere informazioni sull'incidente di Romualdo Sandoval. Sofía afferrò la suocera per le spalle, proteggendola dalla raffica di domande. Ma, prima di entrare nella hall dell'ospedale, doña Sagrario si fermò e, con un contegno e una serenità che sorpresero Sofía, si voltò e si rivolse ai giornalisti.

«Quando avremo notizie sullo stato di mio marito, ve lo faremo sapere con un comunicato. Grazie.»

3

Romualdo Sandoval si dibatteva tra la vita e la morte da quattro giorni. I dubbi che si erano diffusi intorno allo strano incidente avevano provocato titoli malevoli, che speculavano su possibili vendette o rese dei conti. Tutti sapevano che Romualdo Sandoval si era procurato nemici pericolosi che gli avevano giurato vendetta.

Doña Sagrario, lungi dal crollare, dimostrò di essere all'altezza delle circostanze. Con espressione ieratica, imperterrita di fronte all'assalto dei giornalisti che la seguivano a ogni passo, non aveva mai avuto cedimenti. Di prima mattina raggiungeva la sala d'attesa, dove aspettava finché le permettevano di entrare nell'unità di terapia intensiva. Poi restava accanto al marito, lo guardava, osservava il suo respiro meccanico, il suo aspetto vulnerabile, la sua lotta contro la morte. Non si muoveva finché un'infermiera non le toccava la spalla e le sussurrava all'orecchio che doveva andare via. Lei si alzava senza togliergli gli occhi di dosso, come se fosse silenziosamente in contatto con il marito attraverso lo sguardo, e usciva nella sala dove si trovavano parenti e amici. Non permetteva a nessuno di accompagnarla, tranne che a Sofía. Se la nuora non era presente nel momento in cui doveva lasciare l'ospedale, prendeva un taxi e si chiudeva in casa finché non arrivava l'ora di tornare dal marito.

Quando quella mattina uscì dalla sala della terapia intensiva, si imbatté in Sofía, in compagnia di suo padre. Doña Sagrario si diresse verso la nuora, evitando gli altri visitatori che desideravano parlare con lei per saggiare la sua sofferenza.

«Sofía, devi andare a cercare Daniel.»

La fermezza di Sagrario sorprese sia Sofía sia Zacarías.

«Ma...» balbettò lei, confusa. «Non saprei dove andare.»

«Hai l'indirizzo dell'albergo in cui ha pernottato, cerca negli ospedali, vai alla polizia, denuncia la sua scomparsa, non qui, lì, a Parigi. Cercalo e riportalo a casa prima che sia troppo tardi.»

«Sagrario, mi dispiace, ma non posso andare. Non ho il passaporto, l'ha preso Daniel.»

«Non preoccuparti», aggiunse con decisione, come se avesse previsto tutto. «Vai alla Dirección General de Seguridad, alla Puerta del Sol, e chiedi del commissario Gómez Pacheco. Di' che ti mando io, la moglie di Romualdo Sandoval», sottolineò, per mettere in chiaro come avrebbe dovuto presentarsi. «E di' che sei mia nuora.»

«Non me lo daranno, senza l'autorizzazione di Daniel...»

«Sì che te lo daranno», le confermò. «Lo chiamo appena arrivo a casa, e gli dico che deve riceverti immediatamente. Ti farà avere un nuovo passaporto.» Tacque per un momento e si avvicinò, con uno sguardo pieno di supplica. «Sofía, ti prego, riporta a casa mio figlio.»

«Sì... certo», balbettò Sofía, sconcertata, ma decisa a intraprendere il viaggio, come in fondo desiderava. «Lo farò. Non so come, ma le prometto che riporterò suo figlio a casa.»

Doña Sagrario, nonostante le lacrime che le inumidivano gli occhi, non perse mai il controllo. Con aria fiera, alzò il mento, sporse il labbro inferiore e assentì con un lieve movimento del capo. Poi abbassò gli occhi, le afferrò il polso con un gesto di gratitudine, sorrise e si avviò.

«Vuole che la accompagni a casa?»

«No, vai a cercare mio figlio. Temo che ci resti poco tempo.»

Si allontanò con passi corti e fermi, battendo i tacchi con eleganza, la borsa appesa al braccio. I sottili guanti di pelle intonati all'elegante tailleur primaverile, l'acconciatura perfetta, gonfia, immune alle burrasche, i capelli biondo scuro cotonati dalla parrucchiera.

Sofía e il padre si guardarono.

«Sono d'accordo con lei», disse Zacarías. «Credo sia ora di porre fine all'attesa e agire. Se vuoi, ti accompagno a Parigi.»

«No... Hai troppe cose da fare. È un brutto periodo per te, con gli esami, la fine delle lezioni. Assolutamente no.»

In quel momento entrò Carmen. Le riferirono l'idea di andare a Parigi per cercare Daniel.

«Vengo con te», disse lei, con decisione. «Ho qualche giorno libero. Ti faccio il biglietto. Possiamo stare nell'albergo dove dorme l'equipaggio, anche se non è molto centrale.»

«Una mia vecchia compagna di facoltà insegna alla Sorbona», disse don Zacarías, come se non fosse sicuro di dover intervenire. «Eravamo buoni amici.»

Sofía lo guardò con un sorriso.

«Non mi hai mai detto che avevi un'amica a Parigi.»

«Non è mai stato necessario.»

«Chi è?» domandò Sofía, incuriosita.

«Eravamo compagni di corso. Andavamo molto d'accordo. Ci siamo conosciuti il primo anno, e già allora lei era intelligente, divertente, interessante, bella e con una capacità di analisi incredibile. È diventata una scienziata di fama a Parigi, ha ricevuto diversi premi internazionali ed è molto ammirata. In più dà lezioni alla Sorbona.» Aveva un'espressione assente, con un sorriso disegnato sul volto, come se quel ricordo lo rallegrasse. All'improvviso tornò a guardare Sofía, che lo osservava con attenzione. «Una donna straordinaria, peccato che non sia qui.»

«Che cosa è successo?» domandò Sofía. «Perché è andata via?»

«Per la stessa ragione che ha spinto molti altri ad andarsene.» Emise un profondo sospiro, carico di nostalgia. «Non è mai più tornata, e non lo farà finché Franco sarà vivo. È stata invitata più di una volta a simposi, conferenze e corsi, ma è molto determinata, ha preso la sua decisione e finché il dittatore non sarà sotto terra, non metterà piede in Spagna.» La guardò e sorrise con sicurezza. «Una persona che conosce Parigi ti sarà d'aiuto, credo. Tra l'altro il tuo francese lascia molto a desiderare. Sono convinto che lei sarà contenta di aiutarti. Se vuoi, la chiamo per dirle che arrivi.»

Si trovarono d'accordo; era senz'altro una buona idea.

Carmen andò via, aveva fretta, e Sofía si offrì di accompagnare il padre a casa.

In macchina rimasero in silenzio. Sofía guidava lentamente, esasperando alcuni conducenti, che suonavano il clacson con insistenza e la insultavano quando la superavano. Lei sembrava non udirli, lo sguardo fisso davanti a sé, pensierosa.

«Chi è quella donna, papà?»

«Chi? Patricia?»

«Si chiama Patricia?»

«Patricia Mendoza.»

«Doveva essere una persona molto speciale.» Lo guardò per un attimo e gli rivolse un sorriso complice. «Prima, quando parlavi di lei, ti si illuminavano gli occhi. Non ti avevo mai visto così.»

Don Zacarías la guardò con espressione stupita.

«Ah sì? Davvero?»

Sofía non gli rispose. Lo osservò per un attimo, in attesa che il padre proseguisse.

«Sì, è stata una donna molto speciale per me.»

«In che senso speciale?»

«Speciale come tutti i primi amori, i primi e unici amori», disse con convinzione, in tono gutturale, profondo, come se il solo pensiero lo emozionasse.

Sofía lo guardò con la coda dell'occhio.

«Primi e unici amori?» sorrise, sbuffando. «E la mamma?»

«Tua madre l'ho sposata.»

In fondo, Sofía non fu troppo sorpresa dalle parole del padre.

«E perché? Perché hai sposato la mamma e non Patricia?»

«Avrei dovuto prendere la strada dell'esilio, come lei, ma non volevo lasciare Madrid, perché c'era mia madre, che allora era molto malata: la guerra l'aveva distrutta, era sola al mondo e non ho avuto il coraggio di lasciarla... Pensavo che non mi sarebbe accaduto niente... Lo pensavamo in molti... Non avevamo colpe, ma rientravamo tra i perdenti, tra i vinti...» Si girò, cercando i suoi occhi, ma Sofía continuava a guardare davanti a sé. «Tua madre è comparsa quando ero arrivato al limite delle forze. Mi ha salvato dalla prigione, ma anche dal discredito, dalla disoccupazione, dalla miseria, da tutti i mali che allora mi minacciavano. Era innamorata di me; io non le ho mentito, non lo ero, ma a lei non importava. Mi ha chiesto rispetto e io gliel'ho dato, come lei alle sue sante e alle sue Madonne.»

Sofía rise di nuovo, stupita dalle parole del padre.

«Avrai pur fatto qualcos'altro con lei, oltre a trattarla come una santa. Ti ricordo che siamo tre fratelli...»

Risero con complicità.

«Be', era tanto per dire. Hai capito. Tua madre e io abbiamo fatto un patto, lei lo sta mantenendo e anche io, credo.» All'improvviso alzò la mano come se si fosse reso conto di qualcosa. «Ti chiederei una cosa: non parlare con tua madre di Patricia. Se sapesse che sono rimasto in contatto con lei, non lo sopporterebbe.»

«Sei ancora in contatto con lei?»

L'espressione di Zacarías divenne nostalgica.

«So che sta bene. E mi basta.»

«Ma ogni tanto vi sentite?»

«Fai troppe domande.»

«Mi interessa.»

Il padre la guardò. Aveva gli occhi che brillavano, immersi nel ricordo.

«Non quanto vorrei. Ma sì, ogni tanto ci siamo sentiti; mi scrive al laboratorio e fissiamo un appuntamento telefonico.»

Sofía lo guardò di nuovo, appena un paio di secondi, sorridente e grata per la confidenza.

«Credo che mi piacerà conoscere questa Patricia Mendoza.»

«Ne sono convinto.»

4

Sofía preparò tutto l'occorrente per il viaggio. Il commissario Gómez Pacheco le fece all'istante un nuovo passaporto, limitandosi a chiederle le foto e la carta d'identità. Le riservò un'attenzione squisita e, nell'accomiatarsi, si raccomandò affinché portasse i suoi saluti e la sua stima a doña Sagrario, con i migliori auguri di pronta guarigione all'illustre don Romualdo. Sofía lasciò le bambine a casa dei genitori insieme a Vito, che conosceva i loro orari e le loro abitudini ed era molto amata dalle piccole. La madre non la smetteva di protestare per la decisione di andare a cercare Daniel, ma non riusciva a proporre un'alternativa, impegnata come sempre a contrastare le decisioni della figlia al di là di ogni logica.

Il giorno della partenza Sofía era molto agitata. Controllò diverse volte di avere preso l'appunto con l'indirizzo di Patricia Mendoza, anche se il padre le aveva assicurato che l'amica sarebbe andata a prenderle all'aeroporto e che sarebbero state ospiti a casa sua.

«Come faccio a riconoscerla?»

«Ti riconoscerà lei», le rispose il padre, con un sorriso nostalgico.

Sofía chiuse la valigia e ricontrollò il passaporto e i franchi cambiati in banca.

Aveva appuntamento con Carmen all'aeroporto. La stava aspettando da mezz'ora. La fila per il controllo si era ormai esaurita, erano passati tutti i passeggeri tranne lei. La vide arrivare da lontano, correndo trafelata con la valigia in una mano e la borsa nell'altra, con la nuova divisa della compagnia, color granata, «rosa reale», diversissima dal tailleur blu scuro che indossavano gli equipaggi fino a un mese prima, più marziale e serio. Le dava un'aria moderna, elegante: gonna, giacca e mantella dello stesso tessuto, calze a rete e stivali, con una papalina nera e i guanti. Non la stupì vederla vestita così. Immaginò che l'equipaggio, per viaggiare gratis, dovesse indossare la divisa.

«Mi dispiace, Sofía...» le disse Carmen, mortificata, quando la raggiunse. «Non posso venire con te. Mi hanno appena avvisato: una collega è malata e devo sostituirla. Tra due ore parto per New York. Mi dispiace davvero.»

Sofía fu presa dal panico. Non concepiva l'idea di andare a Parigi da sola.

«Allora...» esitò per qualche secondo. «Aspetto il tuo ritorno.»

«Neanche per sogno. Devi andare a Parigi a cercare Daniel, hai già perso troppo tempo. In più non sarai sola, c'è quell'amica di tuo padre. L'hai avvisata, no?»

«Sì, l'ha avvisata lui... Ma credevo che tu...»

«Lo so», la interruppe, afflitta. «Mi dispiace non accompagnarti, ma non posso sottrarmi.» Guardò dietro Sofía, verso il bancone dell'imbarco. Aprì la borsa e ne estrasse una busta. «Ecco il tuo biglietto. Hai il passaporto?»

Sofía glielo mostrò e fecero insieme il check-in. Carmen la accompagnò fino alla scaletta dell'aereo, poi la salutò per raggiungere il suo volo. Si abbracciarono.

«Tienimi informata, d'accordo? E se quando torno da New York sei ancora a Parigi, cercherò di raggiungerti, anche se sarà un po' complicato, ho avuto il programma del mese e ho un sacco di voli.» La sua espressione contrariata mise nuovamente in evidenza il dispiacere di non poter accompagnare l'amica. «Mi dispiace tantissimo...»

Si abbracciarono di nuovo e Carmen corse verso gli uffici. Sofía la vide allontanarsi con una sensazione di vertigine, di solitudine. Era la prima volta che viaggiava da sola, ed era agitatissima. Nel momento in cui l'aereo decollò, si rese conto che per qualche giorno si sarebbe lasciata alle spalle la sua vita, regolata da orari dettati dalle necessità di altri, delle bambine, di sua madre, di sua suocera. Era contenta di intraprendere quel viaggio, di andare finalmente a cercare il marito, di attivarsi, di fare qualcosa, anche se ubbidiva a un ordine della suocera: non partiva per ritrovare suo marito, ma per riportarlo dalla madre e consentirgli di rivedere il padre, forse per l'ultima volta. Era salita su quell'aereo diretto a Parigi spinta da una decisione altrui.

Quando arrivò all'aeroporto, si lasciò condurre dalla fila di passeggeri. Ritirò la valigia e quando varcò una porta di vetro smerigliato, una ragazza giovane con un basco rosso molto parigino alzò il braccio per attirare la sua attenzione. Sofía si avvicinò con espressione confusa, perché si aspettava una cinquantenne, non una ragazza più giovane di lei.

«*Êtes-vous Sophie?*» domandò la giovane con il basco rosso, che percependo la perplessità della nuova arrivata, subito si corresse: «Sofía Márquez?»

«Sí, sono io, e tu chi sei?»

La ragazza le tese la mano con un ampio sorriso, mostrando i denti minuti, perfettamente allineati come piccoli tasti.

«Sono Monique, la figlia di Patricia, che non è potuta venire. Mi ha chiesto di scusarla. All'università c'è un gran casino e si è dovuta trattenere.»

Il primo impulso di Sofía fu darle due baci, uno per guancia, senza che le labbra sfiorassero la pelle, gesto abituale in Spagna tra due donne che si incontrano o si presentano. Ma il gesto deciso di Monique che le tendeva la mano la fece desistere e Sofía gliela strinse.

«Come hai capito che ero io?»

«Eri l'unica ragazza della tua età sull'aereo.» Si guardò intorno per dimostrarglielo. «Tutti gli altri passeggeri sono uomini o coppie anziane. Però mia madre mi ha detto che saresti stata con un'amica.»

«Sono venuta da sola. La mia amica non ha potuto accompagnarmi.»

«Come è andato il volo?» le domandò, con un sorriso aperto.

Aveva un forte accento francese e l'aria romantica che in Spagna ammanta ogni cosa che viene dalla Francia.

«Bene... Abbastanza tranquillo.»

«Ti aiuto.» Cercò di prenderle la valigia, ma Sofía glielo impedì, con riconoscenza. «Andiamo, ho la macchina qua fuori. Speriamo di non incappare in qualche manifestazione.»

«Manifestazione?»

«È un momento di grande tensione. L'atmosfera è rovente. Credo che scoppierà un gran casino.»

Raggiunsero l'auto, una Renault 8 blu. Infilarono la valigia nel piccolo bagagliaio e salirono a bordo.

«Parli lo spagnolo molto bene.»

«Mia madre mi ha sempre parlato in spagnolo.»

«E tuo padre, è francese o spagnolo?»

«Francese. Ma non mi ha insegnato molto. I miei si sono separati dieci anni fa e lui se n'è andato in Messico. Non lo vedo da allora.»

«Mi dispiace...»

Monique la guardò, stupita.

«Perché ti dispiace?»

«Non so, per la separazione, per l'assenza di tuo padre...»

«Mio padre non è stato corretto con mia madre. L'ha tradita con la sua migliore amica. Lei ha chiesto il divorzio e lui glielo ha concesso. E ora ognuno fa la sua vita.»

«Non ti manca?»

«Chi, mio padre?» Non attese risposta. «No», negò con decisione, in modo diretto e con assoluta sicurezza. «Di lui so solo che sta bene e che fa il lavoro che gli piace. Qui a Parigi non era felice, e mia madre neanche, stando accanto a lui. Quindi hanno fatto benissimo a lasciarsi, visto che tra loro le cose non funzionavano.» Parlava guardando avanti, con le mani sul volante. Guidava con abilità. «Non mi dire che sei di quelle che pensano che una volta sposati bisogna resistere fino alla morte.»

Sofía sorrise, la guardò e spostò di nuovo gli occhi davanti a sé.

«Be', se ci si sposa è per sempre, altrimenti che senso ha?»

«Anche se si arriva a odiarsi?»

«Bisogna cercare di non arrivarci.»

«La vita è lunga... E se hai sbagliato a scegliere? La gente cambia. Un rapporto meraviglioso può rivelarsi un inferno dopo qualche anno, o qualche mese, persino dopo qualche giorno. Da fidanzati si può essere molto felici, ma quando si comincia a vivere insieme magari ci si rende conto che non ci si sopporta. Per questo credo che, prima di fare il passo di sposarsi, bisognerebbe convivere per un po', per provare com'è andare a letto e alzarsi insieme, condividere il bagno, l'armadio, vivere la quotidianità.»

«In Spagna sarebbe impossibile, almeno nel mio ambiente. Le ragazze che lo fanno sono molto malviste.»

«Le ragazze... E i ragazzi? I maschi non sono malvisti?»

«Gli uomini possono fare quello che vogliono, e non succede niente. Si sa.»

«E tu ti adegui, a quanto vedo.»

«Che cosa vuoi che faccia? Se fossi andata a vivere con mio marito quando eravamo fidanzati... Non voglio neanche pensarci, mia madre non l'avrebbe permesso, e neppure Daniel, visto com'è. Sarebbe stato sulle spine, pensando al giudizio degli altri.»

«Allora sei una da matrimonio per tutta la vita, succeda quel che succeda. Senza possibilità di divorzio.»

«In Spagna non c'è alternativa, il divorzio non esiste, e se ti separi...» Fece segno di no con la testa, come se volesse allontanare l'idea. «È come vivere con un uomo senza sposarlo, complicato soprattutto per noi. Non conosco nessuno del mio ambiente che si sia separato. Siamo abituati a sopportare molto... Troppo, a volte. Ma le cose stanno così, e non sarò io a cambiarle.»

«E se smetti di amare tuo marito?» insistette Monique. «O se smette di amarti lui? Che succede se l'amore finisce?»

«Cercherò di fare in modo che non succeda, che mio marito non smetta di amarmi», aggiunse, con un sorriso. «Ma prima devo trovarlo: sono qui per questo.»

«Mia madre me l'ha detto. Da quando non hai sue notizie?»

«Da un mese. È venuto a Parigi per lavoro, così mi ha detto, ma non mi ha fatto neanche una telefonata. Ha mandato un telegramma a suo padre, chiedendogli tempo. Si è fatto vivo con mio suocero, non con me.»

«E tu non credi che sia venuto qui per lavoro.» Non era una domanda, piuttosto un commento.

Sofía la guardò per un attimo, riflettendo prima di parlare.

«A dire il vero non so che cosa pensare. Non capisco questi misteri, questo silenzio da parte sua e di mio suocero, che mi ha nascosto il telegramma. Me l'ha rivelato mia suocera, poco tempo fa. Sapeva quanto fossi preoccupata, ma mi ha taciuto la notizia.» Schioccò la lingua, dando a intendere che non capiva l'atteggiamento del suocero. «Non so quanto tempo gli serva né perché lo chieda. E non capisco perché non l'abbia chiesto a me... Credo che mi nascondano qualcosa, sono piena di dubbi.» Tacque per un attimo, con un'espressione preoccupata, un po' confusa. «Adesso mio suocero si dibatte tra la vita e la morte, e mia suocera mi ha chiesto di venire a cercare Daniel. Per questo sono qui, altrimenti non mi sarei decisa a venire.»

Monique la guardò con un sorriso accogliente.

«Ti aiuteremo a trovarlo. Se è a Parigi, lo scoveremo.»

Sofía corrugò la fronte. In che senso, se era a Parigi? Doveva essere lì, lei non contemplava altre opzioni. Anche se non sapeva come avrebbe potuto rintracciare un uomo che non voleva farsi trovare in una città che lei non conosceva. Cominciavano a insinuarsi nuovi dubbi e il timore di avere fatto un viaggio inutile, perché non sapeva da che parte cominciare. Fece un lungo sospiro e guardò Monique con la coda dell'occhio. Almeno quella ragazza era simpatica. Era allegra e decisa, tanto da compensare la sua insicurezza. Alta, scura, con i capelli raccolti in una coda sotto il basco rosso. Aveva gli occhi grandi, vivaci, che brillavano quando sorrideva, e la voce dolce e calda, con l'accento francese che le dava un tono particolare.

Sofía osservava in silenzio le vie, i corsi, i palazzi, la Senna con i suoi ponti. Si emozionò vedendo nell'orizzonte azzurro la sagoma della Tour Eiffel. Parigi era incredibile, pensò, più di quanto si aspettasse, soprattutto in quel giorno di primavera, con uno splendido sole che riscaldava l'atmosfera e invitava a passeggiare.

La casa di Patricia Mendoza si trovava nel Quartiere Latino, in rue Royer-Collard. Monique parcheggiò davanti alla porta del palazzo e le due ragazze raggiunsero il quarto piano salendo una scala buia, che odorava di pulito, come se l'avessero appena lavata. Monique aprì la porta di casa e comparve una donna.

«Eccovi.»

«Mamma», disse Monique, sorpresa. «Pensavamo di venire a prenderti. Sei uscita presto.»

«Sono dovuta uscire. Il rettore ha deciso di chiudere l'università. Non so che cosa succederà, ma non promette bene.» Sorrise all'ospite e aprì le braccia verso di lei con espressione affabile. Teneva un paio di occhiali da vista nella mano destra. «Tu devi essere Sofía.» Patricia le diede due baci, uno per guancia. La tenne per le spalle e la osservò con affetto, come se la esaminasse. «Mi ricordi tuo padre. Come sta il mio amato Zacarías?» domandò incrociando le braccia e mettendo in mostra gli occhiali di celluloide neri che teneva tra le dita. «Fa sempre il fisico?»

Sofía sorrise, con gratitudine. Quella donna era diversissima da sua madre. Magra, spigolosa, portava un paio di pantaloni blu larghi e comodi, un golf chiaro lungo fino ai fianchi e le scarpe basse. I capelli corti e bianchi le davano un'aria molto diversa dalle donne della sua età, non giovane, ma neppure vecchia. Aveva un aspetto particolare, unico; le ricordò un po' lo stile hippie che era di moda negli Stati Uniti, ma con un tocco intellettuale, che emanava dall'interno più che dall'aspetto. Aveva occhi bellissimi, gli stessi di Monique, grandi, allegri, scuri e caldi. La pelle era più chiara rispetto a quella della figlia, ma la statura era quasi la stessa.

«Ha detto bene», affermò Sofía, compiaciuta. «Fa sempre il fisico. Sta benissimo e mi ha raccomandato di dirle che è sempre nei suoi pensieri...» la guardò e, in tono più intimo, aggiunse: «E nel suo cuore».

«Il mio caro Zacarías», disse lei, contenta. «Sarebbe stato un compagno di vita eccezionale.» Aprì le mani senza allontanare troppo le braccia dal corpo. «Ma non è stato possibile. Sono contenta che stia bene, e soprattutto che abbia una figlia straordinaria come te. Era esattamente ciò che mi aspettavo da lui.»

Sofía la ringraziò, ma Patricia le puntò il dito contro.

«E non provare a darmi del lei», la apostrofò, tornando subito a un tono gentile. «Benvenuta in casa mia.» All'improvviso aggrottò le sopracciglia e guardò dietro di lei, come se cercasse qualcuno. «Non dovevi venire con un'amica?»

«Non ha potuto. È una hostess dell'Iberia e le hanno assegnato un volo per New York.»

«Non preoccuparti. Sarai in buona compagnia. Dormirai nella stanza accanto a quella di Monique. Avevo preparato due letti, ma l'altro lo togliamo, così stai più comoda.»

«Non voglio disturbare. Per me va bene tutto. Spero di trovare presto mio marito per tornare a Madrid il prima possibile. Soprattutto perché mio suocero sta molto male.» Abbozzò un sorriso. «Anche se mi piacerebbe ritrovarlo e restarmene qui per qualche mese. Il poco che ho visto di Parigi mi è sembrato magnifico.»

«Avremo tempo per tutto», ribatté lei. «Monique ti accompagnerà dove devi andare. Conosce meglio di me ogni angolo di questa città, e ha anche la macchina.» Si rivolse alla figlia: «Anche se oggi ti consiglierei di metterla in un garage, perché l'atmosfera è incandescente». Si rivolse di nuovo a Sofía con un sorriso aperto e franco. «Con l'università sottosopra, ti sarei più d'ostacolo che d'aiuto. Con lei sarai in ottime mani.»

Sofía guardò la ragazza, con un sorriso.

«Ti ringrazio molto, Monique, spero di non essere un peso per te.»

«Niente affatto», disse lei. Subito dopo prese la valigia e si avviò nel corridoio, facendole segno di seguirla. «Mi fa piacere aiutarti. Io scrivo romanzi, sai? E la sparizione misteriosa di un marito che non lascia tracce è un argomento perfetto per una storia.»

«Sì, sembra davvero un thriller. Spero che non diventi un horror.»

Sofía seguì Monique mentre la madre si accendeva una sigaretta e rientrava nella stanza dalla quale era uscita. Si udì uno squillo e subito dopo la voce di Patricia che rispondeva al telefono.

Entrarono in una camera non molto grande, con un letto e un altro materasso che occupava quasi tutto lo spazio. Monique appoggiò la valigia e con decisione, rapidamente, ripiegò la branda accostandola alla parete. Sofía si accinse ad aiutarla, ma fece ben poco.

«Così va meglio», disse Monique. «Hai più posto.»

C'era una finestra che lasciava filtrare il sole di mezzogiorno. Sofía si avvicinò al vetro. Sotto, in strada, un nutrito gruppo di giovani con bastoni e sbarre di ferro gridava slogan di protesta. Monique si mise accanto a lei.

«Sono gli *Occident*», chiarì. «Un gruppo di studenti violenti di estrema destra che appoggiano la carneficina in Vietnam, tra le altre assurdità.» Osservarono in silenzio i manifestanti.

«Dove vanno?»

«Credo che siano diretti alla Sorbona. Di sicuro cercano lo scontro con gli *Enragés*, gli studenti di estrema sinistra dell'Università di Nanterre. Sono giornate tese.»

«E gli 'arrabbiati' Che cosa vogliono?»

Monique la guardò e le sorrise, allontanandosi dalla finestra. Tirò fuori un pacchetto di sigarette e ne offrì una a Sofía.

«Si collocano all'estremo opposto. Vogliono cambiare le cose.»

«E tu fai parte di qualche gruppo?»

«Non mi piacciono gli eccessi, preferisco le sfumature: non credo che sia mai tutto bianco o tutto nero. Ma mi fa piacere che finalmente si protesti per cercare di cambiare le cose, per migliorarle. Ci vuole una rivoluzione.» La guardò con decisione. «È ora di farla. Sta partendo tutto dall'università. Gli studenti cominciano a svegliarsi dal torpore del benessere, imposto da una società che ci semplifica le cose al limite della noia. I giovani devono e possono cambiare il mondo. Se non lo facciamo noi, nessuno lo farà al posto nostro.»

Sofía sorrise di fronte alla veemenza di Monique.

«Non è sempre facile protestare e pretendere che le cose cambino. Non pensavo che all'università francese ve la passaste così male, visto come stanno le cose in Spagna, dove la libertà di insegnamento è una chimera; per darti un'idea della situazione, ti dico solo che, nelle facoltà scientifiche, *L'origine della specie* di Charles Darwin è proibito, le sue teorie non si studiano. E nei libri di scienze naturali sono stati introdotti alcuni passaggi della Genesi.» Tacque e sorrise tra sé, come se il solo fatto di dire una cosa del genere le paresse assurdo e inspiegabile. «Mio padre è esasperato, soprattutto in classe; deve fare molta attenzione per non superare i limiti del lecito, anche se si è sempre sforzato di trovare un varco per insegnare la scienza allo stato puro, come dice lui, non edulcorata dalla religione, dalla politica o dalle liceità del momento. Per questo si dedica quasi completamente al laboratorio, dove nessuno, tranne la mancanza di mezzi e la scarsità dei fondi, gli mette limiti e gli impone norme che non derivino dalla scienza.»

Monique la ascoltava in silenzio, osservandola con curiosità. Sofía cambiò posizione e guardò in basso. I gruppi di manifestanti si stavano allontanando verso il fondo della via, e apparentemente stava tornando la calma.

«Qui si sono accumulati un sacco di problemi. Noi studenti siamo intrappolati nella pochezza materiale e intellettuale. Bisogna fare la rivoluzione per porre fine alla guerra e alle ingiustizie.» Monique parlava lentamente, con lo sguardo perso, come se cercasse le ragioni delle sue parole nella memoria, muovendo la sigaretta tra le dita. «Ci vuole la rivoluzione per mettere fine alle disuguaglianze.»

Accese un cerino, avvicinò la fiamma alla sigaretta di Sofía e poi alla propria.

«In Spagna chi si mette contro Franco rischia di essere arrestato, processato e condannato, anche solo per aver distribuito volantini o per essere iscritto a un partito politico o a un sindacato clandestino, o per aver partecipato a una manifestazione non autorizzata, come quasi tutte, peraltro. O per avere fatto propaganda o avere importato dalla Francia libri censurati e, naturalmente, per aver organizzato o proclamato scioperi. Insomma, è tutto proibito, vige il pensiero unico. La realtà è questa.»

«È normale, in una dittatura», commentò Monique. «Ma qui

strombazziamo ai quattro venti il famoso motto *liberté, egalité, fraternité*, e non abbiamo nessuna delle tre. Noi donne dobbiamo affrontare le pastoie che ci impediscono di agire senza la tutela di un uomo. Una donna sposata non può aprire un conto in banca senza l'autorizzazione del marito, e i figli sono sotto la custodia del padre. Il mio ha dovuto rinunciare alla mia prima di andarsene, perché mia madre potesse crescermi senza impedimenti legali.»

«È così anche in Spagna», aggiunse Sofía, riflettendo mentre parlava. Non si era mai posta il problema della mancanza di libertà, era passata anche lei dalla tutela del padre a quella del marito. Era sempre stato così, e non immaginava alternative. «Io non mi lamento, ma in realtà noi non valiamo niente, senza un uomo accanto, che sia il padre o il marito; dall'essere figlie di nostro padre passiamo a essere le mogli di qualcuno. Non possiamo decidere niente da sole. È un po' frustrante, ma che vuoi farci...»

«Tu lavori?»

«Faccio le mie cose.»

«Ma lavori?» insistette Monique.

Sofía negò, con un mezzo sorriso.

«Sono una casalinga, che non è un lavoro perché non ho uno stipendio, dipendo dai guadagni di mio marito, che peraltro ci permettono di vivere bene.»

«Non hai studiato?»

«Sono laureata in Chimica.»

«Non ti dispiace non mettere a frutto le tue conoscenze per fare qualcosa di più che tenere la casa pulita come uno specchio, cambiare pannolini e cucinare manicaretti?»

Sofía sorrise e si strinse nelle spalle, con un moto di rassegnazione.

«Me lo domando quasi tutti i giorni, e mio padre me lo ripete ogni volta che mi vede. Ma mi sono sposata, ho avuto le mie figlie, ho rimandato tutto e continuo così, sto a casa, faccio la casalinga.» Tacque per un attimo e fece un lungo sospiro, tirandosi su, come per radunare le forze. «Mio padre insiste perché mi dedichi alla tesi di dottorato. Magari un giorno lo farò, ma per ora le mie priorità sono le mie figlie e mio marito.»

«E ti piace quello che fai? Ti piace fare solo la casalinga?»

«In realtà no, non mi piace per niente.» La guardò come se stesse per farle una confidenza. «Pulire, stirare, cucinare, sistemare... È tutto così meccanico... Una noia.»

«Io credo che tutti debbano fare ciò che li appassiona.»

«Non è sempre possibile.»

«Ma bisogna provarci, non credi?» Sofía non rispose: rimase zitta, a pensare, guardando i tetti di Parigi. «In che ramo della chimica ti piacerebbe lavorare?»

Sofía la guardò come se avesse ripreso coscienza di trovarsi con lei.

«Più di tutto mi piace la ricerca, come a mio padre, avere la possibilità di scoprire qualcosa che prima non si conosceva.» Parlava animata dal desiderio di cominciare una nuova avventura. «Severo Ochoa la chiama 'emozione della scoperta'. È questo che mi attrae della ricerca. Mi piacerebbe trovare l'origine genetica del cancro, per arrestarne la diffusione. Giusto prima di questo viaggio mi si è presentata l'opportunità di dedicarmi a una tesi di dottorato incentrata sulla biologia molecolare, per studiare il meccanismo della trasmissione delle informazioni genetiche, il DNA, come si trasmette e come si sintetizzano le proteine. La biologia molecolare ci aiuta a capire la vita, quello che siamo.»

«Immagino che accetterai», affermò Monique, e di fronte all'espressione di Sofía, insistette, stupita. «Non puoi perdere questa opportunità.»

Sofía sbuffò, fece un lungo sospiro e assunse un'aria prostrata.

«Mi piacerebbe, ma è complicato... La ricerca presuppone una dedizione quasi esclusiva, anzi, senza il 'quasi', la dedizione deve essere esclusiva, senza mezzi termini. Ho imparato da mio padre che, quando uno si mette il camice ed entra in laboratorio, il tempo resta fuori. Non conta più niente, il mondo va avanti, ma il laboratorio è un microcosmo a sé.» Fece un lungo sospiro. «E io ho due figlie piccole che hanno bisogno di me, e dei doveri di moglie...» Sofía voleva cambiare discorso. La agitava parlare della proposta di suo padre. Fece un tiro della sigaretta e si girò verso Monique. «Se ho ben capito, anche tua madre si dedica alla ricerca.»

«Sì, insegna alla Sorbona, e lavora all'Istituto Curie.»

«Per me lavorare all'Istituto Curie sarebbe un sogno...» disse Sofía, come se parlasse tra sé. «E tu? Studi? Lavori?»

«Sono molto diversa da mia madre, e da te, e da tuo padre. Sono più da studi umanistici, come mio padre. Mi appassionano la filosofia e la letteratura. Sto frequentando l'ultimo anno di filosofia. Ma temo che le chiusure e gli scioperi mi impediranno di laurearmi quest'anno.»

«E ti piacerebbe fare la scrittrice?»

«Mi piace scrivere, ma non voglio fare la scrittrice. Mi piacerebbe insegnare filosofia ai bambini, è il mio sogno. Insegnare filosofia, indurre a pensare, aiutare la gente a farsi domande.»

«Sembra molto interessante.»

«Come la biologia molecolare, se non di più», concluse Monique ridendo.

Poi calò il silenzio. Gli sguardi delle due donne erano rivolti verso l'orizzonte della città.

Sofía parlò per prima.

«Posso domandarti se hai un fidanzato?»

«Nooo!» disse ridendo, come se Sofía avesse detto un'assurdità. «Perché dovrei volere un fidanzato? Ho un sacco di amici...» Si strinse nelle spalle, senza perdere il sorriso. «E di amiche. Non voglio rinunciare a niente, e con un fidanzato si limiterebbe tutto a lui.»

Sofía si voltò e guardò la valigia.

«Sarà meglio che la disfi. Va bene se andiamo all'albergo in cui ha alloggiato Daniel? Mi pare un buon posto per cominciare le ricerche.»

Monique si sedette sul letto mentre Sofía apriva il bagaglio.

«Andiamo all'albergo, e poi facciamo il giro degli ospedali. Magari ha avuto un incidente ed è incosciente, senza documenti.»

Sofía si voltò verso di lei e le sorrise.

«Spero di no. Ma hai ragione. È un buon modo per cominciare a cercare. Poi possiamo andare alla polizia.»

«La polizia non ti darà retta», disse Monique, in tono sprezzante. «Ma se vuoi ci andiamo.»

5

Poco meno di un'ora dopo erano in strada. Prima di cominciare le ricerche, Monique aveva seguito il consiglio della madre e aveva messo la macchina in un garage. Siccome l'hotel non era molto lontano, decisero di raggiungerlo a piedi, approfittando dell'occasione per fare una passeggiata. Era una giornata splendida e Monique sprizzava allegria. Parlava con un entusiasmo contagioso della sua vita a Parigi, degli studi di filosofia, dei libri che aveva letto, della musica che le piaceva, dei viaggi che aveva fatto e che pensava di fare. Era così vitale che Sofía la ascoltava imbambolata, mentre ammirava le vie e i corsi di Parigi.

Raggiunsero l'albergo, e alla reception ebbero la conferma di ciò che Sofía sapeva già, che Daniel Sandoval si era trattenuto per una notte e la mattina della domenica 7 aprile era partito con i suoi bagagli, non aveva ricevuto visite né chiamate, tranne le sue. Il receptionist non sapeva dirle con certezza se avesse avuto il messaggio della sua telefonata, visto che in quei giorni non aveva lavorato. Vedendo la desolazione di Sofía, l'uomo si impietosì.

«Mi dispiace non poterla aiutare, *madame*. Chiamo la direttrice per vedere se sa qualcosa. *Attendez un moment, s'il vous plaît.*»

Alzò la cornetta e fece un numero. La persona chiamata rispose subito; lui parlò lentamente, fece lo spelling del nome e del cognome di Daniel Sandoval e confermò l'identità di Sofía, sua moglie. Ripeté: «*Oui, oui, c'est sa femme, Sofía Márquez.*»

Quando riattaccò, le rivolse un sorriso mesto.

«Purtroppo madame Martel mi assicura che non sa dove possa essere suo marito, ma chiede di lasciarci un recapito per poterla contattare nel caso avessimo notizie.»

Sofía scrisse l'indirizzo e il numero di telefono di Patricia e Monique su un foglio e lo diede all'uomo. Quando si furono voltate per andarsene, il receptionist riprese il telefono e riferì i dati ricevuti.

«C'era da aspettarselo», disse Monique di fronte all'avvilimento di Sofía. «Ti avevano già detto per telefono che non sapevano niente.»

Sofía non disse nulla, si limitò a un cenno affermativo.

Decisero di partire dagli ospedali più vicini. Finirono presto, perché nessuno sapeva niente di Daniel Sandoval. Quando il sole stava per tramontare, Sofía sentì una profonda stanchezza e una gran fame. Si sedettero in un caffè vicino a Notre Dame, mangiarono qualcosa e bevvero vino. Nonostante la stanchezza, Sofía apprezzava la compagnia di Monique. Si sorprendeva della quantità di aneddoti che raccontava, specie in confronto a lei, che poteva parlare solo della vita quotidiana con le bambine, ogni giorno uguale al precedente, senza grandi eventi.

Quando arrivò in camera era così stanca che si distese sul letto, si tolse le scarpe, chiuse gli occhi e si addormentò quasi all'istante.

Si svegliò di soprassalto perché le parve di avere udito un'esplosione, ma sul momento non capì se stesse ancora sognando o fosse reale. Era immersa nella penombra, illuminata soltanto dalle luci della strada che filtravano dalla finestra. Quando capì dove si trovava, sentì urla e altri scoppi. Si alzò, intontita. Non sapeva che ora fosse. Udì il mormorio di Monique e Patricia. Uscì dalla stanza tesa, confusa, cercando il luogo dal quale provenivano le voci. Le trovò nella stanza accanto, quella di Monique, un po' più ampia; c'era un grande letto, uno scaffale colmo di libri in disordine e un enorme tavolo pieno di appunti, qualche libro, matite, quaderni, fogli. Madre e figlia stavano al buio, affacciate alla finestra con le braccia appoggiate al davanzale, di schiena; parlavano e ridevano commentando ciò che stava accadendo nella via.

«Ciao», disse Sofía sottovoce, per non spaventarle. «Che cosa succede?»

Monique si voltò per prima, si raddrizzò e si appoggiò alla cornice della finestra aperta. La madre girò la testa senza abbandonare la posizione. Stavano fumando entrambe.

«C'è grande agitazione», disse Monique con un sorriso soddisfatto, mentre guardava giù. «Gli studenti si sono fatti forza e stanno tenendo testa alla polizia.» Le fece spazio alla finestra. «Vieni, guarda». Sofía si affacciò. «Hanno alzato le barricate con tutto quello che hanno trovato. Meno male che ho messo la macchina nel garage. Altrimenti sarei rimasta senza.»

«La via è bloccata», disse Patricia. «Se uscissimo finiremmo bastonate, dagli uni o dagli altri.»

«O da entrambi», aggiunse Monique, divertita. Era entusiasta, contagiata dall'euforia dei giovani trincerati, che tornavano a raggrupparsi dopo ogni carica che tentava di disperderli. «Chiudono le vie, ma loro riescono lo stesso a farsi strada», disse guardando in basso con espressione soddisfatta.

Dovettero rientrare perché furono raggiunte dai gas lacrimogeni. Tutte e tre cominciarono a tossire, con gli occhi in fiamme. Patricia chiuse la finestra.

«Un po' d'acqua ci farà bene.» Si diressero in cucina e si bagnarono gli occhi.

«Se fossimo in Spagna, i *grises* avrebbero già sparato sui manifestanti», affermò Sofía asciugandosi gli occhi.

«Chiamate *grises* i poliziotti?» domandò Monique, divertita, con gli occhi ancora rossi e lacrimanti.

«Sì, per via della divisa grigia.»

Patricia accese la radio per sentire le ultime notizie e capire che cosa stava accadendo.

«Se continua così, ci saranno dei morti», osservò Patricia, con espressione preoccupata. «Ci sono centinaia di studenti arrestati, e gli animi si stanno infiammando. Il gruppo *Occident*, invece di caricare gli *Enragés*, si è unito a loro contro la polizia.»

«È un bene. Nella rivoluzione, o si è in favore o contro. E se loro sono a favore, ben vengano.»

«Non capisco, Monique», aggiunse Patricia. «Nelle manifestazioni vedo solo bambini cresciuti, viziati, che non hanno vissuto la guerra e gli stenti del dopoguerra, che hanno tutto da sempre.»

La figlia replicò con veemenza.

«Hai sempre detto che solo i giovani hanno la forza di cambiare le cose, l'energia per farlo e l'illusione che li anima.»

«E lo ribadisco. Ma ho sempre detto anche che gli adulti devono analizzare, criticare e pure contenere, se è necessario, una forza che può rivelarsi distruttiva per tutti.»

Rimasero a parlare per un po'. All'alba, quando le vie furono tornate alla calma, andarono a dormire. Sofía si abbandonò a un sonno sereno e profondo, per la prima volta da molto tempo.

6

La mancanza di corrente non la stupì troppo. Attribuì il disservizio agli scontri che imperversavano in tutta la città. Alzò la cornetta e fece il numero del signor Ferrec. Chiese di lui alla voce sconosciuta che le rispose e venne a sapere che monsieur Ferrec era impegnato. Patricia gli lasciò un messaggio per invitarlo a passare da casa sua, aggiungendo: «Conosce l'indirizzo». L'interlocutore rispose che avrebbe riferito il messaggio, anche se erano un po' intasati per i numerosi guasti simili segnalati in tutto il quartiere. Patricia riattaccò, rassegnata a passare tutta la giornata senza corrente. Tirò fuori le candele, nell'eventualità che venisse buio prima che avessero riparato il guasto, e si preparò una tazza di tè; almeno aveva il gas e poteva mangiare qualcosa di caldo. Era sola in casa. Da un paio d'ore Monique e Sofía erano uscite per il quinto giorno consecutivo, sulle tracce del marito svanito. Con il passare dei giorni, trovava sempre più strana la scomparsa di un uomo apparentemente felice come marito e come padre, in un ambiente agiato e senza gravi problemi. Ne aveva parlato con la figlia Monique, ed entrambe temevano che quella di Daniel Sandoval fosse una fuga volontaria, una di quelle decisioni drastiche che le persone all'apparenza più equilibrate possono prendere per dare una brusca svolta alla loro esistenza: lasciare tutto, abbandonare tutto, allontanarsi da tutto ciò che rende semplice la loro vita, per cercare un altro destino. Non voleva pensare che gli fosse accaduto qualcosa di orribile e che il suo cadavere fosse sepolto da qualche parte, impossibile da trovare, magari nelle acque della Senna. Con quei pensieri in testa, si mise a lavorare.

Era concentrata nell'analisi degli ultimi risultati ottenuti in laboratorio quando due forti colpi alla porta la sottrassero alla sua concentrazione. Alzò lo sguardo davanti a sé, sconcertata, come se fosse tornata da un mondo parallelo. Aggrottò la fronte. Risuonarono altri tre colpi, ancora più forti, più insistenti. A quel punto ricordò che stava aspettando l'elettricista. Si accese una sigaretta e si diresse in corridoio.

«*J'y vais!*» urlò.

Quando raggiunse la porta domandò ad voce alta: «*Qui est-ce?*»

Una voce maschile le annunciò che era l'elettricista. Patricia aprì la porta e si trovò davanti due operai, uno più giovane e uno sulla cinquantina, entrambi in tuta blu. Era infastidita dalla visita di quei due estranei; si fidava ciecamente di Luc Ferrec, un brav'uomo, un bravissimo elettricista che conosceva da quando era arrivata a Parigi.

«Ah», disse senza nascondere il suo disappunto. «Aspettavo monsieur Ferrec. C'è stato qualche problema?»

«*Bonjour, madame*», la salutò gentilmente il più anziano. «Monsieur Ferrec si sta occupando di altri guasti. In questi giorni siamo oberati per le interruzioni di corrente dovute agli scontri. Se ci permette di dare un'occhiata, cercheremo di ripristinare il servizio il prima possibile.»

Patricia li guardò per qualche secondo e si portò la sigaretta alle labbra. Si spostò e li fece accomodare.

«Quanto ci impiegherete?»

«*Je ne sais pas, madame*. Dipende dal tipo di guasto. Cercheremo di fare più in fretta possibile, ma come minimo ci vorranno un paio di ore. Ha fretta?»

«No, non ho fretta, stavo lavorando.»

«Può tornare alle sue occupazioni. Non la disturberemo.»

Patricia rimase a guardarli, mentre esaminavano il quadro dei fusibili. Il più giovane, che sembrava un assistente, le chiese un po' d'acqua. Patricia andò in cucina e riempì un bicchiere, e quando si voltò per portarglielo, trovò il ragazzo che la aspettava sulla porta. Gli porse l'acqua e lui la bevve in un sorso.

«Vive da sola?» domandò il ragazzo.

«No, con mia figlia.»

«Questo quartiere è molto bello.»

Patricia lo guardò, un po' contrariata dalla tranquillità che mostrava.

«Non è meglio se aiuta il suo collega? Così finite prima.»

Il ragazzo finì l'acqua e le restituì il bicchiere con un sorriso.

«*Merci.*»

Si voltò e se ne andò. Patricia lo seguì.

«Dobbiamo controllare tutto l'impianto elettrico», disse il più anziano. «Non c'è bisogno che rimanga a disposizione, se abbiamo bisogno, la chiamiamo.»

Patricia si rese conto che era ora di pranzo. Ne avrebbe approfittato per mangiare qualcosa mentre i due uomini si aggiravano per casa. Si versò un bicchiere di vino e prese un po' di tacchino ai ferri e delle *crêpes salées* con cipolla e pollo avanzate dalla cena. Accese la radio e vide che aveva le pile scariche, le cambiò e cercò il notiziario. Mentre mangiava udì il resoconto dell'annunciatore sulle ultime manifestazioni. Ogni tanto vedeva passare gli elettricisti. Il ragazzo non aveva più di vent'anni e le sorrideva ogni volta che incrociava il suo sguardo.

Poi spense la radio e tornò a lavorare.

Aveva perso nuovamente la nozione del tempo quando alzò lo sguardo e vide entrambi gli uomini sulla porta della cucina.

«*Si ça ne vous dérange pas, madame...*» disse il più anziano dal corridoio, senza entrare, con fare prudente. «Dobbiamo controllare le prese della cucina.»

Patricia non disse nulla. Chiuse la cartellina degli appunti e si spostò in corridoio. Solo allora i due uomini entrarono nella stanza. Proprio in quel momento suonò il telefono. L'apparecchio era nell'ingresso, attaccato alla parete. Patricia si avvicinò, alzò la cornetta. I due elettricisti smontarono una presa mentre lei rispondeva. Quando riattaccò e comparve sulla soglia della cucina, gli operai stavano ritirando gli utensili.

«*Madame*, abbiamo finito. Ha di nuovo la corrente», annunciò uno dei due, che azionò l'interruttore per confermare ciò che aveva detto.

«Meno male. Devo pagarvi subito?» agitò la mano in aria.

«Non ho contanti... In genere pago monsieur Ferrec dopo qualche giorno...»

«*Ne vous faites pas*», disse il più vecchio, alzando la mano e negando. «Il guasto è a carico della compagnia. Non dipende da lei. I suoi fusibili erano a posto e anche il suo impianto. Dipendeva dalla rete generale. Ci scusiamo per l'inconveniente.»

7

Era passata una settimana e Sofía e Monique non sapevano ancora niente di Daniel. Sembrava inghiottito dalla terra, svanito senza lasciare traccia dopo la partenza dall'albergo, poco più di un mese prima.

Sofía chiamava ogni giorno la madre a carico del destinatario per sapere come stavano le bambine. Oltre a mostrarsi sempre più preoccupata dai disordini parigini riportati dai notiziari spagnoli, che alimentavano i suoi dubbi sull'opportunità di quel viaggio, doña Adela non si esimeva dal lamentarsi delle nipoti – non riusciva a gestirle, la sfinivano, la maggiore domandava continuamente della mamma, la piccola non la smetteva di piangere – e le ripeteva una domanda che assomigliava a un ordine: «Quando pensi di tornare a occuparti delle tue figlie?» Terminava sempre la sua filippica dicendo che non avrebbe dovuto essere lì, che il suocero era ancora in condizioni critiche, quasi sempre sedato, e che doña Sagrario non si allontanava mai da lui. «Fa il suo dovere», concludeva. «Sono qui per questo, mamma, perché il mio dovere è cercare Daniel. O credi che lo faccia per divertirmi, che mi piaccia starmene qui da sola, in una città che non conosco, con i disordini di piazza che si fanno sempre più violenti?» Sofía cercava di giustificarsi con la madre, ma ogni parola che diceva le si rivoltava contro come uno schiaffo. «Proprio per questo non dovresti essere lì», ribadiva la madre, sempre più furiosa. «Come puoi trovare qualcuno che non vuole farsi trovare? È un problema suo.» «Daniel è anche un problema mio, mamma.» «Il tuo unico problema sono le tue figlie, dovresti essere qui con loro.»

Quando riattaccava, Sofía non poteva evitare di piangere, turbata dal senso di colpa che la conversazione le gettava sulle spalle. Quella spiacevole sensazione spariva, o si attenuava, solo quando riceveva una chiamata del padre, di prima mattina, dal laboratorio. Don Zacarías le assicurava che poteva stare tranquilla, che le bambine stavano benissimo, e che Vito se ne occupava come si deve. Ribadiva che le lamentele della moglie erano, come sempre, infondate. Erano bambine brave e ubbedienti che si intrattenevano con i loro giochi, e lui doveva riconoscere che gli piaceva arrivare a casa, abbracciarle e parlare con loro nella loro lingua particolare. Non sopportavano la nonna materna, la rifuggivano spontaneamente come fanno i bambini con ciò che non amano o non sopportano. Con la nonna Sagrario era tutta un'altra storia: quando arrivava, Isabel le correva incontro e la piccola si faceva subito prendere in braccio, aumentando la gelosia e il malessere di doña Adela. Sofía, udendo la voce dolce e pacata del padre, sentiva che ogni cosa tornava al suo posto.

Padre e figlia parlavano con interesse di ciò che stava accadendo a Parigi in quei giorni, e delle notizie che arrivavano in Spagna. In un primo momento lei cercò di tranquillizzarlo dicendo che non erano state coinvolte negli scontri, che passavano la giornata in giro per cercare di rintracciare Daniel. Anche se la realtà era ben diversa: più di una volta erano state costrette a correre e rifugiarsi nella metropolitana o nei portoni per evitare le manganellate, le pietrate o l'effetto dei gas.

Sofía non poté continuare a sostenere che andava tutto bene. Era evidente che nessuno a Parigi, soprattutto se abitava nel cuore del Quartiere Latino, era immune ai disordini che si protraevano per tutto il giorno, persino di notte.

«Sofía», le diceva il padre in tono disponibile. «Non sono tua madre, puoi dirmi la verità.»

Così Sofía finì per raccontargli ciò che vedeva e sentiva davvero: la situazione si faceva sempre più complicata e le manifestazioni erano sempre più affollate; alla protesta degli studenti si stavano unendo gli operai e i lavoratori di ogni settore; le fabbriche chiudevano e si invocava lo sciopero generale. Loro non potevano usare la macchina quasi mai, perché rischiavano di restare intrappolate in un ingorgo monumentale, o peggio, in una delle molte barricate innalzate nelle vie. Il Paese cominciava a essere paralizzato.

«Fai attenzione, Sofía», le raccomandava il padre. «Qui si dice che ci sono individui fuori controllo, e che gli studenti adottano metodi violenti, quasi da guerriglia.»

«La violenza viene da entrambe le parti. I CRS caricano tutto quello che vedono, senza farsi problemi. È tutto molto strano, e intenso...» Si voltò di spalle e avvicinò la cornetta alla bocca, come se non volesse farsi sentire da nessuno. «Papà, a te lo posso dire... Dio mio... So perché sono venuta a Parigi, ma... non so come spiegartelo... Mi sto divertendo tantissimo, è più forte di me», disse cercando di giustificare una sensazione che trovava inammissibile; viste le circostanze sembrava assurdo, ma era proprio così, e a lui poteva dirlo. «Se lo sapesse la mamma, verrebbe qui di persona per riportarmi a casa.»

Zacarías sorrise in silenzio all'altro capo della linea, ricordando la figlia da piccola, quando gli parlava sottovoce, nel segreto più assoluto (come se fosse in un confessionale), facendogli confidenze che mai e poi mai, lo supplicava, sarebbero dovute arrivare alle orecchie della madre.

«Tua madre non deve sapere neanche quello che sto per dirti io, figliola», proseguì, in tono accondiscendente. «Sono molto contento di sentirti così. Il fatto che sei lì per cercare tuo marito fuggitivo non significa che tu debba smettere di respirare. Quindi cercalo, ma non immolarti nell'impresa.»

«Sì, papà, dobbiamo continuare a cercarlo. Vediamo come va oggi.» Fece un lungo sospiro. «Andiamo all'obitorio, e spero di non trovarlo lì. Poi magari andiamo alla polizia a denunciare la scomparsa ma, vista la situazione, Monique è convinta che non ci daranno retta, almeno per ora. Hanno troppo lavoro extra.»

Prima che riattaccasse, Patricia si avvicinò e le rivolse un cenno per farle capire che voleva parlargli. Lei le cedette la cornetta e andò in camera, a finire di prepararsi. Si sentiva sempre più lontana dal suo solito mondo. Da quando era a Parigi, le sue figlie, la sua casa, Madrid, la routine che aveva inaugurato nel momento in cui aveva detto «sì, lo voglio» a Daniel nella chiesa de los Jerónimos (durante quel matrimonio pomposo ed eccessivo che aveva congelato i suoi sogni in una foto, per scaraventarla nella condizione di donna sposata) tutto le sembrava remoto, un po' estraneo, come se vivesse da mesi in quella Parigi convulsa e turbolenta. La compagnia di Monique la faceva sentire giovane, libera, lontana dal ruolo di madre e di moglie in cui si era fossilizzata (come le ripeteva l'amica Carmen) in un'assoluta paralisi personale e professionale. Ma quella strana disconnessione dalla sua realtà la turbava e, senza sapere perché, si costringeva a reprimere lo stato d'animo allegro che sembrava infonderle Monique.

Indossò un paio di jeans appena comprati, molto simili a quelli che portava l'amica.

«Sai che stiamo compiendo un reato, indossando i pantaloni?» le aveva detto Monique mentre se li stava provando nel negozio.

«Indossare i pantaloni è un reato?» aveva domandato, stupita, Sofía. Aveva visto molte ragazze con i pantaloni, ovviamente più che a Madrid. Si era messa a ridere. «Non lo sapevo.»

Monique aveva sorriso. Aveva incrociato le braccia e si era appoggiata alla parete del camerino, senza smettere di guardare il suo riflesso nello specchio.

«A Parigi è un reato da più di centocinquant'anni, per un'ordinanza dell'Ottocento che è ancora in vigore e che proibiva alle donne di indossare i pantaloni come gli uomini. Quelle che dovevano per forza indossarli, dovevano chiedere una speciale licenza e ottenere la firma di un funzionario. Hai mai letto George Sand?» Sofía aveva negato con un cenno. «Era una scrittrice francese del secolo scorso che usava uno pseudonimo: il suo vero nome era Amantine Aurore Lucile Dupin. Si è sposata con un barone, lo ha abbandonato e ha avuto una relazione con il compositore Frédéric Chopin. Amava vestirsi da uomo perché in quel modo poteva muoversi più liberamente per Parigi; per farlo aveva bisogno di una licenza, che le era stata concessa per sei mesi, anche se le era proibito partecipare a qualunque evento sociale con i pantaloni; di fatto, per quel suo affanno di vestirsi da uomo, ha perso molti dei privilegi che aveva come baronessa nell'alta società parigina. All'inizio di questo secolo è stato concesso alle donne di portare i pantaloni per andare in bicicletta o a cavallo.»

Sofía la ascoltava sorpresa e divertita. Si era guardata nello specchio del camerino con i pantaloni addosso, si era girata e aveva sorriso, senza smettere di osservare la propria immagine riflessa.

«Infrangere la legge è molto comodo.»

«Ti calzano a pennello», le aveva detto Monique guardandola mentre si contemplava nello specchio. «C'è ancora molta gente che guarda male le donne in pantaloni. A volte hanno impedito a mia madre di entrare in alcuni luoghi, ma lei è testarda e preferisce restare fuori piuttosto che vedersi costretta a vestirsi in un certo modo.»

«Questi sono i miei primi jeans. In Spagna li indossano soprattutto le ragazze giovani e le straniere, e la mia amica Carmen, che è sempre alla moda, perché fa la hostess.»

«Dev'essere molto interessante essere pagati per girare il mondo.»

«Sì, è interessante. Ma lei dice che qualche volta lavora troppo e che ha appena il tempo di visitare le destinazioni dei voli. C'è sempre un rovescio della medaglia. A me piacerebbe tantissimo viaggiare con tanti soldi e poco bagaglio. Prendere una nave e attraversare il mare, arrivare in America e girarla in macchina o in treno, da Est a Ovest e da Nord a Sud.» Aveva riflettuto per qualche secondo. «Mi piacerebbe, ma non posso. Il momento di fare certe cose è finito.»

«Parli come se avessi l'età di mia nonna», le aveva detto Monique. «Ho la sensazione che tu abbia rinunciato a tutti i tuoi sogni. Hai ventisette anni. Fai ancora in tempo a girare il mondo», aveva detto piegando la testa. «Quando avrai ritrovato Daniel, ovviamente.»

Sofía aveva fatto un lungo sospiro.

«Sì, quando avrò ritrovato Daniel. Ma con due bambine piccole è difficile dedicarsi ad altro.»

Sofía aveva comprato anche un paio di scarpe basse per camminare comodamente per le vie di Parigi. Avevano visitato tutti i grandi ospedali, gli ambulatori, le cliniche, le case di riposo in periferia, ogni luogo che potesse fornire una pista per rintracciare Daniel, ma era stato tutto inutile.

8

L'ULTIMO posto in cui chiedere prima di andare al commissariato era l'obitorio. Quando uscirono, Sofía non riuscì a contenere la tensione provata prima di aver verificato che nessuno dei cadaveri non identificati «custoditi nel deposito» rispondeva ai connotati di Daniel, e scoppiò a piangere. Viveva emozioni contraddittorie, un'esplosione di sentimenti difficili da controllare. Voleva ritrovare il marito, ma la sua sparizione, apparentemente volontaria, la sommergeva in una tristezza profonda, che si trasformava in rabbia e disappunto o in uno stato di profonda apatia e indifferenza: «Se non vuole vedermi, peggio per lui», pensava. «Chi sono io per cercare qualcuno che si nasconde da sua moglie, dalla madre delle sue figlie». Daniel non aveva motivo, che lei sapesse, di trattarla in quel modo, di farla soffrire così. Se non voleva tornare con lei e con le sue figlie, doveva trovare il coraggio di dirlo, metterci la faccia, affrontare la realtà. Tutti quei pensieri le si affollavano in testa a più riprese, come frecce scoccate in direzioni opposte. A volte li verbalizzava con Monique davanti a un caffè, o su una panchina del Trocadéro, ma senza giungere a una conclusione sensata. Rimanevano speculazioni, cause possibili, effetti, futuro ritorno o assenza definitiva. Confusione e rabbia, apatia, dolore, disinteresse, indolenza per l'abbandono, tutti quei sentimenti le fiaccavano lo spirito. L'assenza di Daniel pesava come un masso e annebbiava le sue giornate come un'ombra nera, che reprimeva ogni gioia, conteneva e placava ogni dimostrazione di ilarità, sempre sull'orlo dell'immolazione dalla quale l'aveva messa in guardia il padre.

Nonostante tutto, Sofía non poteva evitare (e con il passare del tempo smise di fare resistenza) di godersi Parigi. Quella mattina, dopo aver lasciato l'obitorio e aver terminato le pratiche al commissariato (dove le avevano dato pochissima retta, come aveva previsto Monique), siccome erano vicino al Louvre, la ragazza le aveva proposto di entrare a visitarlo. Non ci aveva pensato due volte. Passarono il resto della mattinata nel museo, imbevendosi di arte e bellezza. Il pomeriggio prima avevano visitato gli Invalides, per ammirare la tomba spropositata e maestosa di Napoleone. Parigi era piena di contrasti. La luce del sole primaverile poteva lasciare spazio, nel giro di qualche minuto, a una giornata uggiosa, con grandi nuvole nere e minacciose accompagnate da un vento gelido; la serenità dei parchi e di alcune vie non aveva nulla a che vedere con la confusione delle zone più frequentate, a cui bisognava aggiungere le quotidiane *manifs*.

Un pomeriggio, mentre stavano tornando a casa, Monique la portò alla Sorbona, trasformata in una specie di quartier generale degli studenti, dove si indicevano assemblee continue, si organizzavano dibattiti sul senso della rivoluzione, si proponevano strategie per portarla a compimento, si discuteva sui grandi mali della società capitalista, il consumo eccessivo, la massificazione delle università, la liberazione sessuale, soprattutto per le donne. Era tutto oggetto di critica e per ogni cosa si prospettavano soluzioni diverse, contrapposte, impossibili, chimeriche, utopistiche, assurde, scriteriate. Si poteva dire tutto, contestare tutto, criticare tutto, sostenere o argomentare tutto. In quel modo si mantenevano accesi gli animi. Le pareti erano coperte di manifesti della Cina popolare, striscioni con frasi brevi, proclami ripetuti o dipinti sui muri, sulle colonne, sulle facciate, sul pavimento o sui marciapiedi delle vie, pronunciate in coro durante le manifestazioni, che erano diventati molto popolari, citazioni anonime accanto a parole di Marx o di Lenin. «Dimenticate tutto quello che avete imparato. Cominciate a sognare.» «Proibito proibire. La libertà comincia con una proibizione.»

Sui banchetti improvvisati si vendevano oggetti che sorpresero Sofía per la simbologia chiaramente comunista. Pile del *Libretto rosso* di Mao a un franco a copia, o stampe con il volto di Mao, di Lenin e persino di Stalin. Mentre passeggiavano tra le bancherelle, Monique prese in mano una stampa di Stalin e si rivolse indignata alla ragazza che le vendeva.

«*Pourquoi Stalin?*» Senza attendere una risposta, proseguì: «Hai idea di che cosa abbia significato Stalin? È stato molto peggio di Hitler.»

La ragazza la guardò, stupefatta dalla reazione inattesa, convinta che i simboli siano sempre validi anche quando non se ne conosce il significato. Accanto a lei, un ragazzo alto, con la barba di diversi giorni e occhiaie profonde, intervenne con l'arroganza di chi è sicuro di possedere la verità.

«*Quel est le problème?* Hai l'aria di una borghese capitalista che gioca a fare la rivoluzione», disse in tono sprezzante.

«Chi ti credi di essere per darmi della borghese capitalista?»

«Si vede lontano un miglio», rispose lui, con supponenza. «Basta guardarti.»

«Ah sì?» aggiunse Monique, sarcastica e arrogante. «Ti credi così furbo da capire la gente dall'aspetto e non sai che Stalin è stato *le grand meurtrier* del suo popolo.»

«Il compagno Stalin era un grande rivoluzionario che ha commesso qualche errore», rispose il ragazzo, con sufficienza, come se stesse dando lezione a un alunno poco dotato. «Ogni rivoluzione è costellata di errori.»

«Certo», aggiunse Monique con boriosa fermezza. «Potremmo considerare anche Hitler un rivoluzionario. Anche lui ha commesso qualche 'errore', secondo il tuo modo di vedere.» Il ragazzo la guardò con tanto odio che Sofía si preoccupò, perché vedeva Monique molto combattiva e per niente disposta a cedere. «Perché non vendete immaginette con la sua faccia? Di sicuro qualcuno le comprerebbe, pensando che sia un modello perfetto di rivoluzionario.»

Quelle parole furono la scintilla che scatenò lo scompiglio, con alcuni contro e altri a favore. Seguirono spintoni, urli, scontri di persone che difendevano le loro idee con veemenza eccessiva. Sofía temette per la sua incolumità e per quella di Monique, che affrontava con il coraggio di un'eroina chi la apostrofava in malo modo. Era accanto a lei, circondata dalla folla. Quando vide che il confronto, lungi dal calmarsi, si faceva sempre più acceso, tirò Monique per sottrarla a quel vespaio. Riuscì a trascinarla fino a corridoio, senza che smettesse di proclamare a gran voce i suoi argomenti, tremendamente indignata da ciò che aveva udito. Alla fine si lasciò portare via. Nel corridoio, con le voci in sottofondo, Monique tacque, ancora eccitata dalla baruffa, il respiro accelerato, rossa d'ira. Sofía la tirava per un braccio, procedevano a passo svelto.

Monique cercò gli occhi di Sofía e lei le sorrise.

«Ho ragione o no? Come possono pensare di coinvolgere Stalin? Non è tutto lecito. Mi infastidisce che si approprino così di una rivoluzione che appartiene a tutti. I comunisti pretendono di portare ogni cosa sul loro terreno. Che cosa direbbero se i fascisti facessero lo stesso? Non può essere. Non va bene monopolizzare qualcosa che appartiene a tutti. Questa è Parigi, siamo francesi, che cosa c'entrano la Cina o Cuba o Godard? Godard! Il suo ultimo film è demenziale», disse scuotendo la testa, pensierosa. «*La nouvelle vague c'est lui*», enfatizzò con sarcasmo. «*Ils sont ignorants*», mormorò.

Sofía la lasciò parlare, limitandosi a sorridere per farle capire che era d'accordo con lei.

Decisero di tornare a casa. Sembrava che dovesse piovere e soffiava un vento gelido che ricordava l'autunno, il colpo di coda di un inverno ormai finito. Nessuna delle due aveva il cappotto, perché il sole caldo del mattino le aveva indotte a non prenderlo. A braccetto, stando vicine per proteggersi dal freddo, camminarono fino al boulevard Saint-Michel. Quando svoltarono l'angolo e spuntarono sul corso, trovarono un muro di gente che marciava silenziosa in lunghe file, a braccetto o per mano, compatti, ragazze e ragazzi giovani e non che procedevano occupando tutta la carreggiata, con lo sguardo fiero, provocatorio, le bandiere rosse o nere e striscioni pieni di frasi e rivendicazioni.

Un manifestante ruppe il silenzio intonando a gran voce uno slogan, che immediatamente fu ripetuto da altri e si propagò come un'esplosione tra la folla, trovando eco in ogni gola, il tono sempre più forte, impetuoso, un'onda d'urto che si espandeva a ogni urlo. Anche Monique ripeté la frase con coraggio ed entusiasmo. Sofía avvistò una bandiera repubblicana spagnola. Sorrise e pensò che poteva fare propria quella rivoluzione. Si emozionò, avvolta nel clamore.

«Andiamo con loro», disse Monique tirando Sofía per il braccio, senza darle il tempo di reagire.

Si unirono alla folla tenendosi a braccetto. Un ragazzo alto e magro afferrò Sofía e le sorrise, assentendo, come se le desse il benvenuto. La frase fu ripetuta diverse volte finché tutti tacquero e si sentì una voce lontana, con un altro slogan che di nuovo si trasformò in un grido generale. In mezzo alla massa umana, a quello strano cameratismo che avanzava lentamente, Sofía sentì un brivido, mimetizzata tra gli studenti francesi che rivendicavano l'opportunità di rendere possibile l'impossibile.

Camminavano in blocco, urlando e alzando le braccia. All'improvviso si udì un fischio, seguito da un'esplosione. La gente si disperse in modo forsennato. Urla, nuovi scoppi, cariche, sirene minacciose. Sofía si guardava intorno, sconvolta. Monique la prese per mano e la trascinò via.

«Andiamocene.»

Corsero in mezzo alla folla spaventata, fuggendo dalla polizia schierata che si muoveva come un oscuro esercito di lucciole con il casco illuminato. Alcuni manifestanti le superavano, come se avessero il diavolo in corpo. Altri, senza smettere di correre, si giravano per urlare contro i CRS, che avevano cominciato a picchiare i malcapitati che si ritrovavano a tiro: «*Fascistes! Bâtards!*» gridavano i manifestanti, correndo per schivare i manganelli, con la bocca coperta da sciarpe e stracci per evitare gli effetti dei gas lacrimogeni. Alcuni portavano un casco da moto per proteggersi la testa dalle pietre. Sofía sentì un colpo alla schiena. Qualcuno la spinse e lei cadde a terra. Monique la costrinse ad alzarsi per paura che la schiacciassero. Si vedeva poco, perché molti lampioni erano rotti o fulminati, e i fuggitivi si spintonavano per evitare di essere raggiunti dalla polizia.

Prima di rialzarsi, Sofía allungò la mano per raccogliere la borsa, poi si rimisero a correre. Quando si ritrovarono in una viuzza, Monique la prese per il braccio e la tirò.

«Di qua!» le urlò, svoltando.

I manifestanti si stavano sparpagliando nelle vie. Monique e Sofía continuarono a correre per un po', poi rallentarono il passo, senza smettere di guardarsi indietro. Nessuno le seguiva, non c'erano poliziotti pronti a scaricare i manganelli sulle loro schiene o sulle loro teste.

«Stai bene?» domandò Monique, esaminandole il volto.

«Sto bene», rispose Sofía, anche se aveva male a un ginocchio per il colpo e si era sbucciata mani e mento cadendo.

Continuarono a camminare in silenzio, trafelate per la corsa. Si udivano gli spari dei lacrimogeni e dovettero mettersi un fazzoletto sulla bocca per evitarne gli effetti. Quando sbucarono finalmente nella via in cui abitavano Monique e sua madre, si fermarono di colpo. L'atmosfera era dantesca. Macchine rovesciate, in fiamme, sanpietrini strappati dal selciato e impilati come munizioni, grate per proteggere gli alberi, segnali stradali e altri oggetti dell'arredo urbano ammassati per formare barricate, che proteggevano diverse decine di ragazzi con guanti, fazzoletti su naso e bocca, occhiali da motociclisti; come scudo usavano i coperchi dei bidoni della spazzatura. La maggior parte delle persone indossava scarpe da ginnastica o stivali, per scappare meglio. Dall'altra parte della strada, quasi fosse il fronte nemico, era appostato il nutrito gruppo di CRS, chiaramente superiore ai ragazzi trincerati. E in mezzo al campo di battaglia, il portone di Monique. Si avvicinarono con molta cautela fino a raggiungere la prima barricata, eretta con una macchina in fiamme. L'aria era irrespirabile per via dei roghi e delle scintille trasportate dal vento, che cadevano sulle teste di chi si trovava nei paraggi. Per raggiungere il portone avrebbero dovuto attraversare lo spazio sgombro che si apriva tra i manifestanti e i poliziotti disposti in un blocco compatto all'altra estremità della via. Non sarebbe stato semplice, perché la terra di nessuno era investita da molotov, sassaiole e lacrimogeni che qualcuno si affrettava a calciare da dietro le barricate per rispedirli agli agenti. C'era una grande confusione di urla, tensione, nervosismo.

Quando mancavano appena cinquanta metri dal suo palazzo, Monique si girò verso Sofía.

«Ce la fai a correre fino al portone?»

«Certo», affermò lei, senza nascondere la paura.

Monique se ne rese conto e le sorrise.

«Non mi dire che non è emozionante.»

Sofía annuì e abbozzò una risata nervosa. Temeva di cadere a terra o di essere raggiunta dagli oggetti che gli studenti lanciavano con forza, o peggio ancora di essere arrestata. Aveva visto i manifestanti fermati dai poliziotti che li spintonavano verso i furgoni, con le braccia piegate dietro la schiena, trascinati a terra, in malo modo, anche se erano ragazzi o ragazze apparentemente inoffensivi.

«Non ti allontanare da me, d'accordo?» disse Monique, cercando di infonderle coraggio e fiducia. «Se ci arrestano, a mia madre viene un colpo.»

«Non parliamo della mia», aggiunse lei con un sorriso tirato, nervoso. «Avrebbe un'arma contro di me per anni.» Si guardarono e assentirono per confermare che erano pronte. «Vado dove vai tu.»

Come se si tuffassero in un fiume turbolento, le due ragazze si lanciarono in una folle corsa cercando di evitare gli ostacoli. Una pietra cadde accanto a loro e costrinse Monique a deviare bruscamente. Il portone era chiuso. Monique infilò la mano in borsa per cercare le chiavi, ma in un primo momento l'agitazione le impedì di trovarle. Finalmente le tirò fuori, ma le caddero a terra, e quando si chinarono entrambe per raccoglierle, furono spintonate da un gruppo di studenti che fuggivano dagli sfollagente. Sofía si coprì la testa con le braccia e chiuse gli occhi per un attimo, finché sentì un colpo sulla schiena, e poi un altro e un altro ancora. Udiva Monique che urlava, assediata da due poliziotti che la trascinavano per un braccio. Aprì gli occhi e cercò di alzarsi. Il poliziotto la trascinò per qualche metro, finché le urla di Monique lo fecero fermare. Stava gridando che abitavano lì, che non c'entravano niente con la manifestazione, che Sofía era una turista spagnola ospite a casa sua. Il poliziotto che la teneva disse qualcosa, e Monique tirò fuori i documenti dalla borsa. Il poliziotto diede un'occhiata e la lasciò andare, seguito dall'agente che aveva immobilizzato Sofía. Quando furono entrambe libere, Sofía diede a Monique le chiavi che aveva raccolto da terra e lei aprì il portone. Dentro l'androne, dopo avere sbattuto il battente, si appoggiarono a una parete per riprendere fiato e scacciare la paura che avevano addosso. Il petto di Sofía si alzava e si abbassava rapidamente. Monique si lasciò cadere fino a sedersi a terra.

«Woooow!» esclamò, con un ampio sorriso. «Per un pelo!»

L'androne era buio, illuminato unicamente dalla luce tenue di una lampadina accanto alla scala. Le corse, le sirene, le urla dei manifestanti arrestati e di quelli che continuavano a insultare i poliziotti, era tutto attutito. Si sentivano al sicuro, in salvo dal pericolo.

All'improvviso, Monique scoppiò a ridere. Prima una risata stupida, a singhiozzo, che divenne sempre più impetuosa, più divertita. Sofía non poté evitare di imitarla, contagiata dal baccano di Monique. Scivolò a terra anche lei e si ritrovarono vicine, spalla a spalla, senza riuscire a smettere di ridere, contorcendosi e strepitando, ormai libere dalla paura.

9

SALIRONO le scale senza smettere di ridere, rinvigorite dai momenti di tensione che avevano vissuto. Entrarono nell'appartamento cercando di non fare rumore nel caso Patricia stesse dormendo, ma la videro nel corridoio. Stava lavorando in camera sua, estranea ai disordini, ormai abituata e un po' esasperata, poiché li considerava troppo violenti, troppo frequenti, troppo eccessivi da parte dei manifestanti e della polizia, ma anche da parte del governo, che si dimostrava incapace di affrontare un astio che minacciava di oltrepassare il limite, con conseguenze imprevedibili. Era d'accordo sulla necessità di cambiamenti, sulle mobilitazioni, sulle proteste, persino sugli scioperi, sulle occupazioni e sulle assemblee, ma disapprovava gli scontri che, a suo parere, privavano di credibilità le rivendicazioni.

Le due ragazze raccontarono ridendo ciò che avevano vissuto, persino l'accenno di arresto che avevano subito davanti alla porta del palazzo.

«Hai rischiato di doverci tirare fuori di prigione», raccontò Monique con aria gioiosa alla madre, che considerò tutto un'assoluta imprudenza.

Patricia la ascoltava, spaventata da ciò che sarebbe potuto succedere, ma trattenne i rimproveri, conquistata dalle risate fuori controllo, e dal sollievo di vedere che nessuna delle due aveva subito conseguenze, salvo i pantaloni di Sofía strappati al ginocchio, alcune sbucciature e qualche livido di entrambe. Offrì loro un tè, convinta che qualcosa di caldo avrebbe giovato.

«Preferirei un po' di vino», disse Monique. «Apriamo una di quelle bottiglie per le occasioni speciali.»

«Oggi è una giornata speciale?» domandò la madre, con espressione complice.

«Lo sarà, se decidiamo che lo sia.» Guardò la madre e poi Sofía, sorridendo. «E noi abbiamo deciso che lo è, vero?»

Sofía non disse nulla, era frastornata. Subiva la personalità di Monique, che la trascinava con sé come le cariche della polizia che avvenivano in strada. Ciononostante, il silenzio di Daniel incombeva su di lei come un'ombra nera. Il tempo passava e non accadeva nulla, e si sentiva ancora più scoraggiata di quando stava a casa senza fare niente, perché era confusa, in un luogo dove non avrebbe dovuto trovarsi.

Patricia si alzò e raggiunse la dispensa. Poco dopo tornò con una bottiglia in mano. Monique aveva messo tre bicchieri sul tavolo della cucina; si sedette e invitò Sofía a fare lo stesso. Brindarono e accesero la radio per sentire le notizie.

«Questa cosa sta oltrepassando i limiti», protestò Patricia, con espressione preoccupata.

«Il governo deve reagire», aggiunse Monique. «Non può continuare a tacere o a guardare dall'altra parte, come se niente fosse. Lo sciopero generale è alle porte. Si stanno unendo tutti i settori.»

Sofía non parlava. Le faceva piacere ascoltarle, conoscere le loro opinioni. Non poteva evitare di provare una profonda ammirazione per la complicità tra Monique e sua madre, per la personalità di Patricia, per la sua capacità di mettersi sempre nei panni dell'altro, di non giudicare, di evitare le critiche, di analizzare le cose con serenità, senza drammi e pregiudizi. Niente a che vedere con sua madre, dura e implacabile con i deboli, servile ai limiti dell'umiliazione con i forti. Per questo era affascinata dal rapporto tra Monique e Patricia.

«Prima di andare alla biblioteca della Sorbona, abbiamo mangiato a La Coupole», raccontò Monique.

«Come ti è parso?» domandò Patricia a Sofía. «È un posto particolare, soprattutto per la gente che lo frequenta. È una meta imperdibile, a Parigi, come la Tour Eiffel e il Louvre.»

«Mi è piaciuto molto», rispose, compiaciuta. «E la gente era molto interessante.»

«Scommetto che non sai chi era seduto al tavolo di fianco al nostro», disse Monique, guardando la madre con un sorriso.

«Dalla tua espressione posso immaginarlo», disse Patricia con un sorriso complice. Sollevò le sopracciglia prima di azzardare: «Sartre?»

«Jean Paul Sartre e Simone de Beauvoir», confermò Monique, senza nascondere l'entusiasmo. «Erano con Dany il Rosso e il cineasta Godard.»

«Allora il locale sarà stato pieno zeppo.»

«All'inizio non c'era quasi nessuno, ma quando si è sparsa la voce che erano lì, davanti al tavolo si è formata una fila che arrivava fino in strada. La gente li adora, tutti vogliono parlare con loro. Li trattano come dèi.»

«Anche se non lo sono», affermò con fermezza la madre.

«Magari Godard e Dany il Rosso no, ma Sartre e Beauvoir sì.»

«Sono mortali tanto quanto me e te, con le loro luci e le loro ombre.»

«L'ho sempre detto, mamma, la mentalità scientifica ti annebbia quando si passa all'ambito umanistico.»

Patricia sorrise e alzò il bicchiere.

«Non è questione di scienze o materie umanistiche. Non mi fido di chi si erge a leader messianico di una rivoluzione, seguito ciecamente dal popolo fin sull'orlo del precipizio. La maggior parte delle volte va a finire che il leader si sposta prima di raggiungerlo, non salta mai nel vuoto e rimane a guardare la massa che si schianta al suolo… Che paradosso. Mi fanno orrore.»

«Ma la rivoluzione inizia sempre con un leader da seguire, è innegabile», aggiunse Monique, esitante, guardando prima la madre e poi Sofía. «Per muovere il popolo ci vogliono i leader.»

Patricia prese una sigaretta e, con il pacchetto aperto, offrì da fumare alle ragazze. Monique e Sofía si servirono e accesero le sigarette con il fiammifero di Patricia. La cucina si riempì di fumo biancastro.

«Quando avevo la tua età, ero convinta di poter cambiare il mondo con le mie azioni, rendendolo migliore di quello che era, per questo ho seguito uno di quei leader che ti guidano come messia. La realtà si è rivelata molto diversa, perché non ho cambiato nulla salvo il mio destino: ho dovuto lasciare tutto e scappare da casa, abbandonare il mio Paese, le mie radici». I suoi occhi si posarono per un attimo su Sofía. «Il messia, invece, è rimasto e, paradossi della vita, adesso è un uomo del franchismo: vive circondato da tutto ciò che prima disapprovava. Si chiama 'salire sul carro dei vincitori'.»

Sofía non poté evitare di sentire una staffilata. Non era possibile che si riferisse a suo padre; non lo immaginava come un leader, e meno che mai come un messia.

Patricia intuì i suoi timori.

«Non era tuo padre, se è questo che stavi pensando; anche lui è stato condotto sull'orlo del precipizio. La differenza è che tuo padre ha cercato di salvare qualcosa di più della propria vita; non poteva lasciare la madre vedova da sola, e si è trattenuto in Spagna. A quel punto gli è caduto il mondo addosso. Il matrimonio con tua madre lo ha salvato...» Il suo volto divenne malinconico. «Tuo padre è un uomo integro, avviluppato nel regime. Non so se la sua situazione fosse migliore o peggiore della mia, in ogni caso entrambi siamo rimasti danneggiati. Io ho dovuto ricostruire la mia vita qui, in una città in guerra, occupata dai nazisti, e subire il dopoguerra. Ma tutto sommato non mi lamento. Quando sono caduta nel precipizio non ho perso la vita; ad altri è successo.»

Sofía la guardava, assorta. Aprì la bocca per dire qualcosa, ma Monique la interruppe per esporre l'idea che aveva in testa da giorni.

«Credi che ne verrà fuori qualcosa?» domandò Monique alla madre, con espressione seria, solenne.

Patricia la guardò, sollevò le sopracciglia e rifletté per un momento.

«Buona domanda. Se devo dirti la verità, penso che finirà con un niente di fatto. O con pochi risultati. Il coinvolgimento degli operai nelle proteste è un sintomo, secondo me. Chiedono cose importanti, miglioramenti delle condizioni, aumento degli stipendi», disse osservandole per un attimo. «Quando le avranno ottenute, abbandoneranno gli studenti e torneranno al loro mondo.»

«Ma i lavoratori condividono le rivendicazioni degli studenti», insistette Monique. «È arrivato il momento di cambiare le cose. La società è varata in un dopoguerra che è già storia. Anche il mondo del lavoro chiede gli stessi cambiamenti.»

«Adesso dicono così, ma gli studenti che manifestano nelle strade, tra poco saranno i loro capi, e loro lo sanno. Non li seguiranno a lungo: li usano come apripista e a un certo punto li abbandoneranno... Se non subito tra poco.»

«Allora pensi che tutto questo non serva a niente?» insistette Monique.

Patricia rifletté, lasciando vagare lo sguardo.

«Spero che serva a qualcosa, almeno per ottenere un miglioramento delle condizioni di lavoro, e per riflettere sul sistema universitario di questo Paese, che è diventato insostenibile. La vera rivoluzione è l'impegno per cambiare davvero le cose in meglio, ma bisogna farla ogni giorno, in ogni momento, senza barricate e senza violenza. Che cosa avremo ottenuto se tutti gli universitari smetteranno di andare a lezione, se in tutti i licei non si faranno più gli esami? Se continuiamo così, non ci saranno esami perché non ci sono le lezioni. Gli studenti avranno perso l'anno, e insieme una buona occasione. Non ha senso.» Parlava battendo il dito sul tavolo. «La rivoluzione bisogna farla lavorando.»

«Mamma, credo che tu ti stia imborghesendo.»

Patricia la guardò e sorrise. Si portò la sigaretta alla bocca strizzando un occhio per evitare il fumo, poi la indicò con la mano che la stringeva.

«È la stessa cosa che ho detto a mio padre trent'anni fa.» Patricia spense la sigaretta schiacciando il mozzicone nel posacenere. «Sarà meglio che la borghese vada a dormire, altrimenti domani avrà due occhiaie spaventose. Non bevete troppo», disse prima di scomparire nel corridoio a piedi scalzi, muovendosi con passo leggero come se fluttuasse nell'aria.

10

«Hai sonno?» chiese Monique a Sofía quando furono rimaste sole.

«No», rispose lei, sorridendo. «E dovrei averne, perché è quasi l'una di notte ed è stata una giornata intensa.»

«Conosci Simone de Beauvoir?»

Sofía negò con un lieve cenno del capo.

«Vieni, andiamo in camera mia. Ti mostro i miei idoli letterari e filosofici.»

Presero la bottiglia e i due bicchieri e si chiusero nella stanza di Monique. I disordini in strada sembravano placati. Non si udiva nulla se non qualche sirena lontana che fendeva il silenzio notturno.

Invece della luce, Monique accese le candele che teneva sopra un mobile. Intanto diceva a Sofía che le piaceva l'atmosfera nostalgica creata dalle fiamme ondeggianti.

«È come tornare a un passato che non abbiamo conosciuto, prima della luce elettrica, con la sensazione intrigante che danno le ombre.»

Sofía la ascoltava in silenzio. Le piaceva udire la sua voce bassa ma potente, addolcita dal morbido accento francese.

Monique spense il fiammifero con un soffio, si avvicinò a un giradischi e prese alcuni vinili.

«Che musica ti piace?» domandò senza guardarla.

«Mi piace quasi tutto», rispose Sofía.

«Conosci Edith Piaf? Adoro *La vie en rose*.»

Monique mise il disco sul piatto e la musica partì. Abbassò il volume, si tolse le scarpe e i pantaloni. Sorrise rendendosi conto che Sofía distoglieva lo sguardo, pudica.

«Mettiti comoda», le disse buttando i pantaloni sul pavimento con incuria. «Siamo sole.»

Sofía la guardò per qualche secondo senza dire niente. Alla fine lo fece, ma più timidamente e con maggiore cura; allineò perfettamente le scarpe su un lato, poi si slacciò i pantaloni dandole le spalle e se li tolse, li piegò e li mise sullo schienale della sedia. Vide che grazie alla stoffa dei jeans non si era ferita, aveva soltanto un grosso livido sul ginocchio. Le faceva un po' male. Si sedette sul letto, con la schiena appoggiata alla testata. Stava bene. C'era una bella temperatura e le candele le davano la sensazione di trovarsi in un'altra realtà, forse perché non era abituata a bere vino.

Monique le mostrò alcuni libri. Li prendeva dalla libreria e glieli passava. Sartre, George Sand, Victor Hugo, i *Saggi* di Montaigne, *Il piccolo principe* di Antoine de Saint-Exupéry, molto sottolineato e segnato dall'uso. L'ultimo che prese era sul tavolo, *Il secondo sesso* di Simone de Beauvoir. Nel darglielo, le disse che lo considerava un suo libro di riferimento. Sofía lo prese con curiosità. Era evidente che Monique lo consultava di frequente. Gli angoli della copertina erano piegati, molti paragrafi erano sottolineati e c'erano alcune note a margine.

«Tutti dovrebbero leggere questo libro e i *Saggi* di Montaigne», affermò Monique, osservandola. «Soprattutto noi donne, che abbiamo ancora un sacco di strada da fare.»

Sofía sorrise.

«Non ne avevo mai sentito parlare, ma in Spagna non è così strano, ignoriamo e proibiamo tutto ciò che potrebbe infastidire il regime.»

«La gente che legge può essere molto pericolosa per chi mira al pensiero unico. La lettura è il germe di ogni rivoluzione», aggiunse Monique, soddisfatta.

«Lo sostiene anche mio padre.»

«Si vede che lo ammiri molto.»

«È un brav'uomo e uno scienziato brillante.»

Tacquero per un attimo. Stavano entrambe fumando e la stanza era pervasa da una nebbia pastosa. Sofía sfogliò i *Saggi* di Montaigne, ma non riusciva a leggerli, perché il suo francese era molto rudimentale.

«Alle superiori prendevo ottimi voti in filosofia. Ma non l'ho mai ripresa in mano. Immagino che sia molto interessante approfondire teorie e analisi.»

«La filosofia non si impara solo all'università: ce l'abbiamo dentro tutti, o almeno dovremmo averla. Siamo curiosi per natura, ci facciamo domande, cerchiamo una spiegazione per le cose, dalle più semplici alle più complesse, e dovremmo conservare la capacità di meravigliarsi che hanno i bambini; l'essenza della filosofia è proprio questa: non perdere la curiosità innata che arricchisce lo spirito. Ma crescendo ammutoliamo, in genere perché ci costringono a farlo, ci insegnano a non domandare, a reprimere la brama di sapere, di capire. È nostro dovere dubitare di tutto, mettere in crisi le certezze del nostro tempo, e del passato, persino quelle del futuro che non sono ancora diventate tali, dobbiamo analizzare tutto, esercitare la critica, il dubbio, domandarci perché le cose sono come sono e non altrimenti. È l'unico modo per migliorarle. La ragione della nostra esistenza, il significato dell'etica o della morale, il concetto di giustizia, la nozione di 'verità', il linguaggio e l'uso giusto o sbagliato che se ne fa... È tutto filosofia.» Parlava con entusiasmo misurato, ponderando ogni parola. «Abbiamo tutti la filosofia dentro, è la base del nostro pensiero. Per questo è così importante per me, perché costituisce il fondamento del mio potenziale creativo come essere umano. Filosofare significa vivere la propria vita, con i suoi alti e i suoi bassi, con sconfitte e vittorie, scelte giuste e sbagliate, che sono comunque nostre. Chi volta le spalle alla filosofia accetta di vivere la vita che altri gli impongono, e le scelte, giuste o sbagliate, saranno di altri, non sue.»

Sofía la ascoltava senza batter ciglio. Non parlava perché non sapeva che cosa dire.

Monique distribuì il vino rimasto nei due bicchieri.

«Brindiamo alla filosofia», disse levando il bicchiere.

«E alla rivoluzione, e a Montaigne», replicò Sofía, alzando il proprio.

«E al secondo sesso... a noi, a te e a me.»

Finirono il vino in un sorso. Monique era in piedi, appoggiata alla scrivania. Rimase a lungo in silenzio, osservando Sofía che sfogliava i libri sparsi sulla trapunta, come se li analizzasse.

«Posso farti una domanda personale?»

«Certo», rispose Sofía. «Tu sei filosofia pura, e voglio esserlo anche io», aggiunse divertita.

Monique appoggiò il bicchiere sul tavolo, saltò sul letto e spostò i libri, ammucchiandoli in un angolo. Si sedette con le gambe incrociate e le braccia sulle ginocchia, in una posizione che le permetteva di protendersi in avanti, avvicinandosi a lei.

«Sei molto innamorata di tuo marito?»

Sofía sospirò. In quel preciso momento, a pochi metri da quella camera, oltre le pareti dei palazzi, Klaus Zaisser tratteneva il respiro e si schiacciava le cuffie sulle orecchie per sentire la risposta, attento ai suoni delle voci che arrivavano stridenti, con fastidiose interferenze che complicavano l'ascolto. Era senz'altro un lavoro raffazzonato, in confronto alla strumentazione che gli avevano fornito i russi a Madrid. Conosceva la precarietà e i tempi stretti, ma era convinto che servisse un lavoro più accurato. Lo consolò pensare che stava registrando tutto, e che in un secondo momento avrebbe avuto modo di valutare più attentamente ogni commento.

«Sì», confermò Sofía, sfinita, con gli occhi persi nelle ombre ondeggianti della stanza. «Sono molto innamorata di Daniel, anche se a volte, con quello che sta succedendo, comincio a dubitare che lui lo sia ancora di me. Durante la sua assenza ho pensato molto al nostro rapporto, mi sono domandata quando abbia perso la passione che sentiva all'inizio.» Parlava lentamente, cercando risposte che non trovava. «Le bambine, il lavoro, la routine... Non so. Ho la sensazione che non abbia più bisogno di me, che io non sia importante per lui. Non bada a ciò che mi succede, non si preoccupa se le mie esperienze sono positive o negative, se sono triste o felice, niente che mi riguardi è abbastanza interessante da indurlo a prestarmi attenzione. Non si accorge se ho cambiato pettinatura o se ho un vestito nuovo. Sempre che rientri nei canoni, cioè niente pantaloni, né gonne troppo corte, né scollature eccessive. È come se non mi vedesse, come se fossi diventata trasparente, come se fossi un oggetto della casa.» Trasse un altro lungo sospiro. «Non dico che non sia un buon marito, lo è, e un buon padre, persino un buon figlio, anche se non sopporta il padre, pur riservandogli un rispetto reverenziale e inspiegabile, almeno per me. Ma questa scomparsa senza spiegazioni... Non so che cosa pensare. Mi sento persa, devo ammetterlo.»

Monique provò a sdrammatizzare.

«A rigor di logica l'unico che si è perso è lui.»

Sofía la guardò e appoggiò il bicchiere vuoto sul comodino.

«E tu?» le domandò. «Ti sei mai innamorata?»

«No», rispose Monique, con decisione. «E non ho intenzione di farlo.»

«Sarà perché non hai ancora incontrato l'uomo della tua vita.»

«Sarà», disse Monique, stringendosi nelle spalle, dubbiosa. «In ogni caso non credo nell'amore, nell'innamoramento e nella passione. Penso che sia solo uno stato di alienazione provvisoria, che con il tempo si esaurisce inesorabilmente. Non mi vedo a dividere tutta la mia vita con la stessa persona, mi annoierebbe.»

«L'amore non dipende dalla nostra volontà», insistette Sofía. «Se ci incappi ti travolge, e non puoi opporti. E quando è vero amore, non è affatto noioso. Un giorno mi dirai.»

«È possibile», rispose l'altra, accennando a un sorriso. «Ma può anche essere molto doloroso, se l'altro non ti ricambia, non credi?»

«È così», confermò Sofía.

Rimasero in silenzio a riflettere, lo sguardo perso nel vuoto, cullate dalla dolce melodia e dalla voce grave e morbida di Edith Piaf.

«Devo confessarti una cosa», disse Monique, fissandola. «All'inizio mi sembravi noiosa e un po' inacidita. Ma mi sono ricreduta. Mi piaci.»

Erano vicine. Sofía aveva le gambe piegate al petto, circondate dalle braccia, le mani alla portata di Monique, che cominciò a giocare con le sue dita, afferrandole e lasciandole andare.

«Un po' noiosa lo sono», commentò Sofía, sorridendo e osservando il gioco delle mani. «E non so se mi sono già inacidita, ma mi sento sulla buona strada. La mia amica Carmen dice sempre che se non reagisco, divento una di quelle donne scialbe che a quarant'anni sono già vecchie.» La guardò con una smorfia, gli occhi che brillavano per l'alcol. «Tu invece mi sei stata simpatica da subito. Mi piace molto la tua compagnia, visto da dove vengo.» Serrò le labbra, abbassò lo sguardo e fece un lungo sospiro. «A essere sincera, non avrei mai immaginato che durante questo viaggio sarei stata così bene. A volte mi sento in colpa, a sentirmi così. Ho ritrovato una sensazione di libertà che avevo dimenticato. Penso alle mie figlie, a Daniel, a mia madre, e non posso evitare di stare male, perché è come se fossero assenti dalla mia vita, come se non appartenessi più a loro.» Tornò a guardarla con un ampio sorriso che le fece brillare gli occhi nella penombra illuminata dalla fiamma ondeggiante delle candele. «Non so se troverò mio marito, ma ciò che riporterò da questo viaggio non lo dimenticherò mai.»

Monique la fissò, in silenzio, come se stesse scrutando la sua coscienza riflessa al di là dei suoi occhi. Una ciocca di capelli le era scivolata sul viso, dandole un'aria selvaggia. Sofía pensò alla perfezione dei suoi tratti, ai suoi occhi penetranti, inquieti, come se non riposassero mai. Lentamente, Monique si avvicinò fino a sfiorarle la bocca. Il corpo di Sofía rabbrividì sentendo la morbidezza umida delle sue labbra. Non disse niente, non fece niente, non si allontanò da quelle labbra carnose e soffici. Chiuse gli occhi e si lasciò trascinare, ebbra di un desiderio che decise di non contrastare, con i sensi concentrati nelle mani, abbandonata al tepore di un altro corpo. Il piacevole silenzio era spezzato da lievi sospiri e dai rumori dei corpi che sfioravano il lenzuolo, carezze silenziose come un'edera verde che, a poco a poco, pervadesse ogni piega della pelle, avvolta in una piacevole nebulosa, alla scoperta di sensazioni sconosciute.

Klaus ascoltava con attenzione ogni gemito che udiva nel silenzio assordante. Gli occhi fissi nel buio vuoto del suo nascondiglio. Si tolse le cuffie e le appoggiò sul tavolo. Non aveva il diritto di ascoltare, di spiare quel momento di intimità.

Come una sferzata dolorosa, arrivò il ricordo di Daniel. Pensò all'ultima volta che lo aveva visto, mentre entrava nella stazione ferroviaria di Friedrichstrasse, sicuro di tornare tra le braccia del suo amore, con la candida certezza della sua vita così come era stata fino a quel momento.

Daniel si era messo in fila in attesa di passare il controllo, dopo avere attraversato il Palazzo delle Lacrime, il freddo edificio di vetro nel quale si respirava la tristezza degli addii, l'atmosfera appesantita dai pianti delle separazioni. Aveva davanti un gruppo di turisti inglesi un po' più giovani di lui, che parlavano e ridevano a voce bassa, scherzando nervosamente, per la tensione che si creava nei momenti che precedevano il passaggio negli angusti cubicoli in cui ciascuno, da solo, avrebbe dovuto affrontare lo sguardo gelido del poliziotto di frontiera, i suoi occhi inquisitori e sinistri, come quelli dei cani addestrati per l'attacco.

Contagiato dalla tensione, non si accorse che l'autista di Klaus si infilava in una porta laterale. Daniel aveva il passaporto in mano e lo picchiettava contro i pantaloni, impaziente. I ragazzi erano passati uno per uno, e finalmente arrivò il suo turno. Entrò nel cubicolo angusto. Aveva vissuto la stessa esperienza soltanto ventiquattro ore prima, ma si sentì intimorito come allora. Consegnò il passaporto al poliziotto e appoggiò la valigia a terra, rassegnato all'attesa. Schivava lo sguardo freddo dell'agente, che non portava il casco come quelli presenti nella striscia di sicurezza per sorvegliare il Muro; indossava la divisa grigia, con la giacca che lasciava intravedere la camicia e la cravatta, il cappello calato a metà fronte. Aveva la pelle bianca come il marmo, la fronte ampia, i capelli biondissimi e radi, le labbra sottili e inespressive, disabituate al riso, gli occhi grigi, acquosi, allungati come quelli di una tigre sul punto di avventarsi sulla preda. Daniel deglutì. Era così teso che ebbe un sussulto quando il telefono del poliziotto suonò e lui rispose senza smettere di guardarlo. Non disse niente. Riattaccò come se avesse ricevuto un ordine inaspettato, un codice, un segnale. Daniel non diede importanza alla cosa: aspettava soltanto di udire il colpo secco del timbro sul suo passaporto, per riaverlo e poter uscire da quella stanza e tornare a respirare l'aria fresca. La voce grossa del VoPo lo mise in allerta. Gli stava domandando qualcosa e Daniel mostrò il suo stupore. Le parole metalliche penetravano nella sua mente mentre cercava invano di comprendere il tedesco stretto del poliziotto. Si strinse nelle spalle, confuso. Il poliziotto continuava a parlargli come se lui capisse perfettamente e Daniel cercava di spiegare a gesti che non era così. La voce dell'agente si alzò di tono, e Daniel cominciò a preoccuparsi. Pensò di uscire ad avvisare Klaus, per chiedergli aiuto, ma decise di non muoversi, perché senz'altro il suo gemello se n'era già andato, visto che era trascorso almeno un quarto d'ora da quando l'aveva salutato. In più l'atteggiamento aggressivo del poliziotto lo paralizzava. Quando si alzò, il cuore di Daniel prese a battere all'impazzata. Gli parve un gigante capace di schiacciarlo. Aveva un tono duro, come se gli rimproverasse qualcosa. All'improvviso la porta dalla quale era entrato e quella dalla quale sarebbe dovuto uscire si aprirono contemporaneamente, e comparvero due uomini in divisa. Non riuscì a reagire mentre si avventavano su di lui, gli bloccavano le mani dietro la schiena con una violenza inaudita, visto che non stava opponendo alcuna resistenza. Lo perquisirono, gli tolsero tutto ciò che aveva in tasca, il portafoglio, le sigarette e l'accendino d'oro, lo ammanettarono e lo spinsero nella direzione contraria a quella in cui sarebbe dovuto uscire. Cercò di dire qualcosa, ma la paura lo soffocava e non riuscì ad articolare parola. Procedeva quasi strisciando, con una mano estranea posata con forza sulla nuca che lo costringeva a camminare a testa bassa e gli impediva di vedere altro se non il pavimento che calpestava e gli stivali dei due poliziotti che lo tenevano, ciascuno per un braccio, quelli di un terzo agente, che camminava davanti facendosi largo, e quelli del quarto, che chiudeva la fila. Quando fu in strada, ritrovò la voce e urlò con forza il nome del gemello, nella speranza che potesse udirlo, che fosse ancora in zona e accorresse in suo soccorso per risolvere l'equivoco che non riusciva a chiarire da solo, vista l'impossibilità di spiegarsi, di segnalare agli agenti che stavano commettendo un errore. Il nome di Klaus risuonò nella via. I pochi passanti che lo udirono, lungi dal voltarsi per vedere che cosa stesse succedendo, accelerarono il passo, allontanandosi intimoriti.

«Klaus, Klaus, aiutami!» urlò Daniel con tutte le sue forze. «Per favore, *bitte*... Mi fa male...» implorò, quando uno dei poliziotti lo tirò bruscamente dalle manette. Daniel raccolse le forze e gridò nuovamente, pieno di rabbia, il nome del fratello. «Klaus, aiutami! Klaus!»

Lo strattonarono per farlo salire su un furgoncino; lo costrinsero a entrare in un minuscolo spazio che riusciva a contenerlo appena da seduto. Intanto Daniel non smise mai di parlare, di spiegare, sempre in spagnolo, che avevano sbagliato, che stavano commettendo un errore, ma non ottenne risposta da quegli uomini che agivano come automi, privi di empatia. Quando chiusero la portiera, rimase al buio, con le mani ancora ammanettate dietro la schiena; il puzzo di urina e di escrementi penetrò nelle sue fosse nasali come un coltello affilato, dandogli la nausea; si sentì soffocare e fu preso dal panico. Urlò di nuovo con tutte le sue forze, prese a calci la porta, in preda all'angoscia e alla disperazione.

A pochi metri, Klaus stava fumando a testa bassa, appoggiato all'auto. L'autista uscì dall'edificio con la valigia di Daniel e un sacchetto di plastica che consegnò a Klaus senza neanche guardarlo, senza dire una parola. Poi caricò il bagaglio nel baule e si sedette al volante. Gli urli di Daniel straziavano Klaus, che tuttavia non si mosse, limitandosi a sollevare lo sguardo per un attimo, in un momento di debolezza che controllò subito, sviando gli occhi dal furgone Barkas blu con il logo di una panetteria dipinto sulle fiancate, dove stavano caricando la persona che invocava a gran voce il suo nome. Udì il veicolo che si allontanava, e sprofondò in un silenzio colpevole, oscuro. Gettò rabbiosamente la sigaretta e guardò dentro la borsa. Tirò fuori il passaporto, il portafoglio e le sigarette, appallottolò il sacchetto e lo buttò a terra. Mise il passaporto e il portafoglio nella tasca dei pantaloni e guardò il pacchetto. Stava per entrare in macchina, ma quando si voltò, la vide dall'altra parte della strada, in piedi, che lo guardava, con le mani nelle tasche del giaccone, il fazzoletto in testa, annodato al collo, che non impediva alle ciocche di capelli mosse dal vento di sferzarle la faccia. Ebbe un tuffo al cuore. Bettina non doveva essere lì.

Fece un paio di passi verso di lei. Aveva il volto alterato, ma Klaus accelerò il passo. Prima di raggiungerla, udì la sua voce indignata.

«Klaus, che cosa hai fatto?» La domanda gli ferì l'anima. «Che cosa significa?»

Le parole e lo sguardo della sorella gli crivellavano il petto come proiettili. Quando fu davanti a lei, l'afferrò per il braccio e la spinse con forza, allontanandosi dalla macchina, dallo sguardo indiscreto dell'autista, che per fortuna era di spalle, apparentemente ignaro della sua presenza.

«Che cosa ci fai qui?» riuscì a domandarle.

Lei si lasciò condurre per qualche passo, ma poi reagì e si liberò con forza.

«Non mi hai risposto, Klaus. Che cosa gli hai fatto? Perché lo stanno portando via? Che intenzioni hai?»

«Devi andartene, Bettina. Non devi sapere...»

«Dimmi che intenzioni hai, Klaus...» La sua decisione nell'ottenere una risposta o una spiegazione era così evidente che il fratello si arrese.

«Ti ho promesso che ti avrei fatto uscire di qui, e lo farò.»

«Non mandando in prigione un innocente. Non è giusto. Non puoi fare una cosa del genere», disse, con angoscia. «Non puoi barattarmi con lui.»

«Lasciami fare a modo mio, Bettina. È solo per un po'. È indispensabile per ottenere il tuo permesso di espatrio, non lo capisci?»

«È nostro fratello, Klaus», gli disse con gli occhi pieni di rabbia e di confusione. «È il tuo gemello, come puoi fare una cosa del genere a tuo fratello?»

«È in grado di sopportarlo.» Cercava di ricondurla alle sue teorie senza smettere di guardare verso la macchina, nel caso l'autista girasse la testa, sorprendendola. Ma l'uomo, a sua insaputa, aveva già visto tutto attraverso lo specchietto retrovisore e stava attento alle sue reazioni. «Ha avuto molto più di noi. Non morirà di certo per qualche complicazione. Sopravvivrà come sopravvivono molti di noi ogni giorno, ogni ora... Niente dura per sempre.»

«Ma ti rendi conto di quello che dici?» lo apostrofò, furibonda. «È aberrante.»

Klaus si voltò verso la macchina.

«Ne parliamo a casa. Adesso vattene, per favore. Non complicare le cose. Non deve vederti...» Tacque, indicando il veicolo. «L'ultima cosa che voglio è coinvolgerti. Ho già commesso un errore una volta, e non voglio commetterne un altro. Se ti succede qualcosa non potrei perdonarmelo.»

«Non ti rendi conto?» domandò Bettina, in preda alla disperazione. Indicò il furgone che aveva portato via Daniel. «È un errore, Klaus, e non ne uscirai indenne.»

«Ne parliamo dopo», insistette lui. «Te lo prometto, Bettina, ma ora vattene, per favore.»

Lei si allontanò di qualche passo, guardando Klaus con la coda dell'occhio mentre tornava verso la macchina e saliva a bordo.

«*Irgendein Problem?*»

La domanda lo turbò. Sollevò lo sguardo e vide gli occhi neri dell'autista riflessi nello specchietto; lo sguardo sinistro lo fece rabbrividire. Sudava freddo. Agitò la testa per dire che non c'erano problemi, che potevano andare. L'uomo, senza smettere di guardarlo, mise in moto la macchina, ma non premette l'acceleratore. In quel momento Klaus vide l'accendino d'oro di Daniel sul cruscotto. L'autista capì che lo aveva visto, sicuramente lo aveva messo lì apposta. Lo fissò, con arroganza provocatoria. In altre circostanze, Klaus avrebbe preteso che gli fosse restituito, avrebbe persino accusato l'uomo davanti ai superiori. Ma non fece niente. Capì che in quel modo avrebbe comprato il suo silenzio sulla presenza inopportuna di Bettina durante l'arresto. Distolse lo sguardo. Solo allora l'autista premette l'acceleratore e partì.

Klaus gettò indietro la testa, con un nodo allo stomaco. Sentiva ogni battito del cuore nelle tempie. Chiuse gli occhi e si abbandonò sul sedile. Voleva solo allontanarsi da quel luogo.

Klaus cercava di mettere a tacere ogni accenno di senso di colpa riguardo l'oscuro destino che attendeva Daniel. Ci era riuscito fino al momento in cui era stato arrestato. Le urla che invocavano aiuto si riproponevano nella sua testa come un rumore di biglie che impattavano contro la sua coscienza, e la sensazione era aumentata dal pensiero della sorella e del suo atteggiamento ostile.

Riprese fiato. Non era mai stato così sconvolto. Temeva di diventare vulnerabile. Si passò le mani sul volto come se volesse cancellare il senso di colpa per avere abbandonato Daniel al suo destino, per essersi intromesso nell'intimità delle due donne che aveva spiato. Si sentì mancare l'aria. Aprì la piccola finestra affacciata sul cortile interno. Respirò a fondo diverse volte.

Controllò la cicatrice della bruciatura, ancora arrossata. Era chiuso dentro quella stanza mansardata di Parigi da quattro giorni, in attesa dell'occasione giusta per compiere il passo cruciale. Si decise in quell'istante. Era arrivato il momento di far rientrare Daniel Sandoval nella vita di Sofía.

11

Sofía aprì gli occhi e vide il volto addormentato di Monique. Una ciocca di capelli le copriva il volto, sfiorando le labbra socchiuse in una specie di sorriso. Sconcertata, alzò la testa e si guardò intorno, sentendo una forte e dolorosa sferzata nelle tempie, provocata dai postumi del vino. La luce del giorno entrava dalle persiane, formando schegge di luce. Era nuda, coperta solo dal lenzuolo. Il suono del telefono l'aveva strappata bruscamente al sonno, uno squillo insistente che proveniva dal corridoio. Si alzò lentamente, per non svegliare Monique. La maggior parte dei libri che avevano messo sulla trapunta la notte prima erano sul pavimento, altri erano intrappolati tra le lenzuola. Mise a fuoco ciò che era successo, vergognandosi della propria nudità, e sentì un pungolo di angoscia nel petto. Gli squilli intermittenti continuavano a infrangere il silenzio del mattino, finché non furono interrotti dalla voce di Patricia.

Sofía rimase senza fiato, terrorizzata dall'idea di essere sorpresa lì, in quella situazione compromettente. Si alzò e cercò i propri vestiti. Trovò il reggiseno caduto a terra, e mentre se lo metteva in fretta e furia, udì Patricia che bussava alla porta della sua stanza. Rimase impietrita.

«Sofía... Sofía.»

Siccome non rispondeva, bussò altre due volte.

«Sofía, svegliati. Ti vogliono al telefono.»

Sofía individuò il suo golf e se lo infilò rapidamente, senza rendersi conto che era al rovescio. Cercò disperatamente le mutande tra le lenzuola. Le trovò sopra i libri, sul pavimento. Se le mise mentre udiva

Patricia che apriva la porta della stanza attigua. Si stava tirando su i pantaloni, quando sentì bussare alla porta della camera di Monique. Rimase immobile, paralizzata, e guardò la porta come se fosse una muraglia sul punto di crollare, scoprendo la sua concupiscenza peccaminosa. Guardò per un attimo Monique, come per cercare il suo aiuto, ma la ragazza continuava a dormire placidamente. Si sistemò i pantaloni e si avvicinò alla porta, titubante. Che cosa avrebbe pensato Patricia, si chiese con la mano sulla maniglia, senza decidersi ad aprire. Di nuovo due colpi, accompagnati dalla voce della donna.

«Monique, Sofía è lì? La vogliono al telefono.»

Aprì piano. Gli occhi di Sofía incrociarono quelli di Patricia. Doveva essere sveglia da un bel po', perché era vestita e odorava di sapone. Lungi dallo stupirsi di vederla nella stanza della figlia, Patricia le rivolse un ampio sorriso.

«C'è una telefonata per te... Sembra importante.»

«Chi è?» domandò Sofía, stupita.

«È un uomo, non mi ha detto chi è, ma parla uno spagnolo perfetto. Non è tuo padre.» Incrociò le braccia e si fece da parte.

Sofía uscì in corridoio. Vide la cornetta che pendeva dal filo, ondeggiando nel vuoto. Si voltò verso Patricia, che passò oltre.

«Ci sono caffè e croissant appena sfornati», disse sorridendo, in tono invitante, prima di sparire in cucina.

Non diede mostra di stupore o di rimprovero. Nulla indicava che avesse capito ciò che era successo tra lei e Monique, quel dolce incubo che non sarebbe dovuto accadere. Sofía afferrò la cornetta e se la portò all'orecchio. Aveva le vertigini, e lo stomaco sottosopra. Pur cercando di convincersi che era stato solo un brutto sogno, la realtà le pesava sulle spalle come un masso, insieme ai postumi del vino, che si mischiavano al rimorso corrosivo che le appesantiva la coscienza. Si contrasse come se volesse sparire dalla faccia della terra, nascondersi, nella vana speranza di riportare indietro il tempo, di cancellare ciò che aveva fatto, di eliminare ciò che era accaduto, un peccato, uno scivolone impudico e incauto, una distrazione voluttuosa, un lapsus osceno, come era potuto accadere? Come mai si era lasciata trascinare, travolta da un desiderio inaudito, in una follia, in un delirio inconcepibile?

«Sì?» disse con un filo di voce. «Chi è?»

«Sofía, sono Daniel.»

Nonostante la voce posata e tranquilla all'altro capo della linea, Sofía cercò l'appoggio della parete per non cedere al capogiro. Chiuse gli occhi e si premette la cornetta sull'orecchio.

«Daniel! Dove sei? Dio mio, sei proprio tu? Daniel...» La sua voce si spezzò, aveva un nodo in gola.

«Sono a Parigi.» La voce era composta. «Sono appena arrivato in albergo. Mi hanno detto che sei venuta a cercarmi.»

«Ero molto preoccupata per te.» Uno strano misto di indignazione e di gioia si faceva largo nella sua testa. Non poteva evitare la vergogna per il peccato commesso con Monique. «Dov'eri finito? Ti ho cercato per tutta Parigi.»

«Non saresti dovuta venire.»

«E tu perché non mi hai telefonato?» replicò lei, offesa.

«Lo sto facendo ora.»

Sofía prese fiato e fece un lungo sospiro. Cercò di calmarsi. Si portò la mano al volto e si coprì gli occhi.

«Sei sparito per più di un mese, Daniel.» Era in preda all'ansia, non voleva informarlo per telefono delle gravi condizioni del padre. «Ero molto preoccupata e tua madre...»

«Vieni subito qui», la interruppe, senza lasciarle spazio, freddo, distante. «Ti aspetto in albergo. Dobbiamo parlare.»

E attaccò.

«Daniel?» Sofía era incredula di fronte al silenzio che si era imposto all'altro capo della linea. «Daniel?»

Si girò e vide Patricia che, appoggiata alla porta della cucina, con una sigaretta in mano, la guardava con un accenno di sorriso. Riappese lentamente la cornetta.

«Si è degnato di darti un segno di vita», commentò Patricia, senza mostrare gioia né sorpresa, limitandosi a prenderne atto.

La sua immagine, agli occhi di Sofía, annebbiati dalle lacrime, era indistinta. Annuì, senza spiegarsi l'angoscia che le impediva di respirare. Sarebbe dovuta stare bene, allegra, felice. Eppure si sentiva uno strano peso dentro, e aveva solo voglia di piangere.

«È in albergo...» disse con voce tremante, senza nascondere la confusione. «Vuole che vada da lui.»

«Fallo», la incoraggiò Patricia. «Vai e parlagli. Chiaritevi. È la cosa migliore.»

«Che cosa succede?» la voce nasale di Monique la indusse a guardare all'altro capo del corridoio. La ragazza veniva loro incontro con una vestaglia leggera, che rivelava la sua nudità.

Sofía si allarmò e guardò con la coda dell'occhio Patricia.

«Ha appena chiamato Daniel Sandoval», rispose la donna, impassibile di fronte alla nudità della figlia. «Il marito disperso è ricomparso, finalmente.»

«E dove è riapparso?» domandò Monique, sorridente.

«In albergo», ripeté Sofía, guardandola di sfuggita, con reticenza, solo perché era impossibile evitarla, avendola accanto.

«Vengo con te», disse Monique, decisa.

«No...» replicò Sofía, agitata. Si asciugò le lacrime che le bagnavano le guance. «Non è necessario. Credo di dover affrontare questa cosa da sola. Vado a vestirmi.»

Si infilò nella doccia con tanta premura che non diede tempo all'acqua di scaldarsi. Il getto d'acqua tiepido, quasi freddo, le diede i brividi. Non se ne curò, voleva svegliarsi, prendere coscienza, capire ciò che aveva fatto. Mentre si asciugava, guardò la propria immagine nello specchio. Non aveva una bella cera. Gli occhi cerchiati da occhiaie scure le davano un aspetto trascurato. Scelse il vestito più sobrio che aveva in valigia; era la prima volta che lo metteva, a Parigi. Si pettinò e si truccò un po', cercando di nascondere la stanchezza. Monique bussò alla porta della camera, ma aprì senza attendere la sua risposta. Si affacciò, sorridente.

«Posso?»

Sofía annuì. Monique aveva una brioche in mano. Si era allacciata la vestaglia, ma era ancora scalza.

«Davvero non vuoi che ti accompagni?»

«No... Grazie, Monique, è qui vicino, e voglio camminare un po' prima di incontrarlo.» Si guardò allo specchio attaccato sulla porta dell'armadio e agitò nervosamente le mani. «Ho bisogno di aria.»

Prese la borsa e si avviò. Non volle mangiare niente, nonostante l'insistenza di Patricia. Le disse che aveva lo stomaco chiuso, ed era vero. Salutò e uscì, dirigendosi verso l'albergo. Il cielo era coperto e cadeva una pioggia sottile, ma la temperatura era primaverile. Non le importava di bagnarsi, apprezzava l'umidità sulle guance bollenti. Molte vie sembravano enormi posaceneri in fiamme, resti di una battaglia campale che restituiva l'immagine di una città ferita, saccheggiata. Le strade erano semideserte, con l'eccezione dei gruppi di gendarmi che sorvegliavano i punti strategici, i furgoni della CRS parcheggiati, qualche passante con il cane. Parigi era ancora addormentata.

Quando entrò nell'albergo, il receptionist la riconobbe subito. La accolse con un ampio sorriso.

«*Bonjour, madame, monsieur Sandoval vous attend dans la chambre 220.*»

Quando si ritrovò davanti alla porta della camera 220, alzò il braccio per bussare, ma interruppe il gesto, e la mano rimase sospesa nell'aria per qualche secondo. L'abbassò e l'addossò al corpo, pervasa da una paura improvvisa e paralizzante. Magari Daniel le avrebbe detto che aveva smesso di amarla, o avrebbe fiutato il suo peccato, scoprendo la sua terribile mancanza. Dopo un momento di panico, riprese fiato, per calmarsi. Alzò la mano e bussò lievemente, con il cuore in gola, i pugni stretti, inquieta. La porta si aprì e marito e moglie si trovarono faccia a faccia; si guardarono senza dire niente, come se non si fossero riconosciuti subito, come se Sofía avesse sbagliato porta, come se fossero due estranei che si osservano sconcertati, che si scoprono a vicenda. Per lui era esattamente così, ma Sofía era ignara di tutto: la sua prima sensazione era vera, perché non aveva mai visto quell'uomo in vita sua (tranne quando lo aveva incrociato per strada, davanti al suo portone, il giorno in cui Daniel era partito e lei aveva notato quegli occhi familiari). La persona che aveva davanti non era Daniel, bensì uno sconosciuto con gli stessi occhi, le stesse labbra, gli stessi capelli, lo stesso volto, un usurpatore della sua immagine.

Klaus mantenne un'espressione grave e solenne. Doveva agire con la mente di Daniel Sandoval. Fu Sofía a fare il primo passo verso di lui, in silenzio, attirata dai suoi occhi cristallini, in attesa di un abbraccio che non arrivava. Non poté aspettare oltre, impaziente, fece un altro passo fino a rifugiarsi nel suo petto, stringendosi a lui, con il battito del cuore che si accordava al suo. Klaus chiuse gli occhi e la avvolse tra le braccia, inspirò l'aroma dei suoi capelli e non poté evitare di commuoversi di fronte alla sua docilità. Rimasero così per un po', abbracciandosi in silenzio, senza muoversi, percependo i battiti del cuore dell'altro, finché Klaus chiuse la porta e cercò il suo volto. Le afferrò il mento e la costrinse a scostare il viso dal suo petto. Si guardarono con ardore. Lui le sorrise, asciugò con un dito una lacrima che le scorreva sulla guancia e la baciò sulle labbra. Lei ebbe un brivido, le parve di sentire una bocca diversa, un calore diverso, un'umidità sconosciuta, cancellata dalla sua memoria dai baci di poche ore prima. Fecero l'amore come due sconosciuti trascinati da una passione sfrenata, potenziata dal trovarsi in un albergo, lontano dalla quotidianità. Avvolta nelle carezze, travolta dal desiderio, Sofía rivisse ciò che aveva provato tra le braccia di Monique, lottò con i propri pensieri, li allontanò, cercò di cancellarli e chiuse gli occhi, abbandonandosi anima e corpo al marito ritrovato, tenero, impetuoso, con le membra che ardevano al punto di farle toccare il cielo per la prima volta, lo stesso cielo che aveva raggiunto con Monique.

Il suo odore, le sue carezze, il suo modo di penetrarla erano diversi, come se la vita precedente fosse stata cancellata, come se fosse la loro prima volta. Ma la sua confusione era soffocata dal senso di colpa che le rimordeva la coscienza, come un'ombra nera persistente, pressante, pronta a incenerirla.

12

Klaus non riusciva a dormire. Guardava la moglie del fratello, così fiduciosa, così disarmata, in balia dell'usurpatore, con la sicurezza incontestabile di averlo finalmente trovato, finalmente recuperato, finalmente riabbracciato, riavuto, serena come Klaus non poteva essere, perché la mente non gli dava tregua. Il ricordo di alcuni mesi prima, quando era seduto davanti a Markus in attesa di conoscere il suo piano machiavellico, sciupava quel momento. Conservava nella memoria l'immagine del compagno capo, seduto sulla sedia, che lo guardava con un'espressione altera e impassibile; la sua voce gli rimbombava ancora nella testa.

«I nostri compagni russi ci hanno chiesto un agente adatto per una missione da svolgere a Madrid», gli aveva detto, tracotante, una volta che Klaus si era accomodato, inerme come una preda catturata. «L'agente del KGB che avevano in loco è stato sollevato dall'incarico per un errore che stava per mandare a monte un'operazione preparata da anni. Ci chiedono un uomo con uno spagnolo perfetto, senza accento che lo identifichi, e che conosca le abitudini spagnole, adatto a infiltrarsi senza attirare troppo l'attenzione.» Aveva aperto le mani e fatto segno verso di lui. «Abbiamo pensato subito a te, ma ti abbiamo scartato per il tuo aspetto troppo germanico, lontano dal tipo spagnolo scuro, basso e con gli occhi castani.» Aveva taciuto per un momento e preso la foto di Daniel Sandoval, rigirandosela tra le dita. «Ma devo riconoscere che questo cambia le cose, e apre possibilità interessanti. È un'operazione molto importante a livello politico, fondamentale per la Russia, ma anche per noi, perché se va a buon fine, ci guadagneremo il favore del Cremlino, non so se mi spiego.» Sorrideva con astuzia, sfoggiando la smorfia oscena ben nota a Klaus. Di fronte al silenzio del suo interlocutore, aveva proseguito. «Per te può essere molto vantaggioso, naturalmente, perché i russi pagano bene, in tutti i sensi.» Aveva fatto un'altra pausa, per verificare la reazione di Klaus, che era rimasto impassibile. Markus lo aveva guardato per qualche secondo valutando la sua espressione. Aveva aspirato una boccata del sigaro e mentre espelleva il fumo, aveva abbassato gli occhi sulla foto. «Mi sembra una buona proposta, tenendo conto della tua situazione.»

«Mi sta proponendo di prendere il posto del mio gemello?»

«L'idea è esattamente questa.»

Klaus aveva taciuto per qualche secondo. Sapeva che non si trattava di una proposta: se non si fosse prestato, a partire da quella notte avrebbe dormito in una cella immonda, dove sarebbe rimasto a tempo indeterminato. In più sapeva che sarebbe ricominciata la persecuzione di Bettina. Non aveva scelta. Non aveva potuto e non aveva voluto reprimere un'espressione sprezzante, dettata dal desiderio di cancellargli quello stupido sorriso con un pugno, un colpo ben assestato che gli avrebbe fatto ingoiare il sigaro. Provava ribrezzo per quell'uomo con i denti gialli e una bava pastosa, rappresa agli angoli delle labbra.

Aveva parlato lentamente, senza fretta, con tutta l'arroganza che era riuscito a mettere insieme.

«A quanto mi risulta, Daniel Sandoval è un avvocato, ed esercita nello studio del padre. Io sono un fisico, non conosco le leggi e meno che mai il diritto franchista. Non vedo come potrei prendere il suo posto.»

«Riceverai istruzioni a Madrid. Mi hanno assicurato che i soldi non saranno un problema, disporrai di grosse cifre, che ti arriveranno attraverso i consueti canali. E con i soldi puoi diventare quello che vuoi, persino l'avvocato Daniel Sandoval.» Visto il suo silenzio, il capo Markus aveva proseguito. «Decidi tu. Se accetti, sarai esentato dal pagare il tuo debito con lo Stato. È uno scambio vantaggioso. Ma non saranno tollerati errori. Ci giochiamo il prestigio agli occhi dei russi, è una missione di alto livello. Se la porti a termine con successo, potrai vivere tranquillo per il resto della vita.»

Klaus aveva ritrovato la calma.

«Che cosa succederà a Daniel Sandoval?»
«Bisognerà toglierlo di mezzo, non c'è altra alternativa.»
Klaus fece segno di no con il capo.
«Non lo faccio, il prezzo è troppo alto...»
Markus allargò le braccia e si strinse nelle spalle.
«Davvero sei preoccupato della sua sorte? È un completo sconosciuto per te, pur essendo il tuo gemello. Ciò a cui tieni davvero è qui; tua sorella Bettina potrebbe ricavarne grandi benefici.»
Klaus non si fidava delle parole di Markus.
«Potrebbe ottenere il permesso di lasciare il Paese?»
«Potrebbe...» aveva risposto Markus, con una smorfia di sufficienza.
«Non accetterò finché non mi avrà fornito le dovute garanzie.»
Markus lo aveva guardato in silenzio, scrutandolo con un sorriso perverso. La sua voce pareva uscita dal fondo di una grotta.
«Ti ricordo che non sei nelle condizioni di avanzare pretese di sorta.»
Klaus si era tirato su, con un'espressione di misurata superbia.
«Il permesso di uscita di mia sorella in cambio di una decorazione del KGB per lei. Non mi dirà, compagno capo, che non è allettante.»
Markus gli aveva rivolto uno sguardo torvo, e subito dopo aveva aperto le labbra, mostrando i denti sporchi e abbozzando un sorriso sardonico.
«Va bene, hai vinto tu, Bettina avrà il permesso di uscire dal Paese.»
«Come faccio a sapere che non mi sta mentendo?»
Markus girò la testa, con un'espressione accondiscendente.
«Mi sembra assurdo che tu non lo sappia... La Stasi non mente mai.»
Klaus sapeva che erano parole vane, inconsistenti: non era possibile confrontarsi contro la macchina schiacciante dello Stato. Ma non aveva alternative, doveva fidarsi delle sue parole.
Il piano era machiavellico. Klaus avrebbe attratto il gemello nella DDR e lo avrebbe sostituito a Madrid, trasformandosi in Daniel Sandoval, la spia perfetta che non avrebbe dovuto sforzarsi per entrare nel ruolo, né infiltrarsi, perché era già dentro. Il compagno Markus era raggiante. Come aveva previsto Klaus, la proposta lo aveva messo in buona luce con i colleghi del KGB: Markus aveva subodorato la prospettiva di una promozione, di una maggiore disponibilità di denaro ma, soprattutto, di potere.

13

ERANO nudi, nel letto disfatto, abbracciati; sentivano la pelle calda dell'altro. Sofía teneva la testa sul petto di Klaus, che le accarezzava i capelli, pettinandoli dolcemente come seta che scivola tra le dita. Sofía accarezzava il corpo dell'uomo che credeva suo marito, finalmente ritrovato.

Alzò gli occhi e lo guardò.

«Daniel, devo dirti una cosa. Sono qui perché tua madre mi ha chiesto di venire a cercarti. Tuo padre ha avuto un incidente in macchina… Sta molto male. Stando alle ultime notizie, è ancora sedato, e i medici temono per la sua vita.»

Klaus si finse preoccupato.

«Mi sono assentato solo per colpa di mio padre e delle sue orribili bugie, Sofía.»

Lei mostrò un certo stupore, non eccessivo, perché era sempre stata convinta che Romualdo le nascondesse qualcosa.

«Che cosa è successo, Daniel? Dimmi che cosa ti ha portato qui, voglio saperlo.»

Klaus la guardò con un sorriso benevolo. Aveva studiato nei minimi particolari le informazioni che avrebbe fornito. Doveva stare attento, almeno all'inizio, affinché tutto quadrasse e non sorgessero dubbi di sorta. Era importante non commettere passi falsi al momento di entrare nella sua vita, per non destare sospetti. Cominciò a raccontare con calma, soppesando ogni parola.

«Sono venuto a Parigi per conoscere mia madre…»

Sofía alzò la testa, evidentemente sorpresa. Provò a dire qualcosa, ma lui la mise a tacere, posandole dolcemente due dita sulle labbra.

«Lascia che ti spieghi... Ho bisogno di farlo, per favore...»

Dopo qualche secondo, Sofía riappoggiò la testa sulla spalla di Klaus, pronta ad ascoltarlo, con lo sguardo perso, concentrandosi soltanto sulla sua voce.

«Io non ne sapevo niente. Due mesi fa, per caso, ho visto la lettera di una donna, indirizzata a mio padre. La busta era aperta, veniva da Parigi. Ero curioso e l'ho letta. Lei si chiamava Gloria.» Aveva scelto il nome di sua madre, per non commettere errori. «Gli diceva che era molto malata e gli chiedeva, lo supplicava, di poter vedere suo figlio. Era una lettera straziante, di una donna disperata. All'inizio ho pensato che fosse un caso dello studio, magari un'adozione, ma qualcosa non quadrava: era troppo diretta, troppo personale. Mi sono segnato l'indirizzo e il nome e ho chiesto a Elvira di tirarmi fuori il dossier di Gloria Montes. Lei non lo ha trovato, perché non esisteva. Mi ha confessato che, ogni tanto, mio padre riceveva qualche lettera da quella donna, sempre da Parigi, ma lei non l'aveva mai vista in studio e non sapeva chi fosse. Quindi ho chiesto a lui. All'inizio ha provato a evitare l'argomento, ma alla fine, in uno dei pochi momenti degni che ha avuto nella vita, mi ha detto la verità, o almeno una parte della verità, in qualche modo edulcorata, rispetto a quella che si è rivelata la realtà, soprattutto per quanto riguarda il resto di questa sporca storia, che ho saputo da Gloria», disse, imprimendo tutto il disprezzo possibile alle proprie parole. Dopo una pausa studiata, continuò, adottando un tono grave. «La donna che mi ha messo al mondo.» Tacque per un attimo. Era soddisfatto, il racconto procedeva bene, e accennò un sorriso. «Mio padre e quella donna avevano avuto una relazione durante la guerra. Lei era rimasta incinta e mio padre, religioso, paladino della morale e dell'onore, le aveva proposto di abortire, ma lei si era rifiutata. Lui temeva che Gloria e il suo bastardo, cioè io, le avrebbero rovinato il matrimonio e l'ascesa sociale alla quale poteva aspirare verso la fine della guerra, trovandosi nella fazione dei vincitori ed essendo stato un membro attivo della famosa Quinta Colonna di Madrid. Ogni volta che ci penso mi si avvelena il sangue. Ci avrebbe abbandonato a noi stessi se non fosse stato perché mia madre... be', Sagrario, era incinta anche lei. A quanto pare ha partorito pochi giorni dopo la mia nascita, ma il bambino è morto a distanza di poche ore. Mio padre sapeva della mia nascita e ha avuto una delle sue idee geniali.» Impresse un'evidente ironia alle sue parole. «Ha proposto a Gloria di sostituirmi al neonato morto, mi ha detto, e lei ha accettato. Ma la sua versione è molto diversa: Gloria mi ha confessato che mio padre mi ha strappato dalle sue braccia per consegnarmi alla donna che mi ha allevato, del tutto estranea al raggiro.»

«Tua madre?» Sofía si corresse. «Sagrario non sa che tu non sei...»

«No. Non l'ha mai saputo. Il parto l'aveva indebolita molto. Per diversi giorni era stata febbricitante e incosciente, sul punto di morire.» Rimase in silenzio per qualche secondo, abbassò lo sguardo per verificare le reazioni di Sofía, attenta alle sue parole, passandole dolcemente le dita sul seno. «Quando si è rimessa io ero lì, accanto a lei. Ero il suo figlio appena nato.»

«E Gloria? Non ha mai provato a riaverti?»

«All'inizio mio padre ha comprato il suo silenzio. Secondo lui, le ha dato una grossa somma di denaro perché potesse andare dove voleva, ma in realtà ha minacciato di denunciarla se avesse provato ad avvicinarci. Lei sapeva che parlava sul serio. Se avesse provato a riprendermi in qualche modo, l'avrebbe pagata cara. Erano tempi difficili per chi non poteva contare su nessuno, mentre mio padre, come ben sai, aveva, e ha, molti contatti nelle alte sfere. Soprattutto, mio padre non ha cuore, e per ottenere ciò che vuole è capace di tutto. L'avrebbe fatta sparire, e nessuno l'avrebbe rimpianta. Gloria non ha avuto scelta. Ha preso le poche cose che aveva, ha accettato il denaro che le offriva mio padre ed è venuta a Parigi. Per ventinove anni è sopravvissuta come ha potuto.» Sbuffò, fingendosi indignato. «Ha fatto la cameriera in un bistrot malfamato di periferia, e negli ultimi anni ha fatto le pulizie.» Fece una pausa a effetto e modulò la voce perché suonasse triste e patetica. «Il suo unico peccato è stato innamorarsi dell'uomo sbagliato... Sono state le sue ultime parole.»

Sofía allontanò di nuovo il viso dal suo petto e lo guardò con espressione affranta.

«È morta?»

Klaus annuì senza guardarla, con il volto pieno di dolore.

«Per lo meno ho avuto il tempo di starle accanto, solo qualche giorno. Per questo ho lasciato l'albergo: sono andato da lei, a casa sua. Era molto malata, provata. Me ne sono preso cura finché è morta.» Sentì le lacrime che gli salivano in gola e non le trattenne. «Era il minimo che potessi fare per lei. Dopo non riuscivo a tornare a casa, non avevo la forza di affrontare mio padre... E te. Sono così pieno di rabbia...»

Gli si spezzò la voce e scoppiò a piangere, nascondendo il viso tra le mani. Sofía era costernata. Non l'aveva mai visto piangere in quel modo, mai così provato e addolorato. Commossa, lo abbracciò e lui glielo permise, rifugiandosi nel suo petto. Si lasciò accarezzare i capelli.

«Daniel, mi dispiace, mi dispiace tantissimo. Avresti dovuto chiamarmi, non avresti dovuto vivere da solo tutto questo.»

«Avevo bisogno di tempo, di pensare a che cosa avrei dovuto fare, a che cosa avrei detto a mio padre, a come affrontare mia madre, la povera Sagrario. Se sapesse con che razza di mostro ha vissuto per tanti anni, morirebbe di dolore. Ho deciso di andare a Nord, in un paesino sperduto, per pensare. Non ho fatto altro: pensavo, passeggiavo da solo per cercare risposte. Come si affronta una cosa del genere, Sofía? Come devo comportarmi, adesso?»

«Sagrario non deve sapere niente, Daniel, è sempre stata tua madre e deve continuare a esserlo. Non puoi dirle la verità, non puoi farle questo.»

Klaus abbozzò un sorriso, senza farsi vedere. La strinse più forte. Stava andando tutto come si era augurato.

Sofía notò l'arrossamento della cicatrice che aveva sul braccio.

«Che ti è successo?» disse sfiorandolo. «È molto irritata, come se ti fossi bruciato di nuovo nello stesso posto. Non ha un bell'aspetto.»

Klaus guardò la bruciatura che stava guarendo.

«Mi sono graffiato senza volere, non è niente.» Con molta delicatezza si sciolse dall'abbraccio di Sofía e si alzò. «Devo andare in bagno.»

In bagno si guardò allo specchio. Osservò le due cicatrici che gli avevano dovuto fare, oltre all'operazione di tonsille, perché fosse esattamente uguale al gemello. La mente non gli dava tregua. Era tutto troppo intenso, doveva cercare di controllare le emozioni. Ma ogni volta che osservava la propria immagine riflessa nello specchio, gli tornava in mente il giorno in cui aveva consegnato il fratello.

* * *

Sul tavolo del compagno capo c'era un pacchetto avvolto in un pezzo di carta. Klaus era seduto davanti a Markus, che gli aveva rivolto una smorfia, come se volesse ridere e non sapesse come farlo. Nella mano giallastra stringeva un sigaro fumante.

«C'è tutto, tranne la biancheria intima», aveva detto Markus spingendo il pacchetto verso di lui. «Immagino che avrà un cambio in valigia.»

In silenzio, Klaus aveva aperto l'involto e visto, perfettamente piegati, i vestiti che Daniel indossava il giorno in cui era stato arrestato: il completo, la cravatta, la camicia, le calze, le scarpe, la cintura in pelle nera, l'orologio, la fede, il biglietto S-Bahn che non aveva mai usato e il cartoncino con l'indirizzo dell'agenzia di viaggi occidentale in cui non era riuscito ad andare. Prese il Rolex e lo guardò come se lo esaminasse. Poi prese l'anello e se lo mise al dito. Gli calzava a pennello.

«Posso sapere dove è stato portato?»

«Non ti riguarda, compagno Zaisser.»

«Spero non si trovi nella prigione di Hohenschönhausen.»

Il capo non aveva risposto, e non si era scomposto.

Hohenschönhausen era il centro di detenzione dove Klaus aveva vissuto i mesi più terribili della sua vita. Non aveva dimenticato le celle sotterranee, l'*U-Boot* (lo chiamavano così, il «sottomarino», perché si aveva la sensazione di trovarsi dentro un sommergibile), il freddo e l'umidità che entravano nelle ossa, il silenzio assordante, la stanchezza, la claustrofobia della reclusione; ore, giorni, settimane senza parlare con nessuno. Spesso gli capitava ancora di svegliarsi di soprassalto, madido di sudore, con la sensazione di essere intrappolato in un pozzo buio.

«Spero che riceva un trattamento adeguato», aveva aggiunto. «Non è un prigioniero, non ha commesso reati, e non rappresenta un pericolo. Lo ricordi, compagno capo.»

Il compagno Markus aveva gli occhi acquosi, come quelli di un malato. Lo aveva fissato. Aveva alzato il mento con la solita espressione prepotente, o vacua, come pensava Klaus, che sapeva dei suoi agganci, non certo guadagnati con l'intelligenza.

«Dimentichi che Daniel Sandoval viene da un sistema fascista che odia e combatte il comunismo, abituato ad arrestare, torturare e uccidere chi la pensa come te e come me.» Aveva sollevato il dito, minaccioso. «Cerca di non scordarlo.»

Il volto di Klaus si era adombrato. I pensieri gli annebbiavano i sensi.

«Non sarebbe giusto, lo sa bene. Non ha fatto nulla», aveva insistito, pur sapendo che sarebbe stato inutile, visto che in qualche modo Daniel rappresentava il nemico da battere, il pericolo da eliminare, sottomettere, vincere, annientare.

Klaus si era reso conto che l'ombra di quel sospetto avrebbe comportato un calvario per Daniel, e si era sentito un nodo in gola, di nuovo il senso di colpa che si aggiungeva alla fredda e pesante condanna di avere spinto la sua amata Hanna e la piccola Jessie verso un destino fatale, senza neanche una tomba per piangerle e la sorella a un'esistenza dominata dall'incertezza, dalla sfiducia e dall'oppressione. Troppe colpe sulle sue spalle. Aveva avvertito un brivido, sopraffatto, sapendo di non poter tornare indietro.

Il compagno capo aveva intuito il suo turbamento. Aveva chiuso le palpebre con una smorfia accondiscendente, altro gesto abituale, come se gli stesse salvando la vita. Aveva alzato la mano e parlato in tono misurato.

«Non preoccuparti per tuo fratello, compagno Zaisser. Sarà trattato come si deve, te l'ho detto.»

Klaus lo aveva guardato, incredulo, senza poter evitare un moto di disprezzo. Ormai non aveva niente da perdere.

«Mi permetta di non crederle, compagno capo.»

«Invece dovresti farlo», aveva aggiunto l'altro, con asprezza. Si era proteso e lo aveva guardato fisso, puntandogli il dito contro. «Ti conviene farlo...»

Klaus aveva taciuto e abbassato lo sguardo. Si sentiva impotente.

«E mia sorella, quando avrà il permesso di espatriare? Mi piacerebbe che potesse venire con me.»

«La trattiamo così male, qui?»

«Il punto non è questo. Lei vuole andarsene e noi siamo rimasti...»

«Ogni cosa a suo tempo», lo aveva interrotto il compagno Markus, irritato.

«Ma le daranno il permesso... Me l'ha promesso.»

«Non uso promettere cose che non dipendono da me, compagno», aveva aggiunto, con falsa indulgenza e una smorfia arguta. «Ho saputo che...» con la mano libera dal sigaro aveva aperto una cartellina che aveva davanti, sul tavolo, e posato l'indice su un foglio. «La nostra compagna Bettina ha fatto domanda per avere una macchina.» Aveva sollevato lo sguardo, trafiggendo Klaus, che aveva mostrato tutto il proprio odio per il fatto che avesse usato la parola «nostra», visti i sottointesi di possesso che implicava. «E anche un appartamento... La ragazza vuole progredire.»

«Saprà aspettare il suo turno.»

«Ma il suo turno, guarda caso, è arrivato. Domani stesso potrà andare a ritirare una macchina nuova fiammante, e l'appartamento le sarà consegnato a fine mese, in una delle zone migliori della città.» Lo aveva guardato con soddisfazione diabolica, aveva aperto le mani ed esclamato con veemenza: «Che grande notizia! Non trovi? È una ragazza fortunata, tua sorella; peccato che creda così poco nella nostra causa.»

Klaus non sapeva che dire e aveva taciuto per qualche secondo, perplesso.

«E il permesso di espatrio?»

«Arriverà, compagno Zaisser. Ogni cosa a suo tempo. Per il momento, come dimostrazione della generosità del nostro governo, vogliamo ricompensare la compagna Bettina, visto il lavoro realizzato a beneficio dei suoi concittadini. Una macchina e un appartamento potrebbero spingerla a riconsiderare la sua...» aveva taciuto per un attimo, arricciando le labbra, pensoso. «... Decisione di lasciarci. Noi crediamo che la compagna Bettina sia un elemento imprescindibile per la nostra causa.»

«Adesso che lavora in una fabbrica di mobili, nonostante la laurea a pieni voti in Medicina?»

«Hai perfettamente ragione, è intollerabile. Questo Paese non può permettersi di sprecare una grande pediatra. Glielo avrei comunicato tra qualche giorno, ma te lo anticipo: le hanno assegnato un posto in un ospedale prestigioso.» Di fronte allo stupore di Klaus, Markus aveva sorriso, soddisfatto. «È una grande occasione, non puoi negarlo.»

Klaus era consapevole che volevano in qualche modo risarcirla del divieto di lasciare il Paese. Non sapeva come avrebbe reagito Bettina. Avrebbe voluto parlargliene. Era confuso. Aveva preferito non approfondire e prendersi il tempo di risolvere le cose.

«E io? Quando andrò a Madrid?»

«Temo che dovrai aspettare.»

«Perché?» aveva domandato, corrugando le sopracciglia. «Pensavo che fosse una cosa immediata.»

«Devi avere una cicatrice sulla natica destra e dobbiamo toglierti le tonsille. In più devono procurarti una piccola scottatura sul braccio sinistro, all'altezza del gomito», aveva detto indicandolo con la mano che reggeva il sigaro.

Klaus lo aveva guardato con incredulità.

«Che significa?»

«Se devi prendere il posto del tuo gemello, la somiglianza non è sufficiente, devi anche portare addosso i segni caratteristici successivi alla nascita, dovuti a incidenti, cadute o interventi chirurgici. Tuo fratello è stato operato di tonsille quando aveva cinque anni. A dieci è caduto da una bicicletta e gli si è conficcato un ferro nella natica; ha avuto diversi punti. E a venti si è ustionato mentre faceva un barbecue. Devi riportare i segni, perché altrimenti quella che sarà tua moglie potrebbe nutrire sospetti sulla tua identità, e non vogliamo certo che accada. In questa missione ci giochiamo molto, compagno Zaisser, lo sai.»

«Di quanto tempo stiamo parlando?»

«Be', hai appuntamento all'ambulatorio oggi stesso, avrai la precedenza assoluta. Ti procureranno le cicatrici. I tempi esatti li stabiliranno i medici, ma calcola un mese, due al massimo. Dipende da come guariscono le ferite. Un'altra cosa importante...» Parlava guardando la cartellina con il dossier sul fratello e il suo ambiente. «Devi fare in modo che tua cognata sia impegnata. Adesso si dedica solo alla casa, ma è pericoloso, saresti al centro della sua attenzione e non conviene. Spronala a fare qualcosa che le piaccia. Secondo le nostre informazioni, è laureata in Chimica e vuole fare un dottorato, ma il tuo gemello glielo ha sempre impedito. Tu incoraggiala: più tempo passa fuori, meno si curerà di te e di quello che fai o dici. Cerca di non parlare del vostro passato insieme. Diventa il marito perfetto. Falla felice, fatti adorare, fai in modo che non abbia da ridire su di te e su quello che fai. Agisci con grande circospezione, soprattutto all'inizio. Intesi?»

«E come crede che reagiranno alla lunga assenza da Madrid?»

«Non preoccuparti. Gli obiettivi principali sono sorvegliati costantemente per controllare e analizzare ogni loro movimento.» Era rimasto zitto per qualche istante, per riflettere; aveva arricciato le labbra e chinato la testa di lato. «Il telegramma che hai mandato a Romualdo Sandoval sembra aver sortito gli effetti previsti. In più, un periodo di assenza ci farà comodo: l'incertezza e la mancanza di notizie accrescono il desiderio del ritorno. Quando rivedranno Daniel, lo accoglieranno come una manna scesa dal cielo.»

Klaus aveva ricordato il telegramma mandato da Daniel a Sofía il giorno in cui era entrato a Berlino Est. Era fiducioso: non sapeva che il telegramma era finito nel cestino, in mille pezzi.

Quando Klaus uscì dal bagno, Sofía si stava vestendo.

«Dovremmo chiamare per dire che stai bene. Sono tutti molto preoccupati, soprattutto tua madre... Be', Sagrario...»

Klaus si avvicinò a lei e la prese per la vita. Ancora scalzo, indossava i pantaloni e la camicia sbottonata. A Sofía parve più attraente che mai.

«Sagrario continua e continuerà a essere mia madre a tutti gli effetti.» Tacque per un attimo, senza smettere di guardarla. «Sofía, non voglio che nessuno sappia ciò che è accaduto a Parigi. Nessuno, capito? Neanche tuo padre, o Carmen. Per favore, voglio che resti tra noi.»

«Ma mi domanderanno che cosa ti è successo. Bisognerà pur dire qualcosa.»

«Diremo che mi sono preso qualche giorno di riposo, che avevo bisogno di allontanarmi da tutto. Nessuno deve impicciarsi, sono cose tra me e te, che conosciamo la verità. Non voglio far soffrire nessuno più del dovuto.»

«E tuo padre?»

«A mio padre ci penso io.»

«Va bene», disse lei, abbassando lo sguardo. «Come vuoi.»

Klaus la tirò a sé, apprezzando le sue forme a contatto con il proprio corpo. Non poteva evitare di provare desiderio, così le passò dolcemente le dita sulle labbra, accarezzandole come se fossero di velluto, senza smettere di guardarla negli occhi. A lei parve più attraente, più maturo. Poi Klaus la baciò a lungo, penetrandole le labbra con la lingua. Non l'aveva mai baciata così, che Sofía ricordasse. Si accorse che il marito stava cedendo di nuovo al desiderio e lo allontanò con delicatezza, vergognandosi di quelle effusioni poco usuali.

«Se continuiamo così, non riusciremo a uscire da questa stanza.»

Senza lasciarla andare, Klaus la guardò a lungo in silenzio, con un'espressione ben sperimentata da amante innamorato che commosse Sofía.

«Vorrei restare chiuso qui dentro con te per il resto della vita.»

«Dai, smettila.» Lo allontanò, divertita. «Non fare lo stupido. Chiamo mia madre, che di sicuro è a casa.»

Klaus le rivolse uno sguardo gentile. Emanava una strana calma, che sorprendeva piacevolmente Sofía. Da tempo non la guardava così, con quell'insistenza compiaciuta, lo sguardo appassionato che la poneva al centro dell'attenzione. Klaus era consapevole dell'atteggiamento che il fratello Daniel aveva nei suoi confronti, del disincanto rispetto all'amore dei primi anni. Spesso la routine finisce per trasformare l'oggetto d'amore in un soprammobile, e l'abitudine cancella l'incanto, che svanisce nella grigia quotidianità. Sarebbe risultato facile renderla felice.

Sofía richiese una chiamata internazionale alla reception. Dopo diversi minuti, udì lo squillo e poi la voce esasperante della madre all'altro capo del filo. Dopo averle dato la notizia che era con Daniel e averle assicurato che stava benissimo, le annunciò che sarebbero tornati il prima possibile, visti gli scioperi delle ferrovie e degli aeroporti. La Francia era paralizzata. Mentre parlava con la madre, seduta sul bordo del letto disfatto, guardava il marito. Le pareva cambiato nel modo di muoversi, di annodare la cravatta, senza specchio, meccanicamente, nel tono della voce. Ma nessuna stranezza poté offuscare la sensazione di felicità e di pace che provava tra le sue braccia. Ciò che era accaduto con Monique si stava diluendo nella sua mente, e cominciava a maturare la convinzione che non fosse accaduto davvero, che fosse stato tutto un sogno (impossibile non ritenerla un'esperienza piacevole), un'allucinazione, un prodotto dell'ebbrezza e della stanchezza; negava tutto per difesa, soprattutto con se stessa. Non era accaduto niente, non era mai successo. Sarebbe finito tutto nel dimenticatoio, per sempre.

Sagrario chiamò l'albergo poco dopo che Sofía ebbe riattaccato con la madre. Telefonava dalla clinica, dove Adela l'aveva rintracciata per darle la notizia che Daniel era finalmente ricomparso.

Klaus parlò per qualche minuto con Sagrario, che era euforica: oltre a sentire il figlio, aveva appena saputo che stavano trasferendo Romualdo in una stanza. Klaus si mostrò affettuoso con lei e le assicurò che sarebbero arrivati a Madrid non appena possibile.

Dopo diversi tentativi, ebbero la conferma che non partivano treni o aerei.

«Se avessimo una macchina...» disse Klaus. «Potremmo andare fino a Hendaya e da lì prendere un treno per Madrid.»

«Monique ha la macchina», gli comunicò Sofía, senza pensarci.

«Chi è Monique?» domandò Klaus, fingendosi curioso.

«È la figlia di Patricia, l'amica di mio padre che mi ha ospitato in questi giorni. Il numero dove mi hai chiamato stamattina.»

Klaus sorrise tra sé.

«Credi che potrebbe accompagnarci alla frontiera? Le pagheremmo il viaggio.»

Sofía non se la sentiva di passare tutte quelle ore chiusa in una macchina con Monique e Daniel.

«Accompagnarci?» chiese, sconcertata. «Non so, sono un sacco di chilometri. Perché non aspettiamo? Lo sciopero non durerà in eterno.»

«Ho bisogno di tornare. Mio padre potrebbe non resistere a lungo, e chiede di me.» Klaus aveva fretta di arrivare a Madrid per occuparsi personalmente di Romualdo. «Chiamala e chiediglielo. Sarebbe una buona soluzione. Con un po' di fortuna, domani potremmo essere a casa.»

Sofía lo fece, per niente convinta, sperando che Monique si rifiutasse di accompagnarli in un viaggio così lungo. Aveva bisogno di prendere le distanze da lei e da tutto quello che era successo nelle ultime settimane. L'idea di ritrovarsi nell'abitacolo di un'auto, costretta a parlare e a raccontare, con il rischio che Daniel notasse qualcosa di strano, un gesto che lo facesse sospettare, la angosciava al punto da desiderare che la ragazza non acconsentisse.

Ma la risposta non fu quella che sperava. Monique era contenta di accompagnarli in macchina, però la benzina scarseggiava e poteva essere un problema. Disse tuttavia che avrebbe provato a procurarsela. Sapeva come muoversi e li avrebbe chiamati quando avesse avuto abbastanza carburante da intraprendere il viaggio in tranquillità.

Sofía e Klaus andarono a mangiare qualcosa in un ristorante vicino all'albergo. Per strada c'era poca gente. La metro non funzionava, e nemmeno i taxi e gli autobus. Chi non scioperava doveva raggiungere a piedi il posto di lavoro, o ricorrere alla bicicletta come mezzo per muoversi in città. Erano stati messi a disposizione dei cittadini alcuni furgoni dell'esercito. Circolavano poche macchine, e alle pompe di benzina si erano formate lunghe code.

Quando tornarono all'hotel, trovarono un messaggio di Monique. Aveva rimediato la benzina, almeno per la prima parte del viaggio. Le avevano detto che per strada avrebbero trovato qualcuno da cui comprarla. Li aspettava a casa, per organizzare la partenza.

La mattina successiva, prima dell'alba, Sofía salutò Patricia davanti al portone, mentre Monique caricava le valigie nel piccolo bagagliaio. Klaus si mantenne un po' in disparte, lontano dalla madre e dalla figlia. Salutò cortesemente, ma non volle salire a casa. Mentre aspettava che si concludessero i saluti, alzò gli occhi verso la facciata del palazzo attiguo. Aveva dato ordine di smantellare gli apparecchi nell'appartamento. Entro la fine della giornata sarebbe stato tutto a posto. Quando arrivò il momento di salire sulla Renault, Sofía, istintivamente, come un riflesso condizionato, fece per mettersi dietro, ma Klaus glielo impedì con un sorriso.

«Vado dietro io.»

«Sicuro?» domandò lei, stupita.

Non aveva mai visto Daniel sul sedile posteriore di un'auto. O guidava, o occupava il posto del passeggero; anche nella macchina di Romualdo, Sagrario si metteva dietro per abitudine, benché patisse l'auto, specie durante i viaggi lunghi. I due uomini Sandoval non avevano mai pensato di cedere il sedile anteriore. Sofía era sicura che la suocera sarebbe stata la prima a opporsi. Era una di quelle norme tacite, acquisite da tutti, che non si infrangevano mai.

Monique si comportava con una naturalezza sconcertante, come se tra loro non fosse accaduto nulla, ma pur agendo come Sofía si augurava che agisse, la turbava, perché a ogni sguardo, a ogni frase si aspettava un gesto che la smascherasse davanti a Daniel. Aveva esagerato un po' solo quando Sofía stava preparando la valigia, chiedendole di aspettare un momento. Era uscita dalla camera ed era tornata con il libro di Simone de Beauvoir in mano.

«Te lo regalo», le aveva detto, porgendoglielo.

«Per te è un libro fondamentale, non posso accettarlo.»

«Posso comprarne un'altra copia. Ti chiedo soltanto una cosa.»

La guardò con un sorriso sincero. «Leggilo, rifletti sul suo contenuto e cerca di liberare la tua mente dai pregiudizi.»

Sofía lo aveva preso in silenzio. Lo aveva accarezzato come se fosse un gioiello, un oggetto importante e prezioso.

«Vuoi introdurmi alla filosofia?»

«Proprio così. Concediti questa opportunità. Dipende solo da te.»

Sofía aveva osservato il libro, se l'era stretto al petto e l'aveva guardata, sorridendo.

«Lo farò; almeno ci proverò. Sarà faticoso, perché il mio francese è molto terra terra.»

«Ti aiuterà a migliorarlo.»

Quel pensiero l'aveva commossa. Si erano guardate. Sofía aveva ringraziato Monique per il regalo e le aveva assicurato che sarebbe diventato un libro fondamentale anche per lei.

«Sei una donna straordinaria, Sofía, devi soltanto crederci. Spero che tu sia felice con Daniel, ma se non lo sarai, vieni a Parigi. Sarai sempre la benvenuta.»

Sofía, confusa, imbevuta di quegli occhi, con un momentaneo capogiro, si era sottratta allo sguardo di Monique. Aveva messo il libro in valigia, l'aveva chiusa e l'aveva portata fuori.

14

Il viaggio fu lungo e noioso per tutti tranne che per Monique, che sembrava contenta di guidare, di procedere sulla strada sgombra, chilometro dopo chilometro, ascoltando e canticchiando la musica della cassetta, fumando quasi senza parlare; ogni tanto osservava nello specchietto retrovisore il volto del marito ricomparso, che trascorse gran parte del viaggio dormicchiando, o con lo sguardo assente, a pensare. Quando i loro occhi si incrociavano, Monique gli sorrideva e distoglieva lo sguardo con naturalezza. Sofía tacque per quasi tutto il tragitto, contemplando il paesaggio che scorreva davanti a lei, annoiata e stanca. Si fermarono il minimo indispensabile; trovarono la benzina senza troppi problemi, pagandola più del doppio, prezzo che Klaus saldò senza fiatare. Si offrì di guidare, ma Monique non volle.

«Guidare mi piace.»

Quando raggiunsero la stazione di Hendaya, quasi dodici ore dopo avere lasciato Parigi, Klaus prese le valigie e ringraziò freddamente Monique.

«Vado a vedere quando partono i treni per la Spagna», disse a Sofía. «Fai in fretta.»

Si allontanò e le due donne rimasero da sole, a osservare la sua schiena, il suo modo di camminare, con una valigia per mano, la sua e quella di Sofía.

«A quanto pare non sono simpatica a tuo marito», disse Monique, indicandolo.

«Non farci caso», lo giustificò Sofía. «Ha un problema difficile da gestire.»

«Almeno mi scriverai?»

«Monique, io...» La voce le tremava e il cuore le batteva forte. «Ti ringrazio tantissimo per tutto quello che hai fatto per me...»

«Lascia perdere, non devi ringraziarmi. Siamo state bene, tutto qui. Se non vuoi più saperne di me lo capisco, davvero, non c'è problema.»

Sofía le sorrise, grata.

«Che cosa farai, ora?» domandò indicando la macchina. «Non penserai mica di tornare direttamente a Parigi...»

«Ho degli amici a Biarritz. Passerò qualche giorno da loro prima di rientrare nel caos della capitale.»

Sofía era nervosa: temeva che volesse baciarla, abbracciarla o fare qualcosa che potesse infastidire Daniel, qualcosa che rivelasse ciò che era accaduto tra loro. Ma Monique le tese la mano, come la prima volta che si erano viste all'aeroporto. Sofía gliela strinse con un sorriso, ormai tranquilla. Monique si tolse il basco rosso e lo mise sulla testa di Sofía. La guardò piegando il capo, come se la esaminasse.

«Sta meglio a te», disse. «Te lo regalo, così ti ricorderai di me.»

Sofía toccò il basco come per assicurarsi di averlo davvero in testa; parlò a voce bassissima, anche se era impossibile che Klaus potesse udirle.

«Grazie di tutto, Monique. Non dimenticherò mai questi giorni parigini.»

La ragazza sorrise, compiaciuta.

«Forza, vai, tuo marito ti aspetta.»

Klaus le stava venendo incontro.

«Andiamo, c'è un treno per Burgos che parte tra un quarto d'ora, siamo stati fortunati. Da lì sarà più facile raggiungere Madrid.»

Prima di entrare nell'edificio della stazione, Sofía si voltò a guardarla. Monique era appoggiata alla macchina, con una sigaretta appena accesa, i jeans e una camicia a righe azzurre e rosse che metteva in risalto la pelle chiara, i capelli sciolti, il sorriso. Alzò la mano per dirle addio. Sofía le restituì il gesto ed entrò nella stazione seguendo i passi svelti di Klaus.

«Dovrei chiamare a casa per avvisare che stiamo arrivando.»

«Non abbiamo tempo.»

15

Quando si ritrovarono da soli sul treno, tornò il silenzio. Klaus era agitato perché temeva di sbagliare, di dire qualcosa che inducesse Sofía a sospettare di lui, nonostante la somiglianza straordinaria, quasi perfetta, due gocce d'acqua con lo stesso patrimonio genetico e un destino molto diverso. Temeva di commettere un errore, di rivelare qualche lacuna che lo smascherasse e facesse crollare tutto ancora prima di cominciare. Soppesava ogni particolare, soprattutto nei primi giorni, durante l'assestamento personale, fisico, mentale. Per andare sul sicuro aveva deciso di mostrarsi taciturno, mogio, circospetto, un po' malinconico, finché non si fosse ambientato. Doveva procedere con cautela, pronto a reagire a eventuali sbagli, alle domande: era stato addestrato per affrontare situazioni complicate, interrogatori, pressioni, preparato a sopportare le torture, a tacere fino alla morte, se necessario (anche se, in fondo, sapeva che non l'avrebbe mai fatto, non avrebbe mai dato la vita per una causa legata alla Stasi o al suo Paese; era parte del gioco, lo sapeva, e nessuno poteva arrivare a pretenderlo, neppure l'astuzia del compagno Markus). Lo avevano addestrato anche a eliminare ogni individuo che potesse ostacolare la sua missione senza lasciare traccia; sapeva come disfarsi di un cadavere, come inscenare una morte accidentale, era preparato a tradire i parenti, gli amici, i vicini, i conoscenti o gli sconosciuti, a farli cadere in disgrazia con una denuncia, alla morte, perfino, per averli indicati; lo avrebbe fatto anche con il padre, denunciandolo e condannandolo alla temuta tortura della Stasi, se fosse stato necessario. Sapeva che gli avevano estirpato l'empatia, con un'unica eccezione: si sarebbe fatto ammazzare prima di denunciare la sorella. La sua sicurezza, la sua libertà erano diventate una priorità; si sentiva responsabile di tutto il male che Bettina aveva subito, ma doveva agire con cautela per evitare danni peggiori. Farla uscire dal Paese era la sua ossessione, che in qualche modo placava il dolore di non esserci riuscito con Hanna e con la figlia, di non essere stato capace di proteggerle, evitando loro la sofferenza della prigionia e della morte. Si tormentava chiedendosi dove fosse avvenuto e come, se avessero sofferto. Gli faceva così male pensare a loro che cercava di concentrare tutti i propri sforzi sulla sorella. Stava male al pensiero di lasciarla da sola per un tempo imprecisato, impossibilitato a comunicare con lei mentre lavorava per il KGB. Dovevano agire con cautela, aveva insistito quando si era accomiatato da lei, ancora furente per ciò che aveva visto. Non era riuscito a convincerla che fosse necessario, né a spiegarle una cosa impossibile da spiegare, a giustificare un atto ingiustificabile. Che argomenti aveva di fronte a un'infamia del genere?

Era rimasto per qualche secondo sulla porta, con la mano sulla maniglia, senza decidersi a entrare. Bettina era distesa sul letto, vestita, con due cuscini sotto la testa. Leggeva un libro. Aveva alzato solo per un momento gli occhi, fingendo di non essere interessata alla sua presenza.

Klaus era entrato nella stanza, aveva chiuso la porta ed era rimasto in piedi, con le mani in tasca, come se aspettasse il permesso di parlare, ma Bettina aveva continuato a ignorarlo.

«Bettina, per favore, cerca di ragionare. Accetta la macchina. Mi metti in una situazione molto difficile.»

«Lasciami in pace, d'accordo?»

«Non ci guadagni niente a rifiutarla. Risparmi da due anni per comprartela. Almeno ce l'avrai. È quello che volevi, no?» Davanti al silenzio ostinato della sorella, aveva insistito. «Capisco che sei arrabbiata, ma per quanto pensi di continuare così?»

In quel momento Bettina aveva abbassato il libro e lo aveva apostrofato con parole piene di furia, scagliate come dardi avvelenati.

«Non voglio niente da voi, niente che provenga dai tuoi illustri compagni.» Aveva parlato a voce bassa, trattenendo la rabbia. «Non voglio niente da questo governo, che mi sottomette con la paura e che imprigiona persone innocenti per pura convenienza. Prendi atto una volta per tutte che non voglio niente da te.»

«Ti ho promesso che ti tirerò fuori di qui, e lo farò.»

«Non capisci niente. Non voglio uscire a scapito di un'altra persona.» Gli aveva puntato il dito contro, con una veemenza schiacciante, torva, piena d'ira. «Del tuo gemello, Klaus, della vita di nostro fratello. Non è tutto lecito, dovresti saperlo, e se non è così, significa che stai diventando come loro.»

«Bettina...» Si era avvicinato ai piedi del letto, ma lo sguardo della sorella lo aveva dissuaso dall'intenzione di sedersi. «Non capisci. Ho una missione da compiere. Daniel starà bene.»

«Come puoi dire che starà bene a Hohenschönhausen?»

«Non sappiamo se è lì.»

«Davvero hai qualche dubbio? Che cosa pensi, che lo abbiano mandato alle terme? Se è così, sei caduto molto più in basso di quanto pensavo.»

«Non so dove lo abbiano portato, ma mi hanno assicurato che starà bene.»

L'ira di Bettina cresceva. Si era seduta sul letto, con un moto di sfida.

«Ma chi vuoi prendere in giro? Se vuoi guardare dall'altra parte, accomodati, ma non puoi obbligare me a fare lo stesso. Non posso negare l'evidenza.»

«E che cosa sarebbe evidente, per te?»

«Hai venduto Daniel!» aveva esclamato Bettina, alzando le mani con impeto. «Non se lo merita! Non è giusto! E tu lo sai meglio di me. Lo hai attirato qui con l'inganno, sapendo che non sarebbe più uscito dal Paese. Che cosa state tramando? Prenderai il suo posto? Ti farai passare per lui con la sua famiglia? Per questo fai il giro degli ospedali da un mese? Perché ti hanno tolto le tonsille?» Si era protesa in avanti come per rendere più ferme le proprie parole. «Ti ricordo che sua moglie è tua cognata, e che le sue figlie sono tue nipoti. Non sono estranei da manovrare come se niente fosse.»

Klaus aveva ascoltato imperterrito la sfuriata della sorella, ricevendo le sue parole come schiaffi in faccia. Dopo l'arresto di Daniel, cui Bettina non avrebbe dovuto assistere, riusciva a malapena a dormire, in preda a un'intensa inquietudine, come se avesse gli occhi del gemello conficcati nel profondo del suo essere; si svegliava sentendo le sue urla, la sua richiesta di aiuto, e restava paralizzato, immobile, trattenendo il fiato finché non si sentiva soffocare, per poi prendere aria come chi torna a galla dalle profondità di un fiume torbido. Il suo stato era aggravato dall'atteggiamento distaccato della sorella, e dal suo disprezzo, che rendeva più profonda la sua ferita.

«Bettina, non avevo altra scelta.»

«Non mi dire così, perché non ti credo... Come hai potuto cadere così in basso, Klaus?» La sua voce si era spezzata in una supplica.

«Preferiresti sapermi in prigione perché mi sono rifiutato di compiere la missione che mi hanno assegnato? Sai bene come funziona. Non ti lasciano scelta. O accetti, o ne paghi le conseguenze.»

«Perché hai dovuto esporre Daniel portandolo qui? Avresti potuto conoscerlo senza coinvolgerlo in questo meccanismo feroce, senza consegnarlo a quegli esseri disumani per cui la vita degli altri non vale un cazzo.»

«Non avevo scelta», aveva insistito Klaus. «Ho sbagliato, la mamma voleva che mi informassi su Daniel e io ho chiesto dei favori a Madrid, niente di compromettente, ma... hanno intercettato le informazioni... Non ho ordito io il piano, Bettina. Sono una vittima tanto quanto Daniel.»

«Ho sempre pensato che non avresti danneggiato nessuno di proposito, che fossi buono e giusto, e che non saresti mai arrivato agli eccessi ai quali sono abituati i compagni come quel fottuto Markus. Non voglio...» Aveva deglutito, fissandolo intensamente. «Non posso stare dalla tua parte se ti presti ai loro giochi crudeli.»

Klaus l'aveva guardata per qualche secondo, riflettendo con espressione adombrata. Quando finalmente aveva parlato, la sua voce era metallica, grave, secca.

«Non mi giudicare, Bettina. Da noi la giustizia è molto relativa.»

Era sceso un silenzio denso e scomodo. Lei lo guardava cercando di trovare in fondo agli occhi del fratello qualcosa cui aggrapparsi, qualcosa in cui credere, per riconoscere l'umanità perduta del suo amato Klaus. Era affranta, incapace di accettare che si fosse prestato a una simile viltà.

Klaus non sopportava il suo disprezzo, perché era una conferma del proprio tradimento. Aveva infilato la mano in tasca e ne aveva estratto un foglio piegato a metà. Si era avvicinato a lei e glielo aveva messo tra le pagine del libro.

«Sono l'indirizzo e il numero di telefono di Madrid dove puoi trovarmi, casa e ufficio. Se mi scrivi, non mettere il mittente.»

«Sai che le mie lettere non ti arriveranno mai.»

«Troverai il modo di farmele avere, se sarà opportuno, ne sono certo. Non usare il telefono se non è assolutamente necessario, non dimenticare che ascoltano tutto. È molto rischioso.» Lei lo guardava, immobile. «Non dire a nessuno di Daniel, né dove mi trovo... Per favore, Bettina, è importantissimo che tu mantenga il segreto, per la mia sicurezza e soprattutto per la tua... Se ti succede qualcosa, non sarò qui a proteggerti. Capito?»

Lei aveva annuito.

«Se hai qualcosa di importante da dirmi usa i codici che ti ho insegnato. Li ricordi? Non avrò pace finché non vi avrò portati fuori di qui. Te e Daniel. Hai la mia parola.»

Si era girato e quando stava per lasciare la stanza, la voce di Bettina lo aveva fatto fermare.

«Klaus...» Lui si era voltato. Si erano guardati per qualche secondo. «Stai molto attento.» Le aveva indirizzato un sorriso. Poi aveva annuito.

Il pomeriggio stesso era partito per Parigi. Sofía stava indagando troppo. In più, l'incidente di Romualdo Sandoval non aveva sortito il risultato sperato. Bisognava concludere il lavoro. Il compagno Markus lo aveva avvertito che, una volta a Madrid, un agente russo si sarebbe messo in contatto con lui per fornirgli istruzioni. Ma Klaus ricordava soprattutto le ultime parole di Markus: «Da ciò che farai dipenderà il benessere di tua sorella qui, e anche quello del tuo gemello».

Klaus sapeva che la situazione era completamente diversa da quelle che aveva dovuto affrontare fino ad allora; introdursi all'improvviso nella vita quotidiana di qualcuno come se niente fosse, prendere il posto di un altro quando si era fisicamente identici sembrava facilissimo. Ma lavorare con i russi lo metteva a disagio, non conosceva i loro metodi, e il terreno sconosciuto lo turbava.

Bisognava procedere con i piedi di piombo e non abbassare la guardia neanche per un attimo.

Sofía era seduta accanto a lui e rispettava il suo silenzio. Dormicchiava con la testa appoggiata sulla sua spalla, ignara di tutto, scossa dallo sferragliare costante delle ruote metalliche. *Tracatà... tracatà... tracatà...* Si era bevuta la storia della madre, morta subito dopo che l'aveva trovata, il duro colpo che quella esperienza terribile aveva significato, la sofferenza del suo spirito. Si era abbandonata tra le sue braccia con una sottomissione commovente, per dargli il suo appoggio morale, da brava moglie che rimane accanto al marito in modo incondizionato.

A Burgos salirono su un treno per Madrid. Arrivarono molto stanchi, presero un taxi. Klaus aveva insistito per passare da casa; sarebbero andati all'ospedale più tardi.

Quando entrarono nell'alloggio, a Sofía parve impersonale, opprimente e silenzioso, senza la confusione delle bambine. Le sarebbe piaciuto trovarle a casa, con Vito, per evitare quel vuoto soffocante. Ebbe la sensazione di essere mancata per mesi, di essere stata assente per troppo tempo. Rimpianse le urla delle figlie, le loro risate e i loro abbracci, i loro giochi, il loro odore. Aveva voglia di abbracciarle, di coprirle di baci, di ascoltarle mentre le raccontavano i loro divertimenti, le loro cadute, le loro ingenue storie senza importanza. Appoggiò la borsa ed entrò nelle stanze per alzare le persiane, per spezzare il silenzio assordante che la metteva a disagio.

Nel frattempo, Klaus andò nella camera matrimoniale. Appoggiò a terra le valigie e osservò tutto. Si tolse la giacca, sciolse il nodo della cravatta, si sedette sul bordo del letto, sul lato di Daniel, e si buttò indietro, sdraiato con i piedi a terra, le braccia aperte sulla trapunta, guardando il soffitto. Sentiva Sofía che trafficava muovendosi per le stanze.

«Non c'è niente da mangiare», la sentì dire dalla cucina. «Bisogna fare la spesa. A che ora vuoi che andiamo all'ospedale?»

Klaus non rispose: aveva chiuso gli occhi e non sentiva più niente.

«Daniel...» A quel punto non poté fare a meno di aprirli, perché Sofía era sulla porta della stanza. Si avvicinò e si sedette accanto a lui. Gli accarezzò i capelli e lo baciò sulla fronte. «Ti senti bene? Vuoi dormire un po' prima di andare a trovare tuo padre?»

Klaus la guardò e le sorrise.

«Sto bene. Avevo solo voglia di tornare a casa, tutto qui.»

La prese per la vita e la attrasse a sé per baciarla. Lei si allontanò, turbata da quel desiderio sconosciuto.

«È meglio se andiamo. Tua madre ti starà aspettando, poverina, avrà voglia di vederti. E poi dobbiamo andare a prendere le bambine. Anche loro avranno voglia di tornare a casa.»

Klaus la guardò a lungo, in silenzio, senza muoversi. Avrebbe voluto fare di nuovo l'amore con lei, non uscire per giorni, abbracciarla, toccarla ed entrare dentro di lei fino allo sfinimento, dormire abbracciato a lei, pensando solo ad amarla, pur non potendola amare, perché il suo amore per Hanna era ancora indistruttibile, sopito, relegato nelle viscere più profonde del suo essere, morto, ma non sepolto. Sofía era molto attraente, non era difficile abbandonarsi tra le sue braccia, ed era così facile da compiacere, così semplice da accontentare. Con il tempo sarebbe arrivato ad apprezzarla, ne era certo.

«Come vuoi», disse Klaus, tirandosi su.

Sofía si alzò insieme a lui, e si ritrovarono entrambi seduti sul letto. Lei gli prese la mano e la strinse per fargli coraggio. Era convinta che stesse rimandando l'incontro con la madre, e soprattutto con il padre. Non sbagliava, ma i veri motivi erano altri, molto diversi da quelli che lei credeva.

Sofía si alzò, afferrò con determinazione la valigia e la mise su una panca ai piedi del letto.

«Tiro fuori la roba.»

Klaus la guardò e si alzò subito, cercando di fermarla con espressione allarmata.

«Lascia stare, faccio io.»

Lei gli rivolse un sorriso incredulo.

«Ma figurati», gli disse, decisa a non permettergli di intromettersi in quelli che considerava i suoi compiti. Lo squadrò. «Sei dimagrito...»

«Può darsi», rispose. «Il cibo francese non è paragonabile a quello che mi prepari tu.»

Lei gli sorrise, contenta di riaverlo a casa.

«Cambiati. Quel vestito è tutto spiegazzato. Ha bisogno di una stirata.»

Senza allontanarsi, Klaus la guardò mentre apriva la valigia. Tirò fuori le camicie e andò verso l'armadio per appenderne due. Quando si girò, Klaus ne approfittò per estrarre un pacchetto avvolto in un panno, che si infilò nella cintura. Prese anche il necessaire.

«Vado a farmi la barba», disse voltandosi verso il bagno.

Una volta dentro, chiuse a chiave la porta. Tirò fuori l'involto e aprì la stoffa azzurra che copriva una pistola, una Tokarev TT-33 che gli aveva fornito un contatto in una delle sue prime missioni a Francoforte. Quando lasciava la DDR, la portava sempre con sé, per precauzione, ma adesso non poteva più farlo. Doveva trovare un posto per nasconderla. La riavvolse e si guardò intorno per cercare un nascondiglio. Dietro il water c'era un buco, e la mise lì. Tirò fuori anche il nastro dell'incontro tra Sofía e Monique. L'avrebbe nascosto in un altro posto. Se qualcuno lo avesse scoperto, sarebbe stato più semplice giustificare solo uno dei due oggetti compromettenti. Infilò il nastro in tasca. Svuotò il necessaire: la saponetta, il pennello e il rasoio di Daniel. Li mise sulla mensola di vetro sotto lo specchio, e frugò in una tasca finché ne estrasse una fiala di vetro avvolta nel cotone perché non si rompesse. Controllò il liquido incolore. Lo strinse nella mano. Alzò lo sguardo e fissò il proprio riflesso per qualche secondo. Riavvolse la fiala nel cotone e la mise nella tasca dei pantaloni. Poi si fece la barba e si diede una rinfrescata.

Quando uscì dal bagno, Sofía era in cucina. Ne approfittò per nascondere la cassetta. Si guardò intorno e si avvicinò al comò, lo spostò leggermente e tastò la parte posteriore. Sorrise trovando una scanalatura nel mobile. Vi inserì la cassetta con attenzione, per non farla cadere, e spinse il pesante comò fino a incastrare il nastro contro la parete. Proprio in quel momento udì la voce di Sofía.

«Che fai?»

Finì di spostare il comò e prese il passaporto che aveva appoggiato sul mobile.

«Mi era caduto il passaporto,» disse, mostrandoglielo. All'improvviso, corrugò le sopracciglia, stupito. «Come hai passato la frontiera, se non avevi il passaporto?»

«Grazie a tua madre», rispose lei, estraendo dalla borsa il documento che aveva usato per entrare in Francia. Ma non per uscire, visto che Klaus aveva presentato il passaporto di famiglia alla frontiera. «Mi ha detto di andare alla Dirección de Seguridad: me lo hanno fatto subito. Dammelo, che lo metto via.»

«No, li metto via io», le disse, prendendo il documento che aveva in mano Sofía. Li infilò in tasca. «Dammi una camicia pulita», aggiunse, con naturalezza. Daniel lo faceva sempre, lo aveva sentito più di una volta: dammi quello, passami quell'altro.

«Cambiati anche i pantaloni, che sono stropicciati.»

«Non serve, vanno bene.»

Sofía lo guardò, ma non disse niente. Lasciò sul letto la camicia che aveva tolto dalla gruccia.

Klaus la prese e se la mise.

«Ho appena parlato con mia madre», aggiunse, mentre continuava a sistemare i vestiti nell'armadio. «Dice che ci porta le bambine. Non vede l'ora di vederti, per verificare che sei davvero tornato.»

«Ne dubita?» chiese in tono sorpreso.

«Sai com'è mia madre, mi accusava della tua assenza, insinuava che ti avessi fatto qualcosa e che tu non volessi più saperne di me.»

Klaus la guardò mentre si annodava la cravatta.

«Mi dispiace», disse, sinceramente. «Mi dispiace averti fatto passare tutto questo.»

Lei sorrise e assentì per fargli sapere che accettava le sue scuse.

«Dai, andiamo. Così te la togli.»

Sofía gli diede la chiave della macchina che era sopra la consolle dell'ingresso.

Non appena furono fuori, Klaus rallentò il passo, guardandosi intorno, finché vide la Seat 1500 bianca. Sofía lo precedeva di qualche passo: attraversò la strada e si fermò davanti alla porta del passeggero, in attesa che Klaus aprisse la macchina.

«Guida tu», le disse lui quando la raggiunse, porgendole la chiave. «Sono troppo stanco.»

Sofía rimase così sorpresa che non reagì.

«Vuoi che guidi io?» Lui assentì. «Sei sicuro?»

In realtà Klaus aveva realizzato che non aveva idea di come raggiungere la clinica de la Concepción, dove era ricoverato il suo presunto padre. Il modo più facile per evitare problemi era far guidare Sofía. Era pronto a guadagnarsela con quei piccoli gesti, importanti per lei e trascurabili per lui, che peraltro lo avrebbero tolto dai pasticci.

Sofía prese la chiave e girò intorno alla macchina per sedersi al volante. Era stupita dall'atteggiamento di Daniel, lo trovava strano, ma non volle pensarci troppo. Quando fu dentro, però, si agitò. Era da tempo che non guidava con Daniel a fianco; lo aveva fatto in poche occasioni, solo per fare pratica in strade secondarie, senza traffico, senza pericoli apparenti, e ricordava i suoi continui ammonimenti, non accelerare, accelera altrimenti si spegne, non frenare bruscamente, frena che stai andando troppo forte, gira qui, non così, là, metti la freccia, non è lì per bellezza... Con quel ricordo, Sofía mise in moto la macchina, schiacciò l'acceleratore e lasciò la frizione troppo in fretta; la macchina ebbe un sussulto e si spense, restando immobile. Guardò il marito con la coda dell'occhio.

«Forza, falla ripartire», le disse Klaus, notando il suo timore di essere rimproverata.

Sofía ubbidì, e partì con una guida dolce e leggera. Non parlarono molto durante il tragitto. Quando la macchina raggiunse l'ingresso della clinica, videro un gruppo di giornalisti in attesa.

«Che cosa succede?» domandò Klaus, stupito.

«La stampa insinua che l'incidente possa non essere stato casuale...» Lo guardò per un attimo. «Pare che qualcuno possa avere manomesso i freni.» Attese per qualche secondo che lui dicesse qualcosa, e di fronte al suo silenzio, continuò: «Tua madre ha parlato ogni giorno con i giornalisti. Immagino che abbia annunciato il tuo ritorno, quindi ti aspettano».

«Mi aspettano per cosa? Che cosa dovrei dire?»

Sofía lo guardò per un momento, senza smettere di meravigliarsi.

«Non lo so... Daniel. Che sei costernato, per esempio.»

«Costernato...» mormorò. «Che sono costernato», ripeté tra sé, come se volesse impararlo a memoria.

Sofía parcheggiò di fronte al portone principale dell'ospedale. Quando Klaus scese dalla macchina, un giornalista lo riconobbe e tutti gli piombarono addosso, circondandolo, sommergendolo di domande, senza attendere risposta, riversandogli addosso una cascata di interrogativi che lui faticava a capire. Non gli piaceva quella situazione: in genere fuggiva da qualunque esposizione eccessiva, ma in quel caso sapeva di doverla affrontare. Procedette verso l'entrata dell'ospedale e si fermò solo quando udì la domanda audace di un uomo di mezza età che, alzando la voce, gli chiese se pensava che l'incidente fosse stato una vendetta contro suo padre. Sentì le mani di Sofía che si aggrappavano al suo braccio, come se lo sostenesse per dargli forza; lo guardava come se fosse un eroe.

«Posso solo dire che sono...» la guardò per un attimo, con grande serietà «... costernato.»

E proseguì, facendosi largo tra le macchine fotografiche, il flash, i microfoni e i registratori pronti a raccogliere ogni sua dichiarazione.

16

TROVARONO doña Sagrario nel corridoio; era venuta incontro a Daniel perché aveva saputo del suo arrivo da un sorvegliante. Vedendolo avvicinarsi, reagì come se avesse visto Cristo resuscitato; gli buttò le braccia al collo, in lacrime, travolta da emozioni contrapposte; lo toccava senza credere di averlo finalmente davanti, tastandogli le braccia, il petto, accarezzandogli il volto come se fosse un'apparizione strappata agli artigli della morte, ringraziando il cielo e tutti i santi per aver riportato in tempo il suo amato figlio. Klaus era teso e un po' irritato: non era abituato a quella profusione di abbracci e di carezze. In più, doña Sagrario emanava un profumo intenso, penetrante, troppo dolce. Klaus cercava di ricambiare il suo affetto, ma non trovava il modo.

«Voglio vederlo», disse per porre fine alle effusioni.

«Adesso dorme, gli hanno appena dato un sedativo. Soffre molto, ma i medici ci hanno dato un po' di speranza. Dicono che il peggio è passato.»

«Voglio vederlo comunque...» insistette.

«Certo, figliolo.» Lo prese per il braccio e lo condusse davanti alla porta della stanza. «Ha chiesto diverse volte di te. Entra, entra.»

Klaus entrò, ma quando si accorse che doña Sagrario lo seguiva, la fermò con delicatezza.

«Mi piacerebbe stare un po' da solo con lui.» Sagrario lo guardò, sconcertata. Allora Klaus le toccò la guancia, le sorrise e le disse, con il tono di voce più dolce di cui era capace: «Per favore».

«Certo, certo, figliolo», rispose la madre, convinta dalle due parole magiche.

Sofía si avvicinò alla suocera, la prese per il braccio e la fece arretrare di qualche passo; Klaus capì che voleva aiutarlo.

Non appena fu entrato, chiuse la porta della stanza. Si avvicinò al letto. Le condizioni di Romualdo Sandoval erano peggiori di come immaginava, e avrebbero semplificato le cose. Aveva il volto viola per l'urto, una benda in testa e la gamba destra ingessata. Aveva una flebo nel braccio, con un flacone appeso a una sbarra che faceva cadere goccia a goccia i farmaci e l'idratazione necessarie per mantenerlo in vita; i parametri vitali erano monitorati da un macchinario che amplificava il battito del cuore e un fischio ritmico, piuttosto fastidioso. A parte quello, la stanza era immersa nel silenzio.

Attento alla porta, Klaus estrasse la fiala dalla tasca, ruppe la parte superiore del cappuccio e si avvicinò al malato addormentato. In quel momento, come se l'inconscio lo avesse messo in guardia, Romualdo aprì gli occhi e lo fissò. I due uomini si guardarono per qualche secondo, Klaus rimase immobile, in attesa di una reazione, ma il vecchio Sandoval non fece niente, abbozzò un sorriso, un'espressione di piacere, e richiuse gli occhi.

«Dormi tranquillo», mormorò Klaus, mentre gli apriva con attenzione le labbra per versargli il contenuto della fiala nella bocca. «Va tutto bene...»

Mise il contenitore vuoto in tasca, per disfarsene all'uscita. Il liquido avrebbe fatto effetto nel giro di qualche ora, cinque o sei, forse di più. Ma il suo effetto sarebbe stato implacabile e quasi impossibile da rilevare a meno di sapere della sua ingestione. Il battito si sarebbe affievolito fino a sparire. Un arresto cardiocircolatorio avrebbe messo fine alla vita dell'illustre Romualdo Sandoval. Non tutti avrebbero pianto la sua morte.

Aspettò ancora un po', in silenzio. Poi uscì in corridoio. Sagrario si avvicinò a lui cercando di indovinare dal suo sguardo che cosa avesse provato. Klaus schivò i suoi occhi inquisitori.

«Voglio andare a casa», disse rivolto a Sofía. «Sono molto stanco.»

Sagrario lo guardò, delusa.

«Vai già via? Pensavo che volessi stare accanto a tuo padre, soprattutto se si sveglia.»

La guardò senza poter evitare un moto di disprezzo.

«Sono stanchissimo», ripeté a voce bassa, schivo.

«Anche io», protestò lei. «Sono qui da giorni, e non mi lamento.»

«Be', io voglio andare a casa», concluse lui, in modo troppo duro, a giudicare dall'espressione delle due donne. Cercò di addolcire il tono e i modi. Prese la mano della madre e la accarezzò con delicatezza. «Quando avrò riposato tornerò e non mi allontanerò più, te lo prometto.» Sorrise con tenerezza. «È stato un viaggio lungo.» Si rivolse a Sofía, invocando il suo aiuto. Voleva andare via. «Ho bisogno di dormire...»

Doña Sagrario aveva interrogato Sofía sui particolari del ritrovamento e, soprattutto, sulle ragioni della fuga, sulla natura del «tempo» che gli serviva. Sofía se l'era cavata con una bugia; le aveva spiegato che padre e figlio avevano avuto uno spiacevole alterco, che Daniel era furibondo e aveva deciso di prendere le distanze per un po'. Ormai era tutto passato e dimenticato. Doña Sagrario aveva capito e non si era stupita. Sembrava che i conti tornassero. Per questo cercò di reprimere il suo malessere di fronte all'atteggiamento del figlio, alla sua fretta di lasciare l'ospedale. Forse i due uomini non avevano risolto del tutto la questione, di certo un malinteso. Bisognava dar loro tempo.

«Va bene, fate come volete. Io resto qui, a disposizione. Sapendo che siete tornati sono più tranquilla. Non sai quanto sono stata in pena, tra questa cosa di tuo padre e non sapere niente di te...» Alzò la mano dando a intendere che non avrebbe continuato. «Non preoccuparti, non ho intenzione di raccontare tutto, immagino che tua moglie ti avrà aggiornato. Forza, vai a dormire, riposa, abbraccia le tue figlie e quando lo ritieni opportuno, torna accanto a tuo padre, al posto che ti compete.»

«Torniamo presto, Sagrario, non si preoccupi», disse Sofía infondendo alle parole tutta la gentilezza di cui era capace. «Non abbiamo ancora visto le bambine, le sta riaccompagnando a casa mia madre. Cerchi di capire, non vediamo l'ora di riabbracciarle», aggiunse, per giustificarsi. «Siamo stati via per molti giorni.»

Doña Sagrario non nascose la delusione, ma si strinse nelle spalle, mostrandosi rassegnata. Si adeguava e tollerava.

17

Doña Adela era arrivata a casa poco prima di loro. Quando aprirono la porta, Isabel gettò le braccia al collo della madre con entusiasmo straripante. Klaus ebbe una strana sensazione di vertigine quando doña Adela si avvicinò con la piccola Beatriz in braccio. La bambina gli sorrise con affetto e protese le braccia per avere la sua attenzione. Klaus sentì una fitta al petto: era esattamente uguale alla sua amata Jessie, bionda come lei, chiara come lei, con gli stessi occhi azzurri e sorridenti. In più, Beatriz era proprio il nome che avrebbe voluto dare alla figlia, ma la madre di Hanna si chiamava Jessica e lui non aveva voluto opporsi al suo desiderio di chiamarla così. Klaus prese in braccio la bambina, se la strinse al petto e chiuse gli occhi, inspirando l'odore caldo della sua pelle. Gli parve di fluttuare ricordando la sua piccola, l'ultimo abbraccio prima di metterla dentro l'imbragatura per calarla verso la madre. La manifestazione di affetto stupì persino doña Adela. Intorno a Klaus si fece il vuoto, contava solo il contatto con quel corpo piccolo e fragile che si aggrappava a lui. I ricordi dolorosi della figlia perduta erano come spine conficcate nella sua mente. La voce di Sofía lo riportò in sé. La madre reclamava un abbraccio della piccola, e la grande lo tirava per i pantaloni, impaziente, perché salutasse anche lei. Faticò a liberarsi da quella stretta commovente e, quando lo fece, la bambina gli mise le manine sulle guance e gli sorrise balbettando un flebile «papà», che lo intenerì.

Doña Adela osservava compiaciuta la scena del ricongiungimento famigliare, il ritorno alla normalità, alla vita quotidiana. Diede un paio di baci alla figlia e disse che aveva mandato Vito a fare la spesa, perché avevano il frigo vuoto. Poi diede un paio di baci a Klaus, senza rimproverargli nulla, senza menzionare la sua assenza inspiegabile. Era tornato, l'importante era quello.

Klaus entrò in camera deciso a sdraiarsi per un po'. Sofía lo seguì, abbassò le persiane, scostò la trapunta e gli mise il pigiama sul letto.

«Devo svegliarti?»

«No, lasciami dormire.»

Lei si avvicinò e lo abbracciò da dietro, appoggiando il volto tra le sue scapole. Sentì che aveva un odore diverso.

«Sono felice di riaverti a casa.»

Klaus si lasciò abbracciare. Le afferrò le mani e le baciò.

«Anche io.»

«Mi sei mancato tanto.»

Si voltò, la guardò senza dire niente. Lei sorrise e si liberò del suo abbraccio.

«Riposa.»

Quando rimase solo si spogliò. Guardò il pigiama sul letto. Non lo aveva mai usato, pensò, ma si sarebbe dovuto abituare. Si sdraiò con una pesante sensazione di sfinimento. Era vero, aveva bisogno di dormire, o almeno di chiudere gli occhi e riflettere.

In sottofondo si sentivano le voci delle bambine che parlavano con la madre, la quale si premurava di far abbassare i toni: «Papà deve riposare», diceva. Klaus, sentendola, sorrise.

Udì diversi clic del telefono sul comodino. Sofía stava chiamando qualcuno. Klaus si alzò e tirò su la cornetta con molta attenzione, per scoprire chi chiamava. Era il padre: parlò un po' con lui, attaccò e fece un altro numero, quello dell'amica Carmen. Sembrava contenta, apparentemente priva di dubbi e di sospetti. A entrambi fece un breve riassunto delle ultime ore a Parigi. Era felice e fiduciosa. Quando Klaus rimise la cornetta sulla base, si rilassò e si addormentò profondamente.

Fu svegliato dal suono intermittente del telefono. Qualcuno rispose. Prese il Rolex che aveva lasciato sul comodino e guardò l'ora. Erano le nove e mezzo di sera. Ormai doveva essere successo. Aspettò di sentire la voce di Sofía. Poco dopo la udì in corridoio che si avvicinava a passo svelto. Klaus fece finta di dormire. Lei aprì la porta e si avvicinò al letto, gli toccò con delicatezza la spalla.

«Daniel, Daniel, è tua madre. Devi andare all'ospedale.»

«Che altro è successo?» disse lui, stirandosi.

«Tuo padre...» tacque e deglutì. «È appena morto.»

18

Il funerale era molto affollato. Pezzi grossi del regime e della magistratura, avvocati, imprenditori, politici, alti comandi militari e persone che apparentemente non c'entravano nulla con quella folla di abiti a lutto e occhiali scuri. Klaus dedusse che volessero accertarsi dell'effettiva morte di Romualdo Sandoval. Alcuni lo trattavano con un'accondiscendenza quasi umiliante, come se si rivolgessero a una persona debole, volubile, facile da manovrare. Lui li lasciò fare, ascoltò consigli, sopportò sguardi biechi, strette di mano cospiratorie, abbracci perfidi, che puzzavano di falso. Il defunto doveva essere un maestro dell'imbroglio. Ebbe la sensazione che la sua morte non sarebbe stata pianta troppo a lungo neppure dalla vedova compunta, doña Sagrario, che lungi dal crollare come tutti si aspettavano aveva assunto un aspetto ieratico e distante, molto lontano dall'aura di debolezza che l'aveva caratterizzata in passato.

Fin da subito Romualdo Sandoval si era rivelato un ostacolo per il successo della missione, ma una volta eliminato il problema, sarebbe stato tutto più semplice. Klaus era ormai signore e padrone di tutto ciò che riguardava i Sandoval e si sarebbe mosso senza dover dare spiegazioni a nessuno.

Dopo la messa *corpore insepulto*, doña Sagrario non volle andare al cimitero. «Sono cose da uomini», commentò con espressione fiera. Desiderava tornare a casa e dare inizio al suo lutto. Sofía era pronta ad accompagnarla, ma prima volle chiedere al marito.

«Sì, vai con lei», le disse Klaus sulla porta della chiesa, mentre caricavano il feretro sul carro funebre. «Prendi la macchina.»

Le porse la chiave e Sagrario, vedendo la scena, mostrò la sua disapprovazione.

«Figuriamoci se Sofía mi accompagna a casa con la tua macchina!» esclamò sorpresa, come se fosse un'assurdità. «Lascia stare, prendo un taxi.»

«Non ti fidi di tua nuora?» domandò Klaus, in tono di rimprovero.

«Non è che non mi fido, figliolo», spiegò lei, convinta della propria decisione, cercando una scusa. «Ma la macchina è tua, e lei non è abituata a guidarla. Un incidente basta e avanza.»

Sofía cercò di difendersi.

«Non è la prima volta che guido la 1500, Sagrario, non si preoccupi.»

Doña Sagrario non disse niente e si sporse sulla carreggiata per fermare un taxi.

«Mamma, per favore, lascia che ti accompagni lei», insistette Klaus, di fronte all'atteggiamento di Sagrario e alla delusione di Sofía.

«No, no, prendo un taxi e me ne vado a casa.» Diede due baci al figlio e aggiunse: «Tu vai a seppellire tuo padre. Ora sei l'uomo di casa e devi fare il tuo dovere».

Salì su un taxi e lasciò la nuora sul marciapiede.

Klaus guardò Sofía e le sorrise. Le strinse teneramente il mento e la baciò sulla fronte.

«Dalle tempo. Alla fine si abituerà, altrimenti peggio per lei.»

«Vuoi che venga con te al cimitero?»

«No, porta le bambine a casa. Di sicuro loro non si opporranno.»

Le bambine, con Vito, erano in lutto stretto. La madre di Sofía si era occupata di tingere due vestiti primaverili per il funerale del nonno paterno.

Sofía fece segno a Vito che stavano per andare via e si voltò verso di lui.

«Sei sicuro di stare bene?»

«Non vedo l'ora che tutto questo finisca, ma sto bene. Forza, vai, ci vediamo a casa.»

Sofía gli sorrise con tenerezza. Gli riservava grandi premure, convinta che stesse vivendo una specie di choc che gli impediva di reagire e di esternare il dolore per tutto ciò che aveva passato nelle ultime settimane; agli eventi accaduti in Francia, si sommava la terribile esperienza di affrontare la morte del padre, dopo il crollo del rispetto reverenziale che gli aveva sempre tributato. Ormai era impossibile chiedergli una spiegazione, pretendere che affrontasse le sue responsabilità nei confronti della donna che gli aveva dato la vita. Sofía aveva notato un certo allontanamento da Sagrario, che il figlio adorato aveva sempre trattato in modo protettivo e affettuoso. Daniel le aveva assicurato che per lui Sagrario sarebbe rimasta sua madre, ma Sofía pensava che dovesse essere molto complicato digerire ogni cosa così all'improvviso, senza poterne parlare con nessuno. Eppure il suo atteggiamento nei suoi confronti era così attento da sorprenderla, come se fosse tornato indietro di anni, al momento della conquista, quando erano fidanzati e le rivolgeva tutte le sue attenzioni, in modo persino eccessivo. D'altra parte non poteva evitare che le esperienze parigine, soprattutto quelle con Monique, si insinuassero nelle fessure della memoria come un liquido che cola dall'interno di un recipiente nonostante il tentativo di sigillarlo. Si sentiva così in colpa, nel vederlo in quello stato, per non avere capito la realtà dei fatti, che cercava di risarcirlo con presenza e affetto superiori al solito.

Gli diede un bacio e salì con Vito e le bambine sulla Seat 1500. Guidò lentamente, con eccessiva prudenza, perché non voleva deluderlo con un incidente, una strisciata o un graffio, dando peraltro ragione a Sagrario.

Quando il feretro fu calato nella tomba, la folla cominciò a disperdersi. Klaus rimase sul posto per ricevere le condoglianze, serio, a testa bassa, misurato e parco di parole; persino con coloro che gli dicevano più del solito «ti sono vicino», si limitava ad annuire, tendeva la mano e abbozzava un sorriso.

La maggior parte delle persone che avevano accompagnato la bara al cimitero della Almudena erano uomini; camminavano lentamente, in silenzio, sotto il sole di fine maggio che cominciava a scaldare, anche la mattina presto.

Klaus se la cavò meglio del previsto. L'abbattimento che mostrava per la perdita del padre gli offriva l'alibi di un distacco che fu rispettato e compreso da tutti. Con gli occhi protetti dalle lenti scure degli occhiali da sole, poté osservare chiunque gli passasse davanti.

Zacarías Marquez si avvicinò e gli tese la mano.

«Ti sono vicino, Daniel», gli disse, con espressione sentita. «Chi l'avrebbe mai detto. Con la salute di ferro che ha sempre avuto tuo padre... Chi l'avrebbe mai detto...» ripeté. «Maledette auto...»

Klaus annuì, e con espressione contrita strinse la mano del suocero, fragile e delicata come quella di una donna.

«Gli ho sempre detto che andava troppo forte.»

«Che tragedia...» mormorò Zacarías, compunto.

Il padre di Sofía era un uomo prudente, estremamente educato nei modi e nelle parole. Vestiva un completo scuro che non gli cadeva bene, perché il suo corpo pareva proteso in avanti: le spalle, la schiena, la testa, tutto sembrava piegato nella postura abituale delle ore passate in laboratorio. La moglie si adoperava per fargli aderire la giacca alle spalle, perché non si aprisse sul petto e non restasse scostata dal collo; gli ordinava completi cuciti su misura con i tessuti migliori, ma non serviva a niente, perché non si adattavano mai al suo corpo impossibile. Ciò nonostante era impeccabile, ben rasato e con un piacevole odore di colonia. Aveva mani delicate, bianche, con le dita lunghe e spigolose, le unghie perfette e pulite. Mostrava uno sguardo incisivo, occhi felini che scrutavano con intensità imbarazzante tutto ciò che guardavano; in genere parlava poco, perché in fondo aveva perso da tempo la speranza di trovare qualcuno con cui intavolare una buona conversazione. Viveva chiuso in se stesso e appariva burbero, persino antipatico, come gli rinfacciava di continuo la moglie. Non era molto alto; magro, quasi rinsecchito, calvo e canuto, portava occhiali rotondi con la montatura scura che gli davano un'aria da *bohémien*. Il fumo era l'unico vizio che aveva: non beveva e non aveva mai frequentato locali equivoci. Il suo rapporto con il genero era sempre stato educato ma distante, rispettoso ma conflittuale, visto il disaccordo sul futuro professionale di Sofía. In quel frangente luttuoso Zacarías non sapeva come comportarsi. Aveva aspettato con pazienza di restare solo con il genero. Si guardarono e Klaus sorrise.

«Hai tenuto mia figlia sulle spine», disse Zacarías sorridendo, per alleggerire l'atmosfera funerea.

«Lo so, e le ho detto che mi dispiaceva, fornendole tutte le spiegazioni necessarie.»

«Bene.» I due uomini si incamminarono verso l'uscita del cimitero. «Tiene davvero molto a te... Io sarei stato felice se una donna fosse venuta a cercarmi così lontano.»

«Non sarebbe dovuta venire», tagliò corto Klaus, serio. «Ha corso un rischio inutile. In questi giorni Parigi è un campo di battaglia e poteva accaderle qualcosa.»

Tirò fuori un pacchetto di Ducados, le stesse che fumava Daniel. Si era dovuto abituare al sapore forte delle sue sigarette. Le offrì al suocero, che alzò la mano per rifiutare.

«No, grazie, preferisco le mie.» Prese il suo pacchetto di Bisonte, e lo guardò sorridendo con malizia. «Ne approfitto adesso che tua suocera non mi vede, perché dice che sono da vecchio.» Rise. «Le fumo proprio per questo, perché sono vecchio.»

Klaus gli diede da accendere e continuarono a camminare a passo lento.

«Ma ora sei tornato», continuò Zacarías. «E ne sono felice.»

Rimasero per qualche secondo in silenzio. Poi il suocero di Daniel riprese a parlare per supplire al mutismo di Klaus.

«Come stai? Non dev'essere facile prendere il posto di Romualdo Sandoval.»

Klaus lo guardò con la coda dell'occhio.

«Non ho intenzione di prendere il suo posto», disse con fermezza e decisione. «Romualdo Sandoval è morto e io sono Daniel Sandoval. D'ora in poi le cose si faranno a modo mio.»

«Mi fa piacere sentirti parlare così. Ti faccio i miei migliori auguri, ma non credo che sarà facile.»

«Ci si può sempre rinnovare.»

Klaus era deciso a cambiare argomento, non gli interessava parlare di quello con il suocero.

«Prima che andassi a Parigi, Sofía mi ha parlato di una borsa di studio di diecimila pesetas. Niente male! Era molto interessata all'argomento, a quanto mi ha detto, nel campo della biologia molecolare, mi sembra di ricordare. Ma non ne capisco molto», mentì Klaus. «Mi sembrava entusiasta.»

Zacarías si strinse nelle spalle.

«Come potrebbe non esserlo. È una grande opportunità per lei, con Mercedes Montalcini, allieva nientemeno che di Severo Ochoa. Ha fatto il dottorato qui e un postdottorato in Biologia a New York. Le sue ricerche sono avvallate da una fondazione americana. Insieme al marito, un altro scienziato, stanno conducendo una ricerca nell'ambito della biologia molecolare. Sofía è sempre stata interessata alla materia e Mercedes sarebbe la guida perfetta nel mondo scientifico, che considera ancora le donne incapaci di dedicarsi alla ricerca. Si troverebbero molto bene.» Tacque un attimo, fece un tiro della sigaretta, sputò un resto di tabacco che gli era rimasto sul labbro e proseguì, lasciando uscire il fumo dal naso. «Credo che dovrebbe accettare, ma non voglio immischiarmi nelle vostre questioni matrimoniali.»

«Sono d'accordo.»

Zacarías lo guardò, deluso, perché pensava che il genero, come sempre, fosse d'accordo sul fatto che il suocero non dovesse impicciarsi nei loro affari. Era tutto inutile, Sofía avrebbe perso un'opportunità fantastica.

«Non hai niente da dire?» domandò Klaus, sorpreso dal silenzio del suocero.

«Hai detto tutto tu», rispose Zacarías, stringendosi nelle spalle, preso da un'amara frustrazione. «Non ti nascondo che la tua decisione mi addolora molto, perché è chiaramente una decisione tua, non sua.»

«Davvero ti addolora che voglia accettare la tua proposta?» Klaus lo guardò divertito, comprendendo il malinteso.

Zacarías era incredulo.

«Vuoi che prepari la tesi?»

«Lo vuole lei. È una decisione sua, mi sembra.»

«Parli sul serio?» domandò Zacarías, temendo che fosse uno scherzo.

«Certo che parlo sul serio. Non abbiamo avuto tempo di parlarne, ma non c'è molto da dire. Hai ragione, non deve perdere un'opportunità del genere, perché non capita tutti i giorni, meno che mai a una donna, quindi di' a tua figlia che smetta di girarci intorno e accetti.»

«E le bambine?» domandò Zacarías. «Se farà il dottorato dovrà passare molte ore in laboratorio. È una cosa seria, Daniel, se accetta deve assumersene la responsabilità, non può dire un giorno di sì e uno di no. Non potrà più occuparsi delle figlie come fa adesso, a tempo pieno.»

Klaus sapeva che da allora in poi quell'uomo sarebbe stato dalla sua parte, vista la fiducia che nutriva nelle inclinazioni scientifiche della figlia. Si sentiva a suo agio con lui.

«Ha rimandato questa cosa per troppo tempo. Non può continuare ad accampare la scusa delle bambine. Vito le conosce e le gestisce benissimo, e se sarà necessario assumeremo un'altra donna di servizio per aiutare in casa. In più ci sono io, che sono il loro padre.»

Zacarías era meravigliato, Daniel sembrava un'altra persona nel modo di parlare, di ragionare, niente a che vedere con l'uomo al quale era abituato. Forse, pensò, la morte di Romualdo lo aveva liberato dell'oscuro potere da signore feudale che il padre esercitava su di lui.

«Riconosco che mi hai sorpreso positivamente, Daniel; non mi aspettavo una simile reazione da te, davvero. Non mi sei mai parso interessato al futuro di Sofía, futuro molto brillante, peraltro, se si dedicherà alla ricerca. Non perché sia mia figlia, ma la società non può permettersi di sprecare le potenzialità di una donna come lei.»

Klaus si sentì onorato, e sorrise con accondiscendenza.

«Ti ho detto che ci si può rinnovare.»

In quel momento Klaus riconobbe Justino Borrajo, l'avvocato più anziano dello studio Sandoval, che aveva un aspetto inconfondibile. Durante i mesi di reclusione nell'appartamento di calle Orellana, oltre a spiare ogni movimento di Daniel Sandoval e di sua moglie, aveva studiato volti e nomi su un dossier che conteneva informazioni particolareggiate su tutti gli avvocati e i praticanti dello studio, foto, età, caratteristiche fisiche, situazioni familiari, gusti, pregi e difetti, vizi e passioni, per prendere confidenza con l'ambiente del gemello. Era impossibile non riconoscere Borrajo: basso di statura, piuttosto robusto, quasi completamente calvo, tranne un cespuglio di capelli neri e unti sopra le orecchie, naso prominente, occhi piccoli e felini che guardavano sempre di sbieco, la voce grave e roca per le troppe sigarette.

Klaus si accomiatò da Zacarías, promettendo di parlare con Sofía appena possibile. La decisione non doveva essere ulteriormente rimandata. Zacarías non volle aspettare un taxi, perché era una splendida mattina di primavera e aveva voglia di passeggiare. Soddisfatto, il vecchio ricercatore si allontanò a piedi.

Klaus si avvicinò a Borrajo, in attesa al parcheggio dei taxi, che in quel momento era vuoto. Gli aveva già fatto le condoglianze, e quando vide Daniel che si avvicinava sperò che arrivasse una vettura per potersene andare quanto prima. Daniel Sandoval non gli piaceva; non si piacevano a vicenda. Borrajo lavorava nello studio da oltre vent'anni, e si era guadagnato la fiducia di Romualdo Sandoval, diventando il suo braccio destro: fedele scudiero, perfetto confidente e complice dei suoi intrighi, che gli fruttavano somme ragguardevoli. Non aveva visto di buon occhio l'entrata di Daniel in studio, convinto che costituisse una minaccia ai suoi privilegi. In effetti c'erano stati diversi malintesi e momenti di tensione e l'antipatia reciproca avevano ridotto i loro rapporti al minimo. I disaccordi erano ben noti a Romualdo che, lungi dal chiarirli, li aveva alimentati e accresciuti perché, a suo parere, la competitività era il modo migliore per mantenere tutti sulla corda.

«Borrajo», disse Klaus con affabile autorità. «Fissi una riunione domani alle nove.»

Un brivido percorse il corpo dell'avvocato.

«C'è qualche problema?» domandò, accigliato.

«Perché dovrebbe esserci?» rispose Klaus in tono prepotente.

«No, ma pensavo che, date le circostanze, si sarebbe preso qualche giorno di riposo...»

Klaus lo osservò sfoggiando un sorriso sarcastico.

«Sto benissimo.» Cercava di mostrarsi cordiale, per ammorbidire le reticenze dell'avvocato. Non voleva fargli la guerra: aveva bisogno di lui per ambientarsi nello studio. «Voglio organizzare le cose a modo mio. Spero di poter contare sul suo sostegno.»

Borrajo lo guardò, valutando la situazione. Non si fidava.

«Dipende da ciò che si aspetta da me», aggiunse, con una certa superiorità.

Klaus non lo guardava, perché teneva d'occhio una macchina scura dall'altra parte della strada, con tre uomini a bordo. Si guardò intorno: c'era poca gente, tutti quelli che avevano assistito al funerale si erano dispersi da tempo; una donna vendeva fiori davanti all'ingresso, con diversi secchi pieni di mazzi; due donne vestite a lutto stavano uscendo dal camposanto in quel momento; una coppia si fermò al banco di fiori.

«Domani alle nove», ripeté con fermezza e, senza guardarlo, si allontanò proprio mentre stava arrivando il taxi. Justino era infastidito: non amava i cambiamenti, non aveva più l'età per affrontarli. E non gli piaceva dover ubbidire a uno sbarbatello che si dava arie da capo.

Klaus attraversò la strada con le mani in tasca, procedendo nella direzione opposta rispetto alla macchina parcheggiata. Alle proprie spalle udì la vettura che si avviava e avanzava lentamente finché non lo superò e frenò proprio davanti a lui. L'uomo seduto al posto del passeggero scese e aprì la portiera posteriore, sbarrandogli il passo. Con un gesto brusco, sottovoce, gli disse in russo di montare a bordo. Klaus lo guardò per un attimo con arroganza, senza togliere le mani dalle tasche. Da dentro una voce potente e autoritaria gli intimò di salire. Non aveva scelta: si sedette dietro, accanto al proprietario della voce che gli aveva intimato di entrare, e che lo accolse con atteggiamento severo. Aveva la pelle bianca come il marmo, indossava un completo scuro e portava un guanto nero di pelle sopra la mano sinistra, posata inerte e rigida sulla coscia; il volto serio, burbero. La porta si chiuse. L'uomo che era sceso rimase fuori, in piedi, di vedetta. L'autista sembrava una statua: non si muoveva, non batteva ciglio, lo sguardo fisso davanti a sé, le mani aggrappate al volante. Si respirava un denso sentore di fumo mescolato all'odore dei sedili in pelle.

L'uomo accanto a lui gli parlò in uno spagnolo stentato, con un forte accento e le erre molto pronunciate.

«Buongiorno, compagno Zaisser, o dovrei chiamarla Sandoval?»

«Mi chiami come le pare», rispose Klaus.

«Si vive bene, qui.» Parlava con lo sguardo rivolto al finestrino. «Bella città, bella gente.» Alzò la mano destra. «Un po' rumorosa: discorrono sempre ad alta voce, non rispettano il silenzio, ma sono divertenti, allegri, vitali. Non trova?»

«Sarà meglio che mi dica chi è e che cosa vuole», disse Klaus, fermamente.

«Lavoreremo insieme.» In quel momento girò la testa e lo guardò, inchiodando Klaus con occhi da gatto. «Volevo conoscerla.»

«Ora che mi ha conosciuto, posso andare?»

Scese un silenzio scomodo.

«Non si perde certo in chiacchiere», commentò abbozzando un sorriso sordido. «Mi piace.» Ricominciò a guardare fuori. Il pomo d'Adamo sporgente saliva e scendeva sopra il colletto della camicia. «Sarà affiancato da un nostro agente. Si chiama Rebeca Sharp. Troverà il suo curriculum in studio. La assuma», affermò con autorità. «Come avvocato, non come praticante, deve avere potere all'interno dello studio. L'ufficio servirà come base operativa, punto di riunione e di contatto, e vi saranno custoditi tutti i dati che ricaveremo e prodotti tutti i dossier informativi necessari per la nostra centrale. Rebeca Sharp si farà carico di organizzare tutto.»

«E quale sarà la mia missione?»

«Per il momento, assumere la signorina Sharp e seguire alla lettera ogni sua istruzione.»

«Nient'altro?»

«Sarà informato a tempo debito. Abbia pazienza.»

«La pazienza è una delle mie virtù.»

«Allora la eserciti. Ne avrà bisogno.» Tacque per un attimo, fissandolo. Klaus cambiò posizione, a disagio, e la pelle dei sedili scricchiolò sotto il suo peso. L'uomo guardò davanti a sé e parlò con una strana lentezza. «Ho saputo che è avvezzo a usare le risorse del sistema per scopi personali...» Fece una pausa, protese il labbro inferiore e corrugò le sopracciglia, come se ruminasse la parola nella mente, «privati o famigliari».

«Mi sembra che abbia giovato al sistema», fece notare Klaus, senza reprimere un tono arrogante, godendosi il momento.

Aveva conosciuto altri membri del KGB e li aveva sempre trovati più altezzosi e prepotenti di quelli della Stasi, trattati dai russi come semplici pedine; in fin dei conti la DDR era un Paese satellite dell'URSS, che esercitava apertamente la propria supremazia. La vanità trova spazio anche nelle fogne, pensò senza volere.

«D'ora in poi le è assolutamente proibito mettersi in contatto con qualunque cittadino della DDR senza la nostra autorizzazione, né lettere, né telefonate, e meno che mai attraverso i nostri mezzi; famiglia, amici, colleghi, conoscenti. Saranno controllate tutte le sue comunicazioni, la posta in arrivo e in partenza, le telefonate che fa e riceve, tanto dallo studio quanto da casa; nessuno deve sapere che è qui, e tantomeno quello che fa. So che è una regola basilare per un agente esperto come lei, ma glielo ricordo perché non vi siano malintesi.» Gli rivolse uno sguardo gelido. «Le è tutto chiaro?»

«Chiarissimo.»

L'uomo con la pelle bianca e l'abito scuro percepì il suo tono sarcastico e lo squadrò, con la bocca piegata in una smorfia perversa. Parlò con voce ostile: «Ho saputo che tiene molto a sua sorella... Bettina, bel nome».

Klaus accusò il colpo, come attraversato da una forte scossa elettrica.

«Tenga fuori mia sorella», chiarì, bruscamente.

«Dipenderà solo da lei.»

«Che intende dire?»

«Compagno Zaisser, non ci piace la gente che aggira le regole. Sa come funzionano le cose: una volta accettata la missione, non c'è possibilità di tornare indietro; o con noi o contro di noi. Conosce senz'altro le possibili conseguenze...»

Sentendosi addosso lo sguardo di quegli occhi freddi e penetranti, Klaus fu percorso da un brivido. Non lo stupì che il KGB conoscesse il suo tallone d'Achille, ma non gli piacque. Sentì una fitta allo stomaco e rispose con voce angustiata, ma con tutta la fermezza di cui era capace, perché sapeva che avrebbe mantenuto il patto solo se loro avessero mantenuto il loro: consentire a Bettina di uscire dal Paese.

«Mi è tutto perfettamente chiaro.»

L'uomo bussò con le nocche sul finestrino e immediatamente quello all'esterno aprì la portiera per permettere a Klaus di uscire. Prima di richiuderla, Klaus sentì la voce secca dell'altro, che pareva uscita dall'oltretomba.

«Cerchi di non deluderci, compagno Zaisser, o se ne pentirà... E anche la sua amata sorella...»

Klaus sbatté la portiera e sentì la macchina che partiva. Mise le mani in tasca, rimase a osservarla mentre si allontanava, finché non scomparve. Poi si avviò, senza sapere in che punto della città si trovava. Doveva imparare a orientarsi, e il modo migliore era andare a piedi.

19

Quando Klaus arrivò in studio, Elvira scattò in piedi, come spinta da una molla.

«Buongiorno, signor Sandoval, è atteso nella sala riunioni.»

«Elvira, mi porti tutte le domande di lavoro che sono state presentate in studio nelle ultime settimane.»

«Subito, signor Sandoval. Vuole anche un caffè oppure...»

«Il caffè e le cartelle, con copie per tutti», disse con così tanta fermezza e sicurezza da lasciare di stucco Elvira. Era come se lo spirito di don Romualdo si fosse sostituito al temperamento morbido di suo figlio.

La sala riunioni era la stanza più ampia dell'ufficio. Era sobria, elegante e, per volere del fondatore dello studio, trasmetteva una sensazione di calore, di fiducia e serietà al personale e ai clienti che vi si riunivano. La maggior parte dello spazio era occupato da un grande tavolo, circondato da varie sedie e da una poltrona signorile a capotavola, da sempre riservata esclusivamente a don Romualdo; ogni avvocato aveva un proprio posto, assegnato sulla base della sua importanza e della fiducia che il capo nutriva nei suoi confronti; alla sua destra sedeva il figlio Daniel, che da quando era arrivato, ancora prima di essere laureato, aveva preso il posto dell'avvocato più anziano, Justino Borrajo, passato nella sedia di fronte, alla sinistra di don Romualdo, accanto a Mario Bielsa. L'imponente tavolo era fiancheggiato da due pareti coperte di scaffali pieni di codici. Alle spalle della poltrona presidenziale c'era una porta scorrevole, con una meravigliosa vetrata colorata che conduceva alla stanza di don

Romualdo; su un lato, si apriva una grande finestra con una splendida vista sul Parque del Retiro. I materiali, all'insegna del legno, erano di pregio, niente a che vedere con i minuscoli uffici interni occupati dagli altri avvocati e dai praticanti, con l'eccezione di Borrajo e Daniel, che lavoravano in spazi annessi alla imponente sala.

Quando entrò, Klaus vide due gruppi di persone: quello di Borrajo, accanto alla finestra, e un altro vicino alla porta scorrevole. Parlavano tutti a bassa voce, seri in volto, ma non appena videro Daniel Sandoval ammutolirono.

«Buongiorno, signori», disse Klaus con decisione.

Tutti risposero all'unisono: «Buongiorno, signor Sandoval».

Senza neanche guardarli, Klaus si diresse verso la poltrona e si sedette, mentre gli altri prendevano posto, lasciando libera la sedia che un tempo occupava Daniel. Klaus li osservò senza dire niente; notò che evitavano di guardarlo, chiaramente inquieti per la nuova situazione che si era venuta a creare nello studio dopo la scomparsa di don Romualdo Sandoval. Vide che Justino accennava a sedersi alla destra del nuovo capo, ma lo sguardo di Klaus lo indusse a fare il giro, per riprendere il vecchio posto.

Klaus sapeva che nessuno di loro nutriva la minima fiducia in Daniel Sandoval, entrato nello studio in quanto figlio del capo e non per meriti professionali, pur dando mostra di voler colmare le proprie lacune. Romualdo era un avvoltoio; quando pensava che qualcosa fosse utile ai suoi fini, non mostrava scrupoli, ma aveva la capacità di risolvere con eleganza le situazioni scomode, e non risparmiava i colpi di mano per raggiungere i suoi obiettivi; sapeva bussare alla porta giusta al momento opportuno, far tacere bocche che avrebbero potuto danneggiare lui o il suo cliente, e soprattutto si dimostrava implacabile con chi cercava di creargli problemi, restituendo ogni affronto, tradimento o danno, imbrigliando chiunque con la sua scaltrezza. Niente a che vedere con il carattere di Daniel Sandoval, sempre all'ombra del padre, un passo indietro, con un rispetto reverenziale paragonabile a quello di un suddito nei confronti del suo sovrano, sempre troppo controllato, prudente, dimesso. Era stato escluso dai traffici sporchi orditi dal padre qualche anno prima, che avevano fruttato grandi benefici a tutti gli altri, Elvira compresa: Romualdo era molto abile, consapevole che l'unico modo di far tacere e collaborare tutti era distribuire una parte sostanziosa della torta. Di conseguenza tutti i presenti erano all'erta, in attesa dei cambiamenti che il pivellino improvvisatosi capo avrebbe introdotto.

Elvira entrò con una tazza di caffè fumante in una mano e una serie di cartelline nell'altra. Posò la tazza vicino a Klaus e distribuì le cartelline agli avvocati.

Klaus aprì la propria, che conteneva diversi documenti. Li sfogliò in silenzio, fingendo di esaminarne il contenuto.

La sua voce ferma e potente ruppe il silenzio della sala.

«Voglio mettere in chiaro fin da subito che l'epoca di Romualdo Sandoval è finita. Per qualche mese mi dedicherò a questioni estranee all'esercizio del diritto, ma questo non significa che abbandonerò lo studio. Le faccende in sospeso e quelle nuove saranno spartite tra i presenti, come giudicherò opportuno. Conosco perfettamente le vostre capacità professionali, ma so anche che il carico di lavoro sarà notevole, e tenendo conto che dovrete suddividervi i casi che gestiva mio padre, ho deciso, come prima misura, di assumere un avvocato di rinforzo.»

Riabbassò lo sguardo sulla cartellina, imitato da tutti gli altri. Aveva già individuato il foglio di Rebeca Sharp.

«Qualche suggerimento?» domandò, per dare a tutti la possibilità di parlare. Anche se la decisione era ormai presa, voleva fingere di ascoltare le posizioni dei presenti.

«Questo ragazzo, Vicente Colmenero», disse Borrajo mostrando un foglio. «Ha un ottimo curriculum accademico e un'esperienza di due anni nello studio dei Salgado. Suo padre lo ha preso in considerazione, quando è arrivata la domanda, e non scartava di assumerlo, in futuro. Potrebbe andare bene.»

Klaus fissò le informazioni relative al candidato. Strinse la bocca protendendo le labbra, come se stesse valutando la proposta. Fece con un lieve cenno col capo e schioccò la lingua.

«Forse come praticante, ma non come avvocato. Se i Salgado lo hanno scartato non sarà così brillante, non crede?»

«Non pensavo che stessimo cercando un avvocato... Immaginavo che volesse un altro praticante.»

Klaus negò con il capo, senza guardare Borrajo.

«Abbiamo bisogno di un avvocato, il migliore, possibilmente.»

L'altro, sconcertato, abbassò di nuovo lo sguardo sulla cartellina. In genere Romualdo Sandoval lasciava la selezione del personale a lui, che assumeva e licenziava gli avvocati a sua discrezione, perché conosceva bene il tipo di figura che il capo voleva nel proprio studio.

Suggerì altri due candidati, che furono subito scartati. Gli altri presenti non aprirono bocca: la scelta non toccava a loro e preferivano tacere, non tanto per timore di Daniel Sandoval, ma di Borrajo.

Visto che quest'ultimo mostrava di non prendere in considerazione i curriculum delle uniche due donne, Klaus si decise a presentare la candidata.

«E questa Rebeca Sharp?»

«Elvira mi ha accennato al suo curriculum, arrivato ieri», disse Borrajo con un'espressione sprezzante e gli occhi fissi sui dati del foglio. «Ma non mi sembra il caso di perderci tempo: è una donna, tra l'altro straniera. Assolutamente da scartare.»

Klaus lo guardò con severità.

«Ha qualcosa contro gli stranieri?»

L'avvocato sorrise con sufficienza, cercando il sostegno degli altri che tuttavia non si scomposero.

«Be', siamo in Spagna, e abbiamo senz'altro ottimi avvocati spagnoli. Bisogna tenere alto il nome della patria, no?»

«Per sua informazione...» aggiunse Klaus, cercando di non mostrare il fastidio che provava. «Secondo il curriculum che ha presentato, Rebeca Sharp è spagnola, andalusa, nata a Malaga, per la precisione. Probabilmente ha qualche antenato straniero, ma immagino che essendo di Malaga sia abbastanza spagnola, per lei.»

«Be', se è così... Ma continuo a pensare che il candidato migliore...»

«Ha un ottimo curriculum», lo interruppe Klaus, guardando il foglio. «Parla cinque lingue, ha lavorato in diversi studi all'estero, e ha un'esperienza decennale.»

Di fronte a Borrajo che lo guardava con sarcasmo, Klaus concluse: «Mi piace».

L'avvocato anziano dello studio guardò i colleghi con un sorriso ironico, quasi divertito.

«Don Daniel, è una donna...»

Klaus lo osservò con freddezza, finché il sorriso di Borrajo si congelò.

«Se è la migliore...» si limitò ad aggiungere, sfogliando rapidamente le informazioni riguardanti gli altri candidati. «E a quanto vedo lo è, che problema c'è?»

«Il problema è precisamente questo: è una donna. Pazienza se fosse straniero, o discendente di stranieri, ma una donna... Dalle donne non ci si può aspettare niente di buono, non sono portate, sono tutte prese dalle loro cose, dai vestiti, dalle pettinature, dalla ricerca di un marito... Che cosa c'entrano con la giustizia? Niente. E complicano la vita a chi cerca di lavorare.» Parlava cercando il sostegno degli altri avvocati.

Klaus non si scompose.

«Abbiamo altri candidati con la sua esperienza e una padronanza delle lingue pari alla sua?»

«Non saprei. So solo che suo padre non ammetteva donne, neppure come praticanti. Non le voleva in studio, perché le considerava foriere di conflitti, e io sono d'accordo con lui.»

«Mio padre non c'è più», affermò Klaus, con un gesto secco. «A partire da questo momento, si farà a modo mio.» Poi riguardò la domanda perfettamente dattiloscritta, senza cancellature, ben presentata, impeccabile in tutti i sensi. «È la candidata migliore. Voglio un colloquio con lei. Borrajo, lo organizzi.»

Borrajo guardò gli altri, che assistevano allo scontro con l'incredulità dipinta sul volto.

«Vuole sul serio ammettere una donna nello studio? Non credo...»

«Non me ne frega un cazzo di quello che crede lei, Borrajo.» Guardò tutti, uno per uno. «Chi non approva la mia decisione, si regoli di conseguenza.» Guardò di nuovo Justino. «La voglio qui oggi stesso.»

20

Il vero nome di Rebeca Sharp era Lea Lavalle. Aveva dodici anni quando, fuggendo dalla guerra civile, era partita dal porto di Bilbao. In un primo momento, visto il cartellino azzurro che le era stato assegnato, sarebbe dovuta salpare per l'Inghilterra; ma una volta sulla nave, Lea aveva fatto uno scambio con un bambino più piccolo per avere un cartellino rosso, il suo colore preferito. Lo scambio innocente l'aveva portata in URSS, dove era sbarcata alla fine di aprile del 1937. Durante la Seconda guerra mondiale aveva lavorato come apprendista in una fabbrica di bombe a mano, aveva costruito barricate ed era stata usata dall'esercito russo come corriere. Più tardi, quando nel marzo del 1954 Chruščëv aveva creato il Comitato per la Sicurezza dello Stato, il KGB, Lea era stata reclutata come agente per la sua intelligenza, la sua freddezza e le sue molteplici abilità. A metà degli anni Sessanta, dopo diverse missioni di successo, Lea era stata destinata a Madrid con il nome di Rebeca Sharp.

Era alta, quasi come Klaus, molto magra, con i capelli lunghi, lisci e corvini, elegante. Aveva gli occhi dello stesso colore, truccati con l'ombretto scuro, il mascara e una riga nera, che le conferivano uno sguardo profondo e insondabile. Vestiva in modo severo, serio, formale, un tailleur con la gonna nera attillata, le scarpe con il tacco, le calze chiare, la camicia bianca e una collana di perle, la borsa e un paio di eleganti guanti di pelle; possedeva un'eleganza sobria che le dava un'aria distante, e un carattere fermo e tranquillo. Ascoltava tutto con attenzione, immobile, come una macchina che raccoglie e registra ogni parola, ogni movimento, ogni sguardo per poi analizzarlo, immagazzinarlo e usarlo al momento del bisogno.

Lo studio la rintracciò subito al numero che aveva lasciato, e il pomeriggio Klaus la ricevette. La fece accomodare nel suo ufficio e chiuse la porta, dopo avere detto a Elvira che non volevano essere disturbati.

La conversazione giunse subito al punto, come Klaus era abituato a fare durante confronti del genere, ma con una differenza: in quel caso ignorava l'obiettivo, non sapeva che cosa gli fosse richiesto, non aveva informazioni sull'operazione in cui era stato inserito, e quella ignoranza lo metteva a disagio, perché il mancato controllo della situazione comporta un pericolo costante.

Una volta fatte le presentazioni, Rebeca si sedette di fronte a Klaus, che aveva preso possesso dell'ufficio e della poltrona di Romualdo Sandoval.

«Mi dica», la invitò Klaus.

Con Klaus Zaisser nello studio di Romualdo Sandoval, la Stasi aveva fornito ai servizi segreti russi una base a Madrid che altrimenti l'organizzazione avrebbe faticato a procurarsi, un luogo nel quale avrebbe potuto organizzare, senza sollevare sospetti, ogni genere di riunione e infiltrare agenti in posti strategici, per non parlare dell'elaborazione e della custodia di documenti sensibili, protetti da un prestigioso studio, un luogo al di sopra di ogni sospetto, perfetto per le esigenze strategiche del KGB.

«Lo studio fornirà una copertura a tutta l'operazione; qui si daranno appuntamento i nostri contatti, arriveranno i documenti e tutti i dati raccolti. Io mi occuperò di classificarle e di smistarle per farle arrivare a destinazione.» Rebeca estrasse dalla borsa una cartellina che conteneva informazioni esaustive su ogni avvocato e praticante dello studio, compresa la segretaria e le donne delle pulizie. Lo sfogliò per qualche secondo, valutandolo. «Bisogna fare a meno di almeno tre avvocati.»

«Tre?» domandò Klaus, contrariato. «Il cambiamento darà troppo nell'occhio. Potrebbe sollevare sospetti. Mi sembra di avere capito che l'ultimo arrivato fosse proprio Daniel Sandoval.»

Rebeca Sharp fece una smorfia, che lasciava trapelare un atteggiamento accondiscendente dietro la severità che non la abbandonava mai.

«Agiremo in modo studiato, lasci fare a me. Ognuno avrà una buona ragione per andarsene o per essere licenziato. Elimineremo anche una delle donne di servizio. Dobbiamo introdurre i nostri contatti.»

«E Borrajo?»

«No», rispose, in modo categorico. «Lui rimane. Lo abbiamo studiato, e sappiamo che sarà facile corromperlo. Può tornarci utile per incarichi secondari.»

«Justino Borrajo faticherà a rapportarsi con una collega. Gli uomini spagnoli non tollerano lavorare con le donne, da pari a pari.»

«Dovrà abituarsi», rispose lei, senza dare importanza alla cosa. «Prima di tutto bisogna convincere Mario Bielsa.»

«Convincere?»

«A lavorare per noi», chiarì, come se fosse una cosa ovvia.

«Mario Bielsa era un uomo di fiducia di Romualdo Sandoval. Mi sembra che fossero cugini. È un sostenitore del regime, inserito nella ristretta cerchia di Franco, e amico personale di Carrero Blanco.»

«Proprio per questo ci serve. Da dieci anni si occupa della consulenza giuridica all'ambasciata degli Stati Uniti.»

Klaus la osservava, cercando di capire le sue intenzioni al di là delle parole.

«E come pensate di convincere un franchista a lavorare per il KGB?»

Lei sorrise, maliziosa.

«Compagno Zaisser, ciascuno di noi ha le sue debolezze.» Rimasero per un attimo in silenzio, guardandosi, o meglio, studiandosi a vicenda. Klaus intuì quali sarebbero stati i metodi che avrebbero usato per convincerlo. «Lasci fare a noi. Mi occuperò anche dei praticanti. Bisognerà licenziarli tutti. Ma non si preoccupi, agiremo in modo graduale. Le sto solo anticipando ciò che succederà.»

Klaus aprì le mani e alzò le sopracciglia.

«E il mio compito quale sarebbe?»

Lei fece segno di no con la testa, con un mezzo sorriso, senza smettere di osservarlo, analizzando ogni movimento che compiva.

«Per ora si limiterà a essere Daniel Sandoval, nient'altro. Condurrà una vita normale, sarà un buon marito, un buon padre, un buon figlio e un capo equilibrato... Cerchi di non attirare l'attenzione con atteggiamenti che possano destare sospetti.»

«Fosse facile...»

«Lo sarà, se saprà mantenersi in disparte.»

«In disparte?» domandò Klaus, meravigliato.

«Il suo compito consiste nell'essere colui che tutti credono che sia, cioè l'insignificante Daniel Sandoval, unico erede di questo prestigioso studio.» Alzò la mano in segno di avvertimento. «Prenda le distanze dagli affari in cui era coinvolto Romualdo Sandoval. Sono pericolosi per i nostri piani. Non vogliamo che la polizia venga a ficcare il naso, anche solo per finta, come formalità: meglio non tentare la fortuna. Non accetti proposte che esulano dai casi dello studio. Al resto ci penso io.»

«Quindi sono ai suoi ordini.»

Lei lo fissò, con i guanti stretti tra le dita spigolose della mano sinistra e la destra appoggiata sul tavolo sopra la cartellina che conteneva i dossier di tutti, quasi li custodisse, le unghie lunghe dipinte di un rosso intenso come le labbra.

«Vedo che ha capito.»

«Se devo essere Daniel Sandoval, quale sarà il mio ruolo nello studio? Esercitare come avvocato sarebbe molto difficile, visto che non conosco le leggi spagnole.»

«Non dovrà esercitare, almeno non nelle aule di tribunale. Lo studio amplierà il suo campo di azioni. Come facciata, io e lei ci occuperemo del mercato internazionale a Madrid, per aumentare i contatti commerciali tra imprenditori che vogliono importare ed esportare prodotti. Il suo lavoro sarà questo.»

«E crede che funzionerà?»

«Confido nella sua abilità per convincere il personale. Insisterà sulle potenzialità degli affari internazionali, che potrebbero rivelarsi molto redditizi per lo studio.»

Tacque per un attimo. «Mi è stato detto che parla il russo.»

«Non lo pratico da tempo, ma se è necessario mi riabituerò in fretta.»

«Lo faccia, con ogni probabilità ne avrà bisogno. Io occuperò l'ex ufficio di Daniel; comincio oggi stesso. Lo annunci e mi tratti come gli altri.»

Si alzò come se volesse sancire la fine della conversazione. Anche Klaus si alzò.

«Posso sapere qual è l'obiettivo reale? Che cosa vuole ottenere il KGB a Madrid?»

Lei lo fissò a lungo, con uno sguardo tagliente che sembrava capace di denudare i pensieri altrui.

«Non è nuovo a missioni del genere, compagno. Sa già tutto ciò che le serve.»

«Mi piace conoscere il terreno nel quale mi muovo. Voglio sapere che cosa state tramando», insistette.

In silenzio, come se valutasse le parole, Rebeca tirò fuori un portasigarette dalla borsa nera, lo aprì e gli offrì da fumare. Erano sigarette troppo sofisticate, per Klaus, che rifiutò. Lei ne prese una, la pinzò tra le labbra e subito si ritrovò davanti la fiamma dell'accendino che Klaus le porgeva. Aspirò il fumo e lo sputò con la soddisfazione di un'attrice americana. Il filtro rimase macchiato di rossetto.

«Sa abbastanza da muoversi su questo terreno...» aggiunse con un sorriso sardonico. «Faccia attenzione a come lo fa.»

PARTE TERZA

1

Per Klaus i mesi successivi trascorsero rapidamente, come se il tempo gli scivolasse tra le dita. Andava tutti i giorni in studio, si chiudeva nell'ufficio che era appartenuto a Romualdo Sandoval, dove esaminava contratti e proposte di imprenditori che cercavano nuovi mercati in Europa o in America Latina, o, al contrario, di aziende straniere che volevano introdurre i propri prodotti in Spagna. Non sapeva se fossero reali o fasulle, perché arrivavano anche proposte dall'URSS, e la cosa lo meravigliava, tenendo conto dei rapporti diplomatici inesistenti tra i due governi, nemici acerrimi e inconciliabili. Perfezionò il suo russo fino a leggerlo e a parlarlo senza incertezze. Lo aveva utilizzato con il padre fin da piccolo, ma il suo tentativo di fuga aveva innalzato tra loro un muro molto più alto di quello costruito dal governo tedesco; si rivolgevano a malapena la parola, evitandosi a vicenda.

Il rapporto con doña Sagrario si normalizzò. La morte di don Romualdo diede alla vedova l'opportunità di diventare se stessa, e lei non sprecò l'occasione. Dopo alcune settimane di reclusione per rispettare il lutto, si manifestò la donna forte e decisa che era sempre stata, schiacciata sotto il manto protettivo con il quale il marito l'aveva coperta dal momento in cui si erano conosciuti, quando lei aveva appena quindici anni. Doña Sagrario andava e veniva senza bisogno di nessuno, non pretendeva la presenza costante del figlio (il che rappresentò un sollievo per Klaus, poco avvezzo a ricevere e meno che mai a fornire dimostrazioni eccessive di affetto), si muoveva quando e come voleva, in compagnia della ragazza che le puliva la casa, alla quale si appoggiò per farsi la sua vita, lontano dal ruolo di madre appiccicosa e, soprattutto, di moglie debole, vulnerabile, che richiede la protezione e l'attenzione costante dell'onnipotente coniuge.

La convivenza con Sofía funzionava alla perfezione. La vita della moglie aveva subìto una svolta radicale dopo il ritorno da Parigi e la morte del suocero. Le cose erano cambiate così tanto per lei che nei primi mesi aveva fatto fatica ad assimilarlo. Aveva accettato la proposta di entrare nell'équipe della dottoressa Montalcini, dedicandosi immediatamente al dottorato. Non si era concessa neppure una pausa estiva. Alla fine della scuola, Vito era andata con le bambine e doña Sagrario a El Escorial, mentre la coppia rimaneva a lavorare a Madrid. A settembre la nuova routine si era imposta in modo definitivo. Sofía usciva di casa per prima e restava a mangiare in laboratorio, dove consumava un panino al formaggio, una mela e un tè, in fretta, senza orari fissi, quando poteva permettersi di interrompere ciò che stava facendo, e senza smettere di parlare dell'argomento affrontato durante la giornata, ruminandolo in testa, riflettendo sulla ricerca che aveva per le mani, come un nastro trasportatore che avanza senza fermarsi mai. Nei giorni feriali non assisteva quasi mai al risveglio delle bambine e in genere rientrava quando dormivano già da tempo. La domenica e nei giorni festivi dedicava la mattinata e parte del pomeriggio a riordinare gli appunti, gli archivi, a consultare libri. Impiegò mesi a smettere di raccomandarsi con tutti prima di uscire, con Vito, con le bambine e naturalmente con il marito: «Se succede qualcosa chiama in laboratorio, ho lasciato detto di avvisarmi immediatamente se siete tu o Vito», ripeteva ogni mattina prima di uscire di casa, incapace di liberarsi della zavorra dei «doveri» che aveva interiorizzato, come se il mondo dovesse rallentare perché lei non restava a guardarlo mentre ruotava. L'atteggiamento del marito verso quei cambiamenti, sostenuti con impeto sorprendente, la meravigliava tanto che stentava a credere che fosse tutto reale, e soprattutto duraturo. Sofía era convinta che da un momento all'altro sarebbe rispuntato l'uomo che aveva sempre avuto accanto, per rinfacciarle che non poteva continuare così, che aveva abbandonato le bambine, che trascurava il marito, che la casa era un disastro da quando era entrata in quel mondo di scienziati e ricerca (la casa non era affatto un disastro, funzionava tutto alla perfezione, anche senza la sua guida), e le avrebbe tarpato le ali, sempre più dispiegate. Non poteva evitare di sentirsi in colpa per aver accettato quel progetto, come se dovesse trovare un impedimento per godersi ciò che la entusiasmava. Rabbrividiva ogni volta che rientrava nella casa silenziosa, con le figlie immerse nel sonno e Daniel addormentato sul divano, davanti al televisore. Klaus in genere l'aspettava per cenare, ma se lei ritardava troppo mangiava da solo. All'inizio Sofía provava a scusarsi, a giustificare il ritardo, telefonava affannata fornendo spiegazioni dettagliate dell'imprevisto insorto all'ultimo momento, che avrebbe posticipato il ritorno, non sapeva di quanto. Klaus insisteva nel dire che non c'era bisogno di spiegazioni, perché sapeva che sarebbe rientrata quando le fosse stato possibile. Non le rimproverava mai nulla, non le chiedeva conto, suscitando in lei sensazioni contraddittorie, tra la soddisfazione e la perplessità. Sofía ne parlava con il padre, convinto che, se il cambiamento era positivo, non doveva rimuginarci troppo. Forse il genero si era reso finalmente conto del valore di sua moglie: meglio tardi che mai. Zacarías era entusiasta del cambiamento, e ogni volta che ne aveva occasione, ringraziava il genero per le decisioni prese riguardo la figlia. Ma Sofía era diffidente. In Daniel c'era qualcosa che la sconcertava: il modo di parlare, il modo di guardare, di abbracciare, il comportamento che assumeva con le bambine, soprattutto con la maggiore, che l'aveva sempre adorato e adesso lo evitava, intimidita, come se fosse un estraneo. Niente a che vedere con la piccola, che Daniel, prima di Parigi, non aveva mai considerato perché non amava i neonati, ritenendoli roba da donne. Il suo atteggiamento verso Beatriz era cambiato radicalmente, lo aveva notato anche Vito, che le aveva riferito delle volte in cui Daniel l'aiutava a farla addormentare, a darle da mangiare; le aveva persino cambiato il pannolino. L'interesse per la piccola era così evidente che la maggiore era diventata gelosa della sorella. Tutto molto strano in un uomo come Daniel, ma più di ogni altra cosa Sofía era turbata dal suo odore, diverso da prima, così come l'alito, il sudore del corpo che sentiva durante i rapporti sessuali. Se chiudeva gli occhi aveva la sensazione di trovarsi con uno sconosciuto. Ogni volta che si avvicinava gli odorava la pelle, che sotto la colonia di sempre aveva un sentore sconosciuto.

«Non ti ossessionare, Sofía», le raccomandò Carmen, con una birra in mano. «Mi sembra che tu sia alla ricerca di giustificazioni.»

«Può darsi», rispose lei. «Ma non mi capacito di questo cambiamento così radicale, Carmen, davvero. È tutto così diverso che a volte mi pare di vivere con un altro uomo.»

«Se è cambiato in meglio, qual è il problema?»

Sofía si strinse nelle spalle e sorrise.

«In effetti sono contentissima.» Tacque per un istante, persa nei suoi pensieri. «Daniel è molto più... non so come spiegartelo, più ardente, più appassionato.» La guardò negli occhi con una smorfia maliziosa. «Mi cerca come se fossimo fidanzati.»

«E ti sembra una cosa brutta?»

«Non mi sembra una cosa brutta, ma è molto strano, Carmen, non dirmi di no. Se torno tardi non si scompone, accetta tutto.»

Carmen la prese per il braccio.

«Tu sei soddisfatta? La ricerca ti piace? Il cambiamento ti piace?»

«Certo che mi piace.» Il suo volto si illuminò. «La tesi si sta rivelando interessantissima, lavorare con la dottoressa Montalcini è un privilegio, mio padre è così entusiasta che dimostra dieci anni di meno.» Sollevò le sopracciglia prima di continuare. «Non si può dire lo stesso di mia madre, che invece non è cambiata per niente: va avanti come un carroarmato, non perde occasione per rinfacciarmi che sono venuta meno ai miei doveri di madre e di moglie, e adesso ha attaccato la solfa che non devo lamentarmi se lui si guarda intorno... Si è fissata su questa cosa.»

«Doña Adela e le sue idee assurde. Quindi secondo lei, per non farti fare le corna, devi stare chiusa in casa e rinunciare a tutto. Che teoria fantastica! Agghiacciante, ma fantastica, sotto tutti i punti di vista...»

«È assolutamente convinta che Daniel abbia una storia e che si comporti così per questo. In più ha perso un alleato.» Tacque e fissò il suo bicchiere di birra, pensierosa. «Che vuoi che ti dica, Carmen, per una volta devo dare ragione a mia madre: Daniel non è più la stessa persona... A letto è molto focoso, per carità, ma nella vita normale mi pare distaccato. Non so... Ho la sensazione che abbia qualcosa, un problema grave, perché non è normale.»

«Non dire stupidaggini, e soprattutto non ti arrovellare. Daniel ti adora, basta guardarlo.»

«Il problema è proprio questo: prima non era così.»

«Ma prima ancora sì: quando eravate fidanzati ti lamentavi che sembrava un polpo... E dire che non volevi perdere la verginità prima del matrimonio.»

«Le mie resistenze non sono servite a niente...» la interruppe, ridendo.

«Daniel ha sempre fatto di tutto per te, ti adora. In più, tieni conto che una volta era plagiato dal padre, e adesso si è liberato della sua influenza. Se aggiungi tutto quello che gli è accaduto a Parigi, che sai solo tu, hai motivi più che sufficienti per spiegare il cambiamento. È semplice: ha smesso di essere il figlio di Romualdo ed è diventato se stesso. È capitato anche a tua suocera, che è irriconoscibile. Sembra un'altra, da non credere. Ti ha detto che vuole fare un viaggio a New York?»

«Sì, l'ho saputo. Mi sembra un'ottima cosa, che lo faccia e se lo goda.»

«Proprio così, Sofía, che se lo goda. E godetevela anche tu e tuo marito, ora che l'onnipotente Romualdo Sandoval è morto e sepolto.»

«Forse è come dici tu. Forse dipende tutto dalla scomparsa di Romualdo.»

«Fattene una ragione: le cose sono cambiate. C'è un prima e un dopo la morte di Romualdo e un prima e un dopo quel misterioso viaggio a Parigi di Daniel, comprensivo di sparizione. Bisogna cogliere quello che la vita offre. Non avere paura di farlo, goditela.»

Glielo ripeteva anche il padre. Solo lei notava la stranezza di Daniel e il suo modo diverso di agire. In ogni caso erano tutti soddisfatti, compresa lei, non poteva negarlo.

«I tuoi dubbi mi sorprendono», le diceva Zacarías.

Sofía aveva un'espressione afflitta.

«Non mi chiede mai della tesi, non gli interessa quello che faccio, sarebbe lo stesso se vendessi calze o lampadari a El Corte Inglés, scoprissi il codice genetico o una cura fondamentale per l'essere umano.»

Il padre sorrideva, accondiscendente.

«È sempre così. Se otteniamo quello che vogliamo, non ci accontentiamo, vogliamo di più, non siamo mai soddisfatti.»

«Non è questo, io... Non so. Forse hai ragione», concluse Sofía, arrendendosi all'evidenza.

«Certo che ho ragione, Sofía. Daniel è diventato un'altra persona, e tu non puoi pretendere anche che giri tutto intorno a te: non sarebbe giusto per nessuno dei due. Lascialo in pace, continua a dargli il tuo sostegno incondizionato; è l'unica cosa che conta. In più è tutto preso dal suo ruolo di padre. Chi l'avrebbe detto.»

L'unica cosa su cui erano tutti d'accordo era l'inclinazione manifesta per Beatriz, che penalizzava inevitabilmente la figlia maggiore, suscitando scene di gelosia, capricci e intemperanze, come meccanismo di difesa. Avveniva quasi sempre durante le assenze di Sofía, informata dalla parte offesa non appena varcava la porta. Vito riferiva l'accaduto minimizzando il più possibile, ma Isabel non taceva, raccontava in lacrime l'ingiustizia subita, in genere davanti alle persone coinvolte, la piccola Beatriz, che la guardava con espressione addolorata, e Klaus, che non provava nemmeno a giustificarsi, perché la bambina aveva ragione. Non poteva evitarlo: Beatriz era la sua bambina, la sua Jessie, ed era incapace di contenere le dimostrazioni di affetto nei suoi confronti; la amava tanto quanto ignorava la maggiore.

Anche don Zacarías cercava di minimizzare.

«Be', non è così terribile avere una preferenza», le diceva con convinzione, di fronte alle lamentele di Sofía. «Anche io ho una preferenza per te... Amo anche i tuoi fratelli, ma la mia passione sei tu, e non credo che questo risvegli dubbi particolari in tua madre, che ha una predilezione per Adelina, o per tuo fratello Benito, che tiene in palmo di mano; se fosse per lei vorrebbe beatificarlo o farlo re dell'umanità. Per me va bene. Non mi stupisce l'affetto tra padre e figlia, sono esattamente uguali in tutto, è incredibile; in più la bambina è così dolce e tenera che la mangeresti di baci. Isabel è molto più indipendente, più particolare, lo è sempre stata, ha carattere, è forte come una quercia, non la ferma nessuno: ha i geni della nonna materna, e spero che sappia metterli a frutto», disse, con una smorfia divertita.

«Forse hai ragione...»

«Certo che ho ragione, Sofía, non crearti problemi che non esistono. Daniel è un buon marito e un buon padre, ed è quello che conta; non arrovellarti.»

2

Così Sofía, cercando di convincersi che il cambiamento del marito fosse dettato dalla scomparsa di Romualdo Sandoval, si dedicò al suo lavoro.

Il 21 ottobre del 1971, il giorno in cui fu assegnato il premio Nobel per la letteratura a Pablo Neruda, Sofía Márquez espose la sua tesi, incentrata sugli enzimi che permettono la replicazione del DNA, le DNA polimerasi, concretamente i batteriofagi, virus temperati.

Conseguì il dottorato *cum laude*. Quel mese fu annunciato il premio Nobel per la pace a Willy Brandt (pseudonimo usato da Herbert Karl Frahm dopo la fuga in Norvegia dalla Germania nazista), che da due anni era cancelliere della Repubblica Federale Tedesca, dopo avere ricoperto per nove anni la carica di sindaco a Berlino Ovest, in un periodo convulso, coinciso con la costruzione del Muro; il riconoscimento premiava la cosiddetta *Ostpolitik*, la politica estera mirata a migliorare i rapporti con i russi e soprattutto con l'altra Germania, la Repubblica Democratica.

Sofía aveva ottenuto felicitazioni e riconoscimenti dal mondo universitario e un anno dopo, nel settembre 1972, cominciò a raccogliere i primi frutti dei suoi sforzi.

L'usciere del laboratorio le portò una raccomandata proveniente dall'Università di Oxford. Intorno a lei si formò subito un capannello di colleghi, curiosi di scoprire il contenuto della missiva. La prestigiosa istituzione invitava la dottoressa Sofía Márquez a esporre nell'aula di scienze della sua università una delle linee di ricerca più interessanti del suo dottorato. Sofía era euforica, tremava per l'emozione. Ricevette i complimenti di tutti i collaboratori e pensò di chiamare Daniel per raccontarglielo, ma preferì fargli una sorpresa. Voleva festeggiare in grande l'invito proveniente da una istituzione così rinomata, concesso proprio a lei che era una novellina nel mondo della scienza. Peraltro desiderava che lui la accompagnasse in quel viaggio importante.

Quando entrò in casa fu accolta dal silenzio. Non le parve strano, perché di solito il venerdì Vito portava le bambine a casa della nonna Sagrario dopo la scuola. Lasciò le chiavi sul mobile, e sentì la voce attutita di Daniel che parlava con qualcuno. Le sembrò bizzarro perché non pensava di trovarlo a casa così presto. Percorse il corridoio, curiosa di conoscere l'identità dell'interlocutore, ma quasi subito si rese conto che stava discutendo al telefono, in un tedesco perfetto, fluido. Lo sorprese accanto al letto, in piedi, con la cornetta all'orecchio, di spalle alla porta semiaperta. Era teso, muoveva la mano libera, come se cercasse di convincere l'interlocutore, si toccava la nuca con preoccupazione. Non era una conversazione tranquilla, rilassata: era senz'altro accaduto qualcosa di grave, qualcosa che lo turbava, pensò Sofía. Riusciva solo a capire qualche parola qua e là. Aveva dimenticato da anni il poco tedesco che sapeva, ma era sicura che Daniel non conoscesse quella lingua, al di là di qualche parola.

Lo osservò dallo spiraglio della porta, senza interromperlo. Lo sentì pronunciare alcune frasi in spagnolo.

«Ti farò uscire di lì... Te lo prometto... Abbi fiducia in me e resisti, ti prego. E non chiamarmi più qui, è molto pericoloso per entrambi... Sai che ti voglio bene, Bettina, non ti arrendere, per favore.»

Quell'ultima frase fu un pugno nello stomaco.

Klaus riattaccò e rimase fermo, a testa bassa. Muoveva le spalle, come se stesse piangendo. Sofía aggrottò le sopracciglia, spinse la porta e fece un passo all'interno della stanza.

«Qualche problema?»

Klaus si voltò di soprassalto. Sofía vide che era turbato, ingoiava le lacrime che gli inumidivano gli occhi, nel tentativo di nascondere lo sconcerto dietro un sorriso forzato che gli tendeva i muscoli del volto.

«Sofía...» balbettò. «Sei arrivata presto, oggi.»

Si mosse verso il comò come se volesse cercare qualcosa, ma Sofía intuì che tentava di inghiottire il dolore.

«Chi è Bettina?» La domanda era rovente di gelosia.

Klaus la guardò per un attimo, capendo che aveva sentito più del dovuto.

«Una cliente.»

«Dici a una cliente che le vuoi tanto bene? Fai così con tutte?»

Klaus la guardò con espressione seria.

«Non farmi una scenata di gelosia, sei completamente fuori strada.»

«Perché sarei fuori strada? Spiegamelo.»

«Perché Bettina potrebbe essere mia madre», mentì lui, con disinvoltura. «Come spiegazione ti basta?»

Sofía avrebbe voluto credergli, ma non poteva. Insistette con la diffidenza.

«Non sapevo che parlassi così bene il tedesco.»

Klaus prese fiato, cercando di ricomporsi. La conversazione con la sorella lo aveva turbato profondamente. Erano trascorsi quattro lunghi anni da quando aveva lasciato Berlino, e per tutto quel tempo aveva rispettato la proibizione di mettersi in contatto con i cittadini della DDR, sperando che Bettina trovasse il modo di fargli arrivare qualche notizia. Le agognate informazioni giungevano indirettamente. A ogni compleanno, come fosse un regalo, Rebeca Sharp gli consegnava una busta inviata dal compagno capo Markus, in cui lo aggiornava sui suoi genitori e, naturalmente, su Bettina. Grazie a lui era venuto a sapere che la sorella era stata assunta in un buon ospedale, dove svolgeva il suo lavoro in modo encomiabile, apprezzata dal personale e dai pazienti. Il capo gli recapitava i messaggi di gratitudine rivolti alla dottoressa Zaisser dai bambini che erano stati suoi pazienti, riconoscimenti ufficiali, promozioni, e gli aveva perfino riferito di una relazione con un collega, per dimostrare che aveva trovato la stabilità. Per convincerlo, includeva sempre due biglietti di auguri: uno dei genitori, scritto dalla madre, e uno di Bettina, manoscritto, una dozzina di parole di saluto e di auguri, in cui Klaus non aveva mai notato nulla di preoccupante, o non aveva saputo vederlo. Accontentandosi di quelle notizie, Klaus aveva accettato il passare del tempo, che aveva mitigato l'ossessione di far espatriare la sorella. Era convinto che Bettina stesse bene, che facesse il lavoro che amava, che fosse apprezzata e che stesse vivendo un amore.

Quindi era stato colto impreparato quando aveva sentito la voce flebile e afflitta della sorella al telefono. Ma in quel momento era di fronte a Sofía e doveva gestire la situazione con serenità, per evitare sospetti.

«Mi sono perfezionato. Adesso ho più tempo, in ufficio. Ho assunto un insegnante privato, che mi dà lezione tutte le settimane. Sai che sono portato per le lingue.»

«E perché non me lo hai detto?»

Klaus si strinse nelle spalle, esitante.

«Ora lo sai», concluse, con un'espressione imbarazzata rivolta al telefono. «Era una cliente anziana, pesante; sono giorni che la evito in ufficio e non ha trovato di meglio che chiamarmi qui.»

«Da dove dovresti farla uscire?»

«Di prigione», rispose lui, con fermezza.

«Perché è pericoloso che chiami qui?»

Klaus sostenne il suo sguardo prima di rispondere.

«Perché appartiene a una mafia...» Le parole di Klaus furono seguite da un silenzio scomodo, come se le avesse rivelato un segreto. «Contenta?»

Sofía non disse niente e Klaus ne approfittò per cambiare argomento. «E tu? Come mai sei arrivata così presto?»

Dopo qualche secondo di esitazione, Sofía decise di credere alle parole del marito, perché intendeva festeggiare il suo successo e non voleva impedimenti. Era tutto verosimile. Non era la prima volta che lo studio trattava cause con o contro mafiosi di ogni genere. Si rilassò un po'.

«Ho una buona notizia», disse senza poter evitare un sorriso. «L'Università di Oxford mi ha invitato a presentare un filone di ricerca del mio dottorato. Sono felice e volevo condividerlo con te...»

«Sono contento. Ti meriti tutte le cose buone che ti capitano.»

«Mi piacerebbe se lo festeggiassimo insieme e volevo chiederti di accompagnarmi: per me sarebbe importante averti accanto.»

«Certo, contaci. Sarò senz'altro al tuo fianco.»

Sofía sorrise. La sua euforia era troppo grande per riuscire a contenerla. Si avvicinò a lui e lo prese per mano.

«Volevo farti una sorpresa... Mi hai anticipato. Prima, quando ero sola in casa tutto il giorno, non arrivavi mai così presto», gli disse, senza poter evitare un tono di rimprovero.

Più tranquillo, sapendo di avere risolto la situazione, Klaus si avvicinò a lei e le diede un breve bacio, delicato e dolce.

«Ma ora sono qui», aggiunse. «E tu sei riuscita a sorprendermi.»

La baciò a lungo, con una passione disorientante per Sofía, che lo lasciò fare perché era incapace di sottrarsi alle sue carezze, di rifiutare la dolcezza dei suoi baci. Tra le lenzuola sembrava tutto dimenticato, tra gemiti e sussurri salaci.

3

Bettina Zaisser riattaccò il telefono, inghiottendo le lacrime di rabbia che le infiammavano gli occhi. Da quattro anni era relegata in quel posto dimenticato da Dio, lontano da Berlino e da casa sua. Riceveva le lettere dei genitori, scritte dalla madre, secche e impersonali, in cui si dicevano contenti di saperla impegnata nel suo lavoro. Qualche giorno dopo il suo compleanno riceveva una telefonata della madre, che chiamava all'apparecchio della padrona di casa per gli auguri. Erano conversazioni brevi e fredde, non solo per la presenza della donna che non si allontanava da lei finché non la vedeva riattaccare, attenta a ogni parola, ma perché Bettina sapeva che la madre non amava parlare al telefono.

Di Klaus non aveva più saputo niente. Aveva cercato di mandargli qualche lettera, ma sospettava che fossero state intercettate, visto che non aveva mai ricevuto risposta, neppure tramite i mezzi che avevano escogitato per eludere la sorveglianza ufficiale sulla corrispondenza. Siccome non aveva il telefono, Bettina aveva cercato di chiamare dal centralino del paese, o da un telefono pubblico, ma quando l'operatrice capiva che il numero richiesto era di Madrid, si rifiutava di inoltrare la chiamata, persino di provarci. Viveva in una casa composta di due appartamenti: il suo era al primo piano, mentre sotto vivevano i suoi carcerieri, una coppia anziana che la sorvegliava sfacciatamente: i due guardiani e ficcanaso annotavano le sue entrate e le sue uscite come spie. Aveva attribuito il frettoloso trasferimento a Biendorf, un paesino vicino a Rostock, alla rinuncia alla macchina e all'appartamento che le erano stati assegnati pochi giorni dopo la partenza di Klaus da Berlino. Aveva agito in preda alla rabbia, perché era l'unico segno possibile di ribellione, un modo di disubbidire al sistema, soprattutto per non avere niente per cui ringraziare un partito che le impediva di decidere della sua vita. Nella DDR avevano tutto, aveva sostenuto il padre con un'ostinazione fanatica quando lei aveva firmato la rinuncia alla macchina e all'appartamento, a nessuno mancava un piatto di minestra, chiunque lo volesse poteva andare all'università, nessuno restava senza casa o senza lavoro, i cittadini erano protetti dal sistema che lei detestava; niente a che vedere con la zona Ovest e con il suo capitalismo predatorio, implacabile verso i più deboli, che non esitava a lasciare sul lastrico i bisognosi, affondava i più vulnerabili e premiava solo gli speculatori agguerriti e senza scrupoli. Il padre non vedeva, o non voleva vedere, cieco di fronte alla verità, i ricatti a cui era sottoposta la gente che lui considerava protetta da ogni male e lontana da ogni miseria, le pressioni sui posti di lavoro, le minacce agli studenti insubordinati che cercavano di entrare nell'università prescelta. Se ti sottomettevi, se collaboravi, se entravi a far parte di quell'ingranaggio perfetto, potevi contare su tutti i vantaggi che quel «benedetto» governo concedeva al cittadino esemplare; se invece non accettavi le sue regole, cadevi in disgrazia e rischiavi di essere arrestato e sbattuto in prigione, o allontanato dal posto di lavoro che ti sarebbe spettato per merito, cacciato dalla scuola in cui studiavi, privato del tuo posto in facoltà, trasferito dall'altra parte del Paese, lontano da casa e dal tuo ambiente, isolato da tutto e da tutti.

Bettina era tra questi ultimi. Dopo il tentativo fallito di fuga per seguire Klaus e Hanna, le era stato permesso di studiare Medicina grazie all'influenza del padre, membro e sostenitore emerito del Partito di Unità Socialista. Aveva conseguito la specialità in Pediatria con il massimo dei voti. Dopo la laurea, era subito entrata a lavorare all'ospedale di Berlino. Amava il suo lavoro, l'esercizio della professione medica era una valvola d'ossigeno che le consentiva di continuare a respirare; ma dopo pochi mesi, qualcosa era andato storto, una negligenza inspiegabile aveva provocato la morte di un bambino, figlio di un'alta carica del Partito. Non era stata colpa sua, Bettina sapeva che l'errore era imputabile a una dottoressa che lavorava nel reparto da più tempo e che la considerava da sempre una minaccia per la sua carriera. Ma il bambino era suo paziente, e la collega era stata molto abile nell'addossarle le colpe. Bettina non era stata in grado di difendersi ed era stata ritenuta responsabile della morte del bambino. Le conseguenze erano state immediate: le era stato proibito di esercitare la professione medica ed era stata assegnata a una fabbrica di mobili per cucina alla periferia di Berlino, dove aveva stretto le viti degli sportelli per dieci ore al giorno. Una condizione esasperante: si era sentita prigioniera in una città chiusa, prigioniera in casa propria. Ma le cose possono sempre peggiorare, ed era precisamente ciò che era avvenuto.

Era successo tutto poche settimane dopo la partenza di Klaus. Era appena tornata dalla fabbrica, quando due uomini si erano presentati a casa sua e le avevano intimato di raccogliere le sue cose, perché sarebbe mancata da Berlino per lungo tempo. Le avevano detto che avrebbe lavorato come medico, perché c'era urgente bisogno di pediatri, e che sarebbe stata trasferita nel suo nuovo luogo di lavoro. Bettina non si fidava, ma non aveva alternative. Era presente la madre, controllata come sempre, come sempre zitta, convinta che ogni cambiamento sarebbe stato in meglio. Aveva domandato dove l'avrebbero condotta, ma non aveva ottenuto risposta. Non aveva avuto la possibilità di pronunciarsi sul cambiamento di lavoro, o di città. Il Partito decideva della sua vita, determinava il suo destino. Il viaggio era stato un incubo, tutta la notte su una macchina, in mezzo a due uomini che non le avevano mai rivolto la parola. Avevano raggiunto la destinazione all'alba. La macchina si era fermata davanti a un edificio a due piani. Cadeva una pioggia sottile e faceva freddo. Bettina era scesa dalla macchina ed era stata guidata verso un appartamento al pian terreno. Era stata accolta da una donna arcigna. Gli uomini se n'erano andati. La signora Blecher le aveva consegnato la chiave di quella che da quel momento sarebbe stata casa sua, le aveva mostrato il seminterrato in cui era riposto il carbone per la caldaia e le aveva detto che avrebbe dovuto pulire la scala il lunedì, il mercoledì e il sabato, che non era permesso ascoltare musica dopo le nove di sera, che non erano consentiti televisori, né fumare, anche se Bettina non se ne era mai curata; in più le aveva comunicato le spese mensili che avrebbe dovuto sostenere a inizio mese. Il giorno successivo aveva conosciuto il signor Blecher, un uomo burbero e scontroso che puzzava di alcol e che dal primo momento l'aveva guardata come si guarda un'appestata. Nei primi mesi non riuscivа a rimanere da sola fuori dall'appartamento, che peraltro non le consentiva un minimo di intimità, perché il signore o la signora Blecher entravano in casa liberamente, adducendo scuse assurde, con l'unico obiettivo di ficcare il naso; varie volte aveva riscontrato tracce della loro intrusione mentre non c'era, l'odore acido dei crauti che la signora Blecher si lasciava dietro restava per ore a impregnare l'aria. All'ospedale le avevano subito messo in chiaro che sarebbe stata in prova e che sarebbe stata allontanata e ricondotta alla fabbrica di mobili qualora avesse infranto qualunque norma, compreso il divieto di fare telefonate non autorizzate. Durante i primi mesi la situazione era stata asfissiante; se usciva a fare una passeggiata, comparivano come per incanto il signore e la signora Blecher, decisi ad accompagnarla, che lei lo volesse o no. L'ospedale era a dieci chilometri da casa sua e, con la scusa dei trasporti inefficienti, il signor Blecher era stato incaricato di portarla all'ospedale e di riportarla a casa sulla sua Trabant sgangherata.

Bettina aveva faticato ad adattarsi alla nuova situazione. Svolgeva scrupolosamente il suo lavoro, ma con l'ossessione di scappare. Il tempo, tuttavia, appiana ogni cosa, e a poco a poco si era piegata alla realtà, adattandosi alla nuova condizione, dedicando il poco tempo libero che aveva (prendeva tutti i turni che le permettevano di fare) a camminare e a leggere. Il lavoro la riconciliava con la vita. Era un piccolo ospedale, con pochi mezzi, dove arrivavano bambini e adolescenti di una casa per minori vicina, una specie di riformatorio per giovani traviati molto simile a quello in cui era stata chiusa lei a sedici anni. I suoi colleghi, medici, infermiere e personale amministrativo l'avevano trattata da subito con sospetto e diffidenza, parlavano con lei soltanto per ragioni professionali, salvo Claudia, un'infermiera che non si distingueva in modo particolare dagli altri, se non perché era l'unica a rivolgerle un sorriso gentile quando si incrociavano. Neanche Bettina si fidava di nessuno, e limitava i suoi rapporti alla cura dei pazienti.

Fino a quel momento non era mai riuscita a trovare un modo sicuro per informare Klaus della sua situazione; ricordava le raccomandazioni del fratello, sapeva che avrebbe potuto danneggiarlo. Ma quando si era presentata l'occasione non era riuscita a trattenersi; non aveva pensato alle conseguenze di chiedere aiuto all'unica persona al mondo che avrebbe potuto soccorrerla. Per questo, quel pomeriggio, quando la sorte le aveva sorriso, non aveva esitato ad approfittarne, pur conoscendo la posta in gioco. Passando davanti all'ufficio del direttore dell'ospedale, aveva visto, dalla porta socchiusa, che l'interno era al buio, e aveva dedotto che non vi era nessuno. Herr Müller doveva essere uscito di corsa, dimenticandosi di chiudere a chiave. Bettina sapeva che sul suo tavolo c'era l'unico telefono di tutto l'ospedale con una linea esterna. Glielo aveva detto Claudia, superando la diffidenza di entrambe. L'impulso era stato così improvviso che aveva agito senza riflettere: era entrata nell'ufficio, chiudendo silenziosamente la porta. La tenue luce dei lampioni penetrava attraverso la finestra. Quando i suoi occhi si erano abituati al buio, era riuscita a muoversi nella penombra. Aveva individuato l'apparecchio sul tavolo, si era avvicinata, tremante, aveva alzato la cornetta e aveva composto il numero imparato a memoria quattro anni prima. Aveva atteso con impazienza, in preda all'agitazione, finché non aveva udito il segnale di occupato. Aveva riattaccato, restando immobile. Il suo cuore batteva così forte che si era messa la mano sul petto per cercare di calmarsi. Aveva composto l'altro numero che aveva memorizzato, quello di casa Sandoval. Aveva atteso con ansia il segnale. Quando lo aveva udito, si era concentrata così tanto su quel suono intermittente, che non avrebbe udito nulla se fosse accaduto qualcosa accanto a lei. «Forza, forza», aveva sussurrato, tra sé. «Rispondi, per favore, rispondi...» Quando un clic all'altro lato della linea aveva interrotto il segnale, si era tirata su, piena di aspettative. Udendo la voce del fratello si era sentita svenire per l'emozione. Era stato un momento pieno di esultanza, di tensione, perché bisognava approfittare del poco tempo a disposizione. Aveva spiegato la sua situazione a Klaus, parlandogli del luogo e dell'isolamento in cui era confinata: le era impossibile mettersi in contatto con lui, era sorvegliata a tutte le ore del giorno. La voce del fratello le aveva restituito la speranza quasi perduta di potersi sottrarre a quella macabra spirale. Quando riattaccò, si sentì investire dalle lacrime, ma dovette ingoiare l'emozione perché udì delle voci che si avvicinavano nel corridoio. Spaventata, si voltò verso la porta chiusa. Non poteva uscire. Le voci erano due, entrambe maschili. Riconobbe quella del direttore. Rimase ferma, rigida come una statua. L'avrebbero sorpresa. Conosceva le possibili conseguenze della sua mancanza: sarebbe stata arrestata, e avrebbe di nuovo perso i contatti con il fratello e con il mondo, forse per sempre.

Aveva lo sguardo fisso sulla lama di luce che filtrava sotto la porta, che si oscurò quando i due uomini si fermarono proprio davanti all'uscio. Bettina vide la maniglia che si abbassava, e si sentì cedere le gambe; si appoggiò alla scrivania, rassegnata a essere scoperta. Proprio quando la porta stava per aprirsi, una voce in lontananza richiamò l'attenzione del direttore, interrompendo l'apertura fatale.

«Herr Müller, è richiesta la sua presenza al secondo piano, urgentemente.»

«Dev'essere arrivato», rispose il direttore. «Andiamo, facciamola finita una volta per tutte. Non voglio più qui quel ragazzo, porta solo problemi.»

Bettina tratteneva il respiro, con gli occhi fissi sulla soglia mezzo aperta, che oscillava. Il battente si richiuse e si udì il rumore della serratura. I passi che si allontanavano le diedero il capogiro. Cercò di riprendere fiato, di calmarsi un po'. Doveva pensare a come uscire da lì. L'unica possibilità era la finestra, e non c'era molto tempo. Si affacciò per valutare l'altezza del salto. Era buio, e l'ufficio si trovava al primo piano. Si guardò intorno, e le parve di non vedere nessuno. Si calò dal davanzale e prima di saltare lasciò la finestra più chiusa possibile, perché non si notasse niente di strano. Poi fece il salto. Cadendo, si fece male a una caviglia e dovette soffocare un grido. Per fortuna era atterrata sull'erba, che aveva attutito il colpo, ma dovette fermarsi per aspettare che il dolore diminuisse. Si alzò con difficoltà e raggiunse zoppicando l'interno dell'edificio. Si era sporcata il camice. Si chiuse in bagno, se lo tolse e strofinò le macchie di terra e di erba. Era così frastornata e immersa nei suoi pensieri che, sentendo bussare, sussultò.

«Bettina?» Era Claudia, l'infermiera.

«Sì?»

«È arrivato il tuo guardiano. L'ho appena visto.»

«Grazie, esco subito.»

«Io sto andando. Stai bene?»

«Sì, grazie, a domani.»

Aspettò di sentire Claudia che lasciava la stanza. Aprì la porta con cautela, appese il camice bagnato nel suo armadietto, sperando che si asciugasse per il giorno dopo, prese la borsa e quando si voltò per incamminarsi la vide sulla porta. Le due donne si guardarono per qualche secondo, in silenzio, senza muoversi. Claudia fece due passi verso gli armadi.

«Ho dimenticato la sciarpa», spiegò.

«Stavo andando via.»

Bettina si avviò, ma non poté evitare di zoppicare, il dolore era molto forte.

«Che ti è successo?»

«Non è niente, mi sono presa una storta.»

«Aspetta, fammi vedere.»

Mentre parlava si chinò, ma Bettina la fermò con un no tassativo.

«Sto bene... grazie», balbettò, vedendo il riflesso della sorpresa sul volto di Claudia.

«Va bene... Volevo solo aiutarti.»

«Grazie», ripeté Bettina, cercando di abbozzare un sorriso. Si avviò, ma prima che uscisse, la voce di Claudia la fermò.

«Ho una bicicletta.»

Bettina si voltò con espressione stupita.

«Magari ti è utile: non dovrebbero più accompagnarti e venirti a prendere... Io non ne ho bisogno. Se vuoi te la porto domani. In bicicletta si impiega meno che in macchina, per via delle scorciatoie.»

Bettina rimase a guardarla, confusa, come se fosse incapace di prendere decisioni, seppure insignificanti. Inspirò, sorrise rilassando l'espressione e assentì.

«Grazie.»

Stava per andarsene quando Claudia riprese a parlare.

«Mettici qualcosa di freddo e un antinfiammatorio.» Bettina si voltò leggermente. «E cerca di stare a riposo, è la cosa migliore.» Sorrise, a disagio, come se avesse detto qualcosa fuori luogo. «Mi dispiace... A volte voi medici siete pessimi malati.»

Bettina sentiva il suo cuore che palpitava nel petto. Era stata Claudia a dirle che l'unico telefono dell'ospedale con una linea esterna si trovava nell'ufficio del direttore. Poteva fidarsi di lei? Se lo chiedeva di continuo. Era evidente che l'infermiera cercava di favorire un avvicinamento, ma con cautela, perché non fidarsi di niente e di nessuno era un meccanismo di difesa e di protezione. Nonostante questo, Bettina aveva bisogno di parlare, di avere fiducia e appoggiarsi a qualcuno. Si sentiva sola e isolata come su un'isola deserta, anche peggio, perché era circondata di occhi che la sorvegliavano, dandole una sensazione angosciante e deprimente. Percorse il corridoio zoppicando: la caviglia le faceva sempre più male e si stava gonfiando. Prima di uscire, decise di andare in infermeria per prendere una pomata antinfiammatoria. Salì sulla macchina del signor Blecher per tornare a casa.

Dopo la conversazione, Klaus era abbattuto, con una sensazione inquietante di impotenza. Si sentiva tradito dal compagno Markus e dalla Stasi. Gli avevano mentito senza pudore. Si rese conto tutto a un tratto che non avevano mai avuto intenzione di lasciarla espatriare: Bettina era uno strumento per controllarlo. Non solo non avevano mantenuto la promessa di lasciarla uscire, ma l'avevano allontanata da casa, separata dai genitori, isolata e sorvegliata come in una prigione, e in più avevano ingannato lui con gli auguri di compleanno. La sorella gli aveva detto di non avere mai scritto un biglietto, di non avere mai rivisto Markus, e di essere all'oscuro delle fandonie che gli avevano riferito su di lei.

Klaus era furioso, pieno di rabbia e di dolore. Ma l'inattesa interruzione di Sofía lo aveva costretto a ricomporsi quasi all'istante; la sua testa si mise in moto rapidamente. Nei giorni successivi ragionò su come muoversi, valutò tutte le possibilità, persino quella di fare visita al capo Markus per affrontarlo, ma scartò tutto immediatamente, sapendo che il KGB non gli avrebbe consentito quel viaggio. Decise di agire attraverso una terza persona. Si mise in contatto con un agente di origine danese che gli doveva un favore. Era un uomo della Stasi che faceva il doppio gioco: oltre a svolgere lavori impeccabili a beneficio del PSU, faceva uscire la gente dalla DDR dalla costa Nord, verso la Danimarca o i porti della Germania Federale, su scialuppe o nascosti dentro mobili fabbricati all'Est e imbarcati su navi che partivano da Rostock. Approfittando di un viaggio a Barcellona per chiudere un importante contratto con un imprenditore francese intenzionato ad aprire una catena di supermercati in Spagna, incontrò l'agente nella sua stanza d'albergo.

Klaus spiegò la situazione a Tobías, ma il danese conosceva i precedenti di Bettina e rifiutò l'incarico.

«Cerca di capire, Klaus, è sorvegliata, non è come far uscire una persona con la fedina penale pulita.»

«Ti ricordo che mi devi la vita», lo aggredì Klaus.

Tobías si mantenne sereno.

«Sono qui proprio per questo, compagno, ho intenzione di saldare il mio debito, ma ci sono cose che esulano dal mio controllo. C'è un altro particolare che rende impossibile quello che mi chiedi: so che lavori per il KGB, per una cosa grossa...» aggiunse, facendo segno di no con la testa.

«Sono affari miei, non ti riguarda.»

«Troppo pericoloso, compagno, mi dispiace.»

Klaus lo guardava, contenendo l'inquietudine.

«Non puoi rifiutarti», insistette.

«Stai giocando con il fuoco, Klaus. Rischi di perdere tutto. Vale davvero la pena?»

Klaus si avvicinò e gli parlò con voce roca ed espressione grave: «Fai uscire mia sorella da lì. Me lo devi».

Tobías sostenne per qualche secondo il suo sguardo, valutando la situazione. Poi fece un profondo sospiro e assentì.

«Va bene, ci proverò. Non posso prometterti niente, e sarà costoso.»

«Ti darò quello che mi chiederai.»

«E devi avere pazienza: bisogna cercare un contatto interno per farle arrivare le istruzioni, e può richiedere mesi, persino anni; non aspettarti risultati immediati.»

«Aspetterò, fai quello che devi fare», concluse Klaus.

Tobías fissò un prezzo altissimo, logicamente, visto che si giocava la pelle, a quanto gli disse, e che sarebbe ricorso a diversi infiltrati per mettersi in contatto con lei in modo sicuro. Klaus sapeva che il danese era un uomo senza scrupoli, che lavorava per la Stasi e intanto tradiva lo Stato facendo uscire la gente in cambio di denaro: che era un trafficante di vite affamate di libertà. Ma doveva rischiare e fidarsi di lui, quindi acconsentì a pagare una somma considerevole; non gliene importava molto, perché buona parte di quel denaro proveniva dagli introiti versati dal KGB per impersonare Daniel Sandoval. Si accordarono su un primo pagamento anticipato e il resto quando Bettina fosse stata in salvo. L'operazione sarebbe partita immediatamente. Ma non sapeva quanto avrebbe dovuto pazientare; l'anno successivo i progressi furono molto scarsi.

Klaus era consapevole del gioco pericoloso in cui si era infilato. Se avessero scoperto le sue intenzioni, sarebbe stato eliminato, senza dubbio. Con Rebeca Sharp in studio a sorvegliare ogni chiamata o movimento strano, doveva essere particolarmente prudente nel comunicare con Tobías, e per farlo aveva chiesto un favore a Elvira, la segretaria.

PARTE QUARTA

1

Il 1973 stava volgendo al termine. La Spagna era arrivata seconda all'Eurofestival con la canzone *Eres tú* dei Mocedades, Luis Ocaña aveva vinto il Tour de France, l'Atlético Madrid lo scudetto; gli spagnoli varcavano il confine per vedere *Ultimo tango a Parigi*, proibito in Spagna per l'alto contenuto erotico; il cantante Nino Bravo perse la vita in un incidente stradale. Quanto alla politica, dopo anni di guerra cruenta, gli Stati Uniti avevano firmato un accordo di pace con il Vietnam, e gli americani, sconfitti, con tutta l'opinione pubblica contro, stavano cominciando la ritirata; la Spagna ristabilì i rapporti diplomatici con la Cina e la Repubblica Democratica Tedesca; nelle università proseguivano le proteste e le manifestazioni studentesche represse dalla polizia; le conseguenze della crisi petrolifera erano sempre più evidenti nell'economia del Paese. Il morbo di Parkinson cominciava a minare la salute di ferro di Franco, e in giugno il Generalissimo nominò Carrero Blanco presidente del governo, separando per la prima volta la guida dello Stato da quella del governo.

Il 20 dicembre un attentato dell'ETA fece saltare in aria l'auto in cui viaggiava Carrero Blanco, con cinquanta chili di esplosivo collocati sotto l'asfalto di calle Claudio Coello. I terroristi avevano scavato un tunnel sotto la via partendo da un palazzo adiacente. Quando Klaus udì la notizia, capì alcune cose che aveva visto e percepito in studio nei giorni precedenti. Non disse nulla, non fece commenti. Ma intuì che i terroristi avevano ricevuto un aiuto inestimabile dal KGB per realizzare l'attentato che aveva minato le strutture della dittatura.

Più tardi i russi si sarebbero premurati di insinuare l'ipotesi di un coinvolgimento della CIA nell'omicidio eccellente.

L'attentato compromise la dittatura di Franco. Due giorni dopo era una soleggiata mattinata invernale. Era sabato, il primo giorno delle vacanze di Natale, e Klaus aveva portato le bambine in centro per vedere le decorazioni natalizie, passeggiare in plaza Mayor e permettere alla madre di terminare il lavoro in sospeso. Doveva analizzare i risultati di un esperimento sulle DNA polimerasi al quale si impegnava da mesi, e che stava per concludere.

Come al solito Sofía lavorava nello studio di Daniel, occupando completamente il suo tavolo. Stava scrivendo un testo quando l'inchiostro della penna finì. Aprì il cassetto dove il marito conservava matite e penne, ne prese una e, prima di chiudere, intravide un passaporto in fondo al cassetto. Prese il documento aspettandosi di trovare unicamente le tracce del viaggio che aveva cambiato tutto; lo aprì e guardò le loro foto. Sorrise ricordando la complicata avventura a Parigi, la fretta di fare un altro passaporto, ottenuto grazie alle conoscenze dei suoceri. Sfogliandolo notò un particolare che attirò la sua attenzione. Su una pagina vide che, oltre al timbro di entrata in Francia da Irún, datato 6 aprile 1968, ce n'era un altro della Repubblica federale tedesca, del 7 aprile. E nella pagina successiva vide che quello stesso giorno il passaporto era stato timbrato al confine di Friedrichstrasse, verso la DDR. Corrugò le sopracciglia. Continuò a sfogliare il passaporto e trovò un altro timbro di uscita, il 10 maggio. L'inchiostro era cancellato in alcuni punti, ma era evidente che Daniel aveva abbandonato l'albergo di Parigi domenica 7 aprile per andare a Berlino Ovest, e che in seguito era entrato nella DDR e vi era rimasto per più di un mese, prima di ricomparire a Parigi come per incanto. Era confusa. Com'era possibile che non le avesse mai parlato di quel viaggio in Germania e, per di più, nella Germania Est, un Paese comunista dove un cittadino spagnolo non poteva entrare senza un visto speciale? Le pareva inaudito, quasi impossibile, che Daniel Sandoval trattasse un affare talmente importante da costringerlo a varcare una frontiera come quella ed entrare in un Paese comunista. Ma la cosa che la inquietava di più era che avesse trascorso lì più di un mese prima di tornare a Parigi, e che avesse atteso quattro giorni prima di mettersi in contatto con lei, con quella chiamata mattutina a casa di Patricia. Cercò di ricordare il resoconto che le aveva fatto allora: l'incontro con la madre, che aveva accompagnato alla morte alla periferia di Parigi e poi il soggiorno al Nord. Non aveva mai parlato di un viaggio a Berlino. Era evidente che le aveva mentito, ma per quale ragione? Magari lo aveva fatto di nascosto proprio perché era un evento insolito, un viaggio impensabile nell'ambiente di Daniel. Ma perché mentire a lei?

Era così impegnata a guardare il passaporto, cercando altre informazioni che chiarissero i dubbi che le affollavano la mente, che il suono del telefono la fece sussultare. Alzò la cornetta e se la portò all'orecchio.

«Sì?»

Dopo qualche secondo di silenzio la persona all'altro capo riattaccò. Sofía guardò l'apparecchio come se sperasse di vedere la faccia di chi aveva chiamato. Ripose la cornetta sulla base e continuò a pensare alla ragione di quel viaggio misterioso nella DDR. Il telefono tornò a squillare. Sofía rispose con impazienza.

«Sì?»

«Signora Sandoval, è lei?»

«Sì, Elvira, sono io, che succede?»

«Don Daniel c'è, per favore?»

«In questo momento no. È qualcosa di importante?» domandò, stupita. Era sabato, e l'inizio delle vacanze; lo studio sarebbe rimasto chiuso fino a dopo Natale.

«No, no... Lo chiamo più tardi, o meglio, gli dica di chiamarmi appena può.» Tacque per un attimo, valutando se proseguire. Alla fine lo fece: «A casa mia... Ha il mio numero».

«Benissimo, glielo dirò.»

Sofía attaccò, domandandosi perché Daniel avesse il numero privato della sua segretaria. I dubbi cominciarono ad aggredirla come acqua che trabocca, fuori controllo. Senza remore, frugò nei cassetti, alla ricerca di altre sorprese, ma non trovò niente. Pochi minuti dopo sentì la porta di casa, le voci delle bambine che irrompevano nel corridoio e quella di Vito che intimava loro di tacere per non disturbare il lavoro della madre. Rimise a posto il passaporto e decise di non chiedere subito, perché di sicuro la risposta sarebbe stata evasiva. Prima avrebbe indagato: era evidente che Daniel le aveva nascosto qualcosa, e doveva capire perché.

Pochi secondi dopo, due colpi alla porta precedettero l'apertura. Klaus si affacciò con un sorriso.

«Come stai? Siamo rientrati prima, perché sta per piovere e fa molto freddo.»

«Ti ha appena chiamato Elvira», disse lei in tono secco. «Devi richiamarla... A casa», aggiunse con una smorfia meravigliata.

«Elvira?» domandò Klaus con le sopracciglia aggrottate, cercando di mantenere la calma.

«Non sapevo che lavorasse anche di sabato. Quella ragazza è un vero gioiello», commentò, lasciando trasparire il sarcasmo.

«La richiamo», disse lui senza guardare Sofía.

Uscì dallo studio, contrariato, e chiuse la porta. Sofía sentì che entrava in camera da letto. I suoi occhi si concentrarono sul telefono, sentì il clic che indicava l'inizio della chiamata. Le tremava la mano quando afferrò la cornetta ricurva. La sollevò con attenzione, tappandola con la mano per non far sentire il suo respiro. Dopo due squilli, Elvira rispose.

«Pronto?»

«Sono io, che succede?»

«Don Daniel, deve venire... il prima possibile. È urgente.»

«Va bene. Grazie, Elvira. Se richiama, gli dica che sono per strada.»

Sofía riattaccò dopo di lui, posando la cornetta con molta attenzione. Aspettò di vedere che cosa avrebbe fatto. Pochi secondi dopo Klaus aprì la porta e la guardò con espressione seria.

«Devo uscire un attimo. Torno per pranzo.»

«Qualche problema?»

«No... no, un cliente dello studio un po' fastidioso. A quanto pare sta disturbando la povera Elvira.»

«E devi andare a casa sua per proteggerla?» Sofía non poteva evitare di mostrare la gelosia che provava. «È ben più di ciò che un capo è tenuto a fare per la sua segretaria, non trovi?»

Klaus capì che cosa era successo, ma non voleva parlare: doveva arrivare in tempo per ricevere la telefonata.

«Torno subito», disse seccamente.

Chiuse la porta e uscì. Andò a piedi fino a calle Quinones. Elvira gli aprì con l'aria angosciata.

«Ha richiamato, gli ho detto che stava arrivando.»

«Bene. Non si preoccupi.» La guardò per un attimo indicando il corridoio. «Posso?»

«Sì, certo. Vada in camera mia. Sarà più tranquillo.»

Klaus chiuse la porta. Dovette attendere pochi minuti e quando suonò il telefono si precipitò a rispondere. La voce roca di un uomo gli parlò in tedesco.

«Mi servono altri soldi. L'operazione è molto rischiosa e rischiamo di mandare tutto a monte.»

«Quando?»

«Dipende da molti fattori, compagno.» Il tono di Tobías mostrava una certa apatia, che innervosiva molto Klaus. «Il clima, le condizioni del mare, le maree. Per il mio uomo sarà molto rischioso.»

«Non me ne frega niente del tuo uomo, voglio che tu la faccia uscire subito. È passato troppo tempo e ti ho dato molto di più di quello che avevamo pattuito.»

«Mi dispiace, compagno», disse Tobías, impassibile. «Abbiamo ordito una rete notevole per agire senza pericoli e con un minimo di speranza di successo, viste le difficoltà. Senza soldi non posso concludere. Tua sorella è sotto stretta sorveglianza, e questo aumenta le difficoltà e il pericolo. La compagna Bettina si è procurata una fama notevole ed è più vigilata del presidente...» Seguì un silenzio scomodo, voluto dall'interlocutore, che sapeva benissimo come gestire i tempi per indurre Klaus a cedere. «Se vuoi che la faccia uscire viva, ho bisogno di soldi.»

«Come avverrà?»

Dall'altra parte si udì il rumore di una lingua che schioccava.

«Compagno, sai meglio di chiunque che qualunque svista può mandare tutto all'aria.»

Klaus sudava profusamente nonostante il clima della stanza, fredda come un frigorifero, pensò. Serrò le labbra, in preda a una terribile sensazione di impotenza. Erano passati diversi mesi dalla chiamata della sorella. Sapeva che Bettina era al limite della sopportazione. Il contatto al quale Tobías aveva affidato l'uscita della donna dalla Germania Est pretendeva più soldi, era già accaduto altre tre volte. Erano nelle sue mani: se Klaus non avesse ceduto, l'uomo avrebbe abbandonato definitivamente Bettina alla sua sorte, o magari avrebbe denunciato entrambi. La Stasi o il KGB li avrebbero eliminati. Stavano facendo una cosa molto grave.

«Va bene. Avrai i soldi, ma devi farla uscire subito.»

«Quando avrò ricevuto la somma, mi metterò in contatto con il mio uomo... Manca poco. Fidati di me, compagno, fidati di me...»

Abbassò la cornetta e rimase a fissare il vuoto. Uscì dalla stanza con lo sguardo perso, concentrato su un unico pensiero: far uscire Bettina il prima possibile. Si imbatté in Elvira. Tirò fuori il portafoglio e mise un biglietto da cinquecento pesetas sul tavolo. Lo faceva ogni volta che usava la linea privata della segretaria, «per il disturbo», diceva con un sorriso.

«Grazie, Elvira.»

Lunedì mattina presto andò in banca a prelevare i contanti. Poi si recò a un ufficio postale per fare un vaglia. L'ossessione di far uscire Bettina dalla DDR lo aveva risvegliato dal letargo, e stava mettendo in pericolo la sua copertura, lo sapeva, ma non poteva evitare di procedere: doveva salvare la sorella da quell'inferno, per placare la sua coscienza, il senso di colpa che non la smetteva di pungolarlo per quanto tentasse di acquietarlo, immerso nella tranquilla vita famigliare che conduceva da cinque anni.

2

Non era l'unico tormentato dalle ossessioni. Da tempo, anche Sofía faceva i conti con le proprie, sebbene la sua mente fosse occupata per gran parte del tempo dalle ricerche. C'era qualcosa che non le tornava, qualcosa di sospetto, messo a tacere nei momenti positivi e intensi che erano seguiti al ritorno dal viaggio, ma che inevitabilmente aveva cominciato a pungolare il suo spirito e la sua coscienza; era sempre più ossessionata, convinta che Daniel le nascondesse qualcosa.

Dopo Natale si decise a chiarire alcune cose. Lasciò il laboratorio un po' prima del solito e prese un taxi. Diede l'indirizzo dello studio. Durante il tragitto era nervosa, pensava a come agire e a che cosa dire. Aveva chiamato per accertarsi che il marito non fosse in ufficio; secondo quanto le aveva detto Elvira, era uscito e aveva detto che sarebbe tornato solo l'indomani, perché aveva un incontro di lavoro fuori Madrid. Quando scese dal taxi, davanti al portone di calle Alcalá, guardò la targa: ROMUALDO SANDOVAL, AVVOCATO. PRIMO PIANO. Non era cambiato nulla, almeno all'ingresso. Ricordò l'ultima volta che aveva visto quella targa, quando Romualdo era ancora vivo e Daniel era scomparso. Prese fiato ed entrò a passo fermo.

Elvira la accolse con un sorriso meravigliato. Si alzò immediatamente, in un moto di rispetto verso la nuova venuta, e le parlò da dietro il bancone.

«Signora Sandoval, le ho detto al telefono che don Daniel non aveva intenzione di tornare, per oggi.»

«Voglio parlare con lei», rispose Sofía seccamente, portandosi davanti al bancone.

«Con me?» Lo stupore aumentava. «Sì, certo, mi dica...»

La guardò negli occhi per qualche secondo, in modo talmente intenso che Elvira ne fu turbata.

In quel momento Sofía decise di affrontare una delle sue più grandi paure: la gelosia. Appoggiò le mani guantate sul bancone e si erse, come per acquisire autorità.

«Sarò schietta e diretta, Elvira», esordì, con il tono più fermo possibile. «Voglio sapere se ha una storia con mio marito.»

Il volto di Elvira si alterò mentre negava, stupefatta.

«Signora Sandoval, lei mi offende. Io non ho mai avuto storie con i miei capi, mi limito a rapporti puramente professionali.» Elvira mentiva riguardo al vecchio Sandoval, benché nel suo caso fosse una mansione compresa nello stipendio, come le aveva detto Romualdo una volta che lei aveva cercato di rifiutare le sue avances. «Non pensi di poter venire qui a insultarmi.»

Era all'erta. Fece un passo indietro per mantenere le distanze, al di là della barriera insufficiente che le separava. Con le sopracciglia aggrottate, il mento sollevato e l'arroganza di una difesa impostata.

Dopo tutta la tensione che aveva subìto, Sofía buttò fuori l'aria come se l'avesse trattenuta per ore, portò le spalle in avanti, mostrandosi sconfitta ancora prima di cominciare la battaglia.

«Va bene... va bene», disse, vacillante. Era nervosa e si vergognava, consapevole di aver formulato l'accusa in assenza di prove, basandosi sulle sue speculazioni. Le parve meschino da parte sua. «Mi dispiace. Mi dispiace molto. Non sono stata corretta con lei.»

Elvira era indignata, l'offesa l'aveva colpita nel profondo.

«Per il signor Sandoval provo molto rispetto, e anche per lei, se mi permette, signora Sandoval, ma il fatto che sia una segretaria non le dà il diritto di trattarmi senza rispetto. Ho la mia dignità e nessuno ha il diritto di calpestarla.»

«Le ripeto che mi dispiace», si scusò, tentando di interrompere la manfrina di lamentele inutili.

Tra le due donne calò un silenzio carico di disagio.

«Elvira, devo sapere che cosa nasconde mio marito.»

«Se non lo sa lei...»

La segretaria era rigida, distante: cercava di mostrare un atteggiamento combattivo.

In quel momento Sofía fu consapevole di avere commesso un

passo falso a mettersi contro la segretaria. Cambiò posizione, si tolse un guanto tirando l'estremità di ogni dito, poi fece lo stesso con l'altro, come se mostrando le mani chiedesse una tregua nonostante la sciocca imprudenza che aveva commesso. Si protese sul bancone, nel vano tentativo di avvicinarsi alla segretaria.

«Elvira, le ho già detto che mi dispiace molto per il mio atteggiamento, per favore, mi scusi, ma ho bisogno di sapere che cosa sta succedendo a mio marito.»

«Che io sappia, non gli sta succedendo niente», mentì Elvira, perché era evidente che Daniel aveva cambiato atteggiamento e modi: alcune cose non quadravano neanche a lei. Ma voleva continuare a punire la donna che l'aveva offesa.

Sofía non fece caso al commento e insistette, protendendosi ancora, con una smorfia implorante, come se ne andasse della sua vita.

«Lei sapeva che mio marito parla il tedesco fluentemente?»

Elvira alzò le sopracciglia e cominciò a cedere. Fece un'espressione col volto come se stesse pensando, senza muoversi.

«Il tedesco e anche il russo, ho sentito. Anche se non mi stupisce, perché si sa che il signor Sandoval è molto portato per le lingue.»

«Quando lo ha imparato? E con chi lo parla?»

«Immagino che l'abbia imparato con la signorina Sharp, visto che lo parla con lei.»

«La signorina Sharp?»

In quel momento furono interrotte dallo squillo del telefono. Elvira rispose, appuntò un messaggio sul taccuino che teneva sul tavolo, salutò e riattaccò. Solo allora rivolse nuovamente la sua attenzione a Sofía, che attendeva con l'impazienza riflessa negli occhi. Elvira fece un passo verso il bancone.

«Il signor Sandoval e la signorina Sharp parlano tra loro in tedesco o in russo, indifferentemente. Credo che lo facciano perché nessuno capisca che cosa si dicono.»

Sofía corrugò la fronte, meravigliata.

«Chi è la signorina Sharp?»

«Non lo sa?» domandò Elvira stupita, pensando che la ricerca scientifica dovesse essere molto coinvolgente, se non sapeva neppure con chi lavorava il marito. «È l'avvocata dello studio, Rebeca Sharp.»

«Una donna in studio? Ma se mio suocero non voleva donne neanche tra i praticanti...»

«È vero, ma suo marito l'ha assunta appena è rientrato dopo la morte di don Romualdo, il primo giorno... È qui da cinque anni», disse, come se volesse sottolineare la disinformazione di Sofía riguardo lo studio. «È sicura che non sapeva niente della signorina Sharp?»

Sofía la guardò, confusa e angosciata perché lo scenario si intorbidiva sempre di più. L'assunzione di una donna era un fatto abbastanza insolito da essere riferito, anche solo come aneddoto. Era una notizia da raccontare, a meno di volerla nascondere, e un occultamento così prolungato la rendeva inquieta.

«Non ne sapevo niente», ammise Sofía, corrugando la fronte, con lo sguardo velato dal dubbio. «Daniel non me ne ha mai parlato...»

Elvira si accorse che Sofía era sconcertata e decise di andare oltre all'affronto subito, passando dalla sua parte. Si avvicinò al bancone e appoggiò i gomiti sul ripiano di legno. Cominciava a compatire quella donna, che stava crollando davanti a lei come un castello di carte.

«Detto fra noi, la signorina Sharp è una donna molto strana, e ha un carattere... Ogni tanto sembra una macchina, è così metodica, così rigida. A dire la verità, non è per niente facile lavorare con lei, perché si comporta da padrona. Fa e disfa tutto a suo piacimento. Ha tolto di mezzo tutti quelli che non le piacevano, che la infastidivano, con un'abilità che non immagina. Sono rimasti solo quattro avvocati che lavoravano qui quando don Romualdo era vivo. Gli altri sono caduti a uno a uno», proseguì, mettendosi la mano sul petto. «Per motivi molto strani, secondo me, ma non voglio dire niente.» Si portò la mano alla bocca e passò le dita sulle labbra, come per chiuderle. «Sono stati sostituiti da gente che non c'entra niente, e ha fatto tutto lei.»

Sofía la guardava, sorpresa. La stupiva che Daniel non le avesse detto niente di quei cambiamenti, ma pensò anche che forse non si era mai mostrata interessata. In ogni caso aveva dubbi più pressanti dei cambiamenti nello studio.

«Ah...» Serrò le labbra e guardò Elvira negli occhi, cercando la sua complicità. «Un'altra cosa, Elvira, sa se mio marito è mai dovuto andare in Germania? Nella Germania comunista.»

Elvira reagì come se avesse udito un'assurdità.

«Don Daniel nella Germania comunista? Che io sappia, no... Lei conosce meglio di me suo marito, ma io non me lo vedo ad andare in uno di quei Paesi...» Agitò la mano, ostentando preoccupazione.

«Se fosse così, penso che don Romualdo si rivolterebbe nella tomba. In un Paese comunista... Non credo proprio, davvero.»

«Sa qualcosa di Gloria Montes?»

La segretaria negò di nuovo, desolata di non poterla aiutare.

«Mai sentita in vita mia.»

«Cerchi di ricordare, la prego. Torni ai giorni prima del famoso viaggio di mio marito a Parigi. Daniel le ha chiesto il dossier di Gloria Montes e lei gli ha detto che non c'era, anche se don Romualdo riceveva delle lettere ogni tanto da quella donna.»

Elvira la guardava, accigliata, frugando nella memoria. Negò con un cenno.

«Mi dispiace, ma non ho mai sentito pronunciare quel nome in questo studio, né da don Daniel né da don Romualdo. Però ricordo che, il giorno in cui è partito per Parigi, don Daniel ha ricevuto una lettera senza mittente e senza francobollo. Qualcuno gliel'ha lasciata sul tavolo. Non abbiamo mai saputo chi fosse stato. Si è chiuso per un po' nell'ufficio del padre e sono certa che abbiano parlato di quella lettera.»

«E non sa che cosa c'era scritto?»

La segretaria fece cenno di no.

«Ho visto solo la busta. Recava il nome di don Daniel e la dicitura 'personale'. Questo sì che lo ricordo, perché ho avuto la busta in mano e ho domandato a tutti se sapevano chi l'avesse lasciata sulla scrivania di suo marito, ma niente da fare, neanche la donna delle pulizie l'aveva mai vista.»

Sofía la guardava, incredula al pensiero delle menzogne che le aveva raccontato Daniel. Fino a che punto si spingevano i suoi raggiri? E soprattutto, perché? Lo squillo del telefono le interruppe di nuovo. Elvira si staccò dal bancone e rispose mettendosi su un fianco. Sofía non si mosse. Stropicciava i guanti neri di pelle con le mani. Era nervosa, inquieta, perché ogni domanda accresceva i suoi dubbi. Stavolta la telefonata fu un po' più lunga. Elvira cercava di convincere un cliente che un avvocato non avrebbe potuto riceverlo fino alla settimana successiva, perché aveva l'agenda piena. Con un'abilità straordinaria, adottando un tono calmo e deciso, indusse l'interlocutore sbraitante ad accettare l'appuntamento che gli aveva proposto all'inizio della conversazione. Quando riattaccò si voltò verso Sofía e fece una smorfia per sottolineare la pazienza infinita necessaria con certe persone.

Sofía si sentì ancora peggio. Quella donna doveva sopportare le angherie di tutti, e lei si era mostrata altrettanto spiacevole. Cercò di imprimere al suo tono tutta la gentilezza possibile.

«Il giorno in cui ha chiamato a casa, ricorda? Era un sabato, prima di Natale. Le ho risposto io.» La segretaria non disse nulla, rimanendo all'erta. «Ha detto che mio marito doveva venire da lei il prima possibile. Che cosa c'era di così urgente da doverlo chiamare a casa?»

Elvira la fissò per qualche secondo, inquieta, ma riuscì a mantenere la fermezza.

«Non posso dirglielo, doña Sofía, mi gioco il posto.»

Sofía si raddrizzò per la prima volta da quando si era tolta i guanti. La gentilezza che aveva mostrato fino a pochi secondi prima svanì: era decisa a estorcere le informazioni che Elvira nascondeva.

«Le telefonate a casa non rientrano nelle mansioni di una segretaria...» disse, seccamente. «O sbaglio? Che cosa mi nasconde?»

«Mi dispiace, signora Sandoval.» Elvira abbassò gli occhi, negando con il capo. «Le ho detto che non lo so.»

Sofía la guardò per un attimo, chiuse gli occhi e fece un lungo sospiro. Arrivò un praticante che depositò una cartellina sulla scrivania della segretaria, pregandola di dattiloscrivere e fotocopiare un foglio, oltre a una serie di documenti. Elvira lo ascoltò con sollecitudine, sotto lo sguardo di Sofía. Prima di andarsene, l'uomo diede una rapida occhiata a Sofía e disse a Elvira che era urgente. Quando furono rimaste sole, la segretaria la guardò con la cartellina stretta al petto, come se indossasse una corazza.

«Mi dispiace, signora Sandoval, ho molto da fare.»

Si sedette alla scrivania e aprì la cartellina, per mettersi al lavoro. Maneggiava i documenti con disinvoltura. Tirò fuori un foglio dattiloscritto, mise la carta carbone tra due pagine bianche, le introdusse nella macchina per scrivere e si mise a battere forte sui tasti, senza badare a Sofía che continuava a guardarla.

Lei non si mosse. Rimase in silenzio, con le mani sul bancone, a osservare il profilo di quella donna che muoveva le dita a una velocità incredibile. Era convinta che nascondesse la chiave di ciò che stava accadendo al marito, qualcosa che c'entrava con quel maledetto viaggio a Parigi e con il soggiorno nella DDR. Che cosa aveva fatto in Germania per tutto quel tempo, e perché le aveva mentito?

Cercò un'altra strada per arrivare dove voleva.

«Elvira, per favore...» In quel momento le dita di Elvira si fermarono e le sue mani restarono sospese per un attimo sulla tastiera, in un silenzio inquietante. Poi le abbassò in grembo, come se si fosse arresa. «Ho bisogno di sapere che cosa sta succedendo a mio marito.» Il tono era di supplica. «Perché è chiaro che gli sta succedendo qualcosa. Dal viaggio a Parigi non sembra più lo stesso, è come se...» Deglutì con una smorfia disperata, inquieta. «Come se fosse un'altra persona. È difficile da spiegare...»

Elvira la guardò a lungo, valutando se parlare o continuare a lavorare. Poi abbassò la testa.

«Senta, signora Sandoval, sarò sincera: capisco benissimo quello che dice, perché ho la stessa impressione.» Parlava guardando dritto davanti a sé, mostrando a Sofía il profilo. «Non mi lamento, intendiamoci, il signor Sandoval mi tratta in modo squisito. Non che prima non lo facesse, ma adesso mostra dei modi...» Rimase un momento a riflettere, cercando la parola esatta. «Diversi. Non sembra la stessa persona.» Guardò di nuovo Sofía. Doveva alzare il volto perché, essendo seduta, Sofía era più in alto di lei. «Ma non so... È vero che l'influenza di don Romualdo poteva essere scomoda, ed evidentemente si è tolto un peso di dosso; si è visto fin dall'inizio, perché non ha più messo piede in un'aula di tribunale da allora. Non le dico altro.»

«Non segue i processi?» la interruppe, attonita.

Elvira si strinse nelle spalle, come se avesse detto una cosa ovvia, evidente a tutti meno che a Sofía.

«Non sa neanche questo?» Corrugò le sopracciglia, stupita. «Mi pare davvero strano...»

«Quindi che cosa fa?»

Elvira trasse un lungo sospiro. Si alzò e tornò ad appoggiare i gomiti sul bancone. Si guardò intorno, come per verificare che non ci fosse nessuno in ascolto e abbassò il tono.

«Be', non saprei. Apparentemente, suo marito e la signorina Sharp si occupano di intermediazioni commerciali internazionali, mettono in contatto imprenditori spagnoli che vogliono esportare o stranieri che vogliono aprire aziende qui o importare i loro prodotti in Spagna.

Ma io sono in questo studio da molto tempo, e per le mie mani passa quasi tutto quello che bolle in pentola, eppure non saprei dire con precisione che cosa facciano davvero lui e la signorina Sharp. Lei incontra gente strana, stranieri, spesso, anche spagnoli, ma nessun cliente dello studio, almeno che io sappia.» Riprese la posizione e alzò un po' la voce. «Non so se siano imprenditori, a me non dicono niente, e non mi passano documenti, nulla. Da quando ha varcato quella porta per la prima volta, la signorina Sharp la fa da padrona.»

«E mio marito?»

Elvira si strinse nelle spalle.

«Non so che dirle... A volte si chiude in ufficio e rimane lì per ore, altre volte non si fa vedere. Non mi domandi che cosa fa e dove va, perché non ne ho idea.»

«E lo studio come sta in piedi?»

«Gli avvocati seguono i casi, e a fine mese, quando bisogna pagare stipendi e spese, don Daniel distribuisce il denaro, punto e basta. Il bilancio dello studio è in attivo, questo posso dirglielo, più di quando don Romualdo era vivo.»

«Non capisco perché non mi abbia detto niente, né di quella donna né dell'ufficio, né che non esercita più...»

«Il fatto che abbia dismesso la toga non ha stupito nessuno, perché in realtà non era molto contento di indossarla. Suo marito non sarà mai un bravo avvocato, lo dicono tutti quelli che lo conoscono bene. La cosa inspiegabile era più che altro che si sottomettesse tanto ai desideri del padre.»

«Ma se non segue i processi, se non esercita come avvocato, chi ha chiamato a casa sua? Daniel mi ha detto che lei subiva le pressioni di una cliente. Ma che genere di cliente conosce il telefono privato della segretaria e la chiama il sabato prima di Natale?»

Elvira la guardò a lungo, valutando se parlare o tacere. Alla fine sospirò e serrò le labbra come se finalmente si fosse decisa. Si assicurò di nuovo che non ci fosse nessuno nei paraggi. Si protese in avanti, come chi sta per fare una rivelazione.

«Senta, doña Sofía, quello che sto per dirle non deve uscire di qui: mi gioco il posto e lei sa quanto è difficile lavorare per una donna, al giorno d'oggi.»

Sofía si mise la mano destra sul cuore e parlò con espressione seria: «Si fidi di me, nessuno saprà mai di questa conversazione. Glielo prometto».

Elvira la guardò negli occhi, soppesando la sincerità delle sue parole. Di sicuro aveva bisogno di raccontare quel segreto a qualcuno.

«Suo marito mi ha chiesto assoluto riserbo su questa faccenda.» Tacque e Sofía rimase in attesa, concedendole il tempo di decidersi. Parlò a voce bassa, lo sguardo fisso, senza batter ciglio. «Da tempo usa il mio telefono di casa per ricevere telefonate.»

3

Aveva dormito pochissimo. Era agitata perché quella mattina aveva una conferenza al CSIC, in presenza di importanti personalità della scienza, come Severo Ochoa, in visita a Madrid per qualche giorno. Daniel aveva promesso di accompagnarla.

Si svegliò prestissimo. Osservò a lungo il volto del marito, il respiro regolare, le palpebre chiuse, le labbra leggermente aperte che lasciavano intravedere i denti bianchi e perfetti. Da mesi lo trovava inquieto, in costante allerta, sempre preoccupato. Si domandava che cosa nascondesse, che cosa lo tormentasse, che cosa lo allontanasse da lei. Si vedevano pochissimo per via dei suoi impegni al laboratorio, ma quando accadeva, Sofía lo riconosceva sempre meno. Aveva notato anche un certo allontanamento dalle bambine, come se frenasse le dimostrazioni di affetto verso di loro. Beatriz contrastava il suo atteggiamento perché adorava il padre, lo vedeva come un eroe, e quando lo incontrava gli si gettava al collo. Lo seguiva come se dovesse svanire da un momento all'altro.

La situazione preoccupava Sofía, sopraffatta dal senso di colpa per il troppo tempo dedicato al lavoro, sottratto alle figlie, all'equilibrio famigliare. Era perseguitata da quel sentimento da anni, tranne in laboratorio, dove sentiva che la sua realtà, il suo ruolo di madre, di moglie, persino di donna, rimaneva appesa fuori insieme al resto delle sue cose, la borsa, il cappotto; nel momento in cui indossava il camice bianco e si lavava le mani coscienziosamente, abbandonava qualunque condizione che non fosse quella della scienziata, e il mondo esterno smetteva di esistere finché non riprendeva borsa e cappotto all'uscita dal laboratorio. Era evidente che in quella realtà di madre e di moglie le cose stavano cambiando a causa della sua assenza: le bambine erano più affezionate a Vito che a lei, e correvano più volentieri tra le braccia della nonna Sagrario, che da vedova era ancora più accogliente, affettuosa e tenera con le nipoti, alle quali dedicava molto tempo, alleggerendo il carico di lavoro di Vito.

Aveva domandato diverse volte a Daniel se aveva qualche preoccupazione che giustificasse i suoi modi taciturni, distratti, assenti; le risposte che otteneva erano sempre evasive, sorrisi forzati, spiegazioni che non chiarivano nulla. Non aveva voluto indagare ulteriormente sulle misteriose telefonate che faceva e riceveva a casa di Elvira per non mettere in difficoltà la segretaria. Ma dopo quella conversazione, le due donne erano entrate stranamente in confidenza; Elvira le riferiva le telefonate, a dire il vero non molto frequenti, fatte sempre dallo stesso uomo, con un forte accento straniero; le poche volte che l'aveva sentito, Daniel parlava un tedesco fluente. In più, Elvira aveva promesso di indagare su Rebeca Sharp. Non era certo uno stinco di santo, qualcosa non quadrava. Sofía non aveva ancora avuto modo di conoscerla. Non andava in studio, attenendosi all'abitudine che aveva imposto Romualdo Sandoval da vivo, perché non aveva tempo e scuse credibili per presentarsi lì e conoscere quella donna. Elvira cominciò a verificare le informazioni presenti nel suo curriculum, ma abbandonò le ricerche il giorno che Rebeca Sharp la chiamò nella sua stanza, che in precedenza aveva occupato Daniel Sandoval.

«Chi le ha detto di mettere il naso nella mia vita?» la apostrofò Rebeca non appena Elvira ebbe chiuso la porta.

La segretaria rimase pietrificata, in piedi davanti a quella donna che la metteva in soggezione per l'aspetto, i modi, lo sguardo fulminante e provocatorio, per la personalità così schiacciante da spiazzarla.

Si difese subito negando fermamente. Aggrottò le sopracciglia, fingendosi sorpresa.

«Mi scusi, signorina Sharp, non so di che cosa parla.»

«Sa benissimo di che cosa parlo. Da giorni sta indagando presso gli studi dove ho lavorato in passato. Che cosa pensa di trovare? E soprattutto mi dica chi le ha chiesto di farlo, perché non credo che agisca di sua iniziativa.»

Elvira continuò a negare, non poteva fare altrimenti. Conosceva la posta in gioco: il suo futuro sarebbe stato compromesso se quella donna avesse saputo la verità. Cominciò a pentirsi, prendendosela con se stessa. Come aveva potuto essere così stupida? Come aveva potuto non prevedere che le sue domande, le sue indagini, sarebbero arrivate alle orecchie dell'interessata? Si odiava per quell'idiozia.

«Signorina Sharp, non crederà che io...»

«Elvira», la interruppe Rebeca, con un gesto impaziente. «O mi dice perché e chi le ha detto di ficcare il naso nel mio passato, o finisce in strada seduta stante.»

«Non può fare una cosa del genere», si difese la segretaria, accentuando l'indignazione.

«Vuole mettermi alla prova?» Alzò le sopracciglia con un sorriso maligno. «Credo che ormai mi conosca e sappia che quando prendo una decisione non torno indietro... A lei la scelta, o risponde alle mie domande, o finisce in mezzo a una strada, immediatamente.»

Elvira si accigliò. Conosceva il potere di quella donna. Quello che per lei era il capo, Daniel Sandoval, aveva delegato gran parte della sua autorità a Rebeca Sharp. Era tutto cambiato dopo la morte di Romualdo, quindi decise di non rischiare.

«Signorina Sharp... Io... Non era mia intenzione indispettirla, ma la signora Sandoval mi ha chiesto informazioni. È gelosa, crede che lei e suo marito...» Tacque per un attimo, in attesa degli effetti della bugia che aveva appena inventato: sembrava credibile. Proseguì: «È scontenta, poveretta, si vedono appena, e ha paura di perdere il marito... Anche se è solo colpa sua.»

Rebeca Sharp la guardava, seria, pensosa, impassibile. Fece segno di no con la testa come se si fosse rilassata.

«Non si azzardi più a muovere un dito per cercare informazioni su di me e su ciò che accade qui, Elvira. Tutto ciò che succede in questo studio è confidenziale, ci siamo capite?»

«Sì, signorina Sharp», rispose Elvira, ritrovando una certa euforia, perché era riuscita a convincerla.

Rebeca Sharp rimase in silenzio per qualche secondo. L'atmosfera era pesante.

«Non mi fido di lei, Elvira», aggiunse Rebeca, con espressione acida. «Quindi cerchi di non darmi una ragione per mandarla via. Le assicuro che nulla mi farebbe più felice di vederla fuori di qui.»

«Non deve preoccuparsi, signorina Sharp, non avrà motivo di lamentarsi di me.» Elvira abbassò la testa, cercando di imprimere al suo volto un'espressione sincera di pentimento. «Mi dispiace per l'accaduto. Non succederà più, glielo assicuro.»

Abbandonò l'ufficio decisa a non fare più niente che potesse pregiudicarla. Aveva riscontrato alcune incoerenze nel passato di quella donna misteriosa: in due degli studi citati nel suo curriculum non avevano mai sentito parlare di lei, e un altro semplicemente non esisteva. Ma decise di dire a Sofía che non aveva trovato niente di strano, per essere lasciata in pace. La sua unica priorità era il lavoro. I problemi matrimoniali dei signori Sandoval non erano affar suo, i dubbi se li sarebbe dovuti risolvere la moglie.

Sofía si alzò quando dormivano ancora tutti. Fece una lunga doccia rilassante, si truccò e si sistemò i capelli. Quando rientrò in camera, Klaus si stava vestendo.

«Dove vai?» gli chiese, sorpresa. «È prestissimo. Se usciamo alle nove arriveremo più che puntuali.»

Lui la guardò mentre si infilava le scarpe.

«Sofía, mi dispiace, non posso venire con te... Mi hanno appena telefonato, è successa una cosa importante.»

«Ma Daniel, sai quanto ci tenevo ad averti accanto.»

«Lo so, mi dispiace...»

«Non mi fare questo, Daniel», lo interruppe, delusa.

Lui si avvicinò, nel vano tentativo di placarla, ma lei fece un passo indietro, in segno di rifiuto.

«Sofía, per favore, ascoltami. Devo risolvere una faccenda, verrò alla conferenza appena possibile. Ma prima devo sistemare una cosa.»

«Che cosa devi risolvere, Daniel?» Era furibonda, si sentiva ribollire il sangue, non capiva. «Vorrei sapere in che cosa consistono queste cose così importanti, sempre anteposte a tutto quello che riguarda me.»

Klaus fece un lungo sospiro, senza riuscire a trattenere un'espressione irata. Tentò di giustificarsi.

«Sono faccende dello studio.»

«Menti!» replicò Sofía, lasciando traboccare la rabbia accumulata. «Da quando è morto tuo padre non segui nessuna causa, non sei mai più andato in tribunale, non hai niente in sospeso. Che cosa mi nascondi, Daniel? Voglio sapere che cosa trami.»

Klaus si rese conto che Sofía sapeva più di quanto immaginasse. Era convinto che ignorasse le attività dello studio, come ai tempi del padre, e pensava che fosse sempre stato così anche negli ultimi anni. Incoraggiandola a preparare il dottorato e spronandola a proseguire le ricerche, aveva raggiunto l'obiettivo di allontanarla da casa e di concentrare il suo interesse sul laboratorio, sviando la sua attenzione da lui e dalle sue attività, per avere via libera e muoversi a sua insaputa. Pensava che, se avesse mantenuto la sua mente occupata non avrebbe rimuginato su ciò che non le quadrava, non avrebbe alimentato i suoi dubbi, certi e impossibili da evitare. Decise di negare con decisione: doveva gestire bene la situazione, placare gli animi e scoprire fino a che punto conosceva le attività dello studio. Era necessario procedere con i piedi di piombo.

«È vero, non seguo i processi: non credo di rivelarti nulla di nuovo dicendoti che non mi è mai piaciuto fare l'avvocato. La morte di mio padre mi ha dato l'opportunità di riprendere in mano la mia vita, di dedicarmi a cose nuove, ad affari che mi interessano molto di più che indossare la toga per sostenere ragioni in cui non credo.»

«Che tipo di affari?»

«Affari che ci permettono di vivere molto bene.»

«Non mi hai risposto.»

Klaus la guardò con durezza, ma si contenne: doveva procedere con cautela per evitare suscettibilità e sospetti irrisolvibili. In più non poteva perdere tempo, doveva uscire di casa immediatamente.

«Faccio da tramite per clienti che si dedicano all'import-export... e in più sto mettendo su un'impresa edile», mentì, imprimendo alle sue parole tutta la sicurezza possibile. «Costruirò edifici.»

«Dove?» Sofía era disarmata. Se era così, stava elucubrando inutilmente da mesi.

Klaus aprì le braccia, come se volesse contenere tutto, mostrando un sorriso, consapevole di averla convinta.

«Ovunque ci sia mercato, a Sud di Madrid, Móstoles, Alcorcón, Fuenlabrada, Campamento. La zona si sta rivalutando. Ho già fatto cose piccole, di poca importanza, ma ora voglio ampliare il giro di affari, con complessi da cento appartamenti. È un campo redditizio, Sofía.»

«Sei diventato un costruttore?» domandò lei, senza riuscire a contenere lo stupore.

«Non mi occupo strettamente di edilizia, gestisco le costruzioni, che non è la stessa cosa. E mi piace molto di più che dedicarmi alle procedure, alle istanze e ai processi.»

«Perché non me lo hai detto?»

«Non pensavo che fosse necessario...» disse sorridendo, stringendosi nelle spalle. «Non ti sei mai interessata a quello che faccio. È una cosa mia, come il laboratorio è tuo. Tu non mi racconti mai le tue ricerche. Ma anche se non conosco nel dettaglio il tuo lavoro, non dubito di te come fai tu.»

«Questo non è vero. A te la scienza è sempre piaciuta.» Parlava con sarcasmo, come se l'avesse colto in fallo. «Ci siamo conosciuti alla facoltà di fisica, alla conferenza di mio padre, te lo sei scordato? Perché non ti interessi a quello che faccio? Ho la sensazione che mi eviti...»

«Non è vero.» Klaus si finse compunto, come se le sue parole lo avessero riempito di tristezza. «Sofía, io... Sto cercando di trovare il mio posto nel mondo, come stai facendo tu, tutto qui.» Fece una pausa a effetto, per rendere più credibile la messa in scena. «Tu sei una donna brillante, e voglio essere alla tua altezza. Solo questo...» ripeté. «Non c'è altro.»

Sofía provava una profonda tenerezza. Non avrebbe mai pensato di sentirgli pronunciare parole del genere.

«Non mi dispiacerebbe se mostrassi interesse per quello che faccio, per le mie ricerche. Ti assicuro che sarebbe molto bello per me», aggiunse in tono affettuoso, riconciliante.

«Se ci tieni, lo farò. Dovrai raccontarmi tutto quello che fai.» Alzò l'indice come se le stesse dando un avvertimento, addolcito da un sorriso. «Ma dovrai sforzarti, spiegarmi le cose in modo che io le capisca, non puoi essere troppo scientifica, con me. Mi piace la fisica, certo, ma non sono un luminare come te.»

Lei sorrise, disarmata.

Klaus si rese conto che aveva colpito nel segno. Ne approfittò per avvicinarsi e cingerle la vita. Lei lo lasciò fare, ancora in preda allo stupore. Ma pochi secondi dopo reagì spostandosi, cercando di liberarsi, accigliata. Non avrebbe ceduto così facilmente, aveva ancora qualche perplessità e doveva approfittarne per chiarire tutto.

«A proposito, come va con quella Rebeca?»

Klaus sorrise, con tenerezza.

«Rebeca Sharp?» Non attese la sua risposta. «Lavora allo studio.»

«Perché non mi hai detto che l'avevi assunta?»

Si allontanò per finire di vestirsi.

«È importante? Per me non lo è.»

«E perché una donna?»

La guardava ogni tanto, mentre finiva di annodarsi la cravatta.

«Era il candidato migliore. Immagino che tu sia d'accordo sulla scelta del migliore, a prescindere dal sesso.»

Sofía si mise davanti a lui, gli tolse le mani dalla cravatta e si accinse a fargli il nodo. Lo guardava ogni tanto, in silenzio.

«Ci sono stati altri cambiamenti che non so, in studio?»

Klaus la lasciò fare. Quando ebbe finito, Sofía si spostò un po' e Klaus si guardò allo specchio.

«Vedo con piacere che non hai perso la destrezza.»

«Non mi hai risposto.»

«Certo che ci sono stati cambiamenti.» Fece schioccare la lingua cercando di contenere l'impazienza. Doveva porre fine a quella stupida conversazione. «È normale, Romualdo Sandoval è morto, e io non ho niente a che fare con lui e con il suo modo di lavorare.»

Sofía stava per domandargli di Gloria Montes, della menzogna che le aveva raccontato sul suo soggiorno a Parigi. Ma la premura del marito la fece desistere.

Klaus si avvicinò a lei e la baciò rapidamente sulle labbra, sfiorandola appena.

«Vado, prima esco, prima risolvo le cose e prima posso venire da te. Prendi la macchina, io chiamo un taxi.»

Quando se ne fu andato, Sofía si guardò allo specchio, prese fiato con angoscia, come se si sentisse soffocare, poi espulse l'aria lentamente, cercando di tranquillizzarsi. Aveva bisogno di concentrarsi per ritrovare la calma.

4

IL telefono squillò più volte, finché intervenne la voce dell'operatrice per comunicare che non c'era stata risposta. Klaus le intimò di riprovare, e udì di nuovo il suono intermittente.

«Dove sei, figlio di puttana?» mormorò in preda all'ira, guardando il telefono come se la persona che stava chiamando potesse sentirlo. «Forza, dai, rispondi...»

Appoggiò la cornetta sull'apparecchio con un gesto contrariato, sconfitto. Era seduto sul bordo del letto della sua segretaria, vicino al comodino, con i gomiti appoggiati sulle ginocchia. Nascose la testa tra le mani; si sarebbe strappato i capelli al pensiero di non poter fare altro che aspettare quella maledetta telefonata. Alzò il volto e si guardò intorno. Il copriletto rosa bordato di pizzo, i cuscini colorati sopra il guanciale, allineati alla perfezione, le tende intonate, la tappezzeria rosa, con troppi fiori: sembrava la stanza di un'adolescente. Pensò alla solitudine di Elvira, ormai definitivamente zitella, e non poté evitare di chiedersi se preferisse le donne. Non aveva dimenticato la relazione di Sofía con la giovane francese. Non era geloso, perché non amava Sofía. Era stato facile vivere con lei: le lasciava spazio, rispettava i suoi tempi, la trattava con delicatezza, faceva il suo dovere a letto, sapeva che lei era soddisfatta da quel punto di vista, percepiva il suo amore incondizionato, ma non era innamorato di lei. Dal principio sapeva di dover evitare qualunque tipo di attaccamento perché, con il tempo, avrebbe complicato l'abbandono, la ritirata, l'assenza definitiva in quella vita rubata; con Sofía ci era riuscito, ma non altrettanto con Beatriz, perché la bambina aveva arginato l'immenso dolore per la perdita della sua piccola Jessie. Non poteva evitare di guardarla e pensare a lei; la vedeva crescere, le parlava, la abbracciava come se abbracciasse sua figlia. Sapeva che lasciando spazio a quel sentimento era diventato vulnerabile, ma non poteva né voleva reprimere l'amore che provava per quella bambina.

Due colpi alla porta lo strapparono alle sue elucubrazioni. Senza attendere risposta, Elvira aprì e si affacciò con prudenza.

«Don Daniel, mi dispiace, ma devo andare in ufficio, si sta facendo tardi.»

Klaus la guardò come se non la riconoscesse. Si alzò e, quando stava per uscire dalla stanza, lo squillo rimbombò alle sue spalle. Si avvicinò, tirò su la cornetta e se la portò all'orecchio.

«Un momento», disse, di malavoglia. Si allontanò dalla cornetta, la coprì con la mano e si rivolse a Elvira, che lo guardava dal corridoio con il cappotto addosso, pronta per uscire di casa. «È per lei...» disse sottovoce. «Penso che sia Borrajo.»

Elvira entrò nella propria camera, occupata da un intruso che si comportava da padrone. Come se fosse a casa sua. La intimidiva trovarsi da sola con un uomo in una stanza, non ci era abituata. Non sospettava delle sue intenzioni, sapeva di essere invisibile ai suoi occhi come donna. Ma quello era il suo territorio intimo, con il suo letto, il suo odore, le sue cose. La metteva a disagio lasciare Daniel da solo lì, seduto sul suo copriletto impeccabile, in quello spazio così personale. Prese la cornetta che gli porgeva e se la portò all'orecchio.

«Sì, stavo per uscire... Ho avuto un contrattempo... Sì, lo so, mi dispiace...» Ascoltava l'interlocutore lanciando sguardi furtivi a Klaus, che non si era mosso dal letto, restio ad andarsene senza avere ricevuto la chiamata. «Arrivo tra poco... Esco subito.»

Attaccò e lo guardò, a disagio.

«Devo andare, don Daniel, non posso attendere oltre. Sono tutti in ufficio e mi aspettano. Non voglio problemi.»

«Il capo sono io.»

«Sì, ma non posso dire che ero con lei. Spero che Borrajo non abbia riconosciuto la sua voce, perché altrimenti sono spacciata.» Abbassò gli occhi, compunta. «Dovrò mentire, inventarmi qualcosa.» Si rivolse a lui con aria supplichevole. «Ma non posso più indugiare.»

Klaus la guardò, senza muoversi. Posò gli occhi sull'apparecchio verde. Stava aspettando da più di due ore, una più del limite massimo per Elvira, che doveva essere in ufficio alle nove del mattino. Erano le dieci passate. Klaus era molto agitato. L'ultima conversazione con il danese gli aveva confermato che l'operazione si sarebbe conclusa la seconda settimana di ottobre, ma era già fine novembre. La mancanza di informazioni lo induceva a sospettare che fosse accaduto qualcosa. Temeva per la vita della sorella.

Elvira raggiunse la soglia, si girò e si rivolse a lui con impazienza.

«Don Daniel, devo andare, la prego, dobbiamo uscire.»

Klaus non la smetteva di guardare il telefono sul comodino. Annuì, serrando la mandibola, e raggiunse il corridoio. Lei lo lasciò passare e procedettero insieme verso l'ingresso. Klaus camminava a testa bassa, impotente, angosciato dall'impossibilità di agire.

Lasciarono il piccolo appartamento e sul pianerottolo, quando Elvira stava girando la chiave nella serratura, si sentì il primo squillo, seguito da un altro. Si guardarono per un attimo.

«Apra la porta, forza, in fretta!» la apostrofò Klaus, bruscamente.

Elvira sospirò e girò la chiave nella direzione opposta, obbedendo. Klaus entrò dando uno spintone alla porta, senza riguardo, raggiunse a grandi falcate la stanza e tirò su la cornetta. Sentì la voce di Tobías. Elvira rimase in corridoio, appoggiata alla parete, con la borsa in mano, ad ascoltare la conversazione in tedesco che non capiva. All'improvviso sentì parlare in spagnolo. Aguzzò le orecchie.

«Ti mando oggi stesso la lettera… Sì, l'ho segnato… Non preoccuparti, troverà il posto… Va bene. Fai come vuoi, ma fallo subito. È passato troppo tempo, devi farla uscire da lì, capito? Falla uscire da lì, porca puttana!»

Ci fu silenzio. Elvira era attenta a tutto ciò che diceva. Provava un'irreprimibile curiosità riguardo alle telefonate, annunciate da una chiamata che le comunicava il momento in cui Daniel Sandoval avrebbe dovuto trovarsi lì. Quella mattina era stata svegliata dal telefono. La voce nota di quell'uomo, roca, fredda, grossa, le aveva intimato di avvisare subito Daniel Sandoval, ribadendo che era molto urgente. Aveva annunciato che avrebbe richiamato, senza specificare l'ora, come faceva sempre. Seppure agitata dall'orario inopportuno, Elvira aveva eseguito l'ordine e telefonato al suo capo, che dopo avere risposto personalmente alla chiamata, con grande sollievo della segretaria, si era presentato da lei nel giro di un'ora. Ciò nonostante l'apparecchio era rimasto muto, e Klaus, nervoso, non aveva smesso di girare in tondo, inquieto, fumando in modo compulsivo. Elvira lo aveva tenuto d'occhio tutto il tempo, seduta sulla poltrona del salottino, già vestita, in attesa di quella maledetta chiamata per poter andare in studio. Quanto più lo guardava, tanto più gli pareva un'altra persona, un estraneo, uno sconosciuto che si aggirava nel suo salotto come una bestia in gabbia.

Sentì di nuovo la voce del capo, che era tornato al tedesco. Ingoiò la saliva, preoccupata. Sapeva che sarebbe arrivata tardi, e che non avrebbe potuto dire la verità perché nessuno doveva né poteva sapere di quelle visite a casa sua, non solo per ordine di Daniel, ma perché era sicura che avrebbe dato adito a pettegolezzi. Non voleva essere sulla bocca di nessuno. Naturalmente sapeva che il capo l'avrebbe giustificata per il ritardo, minimizzando e accettando la scusa che avrebbe addotto, ma era convinta che don Justino e la signorina Sharp, entrambi intransigenti sulla puntualità, le avrebbero rovinato la giornata.

5

La vita di Bettina Zaisser ruotava intorno all'ospedale: non esisteva altro al di fuori di quelle pareti, né rapporti diversi da quelli professionali con colleghi e pazienti. Si lasciava assorbire dal lavoro, a volte eccessivo, perché in quel modo la vita solitaria e ordinaria che le era stata imposta diventava più sopportabile. L'unica eccezione alla monotonia dell'ambiente era Claudia; non erano diventate amiche, ma quella donna le riservava un trattamento diverso da quello degli altri, e questo le dava sicurezza. Il personale che frequentava quotidianamente si comportava in modo distante, e lei non faceva niente per abbattere la barriera di diffidenza: si era riproposta di non abbassare la guardia con nessuno, di non fidarsi di nessuno. La bicicletta che le aveva prestato Claudia le aveva dato una straordinaria autonomia; il signor Blecher aveva riferito il cambiamento, e probabilmente nessuno aveva avuto da obiettare sul fatto che pedalasse sulle strade secondarie. Bettina era giunta alla conclusione che, facendo a meno dell'autista, garantiva un risparmio al Partito, limitando il compenso del signor Blecher. Con il tempo la sorveglianza ferrea si era allentata, almeno in apparenza, e lei poteva fare le sue passeggiate solitarie senza subire il controllo dei vicini.

Claudia Durham aveva due anni più di Bettina, era di Potsdam ed era stata trasferita lì dopo avere conseguito il diploma in Infermeria. Era brava nel suo lavoro, abile nel gestire la ribellione e il rifiuto degli adolescenti malati, affetti da virus di ogni genere, con fratture sospette o mali poco consueti in giovani di quell'età. Aveva un fidanzato che abitava a Bonn, un medico più vecchio di lei di dieci anni. Si erano conosciuti a un congresso sulle malattie infettive a Rostock. Nessuno sapeva di quella relazione, e meno che mai dei loro incontri nel bosco quando Fritz attraversava la frontiera accompagnato da amici che lo coprivano, facendosi passare per turisti o visitatori di passaggio. Claudia non aveva chiesto il permesso per uscire, perché sapeva che non le sarebbe stato accordato, e non voleva sollevare sospetti che le avrebbero creato problemi. Lei e il fidanzato pianificavano da tempo un modo sicuro per farla passare all'altra parte, ma non lo sapeva nessuno, nemmeno Bettina, naturalmente.

L'avvicinamento tra le due donne non era stato facile, né evidente. Erano trascorsi molti mesi senza che si parlassero, al di là delle questioni di lavoro. Il primo contatto più personale era consistito in un caffè al bar dell'ospedale, durante una pausa di un turno duro e pieno di tensioni. Avevano parlato un po' di sé, Bettina aveva confessato a Claudia che gli ultimi giorni del mese doveva lavarsi con l'acqua fredda, perché il carbone finiva e secondo i signori Blecher non era possibile procurarsene altro; in realtà per caso era venuta a sapere che i Blecher rivendevano a un prezzo molto maggiore una parte del carbone che lei pagava mensilmente. Le raccontava anche che non poteva usare il phon in casa perché quando lo accendeva saltava la luce. In quell'appartamento era tutto vecchio, freddo, grigio e talmente estraneo che quando Bettina entrava in casa si sentiva abbandonata e le veniva voglia di piangere.

Una sera si stavano cambiando davanti agli armadietti alla fine del turno. Quando furono rimaste sole, Claudia, senza staccare gli occhi dalla porta, con fare circospetto, si rivolse a lei sottovoce.

«Quando attraversi la ferrovia, gira a sinistra nel primo sentiero che vedi.»

Bettina la guardò senza dire niente, con espressione impassibile, come se non l'avesse sentita.

«Ho una cosa per te da parte di Klaus», sussurrò Claudia.

Bettina si mise in guardia.

«Che cosa sai di Klaus?» Proprio in quel momento dovettero tacere, perché entrarono due dottoresse per cambiarsi. Poi arrivò l'infermiera che sostituiva Claudia nel turno di notte. La presenza delle altre donne annullò ogni possibilità di proseguire la conversazione.

Claudia finì di vestirsi prima di lei, prese la borsa, il giaccone, salutò normalmente le altre e uscì, lasciando Bettina nel dubbio.

L'infermiera si spostava su un vecchio scooter Schwalbe, che aveva riparato personalmente con pezzi rimediati allo sfasciacarrozze e ridipinto a pennello di un verde vivace. Quando Bettina uscì, vide Claudia che si allontanava in moto. Mentre metteva la borsa nel cestino della bicicletta, sentì il ruggito del motore che svaniva a poco a poco in lontananza. Si sistemò la sciarpa intorno al collo, salì sulla bici e intraprese la lenta pedalata verso casa. Il tragitto durava più di mezz'ora. Soffiava un vento freddo e umido che penetrava nelle ossa. Bettina era intirizzita, con la pelle del volto arrossata dall'aria gelida. Nonostante il maltempo, le piaceva addentrarsi nel bosco, sentire il lieve movimento dei rami scossi dal vento che soffiava spesso in quella zona, respirare l'aroma della campagna... Se aveva tempo e la temperatura lo consentiva, faceva una deviazione verso la costa e raggiungeva la spiaggia per camminare scalza sulla sabbia, lasciando che le onde le sfiorassero i piedi; si lasciava cullare dal rumore del mare, lo sguardo fisso sull'orizzonte, sulla distesa d'acqua impenetrabile, che le dava una falsa sensazione di libertà, perché era ancora prigioniera. Si sentiva così, rinchiusa e sola, immensamente sola.

Arrivò ai binari del treno. Non appena li ebbe attraversati, vide un piccolo sentiero che si apriva sulla sinistra, divorato dalla vegetazione. Rallentò le pedalate fino a fermarsi al bivio. Non era sicura di volerlo fare: non si fidava fino in fondo di Claudia, ma il nome Klaus la attraeva come una calamita. Aveva cominciato a piovere. Si coprì la testa con il cappuccio del giubbotto, scese dalla bici e, tenendola per il manubrio, si addentrò nel sentiero. Avanzava lentamente, con difficoltà, spostando l'intrico di rami che la sfioravano, sbarrandole il passaggio. Era attenta a ogni rumore, ma percepiva solo il suono delle gocce di pioggia che cadevano sul suo cappuccio impermeabile. Udì un fischio; non era un uccello, ma qualcuno che la chiamava. Si guardò intorno finché vide Claudia a pochi metri da lei, che muoveva la mano in alto per dirle di avvicinarsi. Appoggiò la bicicletta a un tronco caduto e le andò incontro. Quando arrivò più vicino, si accorse che c'era un uomo accanto a lei. Si voltò senza esitare, decisa ad allontanarsi.

«Bettina, aspetta, per favore.» Claudia la raggiunse e la fermò, prendendola per il braccio, ma lei si liberò sgarbatamente.

«Lasciami in pace, non voglio problemi.»

Continuò ad allontanarsi.

«Lui è il mio fidanzato... Ha una lettera di Klaus per te.»

Solo allora si fermò. Si girò e la guardò, poi osservò l'uomo che aspettava sotto un ombrello e alzò la mano in cui teneva una busta per mostrargliela.

«Che cosa sai di Klaus?» Bettina ripeté la domanda che era rimasta senza risposta negli spogliatoi dell'ospedale.

«Io niente», rispose Claudia. «E non mi interessa sapere. Ma immagino che sia una persona importante per te. Fritz è un medico, vive a Bonn, stiamo insieme da due anni.» La fissò. «Sta cercando di farmi uscire», aggiunse con voce gutturale, quasi soffocata. «Rivelandotelo mi sono esposta...» Ingoiò la saliva, pentita di avere parlato.

Bettina sostenne il suo sguardo per qualche secondo, valutando la verità di quelle parole.

«Perché dovrei fidarmi di te? Ti hanno messo accanto a me per sorvegliarmi.»

«Non lo nego, quando sei arrivata avevo l'ordine di farlo. Dovevo fornire informazioni su di te, e in questi anni l'ho fatto: ho detto che sei una pediatra straordinaria e che svolgi il tuo lavoro in modo encomiabile. Puoi credermi... Se non lo facessi ti capirei, ma sbaglieresti, su di me.»

Bettina restava ferma, senza riuscire a decidere se avvicinarsi all'uomo che le guardava in attesa sotto la pioggia.

«Vieni, per favore, fidati di me», aggiunse Claudia. «Puoi stare tranquilla, sono dalla tua parte.»

Le tese la mano perché la seguisse. Bettina accettò l'aiuto e si avvicinò all'uomo.

«Questo è Fritz», lo presentò. «È un ottimo chirurgo», aggiunse, orgogliosa.

Bettina guardò lei, poi lui, che le tendeva la mano. Si sentiva il rumore della pioggia sulla tela dell'ombrello che riparava Claudia.

«Che cosa sai di Klaus?» ripeté di nuovo, senza decidersi ad allontanare i sospetti.

«Poco», rispose l'uomo, con voce calma. «Pochi giorni fa mi ha contattato un certo Tobías, forse lo conosci...» Lei negò scuotendo il capo. «Non so come abbia saputo che ho una relazione con Claudia e che ogni tanto attraverso il confine per vederla, anche se non quanto mi piacerebbe. L'ultima cosa che voglio è sollevare sospetti su di lei e metterla in pericolo.» Mentre parlava rivolse uno sguardo tenero alla fidanzata. «Mi ha chiesto di farti avere questa lettera e di dirti di essere prudente. È tutto quello che so di Klaus... Immagino che sia il tuo fidanzato...»

Le consegnò la busta chiusa in un sacchetto di plastica, perché non si bagnasse.

«Non è il mio fidanzato», chiarì lei, seccamente. Voleva credergli, ma continuava a non fidarsi.

«Mi ha ribadito che devi interpretare il contenuto, memorizzarlo e distruggere la lettera, il prima possibile. Ah, e che non devi usare il telefono. Alla Stasi sanno di una chiamata che hai fatto a un numero di Madrid.» Claudia e Bettina si guardarono per un secondo. Era logico, avevano riscontrato una chiamata a Madrid proveniente dall'ufficio del direttore: doveva essere stata per forza lei. Aveva commesso una leggerezza, ma era passato così tanto tempo che pensava di averla scampata. «E non devi scrivere. Non cercare di metterti in contatto con nessuno. Penseranno a tutto loro. Mi ha detto così.»

Rimasero in silenzio, cullati dal rumore della pioggia che cadeva sulla terra e sulle foglie.

«Bene, ora lo sai», disse Claudia. «Adesso sarà meglio che tu vada, nel caso passi qualcuno e ci veda insieme. Non sarebbe conveniente per nessuno.»

Bettina scrutò per qualche secondo le due figure, insieme sotto l'ombrello. Cercava di individuare la menzogna nei loro occhi, ma lui passò il braccio sulla spalla di Claudia e la strinse a sé con un sorriso, facendole capire che volevano approfittare del poco tempo che avevano. Lei si infilò la lettera in tasca, si girò e andò via.

6

Arrivò a casa in preda all'agitazione. Non appena fu entrata ed ebbe parcheggiato la bici, intuì che qualcuno la osservava con occhio di falco allo spioncino dei Blecher. Raggiunse il suo appartamento, chiuse la porta a chiave. I Blecher la disturbavano ancora ogni tanto: non potevano fare a meno di sorvegliarla, perché erano ricompensati per farlo, ma non agivano più con la libertà, l'assiduità e l'arbitrio dei primi mesi. A poco a poco Bettina aveva imparato ad aggirare i loro tranelli, anche se non sempre era possibile. Con la serratura chiusa non potevano entrare senza suonare, e li faceva aspettare un bel po' prima di aprire. Alla fine si mostravano infastiditi dall'attesa, ed entravano in modo sgarbato, ringhiando come iene.

Senza togliersi il cappotto, si liberò dei guanti e della sciarpa ed estrasse la lettera dalla tasca. Le tremavano le mani per l'agitazione, e perché era intirizzita dal freddo. I pantaloni gocciolavano come se fosse appena uscita da un fiume, l'acqua le colava sui piedi umidi, i capelli bagnati le si incollavano al collo. La busta era bianca, senza mittente né destinatario. Prima di estrarla dalla plastica si asciugò le mani con le maniche del maglione, per evitare di bagnarla. L'aprì con l'attenzione di chi maneggia un oggetto delicato. Quando aprì il foglio, riconobbe la scrittura di Klaus e rimase senza fiato; sorrise trattenendo un repentino torrente di euforia. Dovette avvicinare i gomiti al corpo perché le tremavano le mani. Era un foglio scritto a mano, di una sola facciata, con un contenuto apparentemente banale, insignificante. Le raccontava che stava benissimo, che sarebbe andato al Nord e che avrebbe passato sei settimane, a partire dal giorno tre, a casa di un amico che lei non conosceva, perché voleva vedere per la prima volta il sole di mezzanotte. La lettera non era firmata; non era necessario, pensò Bettina.

La lesse e la rilesse diverse volte, cercando di memorizzare il testo in codice. Sorrise ricordando quando Klaus le insegnava a scrivere e a leggere tra le righe per non far trapelare il contenuto. Il Nord era la costa, si riferiva senz'altro al Baltico; il giorno in cui l'avrebbero fatta uscire era il sei (mancavano un paio di settimane, pensò contenendo l'emozione), e l'ora indicata erano le tre del mattino. Aveva capito che si sarebbe dovuta trovare in un punto della costa il giorno sei, alle tre del mattino. Ma in quale punto? Il suono del campanello la fece sussultare, e il foglio le cadde a terra. Lo raccolse con il cuore in gola. Sentì di nuovo suonare, con insistenza.

«Un momento», urlò.

Non poteva eliminare la lettera, non l'aveva ancora decifrata: doveva capire il luogo esatto in cui recarsi, altrimenti sarebbe stato tutto inutile. Si rese conto che si era formata una pozzanghera sotto i suoi piedi. Si guardò intorno cercando un posto per nascondere il foglio. Il campanello suonò di nuovo, accompagnato da colpi sulla porta. I Blecher non bussavano mai alla porta, si attaccavano al campanello e basta, e Bettina si insospettì. Piegò il foglio e lo rimise nella busta, che nascose dietro la tappezzeria, in un punto dove era un po' scollata. Poi si diresse all'ingresso. Girò la chiave rapidamente, perché continuavano a battere sulla porta pur sapendo che era dietro il battente. Aprì con calma. Non vide il signore o la signora Blecher, ma due uomini. Riconobbe immediatamente uno di loro, perché era tra quelli che l'avevano scortata lì più di cinque anni prima.

«Buonasera, dottoressa Zaisser. Possiamo entrare?»

Bettina rimase a fissarli, con la porta socchiusa.

«È tardi», mormorò lei, con aria infastidita.

«Vogliamo solo farle qualche domanda, faremo in fretta.»

Bettina sapeva di non avere alternative. I due entrarono nella piccola sala dove la donna aveva letto la lettera del fratello. C'era una finestra affacciata sulla strada, coperta da una tenda dal colore indefinito; il mobilio era costituito da uno scaffale con alcuni libri, un vecchio divano a due posti con il rivestimento liso, due sedie e un tavolo da pranzo non molto grande, dove aveva posato la borsa.

Un vecchio tappeto copriva il pavimento accanto al divano.

I due uomini guardarono avidamente i pochi mobili della stanza. Maledetti avvoltoi, pensò lei.

«Dottoressa Zaisser, che rapporti ha con Claudia Durham?»

«Lavora con me all'ospedale, è un'infermiera.»

«Conosce il dottor Fritz Hidman?»

Bettina si mantenne fredda, distante, impassibile.

«No», rispose, seccamente.

«Ne è sicura?» indagò l'uomo, mentre si accendeva una sigaretta. Soffiò una boccata di fumo e alzò il mento con espressione arrogante, senza smettere di guardarla.

Bettina sosteneva il suo sguardo. Sapeva che era fondamentale per apparire credibile.

«Non l'ho mai sentito nominare.»

Per tenere il nervosismo sotto controllo, aprì la borsa e prese un pacchetto di sigarette; quando ne ebbe estratta una, mentre stava per accendere il fiammifero, si ritrovò davanti un accendino. Guardò per un attimo il suo interlocutore, che con la fiamma ondeggiante riflessa nei suoi occhi le parve il diavolo in persona. Sfregò il cerino, piegò il volto e accese la sigaretta. L'uomo nascose il fastidio, richiuse l'accendino e lo rimise in tasca.

«È fradicia», disse indicando i suoi vestiti inzuppati.

Bettina si guardò: i pantaloni e gli stivali gocciolanti, i capelli, le braccia, le spalle bagnate. Sentì un brivido per l'umidità che le irrigidiva i muscoli.

«Sono appena arrivata e piove forte», aggiunse, sarcastica. «Quando piove, ci si bagna.»

«Se non avesse rifiutato la macchina...»

«La bicicletta va benissimo», lo interruppe mantenendo la smorfia altera. «In più mi serve per fare esercizio.»

L'uomo la guardò di sbieco, con espressione dura.

«Ha incontrato qualcuno mentre tornava?»

Bettina alzò le sopracciglia, serrò le labbra con un leggero movimento del capo.

«Nessuno in particolare.»

Lui estrasse qualcosa dalla tasca del cappotto e glielo porse.

«Allora immagino che saprà fornirci una spiegazione.»

Bettina guardò con la coda dell'occhio, senza cambiare posizione, il braccio addossato alla vita che sosteneva il gomito dell'altro, con la sigaretta. Era una foto di quelle che si sviluppano al momento, fatta con una Polaroid, senz'altro sequestrata al confine a qualche incauto turista occidentale. Quando vide l'immagine, non poté evitare di rabbrividire; era un po' mossa, fatta da un fotografo inesperto, ma chiaramente identificabile; raffigurava lei, nel bosco, che parlava con Claudia e il suo fidanzato, di spalle. La pioggia e l'aria brumosa annebbiavano l'immagine. Non la toccò, serrò le labbra e agitò la testa.

«L'ho incontrata per caso. Abbiamo parlato per un attimo, tutto qui.»

«Un incontro casuale in mezzo al bosco... Con la pioggia? Non mi dica che stava facendo una passeggiata, perché non ci credo.»

«Non mi importa se ci crede o no. Avevo bisogno di urinare, sono uscita dalla strada e li ho incontrati. Non so che cosa stessero facendo, non gliel'ho chiesto, non siamo tutti smaniosi di sapere ogni cosa degli altri. Poi me ne sono andata.»

«E lui?»

«Non so chi sia... Claudia non me l'ha presentato.»

I due si guardarono.

«Le ha dato o detto qualcosa?»

«Chi?»

«Il dottor Hidman.»

«Le ho detto che non mi è stato neanche presentato. Li ho visti, abbiamo scambiato due parole e me ne sono andata.»

Calò un silenzio scomodo. L'uomo rimise la foto nella tasca interna del cappotto. Si guardò intorno, sollevando la mano che reggeva la sigaretta.

«Immagino non le dispiaccia se diamo un'occhiata.»

Bettina li guardò in silenzio, senza battere ciglio. La perquisizione durò mezz'oretta. Estrassero tutto il contenuto dai cassetti e lo buttarono a terra, svuotarono gli armadi, alzarono il materasso, le lenzuola, le coperte, frugarono tra gli utensili della cucina, spostarono i mobili, sollevarono il tappeto. Bettina fece molta attenzione a non guardare mai verso l'angolo della parete in cui era celata la lettera, neppure quando vide con la coda dell'occhio lo sconosciuto che si avvicinava a quel punto della tappezzeria, anche se, con lo sguardo basso, si accorse che c'era una traccia di acqua lasciata dai suoi stivali mentre la nascondeva. Era così tesa che non poté evitare di avere un sussulto quando udì il campanello. Non dovette muoversi, perché lo sconosciuto aprì senza esitare, come se aspettasse qualcuno. Una voce femminile mise in guardia Bettina. Nessuno disse nulla. Lei aspettò, inquieta. Una donna di mezza età, robusta, dall'espressione rude, comparve sulla soglia della sala. Si stava infilando i guanti di lattice.

«*Komm, bitte.*»

Bettina guardò l'uomo che aveva parlato, sentendosi soffocare. Sapeva perfettamente che cosa sarebbe accaduto. Cominciò a tremare, fuori controllo. Chiuse gli occhi e non si mosse, sperando che la donna svanisse, come un miraggio.

«Dottoressa Zaisser, non abbiamo tutta la notte. Facciamola finita, per favore.»

La voce roca dell'uomo la costrinse a riaprire gli occhi. La donna era ancora lì, con i guanti addosso, l'espressione altera, pronta a svolgere il suo compito: perquisire ogni piega dei vestiti che indossava, e le zone intime del suo corpo.

Bettina si diresse verso la camera da letto come un automa. Si svestì lentamente sotto lo sguardo attento della donna, che ispezionava coscienziosamente ogni capo di vestiario. Quando si tolse le mutande, si rattrappì nel tentativo di coprire la propria nudità con le braccia. La donna la costrinse a raddrizzarsi, le braccia in alto, mentre palpava ogni parte del suo corpo. Poi venne il peggio: la costrinse a sdraiarsi sul materasso, e Bettina smise di pensare, svuotò la mente, cercò di non sentire, di non pensare, per non ricordare quel momento.

Furono costretti ad arrendersi. Prima uscì la donna, poi lo sconosciuto. Quello che le aveva rivolto le domande si affacciò sulla porta della sua camera, dove giaceva coperta da una vestaglia.

«La prossima volta, faccia attenzione quando lascia la strada, dottoressa Zaisser. Può essere pericoloso, e non vorremmo che le accadesse qualcosa.»

Quando se ne furono andati, Bettina balzò in piedi e andò a chiudere la serratura. Con la fronte appoggiata alla porta, udì quei maledetti passi che si allontanavano giù per le scale e prese fiato con ansia, come se avesse trattenuto il respiro per tutto il tempo. Provò un'angoscia dolorosa, un torrente di rabbia, di paura e di tormento che le risaliva in gola. Tremava in modo incontrollato, sentendo ancora le dita rozze che frugavano dentro il suo corpo in cerca di una prova che la incriminasse, come se quella donna si divertisse a vessarla. Sentendosi soffocare, scivolò a poco a poco, quasi che le gambe non la reggessero, finché si ritrovò seduta a terra con le natiche a contatto con le piastrelle fredde, brutte, rovinate, vecchie. Il pianto la scosse a lungo; singhiozzò desolata, abbracciandosi come un animale ferito e spaventato, abbandonata, dimenticata da tutti, espulsa dal mondo, sola, completamente sola, come sempre sola.

Non sapeva quanto tempo fosse passato, ma dovevano essere trascorse molte ore, perché si accorse che stava albeggiando. Fu percorsa da un brivido. Cercò di alzarsi, ma era debole. Si rese conto che aveva un po' di febbre. Le scoppiava la testa, aveva la gola in fiamme e il corpo dolorante, come se l'avessero picchiata selvaggiamente.

Prese un analgesico e un bicchiere di latte caldo con il miele.

Era rimasto tutto così come l'avevano lasciato, un caos desolante. Non aveva la forza per rassettare quel disastro. Estrasse la busta dal nascondiglio e si sdraiò sul divano, coprendosi con una coperta per cercare di arrestare il tremito. Doveva decifrare la lettera e individuare il luogo della costa che avrebbe dovuto raggiungere. Le tornarono in mente Claudia e il fidanzato. Forse anche l'infermiera aveva ricevuto la visita di quella donna. Rabbrividì al pensiero.

Cercò di concentrarsi sulle parole scritte dal fratello. Lesse il messaggio più volte, pensando a dove poteva nascondersi la chiave per capire il luogo esatto dell'appuntamento.

«'Voglio vedere per la prima volta il sole di mezzanotte'», mormorò rileggendo l'ultima frase. Il sole di mezzanotte, si ripeté, «'per la prima volta il sole di mezzanotte'... Che cosa vuoi dirmi, Klaus? Dove vuoi che mi trovi?»

Si arrovellò per un pezzo, rovistando nella memoria. Cercò tra i ricordi di bambina, nelle esperienze vissute con Klaus. La chiave doveva essere lì. «Cerca sempre in qualcosa di tuo, di nostro, in qualche esperienza che piaceva a entrambi», le aveva insegnato il fratello. E all'improvviso capì. Si tirò su, in un moto di entusiasmo.

«Il sole di mezzanotte, certo... Sei un genio, fratellino», disse, sorridendo soddisfatta.

Quando era bambina il padre voleva che vedessero il sole di mezzanotte; ma siccome né lo Stato né le loro finanze avrebbero consentito loro di raggiungere un Paese del Nord, si accontentarono di raggiungere la zona più settentrionale della DDR. Salirono tutti e quattro su un treno e aspettarono l'imbrunire sulle coste del Mar

Baltico, in una piccola cala fuori da Rerik. Ricordò che il fratello le aveva promesso di portarla a Capo Nord, un giorno; una delle tante promesse non mantenute, pensò abbozzando un sorriso.

Quindi si sarebbe dovuta trovare lì, nel luogo dove erano stati anni prima. Consultò la cartina delle strade locali che usava per muoversi nella zona. Aveva poco più di due settimane per trovare il posto esatto in cui si sarebbe dovuta presentare per essere liberata e mettere a punto un piano per raggiungerlo eludendo la sorveglianza a cui era sottoposta. Era evidente che, oltre ai Blecher, qualcuno la seguiva nei suoi spostamenti dall'ospedale, e capì che le sue passeggiate non erano solitarie come pensava. Memorizzò ogni dato e, quando le fu tutto chiaro, baciò il foglio con le lacrime agli occhi e gli diede fuoco senza riuscire a trattenere il pianto. Provava sentimenti così contraddittori che non avrebbe saputo dire se piangeva di dolore o di gioia. Radunò con attenzione i resti bruciati e li versò nel posacenere. Mescolò bene, svuotò il contenuto nel water e tirò la catena diverse volte, finché non rimase traccia sul bianco della ceramica.

Era cominciato il conto alla rovescia per abbandonare quell'inferno, quell'incubo terribile in cui era immersa. Il pensiero di avere finalmente l'opportunità di riuscirci, che suo fratello non l'aveva abbandonata, la confortò così tanto che si addormentò profondamente.

7

Sɪ svegliò tardi, perché la signora Blecher suonò il campanello per chiederle se c'erano problemi. Come se quella brutta strega ficcanaso non sapesse ciò che era accaduto la sera prima, pensò Bettina. «Avvoltoio», mormorò, «maledetto occhio di avvoltoio.»

Prima di uscire aveva preso un altro analgesico: non stava bene, ma voleva andare all'ospedale. Il suo collega del reparto pediatria aveva avuto un incidente due giorni prima, ed era in malattia con una gamba rotta, quindi, finché non fosse arrivato un sostituto, era l'unica pediatra a disposizione. Se fosse mancata, i bambini non sarebbero stati curati, o sarebbero stati affidati a un medico per adulti, noto per la mancanza di tatto con i minori. Era un uomo scontroso che li trattava come animali selvatici, indegni di attenzione. Pensò che di lì a poco avrebbe lasciato l'ospedale per sempre. Non poté evitare di provare una certa angoscia immaginando la sorte che sarebbe toccata ai bambini e agli adolescenti, alle loro vite destinate a un futuro cupo, umiliante, degradato. Cercò di evitare quei pensieri e di concentrarsi su se stessa, sulla sua vita, sulle sofferenze che aveva patito per aver tentato di varcare il confine; il suo unico e «gravissimo» reato era quello, l'ossessione di lasciare il Paese, di sperimentare la sensazione di sentirsi libera.

In più voleva avvertire Claudia della foto scattata nel bosco. Avvisarla di stare all'erta, se non aveva già ricevuto una visita.

Debole per via della febbre, la pedalata l'aveva sfinita. Entrò nell'edificio a passo svelto e incrociò un'infermiera. Venne a sapere che era attesa in sala medicazioni, perché quella notte erano arrivate due ragazze di quattordici anni in pessimo stato. Indossò il camice e si preparò a una lunga giornata. Quando entrò nella prima sala, non trovò Claudia, ma un'altra infermiera, che conosceva poco.

«E l'infermiera Durham?» domandò stupita. Sapeva che Claudia avrebbe dovuto dividere il turno con lei.

«Non è potuta venire. Mi hanno detto di sostituirla.»

«È malata?»

«Non ne ho idea. Mi limito a eseguire gli ordini.»

Quando ebbe finito il turno, prima di tornare a casa, Bettina incrociò il direttore.

«Herr Müller, volevo domandarle di fräulein Durham. Oggi mancava, e come ben sa siamo a corto di personale. Le hanno detto se è malata?»

«Fräulein Durham si è dovuta assentare. Non si preoccupi, dottoressa Zaisser, domani la sua assenza sarà coperta.»

Subito dopo se ne andò, lasciandola con la parola sulle labbra.

Claudia non si presentò neppure il giorno successivo, né quello dopo. Bettina chiese di nuovo a una collega con la quale l'aveva vista prendere ogni tanto un caffè.

«Mi hanno detto solo che è malata, ma non so dirti se sia vero. La conosco bene, e deve stare davvero male per non venire a lavorare.»

«Dovrei andare a trovarla, magari ha bisogno di qualcosa. Sa dove abita?»

La ragazza la fissò con diffidenza. Serrò le labbra e si guardò intorno.

«Vive in una casa alla periferia di Neubukow, in un sentiero che si apre sulla destra prima di entrare in paese. Non può sbagliare perché è l'unica casa dipinta di un verde brillante, come la sua moto.» La osservò per un momento in silenzio. «Io non le ho detto niente, d'accordo?»

Bettina annuì. L'infermiera le diede le spalle e si allontanò, ma poco dopo si fermò e tornò sui suoi passi, esitando, fino a trovarsi davanti a Bettina. Parlò a voce bassissima, avvicinandosi a lei.

«Dottoressa Zaisser, lei mi è simpatica, è un'ottima professionista e abbiamo bisogno di lei, qui...» agitò la testa, come se radunasse le forze per proseguire. «Non le conviene andare a trovare Claudia. Lasci stare. Sarà meglio per tutti, soprattutto per lei.»

Le due donne si guardarono negli occhi per qualche secondo,

finché l'infermiera si voltò e riprese a camminare a passo svelto, facendo rimbombare i tacchi nel corridoio.

Bettina decise di seguire la raccomandazione dell'infermiera e preferì non indagare oltre sulle cause dell'assenza di Claudia Durham. Era molto rischioso e non avrebbe risolto niente. Doveva concentrarsi su come raggiungere il luogo indicato dal fratello, su come eludere la sorveglianza e sfuggire all'avvoltoio. Quella domenica il tempo era splendido, con un sole già primaverile, una giornata perfetta per ispezionare il posto in cui avrebbe aspettato di essere prelevata. Doveva assicurarsi che fosse giusto e calcolare il percorso e il tempo che avrebbe impiegato a raggiungerlo. Prese la bicicletta e pedalò verso la costa baltica. Aveva con sé alcuni panini, un libro e un asciugamano per fingere di voler trascorrere una tranquilla giornata in spiaggia. In più si era portata dietro la bussola, per orientarsi.

Arrivò alla periferia di Rerik, lasciò la bicicletta posteggiata vicino alla strada e si sedette sulla sabbia, come se volesse riposare dalla pedalata e leggere per un po'. Individuò una torre di guardia alla sua destra e temette che il luogo fosse più sorvegliato di come lo ricordava. Erano trascorsi quasi vent'anni da quel viaggio, quando le frontiere esistevano già, ma l'ossessione sistematica entrata in vigore dall'agosto 1961 era ancora un miraggio. Doveva stare attenta ai posti di guardia. Sicuramente di notte c'erano delle pattuglie con i cani che ispezionavano le spiagge. Due poliziotti passavano sulla strada, alcuni passanti portavano a passeggio i loro cani, un gruppo di bambini faceva volare un aquilone e sovrastava con urla e risate il placido mormorio del mare. Seduta con le gambe incrociate e il libro sulle ginocchia, Bettina leggeva ben poco, più attenta a captare con la coda dell'occhio ogni movimento. Poco dopo il suo arrivo, comparve una giovane coppia che si sedette vicino a lei. I due ragazzi non avevano nulla di sospetto, ma Bettina non si fidava di nessuno. Poi li udì litigare: la ragazza era molto arrabbiata, si alzò e se ne andò, mentre il ragazzo rimase seduto con lo sguardo rivolto al mare. Bettina ne approfittò per fingere di fare una lunga passeggiata. Lasciò il libro e il cestino con il cibo accanto all'asciugamano e si mise a camminare sulla riva, dirigendosi verso il luogo che ricordava, a qualche chilometro in direzione Ovest. Durante il tragitto non vide altre torri di guardia, soltanto il filo spinato che chiudeva gli accessi alla spiaggia.

8

La notte precedente alla data indicata da Klaus, non chiuse occhio. Era nervosa, inquieta, pensava a ciò che sarebbe accaduto la notte successiva, si domandava se avrebbe finalmente ottenuto l'agognata libertà, che inseguiva da quando era adolescente. In quella stanza che non sentiva sua, e sul letto che non aveva mai considerato proprio, gli occhi aperti, fissi sul soffitto scrostato dall'umidità dove la penombra assumeva forme diverse, Bettina ricordò il giorno in cui era cominciata l'ossessione che aveva segnato la sua vita, quando in piena notte aveva sentito Klaus che si alzava e usciva in silenzio da casa. Non aveva avuto un attimo di esitazione: si era vestita in fretta e furia e si era precipitata in strada. Il fratello si era diretto verso la casa della madre di Hanna. Era convinta che se, come pensava, Klaus aveva intenzione di fuggire, non avrebbe mai lasciato Hanna e la bambina. Non sbagliava. Dopo avere atteso alcuni minuti nascosta nel portone di fronte, li aveva visti uscire tutti e tre. Non aveva detto niente perché temeva che l'avrebbero rimandata indietro. Li aveva seguiti a distanza di sicurezza, finché erano entrati in quel palazzo. Sapeva che la gente saltava dalla finestra per passare dall'altra parte. Aveva salito le scale, decisa a saltare anche lei. Non voleva restare lì, ne era convinta da quando aveva visto il Muro infame che cresceva davanti ai suoi occhi. Ciò che era avvenuto dopo si era sforzata di dimenticarlo, ma in quel momento non poté evitare di veder sfilare nella sua mente tutto ciò che era successo e tutto ciò che aveva dovuto sopportare fino a quel momento, la violenza della reclusione, le ritorsioni costanti, le illusioni spezzate più volte... Tutta la sua vita era stata condizionata dagli eventi di quella notte di fine agosto di oltre quattordici anni prima. In quel momento dipendeva di nuovo dal fratello, e non poteva evitare di avere paura di fallire di nuovo, che quell'incubo diventasse ancora più insopportabile, perché con il tempo si era abituata alla vita insignificante che conduceva, alla solitudine, al lavoro che le aveva ridato la tranquillità di fare ciò che amava, a vivere ogni minuto senza pensare a quello successivo. Ma Klaus aveva riacceso la speranza di realizzare il suo sogno più grande, e lei non intendeva lasciarsi attanagliare dalla paura.

Cercò di concentrarsi su quello che sarebbe stato il suo ultimo giorno di lavoro, anche se era tesa e distratta, inefficiente non solo per l'inquietudine che la pervadeva, ma anche per la mancanza di sonno.

Rincasò all'imbrunire. Era stanca; cercò di dormire un po' prima di partire, ma le fu impossibile, era troppo eccitata. Prima di uscire, la mattina, aveva lubrificato le cerniere della porta perché non cigolassero. Aveva preparato tutto a dovere. Sapeva di non poter portare con sé niente al di là di ciò che aveva addosso. Ma non si lasciava dietro nulla di cui avrebbe sentito la mancanza. Doveva indossare abiti scuri e pesanti, oltre a un buon paio di scarpe. Mise gli stivali in un sacchetto per evitare che il rumore dei suoi passi richiamasse l'attenzione dei Blecher; si munì di una bottiglia d'acqua e di qualcosa da mangiare, e prese con sé la bussola. Diede un'occhiata all'orologio: erano le undici e mezzo, aveva oltre tre ore di margine. Preferiva aspettare nel luogo stabilito piuttosto che arrivare tardi.

Dapprima tese l'orecchio ai movimenti dei Blecher, il primo scoglio da superare. Si percepiva il suono del televisore, che a lei era proibito. Udì la voce della signora Blecher che urlava al marito. Probabilmente stavano per andare a letto. Lasciò la radio accesa, con il volume bassissimo, per dare l'impressione che fosse in casa, ma senza attirare l'attenzione. Aprì la porta con grande cautela. Le cerniere oliate funzionarono bene, tranne al momento di chiudere. Un lieve cigolio la fece fermare per qualche secondo, con il cuore in gola. Mosse di nuovo la porta, che non poteva lasciare aperta: doveva chiudere casa per guadagnare tutto il tempo possibile. Alla fine ci riuscì, girò la chiave nella serratura, la mise in tasca e scalza, con un paio di calze spesse, scese a uno a uno i gradini fino a raggiungere il portone, attenta a ogni rumore. Nella penombra individuò la bicicletta parcheggiata su un lato, accanto alla buca delle lettere, di fronte alla porta dei Blecher. Lo spioncino era cieco, i rumori della televisione davano a intendere che dentro continuava a regnare la normalità. Uscì nel cortile sul retro badando a dove metteva i piedi per non pestare qualcosa che potesse fare rumore. Nell'aria c'era odore di spazzatura. Aprì la porticina affacciata sul vicolo, saltò la recinzione alta mezzo metro che la separava dall'aperta campagna e una volta al riparo dagli sguardi, si sedette sull'erba per mettersi le scarpe. La bussola l'avrebbe aiutata a non perdersi, soprattutto nei primi chilometri che avrebbe percorso in campagna, evitando le strade per non destare sospetti. Osservò l'oscurità del bosco che si apriva davanti ai suoi occhi, prese fiato e mosse i primi passi verso la libertà, senza mai guardarsi indietro.

Nel corso della giornata, forti raffiche di vento avevano rasserenato quasi completamente il cielo, appena striato di nuvole frammentate e disperse. Tuttavia il buio era fitto, perché c'era la luna nuova. Era logico, immaginò, la data era stata fissata considerando quella variabile per nascondere meglio l'avvicinamento alla riva. Ogni tanto verificava la direzione sulla bussola, grazie alla piccola luce incorporata, che accendeva solo per un attimo, sotto il cappotto. Camminava in mezzo alla campagna o su stretti sentieri, concentrata per non sbagliare, finché non raggiunse una strada. Vide un cartello che indicava Rerik a cinque chilometri. Un po' più avanti partiva un viottolo che l'avrebbe portata direttamente alla spiaggia visitata giorni prima. Procedeva a passo leggero, con un'energia derivata dalla smania di riuscire. Nonostante ciò, si manteneva all'erta; l'ombra della paura la seguiva come uno spettro.

Il vento infuriava sempre più forte, e l'ululato violento che sbatteva i rami degli alberi, nel suo stato di apprensione, le parve un grigo di condanna, un'accusa di tradimento alla patria, come uno strano effetto collaterale dell'ideologia statale inoculata inevitabilmente nella sua coscienza.

Sentì dei latrati in lontananza e, spaventata, si fermò. Si stava avvicinando alla costa e doveva fare attenzione alle pattuglie di sorveglianza. Quando ebbe escluso il pericolo, si rimise in marcia. Finalmente raggiunse il luogo in cui avrebbe dovuto attendere; era arrivata in tempo. Si arrampicò sul promontorio che penetrava nel mare e si sedette sulle rocce, pronta ad aspettare. Era avvolta dal ruggito delle onde. Sentiva sul volto gli spruzzi. Si guardava intorno, attenta al minimo segnale. Per la prima mezz'ora non smise mai di fissare la superficie buia del mare, in attesa, inquieta. Cominciò a piovere. Si tirò su il cappuccio e si raggomitolò, le gambe piegate contro il petto, avvolte dalle braccia. Si muoveva avanti e indietro per placare la tensione. All'improvviso avvistò in lontananza una luce proveniente dal mare che illuminava la spiaggia e si avvicinava a lei. Era la motovedetta di sorveglianza che batteva la costa. Si rintanò tra le rocce per non farsi vedere. Udiva il motore della barca che si avvicinava a poco a poco, lentamente, in cerca di gente come lei, di delinquenti affamati di libertà. Il cuore le batteva forte nel petto. Si accucciò il più possibile quando vide che il fascio di luce stava per illuminarla. Chiuse gli occhi, attenta al motore, trattenendo il respiro. La motovedetta procedette e Bettina, recuperata la calma, si sedette nuovamente con gli occhi sul mare, sempre più ansiosa. La notte avanzava e non succedeva niente, passava il tempo, come se le sfuggisse dalle mani. Era trascorsa più di un'ora dall'orario stabilito. L'umidità le si infiltrava nelle ossa, tremava intirizzita. Cominciò a pensare di essersi sbagliata: forse non aveva interpretato nel modo corretto le frasi cifrate di Klaus. L'angoscia minò il suo ottimismo, nonostante i tentativi di mantenere la calma. Scrutò più volte il mare con ansia, finché si sentì persa e sprofondò il viso tra le ginocchia, sul punto di scoppiare a piangere, sentendo l'odore del giaccone inzuppato, cercando di contenere la sensazione di impotenza che le risaliva in gola. Quando si riprese e alzò nuovamente lo sguardo, intravide un'ombra nel mare, a cinquanta metri da lei. La sagoma scura si avvicinava con difficoltà, lottando contro le onde che la colpivano con forza. Bettina fece qualche passo in avanti e l'ombra alzò la mano per comunicarle che l'aveva individuata. Scese verso la riva e attese. Era molto agitata, si guardava intorno, temendo che qualcuno le intimasse di fermarsi, che un faro la illuminasse. Quando la sagoma scura giunse a pochi metri dalla riva, le fece segno di entrare nel mare. Bettina sentì le fredde acque del Baltico che le entravano negli stivali, le inzuppavano i pantaloni, bagnandola fino al petto e spruzzandole il volto, infradiciandole i capelli. Camminò evitando le onde fino a raggiungere la persona che era venuta a prenderla, un uomo vestito da sommozzatore, con il volto coperto da un paio di occhiali per la visione notturna. Era a bordo di una piccola piattaforma di gomma dotata di motore, alla quale era legata con una corda una ruota di gomma con due maniglie. Il rumore del mare era assordante, l'uomo le fece segno di aggrapparsi. Bettina si issò sulla ruota e alzò il pollice per comunicare al sommozzatore che era pronta. L'uomo accese il motore. Nei primi metri Bettina fu presa dal panico, perché quell'imbarcazione era un giocattolo tra le onde, il suo corpo saltava sopra le creste per poi ricadere in acqua. Sentiva il freddo e il sale in bocca; chiuse gli occhi per evitare che gli spruzzi le provocassero prurito, perché aveva le mani aggrappate alle maniglie, e sapeva che la sua vita dipendeva dallo sforzo di non lasciarle andare.

La situazione si fece più calma quando ebbero superato il frangente delle onde e si ritrovarono in mare aperto. Il sommozzatore era seduto sulla piattaforma davanti a lei e guidava il piccolo motore di spalle, mentre lei si sentiva scivolare sulla superficie del mare con le gambe immerse e il corpo sul grande salvagente di gomma. Il tragitto le parve interminabile, sentiva che le forze le venivano meno sebbene cercasse di costringersi a non mollare; era il suo unico pensiero, non mollare, ma la debolezza si stava impossessando dei suoi muscoli, sempre più intorpiditi dal freddo e dall'umidità. Stava per chiedere aiuto quando intravide un'imbarcazione a poca distanza. Era un piccolo motoscafo; si sentì sollevata all'idea di continuare la traversata fuori dalle acque fredde. Si avvicinarono lentamente, diminuendo la velocità e il rumore del motore. Sulla barca li attendeva un altro uomo, a volto scoperto, del quale riuscì a malapena a distinguere i tratti per via dell'oscurità. Quando l'uomo li vide, alzò il braccio per richiamare la loro attenzione. Nessuno parlò. Quando arrivarono accanto alla barca, il tipo a bordo afferrò Bettina per il braccio, ma lei tardò qualche secondo a mollare le maniglie, attanagliata dal timore di sprofondare, di perdere la sicurezza che le avevano dato. La aiutò a salire. Il sommozzatore la seguì. Le fecero segno di sedersi in fondo al motoscafo, mentre il sommozzatore legava la piattaforma che avevano usato per lasciare la spiaggia. Il motore ruggì nella notte e l'imbarcazione partì, ma dopo pochi metri si udì una sirena. Bettina vide con orrore una pattuglia della polizia che si stava avvicinando. Erano stati scoperti.

«Aggrappatevi forte e abbassatevi», disse l'uomo che aveva aiutato Bettina a salire.

A partire da quel momento presero velocità; sembrava che la barca non avrebbe resistito e che da un momento all'altro si sarebbero ribaltati. Il muso saliva a dismisura, per poi cadere sulla superficie del mare con un fragore secco, forte, inquietante. Bettina guardava indietro, verso la potente motovedetta della polizia costiera che si avvicinava pericolosamente. In mezzo al ruggito delle onde e del motore si udì una voce che attraverso un altoparlante intimava loro di fermarsi.

«Polizia. Fermi immediatamente l'imbarcazione o faremo fuoco. Fermi l'imbarcazione!»

«Fottetevi», sentì dire Bettina alle sue spalle, qualcuno che urlava: «Tenetevi forte!»

Le parole dell'uomo che maneggiava il motore diedero un momento di tregua alla paura paralizzante che la attanagliava. Si aggrappò ai bordi della barca e si accorse che la velocità aumentava ancora. Gli spruzzi del mare erano violenti, ma non le importava, non le importava di nulla tranne che di seminare quella maledetta imbarcazione.

Furono minuti di angoscia, di panico, con il motoscafo che planava sulla superficie del mare come se la sfiorasse appena, con colpi violenti che la frenavano per effetto delle onde. Quando arrivò a cento metri da loro, la motovedetta della polizia accese un potente riflettore che illuminò a giorno il mare. Bettina sollevò la testa, ma il sommozzatore, che era dietro di lei, la costrinse a chinarsi di nuovo. Non poteva evitare la paura e chiuse gli occhi, sentendo in tutto il corpo il tremito provocato dal motore della barca. Bettina si prefigurava il momento dell'arresto, il momento del silenzio, il momento terribile in cui quell'effimera libertà sarebbe finita. Udì una raffica di spari e Bettina fu sul punto di urlare, in preda al panico. All'improvviso una brusca virata la sbatté violentemente su un lato dello scafo. Il riflettore li illuminava solo ogni tanto, grazie alla perizia del guidatore, che zigzagava bruscamente con abilità straordinaria, sfuggendo alla luce. Quando la polizia si avvicinava troppo, il motoscafo, più piccolo e agile, dribblava e si allontanava. Ogni tanto risuonava una raffica di spari.

Bettina non riusciva a valutare da quanto durasse l'inseguimento, ma le parve un'eternità. All'improvviso udì la sirena lontana di un'imbarcazione e si accorse che il motore accelerava ulteriormente, oltre il limite. Sembrava che la struttura della barca si dovesse rompere in mille pezzi. La tensione era all'apice, finché all'improvviso il rumore calò, come se il motore diminuisse la potenza, senza fermarsi. Bettina si guardò intorno. Vide la motovedetta della polizia che riduceva la velocità, a una certa distanza da loro. Si fermò, e per qualche momento rimase lì, bloccata, finché si udì nuovamente il rumore del motore, il cambio di direzione e la marcia di allontanamento. Bettina guardò gli uomini alle sue spalle per capire che cosa stesse accadendo. Il sommozzatore si era tolto i grandi occhiali per la visione notturna, e aveva un sorriso di soddisfazione sul volto che gli illuminava gli occhi. La guardò, alzò la mano con il pollice sollevato.

«Benvenuta nella Repubblica Federale di Germania.»

Bettina lo guardò per qualche secondo, incredula.

«Siamo dall'altra parte?» chiese, sopraffatta dall'emozione.

«Per un pelo, ma sì», aggiunse quello che continuava a guidare il motoscafo, traboccante di gioia.

Bettina tremava, scossa dal freddo, dalla paura e dalla felicità che lottava per guadagnare terreno nella sua coscienza. Non poté evitare di scoppiare a piangere, l'emozione l'aveva sopraffatta, i vestiti zuppi le anchilosavano i muscoli. Il suo organismo cominciava a cedere alla febbre. Avvertiva un dolore diffuso, un malessere generale placato solo dall'euforia.

In silenzio, con il motore che procedeva tranquillamente, raggiunsero un piccolo porto. Quando mise piede sulla terra ferma, Bettina guardò i due uomini.

«Quindi sono libera? Sono libera, davvero?»

«Sei libera. Sei in un Paese libero.»

Bettina sorrise, piena di gratitudine. Continuò a guardare il mare che cominciava a schiarirsi, quel mare che le aveva permesso di raggiungere ciò che anelava da tanto tempo, il mare che finalmente l'aveva resa libera. Le lacrime le annebbiarono la vista. Aprì gli occhi irritati dal sale per mormorare, con un filo di voce: «Allora posso morire tranquilla».

Aveva il viso in fiamme, tremava in modo incontrollato, sentiva le gambe che cedevano e la testa che scoppiava: ebbe un capogiro, ondeggiò e svenne. Sbatté la testa a terra, provò un dolore intenso e tutto divenne silenzio, buio, calma immobile.

Con la libertà era arrivato il nulla, pensò prima di perdere conoscenza.

PARTE QUINTA

1

L'UFFICIO che era stato occupato per anni da Romualdo Sandoval aveva due pareti rivestite in legno, una solida libreria con i libri allineati alla perfezione, una vetrina con diversi trofei vinti dall'avvocato al Club de Campo in vari momenti della vita, nei campionati di equitazione, di tennis, nei tornei di carte. Altri li aveva vinti Daniel quando giocava nella squadra di hockey sul prato all'università. La finestra offriva una vista spettacolare sul verde Parque del Retiro. Il pavimento di parquet era in parte nascosto da un soffice tappeto dai colori vivaci che doña Sagrario aveva fatto arrivare dall'India. Sopra il tappeto, una scrivania coloniale con il piano coperto di pelle verde, una sedia da scrivania *capitonné* e due poltrone foderate della stessa pelle che copriva il tavolo. Due grandi ritratti, uno a mezzobusto di Franco, con l'uniforme da generale, e una con l'immagine del giovane Romualdo Sandoval in toga e tocco. Un mobile bar fornito di ogni genere di bevanda e una poltrona Chesterfield completavano l'arredamento di quell'ufficio imponente.

Klaus era da un pezzo in piedi accanto alla finestra, a guardare la strada senza vedere nulla, pensieroso. Si girò verso la scrivania e schiacciò nel posacenere il mozzicone. Prese il pacchetto ed estrasse l'ultima sigaretta: in poche ore lo aveva fumato tutto. In genere non fumava così tanto, aveva persino pensato di smettere, ma negli ultimi giorni stava esagerando, era l'unica cosa che gli distendeva i nervi, sopraffatto com'era dall'incertezza. Accartocciò il pacchetto vuoto e lo buttò nel cestino, sbagliando mira. Assorto rimase a fissarlo mentre giaceva per terra, sul tappeto. Aveva la sensazione di aver perso il controllo, come se tutto gli stesse sfuggendo dalle mani, e la cosa non gli piaceva.

Erano trascorse diverse settimane dalla telefonata inquietante di Tobías a casa di Elvira.

«È fuori», aveva udito Klaus quando aveva sollevato la cornetta, ma prima che le sue labbra potessero aprirsi in un sorriso di gioia, gli si congelò l'espressione sulla bocca. «Però c'è un problema.»

«Che problema?» aveva indagato Klaus, aggrottando le sopracciglia, allarmato. «Le è successo qualcosa?»

«Non lo so», aveva risposto Tobias seccamente.

«Come non lo sai? Che cosa è successo? Dov'è adesso? Mi hai detto che l'avresti portata a Parigi.»

«Il problema è proprio questo: non so dove sia. È sparita, svanita... non se n'è più saputo niente.»

Klaus era ammutolito, incapace di assimilare le parole di Tobías.

«Ma il tuo uomo l'ha fatta uscire, sì o no?»

«Sì, sono usciti, e sono arrivati al porto», disse con una sicurezza che non aveva. «Ma non sono più riuscito a mettermi in contatto con lui per sapere dove si trova e per avere conferma del trasferimento a Parigi. È svanito anche lui. Klaus, hanno scoperto tutto. Devo sparire... e tu dovresti fare lo stesso.»

«Non rompere i coglioni, Tobías. Finisci il lavoro o ti garantisco che non saprai dove nasconderti.»

«Klaus, ascoltami», gli intimò, con premura. «Non c'è tempo, stanno venendo a prenderci, e sai come agiscono.» Un silenzio inquietante attraversò la linea per qualche secondo. La voce di Tobías era più flebile, più bassa: «Klaus...» Deglutì, consapevole della reazione che avrebbero provocato le sue parole, ma ciò che stava per dire era l'unico motivo di quella telefonata, altrimenti si sarebbe limitato a sparire, come avevano fatto i suoi contatti. «Ho bisogno di soldi...»

«Per chi mi hai preso?» lo interruppe lui alzando la voce, sopraffatto dall'indignazione che gli sgorgava dalla bocca. «Vai a farti fottere, Tobías! Porta mia sorella in quel cazzo di appartamento a Parigi come eravamo d'accordo o scoprirari di che cosa sono capace.»

«Magari potessi, Klaus.» Il tono era così sincero che lui non poté evitare di rabbrividire. Si rese conto che Tobías aveva paura, che era terrorizzato. «La base di Parigi non c'è più. Ci sono entrati ieri... Meno male che non ero lì.»

«Dove sei?»

«Non importa», disse, deluso, consapevole che non avrebbe ottenuto altro denaro. Doveva concludere la telefonata. «Ho fatto tutto quello che potevo. Per la sicurezza di entrambi, non potrò più contattarti, capito? Dimenticami, cancellami dalla tua memoria...»

«Non puoi farmi questo, Tobías. Ti assicuro che ti troverò, fosse anche all'inferno, e che ti ucciderò con le mie mani.»

«Non dubito che lo faresti», aveva aggiunto l'altro, con amaro sarcasmo. «Mettiti in salvo, Klaus. Non dire che non ti ho avvisato.»

Non gli lasciò il tempo di replicare. Klaus aveva cercato di chiamare il numero dell'appartamento di Parigi, ma l'operatrice gli aveva detto che non corrispondeva a nessun abbonato. Sconvolto, aveva riattaccato, trattenendo l'ira che si stava impossessando di lui.

Era tornato al punto di partenza, se non peggio: non sapeva che fine avesse fatto Bettina. Qualcosa evidentemente era andato storto nell'operazione di fuga, qualcosa che Tobías non sapeva: magari Bettina era morta, o era stata scoperta o riportata nella DDR, in ogni caso una tragedia.

Quando era uscito dalla camera di Elvira, l'aveva sorpresa nel corridoio; lei si era raddrizzata, stando sulle spine. Gli occhi di Klaus lasciavano trapelare la sua aggressività.

«Non mi piace essere spiato...»

Lei lo aveva guardato, spaventata.

«Don Daniel, non crederà che io...»

Klaus l'aveva spinta con violenza contro la parete, tenendola per le spalle e guardandola con gli occhi iniettati di rabbia. Elvira era stata colta dal panico, non l'aveva mai visto così.

«Se qualcuno viene a sapere di queste telefonate...» La voce di Klaus sembrava uscita da una caverna. Era rimasto in silenzio per qualche secondo, furibondo. «La ammazzo. Stia certa che lo farò.»

Poi aveva lasciato la presa. Elvira si sentiva le gambe molli. Era rimasta in piedi solo grazie alla parete alla quale era appoggiata.

Parlò con voce tremante, spezzata, ridotta a un gemito.

«Non ha nulla da temere, signor Sandoval. Sarò una tomba.»

Quelle parole si erano rivoltate contro di lei come un boomerang, colpendola in fronte.

Klaus aveva preso aria per ricomporsi, si era sistemato la cravatta senza smettere di guardarla. Aveva sfogato parte della sua collera su di lei. Era consapevole che per quanto fosse stata attenta alla conversazione, la sollecita segretaria non aveva capito nulla, perché non sapeva una parola di tedesco. Ma doveva pretendere la sua discrezione sulle telefonate. A volte la paura era l'unico modo per ottenere il silenzio.

Da quel giorno, il timore di Elvira in sua presenza era diventato così evidente che tutti lo avevano notato. Quando lo vedeva, non poteva evitare che le tremassero le mani, balbettava, lo rifuggiva ogni volta che poteva, diversamente da quanto avrebbe fatto la segretaria efficiente e risoluta che era sempre stata.

Il giorno dopo la chiamata, si era verificato un evento luttuoso che aveva immerso lo studio in una strana sensazione di precarietà, indebolendo la solida base russa eretta abilmente da Rebeca Sharp. L'avvocato Mario Bielsa si era buttato dalla finestra di casa sua, al quinto piano, dove viveva con la moglie e sette figli. Aveva lasciato una lettera sul tavolo dell'ufficio, confessando che non riusciva a sopportare la pressione del ricatto al quale era sottoposto da oltre cinque anni. Nel suo ambiente, Bielsa era considerato un uomo dalla morale inattaccabile, marito e padre esemplare, patriota irreprensibile che vedeva il franchismo e il generale Franco come unico baluardo della Spagna contro la minaccia del comunismo e di tutte le sue derive machiavelliche, che puntavano ad annientare il benessere ottenuto dagli spagnoli avveduti per il loro popolo. La sua ideologia era quella. Oltre a lavorare come avvocato nello studio del cugino Romualdo, grazie ai suoi contatti influenti, aveva accesso all'ambasciata degli Stati Uniti. Questa prerogativa gli aveva procurato grandi conoscenze e indennità considerevoli, ma lo aveva anche fatto prendere di mira dal KGB. Uomo molto religioso, con una fede incrollabile, Mario Bielsa andava a messa ogni giorno, ma nascondeva una pecca, che lo rendeva vulnerabile: aveva una debolezza irrefrenabile per gli uomini, soprattutto se molto giovani. Il KGB ne era venuto a conoscenza e gli aveva legato le mani. Due ragazzi lo avevano adescato e attirato in un albergo alla periferia di Madrid. La notte sfrenata di orge, alcol e droghe era stata registrata, e in seguito Rebeca Sharp gli aveva mostrato il materiale, minacciando di denunciarlo se non si fosse prestato a collaborare con il KGB. Da allora in poi era cominciata la Via Crucis di Mario Bielsa come agente infiltrato nell'ambasciata degli Stati Uniti, per fornire informazioni segrete di vitale importanza ai russi. Ma l'uomo non aveva resistito: i suoi principi religiosi gli divoravano la sua coscienza al punto che non aveva esitato a togliersi di mezzo per evitare ulteriori danni al sistema statale che sosteneva ciecamente, e che tradiva ormai da troppo tempo.

Quando Klaus arrivò in studio, Rebeca Sharp si trovava nella sala attigua al suo ufficio con tre agenti che lavoravano per lei. Parlavano in russo. Dopo che Elvira le aveva consegnato il messaggio lasciato da Bielsa prima di buttarsi dalla finestra, era stata convocata una riunione urgente di tutti i membri della rete di spionaggio, alla quale aveva partecipato anche Klaus, per ricevere istruzioni precise sul comportamento da tenere nel caso si fosse presentata la polizia a indagare sulla morte dell'avvocato; in seguito c'erano stati altri incontri, ma Klaus non era stato invitato. Erano tutti in fibrillazione per il contenuto compromettente della lettera che Bielsa aveva lasciato sulla scrivania, ma anche perché non sapevano se si fosse portato nella tomba le notizie relative alla rete organizzata nello studio, o se, al contrario, avesse raccontato qualcosa a qualcuno, alla moglie o a un confessore (circostanza che Rebeca considerava molto probabile, soprattutto per un uomo così devoto). Correvano il rischio che la missione fosse scoperta. Klaus si sedette senza prestare troppa attenzione alle voci che udiva al di là della porta a vetri. Era più preoccupato per la sorte di Bettina e per la propria sicurezza. Tobías gli aveva assicurato che era stato scoperto, quindi era senz'altro in pericolo.

In realtà, più che il KGB, temeva la Stasi: doveva sapere se era pronta ad agire contro di lui, pur essendo un pezzo chiave per gli obiettivi dei russi, e quindi l'occasione per Markus e il partito di ottenere riconoscimenti. Si domandava fino a che punto i russi fossero disposti a prescindere dalla sua presenza per accontentare i tedeschi. Ricordava bene ciò che il compagno Markus aveva detto prima di farlo diventare Daniel Sandoval: «Ricordati sempre una cosa, il KGB è brutale, la Stasi è perfetta».

In ogni caso, per precauzione, aveva cambiato alcune sue abitudini. Ogni tanto pensava al fratello, ma non troppo. Tempo prima gli era giunta la notizia che Daniel era stato coinvolto in un'azione che gli era costata la vita, ma la fonte che gli aveva fatto pervenire la soffiata non era affidabile, quindi non aveva dato troppo credito alla voce. Cercava di togliersi l'immagine di Daniel dalla mente, doveva concentrarsi sul presente. Non aveva faticato a rispondere al nome di Daniel Sandoval, a familiarizzare con il suo ambiente; all'inizio si trovava in difficoltà quando incontrava persone sconosciute che si rivolgevano a lui come se fosse Daniel Sandoval, ma grazie all'addestramento ricevuto ne era uscito senza problemi. Li lasciava parlare e sorrideva, assentendo quando l'interlocutore si aspettava che lo facesse, o negando in caso contrario. Assecondare l'interlocutore era sempre molto utile: l'altro se ne andava contento e Klaus si levava dai pasticci.

Aprì il cassetto destro della scrivania con la chiave che portava sempre con sé. Ne estrasse la pistola che da tempo aveva portato fuori da casa, impensierito dalle pulizie compulsive della nuova domestica, e la mise sul tavolo. Da quel momento in poi l'avrebbe portata sempre con sé. Era spacciato, era solo questione di tempo, ma non aveva intenzione di mollare: non sarebbe morto senza difendersi.

2

QUANDO Klaus le disse che doveva andare a Barcellona per affari, una delle tante bugie, Sofía decise di cominciare le pulizie generali, approfittando dei giorni liberi per le vacanze di Pasqua. Le bambine erano andate alla villetta con la nonna Sagrario, dove si divertivano molto. Sagrario si occupava spesso di loro, alleggerendo il lavoro di Vito, che aveva spinto a prendere la patente, per poter andare a El Escorial nei fine settimana o nei periodi di vacanza con la Mercedes acquistata dopo la morte di don Romualdo. In quel modo Sagrario non doveva dipendere da Daniel o da Sofía, sempre occupati, per farsi accompagnare.

Sofía pensava di togliere la tappezzeria a fiori scelta dalla suocera, di rinnovare i mobili e le tende, di fare diversi cambiamenti in casa, a cominciare dalla camera matrimoniale. Aveva comunicato al marito le sue intenzioni, senza fornire troppi particolari, per vedere come avrebbe reagito, e la risposta era stata quella che sperava: «Fai come vuoi, di certo mi piacerà». Il marito accettava tutte le sue proposte senza discutere, con un sorriso gentile, bendisposto; la vita accanto a lui era semplice e piacevole. A poco a poco si era abituata ad alcune piccole cose che avevano accresciuto il suo amore per lui, gesti semplici, pieni di attenzione che la emozionavano, un «Ti amo» scritto sullo specchio del bagno, una carezza inattesa che le riscaldava l'anima, un abbraccio tenero e fermo che la rilassava quando tornava a casa esausta, un mazzo di rose rosse, le sue preferite, senza bisogno di una ricorrenza, solo per festeggiare la loro vita insieme; pur facendo fatica, si alzava presto solo per fare colazione con lei, la aiutava ad apparecchiare mentre lei preparava la colazione, la ascoltava mentre gli parlava della sua giornata... Da quando gli aveva rinfacciato che non si interessava alle sue cose, Sofía aveva notato che il marito si sforzava di fare domande, di capire il suo lavoro e le sue ricerche, e che prestava attenzione alle sue spiegazioni, con un entusiasmo che rallegrava Sofía; lei raccontava tutto con la fretta del mattino, che la costringeva a parlare rapidamente, in modo precipitoso, come se si fossero scambiati i ruoli, perché ormai era lei quella con i minuti contati. Di sera, invece, era tutto più calmo. Quando tornava a casa, le bambine in genere dormivano già, e loro due si sedevano a tavola da soli, o uscivano a cena, per spezzare la monotonia. Quando Sofía gli descriveva le sue ricerche, Daniel manifestava il suo amore per la scienza; sarebbe stato tutto diverso se avesse potuto studiare fisica come avrebbe voluto.

Non andavano quasi mai a El Escorial, perché Sofía non ne aveva voglia. Quando restavano a Madrid, ne approfittavano per andare al cinema, a teatro o a fare una passeggiata. Non frequentavano molte persone, perché Klaus era sempre stato restio: preferiva stare da solo con lei, e Sofía si era rassegnata. Le piaceva quel Daniel più intimo, più attento alla vita di coppia, quando il tempo glielo permetteva. Ormai aveva fugato i suoi dubbi, e si sentiva profondamente innamorata di quell'uomo, capace di cambiare completamente per adattarsi al suo ritmo.

Klaus sapeva come comportarsi con lei per superare le difficoltà e fugare i suoi dubbi. Amava sentirla raccontare, piena di entusiasmo, i passi avanti nel campo della biologia molecolare, la speranza di trovare nuove leggi che spiegassero la conservazione e la trasmissione del corredo genetico, le informazioni necessarie per curare alcune malattie prima che si manifestino.

Quando la casa rimase vuota, con l'aiuto di Catalina, la domestica esterna, Sofía cominciò la ristrutturazione della sua stanza. Aveva affittato un magazzino per l'arredamento, in attesa di decidere che cosa farne. Troppo prezioso, troppo classico, di legni pregiati, con dorature esagerate. Voleva fare una sorpresa a Daniel, e aveva comprato dei mobili completamente diversi, più moderni, dalle linee semplici, asciutte, più alla moda.

I traslocatori arrivarono puntuali e cominciarono subito a smontare il letto con la testata di legno scolpita coordinata alla pediera, talmente pesante da farli sudare. Poi imballarono i comodini, l'enorme specchio con la cornice intagliata. Per muovere il comò ci volevano due uomini, e quando lo scostarono dalla parete, qualcosa cadde a terra. Uno dei traslocatori raccolse l'oggetto e fece un cenno a Sofía, impegnata a controllare che i mobili non si rovinassero.

«Signora, questo dove lo metto?»

«Cos'è?»

«Una cassetta, era qua dietro. Sarà caduta, ed è rimasta lì. Non immagina quante cose perse e dimenticate da anni si trovano durante i traslochi.»

Sofía prese in mano il nastro. Aveva un'etichetta con la scritta: «Sf-Parigi-68». La stupì. Da sempre si occupava lei di cassette e dischi, ma non ricordava quel nastro. Lo mise in tasca e continuò a supervisionare gli spostamenti. A metà mattina il trasloco era completato, e gli imbianchini stavano cominciando a togliere la tappezzeria. Sofía si fece un caffè e andò in salotto, curiosa di sapere che musica fosse registrata sulla cassetta. La mise nello stereo, premette play e si sedette con i piedi sul tavolino, per bere in pace il suo caffè. All'inizio non riconobbe la propria voce; identificò per prima quella di Monique. Turbata, si tirò su, attenta alla conversazione nota, benché quasi dimenticata. Si avvicinò allo stereo che diffondeva le voci, le domande di Monique, le sue risposte, i discorsi a proposito della filosofia. Non riusciva a credere alle sue orecchie; il suono non era pulito, ma si capiva tutto. Si domandò chi avesse registrato quella conversazione; pensò subito a Monique come unica possibilità, ma perché avrebbe dovuto farlo? E perché il nastro era a casa sua, nascosto dietro il comò? Cominciò a sentire i gemiti, il silenzio delle carezze, i sussurri. Abbassò il volume, frastornata. Si sentì oltraggiata, violentata nella sua intimità. Fu tentata di spegnere lo stereo, ma non lo fece. Era all'erta, nel caso fosse entrato qualcuno, ma Catalina stava lavorando in cucina e gli imbianchini in camera. Il cuore le batteva forte al ricordo, aveva la pelle d'oca, i brividi. Alla fine premette STOP ed estrasse la cassetta. Guardò la scritta. Le sembrava la calligrafia di Daniel, ma non ne era sicura. Un cumulo di domande le invasero la mente: sospettava un tradimento da parte di Monique. Con la cassetta in mano, andò a cercare il libro di Simone de Beauvoir. Non aveva mantenuto la promessa di leggerlo e amarlo. Tra le pagine conservava il numero di casa di Patricia e

Monique. Poteva essere stata soltanto lei, perché quella notte erano da sole, ed evidentemente aveva avuto qualche ragione per registrare la conversazione. Sofía doveva sapere quale fosse, e anche come il nastro fosse finito dietro il comò della sua camera.

Si sedette sulla poltrona, alzò la cornetta, richiese la chiamata e attese, con lo sguardo fisso sulla cassetta che aveva in mano, come se potesse rivelarle la ragione della sua esistenza. Quando udì il segnale, prese fiato, aprendo i polmoni per calmare i nervi.

«*Allô?*»

Quando udì la voce di Monique, Sofía chiuse gli occhi, ancora imbarazzata da ciò che aveva appena udito. Serrò le labbra.

«*Allô?*» insistette Monique, all'altro capo della linea.

«Ciao, Monique, sono Sofía Márquez», disse, con un filo di voce.

«Sofía, che sorpresa!» Il suo tono era allegro, il suo accento inconfondibile. «Quanto tempo... Come stai?»

«Bene, bene... E tu?»

«Molto bene», rispose, evidentemente euforica. «Sono contenta, insegno filosofia in una scuola, ai bambini dai dieci ai dodici anni.»

«Che bello, è quello che volevi.»

«Sì, mi piace molto. E tu? Che hai combinato in questi sei anni? Ho saputo da mia madre che hai fatto il dottorato.»

«È vero. Dopo Parigi, la mia vita è cambiata completamente. Adesso lavoro in un laboratorio.»

«Wow, che bello, sono contenta per te! Il tuo talento non poteva restare confinato tra le pareti di casa tua. Sarebbe stato un peccato.»

«Sì, be', Daniel è molto cambiato, e anche tutto il resto. Sono contenta di quello che faccio.»

Sofía tacque per qualche secondo che le sembrò un'eternità.

Monique interruppe il silenzio.

«Ma dimmi, *mon amour*, come mai mi hai chiamata? Non mi dire che sei a Parigi, perché svengo seduta stante.» Era entusiasta.

«No...» si affrettò a negare Sofía. «Ti chiamo da Madrid.»

«Peccato, mi piacerebbe rivederti.»

Sofía si rese conto che non sapeva come affrontare l'argomento.

«Monique, senti...» Tacque per un momento, cercando le parole giuste per non risultare troppo brusca.

Di fronte al suo timore, Monique reagì.

«Che succede, Sofía? Sai che con me puoi parlare senza problemi.»

Lei prese fiato prima di proseguire.

«Monique, ho trovato una cassetta in cui è stato registrato tutto quello che ci siamo dette... quello che abbiamo fatto, tutto.»

Il silenzio spalancò un vuoto. Sofía aveva le vertigini.

«Che cosa intendi?» La domanda di Monique lasciava trasparire la sua contrarietà.

Sofía decise di andare dritta al punto. Dopo il primo imbarazzo, si ripresentarono la rabbia e la ragione per la quale aveva fatto quella telefonata, cioè ottenere una spiegazione che placasse la sensazione di essere stata oltraggiata.

«Perché hai registrato l'incontro, Monique? E soprattutto, perché la cassetta è qui, a casa mia? Evidentemente l'hai mandata a mio marito. Che cosa avevi in mente?»

«Io non ho registrato nessuna conversazione, Sofía.» La voce di Monique era grave, ferita. «E mi dispiace che tu mi creda capace di una cosa del genere.»

«Allora chi è stato?» domandò Sofía, disperata.

«Non ne ho idea», rispose Monique, con freddezza. «Posso solo dirti che un paio di anni fa abbiamo avuto un guasto, e che l'elettricista ha scoperto dei microfoni in tutte le prese della casa, compresa camera mia. Non mi domandare come sia possibile, perché ancora non lo sappiamo. Abbiamo sporto denuncia alla polizia. Mia madre ricorda alcuni operai che sono passati da casa nei giorni in cui eri qui, per via di un problema alla rete elettrica. Hanno perquisito tutto l'edificio e hanno trovato un collegamento dal nostro appartamento a una mansarda dell'immobile accanto. Di sicuro la registrazione è stata fatta da lì, ma non ci sono indizi su chi possa essere stato, e meno che mai per quale ragione.»

«Ma perché, per quale motivo?»

«Ti ripeto che non lo so», rispose Monique, in tono secco, distaccato. «La polizia crede che possa essersi trattato di un errore. È possibile che ci abbiano confuse con qualche elemento pericoloso attivo in quel periodo, e che abbiano spiato le nostre conversazioni per questo. È tutto quello che posso dirti.»

«Ma perché è qui, a casa mia?»

«Non ne ho idea. Se credi che qualcuno l'abbia mandata a tuo marito, chiedi a lui, magari sa dirti chi lo ha fatto e per quale motivo.»

«Non posso farlo.»

Il silenzio che seguì aumentò il distacco. La piacevole sorpresa iniziale di Monique si era trasformata in delusione, si capiva dal tono.

«Allora ti terrai il dubbio, perché io non posso aiutarti. Quando sei stata qui, eri nostra ospite. Credo di essermi comportata bene con te, sono stata leale. Non merito una cosa del genere, Sofía. Non la merito proprio.»

Le parole che le uscivano di bocca erano come schiaffi.

«Sì, Monique... Io... Mi dispiace...»

«Fa lo stesso, sono contenta di sapere che stai bene...»

Sofía attaccò con la sensazione di avere conficcato un pugnale nel petto di Monique. Ma la cassetta la riportò alla realtà.

Decise di metterla via e di non chiedere niente a Daniel. Avrebbe osservato la sua reazione quando fosse rientrato e avesse visto che il comò della camera era stato sostituito. Se lui non avesse detto niente, lei non avrebbe parlato. Avrebbe fatto finta di niente, per restituire all'oblio l'errore di quella dolce notte parigina.

3

Klaus raggiunse in aereo Barcellona e da lì prese un volo per Parigi. In un tentativo di depistare la probabile sorveglianza, usò un passaporto falso, con un'identità francese. Atterrò a Parigi e prese un taxi fino al numero 12 di avenue de Villiers. Scese e osservò il palazzo dal marciapiede di fronte. Alzò lo sguardo sul balcone dell'ultimo piano. Le luci erano spente. Si tirò su, come per darsi coraggio, attraversò la strada, entrò nel portone, salì le scale lentamente, con cautela, come se ogni passo lo portasse più vicino a un pericolo incombente, noto, ineludibile. Quando fu sul pianerottolo rimase in ascolto dei suoni provenienti dall'appartamento. Non udì nulla, solo il suo respiro e il rimbombo del suo cuore. Estrasse la chiave dalla tasca e, silenziosamente, la introdusse nella serratura. La porta si aprì con un leggero cigolio. Klaus si portò le mani al costato e tirò fuori la pistola, impugnandola saldamente. Rimase per qualche istante sulla soglia, a osservare l'interno immerso nella penombra. Misurava ogni movimento, attento a tutte le possibili minacce. Senza accendere la luce, in attesa che i suoi occhi si adattassero alla penombra che avvolgeva la stanza illuminata dalla luce che filtrava dalle finestre, avanzò piano verso l'interno. Era tutto sottosopra, come se fosse passato un uragano. Klaus camminava con circospezione, badando a dove metteva i piedi, il braccio con la pistola alzato e l'altra mano che reggeva il polso per mantenerlo fermo nel caso avesse dovuto sparare, difendersi, pensava, lottare per la propria vita. Era da tempo che non lo faceva; sapeva che un'arma non usata poteva rivoltarsi contro chi la impugnava, e quella consapevolezza lo rendeva nervoso.

In circostanze del genere, la linea che separa la vita dalla morte si riduce a qualche decimo di secondo: se fosse stato veloce, l'avrebbe scampata, in caso contrario, il morto sarebbe stato lui. Quando fu certo di essere solo, abbassò il braccio, continuando a impugnare la pistola. Cercò nella confusione di oggetti buttati a terra. Si sedette sulla poltrona dove aveva parlato con il gemello Daniel. All'improvviso si sentì esausto, sconfitto, colpevole. Forse entrambi i suoi fratelli erano morti, per colpa sua; in un modo o nell'altro, le loro vite erano dipese da lui, che li aveva distrutti tutti e due, come aveva fatto con la figlia e con Hanna, la donna che aveva amato più di ogni cosa, incitandola a intraprendere un'avventura troppo rischiosa. Nel silenzio, rivolse gli occhi alla finestra, al proprio riflesso nel vetro, il riflesso di un uomo abbattuto. La situazione si era complicata. Klaus sapeva che presto o tardi la vita tranquilla a Madrid sarebbe finita, e che lui sarebbe dovuto tornare al suo mondo, al mondo al quale apparteneva, ormai vuoto, senza nessuno che aspettava il suo ritorno, nessuno da abbracciare, perché aveva fatto piazza pulita di tutti. Faticava a riconoscerlo, ma in fondo desiderava che Daniel fosse morto: magari avesse potuto occupare per sempre il posto del fratello, cullato dalla placidità di Sofía, dalle risate delle bambine, dalla serenità di una vita normale. Ma c'era un'ombra che incombeva sulla sua coscienza, aveva troppi rimorsi per condurre un'esistenza comune.

Scorse nel vetro il riflesso di una figura che si avvicinava silenziosa alle sue spalle e si allarmò. Con un balzo, si alzò e puntò la pistola contro l'intruso.

«Tranquillo...» disse una voce di donna prima che i nervi gli facessero commettere un errore. «Sono io.»

«Che cosa ci fai qui?»

«Ero sicura che presto o tardi saresti tornato.»

Klaus abbassò il braccio e smise di puntare l'arma contro la donna.

Christa Martel era la direttrice dell'hotel dove lavoravano diversi agenti legati alla Stasi e dove, anni prima, aveva alloggiato Klaus durante la sua visita a Parigi.

«Come hai saputo che ero qui?»

Lei sorrise, maliziosa.

«Dai, Klaus, non essere ingenuo...» sorrise. «È facile seguire le tue tracce. Non hai certo dimenticato che sappiamo tutto di tutti, anche tra noi.» Si avvicinò lentamente, gli passò una mano sul mento e si soffermò sulle labbra, con un sorriso provocante. «Mi sei mancato molto.» Tacque, aspettando una parola gentile da Klaus, ma lui si limitò a guardarla, in attesa. «Vengo qui ogni tanto per ricordare i vecchi tempi.» Rivolse lo sguardo in direzione della camera da letto.

«Dov'è Tobías?» domandò lui, freddamente.

Martel impiegò qualche secondo a rispondere. Abbassò la mano e cambiò posizione, mutando espressione.

«È stata un'idiozia pensare di poterne uscire indenni.»

«Dov'è?» insistette.

«Non lo so.»

Le strinse con forza il braccio e la scosse bruscamente.

«Dimmi dov'è o...»

«O che cosa?» lo interruppe lei, sfidandolo. «Mi uccidi?» Rimasero in silenzio a guardarsi. La donna addolcì l'espressione e parlò a voce bassa, triste. «Credevo che provassi qualcosa per me.»

Klaus lasciò la presa e infilò l'arma nella cintura.

«Non ti ho mai fatto promesse.»

«Non mi dire che sei innamorato della tua cara cognata...»

Klaus si girò e sorrise con sarcasmo.

«Mi deludi, Christa. Pensavo che mi conoscessi meglio.»

La donna si mosse, in preda a una rabbia incontenibile.

«Forse sei tu che non ti conosci abbastanza. Sei troppo volubile.»

«Volubile tanto quanto te. In questo non siamo molto diversi.»

Christa abbozzò una smorfia disincantata.

«Io ti ho sempre amato, Klaus. Saremmo stati bene, insieme.»

Non poté evitare di guardarla con un accenno di tenerezza. Quando era finita in prigione, con l'accusa di avere aiutato un'amica a fuggire, era molto giovane. Era stata giudicata colpevole perché conosceva le intenzioni della sua migliore amica, e non l'aveva denunciata... L'aveva pagata cara. L'amica era passata nella zona occidentale e si era dimenticata di lei, aveva sposato un bravo ragazzo, aveva formato una famiglia, aveva trovato lavoro all'università, era felice, mentre lei rischiava la pelle per un sistema nel quale non credeva, non aveva una propria vita, costantemente all'erta, sempre all'insegna della paura. L'unico uomo che aveva amato era stato Klaus, che non l'aveva mai corrisposta; erano andati a letto insieme, si erano divertiti, ma per Klaus quella relazione era sempre stata occasionale, strettamente fisica, di poco conto.

Klaus addolcì il tono. Non poteva permettersi di consolare un amore frustrato.

«Christa, dimmi dov'è Tobías. Ho bisogno di parlargli.»

«Perché dovrei aiutarti?» chiese lei, guardandolo negli occhi. «Sarebbe un rischio.»

«Non lo saprà nessuno.»

Christa sorrise, ironica.

«Sei sempre stato ingenuo, è per questo che mi piaci così tanto.»

Klaus si avvicinò e la baciò. Sentì l'umidità della sua bocca, acre, fredda. Quando scostò le labbra, Christa rimase immobile, con gli occhi chiusi, in attesa. Li aprì e lo guardò con un lieve sorriso.

«Sei un bastardo...» Si raddrizzò per cancellare la posizione sottomessa che aveva adottato. Lo guardò con una smorfia. «È all'hotel, vuole lasciare Parigi. Lo cercano, Klaus. E cercano anche te.» Guardò per un attimo l'ingresso. «Non tarderanno. Devi andartene.»

Klaus si diresse verso la porta, senza dire niente.

Uscì dall'appartamento e si accinse a scendere, ma vide qualcuno che stava salendo, e si fermò. Si affacciò sulla tromba delle scale per capire chi fosse. Stavano arrivando due uomini. Alzò lo sguardo e scorse Christa, che lo guardava con le lacrime agli occhi.

«Mi dispiace», gli mormorò dal pianerottolo.

Klaus risalì e, passandole davanti, la apostrofò con rabbia, sottovoce: «Figlia di puttana.»

Proseguì verso il tetto, ma gli inseguitori erano molto più agili e veloci. Uno riuscì a raggiungerlo sul terrazzo e lo placcò, cadendo a terra insieme a lui. Rotolarono, avvinti in una lotta a corpo a corpo. Klaus perse la pistola. Fece a pugni con l'uomo, mentre l'altro aspettava di averlo sotto tiro per sparare. Non c'era luce, e temeva di fallire. Si sentì una detonazione e un proiettile che rimbalzò sul cemento e si conficcò nella gamba dell'uomo che stava lottando con Klaus. Quando il ferito mollò la presa, Klaus ne approfittò per avventarsi sull'uomo ancora in piedi. Lo atterrò. Prese il revolver che l'aggressore aveva perso e gli sparò in fronte. Poi si voltò verso il primo, ferito, proprio mentre lui stava premendo il grilletto della Tokarev di Klaus, recuperata da terra. Al posto dello sparo che l'avrebbe ucciso, udì un leggero clic. Con la confusione riflessa sul volto, l'agente ci riprovò, premette di nuovo il grilletto, ma il colpo non partì. Klaus alzò la mano sostenendo con forza l'arma e la puntò sull'uomo che, rassegnato, si trascinava all'indietro con espressione terrorizzata. Il proiettile lo colpì in piena fronte e il sangue spruzzò la pavimentazione grigia del terrazzo. Klaus rimase fermo per un momento, a guardare i due cadaveri. Pensò che se non avesse perso il revolver, a quel punto sarebbe stato morto. Senza mollare l'arma che invece di ucciderlo gli aveva salvato la vita, si girò e vide Christa che gli puntava addosso una piccola Colt.

«Sei finito, Klaus Zaisser, finito per sempre.»

Sebbene sostenesse l'arma con due mani, Klaus si rese conto che tremava. Agitò la testa, a destra e a sinistra.

«Non sei capace di farlo», le disse Klaus, con certezza assoluta. «Non sei come loro.»

Christa rabbrividì. Una parte di lei lottava per sparare: voleva premere il dito su quel maledetto grilletto, consapevole che, se non l'avesse fatto, Klaus Zaisser sarebbe riuscito a scappare, con gravi conseguenze per lei. Tutti conoscevano la sua debolezza, quella passione troppo evidente, quei sentimenti proibiti tra gli agenti in missione all'estero, perché l'infatuazione li induceva ad abbassare la guardia. Fissava gli occhi chiari che aveva amato dalla prima volta che li aveva visti, pur sapendo che il ricordo di Hanna le avrebbe precluso per sempre il cuore dell'uomo che ora teneva sotto tiro, impermeabile a qualunque altro amore.

«E tu? Come sei?»

«Molto peggiore.»

Klaus alzò la pistola e sparò a Christa, mirando al cuore. Il suono dell'esplosione rimbombò sui terrazzi di una Parigi addormentata, facendo fuggire uno stormo di uccelli, che si alzò in volo allontanandosi da quel luogo di morte.

Christa rimase sospesa per un momento, il volto sgomento, mentre realizzava l'imminenza della propria morte.

«Klaus...» mormorò con il volto pieno di dolore. Poi si piegò come un giunco, e crollò a terra.

Klaus la guardò per un attimo, ma fu costretto a reagire prontamente quando udì dei passi che salivano le scale.

Saltò sul palazzo adiacente, poi si infilò in un abbaino e raggiunse la scala. Scese di corsa, fino al portone. Si affacciò per controllare che la via fosse libera. Vide un uomo, di spalle. Si avviò nella direzione opposta, in fretta, senza guardare indietro, fino a raggiungere l'ingresso della metropolitana, dove sparì, inghiottito dalle viscere della terra, sempre a passo svelto, in costante stato d'allerta, attento a ogni movimento, palpando la pistola infilata nella cintura, nascosta, per accertarsi che fosse ancora lì, al sicuro, la mano tesa nel caso avesse dovuto usarla. Guardava i passanti in cerca di individui sospetti, inseguitori pronti a eliminarlo.

Andò direttamente all'albergo di rue de Condé. Se Tobías non era nell'appartamento di Villers, doveva essersi nascosto nella stanza 220. Non entrò dalla hall, ma dal vicolo di servizio. Passò dalle cucine, che in quel momento erano vuote, con l'eccezione di una donna che stava pulendo i fornelli. Non gli disse niente, si limitò a guardarlo e proseguì nel suo lavoro. Klaus salì al secondo piano, dove pensava di trovare il danese. Bussò alla porta.

«Tobías, aprimi, sono io.»

Non ebbe risposta. La porta era chiusa a chiave. Estrasse il grimaldello che portava sempre con sé all'interno di un piccolo coltello, lo introdusse nella serratura e lo fece ruotare finché non udì uno scatto. La stanza era vuota, ma qualcuno era stato costretto a lasciarla in fretta e furia: il letto disfatto, le porte dell'armadio spalancate, senza vestiti, solo una cravatta a terra, dimenticata, il posacenere colmo di mozziconi e un pacchetto vuoto di sigarette svedesi. Tobías era passato senz'altro da lì, ma quella certezza non gli era di aiuto. Con il danese era scomparsa qualunque indicazione sul luogo in cui si trovava sua sorella, ogni indizio che avrebbe potuto portarlo da lei. Udì dei rumori per le scale. Lasciò la camera e uscì verso il cortile interno da una finestra. Si calò lungo le grondaie fino a terra, e scavalcando un'altra finestra si trovò in un magazzino che si affacciava sul vicolo. Doveva abbandonare Parigi immediatamente. A Madrid sarebbe stato al sicuro, almeno per il momento. Lì avrebbe pensato al da farsi.

4

Era arrivato per un pelo alla stazione di Austerlitz, appena in tempo per prendere il Rapide La Puerta del Sol per Madrid. Nonostante il vagone letto, non dormì per tutta la notte, attento a ogni movimento insolito sul treno. Arrivò nella capitale spagnola alle otto del mattino, sfinito e dolorante. Prese un taxi e si presentò a casa, pensando che Sofía fosse in laboratorio. Non ricordava che aveva preso una settimana di vacanza. Si sorprese vedendo gli imbianchini che stavano terminando il lavoro.

«Non ti aspettavo fino a domani», gli disse Sofía, stupita, quando lo vide entrare.

«Ho finito prima», rispose, guardandosi intorno: odore di pittura, pavimenti coperti di carta, imbianchini che finivano il lavoro nella stanza delle bambine. Aggrottò le sopracciglia. «Che cosa stai facendo?»

«Faccio tinteggiare, te l'avevo detto. E cambio qualche mobile», disse proprio nel momento in cui entrarono nella camera matrimoniale, svuotata.

«E i mobili?» domandò Klaus, cercando di mantenere la calma.

«In un magazzino, finché tu e Sagrario non avrete deciso che farne.»

«Perché Sagrario?» domandò Klaus, stupito.

«Perché i mobili li ha comprati tua madre quando ci siamo sposati, li ha scelti lei, ricordi? A me non sono mai piaciuti, immagino che lo sapessi.»

Klaus guardò Sofía per capire se aveva trovato la cassetta, ma non notò niente di strano. In ogni caso, aveva ben altro a cui pensare.

«Vado in studio. Ho una faccenda da sbrigare», disse senza guardarla.

Sofía era restia a incrociare il suo sguardo, temendo di scorgervi la prova della sua vergogna. Da tempo aveva allontanato dalla sua mente lo scivolone con Monique. Dopo la chiamata a Parigi aveva elucubrato molto sulla ragione per la quale Daniel aveva tenuto nascosta quella cassetta, chiedendosi come poteva essere arrivata nelle sue mani. Si sentiva svenire al pensiero che l'avesse ascoltata. Doveva averlo fatto, si tormentava, doveva averla ascoltata, aveva sentito senz'altro i gemiti di piacere sfrenato; il nastro era nascosto dietro il comò perché lui aveva voluto conservarlo. Ma perché non le aveva detto niente, perché non le aveva rinfacciato l'episodio, perché non l'aveva accusata per la sua infedeltà, che ragione aveva di tacere su una cosa così sleale? Forse non aveva sofferto più di tanto perché l'aveva tradito con una donna, gli uomini sono strani in queste cose, meditò, possono perfino pensare che non ci sia concorrenza, anzi, forse a Daniel era servito, suo malgrado, a nutrire le fantasie, la visione di due donne che si amano, nude, che leccano ogni angolo dei rispettivi corpi sotto lo sguardo lubrico dell'uomo. Era possibile, probabile, a suo parere, forse la focosità mostrata dopo il ritorno da Parigi derivava proprio da quella fantasia, alimentata dalla sua mente. Visto il tempo trascorso e l'atteggiamento di Daniel, non poteva escluderlo.

Lo accompagnò alla porta in silenzio. Lo vedeva inquieto, magari sapeva di essere stato scoperto. Nessuno dei due guardò l'altro negli occhi, che riflettevano le rispettive paure.

Sebbene fosse il mercoledì prima di Pasqua, nello studio c'era movimento, e Klaus sapeva che era dovuto in gran parte alla morte di Mario Bielsa. Continuavano le riunioni a porte chiuse, i passaggi di individui noti e sconosciuti, che entravano, si appartavano con Rebeca Sharp per qualche minuto, pronti a ricevere ordini e indicazioni, per poi uscire e scomparire. Si respiravano tensione e inquietudine, soprattutto tra gli avvocati e i praticanti che lavoravano come agenti del KGB. Klaus era consapevole che la morte di Bielsa gli avrebbe dato un attimo di respiro, perché sviava l'attenzione che altrimenti sarebbe ricaduta su di lui, bersagliato dalla Stasi. Voleva pensare che il KGB non avrebbe acconsentito a eliminarlo per questioni legate unicamente alla Stasi, perdendo lo studio, una copertura perfetta per i servizi segreti russi, che garantiva loro una buona base.

Elvira era al suo posto. Si stupì, perché neanche lei si aspettava di vederlo prima delle vacanze.

«Qualche telefonata importante?» domandò Klaus, senza fermarsi.

«No, signor Sandoval», rispose la segretaria, immobile, tesa, distaccata come sempre dopo lo spiacevole alterco a casa sua. «Solo posta. È sul suo tavolo.»

Klaus si chiuse nella sua stanza, dove aveva la strana sensazione di essere protetto, pur sapendo che non era così.

Accese una sigaretta e si abbandonò sulla poltrona, turbato dall'impotenza in cui si dibatteva. Era confinato in una Madrid confortevole, mentre sua sorella poteva essere in pericolo, o peggio, morta in fondo al Mar Baltico. Un brivido lo costrinse a raddrizzarsi. Mise i gomiti sulla scrivania e si passò le mani sul volto, a testa bassa, come se volesse nascondersi da una realtà che lo spaventava.

Qualcuno bussò alla porta e lo strappò bruscamente alle sue elucubrazioni.

«Avanti.» Klaus si sistemò i capelli con entrambe le mani, cercando di ritrovare il controllo.

Rebeca Sharp entrò senza dire niente, come faceva sempre, e sbatté la porta. Si avvicinò piano, con passo cadenzato, come se portasse un annuncio. A quel punto si conoscevano troppo bene e sapevano quando stare all'erta. Klaus non smise di osservarla dall'altra parte della scrivania, sentendo il rumore dei suoi tacchi finché non raggiunse il tappeto. Aveva un giornale in mano.

«L'ho interrotta?» domandò quando gli fu davanti.

Klaus fece un lieve cenno di no col capo e schiacciò una sigaretta nel posacenere. Poi incrociò le mani.

Rebeca gli buttò il giornale sul mobile.

«Credo che possa interessarle», aggiunse con arroganza.

Era *Le Figaro*, aperto e piegato. Klaus non lo toccò, come se temesse di restare impregnato di veleno. Abbassò lo sguardo per dare una rapida occhiata, abbastanza da leggere il titolo: «Rinvenuto il cadavere di un uomo nella Senna». Alzò subito lo sguardo verso di lei.

«Perché dovrebbe interessarmi?» domandò, con una smorfia ironica. «Non credo che il ritrovamento di un morto nella Senna sia una notizia di rilievo.»

Rebeca lo guardò con un sorriso sardonico. Dondolò con un'arroganza che disturbò Klaus, senza mai smettere di guardarlo. Si appoggiò sul tavolo protendendosi in avanti, per avvicinarsi a lui. La sua camicia si aprì in una profonda scollatura. Klaus non poté evitare di guardare, anche solo per un momento. Rebeca non si scompose, mise l'indice destro sul giornale e batté diverse volte sul mobile.

«Era un traditore...» commentò, senza spostare gli occhi da Klaus. Dilatò le narici come se odorasse l'aria. «E i traditori puzzano...»

Klaus rimase impassibile e sostenne il suo sguardo di sfida, in silenzio. Dopo qualche secondo, lei si rialzò, serrò le labbra piegate in un sorriso malvagio, e trapassò Klaus con i suoi occhi neri affilati come coltelli.

«Legga la notizia con molta attenzione... Klaus Zaisser», proseguì aprendo le labbra rosse, carnose, e scoprendo i denti perfetti. «E ne tragga le conseguenze.»

«È una minaccia?»

«È un dato di fatto», chiarì lei, con fermezza. Si girò e uscì dalla stanza, sbattendo la porta.

Klaus rimase da solo, a fissare la porta chiusa, turbato. Non lo aveva mai chiamato con il suo vero nome. La cosa lo inquietò. Non sapeva da quanto ne fosse a conoscenza. Lei naturalmente non era Rebeca Sharp, ma nonostante il lungo lavoro gomito a gomito nello studio, quella donna continuava a essere un mistero, come era logico che fosse. Era brava, il suo lavoro per il KGB era impeccabile, il suo curriculum era senza macchia. Tutti gli agenti erano stati assegnati alle diverse missioni con successo, senza sollevare sospetti e mantenendo intatto il prestigio dello studio. La sua abilità nel ricattare senza far capire alla vittima la provenienza delle pressioni che subiva era ammirevole, perfetta e priva di scrupoli. Per cinque anni Mario Bielsa si era prestato con una docilità encomiabile a fornire informazioni preziose provenienti dall'ambasciata degli Stati Uniti, da trasferire al governo russo. Klaus non aveva mai saputo quale fosse il suo tallone d'Achille, sfruttato negli sporchi maneggi di Rebeca Sharp, ma doveva essere qualcosa di molto grave, per avere garantito la collaborazione di Bielsa fino al salto nel vuoto.

Abbassò gli occhi sul giornale e lesse la notizia. L'articolo riportava una foto di Tobías, che consentì a Klaus di identificarlo con certezza. Il nome indicato sul suo passaporto, senz'altro falso, era un altro. Era stato sgozzato e gettato nel fiume. L'indagine della polizia spiegava la morte con un regolamento di conti. Klaus deglutì e serrò le labbra, immobile, preoccupato. Pensò alla sorella. Non sentiva da tempo l'odore della paura che contamina tutto, che ammanta ogni cosa presente e futura, che condiziona l'anima umana; la paura che Klaus credeva di avere allontanato e che inesorabilmente l'aveva raggiunto. Tastò la pistola che portava sulla schiena, infilata nella cintura.

Prese fiato per riempirsi i polmoni, fece un lungo sospiro e chiuse gli occhi, nel vano tentativo di scacciare i suoi timori.

5

Klaus rimase distratto per il resto della mattinata. Pensava a come agire, se fare qualcosa o non fare niente, se restare o nascondersi; aveva valutato tutte le possibilità senza arrivare a una decisione. Forse gli avrebbe fatto bene andare in montagna, allontanarsi da Madrid, scomparire per un periodo, in attesa degli sviluppi.

All'improvviso si accorse che l'attività dello studio era diminuita: non si sentivano voci, telefoni, passi svelti da una stanza all'altra. Controllò l'orologio. Erano quasi le tre. Ogni volta che guardava quel Rolex appariscente, il ricordo del gemello lo assaliva come un pugno in faccia, come un serpente intorno al polso che, a un semplice sguardo, sputava il veleno del senso di colpa. Aveva lasciato a Berlino quello che gli aveva regalato Hanna, e gli mancava; lo confortava pensare a quell'orologio economico, con il quadrante bianco e il cinturino di pelle usurato.

Decise di tornare a casa. Prima di farlo, prese di malavoglia la corrispondenza che gli aveva lasciato Elvira sul vassoio. Sfogliò le buste scartandole quasi tutte, finché una lettera attirò la sua attenzione, perché proveniva dalla Repubblica Federale di Germania. Lo stupì che avesse superato il filtro di Rebeca. Sapeva che tutta la sua posta era supervisionata preventivamente da lei, Elvira glielo aveva confessato pochi giorni dopo il suo arrivo nello studio: controllava tutto, ciò che riceveva e ciò che inviava. Naturalmente la censura non lo aveva stupito, era stato avvertito. La lettera che aveva sotto gli occhi doveva essere inoffensiva, evidentemente. Il suo nome e l'indirizzo dello studio erano scritti a macchina, e non recava il mittente. Klaus la aprì e quando ne ebbe estratto il foglio piegato, rimase senza fiato, riconoscendo la grafia di Bettina: *Lubecca. Universitätsklinikum. Problemi. Vieni. Bettina.*

Sprizzava euforia. Quelle parole scritte a mano significavano che la sorella era viva, che aveva lasciato la DDR. Un ampio sorriso gli illuminò il volto. Si alzò, esaltato. Strinse il pugno per contenere la voglia di urlare, la ventata di gioia che non poteva condividere con nessuno. Ci era riuscito. Ora non restava che andare a prenderla, proteggerla, riabbracciarla dopo tanti anni.

Era così preso dal suo entusiasmo che il suono del telefono lo spaventò. Premette il pulsante rosso e sentì la voce di Elvira.

«Don Daniel, c'è sua moglie al telefono.»

«Ora non posso, Elvira.»

«Dice che è urgentissimo.»

«Adesso no, Elvira», replicò seccamente. «Le dica che la chiamo più tardi. E non mi passi altre telefonate.»

Attaccò e tornò a sedersi. Si concentrò di nuovo sulla frase scritta. Era ricoverata in un ospedale di Lubecca; forse era ferita, sfuggita a qualche contrattempo sopraggiunto durante la fuga. La sua concentrazione fu di nuovo interrotta da due colpi alla porta. Elvira aprì senza aspettare che Klaus rispondesse e infilò la testa con espressione compunta.

«Le avevo detto di non disturbarmi», la apostrofò lui, senza nascondere la propria ira.

«Signor Sandoval, deve parlare con sua moglie... Si tratta di sua figlia Beatriz.»

«Che cos'è successo?» domandò, aggrottando le sopracciglia.

«Sarà meglio che alzi il telefono, don Daniel. Sua moglie è molto agitata.»

Lui tirò su la cornetta e premette il pulsante.

«Sofía, che cosa c'è?»

«La bambina, Daniel, tua madre dice che non sanno dov'è. È scomparsa... Beatriz è scomparsa...» Sofía parlava a fatica, la voce scossa, i nervi a pezzi.

«Beatriz? Si è persa? Che cos'è successo?»

«Non lo so... A quanto pare è uscita per comprare dei dolci al chiosco dietro l'angolo. All'ora di pranzo Vito ha mandato Isabel a cercarla, ma lei non l'ha trovata. Il padrone del chiosco dice che l'ha vista nel parco, che parlava con una donna ben vestita. Pensava che fosse una parente, perché la bambina sembrava contenta; poi l'ha persa di vista. Dio mio! La mia bambina... Daniel! La mia bambina...»

Klaus si sentì cadere il mondo addosso.

«Va bene, stai calma», disse cercando di minimizzare il più possibile, anche se il suo ottimismo era ormai sparito. «Di sicuro si è distratta e non si è resa conto dell'ora.»

«Anche Sagrario dice così, che spesso le capita di perdere il senso del tempo... Ma per così tanto... Bisogna chiamare la polizia.»

«No, no», intervenne immediatamente Klaus. «Non fare niente. Aspetta che arrivi a casa.»

«Va bene», rispose Sofía con voce rotta. «Ma vieni presto, per favore. Sono molto spaventata.»

Klaus infilò la lettera in tasca, si alzò, uscì dalla sua stanza ed entrò in quella di Rebeca Sharp. Era vuota.

«Elvira, dov'è la signorina Sharp?»

«È uscita, poco dopo il suo arrivo.»

Le voltò le spalle e tornò nell'ufficio di Rebeca. Entrò e chiuse la porta. Senza muoversi, osservò per qualche secondo la stanza. Aveva il respiro accelerato. Strinse i pugni e si diresse verso la scrivania. Aprì tutti i cassetti, cercò un eventuale scomparto segreto. Sapeva che Rebeca conservava la documentazione sensibile da qualche parte. Era l'unico modo che aveva di proteggersi. Si guardò intorno e i suoi occhi si posarono sulla libreria che copriva un'intera parete. Alcuni libri erano rientrati di mezzo centimetro. Klaus si avvicinò ed estrasse i volumi, buttandoli a terra. In quel punto lo scaffale era meno profondo. Mise la mano sul retro della libreria e spinse con cautela. Il pannello cedette. Klaus lo estrasse e trovò uno scomparto con una borsa di pelle nera. La prese e la aprì. Vide che conteneva diverse cartelline, con centinaia di documenti compromettenti del KGB, l'elenco degli agenti che lavoravano a Madrid, Barcellona, Bilbao, un'altra lista di persone sottoposte a ricatti, spesso vergognosi e scandalosi. Mario Bielsa era in cima alla lista. Lesse velocemente e si accigliò quando scoprì la natura del ricatto che aveva incatenato irrimediabilmente l'avvocato franchista alle maglie dei servizi segreti sovietici. Numerosi dossier con il logo del KGB, con la dicitura RISERVATO, spesso con il timbro TOP SECRET. Diede un'occhiata ad alcuni fascicoli, con il sorriso sulle labbra, sorpreso di quanto fossero profondi ed estesi i tentacoli della signorina Sharp e della sua squadra. Estrasse tutte le cartelline dalla borsa nera di pelle, che ripose nuovamente nel vano della libreria. Poi rimise ogni cosa a posto. Prese i documenti e prima di lasciare la stanza si assicurò che tutto fosse tornato come quando era entrato. Passò dalla reception dello studio e rientrò nel suo ufficio. Cercò una vecchia valigetta appartenuta a don Romualdo e infilò tutta la documentazione al suo interno. Poi si recò al bancone della segretaria.

«Elvira, c'è modo di rintracciarla?» La comparsa repentina e inattesa di Klaus spaventò la segretaria, che scattò in piedi come spinta da una molla.

«La signorina Sharp?» domandò Elvira, senza poter evitare lo stupore. «Posso tentare, ma quando vuole sparire, sa che non si fa trovare.»

«Ci provi. La cerchi ovunque. La trovi e le dica di mettersi in contatto con me.»

«Sì, signore. Sarà a casa?»

«Le dica solo che la sto cercando. Saprà lei come trovarmi.» Aveva la valigetta in mano. Guardò Elvira, ed esitò per un attimo prima di decidersi. Si guardò intorno. Sembrava che non ci fosse nessuno. Si avvicinò come per farle una confidenza, e le porse la valigetta. «Mi ascolti bene, Elvira, è molto importante. Porti questa valigia fuori dallo studio e la distrugga. Mi ha sentito? Elimini tutto, assicurandosi che nessuno la veda.» Quei documenti erano la sua assicurazione sulla vita. Finché non fossero ricomparsi, sarebbe stato in salvo dal KGB e avrebbe avuto tempo per pensare al da farsi. «Non dica a nessuno che gliel'ho consegnata: lei non ha mai visto questa valigetta.»

«Ma signor Sandoval, quella valigetta era di suo padre...»

Klaus la interruppe bruscamente.

«Mai! Mi ha sentito? Le assicuro che la mia vita e la sua dipenderanno dal suo silenzio e dalla sua prudenza.»

Elvira lo guardava come se le stesse consegnando uno strumento letale. Con il cuore in gola, assentì, prese la valigia e con movimenti rapidi e frettolosi la nascose sotto il tavolo. Poi tornò impassibile, come se non fosse accaduto nulla, e recitò il ruolo che le era stato affidato. Klaus le puntò il dito contro con fare autorevole.

«Trovi quella donna, Elvira», le intimò con espressione supplichevole. «È molto importante.»

Se ne andò. Elvira rimase impietrita per qualche secondo, incapace di reagire. Prese fiato, fece un lungo sospiro, si sedette senza staccare gli occhi dalla familiare valigia marrone di pelle lavorata, regalo di doña Sagrario, che giaceva ai suoi piedi. Una volta che si fu ricomposta, si mise a cercare Rebeca Sharp.

Sofía era ridotta a un fascio di nervi.

«Si è saputo qualcosa?» domandò Klaus.

«Niente», gli rispose la moglie, abbattuta, sconvolta. Si torceva le mani e aveva le spalle irrigidite dalla tensione. «Tua madre dice che vuole chiamare la polizia.»

«No», replicò Klaus, con una decisione che spaventò Sofía. «Telefonale e dille di non farlo, di aspettare il nostro arrivo.» Insistette quando Sofía alzò la cornetta. «Saremo lì nel giro di un'ora.»

Tardarono un po' di più perché trovarono coda all'uscita da Madrid. In macchina parlarono poco, Klaus che si impegnava per fare in fretta, e Sofía che si inquietava ogni volta che doveva frenare. Imitava inconsciamente i suoi movimenti, schiacciando il freno e l'acceleratore con i piedi, pressata dalla fretta nei rallentamenti del traffico, in coda tra i veicoli di ogni tipo e misura che stavano lasciando la città in vista delle vacanze di Pasqua. Quando la macchina si fermò davanti alla porta della villa a El Escorial, doña Sagrario, Isabel e Vito uscirono ad accoglierli, con i volti affranti. Isabel abbracciò la madre, piangendo. Sofía sentì una fitta di dolore nel petto.

«Non si è saputo niente?» domandò Klaus, scendendo dall'auto.

«Niente, figliolo», rispose Sagrario, compunta, con il volto pallido, segnato e occhiaie profonde che le orlavano gli occhi. «Una vicina dice di avere visto una bambina che saliva su una macchina scura, ma non è sicura che fosse lei. Ci sono così tante macchine che vanno e vengono...»

«Va bene, entrate in casa e aspettatemi. Vado a parlare con l'uomo del chiosco.»

«Vengo con te», disse Sofía.

«No.» Il tono perentorio di Klaus la paralizzò. «Stai con loro. Lascia fare a me.» La prese per le spalle e la guardò negli occhi. «Sofía, cerchiamo di mantenere la calma. È possibile che si sia distratta giocando. D'accordo? Non le accadrà nulla... Te lo assicuro.»

«Riportamela, Daniel.» Sofía inghiottì le lacrime. «Per favore, riporta a casa la mia bambina.»

«Fidati di me.»

Sofía lo guardò per un momento negli occhi, cercando l'ombra di un eroe. Invece di ritrovare la speranza, fu percorsa da un brivido, come se lo sguardo del presunto paladino le avesse gelato il sangue. Abbassò gli occhi e annuì, senza convinzione. Non si era calmata, era convinta che la bambina non si fosse distratta. L'angoscia le permetteva a stento di respirare. Si augurava di sbagliare.

Sagrario prese Sofía per il braccio e la trascinò verso la casa.

«Andiamo dentro, lascia che la cerchi lui.» Sagrario voleva convincersi che il figlio avesse il potere di ritrovare la nipote. Aveva sempre lasciato la risoluzione dei problemi agli uomini, e in quel momento preferiva aggrapparsi a quella fiducia cieca. «Daniel ha ragione, magari stiamo esagerando e Beatriz è lì che salta come un grillo. Ha sempre la testa tra le nuvole, lo sai.»

L'eventualità che Beatriz si fosse distratta era plausibile. Era una bambina taciturna, introversa, le piaceva stare da sola, leggere, passeggiare, guardare gli uccellini, scoprire i loro nidi. Niente a che fare con la sorella Isabel, sempre circondata di amiche, intenta a saltare la corda, a giocare con lo yo-yo o con la trottola, a qualche gioco da tavola o alla settimana.... Beatriz non partecipava a nessuno di quei giochi perché si annoiava, e trovava i bambini troppo violenti. Le due sorelle avevano sempre avuto caratteri molto diversi, e crescendo si assomigliavano sempre meno anche fisicamente. Isabel era sempre più simile alla madre, mentre Beatriz aveva conservato i capelli biondi e ricci e somigliava molto al padre.

Klaus sapeva di dover aspettare. Raggiunse il chiosco e lo trovò chiuso. Si diresse lentamente verso il parco, passeggiò con le mani in tasca, guardandosi intorno, attento a qualunque movimento. Dopo un po' vide un'auto proveniente dall'altra parte del parco, che a un certo punto si fermò; Klaus camminò lentamente verso il veicolo parcheggiato. Quando era a un paio di metri, la portiera si aprì. Con circospezione, salì a bordo.

«Dov'è la bambina?» domandò una volta dentro.

«La bambina sta bene», gli rispose Rebeca Sharp, seduta accanto a lui, con lo sguardo fisso davanti a sé, impassibile. Sul sedile anteriore, un uomo al volante, immobile come una statua.

«Beatriz non c'entra niente.»

«Lo sappiamo.» In quel momento la donna lo scrutò, trafiggendo la sua paura con lo sguardo. «Solo lei è in grado di risolvere la situazione.»

«Che cosa vuole che faccia?»

«Io, niente.» Rebeca tornò a guardare davanti a sé. «Ma a quanto pare i suoi capi sono molto arrabbiati con lei... e con sua sorella. Mi hanno incaricato di riferirle che se non tornerete entrambi nella DDR, non rivedrete più la bambina.»

«Adesso fa anche l'ambasciatore?»

Rebeca gli rivolse uno sguardo torvo, minaccioso.

«Non scherzi, compagno Zaisser. Una bambina di sette anni, sua nipote, verso la quale, a quanto ho saputo, nutre un affetto particolare, è in pericolo.»

Klaus la guardò intensamente: il colpo era andato a segno, conoscevano il suo punto debole. Si rese conto di quanto fosse stato stupido a non prevedere il male che avrebbe potuto fare alle persone che amava. Non aveva calcolato le conseguenze del mostrare senza remore l'amore profondo che nutriva per quella bambina, un attaccamento che era diventato uno strumento in mano all'organizzazione, un veleno mortale per lui e per la piccola Beatriz.

Si guardò le mani e agitò la testa.

«Non so dove si trovi mia sorella.»

«Non è un problema mio. Io mi limito a riferire un messaggio. La sua inettitudine ci compromette gravemente, Zaisser. A partire da questo momento il KGB farà a meno di lei.»

«E lo studio? Il proprietario sarei io.»

«È andato tutto a monte per colpa di quell'idiota di Bielsa. Prima di togliersi la vita ha svelato alla moglie che lavorava per noi. È tutto finito.»

«Capisco...» mormorò Klaus.

«Lei non è più sotto la nostra protezione.» Il suo sguardo fece rabbrividire Klaus. «È rimasto solo.» Tornò a guardare avanti, il profilo altero, l'espressione fredda, distaccata. «Riporti sua sorella nel suo Paese e la bambina tornerà dalla madre. Ora può andare, la conversazione è terminata.»

Klaus non disse niente. Aprì la portiera e scese dalla macchina.

Subito dopo il conducente accelerò e l'auto si allontanò slittando sull'asfalto. Lui rimase immobile, a guardarla finché non scomparve.

Estrasse dalla tasca il messaggio di Bettina. Si domandò come avrebbe potuto risolvere la situazione. Sapeva che nel giro di poche ore la bambina sarebbe entrata nella DDR. Non poteva fare nulla per impedirlo, sarebbe stato inutile e l'avrebbe messa in pericolo. Se avesse avvisato la polizia, forse non l'avrebbe più rivista. Era troppo pericoloso. Doveva ritrovare il sangue freddo, e soprattutto doveva persuadere Sofía a lasciarlo fare, pur sapendo quanto sarebbe stato complicato convincere una madre a mantenersi calma in una situazione del genere.

Deglutì e tornò verso la villetta di doña Sagrario.

Quando entrò, Sofía era al telefono. La sua espressione preoccupata lo allarmò. Isabel, vedendo Klaus, gli corse incontro con aria spaventata.

«Papà, la nonna è svenuta.»

«Vai da lei», disse Klaus, cercando di mantenere la calma. «Non lasciatela sola, d'accordo?»

Isabel annuì e salì le scale per assistere la nonna Sagrario, che era in camera con Vito.

Sofía riattaccò il telefono.

«Ho chiamato l'ambulanza, vengono subito. Troppa tensione per il suo povero cuore. Spero che arrivino in tempo...» disse avvicinandosi a lui, cercando sul suo volto una speranza cui aggrapparsi. Lo interrogò, pur conoscendo la risposta. «Non l'hai trovata, vero?»

Klaus la prese per le spalle e la strinse forte a sé.

«Dimmi che si è solo persa, Daniel, dimmi che non le è successo niente, dimmi che la mia piccola è sana e salva.»

«È sana e salva...» La voce uscì dalle sue labbra con un tono cavernoso, da oltretomba. «Non temere, non le accadrà nulla.» La allontanò da sé e, tenendola per le spalle, cercò i suoi occhi. «Sofía, devi fidarti di me. Lascia che risolva questa cosa a modo mio.»

Quelle parole risuonarono nella mente di Sofía come un colpo secco, che le tolse il fiato. Aprì la bocca e la richiuse, muovendo la testa, incredula.

«Che cosa... Che cosa vuoi dire?»

«Sofía...» Klaus sentiva che la situazione gli stava sfuggendo di mano. Non sapeva come spiegarle tutto senza distruggerla. Schivò lo sguardo di Sofía, che cercava nei suoi occhi una risposta che la salvasse dall'abisso.

Il silenzio circospetto di Klaus la allarmò ancora di più.

«Daniel, in che senso devo lasciarti risolvere questa cosa a modo tuo? Come?» urlò, disperata, di fronte al suo silenzio. «Tu sai dov'è la bambina?» Il suo tono stava diventando accusatorio. «Dov'è?»

«Beatriz sta bene. Non le accadrà nulla, ma devi aspettare...»

Senza volere il corpo di Sofía si contrasse, come se ogni parola le infliggesse una fitta dolorosa.

«Aspettare che cosa?» domandò con voce tremante, implorante, perché il marito ponesse fine a quell'incubo.

«Devo andare a prenderla e potrei metterci molto tempo...»

Sofía si liberò dalla presa con un movimento rapido, aggressivo, pronta all'attacco.

«A cercarla dove? Dov'è mia figlia?»

«Ti ho detto che Beatriz sta bene», insistette Klaus, con espressione esasperata. Cercò di accarezzarle il volto, ma lei lo allontanò con la mano, accigliata.

«O mi dici subito che cosa sta succedendo o chiamo la polizia...»

La voce di Sofía fu come una doccia fredda. Klaus abbassò gli occhi, addolorato, alzò il volto e fece un profondo sospiro. Sofía, pur senza capire, era pronta a combattere fino in fondo.

«Sofía, chiamare la polizia non risolverebbe le cose, peggiorerebbe soltanto la situazione...»

«Ma è esattamente quello che farò...» disse voltandosi verso il telefono, in un impeto di orgoglio.

Alzò la cornetta e compose il numero.

«Se fai quella telefonata non rivedrai mai più tua figlia.»

Sofía si fermò, come se un fulmine le avesse colpito la mano. All'improvviso l'atmosfera divenne irrespirabile, come se fosse scesa un'ombra oscura sulla stanza. Sofía si sentiva soffocare. Boccheggiava come un pesce fuor d'acqua. Si voltò, allarmata. Cercò di parlare, ma non ne fu in grado. Come se la voce non arrivasse alle labbra, spegnendosi in gola. Deglutì e si avvicinò lentamente a lui, che era rimasto immobile, con espressione grave, lo sguardo fisso, apparentemente impassibile di fronte al suo sconforto.

Sofía aprì le labbra e con voce sottile, simile a un ululato, domandò: «Che cosa intendi, Daniel? Che cosa sta succedendo?»

«Fidati di me...»

«Dov'è Beatriz?» lo interruppe bruscamente, ritrovando la voce.

Klaus si avvicinò, ma lei fece un passo indietro, per fargli capire che non gli avrebbe dato tregua. Lui si fermò e abbassò lo sguardo. Non sapeva come spiegarglielo, era disgustato di se stesso.

«Sofía, ti prometto che ti riporterò Beatriz, ma devi fidarti di me. Non sono la persona che pensi...» Serrò le labbra. Non poteva dirle la verità, non doveva farlo. «La gente che ha preso la bambina mi ricatta...»

Sofía indietreggiò, cercando un sostegno per non svenire, perché le sue gambe non sembravano più in grado di sostenerla. Si appoggiò al mobiletto con il telefono, senza mai smettere di guardare Klaus, con sensazioni contrastanti di spavento e meraviglia.

«Ti ricatta? Vuoi dire che qualcuno ha preso mia figlia? Hanno rapito Beatriz?» Parlava con voce tremante, spaventata, espelleva tutta la paura che straripava da dentro. «Ma...» Contrasse le spalle. «Perché? Perché, Daniel?»

«È una storia lunga.»

«Una storia lunga?» domandò lei, stupefatta. Allungò una mano verso di lui per incoraggiarlo a parlare. «Raccontamela.»

«Non c'è tempo, Sofía.» Aprì le mani, come se volesse mostrarle che non nascondeva niente. «Mi dispiace, non abbiamo tempo.»

Sofía sostenne il suo sguardo per qualche secondo. Si raddrizzò e fece due passi verso di lui, pervasa di una repentina sicurezza, come se si fosse ripresa dalla pugnalata dolorosa che aveva ricevuto.

Lo fulminò con uno sguardo di sfida.

«Non ti permetto di usare mia figlia per i tuoi imbrogli.» La sua indignazione cresceva, sprizzando da tutti i pori. «In che cosa sei coinvolto?»

Klaus cambiò posizione, inquieto.

«Non posso dirtelo, non adesso... Non servirebbe a nulla. Lascia che vada a cercare Beatriz, ma devi promettermi che non farai niente. Per il suo bene.»

Sofía faticava a digerire quelle parole. La sua mente ribolliva di ricordi dolorosi.

«Mi hai sempre mentito...» Alzò le mani, sopraffatta dalla tensione. «Perché sei andato a Berlino Est?»

«Come fai a saperlo?»

«Non importa. Che cosa è accaduto durante quel viaggio a Parigi? Ho la sensazione che per tutti questi anni tu mi abbia mentito. Che cosa mi nascondi, Daniel?»

Klaus decise di difendersi con l'attacco. Era consapevole del dolore che avrebbe provocato, ma non aveva il tempo di calmare le acque in altro modo.

«E tu?» le chiese, aggrottando le sopracciglia. «Che cosa mi nascondi tu? Che cosa hai fatto mentre fingevi di cercarmi? Che cosa hai fatto con quella Monique?»

Il volto di Sofía si alterò, devastato. Le salì il sangue alle guance, in bilico tra la rabbia e la vergogna.

«Sei un bastardo», mormorò, sull'orlo del pianto.

«Lo so...»

Klaus prese la mano di Sofía, in un gesto di affetto, ma lei si liberò come se fuggisse dal diavolo in persona. Klaus le intimò di calmarsi.

«Lascia che risolva la cosa a modo mio. Non avvisare la polizia e ti riporterò tua figlia, sana e salva... te lo prometto.»

«Ti ricordo che è anche figlia tua», gli disse con rabbia, come se glielo rinfacciasse.

Ci fu un silenzio pieno di disagio. L'angoscia di Sofía spezzava il cuore di Klaus. Non se lo meritava. Qualcuno stava di nuovo subendo un danno per colpa sua. Era condannato, per sempre.

«Sofía, è tutto molto complicato...»

Lei perse il controllo e si avventò su di lui, fuori di sé.

«Che cosa mi nascondi?» gli urlò, colpendolo al petto con rabbia. «Dimmi che cosa mi nascondi, Daniel...» All'improvviso rimase ferma, paralizzata, con gli occhi feriti dal pianto, fissi sul suo volto, che pareva morto, impassibile, con uno sguardo glaciale che le congelava l'anima. «Non ti capisco, non capisco niente... Che cosa ti ho fatto? Dimmi che cosa ti ho fatto per meritare questo da te.»

Klaus rabbrividì di fronte alla supplica.

«Tu non hai fatto niente di male. È solo colpa mia. Tutto...»

Sofía fece un passo, avvicinandosi a lui. Annusò il suo odore. Chiuse gli occhi per cercare di capire.

«Ho bisogno di sapere che cosa sta succedendo, Daniel, ne ho bisogno... Ho bisogno di capire...»

Parlava con voce tremante, ma inghiottì il pianto perché non voleva crollare senza avere compreso, senza conoscere la causa della sua confusione e del suo dolore.

Suonò il campanello. Sofía guardò verso la porta. Sul suo volto affiorò per un attimo l'illusione che l'incubo fosse finito. Corse ad aprire, nella speranza di vedere la sua piccola fuori dalla porta, per poterla finalmente riabbracciare. Klaus non si mosse. Quando Sofía aprì la porta, il mondo le crollò di nuovo addosso. Era inchiodata a terra, incapace di reagire davanti ai paramedici. Vito, che era comparsa accanto a lei, li guidò dalla malata. Sofía non si muoveva, la porta aperta, la mano aggrappata alla maniglia; guardava fuori, sopraffatta dall'angoscia. Poco dopo si scostò e tornò da Klaus, che la aspettava, fissandola.

«Daniel, per favore, dimmi dov'è.»

Klaus abbassò lo sguardo a terra.

«Mi dispiace, Sofía», sussurrò con voce rotta. «È tutta una grande menzogna, una maledetta menzogna...»

In silenzio, Sofía continuò a cercare sul suo volto una spiegazione logica a quella follia, ma gli occhi insondabili di Klaus le impedivano di penetrare al di là della superficie cristallina. Non capiva, tutto intorno a lei stava crollando e non era in grado di impedirlo.

Klaus le prese il volto tra le mani, e per la prima volta lei non lo respinse. La baciò dolcemente, sfiorandole le labbra. Lei lo lasciò fare. La sua mente urlava per porre fine a quell'incubo.

«Mi dispiace, mi dispiace tantissimo...» sussurrò. «Spero che un giorno potrai perdonarmi...»

Klaus si voltò e se ne andò. All'improvviso Sofía fu scossa da un brutto presentimento. Lo guardò uscire, incapace di fermarlo, inchiodata da un dolore intenso e paralizzante.

6

Tornò per l'ultima volta in quella che era stata la sua casa negli ultimi sei anni. Chiamò l'aeroporto e si informò sui voli per la Germania Federale. Venne a sapere che c'era un aereo per Francoforte alle sei del mattino; prenotò un biglietto.

Prese una borsa da viaggio per prepararsi alla partenza. Sebbene fosse tutto chiuso nelle scatole per la tinteggiatura e il cambio dei mobili, non ebbe problemi a trovare le sue cose, perché Sofía era metodica e ogni scatola recava una scritta con il contenuto. Non aveva bisogno di molto. Entrò in sala e si avvicinò alla mensola con le foto di famiglia; un'immagine ritraeva Beatriz quando l'aveva vista per la prima volta, a poco più di un anno, sorridente, bionda, sua. L'amore per lei era diventato insopportabile. Tolse la fotografia dalla cornice e la mise nella tasca interna della giacca. Cercò la cassetta di Parigi per distruggerla, ma non la trovò. Non aveva importanza: Sofía sapeva che lui conosceva il suo segreto con Monique, e non avrebbe fatto niente. Non poteva evitare il rimorso per averla ridotta in quello stato, non meritava di essere lasciata così all'improvviso, bruscamente.

Guardò l'orologio. Mancavano alcune ore al momento di partire per l'aeroporto. Cercò di dormire, ma gli fu impossibile. Era attento a ogni rumore, temeva di essere eliminato senza poter salvare la piccola Beatriz. Tre ore prima del volo, era pronto a uscire. Mise la pistola in fondo alla borsa, si guardò intorno per l'ultima volta, fece un lungo sospiro e uscì di casa.

L'aria gelida di Francoforte gli sferzò il volto come uno schiaffo.

Rabbrividì, intirizzito. Indossava solo una giacca adatta alla calda primavera di Madrid, non certo al clima tedesco freddo e umido, che aveva quasi dimenticato. Affittò una macchina per raggiungere Lubecca. Lo aspettava un viaggio di molte ore.

Piovve per quasi tutto il tragitto. Il movimento dei tergicristalli, che spostavano l'acqua sui lati del parabrezza, ritmava i suoi pensieri. Non sapeva come dire a Bettina che sarebbe dovuta tornare all'inferno che aveva appena lasciato; pensava a come avrebbe agito, si chiedeva se dirle la verità o trascinarla via con l'inganno.

Aveva oltre cinque ore di strada sulle spalle ed era immerso nelle sue congetture; concentrato sul ritmo delle spazzole, la stanchezza gli rodeva i muscoli, e non si accorse delle due luci che gli venivano incontro; accadde tutto in un decimo di secondo. Ebbe un soprassalto, udì il colpo di clacson che lo metteva in guardia e reagì sterzando il volante. La macchina deragliò su un piccolo terrapieno, finché si fermò di colpo, con violenza. Klaus batté la bocca contro il volante e provò un dolore intenso, bruciante; sentì il sapore del sangue misto alla saliva, e rimase immerso nel silenzio, rotto solo dal movimento ininterrotto dei tergicristalli... Il cuore gli batteva così forte da rimbombargli nel petto. Chiuse gli occhi, lasciò cadere la testa indietro, sopraffatto. Sentiva il sangue caldo che gli usciva dalle labbra. Prese un fazzoletto e si tamponò la bocca per fermare l'emorragia. Rimase fermo per un attimo, senza fare nulla, con il labbro ferito che pulsava. Realizzò che, se non avesse schivato il camion, se fosse morto in un incidente stradale, Beatriz non avrebbe rivisto la madre. Rabbrividì. Si domandò se sarebbe riuscito a sacrificare Bettina per la felicità di quella bambina e di Sofía. Ma no, non per Sofía Márquez, che aveva raggiunto obiettivi professionali impensabili con suo fratello Daniel. Il suo inganno l'aveva favorita, si diceva, per giustificarsi in qualche modo, per trovare uno spiraglio nel senso di colpa che lo consumava. Daniel era una vittima innocente di uno sporco meccanismo, ma lui aveva contribuito ad affondarlo definitivamente. Lo sapeva, provava a dirsi che non aveva avuto scelta, ma una scelta c'era sempre; avrebbe potuto rifiutarsi di sostituirlo, di entrare in quel gioco, e in prigione ci sarebbe finito lui, o forse no. Per tutti quegli anni aveva vissuto con l'ossessione di sua sorella, mitigata per un periodo dalle menzogne del compagno capo Markus. Aveva fatto di tutto per sottrarla all'inferno, e ora che ci era riuscito, doveva affrontare un altro grave dilemma. Era di nuovo costretto a scegliere, tra Bettina e la bambina. Qualunque decisione avrebbe ridotto qualcuno alla disperazione. Era ingiusto, crudele, lacerante.

Prese fiato, si ricompose. Verificò di non sanguinare più e mise in moto l'auto. Faticò a uscire dal terrapieno, ma alla fine ci riuscì.

Prima di raggiungere Lubecca, si fermò a una pompa di benzina. In bagno si lavò la faccia e si cambiò la camicia, imbevuta di sangue. Aveva il labbro gonfio e profonde occhiaie viola. Chiese un po' di ghiaccio e prese un analgesico per calmare il dolore. Riprese il viaggio e raggiunse la città intorno alle undici di sera. Cadeva una pioggia sottile che dava alle strade vuote un aspetto triste e grigio. Trovò l'ospedale e domandò al banco informazioni di Bettina Zaisser. Gli dissero che non c'erano pazienti con quel nome. Fornì altre generalità, la descrisse, anche se non la vedeva da sei anni. Alla fine gli fu detto che forse era stata ferita mentre cercava di lasciare la DDR via mare. La donna delle informazioni lo guardò per un attimo. Era una tedesca robusta, bionda, bianca di pelle, con gli occhi piccoli e chiari, le labbra sottili e rosate.

«Aspetti un attimo», gli disse.

Si alzò e sparì dietro una porta. Dopo qualche minuto ricomparve, in compagnia di un poliziotto. La donna riprese il suo lavoro mentre l'agente si portò davanti a Klaus, al di là del bancone. Era chiaramente sospettoso.

«È parente di Bettina Zaisser?» Klaus tacque, valutando la risposta. Non poteva dimostrare che Bettina era sua sorella, perché viaggiava con il passaporto di Daniel. Il suo gli era stato confiscato dal compagno Markus il giorno che aveva lasciato Berlino.

«In un certo senso...»

«È o non è suo parente?» lo pungolò seccamente l'uomo.

«Sono suo fratello», decise di rivelare, nella speranza che non gli chiedessero i documenti.

«È in grado di dimostrarlo?»

Klaus lo guardò.

«Non ho i documenti con me.»

«Temo che non possiamo fare nulla per lei.»

L'agente si voltò, pronto a tornare da dove era venuto.

«Aspetti, per favore, aspetti un momento...»

Il poliziotto si fermò e si voltò con espressione interrogativa. Tornò sui suoi passi.

«Ho bisogno di vederla, di parlare con lei... solo per un momento...»

«Mi dispiace, la signorina Zaisser non ha il permesso di ricevere visite.»

«Per quale ragione?»

Il poliziotto alzò le sopracciglia, stupito dall'insistenza.

«È sotto sorveglianza», disse, serio.

«Mi dica solo se sta bene, se è in pericolo di vita.»

«Mi dispiace, non sono autorizzato a fornirle informazioni.» L'agente si allontanò rapidamente, a passo fermo.

Klaus rimase a riflettere. Sospettavano che Bettina fosse una spia. Capitava spesso alle persone che lasciavano l'Est: i servizi segreti occidentali, per precauzione, isolavano i fuoriusciti, per indagare. Non sarebbe stato facile farla uscire da lì. Doveva pensare a una strategia, ma prima doveva raggiungerla.

Lasciò l'ospedale dalla porta principale e raggiunse l'entrata di servizio, dove stavano scaricando la biancheria pulita. Entrò con calma, come se fosse un addetto ai trasporti; nessuno gli disse nulla. Si intrufolò nel corridoio, aprì una porta con la scritta Medicina Generale, vide un camice appeso a un attaccapanni e lo indossò. Procedette con la sicurezza di un medico che si muove nel suo ospedale. Doveva raggiungere gli schedari per sapere a che piano si trovava la sorella. Chiese a un sorvegliante, sfoggiando il suo tedesco perfetto e il migliore dei suoi sorrisi, la sua gentilezza seducente.

«Scusi, sono nuovo: devo raggiungere l'archivio dei pazienti, me lo hanno appena spiegato, ma mi sono perso.»

«È alla fine del corridoio, la porta in fondo. Non può sbagliare, c'è un cartello.»

Salutò cordialmente e raggiunse il punto indicato. La porta era chiusa a chiave. Meglio, pensò, significava che dentro non c'era nessuno. Forzò la serratura con il suo piccolo grimaldello ed entrò. La sala era vuota. Doveva agire rapidamente. Gli schedari erano in ordine alfabetico, quindi cercò la zeta, aprì il cassetto, scorse le cartelle cliniche dei ricoverati e trovò il nome di Bettina. Vide un punto interrogativo a fianco del cognome. Significava che avevano qualche dubbio sulla sua identità. In quel momento entrò una donna, un'impiegata che si era assentata momentaneamente.

«Che cosa fa lei qui?» gli chiese, stupita. «Come è entrato?»

«Dalla porta», rispose Klaus, con gli occhi fissi sulla cartellina per individuare il numero della stanza.

«L'avevo chiusa.»

Klaus rimise la cartellina al suo posto e sorrise alla donna che lo guardava con sospetto.

«Io l'ho trovata aperta.»

«Chi è? Non la conosco.»

«Sono nuovo... Mi scusi, adesso ho da fare. Arrivederci.»

Uscì rapidamente dall'archivio, senza dare alla donna il tempo di reagire. La stanza di Bettina era la numero 540. Salì al quinto piano. La porta era sorvegliata da due poliziotti. Uno era l'uomo con il quale aveva parlato. Stavano chiacchierando, rilassati, non sembravano troppo attenti. Li osservò per qualche minuto dall'altro lato del corridoio. Un'infermiera si avvicinò, disse loro qualcosa, e il poliziotto che aveva parlato con Klaus si allontanò. Doveva essere il capo, quello che risolveva i problemi. L'agente rimasto si mise a passeggiare avanti e indietro. Era annoiato, si muoveva lentamente, dandogli ogni tanto le spalle. Klaus attese il momento adatto. Quando il poliziotto si girò, lui scivolò in silenzio verso la porta della stanza. Aprì ed entrò senza farsi vedere.

La camera era immersa nella penombra. Bettina aveva un bell'aspetto, sembrava addormentata. Si avvicinò silenziosamente: non voleva spaventarla, ma quando arrivò accanto al letto, lei percepì la sua presenza e aprì gli occhi. Per qualche secondo lo guardò, incredula. Klaus le mise la mano sulle labbra per intimarle di tacere.

«Klaus...» mormorò, emozionata, come se non credesse ai suoi occhi. «Klaus, sei qui... Non sei un'allucinazione... Dimmi che non sei un'allucinazione.»

Lui sorrise, nonostante il labbro dolorante.

«Come stai?» domandò, a voce bassissima.

Bettina guardava il fratello come se fosse un idolo. Alzò il braccio e gli mise la mano sul petto, lo toccò diverse volte per accertarsi che fosse davvero lì. Cercava di contenere l'emozione, ma i suoi occhi si riempirono di lacrime.

«Bene...» affermò con voce tremante. «Anche se stavo per non farcela.»

«Perché ti sorvegliano?»

«Sospettano di me...» rispose lei. «Credono che sia una spia. Che ironia.»

«Su che cosa si basano?»

«Non hanno trovato i miei documenti. Devo averli persi nella traversata. Non si fidano.»

«Come sei finita qui?»

«Non ne ho idea. L'ultima cosa che ricordo è che siamo arrivati su un motoscafo in un porto, non so quale... So solo che era nella zona occidentale. Di questo mi ricordo perfettamente, è l'ultima cosa che ho sentito. Poi sono svenuta e mi sono svegliata qui una settimana dopo. Ho rischiato di tirare le cuoia per una polmonite.»

«Sarebbe stato un peccato», disse Klaus accarezzandole la guancia.

Si guardavano, smaniosi, dopo i lunghi anni di separazione.

«Che hai fatto al labbro?»

«Ho avuto un incidente d'auto. Niente di grave.»

«Ti trattano bene a Madrid?» disse lei, con un sorriso soddisfatto.

«Non posso lamentarmi...»

«Sei venuto a portarmi via, vero?» Lui assentì. Bettina afferrò con forza la mano del fratello. «Fammi uscire di qui, Klaus, non voglio che mi interroghino, non voglio più essere un individuo sospetto... Voglio vivere tranquilla... Portami con te a Madrid. Voglio conoscere mia cognata e le mie nipoti. Voglio lavorare come pediatra in un ospedale normale, passeggiare senza che nessuno mi segua, senza che nessuno mi osservi. Voglio essere libera...»

Klaus non poté evitare che il suo volto si adombrasse. Si sforzò di sorridere.

«Ti ricordo che la Spagna è una dittatura.»

«Ma il dittatore è vecchio, finito, sta per morire.»

«Nel suo letto, come dicono i dissidenti.»

«Ciò che accade nella Germania Est non è paragonabile a niente, Klaus. È sempre peggio. È asfissiante.»

«Adesso sei passata a Ovest.»

Sbuffò, di malavoglia.

«E mi trattano come se fossi una delinquente, i tedeschi sospettano di me... Questo non è il mio Paese. Fammi uscire di qui. Non sopporterei altri interrogatori, per quanto occidentali... Non ne posso più, Klaus, fammi uscire di qui», lo supplicò. «Per favore, portami con te a Madrid.»

Le lacrime le rigavano le guance. Klaus sentì una fitta al petto. Come poteva chiederle di tornare all'inferno dal quale era uscita, dopo una fuga che stava per costarle la vita? Non lo avrebbe accettato, nemmeno per Beatriz.

«Calmati, ora sono qui con te.»

«Lo farai? Mi porterai con te?»

Klaus la guardò, in preda al senso di colpa.

«Ti farò uscire di qui.»

Udì la voce del poliziotto nel corridoio. Era tornato.

Klaus si guardò intorno, si avvicinò alla finestra. Non si poteva scappare da lì. Bisognava escogitare un altro modo.

«Riesci a camminare?»

«Andrei in capo al mondo, se me lo chiedessi.»

«Stanno lì fuori ventiquattr'ore su ventiquattro?» domandò, indicando la porta.

«Credo di sì, ma di notte ce n'è solo uno.»

Klaus guardò l'orologio.

«Allora dobbiamo aspettare.»

«Come pensi di farmi uscire?»

«Non lo so. Mi verrà in mente qualcosa.»

7

Era passata mezz'ora quando Klaus udì un rumore di passi che si avvicinavano e si fermavano davanti alla porta. Una donna scambiò qualche parola con il poliziotto; probabilmente si conoscevano per via di altre sorveglianze. Klaus intuì che l'infermiera sarebbe entrata nella stanza. Si nascose in bagno proprio nel momento in cui aprì la porta. La donna si avvicinò a Bettina. Le parlò, le chiese come stava, le misurò la febbre, la pressione, e le consegnò le medicine.

«Le ho dato un calmante per dormire. Credo che domani le permetteranno di alzarsi. Se ha bisogno di qualcosa, mi chiami. Buonanotte.»

Salutò e chiuse la porta. Dopo qualche secondo, Klaus uscì dal suo nascondiglio.

Il corridoio era silenzioso. La notte rallentava i ritmi dell'ospedale, e l'attenzione di chi doveva restare sveglio.

Si avvicinò alla sorella.

«Bettina, devi alzarti e attirare l'agente nella stanza.»

Lei annuì. Si sollevò con difficoltà. Klaus si mise dietro la porta. Bettina la socchiuse. Il poliziotto stava sonnecchiando su una sedia. Bettina lo vide, e senza uscire, gli parlò sottovoce.

«Scusi, può aiutarmi, per favore?»

Il poliziotto, sconcertato, si guardò intorno. Si alzò e aprì del tutto la porta mentre Bettina stava tornando a letto.

«Signorina, è successo qualcosa? Vuole che chiami l'infermiera?» le disse dalla soglia, come se non osasse invadere un territorio che non gli competeva.

«No, no…» rispose lei con gentilezza, sedendosi sul letto. «Si avvicini un attimo, per favore, mi è caduta una cosa sotto il letto e non la trovo.»

Il poliziotto fece un passo all'interno. Quando Klaus lo vide, spinse con la mano la porta, che si chiuse lentamente. L'uomo fece per girarsi, ma non ne ebbe il tempo, perché Klaus gli circondò il collo con il braccio e con l'altra mano gli girò la testa con un movimento brusco e preciso. Si sentì uno scricchiolio inquietante e il poliziotto crollò tra le braccia di Klaus.

La sorella inorridì.

«Vestiti, andiamo!» la incalzò Klaus, vedendo che non si muoveva.

«Lo hai ucciso», disse con voce tremante, sconvolta dalla freddezza con cui aveva agito il fratello.

«Bettina, per favore, scendi dal letto e vestiti», le intimò.

Incapace di reagire, Bettina fissava il corpo inerte del ragazzo ventenne che Klaus trascinava sul pavimento.

«Non ho vestiti…» mormorò.

Klaus la guardò e subito dopo ispezionò l'uomo morto.

«Va bene, scendi dal letto, andiamo.»

Quando la sorella si fu alzata, lui verificò il polso del poliziotto e lo distese sul letto. Poi cominciò a spogliarlo. Passò i pantaloni, le scarpe, la camicia, la giacca e il cappello a Bettina, che prendeva i capi, ma non si muoveva. Continuava a fissare l'uomo inerme.

Klaus la guardò e la incalzò di nuovo.

«Bettina, per favore, vestiti, dobbiamo uscire di qui.»

Lei lo guardò come se all'improvviso lo vedesse davvero.

Abbassò gli occhi sui vestiti che aveva in mano e cominciò a indossarli. Era tutto troppo grande, soprattutto le scarpe. Ma non disse niente, si sistemò come poteva. Quando Klaus ebbe finito di spogliare l'uomo, lo coprì con un lenzuolo perché sembrasse la paziente. In quel modo avrebbero avuto un po' di margine, anche se l'assenza del poliziotto sulla porta li costringeva ad agire rapidamente. Ormai non si poteva tornare indietro: se li avessero arrestati nella Germania occidentale, sarebbero stati spacciati. E insieme a loro, anche Sofía e Beatriz.

Aiutò Bettina a finire di vestirsi. La prese per le spalle e la fissò.

«Sei pronta?»

Lei annuì, con le gambe tremanti, ottenebrata dal tranquillante che cominciava a fare effetto.

Klaus si affacciò cautamente sul corridoio, con la pistola in pugno. Non c'era nessuno. Uscirono e si diressero verso le scale, senza far rumore. Scesero i cinque piani. Bettina faticava a camminare con le scarpe troppo grandi, e se le tolse per accelerare il passo. La porta principale era chiusa, quindi entrarono in un bagno e saltarono dalla finestra. Quando raggiunsero la macchina, Bettina si sedette, fece un lungo sospiro e rise, sempre più forte. Klaus si avviò nelle vie deserte, umide e scure. Bettina non riusciva a trattenere la gioia; l'euforia attenuava il dolore muscolare, la debolezza, la voglia intensa di chiudere gli occhi e dormire. All'improvviso la sua risata si spezzò, lasciando spazio a un pianto di emozione.

«Non piangere, Bettina... per favore, non piangere.»

«È stata dura. Ho sofferto così tanto...» Lo guardò tra le lacrime e sorrise, gli afferrò la mano e gliela baciò. «Grazie, Klaus. Grazie... Grazie...»

Lui prese fiato e sospirò, mentre guidava verso una meta molto diversa da quella che immaginava la sorella. Le lacrime provocate dal senso di colpa gli annebbiarono per un attimo la visuale della strada. Dovette accostare. Pianse mentre la sorella lo guardava con ammirazione, come se fosse un eroe da venerare in silenzio.

Klaus deglutì e, senza guardarla, si rimise in marcia. Vide una cabina telefonica e fermò la macchina.

«Aspetta qui, devo fare una telefonata.» Prima di scendere, prese una coperta nel cofano e gliela porse. «Copriti, fa freddo e sei ancora debole.»

Bettina sorrise, piena di gratitudine.

Klaus raggiunse la cabina con il respiro accelerato. Una volta dentro, introdusse nel telefono alcune monete locali, che aveva cambiato all'aeroporto. Alzò la cornetta e compose un numero che non faceva da sei anni. Prima dell'ultima cifra, si fermò. Guardò la sorella, che alzò la mano e gli sorrise dalla macchina. Aveva il cuore che batteva forte. Posò la mano sulla forcella della cornetta e per qualche secondo rimase immobile, tentato di riattaccare, ma non lo fece. Prese fiato e si voltò, per non vederla in faccia. Compose l'ultima cifra e aspettò il segnale.

«Devo parlare con il compagno Markus.»

«Sono le due di notte...»

«Gli dica che sono Klaus Zaisser», rispose, interrompendo l'agente che gli aveva risposto.

Seguirono alcuni secondi di silenzio, mentre l'agente lo metteva in comunicazione con l'interno richiesto. Le monete cadevano. Ne prese altre e le infilò nel contenitore di bachelite.

La voce quasi dimenticata del compagno Markus spezzò l'attesa.

«Klaus Zaisser!» Aveva la voce impastata. «Che bella sorpresa! Dove sei?»

La voce roca, gutturale e abietta gli procurò un tale ribrezzo che Klaus fu sul punto di riattaccare. Si passò la mano libera sulla testa e sul volto, come per allontanare le paure che lo tormentavano. Guardò in alto per farsi forza.

«Tra un'ora passerò la frontiera a Ratzeburg.» Usò un tono distaccato, neutro. «Viaggio su una BMW 2002 grigia, targata KA-RR 558.»

«Ti sono sempre piaciuti i lussi occidentali», disse Markus, con ironia.

«Dia ordine di lasciarci passare.» Tacque un attimo, prima di proseguire con voce flebile, soffocata. «Ho con me Bettina.»

Le sue parole furono seguite da un breve silenzio.

«Va bene», disse Markus, freddamente, all'altro capo della linea. «Non troverete impedimenti.»

«E la bambina?»

«La bambina sta bene, stai tranquillo.»

«Compagno Markus, se mi ha ingannato... stavolta la uccido.»

Klaus riattaccò. Rimase a fissare il telefono, cercando di riprendere fiato. Gli sembrava di avere scalato una montagna. Sudava copiosamente, nonostante il freddo della notte. Guardò la sorella. Era ancora lì, con la faccia felice, fiduciosa, in attesa di una vita migliore.

Si passò le mani sul volto. Prese fiato, uscì dalla cabina e salì in macchina. Senza guardarla, mise in moto e premette sull'acceleratore.

«Hai una brutta cera», gli disse lei, prendendogli la mano.

«Sto bene», le rispose Klaus, senza ricambiare il gesto e senza smettere di guardare la strada.

«Chi hai chiamato?»

«Non importa.»

«Sofía?»

Klaus la squadrò per un momento, poi distolse lo sguardo.

«Adesso dormi. Abbiamo molta strada da fare. Hai bisogno di riposare.»

Un'ora dopo raggiunsero Ratzeburg. La nebbia pareva sollevarsi dai laghi che la circondavano, biancastra, densa, come se sprimacciasse l'aria al passaggio della macchina. Quando avvistò il confine, Klaus tolse il piede dall'acceleratore e guardò Bettina. Dormiva profondamente, raggomitolata come una bambina, coperta fino al mento, con una ciocca di capelli che le ricadeva sul volto, l'espressione placida, fiduciosa. Ridusse la velocità. Le guardie della garitta, avvistando una macchina che si avvicinava, uscirono. Quando lessero la targa aprirono la barriera che segnava il passaggio all'inferno dove Klaus avrebbe gettato la sorella nel fuoco, per salvare una bambina che confondeva con la propria figlia morta. Fermò la macchina a pochi metri dalla frontiera, ancora nella parte occidentale, consapevole che se avesse oltrepassato quella linea non avrebbe più avuto la possibilità di tornare indietro. La sua vita sarebbe finita e avrebbe distrutto definitivamente quella della sorella. Non osava guardarla. Si sentiva mancare l'aria, il cuore gli batteva forte. Era un essere spregevole, meschino, abietto, un infame privo di coscienza. Ma forse ne aveva ancora una, e gli faceva così male che gli parve di non poterlo sopportare. Allora pensò alla bambina: Beatriz doveva essere molto spaventata. Si domandò dove la tenessero, con chi, se fosse ben curata e protetta; da quella gente ci si poteva aspettare di tutto. Un poliziotto, vedendo che si era fermato, si avvicinò alla macchina. Klaus guardò di nuovo la sorella, che si mosse nel sonno, perché era cessato il rumore del motore e il movimento che la cullava. Prese fiato, e prima che il poliziotto, con un'arma in pugno e lo sguardo minaccioso, lo raggiungesse, ingranò la marcia e accelerò, lo superò e, lentamente, varcò il confine. Dallo specchietto retrovisore vide che la barriera si era subito riabbassata. Erano nella DDR. Proseguì per qualche metro, finché fu costretto a frenare perché un'auto militare gli sbarrava il passaggio. Nel momento in cui si fermò, si aprirono le porte del furgone e uscirono di corsa una dozzina di agenti della Grenztruppen vestiti di grigio, che circondarono la macchina puntando le armi. Klaus alzò le mani dal volante, tenendole in vista. Gli uomini aprirono le portiere e urlarono per farli uscire dalla macchina. Bettina si svegliò di soprassalto. Si guardò intorno, atterrita, senza capire che cosa stesse succedendo, come se fosse un incubo. Klaus scese per primo, con le braccia in alto; prima di mettere piede a terra, fu afferrato da due uomini e portato via. Alle sue spalle sentiva le urla di Bettina, trascinata fuori dalla macchina. Opponeva resistenza agli agenti con una forza straordinaria, per una convalescente; vedendola, Klaus ricordò la stessa ferocia, quando era stata arrestata a sedici anni. Sentì un gusto amaro in gola, come se avesse ingerito un potente veleno che lo devastava. Un urlo lo paralizzò, lasciandolo pietrificato, con il corpo pesante come il marmo.

«Klaus, che tu sia maledetto! Sei un demonio. Ti auguro di marcire all'inferno, maledetto! Maledetto!»

Il suo sguardo incrociò quello di Klaus, in uno strano sortilegio, mentre gli agenti la spintonavano verso una macchina. Urlava senza sosta, lo malediceva, piena di rabbia, fuori di sé. Le lacrime sciolsero l'incantesimo. Gli uomini lo spinsero con violenza, allontanandolo dalla sorella.

8

Il viaggio fu molto pesante. Quattro lunghe ore ammanettato, schiacciato tra due poliziotti, in silenzio per tutto il tragitto. Cercò di dormire, ma non ci riuscì, perché non appena chiudeva gli occhi vedeva il volto della sorella che lo malediceva. Provava così tanto dolore da doverli riaprire. Quando arrivarono a Berlino, stava albeggiando. La macchina entrò nell'edificio della Stasi. Klaus lo conosceva bene. Era rimasto uguale, immune al tempo.

Un altro poliziotto lo condusse lungo un corridoio deserto, fino a raggiungere una stanza. Due colpi sulla porta e una voce nota che li invitava a entrare. Markus stava leggendo qualcosa, e non si scompose. Il poliziotto costrinse Klaus a sedersi, gli tolse le manette e uscì. Solo in quel momento Markus alzò gli occhi e lo guardò. Aveva i capelli più bianchi, era ingrassato, con la pelle di marmo arrossata sulle guance, sul naso e sulla fronte. Indossava un'impeccabile divisa da capitano, il collo della camicia immacolato e inamidato, la cravatta con il nodo perfetto, la giacca dell'uniforme con i gradi e le decorazioni per meriti verso il Partito, il cappello sulla scrivania.

Per un po' si osservarono, studiando il passato vissuto da ciascuno negli occhi dell'altro.

Markus si protese in avanti e giunse le mani sul tavolo.

«Hai una bella cera», disse in tono sarcastico. Il volto di Klaus era sfigurato dalla ferita al labbro e dalla stanchezza accumulata. «Si direbbe che la dittatura di Franco ti abbia giovato.»

«La bambina dov'è?»

«Tra poco la vedrai.»

«Usare una bambina così piccola è da vigliacchi.»

Lo sguardo meschino di Markus lo fulminò. All'improvviso sorrise con cattiveria.

«Non venirmi a dare lezioni di morale. Proprio tu che hai rovinato la tua famiglia e hai venduto i tuoi due fratelli. Povera Bettina, credo che continuerà a maledirti per sempre. Non riesce a dire altro, impreca contro di te e contro lo Stato che avete oltraggiato.»

Klaus si raddrizzò, ferito, pieno di rabbia, e diede un colpo sul tavolo.

«Uno Stato che non mantiene le promesse.» Alzò l'indice e glielo puntò contro. «Mi aveva dato la sua parola, me lo aveva garantito. Non solo non ha tenuto fede alla sua parola, l'ha anche fatta isolare.»

«Il Partito non promette niente, fa quello che deve fare. E Bettina non è stata isolata, ha deciso di isolarsi; lavorava in ospedale, con pazienti che avevano bisogno di lei, e li ha abbandonati senza problemi per un'ambizione personale.»

«Un'ambizione personale...» mormorò Klaus con un sorriso sarcastico. «Maledetto Paese, che decide per i suoi cittadini ciò che è bene e ciò che è male.» Strinse il pugno con forza, contenendo la rabbia. «Voleva la libertà di scegliere dove e come voleva vivere.»

Markus sostenne il suo sguardo per alcuni secondi.

«Argomento chiuso. Bettina è tornata al suo posto, e tu hai di nuovo tradito la nostra fiducia. La pagherai cara. Le regole valgono per tutti.»

Klaus abbassò la mano e la posò sulle cosce. Deglutì e insieme alla saliva mandò giù il suo orgoglio. Contava solo che la bambina tornasse tra le braccia di Sofía.

«Ho portato Bettina, voglio che restituiate la bambina a sua madre, immediatamente.»

«Lo faremo. Non abbiamo intenzione di trattenerla più del dovuto. Adesso sarai accompagnato da lei, così potrai vedere con i tuoi occhi che sta bene.»

Klaus abbassò lo sguardo. «Che cosa accadrà a Bettina?»

«Bettina Zaisser sarà sottoposta a un giusto processo. Come tutti coloro che tradiscono il Paese.»

«Non sarà che il suo Paese ha tradito lei?»

Il suo sguardo arguto si scontrò con l'espressione torva del capo.

«È incredibile che tu non abbia imparato niente in tutto questo tempo. La DDR non tradisce mai.»

Klaus desistette. Era inutile discutere. Nella sua mente fluttuava il nome del fratello Daniel, ma non osava domandare di lui, perché temeva la risposta. Alla fine si raddrizzò, come se radunasse le forze per lanciarsi nel vuoto.

«Che cosa ne è stato di Daniel Sandoval?»

Markus aprì le mani e cambiò posizione.

«Sta scontando la sua pena», gli comunicò, come se fosse ovvio.

«Pena?» chiese Klaus, con ironia. «L'unico reato che ha commesso è stato di essere il mio gemello. Che io sappia, non è punibile.»

«Ha ucciso un uomo. Ha cercato di scappare e ha ammazzato un agente. Anche lui è stato ferito, molto gravemente. Ha rischiato di morire, ma gli ottimi medici della DDR lo hanno salvato. È stato processato con le dovute garanzie e ora sta scontando la sua pena.»

«Fino a quando?»

«Non ti riguarda.»

«E che fine farò io?»

Markus lo guardò per qualche secondo, con la mano sulla bocca, come se stesse valutando che cosa dire. Aprì la mano e parlò serenamente.

«Non è ancora stato deciso.»

«Chi mi sostituirà a Madrid? Lo studio non può restare aperto senza Daniel Sandoval.»

Klaus sapeva benissimo che era andato tutto in malora per via di Mario Bielsa, che confessando si era vendicato delle persone che lo ricattavano, ma era curioso di sapere che cosa ne sarebbe stato di Sofía e di suo marito. Sperava che, date le circostanze, avrebbero restituito a Daniel Sandoval la sua vita.

«Non preoccuparti. Il KGB ha dovuto abbandonare la base. L'operazione è andata in fumo. Anni di lavoro buttati via. Un peccato.»

«Ma Daniel Sandoval potrà tornare alla sua vita, con sua moglie?» insistette.

Il capo Markus lo guardò in silenzio, l'espressione altera, il disprezzo negli occhi. Poi premette un campanello e il poliziotto aprì la porta.

«Portatelo dalla bambina.»

Klaus si alzò. L'agente fece per mettergli le manette, ma lui scostò le mani, rivolgendosi a Markus.

«Compagno Markus, la bambina pensa che io sia suo padre, non deve vedermi ammanettato. Non è il caso di farla soffrire ulteriormente. È innocente. Non c'entra niente con tutto questo… Per favore.»

Il volto impassibile di Markus lo fece rabbrividire. Il capitano rimase zitto per qualche secondo, valutando la situazione. Strinse le labbra e annuì.

«Va bene. Non credo che farai stupidaggini. Sono già abbastanza le persone che hanno pagato per la tua volubilità», disse alzando le sopracciglia.

Quelle parole penetrarono nella coscienza di Klaus come un coltello affilato e rovente, che gli bruciò le viscere e devastò definitivamente il suo spirito.

Klaus uscì dall'ufficio a testa bassa, a pezzi. Fu sbattuto di nuovo in macchina, schiacciato tra due poliziotti. Il veicolo attraversò le vie di Berlino, grigie e solitarie come le ricordava; non era cambiato niente, era sempre tutto uguale. Si diresse verso la parte Nord della città, nel quartiere Pankow, fino a raggiungere Majakowskiring, dove vivevano molti membri importanti del Partito. Una zona tranquilla, con case belle. La macchina si fermò davanti a una villa tra le più appariscenti, circondata da un prato curato, disseminato di belle aiuole colorate e diviso in due da un vialetto lastricato. Quando Klaus scese dalla macchina la porta della casa si aprì. Vide uscire una donna che teneva Beatriz in braccio. La bambina era intimidita, ma quando lo vide, si liberò e gli corse incontro, attraversando il giardino con il sorriso sul volto, urlando di gioia.

«Papà, papà!»

Klaus sentì una fitta di emozione e rabbrividì al suono di quella voce infantile, davanti agli occhi gioiosi della piccola che si avvicinava. Aprì le braccia, gonfio di amore. Era un toccasana per la sua anima. Quando la bambina lo raggiunse, si aggrappò al suo collo, abbracciandolo teneramente. Klaus chiuse gli occhi e strinse con forza il suo corpicino, per impregnarsi della sua innocenza, del suo candore, colmarsi di un amore puro, incondizionato, concentrato in quella creatura fragile, indifesa e dotata della forza incommensurabile data dall'integrità morale. Il tempo si fermò, in una piacevole estasi di felicità momentanea, di dolcezza indescrivibile.

Con gli occhi inondati dall'emozione, Klaus la guardò sorridendo, commosso, le toccò il volto, le guance morbide, i capelli, esaminandola da cima a fondo per accertarsi che stesse bene e che non avesse subìto danni.

«Stai bene?»

«Sì, papi, ma voglio tornare a casa», disse Beatriz arricciando le labbra e portando il mento al petto. «Non mi piace stare qui.»

«Ma ti hanno trattato bene?» domandò Klaus con voce soffocata.

La piccola annuì, ingenuamente.

«Voglio la mamma, dov'è la mamma?»

Klaus non le rispose perché aveva notato la donna che era uscita di casa. Era ferma, appoggiata alla soglia, le braccia incrociate, intenerita dalla scena. Sentì il cuore che accelerava, ma riportò lo sguardo sulla bimba che richiamava la sua attenzione. Le sorrise con tenerezza.

«Dov'è la mamma?» domandò Beatriz, con capricciosa insistenza.

«La mamma è a casa che ti aspetta. Non vede l'ora che torni.»

La bambina lo guardò, increspando le labbra, come se fosse pentita di essersi allontanata con un'estranea e volesse chiedere scusa.

«È arrabbiata con me?»

«No, bambina mia», la rassicurò Klaus, abbracciandola per infonderle tranquillità. Le parlava sottovoce, con un tono dolce e calmo. «Non è arrabbiata, solo molto preoccupata perché non sapeva dov'eri.»

«Mi sono addormentata, e quando mi sono svegliata ero con lei.» Si girò per indicare la donna ferma sulla porta.

Klaus la osservò; con lo sguardo fisso su di lei, parlò alla bambina.

«Va bene, non fa niente. Ora torniamo a casa e si aggiusta tutto.»

La bambina richiamò nuovamente la sua attenzione. Klaus la guardò e le sorrise, lei ricambiò il gesto, illuminandosi fiduciosa: era in salvo. Klaus si alzò, sollevandola tra le braccia, e lei gli circondò il collo, avvinta, impossibile da separare dall'uomo che considerava il proprio padre. Klaus avanzò con la piccola in braccio sul viottolo di pietra, continuando a guardare la donna. Quando le arrivò davanti, senza mai liberarsi dall'abbraccio della bambina, la riconobbe, nonostante gli anni passati. Lo stesso fisico, i fianchi e il petto più abbondanti, i capelli più scuri e più corti, ma con lo stesso sorriso, gli stessi occhi, lo stesso scintillio nello sguardo, le stesse labbra rimpiante per anni.

«Hanna...» disse con voce tremante, in un sussurro soffocato.
«Ciao, Klaus. Vedo che ti ricordi di me.»
«Come dimenticarti...»
I suoi occhi si riempirono di lacrime. Klaus staccò una mano da Beatriz per protenderla verso di lei, ma si fermò notando che Hanna si irrigidiva e che i suoi occhi si spostavano verso i poliziotti intenti a osservare da lontano la scena.
La bambina guardò la donna per un momento, poi si avvicinò all'orecchio di Klaus e gli parlò sottovoce, come se gli facesse una confidenza.
«A volte parla strano, non la capisco.»
Klaus strinse più forte la bambina a sé, concentrato su Hanna.
«Mi hanno detto che tu e Jessie...» Deglutì. Era pervaso da una strana calma. «Mi hanno detto che eri morta.»
«Come stai?» lo interruppe lei, cercando di mantenere la dovuta freddezza.
«Non so come risponderti.»
Lo disse con la convinzione di non avere mai provato ciò che provava in quel momento.
Lei sorrise e si fece da parte.
«Entra. Sarà meglio che chiami la madre di Beatriz, per tranquillizzarla.»
Klaus passò lentamente all'interno, senza mai smettere di guardarla, come se temesse di perderla di nuovo, che quella visione fosse solo illusoria, un miraggio, un offuscamento ingannevole, un brutto scherzo, per farlo affondare, il castigo scatenato dalla maledizione di Bettina. Ma era lei, si muoveva, gli parlava, aveva la sua voce, pensò, i suoi capelli, il suo volto, era lei, si ripeteva, cercando di convincersi che il miracolo era reale, un prodigio che la vita gli stava regalando.
«Il telefono è lì», disse Hanna, indicando un tavolino accanto a una poltrona. «Domani a metà pomeriggio la bambina sarà a Madrid. La riporterò a casa io, intorno alle sei», aggiunse, limitandosi a fornire un'informazione, con distacco.
Klaus percepì la sua freddezza e crollò come un castello di carte. La guardò in silenzio. Notò il suo disagio.
«Vuoi un caffè?»
Klaus tardò a reagire. Poi annuì.
Hanna uscì dalla sala. Klaus la seguì con lo sguardo, finché

scomparve dalla sua vista. Poi sentì nuovamente il tenero calore della bambina aggrappata a lui. Si guardò intorno. La casa era ampia e luminosa, con i pavimenti lucidi, arredata con un gusto troppo occidentale per l'estetica della DDR. La sala era enorme, con una grande vetrata affacciata su un portico e sul giardino dal quale erano entrati, dove poté vedere i poliziotti che lo avevano scortato fino a lì. Erano scesi dalla macchina e fumavano, parlando distrattamente.

Si sedette vicino al vecchio apparecchio e si mise la bambina sulle ginocchia.

«Vuoi che chiamiamo la mamma?»

«Sì», rispose Beatriz, con gli occhi che brillavano di felicità.

Klaus fece il numero e aspettò che gli passassero la chiamata. Attese appena uno squillo, perché evidentemente Sofía era attaccata al telefono in attesa di notizie.

«Sì?» la voce piena di ansia lo turbò. «Chi è?»

«Sofía...»

«Mamma, mamma», la bambina lo interruppe con entusiasmo, prendendo la cornetta e portandosela all'orecchio.

Madre e figlia parlarono per un po'. Klaus non smetteva di guardare la porta dalla quale era sparita Hanna, ansioso che tornasse, per rivederla, sentirla vicino. Intanto udiva la voce commossa di Sofía.

«Fammi parlare con papà, bambina mia.»

La piccola gli passò la cornetta.

Klaus la prese e se la portò all'orecchio. Parlava a fatica.

«Daniel, dimmi dove siete, per favore.»

«Non importa.» In quel momento arrivò Hanna, con una tazza di caffè fumante e un bicchiere di latte con i biscotti. Mise il vassoio su un tavolino al centro della sala e fece un cenno affettuoso a Beatriz perché si avvicinasse. Lei scese dalle ginocchia del padre e raggiunse il tavolo con riluttanza, come se non si fidasse a separarsi da lui. Poi prese il latte e lo bevve. Nel frattempo, Klaus restava in silenzio, senza smettere di osservare ogni movimento di Hanna, di ammirarla come una visione divina.

«Klaus?» L'angoscia di Sofía lo colpì come uno schiaffo.

«Domani sarà a casa», disse con voce roca. «Arriverà verso le sei.»

Sofía piangeva per l'agitazione patita, e per l'emozione di udire la figlia accompagnata e protetta dal marito.

«Che cosa è successo, Daniel? Dimmi perché hanno preso nostra figlia.»

Hanna si sedette su una poltrona, vicino alla bambina. La osservava con un sorriso soddisfatto mentre beveva il latte. Ogni tanto spostava lo sguardo su Klaus, che continuava a parlare al telefono senza smettere di guardarla.

«Non importa, Sofía, per favore, non piangere. La bambina sta bene...»

«Daniel, ti prego, ascoltami, devi tornare il prima possibile. Tua madre...» disse. Poi deglutì e si corresse: «Sagrario è in ospedale... Non sta bene, Daniel, ha bisogno di vedervi...»

«Domani potrà riabbracciare la nipote.»

«E tu? Non hai intenzione di tornare? Perché hai portato via i vestiti? Che cosa sta succedendo?» Sofía presentiva le intenzioni del marito, deciso ad abbandonarla, come conferma dei sospetti avuti delle ultime settimane, in cui era stato più distante, come assente. Prese fiato con ansia, come se le mancasse l'aria. «Daniel, hai intenzione di tornare, vero? Rispondimi, per favore, non mi lasciare così. Torni domani con la bambina, vero? Me la riporti tu, vero?»

«Sofía...» Aveva la voce rotta e la bocca secca. «Domani sarà tutto finito.»

«Che cosa sarà finito?»

Klaus rimase in silenzio, indifferente alla voce che mendicava amore all'altro capo della linea. Poteva offrirlo soltanto alla persona che aveva davanti, un amore che non si era mai spento, vivo sotto le ceneri, in attesa di ritrovarla.

«Daniel, dimmi che cosa ti ho fatto, dimmi che cosa ho sbagliato, per meritarmi questo!» Tacque per qualche secondo. Il silenzio la opprimeva fino a soffocarla. Parlò con un filo di voce, balbettando: «È per via di Monique?» Seguì un silenzio affogato nel pianto e nell'incertezza. «Ti amo, Daniel, ti amo tanto... Per favore, non mi abbandonare, ti supplico, possiamo sistemare le cose... Torna da me, Daniel, per favore, ti amo...»

L'ombra del senso di colpa travolse Klaus. Come aveva potuto giocare con l'amore di quella donna? Sofía era innocente tanto quanto la piccola Beatriz. Con gli occhi fissi su Hanna, si sentì un miserabile. Per la prima volta abbassò la testa, sopraffatto, si coprì la faccia con la mano libera e non poté evitare di piangere tutte le sue lacrime.

La bambina si voltò verso di lui e, vedendolo turbato, lasciò il bicchiere sul vassoio e gli corse incontro per abbracciarlo con affetto.

«Non piangere, papà, non piangere, io sto bene...»

Sofía udì le parole di Beatriz e tornò a supplicarlo, ma Klaus la interruppe con voce tremante, rotta.

«Non ti merito, Sofía... Non merito tutto questo amore...»

E riattaccò, travolto dal dolore, abbracciato alla bambina.

9

KLAUS era a pezzi, ma vedendo la profonda tristezza che provocava nella bambina cercò di ricomporsi e abbozzò un sorriso forzato, inghiottendo il pianto.

«Non piangere, bambina mia, ora sto bene», disse tentando di sorriderle e asciugando le sue lacrime.

«Perché sei triste, allora?»

«Non sono triste», rispose, fingendosi allegro. «Eravamo molto spaventati, pensavamo ti fosse successo qualcosa, e vederti mi ha reso così felice, che piango di gioia. Davvero, guarda.» Si asciugò le lacrime e le mostrò il volto. «Ora non piango più.»

Anche lei smise e gli appoggiò la testa sul petto. Klaus la cullò come un neonato, accarezzando le piccole mani bianche e morbide. Hanna li osservava in silenzio seduta su una poltrona, fumando una sigaretta. Klaus la fissava con ostinata insistenza. La donna della quale si era perdutamente innamorato quindici anni prima era diventata una persona dall'aria risoluta, con lo sguardo severo, ma lui cercava di ripescare nella memoria la dolcezza del volto dagli occhi scintillanti che lo aveva conquistato. Poco dopo si resero conto che la bambina si era addormentata. La portarono in una stanza, Klaus la mise a letto e Hanna la coprì con un plaid.

«Stanotte puoi restare con lei», gli disse Hanna.

«Grazie», rispose Klaus, guardando la bambina che dormiva.

Tornarono in sala e Klaus vide la fotografia di un uomo sulla cinquantina, di bell'aspetto, magro, con gli occhi molto chiari e i capelli cortissimi e biondi; indossava una divisa da ufficiale, con diverse medaglie al merito per i servizi resi al Paese.

«Chi è?» domandò stupito.

«Mio marito.»

Klaus la guardò sorpreso, come se non avesse capito. Si lasciò sfuggire una risata.

«Potrebbe essere tuo padre.»

«Invece è mio marito», rispose lei, sulla difensiva.

«Un pezzo grosso del Partito.»

«Sì, un tenente colonnello.»

Klaus la fissò. Hanna evitò il suo sguardo.

«Hanna...» Le toccò la spalla, ma lei si scostò. I suoi occhi lo supplicavano di non farlo. Klaus abbassò la mano. «Che cosa è successo?»

Hanna prese la cornice e fissò la foto.

«Quindici mesi a Bautzen ti portano a cedere anche sui principi più ferrei. Bastian era il direttore del penitenziario...» Sorrise, languidamente. «Io non sapevo niente di te e della nostra bambina... È stato così doloroso...» mormorò, senza rendersi conto del livello di ansia che le sue parole infondevano in Klaus. «Diceva che si era innamorato di me... Mi diceva che mi avrebbe fatto uscire di lì.» Alzò gli occhi e incrociò lo sguardo intenso di Klaus. «E lo ha fatto... Mi ha fatto uscire e mi ha ridato Jessie. Si è preso cura di noi e di mia madre.»

Klaus rabbrividì di fronte alla possibilità di rivedere la figlia.

«Jessie...» il nome sgorgò dalla sua gola come lava in eruzione. «La mia piccola Jessie.»

Lei lo guardò per un attimo, con una profonda tristezza riflessa sul volto; poi proseguì, con lo sguardo fisso sulla cornice che teneva tra le mani.

«Mi ha posto due condizioni; una era che lo sposassi.»

«L'altra?»

Lo guardò così intensamente che Klaus si sentì incenerire la coscienza.

«Rinunciare a te», disse. «Ho promesso di non avvicinarmi a te, di non cercare di contattarti, di sparire. Io e nostra figlia saremmo uscite per sempre dalla tua vita.»

«Evidentemente hai mantenuto la parola», aggiunse Klaus, con il volto adombrato dalla delusione. Pieno di rabbia per non averla cercata di più, per non aver smosso cielo e terra fino a trovarle entrambe, per essersi abbandonato alla disperazione, arreso alla menzogna che gli avevano raccontato. Gli doleva l'anima per tutti quegli anni perduti, per la vita sprecata in abbracci estranei, freddi, insensibili.

Lei lo guardò con una sensazione di spossatezza. Rimise la cornice sulla mensola di legno.

«Tratta bene me e i bambini, non posso lamentarmi.»

«E Jessie?» domandò infine, con profonda emozione, contenuta soltanto dall'ansia di sapere. «Come sta? Dev'essere grande, ormai, una signorina...» Sperava di rivederla, di riabbracciarla, pur sapendo di essersi perso tutta la sua infanzia. Si sentì il cuore in gola al solo pensiero.

Lei lo guardò per qualche secondo con amara tenerezza. Deglutì, abbassò lo sguardo, incapace di sostenere il suo.

«Jessie non è arrivata a compiere tre anni... È morta in un incidente, uno stupido incidente...»

Klaus ondeggiò, si sentì mancare le gambe. La sua mente si era svuotata e la voce di Hanna gli arrivava attutita, come se si trovasse in una cavità buia e gelida.

«Stavamo tornando a casa dopo aver festeggiato il compleanno di mia madre... Bastian ha cercato di evitare l'auto, ma ci è venuta addosso. È riuscito soltanto a frenare. L'impatto è stato tremendo. Io sono rimasta in ospedale per un mese, e ne porto ancora addosso le conseguenze. La bambina...» Fece segno di no con la testa. «Jessie è morta sul colpo. Il conducente dell'auto era ubriaco, ma non ha pagato per la sua condotta. Era un nipote del presidente, e l'accaduto è stato archiviato come un malaugurato incidente. Ero a pezzi, volevo morire... Bastian si è preso cura di me, mi ha dimostrato quanto si può amare pur sapendo di non essere corrisposti, neanche lontanamente. Il tempo è passato e sono rimasta incinta...» Fece un lungo sospiro. «La mia vita è ricominciata con il nuovo essere che cresceva nel mio ventre.»

Klaus le diede le spalle. Si sentiva soffocare, come se l'aria che respirava gli bruciasse i polmoni; era sopraffatto dallo sforzo di assimilare nuovamente la scomparsa della figlia. L'aveva considerata morta per tredici anni, e adesso, dopo un attimo di speranza, con l'illusione effimera di poterla riabbracciare, l'aveva dovuta seppellire nuovamente, per sempre. Chiuse gli occhi e cercò di contenere il dolore. Ma i ricordi che si riversavano disordinatamente nella sua memoria lo spinsero ad attaccare Hanna.

«E tua madre?» domandò, abbandonandosi al risentimento verso la donna che gli aveva nascosto la verità, che non gli aveva rivelato dov'era la figlia, negandogli l'opportunità di salvarla da tutto e da tutti, o almeno di provarci. «Perché non mi ha detto niente? Se me l'avesse detto... Vi avrei cercate in capo al mondo... Perché non mi ha detto niente?» ripeté con insistenza, consapevole che nessuna risposta avrebbe potuto cambiare la realtà.

«Sono andata a trovarla diverse volte e mi ha sempre raccomandato di dimenticarvi, di non cercarvi... Mi ha detto... Mi ha assicurato che eravate morte...» Parlava cercando di trattenere il pianto. «Come si può mentire su una cosa del genere?»

«Mia madre voleva solo proteggerci», lo interruppe Hanna, con tristezza.

«Avevo il diritto di sapere che cosa vi era successo», urlò lui, con rabbia. «In tutti questi anni mi sono sentito così in colpa... condannato a scontare per sempre la vostra morte. E invece non era vero, e se vi avessi trovato avrei potuto evitare che la mia piccola... che la nostra piccola...» Klaus non poté continuare, non riusciva a ripetere di nuovo che sua figlia era morta. «Se avessi saputo...»

«Non aveva alternative. Era stata avvertita: se avesse parlato, ci avrebbe compromesso; ha sopportato di tutto, non è stato facile neanche per lei. Non mi ha mai rimproverato niente, ma so che non condivideva la mia decisione di sposare Bastian, perché in fin dei conti era stato il mio carceriere.» Si strinse nelle spalle, con una smorfia piena di tristezza. «Di fatto, se ci penso, neanche io mi capisco; ma che altro potevo fare? Quando Bastian mi ha detto che avrei potuto riavere Jessie, non sono riuscita a dirgli di no. Forse sono stata codarda. Avrei dovuto lottare in un altro modo contro quella follia.»

Calò un silenzio pieno di disagio. Erano entrambi carnefici di se stessi per le decisioni prese. Ebbro del suo tormento, Klaus decise di non mortificarla oltre, convinto che non lo meritasse. Il peso che aveva sulla coscienza era fin troppo grande.

Le toccò il braccio, con gentilezza. Lei gli rivolse uno sguardo pieno di tensione, come se lo supplicasse con gli occhi. Klaus avrebbe voluto abbracciarla, ma si trattenne, sapendo che l'avrebbe compromessa. Cercò di addolcire il tono della voce, che invece uscì roca, profonda come il suo dolore.

«Non ti colpevolizzare, Hanna, chi più chi meno, siamo tutti scesi a patti per salvarci.»

«Per salvarci?» ripeté in tono flebile, quasi senza forza, distrutta. «Davvero credi che tu e io ci siamo salvati? Da che cosa?»

Klaus la fissò in silenzio e con un lieve cenno di dissenso spostò lo sguardo su un'altra cornice di alpacca con la foto di tre bambini, una più grande, quasi coetanea di Beatriz, e due maschi più piccoli.

«Sono i tuoi figli?»

Lei annuì, prendendo la fotografia.

«Adesso sono a scuola. Li conoscerai più tardi. Sono bravi bambini», disse Hanna, rimettendo la foto a posto.

«Sei felice, almeno?»

«Tu lo sei?»

Il volto di Klaus si adombrò. Abbozzò un sorriso forzato.

«Io merito di marcire all'inferno. Non hai idea di che mostro sono diventato.»

«So tutto di te, Klaus», aggiunse lei. «Tutto», ribadì, con sicurezza.

Klaus la guardò, agitò la testa.

«Non sai niente...»

«Essere sposata con un uomo potente ha i suoi vantaggi. Basta sapere dove cercare le informazioni e come usare gli strumenti a disposizione per ottenere ciò che si vuole. Non sono diventata una spia, ma ho agito come tale a casa mia, nel mio letto.» Lo disse con un gesto di disprezzo, lo sguardo perso nei suoi pensieri. Poi tornò a guardare Klaus. E sorrise. «Non immagini che cosa mi sono abbassata a fare per sapere di te. Dov'eri, che missioni ti erano affidate.»

«Non sai niente», ripeté, con decisione. «Tu sei la moglie di un pezzo grosso del Partito, ma almeno hai il rispetto di tuo marito e dei tuoi figli.» Schioccò la lingua, con l'amaro in bocca. «Io ho condotto alla rovina tutte le persone che ho amato, e che avrei dovuto proteggere.» La guardò trattenendo le lacrime. «Ho rovinato te, convincendoti a passare dall'altra parte nonostante il pericolo che avrebbe corso Jessie... Ricordo le tue paure... Ma io ho insistito... Ho insistito perché mi seguissi; ho perso te, ho perso la mia bambina, ho distrutto la vita dei miei fratelli e adesso, a migliaia di chilometri da qui, ho lasciato una donna a pezzi, senza marito, senza un padre per le sue figlie...»

«Lamentarsi non serve a niente, qui non ti lasciano scelta.»

«Una scelta c'è sempre», disse Klaus, con rabbiosa fermezza, guardandola negli occhi come se volesse convincerla. «Certo che c'è, e tu lo sai.» Un silenzio teso e doloroso li investì per qualche secondo. «Se non avessi ceduto alle loro pressioni marcirei in carcere, ma avrei ancora qualcosa che ho perso per sempre: la dignità. Sarei libero, nonostante tutto, libero e potrei guardare il mondo a testa alta... Invece provo ribrezzo per me stesso, sono un essere ripugnante.» Sentì la saliva che diventava amara.

Hanna abbassò gli occhi e cambiò posizione, a disagio.

«Anch'io avrei potuto scegliere di resistere, di non prestarmi a un meccanismo crudele ammantato da legame famigliare.»

«Non potevi rinunciare a Jessie... Non te lo avrei mai perdonato... Mai...»

Ciascuno si leccava le proprie ferite, riaperte dall'incontro, in un silenzio complice.

«So dove si trova Daniel Sandoval.»

Klaus la guardò, incuriosito.

«Che cosa sai di lui?»

«Poco», rispose Hanna, alzando le sopracciglia. «Molto poco. La versione ufficiale è che ha tentato di scappare durante un trasferimento, ma la verità, come sempre, è un'altra: ha cercato di sottrarre l'arma a un secondino, nella colluttazione è partito un colpo e l'agente è morto. Un altro poliziotto ha sparato a Daniel, ferendolo gravemente. Voleva togliersi la vita, e ci è quasi riuscito.»

«Come sta? Sei riuscita a vederlo?»

Annuì, abbozzando un sorriso.

«Ho convinto Bastian», disse indicando la foto del marito. «Ha grande libertà di manovra, come ufficiale, e mi concede quasi tutto quello che gli chiedo... Tranne la sua liberazione, perché non dipende da lui. Siete due gocce d'acqua. È stato come guardare te.»

«Lo hai visto?» domandò, pervaso da un vortice di emozioni complesse, contraddittorie, intense, soffocanti.

«Solo un paio di volte.»

«Gli hai parlato?»

Fece segno di no con il capo.

«Pare un automa... È come se gli avessero rubato l'anima... Un corpo vuoto, ecco cosa sembra.»

Klaus avvertì un'angoscia terribile, che lo straziava dentro. Si passò la mano sulla faccia.

«Scusa... Fatico a respirare... Ho bisogno di aria.»

Uscì in giardino. Hanna lo lasciò fare. Portò il vassoio in cucina, si affacciò per vedere se Beatriz dormiva ancora, e quando tornò nel salone trasalì sentendo delle voci. Prima che potesse reagire, si udì uno sparo. Uscì di casa e vide il corpo di Klaus riverso a terra, accanto alla macchina e ai poliziotti che gli puntavano le armi contro. Urlò il suo nome, sconvolta, e corse da lui. Si inginocchiò. Respirava ancora.

«Che cosa è successo?» chiese con un misto di rabbia e spavento, rivolgendosi ai poliziotti.

«Siamo stati costretti a spararagli, si è avventato su di noi», disse uno degli agenti, tenendo Klaus sotto tiro. «Non abbiamo avuto scelta», aggiunse, come se si stesse giustificando davanti alla moglie di un superiore.

Lei lo fulminò con lo sguardo e l'uomo abbassò l'arma.

Il sangue gli sgorgava dal petto, inzuppando la camicia bianca come un'ombra nera. Gli occhi di Klaus la guardarono con la premura di chi sa che gli resta poco tempo. Parlava a fatica.

«Hanna... mia adorata Hanna... Ti ho sempre amato... sempre... Non ti ho mai dimenticato.»

«Non mi lasciare, Klaus, non mi lasciare adesso... Per favore, non mi lasciare adesso...» Aveva la voce rotta dal pianto. Si avvicinò e gli carezzò la guancia, con gli occhi vicini al suo volto, come se lui potesse aggrapparsi alla vita attraverso il suo sguardo.

Klaus le prese la mano insanguinata e parlò con le poche forze che gli rimanevano: «Abbi cura di loro, Hanna, occupati di Daniel e di Bettina... Non abbandonarli, ti supplico... Abbi cura di loro... Solo tu puoi farlo...» Una lacrima gli sfuggì dagli occhi chiari e scivolò sulla guancia. «Fallo per salvare te stessa...»

«Klaus, ti amo...»

Lui la guardò per un attimo. Senza badare ai poliziotti, Hanna avvicinò le labbra e lo baciò dolcemente. Klaus abbozzò un lieve sorriso, poi il suo corpo rimase inerte, gli occhi aperti, senza vita. Hanna era straziata dal dolore. Passò la mano sul suo volto, come per fargli una carezza, e gli chiuse le palpebre. Le lacrime le inondarono gli occhi, e pianse la morte dell'uomo che non aveva mai smesso di amare, trasformato in un'ossessione irraggiungibile.

Un poliziotto le toccò la spalla. Hanna alzò lo sguardo e vide Beatriz a pochi metri da loro, gli occhi fissi sulla figura del padre morto. Si alzò rapidamente, andò da lei e la prese in braccio.

«Portatelo via», ordinò in tono autorevole ai poliziotti, mentre rientrava in casa con la bambina.

10

DUE giorni dopo Hanna entrò nello studio del marito. Alle sue spalle si apriva una finestra affacciata sul giardino. Si vedeva il luogo in cui era stato colpito Klaus Zaisser.

«Sei pronta?»

Lei annuì, seria. Si sedette sul bordo della sedia.

«Come sta la bambina?»

«Come vuoi che stia? Ha visto morire l'uomo che ritiene suo padre, è con persone che non conosce e non capisce. Ha sette anni.» Non poté reprimere una smorfia, furente per il modo in cui era stato negoziato il rimpatrio di Bettina Zaisser, a spese di una bambina. «Non apre bocca da due giorni. È stato troppo per lei. Dobbiamo riportarla alla madre il prima possibile.»

«L'idiozia di Zaisser ha ritardato le cose.» Non si accorse dello sguardo rabbioso che gli rivolgeva la moglie e proseguì. «Ma adesso è tutto sistemato. L'aereo decolla alle nove e quarantacinque. Verranno a prendervi tra un quarto d'ora. Ecco i biglietti e i passaporti.» Fece scivolare i documenti fino all'altro capo del tavolo, davanti a Hanna. Poi prese una busta chiusa e la sollevò, per mostrargliela. «Questo è il certificato di morte di Daniel Sandoval, devi consegnarlo alla vedova.»

«Ma il morto non è Daniel Sandoval, e quella donna non è vedova.»

«Sono ordini, Hanna», disse con impazienza. «E gli ordini non si discutono. Le dirai che lavorava per i servizi segreti del nostro Paese e che è stato eliminato durante una missione, che non puoi fornire ulteriori informazioni perché non ne sai niente, sei solo un messaggero. Niente altro, hai capito? Meno starai con lei, e meglio sarà. Consegnale la bambina, la busta e vattene immediatamente. D'accordo?» insistette.

Hanna annuì, rassegnata, abbassò lo sguardo e prese la busta.

«Quella donna non merita ciò che le state facendo.»

«I danni collaterali sono inevitabili.»

«Non sono inevitabili», ribatté, con la stessa fermezza riservata a Klaus poco prima della sua morte.

«Hanna, Hanna...» insistette Bastian, in tono paternalistico. «Ci sono cose che non posso cambiare neppure io, lo sai. Se avrà la certezza che il marito è morto, non perderà tempo a cercarlo.»

«E se rivuole il cadavere? Se pretende di riaverlo? Ha tutto il diritto di farlo.»

«Non lo troverà.» Allargò le mani di fronte all'evidenza. «Non esiste una tomba con il nome di Daniel Sandoval, e lei non ha mai sentito parlare di Klaus Zaisser. Bisogna chiudere questa faccenda quanto prima.»

«Non si accontenterà...»

«Non hai motivo di preoccupartene. Limitati a svolgere il tuo compito, cioè riportare la bambina alla madre, e andrà tutto bene.» Rimasero in silenzio per qualche secondo, mentre lui si accendeva una sigaretta, per allentare la tensione. «Hai un incarico diplomatico, e sarai accompagnata da un mio uomo di fiducia.»

«Non ho bisogno di una guardia del corpo.»

«Sì che ne hai bisogno...» La guardò per qualche secondo, poi si abbandonò sulla sedia. «Me l'hanno imposto. So che questa missione è difficile per te, e mi dispiace. Ho sbagliato a chiederti di badare alla bambina...» La sua espressione divenne accondiscendente. «Adesso devi pensare solo a riportarla tra le braccia della madre, perché piangano tranquillamente la morte di Daniel Sandoval.»

«Daniel Sandoval prima o poi sarà liberato. E a quel punto che cosa accadrà?»

Bastian la fissò valutando se parlare, per non alimentare aspettative impossibili.

«Hanna... non è un problema tuo.»

Lei si raddrizzò e gli parlò in tono di sfida.

«E se le dico la verità? Che ha vissuto nella menzogna con uno sconosciuto, che suo marito è in prigione, a scontare una pena ingiusta...»

«Ha ucciso un uomo», la interruppe, a disagio di fronte alla ribellione della moglie.

«Sai che è stata una morte accidentale, che non aveva intenzione di uccidere, bensì di togliersi la vita.»

Il volto dell'uomo si indurì, il suo sguardo divenne cupo e caustico. Si protese in avanti, nel tentativo di suonare fermo e convincente.

«Hanna, se le dici la verità, rovinerai me e i bambini. Saremo finiti, definitivamente. Lascia che il tempo sistemi le cose. Questa bambina ha appena visto morire l'uomo che considera suo padre. Pensaci: dicendo la verità distruggerai definitivamente anche lei.»

Hanna lo fissò, prese i biglietti aerei e i passaporti diplomatici, quello di Beatriz falso. Si alzò e si diresse verso la porta, ma si fermò quando udì la voce del marito.

«Hanna, non dimenticare tutto ciò che ho fatto per te e tutto quello che posso fare non solo per Daniel Sandoval, ma anche per Bettina Zaisser. Non complicare le cose, ti supplico. Lasciami fare a modo mio. È meglio per tutti.»

11

ARRIVARONO a Madrid con due ore di ritardo. Scesero per primi dall'aereo e trovarono l'auto con la bandierina dell'ambasciata ad attenderli sulla pista. L'uomo che le accompagnava si sedette accanto al conducente, mentre Hanna e la bambina salirono dietro. Beatriz si lasciava trascinare, non parlava, non piangeva neppure, come se la sua mente fosse rimasta bloccata, incapace di reagire davanti all'immagine del padre riverso in mezzo alla strada, coperto di sangue, con un proiettile nel petto. Hanna la guardava con tristezza. Le accarezzava i capelli e la bambina la lasciava fare, senza esprimere nulla, senza sentire nulla, lo sguardo perso, assente. Aveva un peluche che le aveva regalato la figlia di Hanna; era morbido e spugnoso, e lo stringeva a sé come se volesse proteggersi dal mondo con il pupazzo.

Quando l'auto si fermò davanti al portone in calle Orellana, la bambina parve reagire. Guardò dal finestrino, e il suo volto si illuminò per un attimo; era tornata a casa, nel suo territorio, dalla madre che aveva bisogno di vedere per sapere che almeno lei stava bene. L'uomo scese e aprì la portiera. La bambina corse, mentre una macchina si avvicinava a tutta velocità, ma la guardia del corpo le afferrò un braccio, appena in tempo. La frenata fu brusca. Hanna corse da Beatriz e la abbracciò. La bambina tremava.

«Tranquilla, piccola, sei a casa, tranquilla...» La sollevò da terra, e la bambina la circondò con le esili braccia. «Andiamo, tua madre ti aspetta.»

Hanna attraversò la strada per raggiungere il portone. Prima di entrare si girò verso l'uomo che le accompagnava e gli parlò in tedesco.

«Mi aspetti qui.»

«Mi dispiace, signora», le rispose lui, categorico. «Ho l'ordine di accompagnarla in ogni momento.»

Non insistette. Sapeva che nulla avrebbe potuto cambiare l'ordine che aveva ricevuto, quindi entrò nel portone, seguita dal suo guardiano.

Quando furono sul pianerottolo, davanti alla porta di casa, Hanna fece scendere la bambina, la guardò e le sorrise, incoraggiandola con un gesto.

«Vuoi suonare tu?»

Beatriz si mise in punta di piedi, alzò il braccio e premette il campanello, che risuonò all'interno. Dopo uno spaventoso silenzio di alcuni secondi, si udirono dei passi che si avvicinavano in fretta. La porta si aprì e comparve una donna giovane, vestita con un paio di jeans e un maglione sottile e ampio, spettinata, come se si fosse appena svegliata da un sonno inquieto, con diverse ciocche di capelli che sfuggivano alla coda, dandole un aspetto trasandato. Il volto distrutto dal pianto e dall'angoscia di una lunga e inquietante attesa turbò Hanna.

Sofía guardò Hanna per un attimo, prima di posare gli occhi sulla bambina. Il suo volto si illuminò di una gioia intensa. Madre e figlia si abbracciarono a lungo, dimenticando le altre persone presenti sul pianerottolo. Hanna osservava la scena senza poter evitare la commozione. Tra un abbraccio e l'altro, Sofía guardava e toccava in continuazione la figlia, il volto, la testa, il corpo piccolo ed esile, come se non credesse di averla tra le braccia, reale, illesa. Ma presto si rese conto che la bambina aveva qualcosa. Il volto mesto, gli occhi bassi, lo sguardo a terra, non sorrideva nonostante la gioia della madre.

«Che cosa succede, tesoro?» le domandò prendendole il volto tra le mani. «Non sei contenta di essere tornata dalla mamma?»

La bambina abbassò il mento al petto e parlò con voce infantile, flebile.

«Voglio che venga papà.»

«Non è con te?» domandò lanciando un rapido sguardo a Hanna e all'uomo.

La bambina fece segno di no con la testa, affondando il volto nel collo della madre, senza lasciare il peluche che teneva in mano. Subito dopo scoppiò in un pianto sconsolato e straziante, scossa dal dolore.

Sofía guardò Hanna senza abbandonare l'abbraccio della figlia, l'espressione adombrata, snervata dalla sua presenza e dall'assenza della persona che si sarebbe aspettata di vedere.

«Dov'è mio marito?»

«Signora Sandoval, possiamo entrare?»

«Chi siete?» domandò Sofía, una volta riacquistata la sicurezza di avere la figlia tra le braccia. «Perché avete rapito mia figlia? Dov'è mio marito?» insistette.

Hanna prese fiato prima di parlare, maledicendo il dovere di portare una notizia luttuosa e falsa, che avrebbe spezzato il momento magico dell'incontro, quando la felicità aveva mutato il volto sciupato e cinereo della madre. La rivelazione sarebbe stata come un fiotto di acqua gelida che avrebbe fatto ripiombare la donna nella desolazione e nello sconforto.

«Signora Sandoval, sarà meglio che entriamo. Devo darle una brutta notizia.»

Sofía la guardò con un misto di terrore e curiosità. In quel momento comparve Vito, che aveva aspettato prudentemente in un angolo dell'ingresso durante l'incontro tra la madre e la figlia. Si stava trattenendo, ma era molto emozionata: non vedeva l'ora di toccare la bambina per accertarsi che stesse bene. Quando si fu avvicinata, Beatriz lasciò la madre e abbracciò Vito piangendo, dopo che Sofía le ebbe tolto il peluche. La bambina non lo rivolle indietro e si lasciò cullare nel tenero abbraccio di Vito, mentre Sofía, con le lacrime agli occhi, le accarezzava la schiena.

Sofía aveva mandato la figlia maggiore dai genitori. Non li aveva informati della scomparsa di Beatriz, perché non era pronta a sopportare l'isteria della madre né la preoccupazione del padre; era convinta che Daniel gliel'avrebbe riportata, che avrebbe mantenuto la promessa di restituirle la sua bambina sana e salva. Era sicura che non avrebbe permesso che le accadesse nulla di male, glielo aveva ripetuto fino allo sfinimento. Per non impazzire, si era aggrappata alle speranze che riponeva in lui durante ogni secondo senza notizie, ogni minuto di sconforto, ogni ora di desolazione. Aveva dovuto convincere Isabel che Beatriz era andata via con il padre e che entrambi sarebbero tornati presto. In compagnia della fedele Vito, Sofía aveva atteso l'arrivo per tutto il pomeriggio precedente, secondo le indicazioni che le aveva dato Klaus. Avevano trascorso le ore in silenzio, ma il tempo passava senza che accadesse nulla. Nonostante l'insistenza di Vito, Sofía non era voluta andare a letto. Si era assopita sulla poltrona accanto al telefono, vestita, raggomitolata come un cencio; non aveva mangiato, accettava solo tisane, caffè e brodo caldo. Aveva occhiaie profonde che le orlavano gli occhi di un alone violaceo. Anche la mattinata era trascorsa senza notizie. La sua angoscia aumentava, ma Sofía si costringeva a non piangere, a mantenersi calma per accogliere Beatriz, guardando con insistenza il telefono, invocando una telefonata, una spiegazione, una notizia che le desse speranza. Quando aveva udito il campanello, la sua mente aveva impiegato qualche secondo a reagire, sfinita dall'attesa. Barcollando, era corsa nel corridoio con il cuore in gola. Ma era come se avesse dimenticato tutto: aveva aperto la porta e visto la bambina, sana e salva, l'aveva abbracciata, aveva sentito il suo corpo contro il proprio, il suo odore.

Fece segno a Vito di portare via la figlia.

«Falle il bagno e dalle qualcosa da mangiare. Io arrivo subito.»

Poi si volse verso Hanna e le tese il peluche. Hanna lo prese con espressione angosciata. Poi Sofía la invitò ad accomodarsi con un cenno.

«Deve entrare anche lui...» disse Hanna, indicando l'uomo che era restato in disparte, impassibile.

Sofía li guidò in salotto. L'uomo rimase in piedi, fermo, le mani in vista, incrociate; una figura imponente, pensò Sofía vedendolo così teso, lo sguardo fisso davanti a sé, il volto di pietra, con un completo scuro, la cravatta grigia e la camicia di un colore indefinito, le spalle esageratamente ampie, tanto che le braccia sembravano sul punto di esplodere dentro le maniche della giacca, così come i pettorali, che spuntavano minacciosi sotto la camicia. Hanna si slacciò solo due bottoni della giacca chiusa fino al collo, sebbene a Madrid splendesse il sole. Aveva caldo, forse per via del nervosismo, pensò. Senza volere guardò i mobili, le tende, il rivestimento delle poltrone, la libreria piena di volumi, la televisione, la radio. Si pentì di quel riflesso involontario, di avere dedicato una parte della sua attenzione a qualcosa di banale come l'arredamento. Doveva comunicare una notizia terribile, e il dolore che avrebbe provocato la amareggiava. Si sentiva crudele.

«Dov'è mio marito?»

Sofía parlò restando in piedi, tesa come una corda di violino, le braccia incrociate, l'espressione ombrosa, per comunicare la reticenza di fronte a quella visita obbligata. Era decisa a non far accomodare i due intrusi.

«Dov'è mio marito?» ripeté subito, in tono aspro.

Hanna deglutì, piena di amarezza. Non sapeva che cosa fare del peluche. Doveva dirglielo, pensò, il prima possibile. Si tirò su cercando di adottare una postura solenne.

«Signora Sandoval, sono costernata di doverle comunicare che...» Abbassò lo sguardo per un attimo, a disagio, ma poi alzò il mento, prese fiato, la guardò negli occhi e la affrontò. «Sono desolata di doverle comunicare che suo marito è morto a Berlino due giorni fa. La causa del ritardo è stata questa.»

Sofía la guardava senza battere ciglio, senza interiorizzare la gravità della notizia, come se l'informazione non volesse raggiungere il suo cervello. Guardava la sconosciuta come si guarda un essere venuto dall'altro mondo, incapace di capire ciò che le diceva.

«Che cosa è successo?» balbettò.

«Suo marito collaborava con i servizi segreti del mio Paese, la Repubblica Democratica Tedesca.»

Sofía la guardò per un attimo, in silenzio, e contrasse le spalle appesantite dall'angoscia. Cercava di elaborare le parole dell'estranea.

«Mio marito che cosa?»

«Suo marito era un agente segreto della Stasi», confermò Hanna.

In quel momento, come un fiume impetuoso, nella mente di Sofía si ripresentarono i dubbi accumulati, le domande senza risposta, le incertezze: il passaporto con il timbro della DDR, le conversazioni telefoniche in tedesco, gli affari misteriosi, la strana donna dello studio, e la cassetta... Ricordò la conversazione con Monique, i microfoni. Era stato Daniel, sembrava che tutto quadrasse; esattamente il giorno successivo all'incontro registrato sul nastro, era ricomparso come per incanto, raccontando la vicenda rocambolesca della madre ritrovata. Daniel conosceva il contenuto della registrazione; l'aveva portata con sé da Parigi e l'aveva tenuta nascosta per anni dietro il comò. Combaciava tutto, perché tutto ciò che le aveva raccontato era falso, ma per quale motivo?

Guardò Hanna con diffidenza, come se pensasse di avere ammesso due pazzi in casa sua. Erano stati loro a sottrarle la bambina. Nella sua mente qualcosa non quadrava. Aggrottò le sopracciglia e si costrinse ad aggredire la sconosciuta, difendendosi con l'attacco.

«Mi prende in giro? E lei chi è?»

«Non importa chi sono, Sofía.» Hanna si lasciò sfuggire il nome di battesimo: non avrebbe dovuto farlo, perché quel particolare la avvicinava a lei, e non era conveniente. «Suo marito era uno dei nostri agenti.» Sofía fu sorpresa dalla parola «nostri». «C'è stato un problema... insomma, non so dirle altro, sono solo un messaggero.»

«Un messaggero...» Sofía alimentava la sua diffidenza, come per proteggersi dal nodo cruciale che ancora riusciva a mantenere fuori dalla propria coscienza. «Lei sarebbe... un portavoce... Cioè?» insistette, mostrandosi indignata.

«Mi dispiace, non posso dirle altro», ripeté Hanna.

Con espressione circospetta, guardò il peluche, come se le impedisse di svolgere la sua missione. Lo appoggiò sul tavolo accanto a sé. Solo allora estrasse dalla borsa la busta con il falso certificato di morte di Daniel Sandoval e lo porse a Sofía, consapevole della devastazione personale che stava infliggendo in quella donna.

«Questo è per lei.»

Sofía guardò la busta prima di prenderla. Recava il marchio della DDR.

«Che cos'è?» domandò Sofía.

«Il certificato di morte di suo marito.» Tacque per qualche secondo, cercando di intuire ciò che stava accadendo nella testa di Sofía, dove le notizie di certo si stavano affastellando, impossibili da gestire, immaginava. «Perché possa regolarizzare la sua situazione... come vedova, intendo. Mi dispiace molto.»

Sofía rimase di nuovo senza parole, mentre assimilava l'informazione. Si sentì mancare le gambe e si lasciò cadere lentamente sulla poltrona, fino a ritrovarsi seduta. Hanna esitò per un attimo, poi decise di imitare Sofía, per trovarsi alla sua stessa altezza; lo fece con cautela, sul bordo della seduta, restando rigida.

Sofía aprì la busta, ne estrasse il certificato e lo guardò. Alzò gli occhi.

«È in tedesco...»

«È morto a Berlino Est, è stato emesso lì.»

Sofía fissava il foglio in preda al panico, come se stringesse una bomba e non un maledetto pezzo di carta color seppia, con l'intestazione e una serie di dati che tentò di leggere, incapace di tradurli. Aveva dimenticato il poco tedesco che aveva imparato molti anni prima. Riusciva soltanto a decifrare il nome e il cognome del marito e la data del giorno prima, il giorno in cui aveva parlato con lui. Ricordò la loro ultima conversazione, la sua ultima frase: «Non ti merito... Non merito tutto questo amore...» Quelle parole si riaffacciavano alla sua coscienza con una forza devastante. Si sentì soffocare, con la gola serrata e una pressione dolorosa che le mozzava il respiro. Le si annebbiò la vista, le mani tremanti.

«Ma... come è successo?» farfugliò, sopraffatta. «Come è morto? Perché?»

«Mi dispiace», disse Hanna, angosciata dalle lacrime che scorrevano sulle guance di Sofía. «Non sono autorizzata a fornirle questa informazione.»

«Lei lo sa...» aggiunse con voce flebile. «Lei sa che cosa è accaduto a mio marito e me lo sta nascondendo.»

Hanna evitò i suoi occhi.

All'improvviso, Sofía reagì, si asciugò le lacrime con la mano e corrugò le sopracciglia.

«E dov'è? Dov'è il suo cadavere? Voglio vederlo. Ho il diritto di vederlo.»

«Temo che non sarà possibile», rispose Hanna seccamente. «È stato sepolto ieri in un cimitero di Berlino.»

«Impossibile.» Alzò la voce, come se all'improvviso avesse riacquistato tutta la sua forza. «Non possono farmi una cosa del genere. Sono sua moglie. Perché non mi hanno avvisato? Avrebbero dovuto avvisarmi.» Provò una profonda rabbia verso l'estranea che le aveva riportato la figlia e che voleva impedirle di vegliare il cadavere del marito. «Sta mentendo, è tutta una menzogna assurda, una menzogna crudele. Mi dica una volta per tutte dov'è mio marito.»

Hanna la guardava, percependo la sua aggressività. Sapeva che era inoffensiva, ma una donna ferita è come un animale selvatico, pensò. Cercò di calmarla.

«Signora Sandoval, capisco il suo dolore, ma il mio governo si attiene a una serie di norme in faccende di questo genere.»

«Che genere di norme possono impedire a una moglie di vedere il cadavere di suo marito?» la apostrofò, mostrando tutta la sua indignazione.

Calò un silenzio pesante. Hanna diede una rapida occhiata all'uomo, schiva e piena di vergogna. Poi abbassò lo sguardo. Voleva evitare di incrociare quello di Sofía, che immaginava pronto a trafiggerla.

Di fronte a quel silenzio perturbante, Sofía rabbrividì e si sentì abbandonare dalla forza effimera che aveva recuperato.

«Mi dica almeno com'è successo.» Il tono era nuovamente debole, supplichevole.

«Mi dispiace...»

Sofía capì che la sconosciuta non le avrebbe raccontato niente. Avrebbe dovuto scoprirlo per conto suo.

«Non voglio che rimanga lì. Voglio che il suo cadavere sia rimpatriato, perché le sue figlie e io possiamo portare un fiore sulla sua tomba. Il suo governo mi concederà almeno questo, spero.» Pronunciò l'ultima frase con un sarcasmo addolorato, con gli occhi pieni di lacrime impotenti.

Hanna fece un lungo sospiro. Fece fece cenno di no con la testa, a disagio. Guardò con la coda dell'occhio la guardia del corpo rimasta in piedi, all'erta. Conosceva vagamente lo spagnolo. Deglutì cercando di placare la voce della sua coscienza, che la spingeva a raccontare la verità. Quella donna non meritava così tanta sofferenza. Aprì la bocca e la richiuse. Cambiò posizione.

«Non dovrei dirglielo...» ammutolì perché l'immagine dei suoi figli le attraversò la mente come un ammonimento. Serrò le labbra, indecisa. Guardò Sofía e parlò sottovoce, soffocata dalla paura. «Il corpo non c'è, e neppure una tomba... Molto probabilmente è stato cremato...» Prima che l'altra potesse reagire, si alzò. «Mi dispiace... Mi dispiace molto...»

Hanna prese il peluche e si precipitò fuori dal salotto, seguita dall'uomo. Sofía la guardò senza reagire, incapace di muoversi; sussultò nel momento in cui si chiuse la porta. In seguito udì la bambina che parlava con Vito, e la sua voce dolce le impedì di crollare. Istintivamente si alzò e corse alla finestra, si affacciò e vide uscire la donna e l'uomo, che salirono su un'auto scura con la bandierina e la targa diplomatica.

Si voltò, riguardò il foglio che aveva in mano, il nome di Daniel, l'ora e la data della sua morte, e sentì il peso insopportabile di una solitudine immensa. Per molto tempo rimase senza fare niente, da sola, con lo sguardo fisso, senza vedere nulla. Alla fine, la bambina entrò di corsa e l'abbracciò. Aveva il pigiama e i capelli bagnati. Sofía la strinse forte a sé, aspirando l'odore di colonia. Vito era rimasta in disparte.

«Signora, sta bene?»

Sofía non rispose, si limitò a guardarla. Sentì che il mento le tremava. La bambina si rese conto che aveva gli occhi pieni di lacrime.

«Non piangere, mami, papà tornerà quando la ferita sarà guarita.»

«L'hai visto? Hai visto papà con una ferita?»

«Sì, era a terra, aveva un sacco di sangue qui.» La bambina si toccò il petto, sopra la maglietta piena di gattini e fiori colorati. «Gli faceva molto male, perché si è addormentato mentre Hanna gli parlava.»

«Hanna è la donna che ti ha riaccompagnato?»

La bambina annuì.

«Ed è lei che ti ha allontanato dalla mamma?»

La bambina annuì di nuovo.

«Voleva che conoscessi sua figlia Carola, che giocassi con lei, ma io non la capivo.»

«Beatriz, ascoltami, dove hai visto papà? Dov'era? Eravate qui vicino?»

Lei fece cenno di no.

«Siamo saliti su un aereo.» Beatriz abbozzò un sorriso prima di continuare. «E non ho avuto paura.»

«Su un aereo...» mormorò Sofía, cercando di capire dove avessero portato Beatriz, e di conseguenza dove fosse andato a riprenderla Daniel. «E chi ha fatto la ferita a papà?»

«Non lo so. C'erano due poliziotti.» Si avvicinò all'orecchio della madre per parlarle sottovoce. «Avevano la pistola.» Poi la guardò di nuovo per verificare la sua reazione.

«Dov'è successo?» Sofía le parlava con tutta la dolcezza di cui era capace, cercando di trattenere il pianto che la devastava, consapevole del dolore che la piccola aveva accumulato. «Lo sai, bambina mia?»

«Fuori, davanti alla casa di Hanna; era caduto a terra. La ferita gli faceva male, malissimo, non riusciva a parlare... Hanna era accanto a lui... Poi ha chiuso gli occhi.» Arricciò le piccole labbra rosate. «Hanna è diventata tristissima, piangeva tanto.»

«Ha chiuso gli occhi...» balbettò Sofía, con lo sguardo perso.

«Mami, quando torna papà?»

Sofía guardò con una dolorosa fitta di tenerezza il volto candido; l'ingenuità infantile la rendeva incapace di assimilare la morte del padre. Le tremò il mento, abbracciò forte la figlia, stringendola a sé per sentire il suo corpo fragile, finché crollò e scoppiò a piangere.

PARTE SESTA

1

Nei giorni successivi Sofía era frastornata. Sentiva di avere perso il controllo della sua vita, come se intorno a lei fosse tutto sprofondato. Si muoveva in una nube acquosa, molle, sorda, isolata dalla confusione circostante, con la sensazione di essere immersa nell'acqua. Vedeva volti indefiniti, udiva voci, ma non ascoltava nulla. Le sembrava che la sua vita si fosse interrotta nel preciso istante in cui aveva sentito di essere sola, completamente sola al mondo, pur essendo circondata da persone che si muovevano come marionette in un teatro che non era interessato a lei. La notizia della morte di Daniel si era diffusa, perché Adela aveva richiesto una messa nella Iglesia de los Jerónimos, oltre a pubblicare un necrologio di mezza pagina su diversi giornali nazionali. Tutto senza chiedere il parere di Sofía, che mangiava appena, parlava pochissimo e dormiva ancora meno. Ma nessuno conosceva la causa del decesso, il motivo dell'assenza di un corpo da vegliare e seppellire. Sofía non aveva fornito spiegazioni, salvo che le autorità tedesche (senza specificare di quale Germania) le avevano notificato il decesso. Non sapeva come giustificare la morte del marito, e l'impossibilità di raccontare era un problema che si aggiungeva al suo sconcerto. Come avrebbe potuto dire a chi lo conosceva che Daniel Sandoval era una spia di un Paese comunista? Se fosse stato un agente della MI6 o della CIA si sarebbe persino potuta vantare, ma la collaborazione con la Stasi sarebbe stata considerata un tradimento dei fondamenti della patria. Il suo nome sarebbe stato infangato, macchiato dallo stigma bolscevico, e lei e le bambine sarebbero state additate come la moglie e le figlie di una spia nemica, in quella Spagna ancora franchista, dalla mentalità ristretta, intrappolata nel più serrato nazionalismo che odiava tutto ciò che era diverso, come i comunisti, che erano gli avversari politici per eccellenza, una minaccia, un pericolo grave per la stabilità e il benessere sociale, e avrebbero continuato a esserlo agli occhi di molti, soprattutto nel suo ambiente, o piuttosto nell'ambiente di Daniel. Il suo, al laboratorio, era più aperto, più abituato a viaggiare, più tollerante, più flessibile. Sofía si domandava soprattutto come Daniel si fosse trovato in quella situazione estrema, se dovesse credere alle parole di quella Hanna, la donna che le aveva portato la peggiore delle notizie. Le vennero in mente le scene di quei film americani sulla guerra del Vietnam che ormai proliferavano il sabato pomeriggio, in cui i veicoli militari si fermavano davanti a una casa con giardino, scendevano due ufficiali con una busta in mano e suonavano alla porta. Quando la dolce moglie apriva, aveva già intuito la notizia funesta: «Ci dispiace molto, signora X, suo marito risulta disperso, morto in missione»; poi le consegnavano la busta chiusa che confermava quanto detto, e lei crollava, perché non aveva un corpo da seppellire, né una tomba dove portare i fiori e piangere la sua assenza. Nessuno le avrebbe creduto, come avrebbero potuto? Quel bravo ragazzo di Daniel una spia, che stupidaggine, che idiozia, che assurdità! Quindi non le restò che ordire una storia che fosse, se non credibile, almeno più dignitosa per la memoria del marito. Aveva visto da poco un film in cui tre amici andavano a pesca in una giornata apparentemente perfetta; a un certo punto si scatenava una tempesta, che spezzava lo scafo della barca portandola alla deriva, finché un'onda non la rovesciava. Due amici riuscivano ad aggrapparsi a un frammento di scafo, il terzo si dibatteva tra le onde senza riuscire a raggiungere i compagni, che gli urlavano di nuotare, di non arrendersi nella dura battaglia contro il mare. Ma l'uomo cedeva alla forza delle onde, veniva trascinato dalle maree e ingoiato dalle acque selvagge scompariva per sempre nella profondità dell'oceano placido che li aveva accolti, affinché vi entrassero fiduciosi, e che li aveva traditi, riscuotendo un prezzo molto alto. Quando la madre le chiese che cosa fosse successo, Sofía le raccontò la storia del film, inventando alcuni particolari. Entrambi i genitori la ascoltavano attoniti, con espressione circospetta, angosciati non solo dalla morte terribile, ma anche dalle circostanze del decesso.

Daniel aveva trascorso qualche giorno con alcuni clienti di Amburgo; erano usciti nel Mar Baltico, erano stati sorpresi da una tormenta e la barca era affondata. I superstiti avevano raccontato che Daniel era affondato nelle acque selvagge senza che loro potessero fare nulla per salvarlo. Raccontò che le autorità lo avevano cercato per ore, finché lo avevano considerato definitivamente morto, ingoiato dalle acque gelide di un mare lontano; il corpo era scomparso, senza lasciare traccia, né speranze di recuperarlo. Sembrava davvero la trama di un film, ma Sofía non aveva la prontezza di inventare una storia più credibile. Quindi la menzogna della menzogna fu ripetuta a chiunque volesse ascoltarla.

Non poté vegliare il corpo del marito, ma fu costretta a vegliare Sagrario, che pensò bene di morire appena dopo la comunicazione della luttuosa notizia.

Dopo che ebbe seppellito la suocera, decise di non badare alle ultime parole dell'estranea che in pochi minuti le aveva restituito la figlia lasciandola senza marito, in una strana condizione di vedovanza, e si presentò all'ambasciata della DDR per esigere il rimpatrio del cadavere. Calle Prieto Ureña le parve troppo defilata e solitaria per ospitare una sede diplomatica, niente a che vedere con i fastosi edifici, veri e propri palazzi, occupati da altre ambasciate, come quella italiana e quella francese. Il locale che la ospitava da poco meno di un anno era freddo ed essenziale, con l'aria precaria, provvisoria. All'interno regnava un silenzio inquietante, come se la sede fosse vuota. Il personale dell'ambasciata non le semplificò le cose. La ascoltavano con fare distaccato, rispondevano alle sue richieste malvolentieri, persino con disprezzo. Sofía aveva in mano soltanto il certificato di morte emesso a Berlino Est, e da come la guardavano e dal trattamento che le riservavano i funzionari giunse alla conclusione che la consideravano una pazza disturbata, con una storia ridicola. Le dissero di tornare un altro giorno per avere il tempo di fare una serie di verifiche, e quando arrivò la data stabilita, la fecero aspettare per due ore e le diedero un ulteriore appuntamento, in attesa di risposte, della documentazione richiesta, scuse assurde volte unicamente a esasperarla affinché desistesse. Lo scopo fu raggiunto e la delusione aumentò a mano a mano che il tempo trascorreva senza progressi; era come sbattere contro un muro di cemento armato, non si muoveva niente, nessuno le dava retta.

Così Sofía decise di andare a Berlino, seguendo il consiglio di Carmen, l'unica alla quale aveva raccontato la verità, o quella che credeva la verità. L'amica l'aveva aiutata a presentare la domanda di visto per la DDR. Senza l'appoggio di nessuno al di fuori dell'amica Carmen, salì su un aereo e sbarcò all'aeroporto di Tempelhof, a Berlino Ovest. Lì affittò un'auto con l'autista che la portasse al di là della frontiera. I controlli severi al Checkpoint Charlie la sconvolsero. La zona Est le parve scioccante tanto quanto era parsa anni prima a Daniel. Guardava assorta dal finestrino il contrasto tra la modernità che si era appena lasciata alle spalle e quelle vie, con i palazzi grigi, le vetrine mezze vuote, quasi tutte le macchine identiche, vecchie, malandate, brutte, le persone tutte uguali; sembrava una città diversa, era come essere scagliati in un passato fermo nel tempo. Guardava tutto con una curiosità perturbante. Aveva un visto turistico di ventiquattr'ore; non aveva intenzione di trattenersi più dello strettamente necessario. Il tragitto fu molto breve. Il conducente l'aveva avvisata, sarebbe potuta andare a piedi.

L'auto si fermò davanti a un edificio di mattoni, al numero 89 di via Clara Zetkin, angolo Bunsen. Lo aveva scritto su un foglio, accanto al nome dell'ambasciatore. Giorni prima aveva chiamato per prendere un appuntamento con lui, anticipando il motivo della sua visita. Scese dalla macchina ed entrò nell'edificio. Dovette salire al secondo piano. Quando arrivò sul pianerottolo, vide una targa dorata con la dicitura AMBASCIATA DI SPAGNA. Suonò e fu accolta da una donna dall'aspetto ariano, bionda, robusta, vestita con tailleur blu e camicia, gli occhi grigi allungati e asimmetrici, uno un po' più grande dell'altro. Sofía disse il proprio nome e la donna la accompagnò in un ufficio. Era un appartamento ampio e luminoso, una casa elegante. La sede diplomatica era aperta da appena un anno: i rapporti tra Franco e la DDR non dovevano essere affatto facili, pensò Sofía.

Fu infine ricevuta da un uomo sulla sessantina, alto, magro, calvo, il naso affilato, gli occhi rientrati e troppo grandi, la bocca dall'espressione inquietante. Dietro la finestra Sofía intravide una parte del Muro, l'edificio del Reichstag, la Porta di Brandeburgo e i grattacieli della zona Ovest, che ostentavano la loro magniloquenza agli occhi di coloro che vivevano nella parte comunista.

Quando l'uomo entrò, pensando che fosse l'ambasciatore, Sofía si alzò in segno di rispetto, senza muoversi. Lui le tese la mano dall'altra parte della scrivania. Sofía la strinse ed ebbe la spiacevole sensazione di un contatto viscido. Poi lui la invitò ad accomodarsi, facendolo a sua volta.

«Mi chiamo Martínez, Julio Martínez, addetto agli Affari esteri. Mi dica, come possiamo aiutarla?» Parlava con un ampio sorriso, mostrando i denti gialli e storti.

«Volevo incontrare l'ambasciatore», obiettò Sofía, in tono prudente e un po' deluso.

«Mi dispiace, ma in questo momento il signor ambasciatore non c'è.»

«Ho telefonato dalla Spagna per chiedere di parlare con lui. Sono Sofía Márquez, moglie di Daniel Sandoval. Mi hanno dato appuntamento per oggi.» Guardò un attimo l'orologio. «A quest'ora.»

«Lo so, mi dispiace, signora Sandoval, ma c'è stato un imprevisto e l'ambasciatore si è dovuto assentare. Cercherò di aiutarla come o meglio di lui, se è possibile.»

Sofía lo guardò per un attimo. Estrasse dalla borsa il certificato di morte che le aveva dato Hanna e glielo porse. Il funzionario si mise un paio di occhiali rotondi di celluloide nera e guardò il documento, il mento sollevato, con l'aria attenta al foglio e a Sofía.

«Mio marito è morto in questa parte di Berlino il 12 aprile scorso. Vorrei rimpatriare il suo cadavere.»

L'uomo abbassò il mento e guardò al di sopra delle lenti. Poi appoggiò il documento sul tavolo, si tolse gli occhiali e li mise sul foglio.

«Dov'è sepolto suo marito?»

«Non lo so, l'ho detto alla persona che mi ha risposto al telefono.»

«Ricorda chi era?»

Sofía corrugò la fronte, sforzandosi di ricordare.

«Un certo Sergio...»

«Sergio Montalvo», completò il nome.

«Sì. Ho detto al signor Montalvo che non so dove è stato sepolto.»

Il funzionario alzò la cornetta e parlò con qualcuno.

«Mi porti il dossier di Montalvo relativo a...» guardò il documento prima di rispondere. «Daniel Sandoval.»

Poi riattaccò e riprese in mano il certificato.

«Qui è scritto che suo marito è morto di morte naturale, per un arresto cardiocircolatorio.»

Sofía annuì, aveva fatto tradurre il documento e quella circostanza l'aveva sconcertata. Non ne aveva parlato con nessuno, non si fidava di nessuno e non voleva coinvolgere nessuno, prima voleva capire che cosa fosse accaduto al marito. Naturalmente era rimasta stupita dalla causa della morte, viste le informazioni ricevute dalla figlia, il sangue sul petto e i poliziotti con le pistole in mano.

Il funzionario proseguì.

«È riportata la data della morte e poco più», disse mentre leggeva. «Né il luogo né la data dell'inumazione. È stato emesso dal Ministero degli interni», aggiunse, alzando gli occhi. «Non avviene spesso che il ministero emetta un certificato di questo tipo, tantomeno nel caso di uno straniero... È la prima volta che vedo una cosa del genere, a dire il vero, anche se, come saprà, siamo qui da poco, e bisogna riconoscere che in questa zona, con questo governo, tutto è possibile.»

In quel momento due colpi alla porta precedettero l'enorme bionda che aveva accolto Sofía. Entrò con una cartellina in mano e la diede al signor Martínez, che l'aprì subito. L'uomo lesse per un attimo, alzò le sopracciglia e guardò Sofía.

«Signora Sandoval, mi dispiace, ma non abbiamo prove che suo marito sia entrato in questa zona della città. Neanche che abbia varcato la frontiera della Repubblica Federale.»

«Ma mio marito è stato qui.»

«Come lo sa?»

Sofía estrasse il passaporto famigliare, dove era stata registrata l'entrata di Daniel nella DDR. L'uomo prese il documento e lo guardò con interesse, sfogliando le pagine.

«Ma risale all'aprile del 1968», disse restituendole il passaporto aperto alla pagina con i timbri. «In più risulta che ha lasciato il Paese un mese dopo.»

«Sì, ma lei ha detto che mio marito non è mai stato qui, mentre il suo documento conferma che ci è stato.»

«È possibile. La nostra delegazione è stata aperta solo un anno fa. Prima di allora non c'erano rapporti diplomatici tra la Spagna e la DDR, forse per questo non ci risulta la visita di sei anni fa. Ma le assicuro che negli ultimi mesi Daniel Sandoval non è venuto qui.»

Sofía si soffermò a guardarlo, valutando la situazione.

«È possibile che mio marito usasse un passaporto falso...»

L'uomo la guardò, incredulo.

«In questo caso...» fece un gesto come per dire che non era affar loro. «Non possiamo aiutarla.»

Si guardò intorno a disagio, non sapendo come riferire una cosa che reputava inverosimile. «Credo che mio marito fosse un agente segreto della Stasi.»

L'uomo la fissò per qualche secondo. Poi abbozzò una specie di smorfia spontanea, come se gli fosse sfuggito un sorriso beffardo, di sarcasmo contenuto.

«Chi glielo ha detto?»

«La donna che mi ha consegnato il certificato di morte.»

Sofía fece un lungo sospiro.

«Non so chi fosse... Probabilmente era legata all'ambasciata della DDR, perché è arrivata a casa mia con una macchina ufficiale.»

«Non conosce il suo nome e la sua mansione?» L'uomo allargò le mani come se si aspettasse qualcos'altro da quella storia assurda.

Sofía gli raccontò la strana scomparsa della figlia, il comportamento insolito del marito, che le aveva chiesto di non chiamare la polizia, perché si sarebbe occupato lui di rintracciarla e di riportarla a casa. Gli disse che aveva parlato con lui il giorno in cui era morto.

«Era molto strano», disse in tono preoccupato. «Ho avuto la sensazione che volesse dirmi addio. E non è morto di infarto. Mia figlia era con lui e mi ha raccontato che ha visto il padre steso a terra, con una ferita sanguinante qui.» Si portò la mano al petto, desolata di fronte all'espressione dell'uomo. La stava prendendo per pazza.

«E lei crede alla versione della bambina? Se avesse ragione sua figlia, il certificato non direbbe la verità.»

«Mia figlia afferma di avere visto il padre che sanguinava copiosamente, in strada, e che faticava a parlare con la donna che era con lui, la stessa che mi ha riportato Beatriz. Poi ha chiuso gli occhi e non si è più mosso, lei dice che si è addormentato. Ha solo sette anni...»

Le tremò il mento e trattenne le lacrime pensando alla terribile esperienza che doveva essere stata per la sua bambina. Abbassò gli occhi e inghiottì le lacrime. Non voleva che quell'uomo la vedesse piangere.

Dopo un momento di silenzio, il funzionario fece un lungo sospiro e alzò le sopracciglia in bilico tra la sorpresa e l'incredulità.

«Temo che non avendo prove dell'entrata di suo marito nella DDR, non potremo cercarlo. È un Paese un po' particolare.» Si protese in avanti e abbassò la voce. «Ma le assicuro che chiunque entra viene registrato, e suo marito non compare da nessuna parte, almeno non con il suo nome.»

«Mio marito è stato qui», insistette Sofía. «È morto qui, mi deve credere, deve aiutarmi a trovare il suo corpo.» Tacque per un momento, abbassò gli occhi. Non voleva dirlo perché sarebbe stato come ammettere che era tutto perduto, ma era la sua ultima possibilità. Alzò gli occhi e lo guardò con espressione di supplica. «Signor Martínez, quella donna mi ha detto che lo avevano cremato, che non c'era una tomba, ma io credo che me lo abbia detto perché non lo cercassi, perché non indagassi sulla causa della morte. In assenza di un cadavere, non si può risalire alla causa del decesso.»

L'uomo rifletté per un momento, guardando il certificato.

«Signora Sandoval, se ciò che dice fosse vero, e credo che neppure lei lo sappia per certo, se suo marito apparteneva alla Stasi, pur non essendoci informazioni su di lui né traccia del suo presunto passaggio alla frontiera, non dubiti che il suo corpo è stato cremato e fatto sparire...» Allargò le mani in un gesto eloquente, che esprimeva l'irrimediabilità della situazione. «Svanito per sempre.»

2

SOFÍA tornò senza avere risolto nulla, tormentata da ulteriori dubbi. Continuava a scervellarsi sui cambiamenti manifestati da Daniel dopo il ritrovamento a Parigi. Era da allora che aveva cominciato a notare qualcosa di strano in lui. Da tempo aveva la certezza che tutta la storia che aveva raccontato sul motivo del viaggio, il presunto incontro con la madre e la sparizione per settimane a Parigi fosse una farsa. Si pentiva di non avergli chiesto di chiarire i suoi dubbi, di aver lasciato che il tempo passasse senza pretendere spiegazioni, relegando al subconscio domande che ormai non avrebbero più trovato risposta, almeno direttamente, dal soggetto principale coinvolto, perché non c'era, non esisteva più, non avrebbe più potuto parlare, raccontare, spiegare ciò che era accaduto e perché le aveva mentito. Non poteva che interpretare le circostanze partendo dai pochi elementi a sua disposizione, e giunse alla conclusione che a Parigi Daniel aveva lavorato come spia. Scuoteva la testa al pensiero di quella parola, «spia», che evocava subito i film americani. Daniel non poteva essere una spia, non sarebbe stato in grado... A quel punto si domandava come potesse essere o sembrare un agente segreto, e arrivava alla conclusione che Daniel era la spia perfetta, assolutamente insospettabile.

Decise di parlare di nuovo con Elvira, la segretaria. Era sicura che nascondesse qualche informazione ed era decisa a estorcergliela, per riempire le lacune che la tormentavano. Prese la macchina e si diresse in calle Alcalá.

Quando Elvira la vide entrare vestita di nero dalla testa ai piedi, strabuzzò gli occhi come se fosse sopraggiunto un pericolo e rimpianse di non potersi nascondere dietro il bancone.

«Buongiorno, Elvira, posso parlarle un momento?»

La segretaria la guardò, attonita. Si sentì mancare le gambe.

«A me? Perché, come mai?»

Sofía percepì qualcosa di strano nell'atteggiamento della segretaria. Era sulla difensiva, talmente nervosa da serrare i pugni, come se la presenza di Sofía l'avesse irrigidita.

«Ho bisogno di chiarire alcune cose sulla morte di mio marito.»

«Io non ne so niente», snocciolò la segretaria, cercando di assumere un contegno altero.

«Elvira, per favore...»

La segretaria la interruppe bruscamente.

«Mi dispiace molto, signora Sandoval, non posso darle retta.» Sviò lo sguardo e si mise a riordinare dei fogli. Vedendo che Sofía non si muoveva, la guardò, prese una cartellina e lasciò il suo posto. «Ho molto lavoro, arrivederci.»

Subito dopo si allontanò nel corridoio con la cartellina in mano, battendo i tacchi con fretta eccessiva. Ma Sofía non si sarebbe arresa così facilmente. Era stanca che tutti la liquidassero con risposte evasive.

«Voglio entrare nell'ufficio di mio marito», disse con voce tonante, costringendola a fermarsi. Avanzò nel corridoio, sotto lo sguardo attonito di Elvira, le passò davanti sentendo l'aroma penetrante di lacca che aleggiava nell'aria, e proseguì fino a raggiungere la porta di quello che era stato il grande ufficio del suocero. Solo allora si voltò verso la segretaria, che era rimasta impietrita. «Do per scontato che non sia stato occupato da nessuno.»

Elvira reagì, si mosse con passi corti e rapidi verso di lei, guardandosi intorno, intimidita dal nervosismo che le sprizzava da tutti i pori.

«Be', il signor Borrajo si è ritrovato tutto sulle spalle... la scomparsa del signor Sandoval, e...»

«Voglio entrare», ripeté Sofía, con fermezza.

«Mi sta mettendo in difficoltà.»

«Non capisco perché. La padrona sono io.»

La segretaria scostò lo sguardo, aprì la porta dell'ufficio e la lasciò entrare. Poi la seguì e richiuse, come se volesse nascondere la sua presenza.

Sofía percorse con lo sguardo il fastoso ufficio, in silenzio, si avvicinò con calma al tavolo, mise una mano sulla pelle che lo ricopriva, fece il giro intorno. Solo allora guardò la segretaria, ancora vicino alla porta.

«Signora Sandoval, la prego... Non dovrebbe essere qui.»

«Mi dica ciò che sa di mio marito.»

«Io non so niente.» Il tono di voce turbato rivelava che stava mentendo.

Sofía la fissò con una certa malizia.

«Se non mi racconta ciò che sa, la licenzio», disse sedendosi sulla poltrona di pelle, adottando una postura altezzosa, quasi sprezzante.

«Lei non ha niente a che vedere con lo studio... Non sa niente...»

«Ciò non mi impedisce di agire da padrona, anche riguardo al suo posto di lavoro. Nessuno è imprescindibile, Elvira, e lei meno che mai.»

In quel momento la porta si aprì. Era Borrajo, che rimase stupefatto vedendo Sofía Márquez seduta sulla poltrona che aveva riservato a se stesso.

«Scusate... Non sapevo...»

«Ci può lasciare un momento?» disse Sofía, freddamente. «Elvira e io stavamo discutendo di una faccenda importante.»

Borrajo guardò per un attimo la segretaria, annuì e richiuse la porta.

Elvira decise di non mettersi contro l'unica persona con la quale poteva condividere il terrore che la attanagliava dall'ultima volta che aveva visto Daniel Sandoval.

«Signora Sandoval...» esordì, avvicinandosi al tavolo. «Non dobbiamo parlare qui...»

«Mi dica dove.»

«A casa mia. Stasera alle otto. Calle de Quiñones, 10.»

«Ci sarò.»

Vedendo che Sofía non si alzava, fece un altro passo.

«Adesso se ne vada, la prego... Se ne vada.»

Sofía si rese conto che il nervosismo della segretaria era dovuto alla sua presenza nello studio. Si alzò e si diresse verso la porta. Le due donne si guardarono per qualche secondo, tra la diffidenza e il bisogno di parlare. Sofía assentì, infilò la borsa nell'avambraccio, raddrizzò le spalle e sospirò.

«Arrivederla, Elvira.»

«Arrivederla, signora Sandoval.»

Sofía si fermò e la interruppe alzando la mano che reggeva la borsa.

«La smetta di chiamarmi signora Sandoval, la prego. Sofía... mi chiami Sofía.»

3

Alle otto in punto Sofía arrivò al numero 10 di calle Quiñones. Spinse il portone ed entrò. Era un palazzo antico, senza ascensore, con le scale consumate e le pareti scrostate. L'aria era viziata e si sentiva un forte odore di candeggina. Salì due rampe fino al piano nobile e si fermò davanti a una porta. Suonò il campanello. Il rumore rimbombò nel silenzio della scala. Percepì subito qualcuno al di là della soglia. Un occhio la osservò dallo spioncino per un paio di secondi, poi scomparve. Si sentì il rumore di diverse serrature e la porta si aprì. Elvira la fece entrare frettolosamente e richiuse, facendo scattare di nuovo le tre serrature di diverse dimensioni e il chiavistello.

Sofía osservava attonita le misure di una persona che vive in preda al panico.

«Di che cosa ha paura, Elvira?»

La guardò con l'aria preoccupata. Era vestita come al mattino, un camicione fino al ginocchio con una stampa assurda, un paio di scarpe blu con il tacco basso, un po' rovinate e scolorite e una collana di bigiotteria che le arrivava alla cintura, della stessa stoffa del vestito. Elvira, da quando la conosceva, non aveva mai cambiato pettinatura: caschetto corto e molto gonfio: da anni ogni venerdì alle cinque andava dalla stessa parrucchiera a farsi la piega, che rimaneva intatta per tutta la settimana, a furia di lacca. Era troppo truccata, con troppo ombretto azzurro, troppo fard, troppo rossetto, pensò Sofía.

«Si accomodi», la invitò Elvira, con espressione gentile.

Percorsero il corridoio stretto e buio. La padrona di casa la precedeva, ma si voltava come per assicurarsi che Sofía la stesse seguendo.

Sbucarono in un piccolo salotto, con due balconi affacciati sulla strada, dai quali filtrava il nervoso sole primaverile. A Sofía parve una stanza accogliente, semplice, con pochi mobili impersonali, tutto molto raccolto, ordinato, pulito, antiquato, fermo nel tempo. Si guardava timidamente intorno.

«Mi dispiace moltissimo per la morte del signor Sandoval, è stato un duro colpo per tutti.» Poi si agitò e cercò di correggersi. «Per lei più che per tutti gli altri. E sua suocera, che dispiacere.»

Sofía non disse nulla. Rimase ferma, con un sorriso forzato di gratitudine. Era stanca di essere compatita, si sentiva soffocare.

Elvira allungò la mano verso una delle poltrone.

«Si accomodi, la prego. Vuole bere qualcosa?»

Sofía rifiutò. Non era una visita di cortesia, voleva arrivare subito al dunque.

Prese posto, seguita da Elvira, entrambe sul bordo della poltrona, tese, a disagio. Ma Sofía non era disposta a perdere neanche un attimo, e andò dritta al punto.

«Elvira, chi chiamava mio marito qui da lei?»

La segretaria la studiò per un attimo. La rattristava vedere quel volto segnato dalla disperazione della perdita terribile, quella donna giovane e sola, con le bambine ancora piccole. Le fece pena. Era giusto che fosse informata, che sentisse ciò che sapeva lei. Abbassò gli occhi, le mani intrecciate sulle cosce.

«Erano telefonate sporadiche, a tutte le ore, persino di notte.»

«Sa chi lo chiamava?»

Lei negò con un cenno.

«Gliel'ho detto. Era sempre la stessa persona, un uomo, straniero, con un tono brusco. Mi diceva solo l'ora in cui avrebbe richiamato, e riattaccava. Io riferivo il messaggio a suo marito, che mi aveva raccomandato di dirgli soltanto di venire, nient'altro, né che gli avevano telefonato né niente. Solo che doveva venire. Quando arrivava, aspettava la chiamata e parlava per un po' al telefono. Credo che l'uomo si chiamasse Tobías, perché ho sentito suo marito che pronunciava quel nome.»

«Di che cosa parlavano?»

«Non lo so. Non stavo ad ascoltare, e in ogni caso don Daniel parlava quasi sempre in tedesco.» Tacque un attimo, per riflettere. «L'ho sentito solo una volta parlare in spagnolo... L'ultima volta che è stato qui. Era arrivato all'ora prevista, ma il telefono non squillava. Ha aspettato a lungo. La chiamata doveva essere parecchio importante, perché era molto inquieto. Quando finalmente Tobías ha telefonato, don Daniel era furente, e verso la fine ha parlato in spagnolo, gli diceva che doveva portarla a Parigi, per concludere la sua parte dell'accordo. Quando ha attaccato era fuori di sé... Non l'ho mai visto così aggressivo.» Guardò Sofía negli occhi, prima di proseguire. «Ho avuto paura di lui.»

«Di che cos'altro ha paura, Elvira?»

La segretaria si contrasse, come se avvertisse un grande dolore. Il suo viso si alterò, sull'orlo del pianto.

«Non posso dirle altro, Sofía, è meglio che non sappia... è pericoloso.»

«Elvira, credo che mio marito fosse una spia... Un agente segreto della Stasi. Sa che cos'è la Stasi?»

La segretaria si strinse nelle spalle. Sofía non attese la sua risposta.

«È il nome dei servizi segreti della Germania comunista. Sono stati loro a portare via mia figlia, mio marito è andato a cercarla ed è successo qualcosa...»

Elvira la guardò, attonita. Non aveva bevuto la versione della scomparsa in mare, e le parole di Sofía erano compatibili con tutto ciò che era accaduto in studio negli ultimi tempi.

«Non è morto in un naufragio?» domandò, per assicurarsi di avere capito bene.

Sofía negò, cercando di trattenere le lacrime di rabbia e di impotenza che lottavano per uscire.

«Mi chiedo con che persona ho vissuto... Ho la sensazione che fosse uno sconosciuto...» Deglutì, per ingoiare il pianto. «Mi dicono che è morto e... Dio mio. Non posso neanche seppellirlo, né vegliare il suo corpo perché...» Sofía allargò le mani, con i palmi all'insù, e accennò un sorriso impostato di sorpresa. «... è svanito. Non c'è più. Non esiste... Ho solo un foglio in cui si dice che è morto per qualcosa che non è vero, perché mia figlia ha visto che sanguinava... Aveva una ferita al petto... Lei c'era, e una bambina non inventa cose del genere su suo padre...» Tacque di nuovo, guardò il soffitto, poi abbassò gli occhi e agitò la testa, serrando la mandibola. «Non ci capisco niente... Niente... Elvira, la supplico, ho bisogno di sapere che cosa faceva mio marito, e che cosa gli è successo.»

«Crede davvero che Daniel fosse una spia?»

Lei si strinse nelle spalle con espressione desolata, come se le chiedesse aiuto per chiarire i suoi dubbi.

«Lei ci crede?» domandò con voce rotta.

La segretaria la fissava senza battere ciglio. Cominciava a capire alcune cose. A un certo punto si alzò.

«Mi aspetti qui, non si muova, torno subito.»

Elvira lasciò Sofía nel salotto e dopo avere aperto tutte le serrature, uscì sul pianerottolo, si affacciò sulla tromba delle scale per guardare, prima sopra, poi sotto, come se volesse verificare che non ci fosse nessuno in agguato. Si avvicinò alla porta di fronte e suonò il campanello. Dopo un attimo di attesa pieno di inquietudine, si udì la voce di una donna.

«Arrivo...»

Finalmente la porta si aprì. Un'anziana piccola e rugosa come un chicco d'uva passa la accolse con un sorriso sdentato.

«Elvirita, cara, che bello vederti. Vieni, vieni, che ho fatto la tua torta preferita.»

«Adesso non posso, signora Concha, ho ospiti.» Si avvicinò, le afferrò le mani con affetto e le parlò sottovoce, guardandola negli occhi. «Mi serve quella cosa che le ho chiesto di tenermi.»

«La valigetta di pelle?»

Elvira assunse un'espressione spaventata, perché la signora Concha era un po' sorda e parlava fortissimo. Si mise un dito sulla bocca per indurla ad abbassare il tono. Lei piegò la testa con un sorrisetto malizioso, le fece segno di aspettare ed entrò in casa a passo svelto, per un'anziana, ma esasperatamente lento per la segretaria, che guardava di continuo la tromba delle scale, inquieta, finché la vide tornare nel corridoio, ciabattando, con la valigetta di don Romualdo in mano.

«Eccotela, cara.» Gliela tese parlando più piano.

«Non dica niente a nessuno, d'accordo? Niente.»

«Sì, sì, non preoccuparti. Poi ti do un pezzo di torta per domani a colazione.»

Elvira, dalla porta, assentiva e sorrideva.

«Ci vediamo dopo, signora Concha, grazie mille.»

Richiuse le serrature e tornò nel salotto. Sofía aveva una sigaretta accesa tra le dita.

«Le dà fastidio se fumo?» domandò, indicando la sigaretta. «Volevo smettere, ma con tutto questo...»

«Non importa.» Elvira si sedette e mise la valigetta vicino ai piedi. «Sofía, il giorno in cui ha telefonato in studio perché sua figlia era sparita, don Daniel si è comportato in modo molto strano. Invece di uscire di corsa per tornare a casa, ha chiesto della signorina Sharp. Lei non c'era, e mi ha detto di cercarla. Ma la cosa che mi ha stupito è che suo marito si è chiuso nell'ufficio della signorina Rebeca e ne è uscito con questa.» Mise la mano sulla valigetta con aria incuriosita. «È la ventiquattr'ore che usava don Romualdo. Non so che cosa contenga, ma suo marito mi ha chiesto, mi ha supplicato di eliminarla, di non dire a nessuno che me l'aveva data. Mi ha anche avvertito di non farne parola, perché se qualcuno fosse venuto a conoscenza che era uscita dall'ufficio saremmo stati in pericolo entrambi...» In quel momento Sofía smise di guardare la valigia per concentrarsi sulla segretaria. Le due donne si fissarono per qualche secondo. «A quel punto ho cominciato ad avere paura, ma era solo l'inizio. Con il terrore addosso, l'ho portata a casa. Come può vedere, non l'ho distrutta. Non so perché non l'ho fatto. Quando sono arrivata, prima di entrare in casa, la mia vicina, una signora molto anziana che vive da sola, mi ha sentito e mi ha invitato da lei. Vado spesso a casa sua, perché si sente sola. Be', siamo sole entrambe, ma io lavoro fuori casa... Sta di fatto che sono entrata con questa, che per me era come una bomba a orologeria, e mi è venuto in mente di lasciargliela in custodia. Non so perché l'ho fatto», ripeté, come per giustificarsi di non avere eseguito gli ordini. «Magari l'ho messa in pericolo, poverina...» Il suo volto si contorse in un'espressione angosciata. «Quando ho saputo che don Daniel era morto, ho pensato che dipendesse dal contenuto di questa valigetta. Da allora sono terrorizzata, non so che cosa fare...»

Sofía, in silenzio, aprì la valigia e ne estrasse sei cartelline color seppia, tutte con un timbro rosso del KGB, che riconobbe nonostante i caratteri russi. Se le mise sulle gambe. Aprì ciascuna cartellina e vide che conteneva mucchi di fogli manoscritti in russo, con una grafia chiara e fitta, e altri dattiloscritti; tutti i fogli recavano lo stesso timbro della cartellina.

«Sono...» Sofía alzò il volto per guardarla con sorpresa. «Sono documenti del KGB, i servizi segreti russi.»

«Sembra di sì», commentò Elvira, con gli occhi fissi sui documenti che vedeva per la prima volta. «Conosco bene la grafia della signorina Sharp, sono scritti da lei.»

«Che cosa faceva esattamente la signorina Sharp?»

«Non ne ho idea. Era molto riservata e si rivolgeva a me solo per lo stretto indispensabile.» Si sporse un po' in avanti, tesa. «Ma devo confessarle una cosa: non è vero che non ho trovato niente di strano su di lei. In realtà l'ho trovato, eccome; non è stato difficile, ma lei si è accorta che stavo ficcando il naso nella sua vita e non sa che brutto quarto d'ora mi ha fatto passare. Alla fine me la sono cavata, ma ho dovuto mentire a lei...»

«Che cosa ha scoperto?»

«Non molto. Che gli studi in cui diceva di avere lavorato in precedenza o non esistevano o non avevano mai sentito parlare di una certa Rebeca Sharp. Peraltro non è iscritta all'albo degli avvocati di Madrid.»

«Quindi chi è questa Rebeca Sharp?»

«Non ne ho la più pallida idea.» Alzò una mano, per chiederle di avere pazienza. «Ma non è tutto... Il giorno dopo che suo marito mi ha dato la valigetta era Giovedì Santo, e sono uscita a fare una passeggiata, per seguire le processioni e visitare i monumenti, le solite cose. Verso le nove sono tornata a casa. Quando sono entrata ho notato qualcosa di strano. Io chiudo sempre la porta con tutte le mandate e quella volta non era così. Quando sono entrata in camera mia, sono rimasta impietrita: era tutto in disordine, i cassetti aperti e rovesciati, tutto quello che c'era negli armadi a terra, il materasso tagliato. Mi sono presa un tale spavento che volevo andare alla polizia, ma mi sono ritrovata un uomo nel corridoio, un gigante grande come una casa, che me lo ha impedito. Non immagina il terrore. Quello mi ha preso per il braccio e mi ha portato di qua. E sulla poltrona in cui è seduta lei adesso c'era Rebeca Sharp, scortata da un altro gigante in piedi accanto a lei, come se la proteggesse; sembrava Mata Hari, fumava una sigaretta, con una tracotanza che non immagina. Mi sembrava di essere in uno di quei film che trasmettono il sabato pomeriggio.» Mosse le mani, nervosa. «La signorina Sharp mi ha chiesto se qualcuno era entrato nella sua stanza. Le ho detto di no, che non mi risultava, ma lei ha insistito. Mi tremavano le gambe, non immagina la paura che ho avuto. Mi ha dato addirittura uno schiaffo...» Istintivamente si portò la mano alla guancia. «È stato così umiliante... Mi ha detto che qualcuno aveva sottratto qualcosa che le apparteneva dalla sua stanza, e che se io non avessi collaborato, me la sarei vista molto brutta.» Sospirò e rammentò di avere percepito le gambe che si inumidivano per il calore dell'urina che colava sulle caviglie. Senza volere, arrossì al ricordo. «Per un bel po' ha cercato di estorcermi informazioni, e io morivo di paura, non solo per me, anche per la mia vicina, poverina, in che guaio l'avevo messa! Alla fine si dev'essere rassegnata, perché se ne sono andati, avvertendomi che mi avrebbero tenuto d'occhio. Da allora non riesco a dormire, sussulto a ogni passo. E non è tutto. Lunedì, quando sono tornata in studio, l'ufficio della signorina Sharp e quello di suo marito erano tutti sottosopra. Doveva essere stato qualcuno che aveva la chiave, perché la serratura non era stata forzata.»

«Devo parlare con quella donna», mormorò Sofía.

«Non credo che sia possibile. Da allora non è più tornata in studio.»

«E non sa dove sia?»

«Né lei né gli altri avvocati e tutti i praticanti nuovi entrati insieme a lei in studio. Tutti scomparsi. Da due mesi ci sono soltanto il signor Borrajo e gli altri due che quella donna non ha cacciato... Non so se sa che il signor Bielsa si è suicidato...»

«Ho sentito qualcosa...»

«Be', si è buttato dalla finestra di casa sua qualche giorno prima che sparisse suo marito», disse con espressione compunta, come se il ricordo la mettesse a disagio.

«E conosce la ragione della scomparsa collettiva?»

Elvira sollevò le sopracciglia, valutando come procedere.

«Be', mi sono fatta un'idea; mettendo insieme ciò che è accaduto, e quello che mi ha appena raccontato lei... Quando il signor Bielsa è morto, ho trovato un messaggio sulla sua scrivania, che ho subito consegnato a suo marito. Poco dopo la signorina Sharp ha convocato tutti quelli che poi sono scomparsi con lei, avvocati e praticanti, e suo marito. Io sono andata a portare dei fogli nell'ufficio di don Daniel e ho sentito una parte della loro conversazione. La signorina Sharp parlava con l'autorità di un capo, diceva che non bisognava fare parola di quel messaggio, che se la polizia fosse venuta a fare domande, tutti avrebbero dovuto rispondere che non immaginavano che il signor Bielsa potesse arrivare a compiere un gesto così drastico. A me non ha detto nulla: credo fosse convinta che il messaggio l'avesse trovato suo marito. Pochi giorni dopo la polizia si è presentata in studio e ha interrogato tutti. Io non ho detto niente del messaggio che avevo trovato, non so se ho fatto male, ma... Avevo paura di parlare, temevo di finire nei guai. Poi è successo tutto quello che le ho riferito.»

«E non ha più saputo niente di loro?»

Elvira fece cenno di no con il capo.

«Nessuno ne sa niente. È come se li avesse inghiottiti la terra, come don Daniel che è sprofondato nel mare...»

4

Dopo la conversazione con Elvira, Sofía era giunta alla conclusione che in effetti il marito, per ragioni che forse avrebbe ignorato per sempre, a un certo punto della sua vita era diventato un agente segreto della Germania comunista e un collaboratore dei russi. Sospettava che lo studio fosse una copertura per una rete di spionaggio. La semplice idea la faceva inorridire. Sapeva di avere un muro davanti: per quanto si fosse impegnata, per quanto avesse indagato, per quanto avesse supplicato per ottenere una spiegazione, non avrebbe trovato risposte. Tutti quegli interrogativi la soffocavano, fluttuava in un mare di dubbi. Con Elvira avevano deciso di non raccontare nulla a nessuno, per la sicurezza di entrambe e delle bambine. Sofía era in apprensione, perché se quella gente era stata capace di rapire impunemente Beatriz, avrebbe potuto rifarlo, e non c'era più Daniel a risolvere i problemi. Si erano chieste se distruggere i documenti. Elvira aveva pensato di consegnarli alla polizia, dicendo che li aveva trovati da qualche parte, ma Sofía temeva che le avrebbero fatto troppe domande. Sapevano che tenerli sarebbe stato pericoloso. La cosa migliore era distruggerli.

A partire da quel momento Sofía si dedicò ad assimilare l'assenza, complicata dalla mancanza di una salma, dall'impossibilità di compiere il rituale un po' superstizioso di vestire il cadavere, vedendolo in una bara, inerte, freddo, la pelle pallida di morte, e vegliarlo per ore, ricevere le condoglianze degli amici, dei conoscenti e perfino dei nemici, di chi gli aveva fatto del male, di chi lo aveva tradito o ostacolato, che in genere si presenta per placare la coscienza sporca.

Non aveva avuto nulla salvo le messe, con tanto di letture riferite alla morte e alla resurrezione: «Molti di quelli che dormono nella regione della polvere si risveglieranno». Sofía prese parte al teatrino per inerzia, perché doveva essere presente, le diceva la madre, ma rabbrividiva ogni volta che il sacerdote nominava Daniel. Osservò il lutto solo per qualche mese, perché non sopportava di vedersi con quegli abiti scuri che le ricordavano ogni giorno il castigo della solitudine che le era toccato. Dovette abituarsi al vuoto definitivo nel letto, all'irrimediabile mancanza del suo caldo abbraccio, del suo odore, del peso del suo corpo, a dormire e a svegliarsi in solitudine. Il loro appartamento le divenne insopportabile, uno spazio pieno di ricordi che la riportavano a Daniel, e per sfuggire all'affanno provocato da quel silenzio doloroso riversò tutta la sua attenzione nel lavoro al laboratorio, dedicando sin troppe ore alla ricerca, lontana da tutto ciò che sapeva di casa. In più, la fortuna volle che in quel periodo fosse inaugurato il Centro de Biología molecular «Severo Ochoa»: Mercedes Montalcini le offrì un impiego a cui Sofía non poteva e non voleva rinunciare, e che le permise di continuare a studiare la duplicazione del materiale genetico. Avviò una ricerca sulle sequenze delle basi negli acidi nucleici, che la isolò dal mondo reale, fonte del suo dolore.

Nell'autunno del 1974 Sofía ebbe l'opportunità di vendere lo studio. Gli avvocati sfuggiti alla purga della signorina Sharp, capitanati da Justino Borrajo, si accordarono per farle un'offerta che non potesse rifiutare. Erano gli stessi che ai tempi di Romualdo Sandoval si erano arricchiti per anni con i suoi intrallazzi, mettendo insieme una somma ingente di denaro. Erano decisi a riprendere i traffici sospesi quando Daniel Sandoval aveva preso le redini dello studio, facendo fruttare i guadagni custoditi nelle banche svizzere. Sofía non era legata allo studio, quindi accettò l'offerta così come le fu presentata, limitandosi a porre una condizione: una garanzia scritta a tutela di Elvira e un aumento dello stipendio per la segretaria, adeguato al suo ruolo nell'ufficio.

Oltre a vendere lo studio, si liberò dell'appartamento in cui erano vissuti i suoi suoceri, in un luogo emblematico di Madrid, calle Alfonso XII, di fronte al Parque del Retiro, nei pressi della Puerta de Alcalá. Il ricavato di quelle vendite, così come l'eredità della suocera, fu depositato in un conto intestato alle figlie, che ne avrebbero disposto una volta raggiunta la maggiore età.

Passò il primo Natale senza marito e senza padre per le sue figlie orfane. Trascorsero gli anni, e il dittatore Franco, che stava sempre per morire senza morire mai, finalmente morì, e fu sepolto con gli onori che segnavano la fine di un'epoca sin troppo lunga, durata quasi quarant'anni. A poco a poco la Spagna si trasformò, a fatica, con alti e bassi, in bilico tra la libertà e gli eccessi, e le bambine smisero di essere bambine, crebbero adeguandosi al ritmo di tutto il resto (troppo in fretta agli occhi della madre, avvezzi unicamente al microscopio e alle provette; sempre più sconosciute, più estranee, meno dipendenti dalle sue cure e dal suo affetto).

Anni dopo Sofía cominciò a raccogliere i frutti della sua tenacia. A poco a poco le sue ricerche portarono risultati notevoli. Alcune sue scoperte fruttarono brevetti molto remunerativi per il CSIC, e i suoi lavori attirarono l'attenzione del mondo scientifico. Università importanti la invitavano a tenere conferenze, corsi, seminari. Viaggiava molto. In quegli anni, alcuni uomini cercarono di avvicinarsi a lei per intraprendere relazioni più o meno serie, ma Sofía li liquidava come chi fugge la peste, per proteggere la solitudine guadagnata minuto per minuto, giorno dopo giorno, senza tregua, senza pause, fino a renderla una condizione propria, piacevole, comoda, che finalmente le permise di dormire tranquilla, senza sussulti, senza incubi in cui le appariva Daniel e le sorrideva, con gli occhi pieni di gioia, lo sguardo limpido, sereno. Quando provava ad avvicinarsi, lui si allontanava sempre più rapidamente, facendosi più lontano, più vago, fino a perdersi, e lei rimaneva avvolta in una nebbia fredda, umida, densa. Allora urlava spaventata e si svegliava, madida di sudore, tremante. A poco a poco superò anche gli incubi, ma la sensazione di attesa non scomparve mai del tutto, in un lutto impossibile da concludere, perché Sofía non poteva portare i fiori su una tomba, non poteva vedere il suo nome inciso su una lapide, con la data di nascita e di morte. Non poteva fare come le altre vedove, faticava a liberarsi della sensazione di dilazione, di un'assenza non definitiva, pur sapendo che lo era.

Si accorse che Eduardo Soto la corteggiava quando i socialisti vinsero le elezioni e Felipe González salì al governo. Brillante, educato, cortese e molto galante, Eduardo era un collega più giovane di lei di cinque anni, alto e magro, con i capelli neri e folti e un sorriso sincero. Aveva cominciato come dottorando e aveva finito per lavorare accanto a lei, gomito a gomito. Sofía aveva notato le sue avance, accettate senza troppa convinzione. Entrambi mantenevano le distanze in laboratorio, ma, all'uscita, Eduardo la aspettava davanti alla porta e la accompagnava alla macchina; parlavano di lavoro, di progetti, finché un giorno lui la invitò a bere un caffè, lei accettò, e il caffè dopo il lavoro divenne un'abitudine. Un giorno la invitò al cinema e lei accettò anche quello. Lui le dichiarò il suo amore e lei non lo rifiutò, ma senza ricambiarlo apertamente. Si scambiarono qualche bacio furtivo e poco più. Sofía faticava a lasciarsi andare, ad abbandonarsi al desiderio; cercava di allontanare l'ombra del senso di colpa per un'infedeltà irreale. Avevano un rapporto che ricordava i fidanzamenti di una volta, casti e un po' distanti. A un certo punto però Eduardo accompagnò Sofía a New York, alla Columbia University, per presentare i risultati di una ricerca condotta insieme; e proprio allora il fidanzato paziente riuscì ad aprire una breccia nella barriera invalicabile che Sofía aveva costruito intorno a sé. L'ultimo giorno, dopo la cena, la accompagnò, come faceva sempre, fino alla porta della stanza d'albergo, poco distante dalla sua, sullo stesso piano. Era un bel momento, il ciclo di conferenze era finito ed era stato un successo. Sofía era euforica, si sentiva riconosciuta, stimata e rispettata dal mondo scientifico. Infilò la chiave nella serratura e, con la porta socchiusa, si voltò verso di lui. Era più alto di Daniel, con gli occhi scurissimi, molto diversi da quelli chiari del marito morto. Lo guardò per un momento, e senza pensarci troppo lo prese per mano e lo condusse dentro la stanza. Poi lo lasciò fare, lottando con il pudore, il senso di colpa e le sensazioni esplosive che provava, trascinata in un'ebbrezza sensuale che le dava sollievo e le straziava l'anima. Terminarono esausti, affannati, con il piacere che sprizzava da tutti i pori. Sdraiata a pancia in su, a guardare le ombre sul soffitto su cui si riflettevano le luci della strada, Sofía non poté evitare di pensare a Daniel, mentre sentiva il respiro irregolare di Eduardo, immobile, sfinito dalla battaglia. Chiuse gli occhi e si addormentò. Quando si svegliò era giorno. Eduardo era ancora nudo accanto a lei, addormentato, tranquillo. Osservò il suo corpo perfetto, muscoloso (faceva abitualmente esercizio), la pelle vellutata di uomo giovane, e all'improvviso si sentì a disagio. Si alzò e si chiuse in bagno, si guardò allo specchio e vide un volto che non le piaceva: il mascara sbavato le dava un aspetto tetro, sporco. Si infilò nella doccia e rimase a lungo sotto l'acqua tiepida. Mentre si stava asciugando, dentro la vasca da bagno, Eduardo entrò senza bussare. «Buongiorno, principessa.» Istintivamente Sofía si coprì con l'asciugamano. Con la naturalezza della quotidianità, Eduardo sollevò il coperchio del water e urinò sotto il suo sguardo attonito. «Alza la tavoletta...» gli disse lei, con voce tremante. «Per favore... alza la tavoletta...» Lui la guardò un po' sorpreso, interruppe il getto, sorrise e alzò la tavoletta; poi finì di sfogarsi. Quel gesto spontaneo, tipico delle coppie che convivono, le parve eccessivo, un'invasione intollerabile della sua intimità. Fu colta dal panico. Quando uscì dal bagno, Eduardo era disteso sul letto, a guardare la televisione, mentre si accarezzava il membro a riposo. Sofía gli chiese di andarsene. Non era un rifiuto, ma aveva bisogno di tempo per capire se era davvero pronta a liberarsi dal manto della solitudine che la avvolgeva e che la faceva sentire molto a suo agio. Eduardo fu costretto a fare un passo indietro, tornando al balletto della seduzione, alle moine, ai fiori, ai baci casti e alle lunghe passeggiate, che terminavano ognuno a casa sua, nella propria intimità.

Le figlie raggiunsero inesorabilmente la maggiore età, e l'indipendenza. Terminarono entrambe l'università con ottimi voti: la maggiore si era laureata in Economia e voleva aprire un'azienda per commercializzare alcune scoperte della madre applicate al mondo della nutrizione; Beatriz era da sempre portata per la scienza. Le due sorelle erano molto diverse nel fisico e nel carattere. Ogni volta che Sofía guardava Beatriz, non poteva evitare di ricordare il volto di Daniel, gli stessi occhi, la stessa bocca, i capelli biondi, la pelle bianca. Timida, taciturna, più prudente della sorella Isabel, che era un concentrato di vitalità: bruna, estroversa, allegra e socievole.

5

QUELLA domenica aveva ceduto alle richieste insistenti di Eduardo, che voleva portarla fuori a cena. Avevano un buon motivo per festeggiare, al di là del suo compleanno: il giorno dopo Sofía avrebbe ricevuto la laurea *honoris causa* dall'Universidad Complutense, nomina che la riempiva di gioia. Aveva già presentato il collega alle figlie, avevano anche mangiato insieme tutti e quattro. Isabel era entusiasta di lui, diceva che era l'uomo perfetto, bello, elegante, intelligente e spiritoso pur essendo uno scienziato; lo sosteneva con convinzione, e insisteva nel dire alla madre che non poteva lasciarselo scappare. Beatriz era più reticente: faticava ad abituarsi alla possibilità che qualcuno occupasse il posto di suo padre, pur riconoscendo alla madre il diritto di rifarsi una vita. Presto le figlie avrebbero lasciato la casa.

Sofía era in piedi davanti allo specchio a figura intera della sua stanza, con un vestito di lana e seta blu scuro. Isabel e Beatriz la osservavano.

«Mamma...» disse Isabel aggrottando le sopracciglia. «Non puoi uscire con quel vestito, sembri la nonna.»

«Esagerata. Non mi sta così male.»

«Vai a cena con Eduardo», ribatté Isabel. «Non a una conferenza a Oxford, rilassati un po'.» La osservava con attenzione, muovendo la testa come se valutasse il vestito. «Quell'abito può andare bene per la cerimonia di domani, è elegante e sobrio. Ma per sedurre un uomo assolutamente no.»

«Altro che sedurre», disse Sofía. «Io non ho intenzione di sedurre nessuno, esco solo a cena con un collega.»

«Devi sedurlo eccome, mamma, perché se continui a dargli picche, arriverà un'arpia a portartelo via. Eduardo è perfetto per te, e innamorato pazzo, a giudicare da come ti guarda.»

Nel frattempo Beatriz stava rovistando tra i vestiti appesi nell'armadio; li valutava a uno a uno, scartandoli per la stessa ragione che la induceva a escludere quello che Sofía aveva addosso. Finché, tra le ultime grucce, ne trovò uno rosso.

«E questo?» Estrasse la gruccia e mostrò il vestito alle altre due, appoggiandoselo addosso. «Non te l'ho mai visto.»

Sofía sorrise e accarezzò il tessuto con nostalgia.

«Mamma mia, non me lo ricordavo più. L'ho messo solo una volta, per festeggiare il compleanno di papà; tu avevi pochi mesi... È passato così tanto tempo, un'eternità...»

Isabel prese la gruccia e guardò il vestito, per valutarlo.

«Be', oggi lo metti per festeggiare il tuo con Eduardo», concluse.

«Mi fa un po' effetto... L'ho comprato perché piaceva molto a tuo padre.»

«Ma papà non c'è più», replicò la figlia maggiore, un po' impaziente. «Non può più renderti felice, e sono convinta che vorrebbe che lo fossi, che ti rifacessi una vita, o almeno che ci provassi.»

«Santo cielo, Isabel», replicò la madre. «Non fare la ruffiana.»

«Non ti decidi a buttarti, quindi hai bisogno di una spinta.»

Beatriz rideva.

«Secondo me ti calza ancora a pennello, mamma», disse la più piccola. «Forza, provalo.»

«Ma no, è troppo scollato», obiettò Sofía, alzando la mano. «E troppo attillato, troppo corto, non ho più l'età.»

«Mamma!» replicò Isabel. «I miei amici dicono che sembri mia sorella!»

Sofía sorrideva compiaciuta, mentre permetteva a Beatriz di aiutarla a togliersi il vestito formale che aveva scelto lei per mettersi quello rosso. Si guardò riflessa nello specchio, si girò da un lato e dall'altro.

«Sei splendida», disse la maggiore, osservandola con un sorriso. «Beatriz, cerca un paio di tacchi vertiginosi. E con la stola di pelliccia sarà perfetto.»

Beatriz frugò dentro scatole impilate in fondo all'armadio, dove la madre conservava le scarpe che usava sporadicamente. Ne tirò fuori un paio nere con il tacco molto alto. Le passò alla sorella, che aiutò la madre a calzarle.

Sofía si guardò allo specchio, coprendo la scollatura.

«Eduardo penserà che sono sul piede di guerra.»

«Proprio così. Basta con le limitazioni, mamma, smettila di fare la vedova triste e liberati, una buona volta! Sono passati undici anni, è ora che cominci a vivere la tua vita.»

Sofía guardò la figlia maggiore con espressione intenerita. Pensò che aveva ragione, che era ora di compiere un vero passo avanti nella strana relazione che aveva con Eduardo.

Finì di truccarsi e si profumò. Si udì il suono del citofono.

«È arrivato», disse Sofía prendendo la borsa. «Voi uscite?»

«Mamma, pensa solo a divertirti, e se non torni a dormire, avrai le figlie più felici della terra.» Isabel mise il braccio sulle spalle di Beatriz e la strinse a sé con affetto. «Vero, sorellina?»

Beatriz sorrideva, vedendo la madre agitata come un'adolescente.

«Copriti», disse porgendole la stola. «E soprattutto divertiti, mamma. Meriti di essere felice.»

«E seducilo», aggiunse Isabel con veemenza, dando un ultimo tocco ai capelli. «Per favore, mamma, seducilo, una buona volta.»

Quando, dopo i baci e gli abbracci di rito, Sofía entrò nell'ascensore, le due sorelle corsero alla finestra per guardare il pretendente. Eduardo stava fumando una sigaretta appoggiato alla macchina, una Renault rossa con la parola TURBO scritta in bianco sulla fiancata.

«Adoro quella macchina», commentò Isabel, con i gomiti appoggiati sulla ringhiera del balcone.

«Anche il proprietario», replicò Beatriz, dandole un leggero colpo con i fianchi e guardandola con malizia.

«Se non fosse innamorato della mamma, ti assicuro che non me lo farei sfuggire.»

«Ma non volevi andare a vivere con Carlos, l'amore della tua vita?»

«Sì, infatti Eduardo lo riserverei ai fine settimana.»

Le due sorelle risero, divertite. Erano contente per la madre.

In quel momento Sofía uscì dal portone. Quando Eduardo la vide, buttò la sigaretta e si mise sull'attenti. Le diede un bacio sulle labbra, casto e fugace. Le disse che era bellissima; lei sorrise e guardò verso la finestra, per vedere le figlie. Si salutarono con la mano. Eduardo scortò Sofía alla portiera della Renault Fuego, la aprì, aspettò galantemente che fosse salita, la richiuse e a passo svelto, quasi di corsa, fece il giro della vettura. Alzò lo sguardo verso le ragazze e le salutò con un tocco della mano sulla fronte e un sorriso complice.

Un uomo avvolto in un giaccone grigio e con un vecchio cappello inglese di feltro scuro osservava la scena all'angolo della strada. Quando la macchina partì, guardò verso il balcone, e vide le due ragazze ancora appoggiate alla ringhiera di pietra, che chiacchieravano e ridevano tranquillamente. Dopo un po', fece l'ultimo tiro della sigaretta, la buttò a terra, la pestò e si allontanò.

6

Nel novembre del 1985 centinaia di persone manifestarono contro l'entrata della Spagna nell'ONU; la Repubblica Federale di Germania assicurò l'imprenditore Ruiz Mateos alla giustizia spagnola; nel mondo musicale trionfavano gli Alaska y Dinarama con il pezzo *Cómo pudiste hacerme esto a mí*, oltre all'*Amante bandido* di Miguel Bosé o la irriverente Madonna con *Material Girl*. La televisione trasmetteva *Los pazos de Ulloa*, sceneggiato tratto dal romanzo omonimo di Emilia Pardo Bazán, *A-Team* e *Supercar*. Sofía aveva scoperto Gabriel García Márquez con *L'amore ai tempi del colera*, che le aveva regalato Beatriz.

Quella notte Sofía non aveva chiuso occhio, non solo per l'agitazione dovuta alla cerimonia solenne che l'aspettava il giorno dopo, ma anche per la proposta di matrimonio, comprensiva di anello, che le aveva fatto Eduardo alla fine della cena. Lei aveva accettato, chiedendogli però di attendere qualche giorno prima di diffondere la notizia, perché non voleva mescolare le cose. Si era alzata diverse volte durante la notte, girando per la casa come una sonnambula, aveva bevuto un bicchiere di latte tiepido, riguardato per l'ennesima volta il discorso che avrebbe tenuto, controllato che fosse tutto pronto. Il venerdì un uscere in divisa dell'università era andato a prendere la toga, la mozzetta turchina e la medaglia per la cerimonia. Sofía avrebbe ricevuto, oltre al titolo *honoris causa*, il tocco (turchese), il libro della scienza, l'anello e i guanti bianchi. Aveva riguardato l'anello che si era tolta prima di entrare in casa, rimettendolo nell'astuccio, dentro il cassetto del comò; se le figlie o Vito l'avessero visto, avrebbero subito capito, e voleva gestire la questione a modo suo, senza dover affrontare l'entusiasmo torrenziale di Isabel, che nel giro di un'ora avrebbe diffuso in tutta Madrid la notizia che la madre si sarebbe sposata. Da tempo aveva tolto di mezzo gli effetti personali di Daniel, sistemandoli nella sua parte di armadio con i completi, le camicie, il resto degli abiti, le scarpe, dietro lo sportello chiuso a chiave per non dover soffrire a vederli. Diverse volte la madre le aveva suggerito di disfarsi dei vestiti, regalandoli alla Caritas o alla parrocchia, perché erano capi di ottima qualità ed era un peccato che stessero a prendere tarme nell'armadio; aveva ragione, non c'era motivo per occupare metà guardaroba con vestiti che nessuno indossava né avrebbe indossato più. Ma lei aveva sempre rimandato. Salvo i vestiti, l'unica cosa rimasta di Daniel nella stanza appartenuta a entrambi, che ormai apparteneva solo a lei, era la foto sul comodino. Era sempre stata lì, il volto giovane del marito ventottenne. Durante gli anni di solitudine, quegli occhi chiari l'avevano guardata ogni giorno prima che si addormentasse e quando si risvegliava; sorridenti, ancora vivi in quell'istantanea prigioniera del tempo. Sofía prese la cornice d'argento e si sdraiò sul letto a guardare la foto, chiedendosi che cosa sarebbe successo se lui avesse potuto vederla, sul punto di diventare dottoressa *honoris causa*; era sicura che sarebbe stato orgoglioso di lei, e pensava che quel traguardo non sarebbe stato possibile se il marito non avesse cambiato atteggiamento, magari diventando una spia, un agente, non sapeva esattamente che cosa fosse, neanche se lo fosse stato davvero; non aveva certezze al di là dei suoi cambiamenti, che le avevano permesso di fare il dottorato, con tutte le conseguenze sul loro matrimonio, sul suo ruolo in casa, un tempo chiaro e definito: moglie, madre, pilastro della famiglia tradizionale e poco altro.

Alla fine si era addormentata profondamente, con la cornice sul petto. Si svegliò di soprassalto quando Vito bussò due volte alla porta, prima di aprire e affacciarsi.

«Buongiorno, signora.» Entrò e scostò le tende. «Oggi è il grande giorno.»

Una volta cresciute le bambine, Vito era rimasta in casa come domestica, o governante. Aveva assunto il ruolo della padrona di casa che Sofía aveva ceduto in favore del lavoro. Le due donne erano molto legate, anche se Vito continuava a trattarla con rispetto e deferenza, mantenendo le distanze. In quello era molto tradizionale, non si rassegnava a darle del tu e continuava a mangiare in cucina. Per Sofía era come una madre che si prendeva cura di lei e delle figlie.

Sofía si rigirò tra le coperte, sollevò una palpebra e si lasciò sfuggire un gemito.

«Avrò una faccia spaventosa, non ho chiuso occhio.»

«L'ho sentita», disse Vito mentre prendeva i vestiti lasciati sulla poltrona. «Ma è normale, non succede tutti i giorni, non a tutti, quindi se la goda, perché se l'è guadagnata.»

Sofía aveva aperto gli occhi e la guardava con un sorriso, senza alzare la testa dal cuscino.

«La colazione è pronta», disse la domestica. «Una colazione come si deve.»

«E le bambine?»

Nonostante l'età, entrambe continuavano a chiamarle in quel modo.

«Stanno facendo colazione. A che ora passa il signor Eduardo?»

«Alle dieci.»

«Allora deve prepararsi, forza», disse mettendole fretta.

Sofía prese la cornice, che era scivolata accanto al suo corpo.

«Vito, Eduardo ti piace?»

La domestica si interruppe, si girò verso di lei e la guardò, pensierosa. Si avvicinò al letto e si sedette accanto a lei. Prese la cornice con la foto di Daniel e la guardò con un sorriso nostalgico.

«Quanto era bello, mamma mia, che peccato...» Rimase in silenzio per qualche secondo; poi alzò lo sguardo e appoggiò il vetro sulle cosce, per non vedere la foto, come se non volesse fargli sentire ciò che avrebbe detto. Fece schioccare la lingua e sorrise a Sofía. «È ora che si rifaccia una vita. Non farà in tempo ad accorgersene, e le bambine già non vivranno più in questa casa.» Alzò le sopracciglia, dubbiosa. «Il signor Eduardo non lo conosco, l'ho visto solo quando è venuto a mangiare qui, ma a giudicare dal suo aspetto e dall'entusiasmo che mostrano le sue figlie, penso che sia degno di lei. Non perda l'occasione di vivere un amore mantenendo il lutto per un uomo che non tornerà.»

Sofía prese la mano di Vito e la strinse con affetto.

«Grazie, Vito...»

Eduardo passò a prenderla alle dieci in punto. Isabel avrebbe portato Beatriz e Vito sulla sua Ford Fiesta gialla. L'entrata dell'aula magna di calle San Bernardo era affollata. Vedendo la ressa, Sofía divenne ancora più nervosa. Si erano riuniti amici, parenti, colleghi del laboratorio e dell'università, studenti che conoscevano la dottoressa Márquez. Sofía indossò con calma la toga, cercando di ritrovare la compostezza necessaria per dimostrarsi all'altezza delle circostanze, si abbottonò con cura la mozzetta e si mise la medaglia al collo. Poi si girò verso Eduardo, che indossava gli indumenti accademici previsti per l'occasione solenne, così come Mercedes Montalcini, che sorrideva soddisfatta.

Quando entrò nell'aula magna avvertì un piacevole turbamento. Avanzò a passo marziale nel corridoio, sotto la cupola di vetro, gli affreschi policromi, fiancheggiata dal pubblico in piedi, concentrato, pieno di ammirazione e di rispetto. La cerimonia fu solenne, tradizionale, toccante. Accompagnata da Eduardo e da Mercedes Montalcini, ricevette dal rettore gli attributi della nomina. Lesse il suo discorso con voce ferma, sotto lo sguardo attento ed emozionato di suo padre, che pur essendo in pensione continuava a recarsi ogni giorno al laboratorio per mettere la propria esperienza di professore emerito a disposizione delle nuove generazioni di scienziati; di sua madre, che piangeva ininterrottamente da quando l'aveva vista entrare vestita in quel modo, gonfia di orgoglio di fronte a tutti. Zacarías la guardava con la coda dell'occhio, contento che riconoscesse il valore di Sofía e sbandierasse di essere sua madre; delle sue due figlie, della sua amica Carmen, di suo fratello Benito e di sua sorella Adelina con i sei rampolli adolescenti, ormai identica a doña Adela. Prima che riuscisse a rendersene conto, la cerimonia era finita, e fu circondata da un'infinità di mozzette colorate, tra sorrisi, abbracci, baci e complimenti. Si sentiva appagata.

Stordita dall'emozione, nella confusione delle persone che la avvicinavano, non notò un uomo rimasto in disparte, in secondo piano, in paziente attesa del suo turno per complimentarsi. Un personaggio evidentemente fuori posto, con i capelli chiari lunghi e ricci, il volto ombrato dalla barba canuta. Nel momento in cui Sofía si accomiatava da un collega, prima che restasse da sola, l'uomo si avvicinò. Quando lei lo vide, si sentì il cuore in gola e il sorriso le si congelò sul volto. L'uomo, con un giaccone grigio sopra un completo antiquato e un cappello inglese di feltro scuro in mano, si parò davanti a lei e per qualche secondo le parve di trovarsi sotto una campana di vetro, isolata al centro della confusione, da sola con lui. L'uomo le prese delicatamente la mano e gliela baciò senza smettere mai di guardarla negli occhi, alimentando l'incantesimo che li separava da tutto il resto.

«Ho sempre saputo che eri più intelligente di me.»

Quella voce, ma soprattutto quegli occhi bloccarono i pensieri di Sofía, ormai incapace di parlare, senza fiato, impietrita come una statua di sale ancorata al passato.

All'improvviso, un gruppo di colleghi irruppe in mezzo a loro, con baci, abbracci, congratulazioni, e Sofía fu trascinata via per scattare la foto ufficiale. L'uomo rimase fermo, senza smettere di guardarla, sorridente. Sofía provò un'impotenza piena di rabbia davanti alla fiumana che la reclamava, allontanandola dal sorriso che sembrava affiorato dai suoi ricordi più remoti, finché la figura scomparve dalla sua vista, inghiottita dalla folla.

Incapace di provare qualcosa, di rispondere alle domande, come se si sentisse persa, fuori di sé, fece la foto con i colleghi senza smettere di cercare l'uomo nella folla di tocchi. Quando il gruppo che la circondava si diradò, cominciò a risvegliarsi, ma arrivarono le figlie, che volevano anche loro una foto con lei.

«Mamma, che cosa c'è?» domandò Isabel, vedendo il suo volto alterato. «Sembra che tu abbia visto un fantasma.»

Udendo quella parola, Sofía guardò la figlia, sconvolta.

«Oddio... Oddio...» balbettò, incapace di esprimere ciò che la sua mente le suggeriva a gran voce. «Era lui... era lui...»

Uscì di corsa, scostando la gente, come se attraversasse una zona selvaggia, cercando quegli occhi nella folla pigiata in uno spazio che sembrava diventato troppo piccolo. Guardava con disperazione da una parte e dall'altra, scrutando chiunque non indossasse la toga e il tocco, suscitando lo stupore di chi scostava dal suo percorso, con le sopracciglia aggrottate, stupito dal volto scomposto di chi cerca, disperatamente, qualcosa di imprescindibile.

Qualcuno la prese per il braccio e la trattenne, ma lei tentò di liberarsi.

«Sofía, che cosa c'è?»

La voce di Eduardo fu come una scossa. Sofía lo fissò, in silenzio. Si liberò bruscamente, gli diede le spalle e continuò la ricerca, fino a raggiungere l'esterno. Si guardò intorno, senza vedere ciò che cercava. Uno schiaffo di vento gelido la fece rabbrividire. Si strinse le braccia sotto il seno, come se fosse improvvisamente arrivata in un luogo gelido, desolato. La gente che passava sul marciapiede la guardava stranita. Si ricordò del proprio abbigliamento: il tocco era molto vistoso. Rimase ferma, respirando a fatica, sentendo i battiti accelerati del suo cuore; la confusione le impediva di pensare, vedeva solo quegli occhi, gli occhi di Daniel, gli occhi vivi del marito morto.

Eduardo l'aveva seguita, preoccupato dal suo comportamento. Quando la vide in strada, piano, cercando di non farla spaventare, si avvicinò. Con delicatezza le mise una mano sulla spalla.

«Sofía.» Lei ebbe un sussulto, ma non si mosse. «Mi fai preoccupare. Stai bene?»

Lei assentì. Si girò e, senza guardarlo, rientrò. Eduardo rimase immobile, a osservare la sua toga svolazzante con le frange del tocco scosse dalla camminata, a sentire il rimbombo dei suoi tacchi. Senza sapere perché, si sentì avvilito, abbassò la testa e rientrò dietro di lei.

7

Dopo il breve incontro con Sofía, l'uomo con il berretto inglese uscì e svoltò in calle Noviciado. Camminava a passo tranquillo, le mani in tasca, perso nei propri pensieri. Il vento gelido che costringeva gli altri passanti a procedere contratti, avvolti in strati di lana e pelle, sferzava la sua giacca aperta, ma lui non sentiva il freddo da molti anni, perché il suo corpo era abituato a temperature molto più rigide. Aveva trascorso solo due giorni in quella Madrid autunnale, ormai quasi sconosciuta. Tutto gli pareva diverso, più nuovo, più veloce, più colorato, più rumoroso, le macchine, la gente, i negozi. Qualche giorno prima la porta della sua cella si era aperta a un'ora insolita. Quando aveva visto Hanna, si era allarmato. Si era alzato. Era abituato a vivere in stato d'allerta e sapeva che una visita fuori orario portava sempre una conseguenza.

«Che cosa ci fai qui?» domandò, preoccupato.

Hanna gli sorrise. Aveva una borsa in mano.

«Tranquillo, ho buone notizie.»

Lui tornò a sedersi e riabbassò gli occhi sul libro che teneva in mano.

«In questo posto non possono esserci buone notizie», disse, svogliatamente.

«Grazie», replicò lei in tono di rimprovero. «Credevo che la mia compagnia ti rallegrasse un po'.»

Daniel alzò gli occhi dal libro e abbozzò una smorfia.

«Sai perfettamente che senza la tua compagnia sarei impazzito.»

Dopo la morte di Klaus, e grazie all'influenza del marito, Hanna aveva ottenuto alcuni miglioramenti per Daniel, mitigando la reclusione disumana dei primi sei anni, talmente dura e penosa che la sua condizione era diventata estrema, persino preoccupante, spingendolo sull'orlo della follia. Hanna aveva fatto in modo che fosse trasferito in una cella un po' più spaziosa e comoda, con una finestra sul cortile per vedere il cielo, il sole, le nuvole, le stelle, la pioggia, per sapere quando era notte e quando giorno. Gli era stato permesso di ricevere qualche libro e di avere una scacchiera. Hanna ignorava se Daniel sapesse giocare a scacchi, quindi gli aveva lasciato una guida in tedesco piuttosto chiara, con illustrazioni e schemi. Aveva anche ricevuto il permesso di uscire nel cortile per un'ora al giorno. Hanna aveva ottenuto l'autorizzazione per un'ora di visita, una volta al mese. Per lungo tempo non era riuscita a strappargli una sola parola, un gesto di empatia, uno sguardo; era come se lui non la vedesse, la ignorava così come ignorava qualunque altro essere intorno a lui, si lasciava condurre con una passività inquietante. Hanna era la prima persona che gli si rivolgeva in spagnolo da anni, ma sembrava tutto inutile: restava ermetico, chiuso in se stesso, come una lumaca che si ritira nel suo guscio per difendersi da un mondo brutale. Tuttavia, Hanna non si era data per vinta, andava a fargli visita una volta al mese, sempre nella stessa cella, con la porta aperta e una guardia che sorvegliava l'ingresso. Si sedeva, metteva i suoi pezzi sulla scacchiera e cominciava una partita, facendo la sua mossa e quella del rivale assente, descrivendo ad alta voce la strategia migliore per l'avversario. Daniel sembrava estraneo a tutto, immobile, seduto sul bordo del letto, lo sguardo di fronte a sé, vuoto, privo di reazioni; pareva che non respirasse, come se fosse in stato di ibernazione. Finché un giorno Hanna lo aveva trovato seduto davanti alla scacchiera con i trentadue pezzi collocati al loro posto, pronti per l'inizio di una partita; dalla sua parte i neri. Aveva fatto avanzare il pedone del re ed era in posizione di attesa, le braccia incrociate sul tavolo, con l'attenzione rivolta unicamente alla scacchiera. Non aveva alzato gli occhi quando Hanna era entrata, concentrato, in attesa della sua mossa. Lei si era seduta e aveva fatto avanzare un pedone bianco. La partita si era interrotta alla quattordicesima mossa, perché era finito il tempo, ma quel giorno, quando Hanna si era alzata per andarsene, Daniel aveva sollevato gli occhi, l'aveva guardata, aveva abbozzato un sorriso quasi impercettibile e aveva riabbassato lo sguardo sul gioco. Quando era tornata il mese successivo, Hanna aveva ritrovato le pedine sulla scacchiera, in attesa di proseguire la partita. Si era seduta davanti a lui, e finalmente era accaduto: «Tocca a te», aveva detto lui. Hanna aveva alzato gli occhi, pieni di lacrime. Aveva avvertito un'emozione profonda, era la prima volta che lo sentiva parlare. Aveva sorriso. Lui l'aveva fissata e aveva mosso un braccio per invitarla a giocare. Daniel aveva rotto il silenzio, ed era cambiato tutto. Aveva imparato il tedesco con l'aiuto di Hanna – aveva poco tempo e il marito si era rifiutato di concedergliene altro; non aveva voluto insistere, tirare la corda per paura di romperla, sapeva che era al limite del lecito. Aveva imparato il lessico grazie ai libri che lei gli portava, soprattutto un romanzo di Stefan Zweig che aveva quasi imparato a memoria, *La novella degli scacchi*. Si identificava a tal punto con il giocatore di scacchi recluso dai nazisti che rabbrividiva al pensiero che qualcuno avesse subìto qualcosa di simile a ciò che stava vivendo lui. Finalmente aveva accettato di uscire nel cortile tutti i giorni e aveva cominciato a fare esercizio, prima camminando a passo lento, accusando la fatica dovuta alla debolezza e ai muscoli anchilosati dall'immobilità, dall'umidità e dalla reclusione. A poco a poco la camminata si era trasformata in corsa, nel cortile di cemento deserto e angosciante, di cinque metri per sette, circondato da muri grigi che si alzavano fino al cielo. Gli facevano male i piedi perché gli stivali erano duri e lo ferivano, ma non gli importava, aveva imparato a sopportare il dolore, il freddo e il caldo soffocante e aveva continuato a correre. Era riuscito a recuperare la massa muscolare persa per la mancanza di movimento di anni e un'alimentazione troppo frugale. Hanna gli portava da mangiare, anche senza l'autorizzazione del marito. Avevano conversato a lungo, anche in tedesco, su temi insignificanti o sugli scacchi, ma sempre in spagnolo quando gli argomenti potevano essere compromettenti. Nella lingua madre di Daniel, Hanna gli aveva raccontato della sua storia con Klaus, di come le loro vite si erano spezzate con la costruzione di quel maledetto Muro; gli aveva narrato il tentativo di fuga, la prigionia e l'opera della Stasi, che aveva costretto il suo gemello a diventare l'uomo che era stato, prima *inoffizielle mitarbeiter*, collaboratore non ufficiale che forniva informazioni sulle persone che gli stavano accanto, denunciando colleghi, amici e vicini, poi spia galante, che seduceva donne al fine di ottenere informazioni sensibili; gli aveva raccontato gli anni in cui aveva usurpato la sua vita, la sua identità, la sua famiglia, la sua casa, le circostanze e le ragioni della sua morte. Daniel aveva ascoltato tutto con profonda amarezza, e per mesi era tornato al suo ermetismo, smettendo di uscire in cortile e di fare esercizio. Le visite di Hanna erano di nuovo attese solitarie, lui non la guardava e non parlava. Hanna era arrivata a pensare di averlo perso di nuovo, ma aveva rispettato il suo silenzio, perché il suo dolore era giustificato, Daniel aveva finalmente capito il motivo per cui si trovava lì, e non era facile da accettare: suo fratello era l'artefice della sua disgrazia, lo aveva sostituito, per tutti quegli anni aveva vissuto a casa sua prendendo il suo posto, come marito, come padre, come figlio, come amico, rubandogli la vita accanto alla famiglia, rubandogli gli abbracci di Sofía. L'unico sentimento sano e puro che era cresciuto dentro di lui nel corso di quegli anni era l'amore per la moglie, e sapere che il suo gemello l'aveva abbracciata e aveva condiviso tutto con lei lo faceva inorridire, tanto quanto una morte lenta, con un pugnale affilato conficcato nel cuore. Il solo pensiero gli provocava un dolore così intenso che aveva pensato di non poterlo sopportare. Il tempo era trascorso e Hanna non aveva mai smesso di fargli visita, finché un giorno, entrando, aveva ritrovato la scacchiera preparata sul tavolo. «Te la senti?» le aveva domandato Daniel, con un sorriso.

«Vinco sempre, lo sai», aveva risposto lei, sedendosi di fronte.

«Magari prima», aveva ribattuto lui alzando la guida che gli aveva lasciato. «Ho avuto molto tempo per perfezionare la mia tecnica.» Hanna lo aveva guardato con immensa tenerezza. Era riuscita a salvarlo di nuovo.

«Qual è la buona notizia?» aveva domandato Daniel richiudendo il libro di Zweig e prestandole l'attenzione dovuta.

«La tua pena è finita. Sei libero.»

La voce di Hanna era rimbombata nella mente di Daniel come l'onda d'urto di un'esplosione che stordisce e disorienta.

«Libero?» aveva chiesto dopo un po', in tono sarcastico. «Che significa?»

«Che puoi tornare a casa da Sofía, dalle tue figlie.»

Quelle parole erano state una specie di pugno nello stomaco. Lo stupore gli impediva di pensare.

«Come potrei? Ormai non sono nessuno. Non esisto. Non ho

un'identità... Non lo capisci?» La sua voce si era spezzata, aveva aperto le mani, con foga. «Mi hanno tolto tutto... tutto...»

Si era girato, tentando di inghiottire le lacrime di rabbia che gli ribollivano dentro.

Hanna era sulla soglia. Si era avvicinata e aveva lasciato la borsa sul letto.

«Dovrai affrontare una serie di pratiche burocratiche, magari lunghe e noiose, ma alla fine non potranno che restituirti la tua identità.»

Daniel si era calmato.

«Dimentichi che Daniel Sandoval non esiste più. Come posso uscire da questo Paese? A tutti gli effetti sono morto, morto e sepolto.»

«Mio marito mi ha procurato un passaporto che ti permetterà di raggiungere la Spagna senza problemi.»

«E perché dovrei fidarmi di tuo marito? È uno di loro.»

«Anche io sono una di loro, in qualche modo.» Erano restati in silenzio per qualche secondo. «Bastian è un brav'uomo; se non fosse stato per lui, non avrei potuto aiutarti. È solo uno strumento al servizio di un sistema perverso.» Di fronte all'espressione indifferente di Daniel, Hanna aveva aperto la borsa. «Ti ho portato dei vestiti.» Aveva tirato fuori un completo, una camicia, una cravatta, un giaccone, un paio di scarpe, biancheria e un necessaire. «È tutto di mio marito, che è un po' più alto di te, ma simile nella corporatura. Ti ho portato anche qualcosa per lavarti e sbarbarti, se vuoi.»

Daniel la guardava senza reagire, come se tutte quelle cose non fossero per lui.

«Hanna, non te l'ho mai chiesto perché temevo la tua risposta.» L'aveva osservata con l'amarezza riflessa negli occhi. «Oltre a te, chi sa che sono rinchiuso qui?»

Per qualche secondo Hanna aveva sostenuto il suo sguardo, ma poi aveva distolto gli occhi e serrato le labbra, a disagio.

«Se escludiamo la Stasi, cioè l'esecutrice, nessuno tranne Bettina, che era presente al tuo arresto. So che ne ha discusso con Klaus, ma...» Aveva riso, con sarcasmo. «Che cosa poteva fare? Ha dovuto tacere, tirare avanti.»

«Come si può vivere sapendo che c'è un innocente in prigione, rinchiuso per così tanto tempo?»

«Non è facile, ognuno ha le sue priorità, Daniel. Anche per lei è stata molto dura, te lo assicuro.»

«E i miei genitori... Gli Zaisser?»

«No, loro non hanno mai saputo che in tutti questi anni sei stato così vicino.»

Hanna aveva aperto la borsa per estrarre una busta. L'aveva appoggiata sul tavolo.

«Il tuo passaporto.»

Daniel lo aveva guardato. Indeciso, aveva tirato fuori il documento e lo aveva aperto. Poi glielo aveva mostrato, con freddezza.

«Che me ne faccio, in Spagna?»

«Daniel, devi riprenderti la tua vita. Non sarà facile, ma devi farlo.» Dopo un momento di esitazione aveva aperto di nuovo la borsa e tirato fuori un ritaglio di giornale. Glielo aveva allungato. «È stato pubblicato qualche mese fa su *Neues Deutschland*. Aspettavo il momento giusto per mostrartelo.»

Daniel aveva preso il ritaglio e lo aveva guardato. L'articolo riferiva i risultati di una ricerca che prometteva una cura per certi tipi di artrosi. L'immagine in bianco e nero era di qualità scadente, ma gli aveva dato il capogiro. Era la prima volta in diciassette anni che vedeva il volto di Sofía, in una foto scattata durante una conferenza. Aveva accarezzato l'immagine con mano tremante.

«È lei...» aveva mormorato, contenendo l'emozione. «Alla fine ce l'ha fatta...»

«Ho saputo che è molto brillante.»

«È una donna straordinaria, anche se io non l'ho saputo vedere... o non l'ho voluto vedere, perché temevo che se l'avessi lasciata libera di volare, avrebbe dimostrato di essere molto migliore di me. Che stupido.»

Hanna aveva guardato verso la porta e aveva abbassato il tono di voce, con prudenza.

«Devi raccontarle quello che ti è successo, hai il diritto di riavere tutto ciò che questo Paese ti ha tolto.»

Daniel l'aveva fissata, attonito, poi aveva sbuffato, lasciandosi sfuggire una risata sprezzante.

«E chi mi crederà? Chi cazzo pensi che crederà a quello che mi è successo?»

La domanda era rimasta senza risposta, perché Hanna sapeva quanto la storia di Daniel fosse inverosimile.

Si era lavato e vestito con gli abiti di un'altra persona. Non aveva voluto radersi. Preferiva farsi scudo dietro la barba. Aveva infilato il passaporto nella giacca. Aveva messo il ritaglio con la foto di Sofía tra le pagine del libro di Zweig e lo aveva infilato nella tasca del giaccone. Seguendo i passi di Hanna, aveva percorso i corridoi e varcato le porte che si aprivano al loro passaggio e si richiudevano alle loro spalle, e finalmente si era ritrovato in strada, fuori da quell'edificio. Il cielo era coperto da grandi nuvole, faceva freddo e cadeva una neve sottile, che fluttuava nell'aria. Daniel aveva alzato lo sguardo al cielo e sentito i fiocchi gelidi che si posavano sul suo viso. Aveva tratto un respiro profondo e buttato fuori l'aria. Si era guardato intorno. Quando era entrato in quella prigione aveva trentun anni. Era stato trasferito lì dopo la condanna per l'omicidio di un poliziotto, un errore, perché non voleva uccidere, solo morire. Ormai aveva quarantasei anni. Non festeggiava il suo compleanno da quando ne aveva compiuti ventinove, e gli era venuta in mente quella celebrazione. Sofía gli aveva organizzato una festa a sorpresa a casa, con amici e parenti: era l'ultimo prima dei trenta, dicevano; risate, allegria, musica, regali, era stata una serata splendida, indimenticabile. Sorrideva al pensiero di come avevano concluso la festa lui e Sofía dopo che se ne erano andati tutti e le bambine dormivano: avevano fatto l'amore come non accadeva da tempo. Il ricordo di quel momento l'aveva fatto rabbrividire. Riconosceva che non era stato un buon amante, che non aveva curato quell'aspetto del suo rapporto con lei: troppo sbrigativo, troppo egoista, privo della tenerezza che lei senza dire niente desiderava. Ma l'ultimo compleanno era stato un giorno memorabile.

Hanna lo aveva accompagnato fino al varco che l'avrebbe condotto nella zona occidentale. Daniel si era rifiutato di passare da Friedrichstrasse, non se la sentiva, le aveva detto; quindi lei lo aveva portato in macchina al Checkpoint Charlie. L'addio era stato strano, toccante.

«Hanna, non ho mai capito la ragione delle tue visite… e non so se devo essertene grato, tenendo conto di ciò che mi aspetta a Madrid.»

Hanna lo aveva guardato per qualche secondo. Aveva fatto segno di no con il capo, come per spazzare via dubbi che non voleva e non sapeva chiarire.

«Ho le mie ragioni, Daniel. Sofía è ancora sola, non si è risposata. Vive con le figlie e con la donna che le ha cresciute.»

«Vito…» aveva mormorato. «La fedele Vito…»

Hanna aveva tirato fuori un fascio di banconote dalla borsa e gliele aveva date.

«Sono marchi della Repubblica Federale. Basteranno per pagare il viaggio di ritorno.»

Daniel aveva preso i soldi senza nascondere l'imbarazzo; ne aveva bisogno, non era questione di dignità.

Hanna aveva rimesso la mano nella borsa e tirato fuori un pacchetto di sigarette sigillato.

«Prendile. Di sicuro in Spagna ne troverai di migliori, ma durante il tragitto ti faranno comodo.»

«Se c'è una cosa che ho imparato è non essere schizzinoso», aveva ribattuto con un sorriso, prendendo il pacchetto e rigirandolo tra le dita.

«Perché, Hanna? Perché hai fatto tutto questo?»

Lei aveva sorriso con tristezza. Si domandava come dirglielo senza ferirlo.

«Tuo fratello è stato l'amore della mia vita... E continua a esserlo, anche da morto. Ogni volta che ti guardavo era come rivederlo.» Gli aveva preso le mani, con un gesto d'affetto. «Daniel, ci siamo salvati a vicenda dalla follia. Non ne sono sicura, ma forse dovrei ringraziarti.»

Si erano guardati in silenzio. Daniel aveva fatto segno di no con il capo. Si sentiva un peso sulle spalle che lo opprimeva. Aveva alzato il mento e mosso la mano, cercando le parole per liberarsene.

«Sono in debito con te. Ho bisogno di ricambiare in qualche modo... Chiedimi qualunque cosa...»

Lei aveva fatto cenno di no, con un'espressione triste.

«Potrei chiederti solo una cosa, ma non lo faccio, perché non sarebbe possibile.»

«Dimmi di che cosa si tratta.»

Hanna aveva taciuto per qualche istante, ruminando i suoi desideri più profondi, impossibili da dimenticare.

«Far uscire me e i miei figli da questo maledetto Paese, andare lontano, dove potrebbero crescere liberi.»

Daniel l'aveva guardata con una sensazione di profonda impotenza. Le aveva accarezzato la guancia cercando di abbozzare un sorriso, che era svanito subito. Aveva abbassato gli occhi, le aveva dato le spalle e si era avviato verso la libertà.

8

QUANDO Daniel raggiunse calle Quiñones, cominciava a piovere. Salì le scale fino al primo piano e suonò il campanello. Elvira gli aprì. Quando fu entrato, lei chiuse tutte le serrature.

Stava a casa della segretaria dalla notte precedente. Era arrivato a Madrid domenica pomeriggio. Dopo aver oltrepassato finalmente il confine della Germania Est, aveva preso un aereo per Parigi, e da lì l'Estrella Puerta del Sol per Chamartín. Era il viaggio che avrebbe dovuto fare diciassette anni prima. Le poche ore di treno lo avevano sorpreso, perché non aveva dimenticato il tragitto interminabile sull'Expreso che lo aveva portato a Parigi nell'aprile del 1968. Quando era uscito dalla stazione, aveva preso un taxi e fornito l'indirizzo di quella che era stata la sua casa, dove, secondo quanto gli aveva detto Hanna, continuavano a vivere Sofía e le sue figlie. Aveva chiesto al tassista di fermarsi alla rotonda di Alonso Martínez. Aveva pagato con l'ultima banconota da cinquecento pesetas che aveva cambiato arrivando in Spagna. Non aveva altro, tranne il romanzo di Zweig, l'articolo sulle conquiste scientifiche di Sofía, vestiti altrui e un passaporto con un nome e un cognome tedeschi, un'identità in prestito. Quando era sceso dalla macchina, aveva attraversato plaza Santa Bárbara fino a raggiungere calle Orellana. Si era fermato all'angolo della via, a guardare la facciata del palazzo che aveva ospitato la sua casa, senza riuscire a decidersi se avvicinarsi o correre via per sempre, sparire per non tornare mai più a un passato che non gli apparteneva. I ricordi lo opprimevano, violenti come una folata improvvisa. Il suo cuore batteva all'impazzata, e aveva avuto un momento di panico al pensiero della moglie. Come avrebbe preso il suo ritorno, o meglio la sua resurrezione? Sarebbe stata felice o sarebbe inorridita vedendo il suo volto? Per lei era scomparso da dieci anni. Come si accoglie chi torna dalla morte? Una persona che si è pianta e vegliata, seppure insepolta nel corpo, nella carne e nelle ossa, nei muscoli e negli organi, perché non c'erano una bara, un catafalco, una tomba, un loculo, una scatola di ceneri da spargere.

E le sue figlie? Per loro sarebbe stato uno sconosciuto, come loro per lui. Le aveva lasciate bambine. Il tentativo di recuperare il suo ruolo di padre sarebbe stato un'impresa titanica, se mai ci fosse riuscito; come si possono cambiare i pensieri dei figli adulti che si sono sentiti orfani fin da piccoli? Come si accoglie un padre redivivo? Non lo attendeva un'epifania, piuttosto un lavoro immane di ricostruzione. Daniel aveva contemplato per un attimo la possibilità di un rifiuto, soprattutto da parte di Sofía, che avrebbe potuto non accettarlo, dopo la rottura netta e definitiva del legame che un tempo li univa, spezzato da un evento irreparabile come la morte. È già complesso assimilare la perdita definitiva di un essere caro, adeguarsi allo stato di vedova, imparando a vivere in solitudine senza il compagno, ma invertire la rotta è ancora più complesso, perché la morte e l'assenza definitiva di chi se n'è andato rientra nella logica della vita, in ciò che tutti si aspettano, senza eccezione, chi prima e chi dopo; la scomparsa e il lutto per una morte sono inappellabili, connaturati alla condizione umana. Ma la resurrezione non è umana, come il ritorno dal mondo dei morti, non si può dire: «Sono qui, sono tornato, tanti anni di lutto e solitudine sono stati inutili, il dolore innecessario, le lacrime aride, la sofferenza sterile».

Ma ciò che lo preoccupava di più era la prospettiva di rivelarle che aveva vissuto per sei anni con un impostore, che non aveva abbracciato lui, parlato con lui, condiviso con lui le gioie e i dolori, la tavola, il letto.

Era immerso in quelle riflessioni quando una macchina rossa gli era passata accanto, aveva svoltato e parcheggiato davanti al portone. Con il volto vicino alla soglia, aveva udito con chiarezza che domandava di Sofía e, subito dopo, la voce metallica di una donna che rispondeva: «Scendo». Quell'aggeggio era di certo una novità, perché quando aveva lasciato quel portone c'erano solo campanelli muti. Poi l'uomo era tornato alla macchina, vi si era appoggiato e aveva acceso una sigaretta. Era chiaro che la stava aspettando. Le finestre di quello che era stato il suo salotto si erano aperte e si erano affacciate due ragazze giovani, una bionda, con i capelli lunghi e ondulati raccolti in una coda alta, l'altra scura, con i capelli corti e folti. Il portone si era aperto e Daniel aveva visto uscire una donna con una stola di pelliccia sopra un vestito rosso. L'aveva riconosciuta senza ombra di dubbio; indossava il vestito che portava il giorno del suo ventinovesimo compleanno, l'ultimo prima di perdere la sua identità. Inconsciamente aveva fatto un passo indietro per nascondersi, trattenendo il respiro, e quando aveva visto che l'uomo baciava Sofía sulle labbra aveva sentito i muscoli che si paralizzavano. L'aveva guardata salire sulla macchina e alzare lo sguardo per salutare con espressione complice le due ragazze affacciate sul balcone. Poi la vettura si era messa in moto, aveva accelerato ed era scomparsa.

Daniel era rimasto per un po' accanto alla parete, con il respiro mozzo, in balia di pensieri contraddittori, che si scontravano dentro la sua testa come palle da biliardo. Vederla dopo così tanto tempo, attraente come la ricordava, come il primo giorno che l'aveva vista seduta nella sala conferenze della facoltà di scienze, dove era andato a sentire uno dei professori di fisica che ammirava di più, del quale aveva letto tutte le pubblicazioni, e si era seduto accanto a lei attirato dalla chioma nera e lunga. Il suo interesse non era stato calamitato dalla conferenza dell'uomo che sarebbe diventato suo suocero, bensì dalla ragazza che aveva accanto, che lo aveva rapito con il suo respiro, il movimento delle sue mani, delle sue gambe perfettamente allineate; la prima volta che aveva udito la sua voce, i suoi occhi, le sue labbra, tutto di lei gli era piaciuto così tanto che si era riproposto fermamente di sposarla.

Ma la donna che aveva tanto rimpianto durante la reclusione non era più sola, un altro uomo, più giovane, più vitale, più presente, l'aveva conquistata. Per questo all'emozione di vederla dopo così tanto tempo si era unita la delusione di averla persa. Si era portato il pugno alla bocca per non urlare, si era morso la mano con un misto di rabbia e di disperazione.

Non sapeva dove andare. Aveva pensato a una pensione, ma non aveva abbastanza soldi. I suoi passi lo avevano portato verso la casa degli unici genitori che aveva avuto finché nella sua vita non erano comparsi gli Zaisser. Aveva pensato che magari loro avrebbero potuto ospitarlo finché non avesse capito che fare della propria esistenza, convinto che una madre accetta tutto dal figlio, compreso il suo ritorno dal mondo dei morti. Aveva raggiunto il portone di calle Alfonso XII ed era entrato. Dentro il gabbiotto c'era un portiere giovane. L'uomo gli aveva domandato a che piano andava. Daniel aveva detto al secondo, a casa dei Sandoval. Il portiere aveva fatto segno di no con la testa: «Mi dispiace, ma al secondo piano non abita la famiglia Sandoval, non ci sono Sandoval nel palazzo.» Daniel aveva aggrottato le sopracciglia, stupito. «Romualdo Sandoval non abita qui?» «È la prima volta che sento questo nome», gli aveva risposto l'uomo. «Da quanto lavora qui?» gli aveva chiesto Daniel. «Saranno dieci anni a marzo.»

Daniel era uscito dall'androne, sconcertato. Magari il padre aveva deciso di cambiare casa, ma gli pareva strano, quasi impossibile: Sagrario adorava quell'appartamento e a Romualdo era sempre piaciuto quell'edificio signorile, degno della sua posizione.

Aveva vagato senza meta, talmente assorto che, girando l'angolo, si era scontrato con una donna. Si era scusato. La passante aveva i capelli cotonati, e durante l'impatto aveva percepito l'odore della sua lacca. All'improvviso si era ricordato di Elvira, la segretaria dello studio: magari lei avrebbe potuto dirgli dove abitavano Romualdo e Sagrario, i suoi genitori adottivi. Decise di andare a casa sua: non ricordava il numero civico, ma era certo di riconoscere il portone dove l'aveva accompagnata un giorno che diluviava, all'uscita dallo studio. Non ci aveva pensato due volte e si era messo a camminare. Aveva girato come un sonnambulo, cercando di raccapezzarsi nelle vie che aveva frequentato da bambino. Dava per scontato che Elvira vivesse ancora nello stesso posto e che fosse rimasta zitella. Quando ci si assenta per molto tempo, non si considera che il resto del mondo non si ferma durante l'assenza, che tutto va avanti. Non aveva riflettuto neanche sul fatto che era morto anche per lei, che non esisteva più. Il portone di calle Quiñones era aperto, quindi era entrato e aveva cercato sulle buche delle lettere il nome della segretaria. Era salito e si era fermato davanti alla sua porta. Aveva suonato il campanello. Si era tolto il cappello, portandoselo al petto. Aveva sentito la voce spaventata di Elvira, che chiedeva chi fosse. In quel momento aveva capito che stava commettendo un grande errore. Che risposte avrebbe potuto darle? Chi era? Per qualche secondo rimase zitto, indeciso, davanti alla porta chiusa, senza percepire l'occhio che lo stava osservando. Aveva avvicinato il mento al petto e stava per desistere, per andarsene, ma aveva sentito dentro di sé un impulso, come una sferzata che lo aveva fatto reagire. Doveva recuperare la sua identità a piccoli passi, non poteva continuare a vivere nell'anonimato; sarebbe stato duro e faticoso, ma doveva farlo. Aveva alzato il volto e fissato il minuscolo cerchio di vetro dietro il quale si nascondeva l'occhio attento della donna. Si era raddrizzato e aveva risposto con voce chiara e decisa.

«Elvira, sono Daniel Sandoval, mi apra, per favore.»

Tutto taceva. Daniel non aveva abbassato lo sguardo, mantenendo gli occhi fissi, come se volesse confermare la verità delle sue parole, ribadire la propria identità, il proprio nome, la propria vita.

Ma il silenzio si era prolungato. Daniel aveva deglutito e si era sentito un sapore amaro in gola. Aveva serrato le labbra e, senza abbassare il volto, si era girato e si era avviato verso la scala, deciso ad andarsene; tuttavia un rumore di chiavistelli lo aveva fatto fermare. La porta si era aperta ed era comparsa Elvira, con espressione terrorizzata, come davanti a un'apparizione spettrale, a un'anima in carne e ossa.

«Oddio... Non è possibile...» La mano sulla bocca, le spalle contratte, non credeva ai propri occhi. «È davvero...» Faticava a pronunciare il nome di un morto per riferirsi a un vivo. «Lei è... Oddio... È don Daniel, ma com'è possibile?»

«Elvira», le aveva detto lui, con espressione stanca. «Posso entrare?»

La segretaria gli aveva ceduto il passo. Daniel l'aveva trovata molto cambiata. Aveva i capelli più corti e meno cotonati, e non emanava più l'odore di lacca che lo aveva condotto da lei. Aveva sentito, invece, l'odore di crocchette proveniente dalla cucina. Lei se n'era resa conto e senza dire niente, con la deferenza di chi accoglie un essere celestiale, l'aveva condotto in cucina, lo aveva fatto sedere e gli aveva servito un piatto di minestra calda e una terrina di crocchette. In silenzio, con la reverenza propria della sua professione, lo aveva osservato mentre divorava tutto, come se non toccasse cibo da giorni. Quando aveva finito, Daniel le aveva chiesto il permesso di darsi una rinfrescata. Non lo faceva da quando aveva lasciato la cella. Lei gli aveva indicato il bagno. Quando era uscito, la segretaria lo aspettava nel soggiorno con una tazza di latte caldo.

«Ho pensato che le avrebbe fatto bene», gli aveva detto, porgendogliela.

Daniel aveva preso la tazza e aveva sorriso. In teoria ritornava dalla tomba, ed era normale che fosse affamato e infreddolito. Aveva bevuto, sentendo il piacevole tepore del latte che gli scendeva in gola. Da tempo non avvertiva una simile sensazione di benessere.

«Grazie, Elvira. Mi dispiace molto di essermi introdotto così in casa sua... Non avevo un altro posto dove andare. Sono passato a casa dei miei, ma... non abitano più lì», le aveva detto, appoggiando la tazza sul tavolo.

«Sua moglie ha venduto la casa quando è morta sua madre, e anche lo studio, ma io continuo a lavorarci. Prima di venderlo mi ha assicurato un posto di lavoro. Si è comportata molto bene con me.»

Daniel aveva abbozzato un sorriso, e siccome aveva capito che Romualdo e Sagrario erano morti entrambi, non aveva chiesto altro.

«Sembra impossibile», aveva mormorato, fra sé. «Hanno vissuto lì tutta la vita, e non è restata traccia del cognome Sandoval.»

Elvira lo guardava come chi osserva un'apparizione mariana. Non era riuscita a trattenere la curiosità, che alimentava mille domande.

«Don Daniel, la credevamo tutti...» Aveva taciuto e deglutito la saliva, come se ingoiasse un rospo.

«Morto», l'aveva aiutata a finire la frase. «Lo so.»

«Se non è morto, ed evidentemente non lo è, dove è stato per tutto questo tempo?»

«È una storia lunga, Elvira, lunga e molto complicata...» Aveva chiuso gli occhi come se all'improvviso le sue palpebre fossero di piombo e chinato il volto con un sospiro, prostrato. «Sono così stanco...»

«Sua moglie sa che è...» contrasse le spalle, perché faticava a dirlo. «Che lei è vivo? L'ha vista?»

«Sono appena stato a casa mia...» Aveva taciuto con espressione confusa. «Vengo da lì.» Guardò Elvira con il dolore riflesso negli occhi. «Oggi è il suo compleanno. L'ho vista uscire dal portone. C'era un uomo che la aspettava e lei se n'è andata con lui, sulla sua macchina...» Sollevando le spalle, con lo sguardo perso nel vuoto, «Non ha più bisogno di me, non mi aspetta più nessuno...» aveva fatto segno di no con la testa e cambiato posizione, guardandola. «Non sarei dovuto venire, Elvira, mi dispiace averla disturbata. Me ne vado subito.»

Ma Elvira aveva reagito rapidamente.

«Non deve andarsene. Può restare qui finché vuole.»

Daniel le aveva rivolto uno sguardo pieno di riconoscenza.

«Grazie, Elvira. Ho solo bisogno di dormire un po'.» Si era ravviato i capelli con una mano, con fare disperato. «Ho bisogno di fare chiarezza nei miei pensieri...»

«Può dormire nel mio letto, io starò qui.»

«No», l'aveva interrotta lui, alzando il volto come se avesse udito una frase sconveniente. «Neanche per sogno. Io dormirò qui, sulla poltrona.»

«È scomoda, e piccola per lei.»

«Le assicuro che sarà perfetta. Non immagina in che posti ho dormito.»

Con grande sorpresa di Elvira, il morto resuscitato riposò per oltre dodici ore raggomitolato sulla poltrona, con una coperta addosso e un cuscino decorativo come guanciale. Lei, invece, non aveva chiuso occhio pensando al da farsi, valutando l'opportunità di chiamare Sofía. Alla fine non aveva fatto niente, pensando che toccasse a lui.

Era già albeggiato quando Daniel si era svegliato di soprassalto, non capendo dove si trovava. Elvira era seduta su una poltrona, immersa in un dormiveglia vigile. Quando aveva sentito che l'uomo si muoveva, aveva aperto gli occhi e si era tirata su.

«Ha riposato?»

Daniel, vedendola, si era raccapezzato. Aveva annuito e si era alzato. Al tavolo della cucina, con un caffè tra le mani, Elvira gli aveva raccontato tutto ciò che sapeva di Sofía, che non le risultava impegnata, e che in quegli anni di vedovanza non era mai uscita con un altro, che lei sapesse, ripeteva con insistenza.

«Ma io l'ho vista con un uomo.»

«Sarà un collega. Credo che uno del laboratorio le faccia la corte, ma Sofía non ha mai avuto una vera storia, glielo posso assicurare. Il suo mondo è il lavoro: il suo laboratorio, le sue lezioni, le sue conferenze. Non immagina il prestigio che si è guadagnata, la chiamano da tutto il mondo, viaggia molto, compare sui giornali. Sua moglie è una scienziata molto famosa.»

Daniel, ascoltandola, sorrideva soddisfatto, non solo per i meriti professionali che in parte conosceva già dalle notizie che gli aveva fornito Hanna, ma perché con quel racconto Elvira gli aveva ridato la speranza di essere ancora in tempo. Forse sarebbe riuscito a riconquistarla, a riaverla accanto a sé.

La segretaria, ignorando che il suo gemello Klaus l'aveva sostituito per anni, gli aveva riferito la conversazione che aveva avuto undici anni prima con Sofía sulla sua condizione di spia o agente segreto.

«Ricorda l'ultimo giorno in cui ci siamo visti, prima che andasse a riprendere sua figlia Beatriz, e quella valigetta di suo padre che mi ha consegnato?» Daniel non batteva ciglio, in attesa. «Mi ha detto di distruggere tutti i documenti.»

Lui non aveva risposto, si era limitato ad annuire con un gesto, per incoraggiarla a proseguire e capire quali fossero stati gli ultimi passi del suo gemello nel mondo che gli aveva rubato.

Elvira aveva continuato a parlare.

«Don Daniel, io... non ho eseguito il suo ordine di distruggerli, almeno all'inizio. Poi, quando la credevamo morto, Sofía è venuta a trovarmi, in cerca di risposte alle mille domande che le erano cadute addosso.» Aveva taciuto per un istante, muovendo la testa a destra e a sinistra. «Sua moglie è stata così male... Le ho mostrato i documenti, abbiamo tratto le nostre conclusioni, poche, perché non capivamo niente. Io ho pensato di consegnare i documenti alla polizia, ma lei mi ha detto che era meglio distruggerli, e l'ho fatto.»

«Ha fatto la cosa giusta, Elvira. Ma mi racconti qualcos'altro di Sofía, voglio sapere tutto.»

Elvira gli aveva riferito per filo e per segno il suo percorso professionale. Non che fossero amiche, ma a partire da quella conversazione a casa sua, Elvira aveva cominciato ad apprezzare e ad ammirare Sofía Márquez. Gli aveva raccontato anche che quella mattina sarebbe stata insignita della laurea *honoris causa*.

Daniel si era recato alla cerimonia, e stava rientrando a casa di Elvira con una strana sensazione, come se sentisse di avere ritrovato e insieme perso Sofía, avvilito perché non faceva più parte del suo mondo.

«L'ha vista?» insistette la segretaria.

Con il cappello in mano, Daniel assentì. Elvira lo guardava con una curiosità straripante.

«L'ho vista, Elvira. Era raggiante.»

«Ma Sofía l'ha riconosciuta?»

«Non ne sono sicuro, ho avuto poco tempo, solo un attimo. Dopo tanti anni passati a sognare di incontrarla, di abbracciarla...» disse muovendo le spalle, deluso. «Ho avuto solo un attimo.»

Elvira fece schioccare la lingua con un gesto impaziente, mentre entravano nel soggiorno. Era in preda all'angoscia, perché non aveva resistito e aveva chiamato Sofía, temendo che lui non sarebbe riuscito ad avvicinarla nell'aula magna. Non aveva potuto parlare con lei, perché era già uscita di casa. Le aveva lasciato un messaggio sulla segreteria telefonica: «Sofía, sono Elvira. Mi chiami appena può, per favore, è molto urgente.»

«Don Daniel, deve dirglielo.» Insistette affinché le telefonasse. «Sofía ha il diritto di sapere che suo marito è vivo.»

Daniel appoggiò il cappello e il giaccone su una sedia.

«No, Elvira, ormai non sono più suo marito. Ufficialmente Sofía è vedova, e le mie figlie sono orfane.»

«E allora che cosa pensa di fare?» La domanda era come un grido disperato.

Daniel le rivolse uno sguardo affabile e le rispose con voce soffocata.

«La riconquisterò», concluse con decisione, sorridendo. «Che cos'altro posso fare?»

9

Il suono del telefono fece sussultare entrambi. Si guardarono per qualche secondo, confusi. Elvira si avvicinò all'apparecchio in un angolo della stanza, su un basso tavolino di legno triangolare, incastrato perfettamente contro le pareti. Alzò la cornetta e la avvicinò all'orecchio.

«Sì?» In quel momento si voltò verso Daniel, facendogli segno con la mano. Daniel si raddrizzò, in posizione d'allerta. «Sì, Sofía, sono io.»

«Che succede, Elvira? Ho appena sentito il suo messaggio.»

Daniel osservò il volto alterato della segretaria. Lo fissava. Senza smettere di farlo, parlò con voce ferma.

«Sofía, deve venire a casa mia... Il prima possibile.» Salutò e riattaccò. «Sta venendo qui.»

Sofía attaccò il telefono e si voltò verso la figlia Beatriz. Lo aveva detto solo a lei, non aveva osato raccontare a nessun altro ciò che le sembrava di avere visto.

«Vado a casa di Elvira», disse prendendo in fretta borsa e cappotto. «Lei sa qualcosa, ne sono sicura.»

«Vengo con te», ribatté Beatriz.

«No...» la bloccò la madre. «No, tu rimani qui. Nel caso... Oddio... Nel caso venga a casa, altrimenti non troverebbe nessuno.»

Scoppiò di nuovo a piangere, inquieta. La sua mente vagava in un labirinto di incertezze e aspettative utopistiche. La figlia la abbracciò e cercò di calmarla, pensando all'immagine del padre morto in quella strada di Berlino. Per molto tempo si era costruita uno scudo che falsificava la realtà, dando per scontato che si fosse addormentato, per cercare di negare l'evidenza, ma la realtà era che aveva visto morire il padre tra le braccia di quella donna. Era impossibile dimenticare il riflesso della morte sul volto, gli occhi senza vita, il tracollo straziante di Hanna. Con il passare del tempo, quando la maturità glielo aveva permesso, era riuscita a raccontare alla madre che si era sentita in colpa per essersi addormentata, per non essere stata accanto al padre quando gli avevano sparato. E quando si era svegliata era uscita di corsa dalla porta spalancata, trovandosi davanti i due poliziotti con le pistole in pugno, puntate sul corpo del padre, che giaceva a terra, senza vita, morto. «Non addormentato, mamma, morto per sempre», le aveva confessato in lacrime, perché quando qualcuno muore, non torna più, non rientra, non è possibile. Per questo era convinta che la madre avesse avuto una specie di allucinazione, una visione alimentata dalle circostanze, che avesse scorto qualcuno che assomigliava a suo padre, andando in confusione. Il tempo fa dimenticare irrimediabilmente l'aspetto dell'amato morto, sfumando i suoi tratti congelati nelle fotografie, come quella che la madre teneva in camera, l'immagine di suo padre da giovane, ferma nella memoria, diversa dal volto che avrebbe avuto da vivo. Erano passati undici anni, undici lunghi anni di dolore e di lutto, undici anni da orfana per Beatriz. Quando aveva sorpreso la madre con quello sguardo sconvolto e turbato, come davanti a uno spettro, e Sofía le aveva sussurrato di averlo visto, si era preoccupata e aveva deciso di portarla a casa.

Aveva agito in fretta. L'aveva scusata con tutti, adducendo un malore passeggero dovuto all'agitazione, niente che un po' di riposo non avrebbe potuto risolvere. Era comprensibile, tutte quelle emozioni insieme, troppe, pensava Beatriz. Isabel voleva andare con loro, e anche il sollecito Eduardo, ma Beatriz aveva chiesto agli altri di restare per occuparsi degli invitati, che meritavano la loro presenza.

Il breve tragitto in taxi era stato interminabile. Appena quindici minuti, in realtà, eterni per via del traffico. Guidare a Madrid era sempre più faticoso. A casa, Sofía aveva subito visto la luce lampeggiante del telefono che indicava la presenza di un messaggio. Aveva premuto il bottone e sentito la voce di Elvira. Si era sentita fermare il cuore, perché era convinta che quella donna sapesse qualcosa.

«Lascia almeno che ti chiami un taxi», aveva insistito Beatriz.

«Neanche per idea. Vado a piedi. È vicino, ci metto poco. Così prendo una boccata d'aria. Ho bisogno di pensare...» aveva mormorato distrattamente, mentre indossava il cappotto. «Beatriz, non muoverti di qui, e se per caso... Oddio... Se ci sono notizie, chiamami subito a casa di Elvira.»

Beatriz rispondeva di sì a tutto, per cercare di calmarla.

«Vai tranquilla, mamma. Io ti aspetto qui.»

Sofía era uscita. Aveva attraversato plaza Santa Bárbara, diretta verso calle Apodaca e Divino Pastor. Sentiva il rimbombo dei propri passi. Era irrigidita, con le spalle pesanti, come di piombo. Camminava in fretta, non poteva evitare di guardare gli uomini che incrociava, cercando gli occhi che aveva visto. Arrivata al portone di Elvira, salì le scale di corsa e suonò il campanello. La segretaria le aprì. Sofía si precipitò dentro e le strinse le mani, scrutando i suoi occhi, come se volesse convincerla.

«Elvira, l'ho visto. Era Daniel, ne sono sicura. Mi ha detto... Mi ha detto...» Parlava come se le parole le straripassero dalla bocca. Era in uno stato di agitazione che sfiorava il parossismo. «Mi ha detto che aveva sempre saputo che ero più intelligente di lui... Era lui, Elvira... È vivo...»

All'improvviso il suo sguardo si spostò sopra la spalla della segretaria, che si girò e la lasciò passare. Daniel la guardava dal corridoio; la sua sagoma, illuminata da dietro, pareva un'apparizione celestiale. Sofía si sentì tremare le gambe, rischiava di cadere. Senza smettere di guardarlo, continuava a stringere le mani di Elvira. Daniel si avvicinò lentamente, con un lieve sorriso, gli occhi pieni di lacrime.

«Sofía...» disse con un filo di voce. «Amore mio, sono vivo... Sono...» Deglutì e avanzò fino a trovarsi di fronte a lei. Elvira ne approfittò per liberarsi dalla presa di Sofía e ritirarsi in camera sua, discretamente. «Sono vivo...»

«Daniel... Daniel...»

Si abbracciarono e Sofía si aggrappò a lui con forza, inspirò il suo odore, ascoltò il battito del suo cuore che palpitava, fuso con il proprio. Daniel singhiozzava, accarezzandole i capelli, percependo le forme del corpo che gli era mancato così tanto. Non abbracciava una persona da diciassette anni. Le esperienze terribili vissute svanirono dalla sua mente non appena si ritrovò tra le braccia della donna dei suoi sogni, a ricompensarlo di tutte le sofferenze, anche solo per un attimo.

10

Era arrivato il momento di parlare, di chiarire l'accaduto. Si sedettero sulle due poltrone nel piccolo soggiorno di Elvira. Le mani intrecciate, guardandosi senza posa, rapiti, costringendo la mente a prendere atto di quella realtà, che non era né un sogno né una chimera: erano insieme, il marito morto si era ripresentato come un'apparizione benedetta, un redivivo tornato dall'oltretomba, riesumato dalla terra dei morti per rientrare nel regno della vita. Il tempo per Sofía si fermò: tutto il resto non contava più, perché Daniel era lì. Poteva toccarlo, sentire la pelle che aveva tanto rimpianto, percepire il suo fiato, il suo respiro; era vivo. Il tempo trascorso aveva lasciato il segno sul suo volto: aveva i tratti induriti, profonde rughe che gli solcavano la fronte e gli incorniciavano gli occhi, dove era sparita la luce di un tempo; il grigio che ricordava Sofía era ormai scolorito, il volto aveva perso il candore giovanile che portava impresso nella mente a furia di guardare per anni la stessa immagine congelata del passato.

«Dove sei stato per tutto questo tempo?» gli domandò Sofía, senza troppa ansia, come se volesse godersi in silenzio ogni secondo di quell'incontro miracoloso, senza rompere la magia, come se non volesse sapere per non soffrire, per non capire ciò che aveva davanti.

«È una storia lunga.» La sua voce pareva affaticata. «Una storia lunga e dolorosa, Sofía; per me lo è stata, e lo sarà anche per te, perché tu eri convinta di vivere con me, ma la persona che avevi accanto non ero io.»

«Che cosa vuoi dire? Mi hanno detto che eri una spia.»

Daniel sorrise e abbassò lo sguardo. Fece un lungo sospiro. Da dove cominciare? Come raccontare tutti insieme diciassette anni di vita tra quattro pareti, come riassumere le fasi che aveva attraversato la sua mente, lo sconvolgimento dei primi tempi, la costernazione, la paura, la speranza, la disillusione, e di nuovo la paura, il rifiuto, la resa, l'intenzione di togliersi la vita, per smettere di soffrire. Come comunicare tutte quelle cose a parole? Forse sarebbe stato meglio non svelare nulla, non spiegare, continuando a vivere come se niente fosse, come se Klaus non avesse fatto irruzione nella vita di entrambi. Aveva valutato l'eventualità di nasconderle l'esistenza del gemello, per risparmiarle l'immenso dolore che quella verità avrebbe provocato. Ma non sarebbe stato capace di sostenere la menzogna: doveva raccontare, era necessario, e lei aveva il diritto di sapere.

Si piegò all'indietro, lasciando la mano di Sofía, che inconsciamente si protese in avanti, come se perdere il contatto le desse le vertigini.

«Cominciamo dal principio... Da quel maledetto viaggio. Sono dovuto partire per via di una lettera anonima che qualcuno aveva lasciato nel mio ufficio, dicendomi che per conoscere la mia vera madre, sarei dovuto andare a Parigi.»

«Questo me l'hai già raccontato, non ricordi? Nell'albergo di Parigi dove ci siamo rivisti.»

Daniel la guardò e capì di non conoscere alcuni particolari, perché non aveva agito lui, bensì Klaus. Alzò la mano, per chiederle di avere pazienza.

«Lasciami parlare, ti assicuro che non sarà facile... Lascia che ti racconti tutto. Poi chiarirò i tuoi dubbi, se potrò. Ti anticipo che non saprò dirti molto, perché anche io sono pieno di incertezze, quasi più di te, lo vedrai.» Rimase assorto per qualche secondo. «Quel maledetto messaggio... Ho pensato che fosse uno scherzo di qualche cliente; ho deciso di mostrarlo a quello che allora consideravo mio padre, Romualdo Sandoval.» Sofía corrugò le sopracciglia, perché per lei Romualdo era il padre di Daniel, a differenza di Sagrario. Lui notò il suo stupore e chiarì subito le cose. «Mio padre mi ha confermato che era tutto vero, che lui e Sagrario non erano i miei genitori, che mi avevano avuto pochi giorni dopo la mia nascita e che lui ignorava l'identità dei miei genitori biologici. Per questo sono andato a Parigi. Ero molto confuso, non immagini la sensazione di abbandono che può provocare una notizia simile: venire a sapere che i tuoi genitori non sono i tuoi genitori, e che non conosci le persone che ti hanno dato la vita… Dovevo capire come ero venuto al mondo, dove, in quali circostanze. Non ti ho detto niente perché Romualdo mi aveva pregato di non parlare; non l'ho fatto per lui, perché la sua autorità era sfumata, l'ho fatto per Sagrario, per mia madre, la donna che mi ha allevato e curato come solo una madre può fare. Lei pensava che fossi suo figlio, ho preso il posto del suo neonato morto poche ore dopo la nascita. Glielo dovevo, non potevo dire niente almeno fino a quando non avessi conosciuto tutti i risvolti di quella scabrosa verità. Per questo non ti ho raccontato nulla, e meno male che non l'ho fatto, perché ti avrei messo in pericolo, ne sono sicuro.»

«In pericolo? E perché?»

Sofía era consumata dalla smania di capire, ma Daniel insistette con un gesto affinché lo lasciasse parlare, raccontare, spiegare, ricostruire i pezzi. Lei annuì e si tirò un po' indietro, come per assicurargli che si sarebbe contenuta, o che almeno ci avrebbe provato.

«Sono andato a Parigi e lì ho incontrato il mio sosia.» La fissò e deglutì la saliva. «Era Klaus Zaisser, il mio fratello gemello: esattamente uguale a me, due gocce d'acqua. Mi ha detto che i nostri genitori vivevano nella parte Est di Berlino e mi ha proposto di andare a conoscerli e io ho accettato.»

Sofía non poté evitare di aprire la bocca, ma poco dopo la richiuse, tacendo per permettergli di parlare.

«Sono entrato con lui a Berlino Est.» La guardò per alcuni secondi, con un'intensità che mise in allerta Sofía. «E non ne sono più uscito, fino a qualche giorno fa. Per tutti questi anni sono stato chiuso in un carcere della DDR, isolato, confinato… Pressoché morto.»

«Ma se siamo rientrati insieme da Parigi…» Sofía parlava con difficoltà, come se le parole non si adattassero alle sue labbra, incapace di accettare ciò che cominciava a intuire, incapace di prendere coscienza di quella terribile verità. «Sono venuta a cercarti a Parigi e… tu mi hai chiamato a casa di Patricia, l'amica di mio padre, ricordi? Sua figlia Monique ci ha portato in macchina fino alla frontiera, perché la Francia era in sciopero e non c'erano treni né aerei né autobus. Non rammenti?» Si aggrappava a una possibile amnesia, a un inspiegabile vuoto di memoria, ma il volto impassibile di Daniel le fece capire che non aveva ricordi, neppure persi nell'oblio, volontario o forzato. Sempre più disperata, proseguì: «Prova a ricordare. Sei tornato con me, e quel viaggio… Quel viaggio ti ha cambiato...» I suoi occhi si riempirono di lacrime, perché la verità la stava investendo come una cascata di piombo. «Ci ha cambiato la vita... Ha cambiato la vita di entrambi... Sei stato con me fino a undici anni fa, quando sei andato a recuperare Beatriz. L'avevano rapita, ti ricordi?»

Daniel fece cenno di no con espressione afflitta.

«Sofía... mi dispiace. Mi dispiace molto... L'uomo morto undici anni fa non ero io, era Klaus, mio fratello Klaus. Mi ha sostituito per tutti questi anni, mi ha rubato l'identità, la vita accanto a te, le figlie, mi ha rubato tutto...»

Il volto di Sofía si contrasse, inorridito. Si portò la mano alla bocca per evitare di urlare.

«Oddio... Non è possibile... No... Non è possibile...»

Balzò in piedi, come spinta da una molla. Andò alla finestra e la aprì. Si aggrappò al davanzale e si affacciò, boccheggiando. Inspirò l'aria fredda di novembre. Si sentiva soffocare. Una folla di ricordi affiorava nella sua mente; un'infinità di esperienze con quello che pensava suo marito, i suoi baci, i suoi abbracci, i suoi occhi, esattamente uguali a quelli che la osservavano in quel momento. Si sentì sopraffatta dai particolari che non tornavano, dalle piccole cose prive di importanza che le avevano suscitato dubbi, anche solo per un attimo, gli odori, la pelle, il modo di sussurrare, cose che l'avevano lasciata sconcertata, e che adesso riusciva a inquadrare con una crudezza dolorosa.

«Non è possibile... Non è possibile...» continuava a mormorare.

«Klaus era una spia della Stasi. Ci hanno usato per i loro fini.»

All'improvviso Sofía si girò verso di lui, riversandogli addosso tutto il risentimento che si sentiva crescere dentro.

«E tu?» Si avvicinò con fare minaccioso, gli occhi arrossati, pieni di rabbia. «E tu dov'eri? Perché non mi hai telefonato?» All'improvviso cominciò a colpirlo, in preda alla collera. «Perché non me lo hai detto? Perché lo hai permesso? Sono tua moglie, e ho vissuto con un estraneo per anni, andando a letto con lui, condividendo tutta l'intimità, tutta la vita, e tu non mi hai detto niente. Perché non mi hai detto niente?»

La voce alterata dall'ira salì di tono, fino a trasformarsi in un urlo rabbioso, sull'orlo dell'isteria.

Daniel cercava di evitare i suoi colpi, con stoica calma. Condivideva e capiva la sua rabbia, doveva riversare il veleno che le bruciava le viscere. Ricordava il giorno in cui Hanna gli aveva rivelato la verità, la sensazione di amarezza che lo aveva pervaso; si era sentito morire per la rabbia e l'impotenza, consumandosi per mesi nell'odio, nella profonda avversione verso il fratello traditore; tutto ciò che aveva patito durante la sua reclusione incomprensibile era niente in confronto al tormento per un'infamia così meschina, un'insidia abietta, un inganno vile e miserabile.

Sofía continuò a colpirlo chiedendogli perché fino a quando esaurì le forze. Il suo corpo si afflosciò come quello di un animale intrappolato, sfinito, che si arrende alla morte. Le sue gambe si piegarono come giunchi, e cadde ai suoi piedi, seduta a terra su un tappeto dal colore indefinito, la testa appoggiata mansuetamente alle ginocchia di Daniel, piangendo con così tanta amarezza che lui si sentì straziare l'anima. Cercò di sollevarla, ma era impossibile, il dolore la appesantiva.

«Non potevo fare niente, amore mio», le ripeteva con voce soffocata, quasi rotta, accarezzandole i capelli, cercando di calmarla. «Non potevo fare niente perché non sapevo niente, ero all'oscuro di tutto. Vivevo fuori dal mondo, mi avevano annullato come essere umano, non esistevo per nessuno... neppure per te...» Prese aria e inghiottì le lacrime che gli esplodevano negli occhi. Cercò di ricomporsi. Continuò a parlare con voce rotta: «Ho conosciuto mia madre, e anche mio padre e la mia sorella minore, Bettina», mormorò.

Sofía alzò il volto di colpo, ricordando il giorno in cui aveva sentito pronunciare quel nome dall'altro, e la menzogna che le aveva detto, una cliente anziana in prigione, che apparteneva a una cosca mafiosa.

«Bettina era tua sorella?»

Daniel annuì e continuò a parlare.

«Loro due sono state gentili, soprattutto mia madre, ma mio padre non ha voluto neanche guardarmi, mi ha trattato con disprezzo, come un cane. A quanto pare nessuno, salvo mia madre, sapeva della mia esistenza. Mi aveva consegnato a Romualdo dopo la nascita ed era andata in Russia con il mio gemello, per ricongiungersi al marito. Ho capito che la mia presenza non era gradita; anche mia madre soffriva, perché il suo senso di colpa era molto più forte della gioia di ritrovare il figlio abbandonato.» La guardò e le accarezzò la guancia in fiamme, arrossata, gli occhi straziati dal pianto. «Ho cercato di telefonarti diverse volte, da Parigi, da Berlino, ma non è stato possibile. Ti ho mandato un telegramma...» Tacque per un attimo e allontanò le mani dal suo volto. Lei continuava a fissarlo, con il mento appoggiato alle sue ginocchia. «Adesso so che era tutto combinato perché non potessi mettermi in contatto con te, che il telegramma che ti ho mandato da Berlino è finito nel cestino. Era tutto previsto. Sono rimasto in quella casa il minimo indispensabile, un giorno solo. La mattina seguente volevo andarmene e Klaus mi ha accompagnato al confine con Berlino Ovest, da dove pensavo di prendere un aereo per Parigi e tornare a casa, da te.» La guardò con tenerezza e le accarezzò nuovamente il volto. «Ma la mia vita si è interrotta in quella maledetta stazione. Mi hanno arrestato, rinchiuso... Non capivo. Mi hanno tolto tutto, i vestiti, il passaporto e il resto. Mi hanno chiuso in una cella buia, così stretta che non potevo aprire le braccia senza sbattere contro le pareti; umida, fredda, priva di ventilazione. Non immagini la paura, Sofía. Non puoi immaginare il terrore che si può arrivare a provare... Speravo solo che sarebbe finito presto, che mio fratello si sarebbe accorto che ero stato arrestato, che qualcuno glielo avrebbe detto e che lui sarebbe venuto a tirarmi fuori; ma passavano le ore, i giorni e nessuno mi diceva che cosa stava succedendo, perché mi trovavo lì. Mi hanno fatto una specie di visita medica, mi hanno esaminato tutto il corpo come se fossi un animale da laboratorio; mi sentivo esattamente così, parlavo e nessuno mi rispondeva, come si ignora una bestia che grugnisce. Poi mi hanno riportato in cella e ho ricominciato a sentirmi solo, come se il mondo si fosse dimenticato di me...» Tacque per qualche secondo, l'espressione grave, seria. «Ho cercato di consolarmi con la speranza che mi avresti cercato, credevo che ti fosse arrivato il telegramma e pensavo che, non riuscendo a trovarmi, avresti mosso cielo e terra. La mia unica ossessione in quei giorni era che mi avresti tirato fuori di lì, eri l'unica che poteva sottrarmi a quell'inferno.»

Sofía non poté evitare di ricordare quei primi giorni: mentre lui viveva quell'esperienza terribile, lei passeggiava per le vie tumultuose di Parigi insieme a Monique. Sviò lo sguardo senza poter evitare la vergogna e il senso di colpa.

«Ti aspettavo, ogni secondo», proseguì Daniel, a voce bassa. «Pensavo a te ogni minuto; saresti venuta a prendermi e mi avresti salvato da quell'incubo. Ma il tempo passava, implacabile. Dopo una settimana, o due, non so, la porta si è aperta e mi hanno tirato fuori da quella fogna. La prima cosa che ho pensato era che mi avrebbero liberato. Non puoi immaginare l'euforia di quel momento, mentre percorrevo quei corridoi deserti, scortato da un poliziotto armato, senza neanche accorgermi che prima di uscire dalla cella mi aveva messo un paio di manette. Ero ottenebrato, perché non si ammanetta una persona che sarà liberata. La mia mente era da un'altra parte, ero convinto che fosse tutto finito, sì, tutto finito e che sarei potuto finalmente tornare a casa... Il miraggio è svanito quando mi hanno caricato su un furgone; ho cercato di oppormi, di spiegare che c'era stato un errore, supplicavo i poliziotti che mi spintonavano. Non avevo fatto niente per meritare quel trattamento, ma nessuno mi ascoltava, era come se fossero tutti sordi, ignoravano la mia angoscia, non badavano alla mia sofferenza.»

Tacque per qualche secondo e mise una mano nella tasca della giacca, tirò fuori il pacchetto schiacciato che gli aveva dato Hanna. Ne estrasse una sigaretta, la raddrizzò e accese un cerino. Sofía prese il pacchetto, si sedette sulla poltrona e tirò fuori una sigaretta; Daniel avvicinò la fiamma al suo volto e gliela accese. Lei si rivolse a lui con una strana serenità, lasciando uscire il fumo dal naso e dalle labbra.

«Continua... Ti prego...» Lasciò la sigaretta sul posacenere e assunse un'espressione attenta.

Daniel le sorrise e le sfiorò la mano. Realizzò che stava raccontando la sua terribile esperienza per la prima volta, e che negli ultimi diciassette anni aveva parlato soltanto con Hanna. Abbassò gli occhi, richiamando i ricordi.

«Era solo un cambio di luogo, un'altra prigione, un'altra cella, un po' più grande, tenendo conto che la prima era un buco immondo; meno umida, con una sedia, una branda di legno, un pagliericcio, una coperta sottile come carta velina, un lavandino, un secchio per i miei bisogni e una lampadina, una maledetta lampadina che rimaneva accesa tutto il giorno, e quando arrivava il momento di dormire, si spegneva, riaccendendosi ogni tanto, per interrompere il sonno. Mi lavavo una volta la settimana con l'acqua fredda, gelida in inverno. Mi permettevano di sbarbarmi una volta al mese. Il cibo arrivava da uno sportello nella porta. Una volta al giorno una guardia mi faceva uscire con il secchio degli escrementi per versarli in una latrina. Il primo giorno non capivo che cosa volesse, perché mi parlava in tedesco, dandomi ordini incomprensibili, alzando sempre di più la voce, sempre più violento, aggressivo, finché prese il secchio e me lo versò in testa, con tutta la merda...» Il suo volto si adombrò. «Non mi sono potuto lavare fino al giorno dopo... Devo riconoscere che, salvo quell'incidente, non mi hanno mai messo le mani addosso, non mi hanno mai molestato; non è una grande consolazione, ma nel silenzio ogni tanto si udivano urla, voci straziate e sofferenti. Ho perso il senso dell'orientamento e del tempo, non sapevo se era giorno o notte, il mio ciclo vitale era regolato da quella lampadina.» Si portò la sigaretta alla bocca, aspirò ed espirò il fumo con un lungo sospiro. Dopo un attimo di silenzio, proseguì: «A quel punto è cominciato il nulla. Non avevo niente da fare, nessuno con cui parlare, nessuno che si rivolgesse a me; l'unico volto umano che vedevo era quello dell'uomo che mi scortava mentre andavo a svuotare il secchio della mia merda, e lo intravedevo appena, perché mi costringeva ad abbassare lo sguardo. Per mesi non ho udito voci umane. Vivevo nel vuoto assoluto. Mi sentivo come un sommozzatore in fondo a un acquario, solo al mondo, disperatamente solo, ad attendere che un giorno si aprisse la porta e potessi salire in superficie».

Si portò di nuovo la sigaretta alla bocca e poi la schiacciò nel posacenere sul tavolo. Quella di Sofía si stava consumando lentamente; l'aveva dimenticata, assorta, inorridita dalle esperienze raccontate.

«Ho ucciso un uomo», aggiunse a bruciapelo. Sofía non si mosse. Fu come uno schiaffo imprevisto, duro, doloroso. «La pistola ha esploso il colpo mentre ce l'avevo in mano, e il proiettile gli ha trapassato il cuore. Non era mia intenzione, non volevo uccidere: volevo solo morire, farla finita. Il proiettile era destinato a me... Ma mi hanno rubato anche quello. Ero abbastanza forte da farlo: non immagini di che cosa è capace la volontà quando hai perso ogni speranza, e io l'avevo persa, definitivamente. Ero certo che nessuno al mondo si ricordasse più di me, ero convinto che tutti mi avessero dimenticato, tu, il mio gemello, i miei genitori, qui in Germania e in Spagna, le mie figlie, il mio Paese. L'ho colpito con il secchio dopo averlo svuotato nella latrina; era impreparato, è caduto e ho cercato di prendere la sua pistola, abbiamo lottato, avevo l'arma in mano, volevo che mi uccidesse.» Tacque per un attimo, assorto. «È partito un colpo, ho sentito l'esplosione nella mano e il suo corpo è crollato come un fantoccio. Ho subito udito un altro sparo e un forte dolore al ventre, poi ho perso conoscenza.» Abbozzò un sorriso amaro. «Ce l'avevo quasi fatta... Ma sono sopravvissuto. Sono stato giudicato, credo, perché in realtà non ho capito niente, il processo era in tedesco. Sono stato condannato a quindici anni.» Si strinse nelle spalle. «Quindici o ottanta, era lo stesso. Sono stato semplicemente trasferito in un altro carcere, in un'altra cella con un water e una finestra con il vetro smerigliato, dal quale si intuiva solo se era giorno o notte. Salvo quei particolari, ho continuato a marcire lentamente, sono tornato al nulla e non ne sono uscito finché una donna non è entrata nella mia cella. Tu l'hai conosciuta. Ti ha riportato Beatriz.» Il suo volto si adombrò. «Che angoscia dev'essere stata per te.»

«Quella donna...» mormorò Sofía, prostrata dal ricordo di Hanna, il misto di gioia per il ritrovamento e di rabbia per la perdita. «L'ha rapita lei?»

«Non importa. Hanna si limitava a eseguire gli ordini, se non l'avesse fatto lei, sarebbe toccato a qualcun altro, e sarebbe stato molto peggio.»

Sofía si raddrizzò, furente.

«Non giustificarla, Daniel, non te lo permetto.»

Lui la guardò per un attimo, con calma.

«Non giustifico nulla, Sofía, non confondere le cose. Niente di ciò che è accaduto è giustificabile. Sto solo dando a ciascuno il suo ruolo, tutto qui.»

«Ma perché mi hanno portato via la bambina?» Sofía domandava con angoscia, cercando di ricostruire la trama smagliata dalle parole di Daniel.

«La Stasi ha ricattato Klaus, perché Bettina era riuscita a lasciare il Paese. Voleva andarsene da tempo, ci aveva provato per la prima volta poco dopo la costruzione del Muro, quando aveva sedici anni. Per un cittadino della DDR, la semplice intenzione di attraversare il confine senza l'autorizzazione dello Stato è un reato che può costare la prigione non solo a chi lo fa, ma a tutti coloro che lo aiutano o sono semplicemente a conoscenza delle sue intenzioni; anche i parenti sono sottoposti al pubblico ludibrio, padri, fratelli, figli, coniuge. Bettina era stata chiusa per mesi in una specie di riformatorio, maltrattata, violentata, privata della sua adolescenza... Lasciare il Paese era diventata la sua ossessione e anche quella di Klaus, che l'ha aiutata da qui, con i mezzi della Stasi e del KGB, appoggiandosi ad agenti che erano in debito con lui. La Stasi ha rapito Beatriz per costringerlo a riportare Bettina nella DDR. Lui è andato a prenderla a Lubecca e l'ha rimpatriata. Ovviamente l'ha tradita, ma non poteva fare altrimenti.»

«Perché Beatriz?»

Daniel abbozzò una smorfia piena di tristezza.

«Hanna e Klaus erano innamorati. Lei era rimasta incinta e hanno avuto una figlia.» Daniel guardò Sofía e sorrise. «Hanna mi ha confessato che a Klaus piaceva il nome Beatriz, ma l'avevano chiamata Jessie come voleva lei: era il nome di sua madre. Erano entrambi giovanissimi e pieni di progetti, ma non a Berlino Est. La costruzione improvvisa del Muro li ha sorpresi nel lato sbagliato della città; e hanno cercato di passare dall'altra parte, ma sono stati scoperti.» Tacque per un attimo, con espressione distratta. «Klaus è stato in prigione per sei mesi. In cambio della libertà, ha acconsentito a collaborare con i servizi segreti. Non ha rivisto Hanna fino al giorno della sua morte. Gli avevano detto che erano scomparse entrambe, lei e sua figlia. E lui l'ha dovuto accettare.»

«Ma non erano morte...» disse Sofía, che aveva comprovato l'esistenza di Hanna.

«Hanna ha sposato un pezzo grosso del Partito, per dare una famiglia alla piccola Jessie, ma la bambina è morta quando aveva tre anni, in uno sfortunato incidente.» Daniel si tirò su e prese aria, come se all'improvviso i suoi polmoni fossero in debito di ossigeno. «Anche un uomo freddo e brutale come Klaus, capace di uccidere o mandare in prigione il fratello, aveva un punto debole, e loro lo sapevano. La Stasi sapeva che Beatriz era il suo tallone d'Achille. Quando Klaus è entrato nella tua vita, nostra figlia aveva l'età di Jessie quando lui l'aveva vista per l'ultima volta. Gli è sembrato di ritrovare la sua piccola, un miracolo, e non ha resistito. Beatriz ha riempito il vuoto tremendo causato dalla perdita di Jessie.»

Udendo quelle parole, Sofía capì molte cose, e ne fu sconvolta. L'amore che Klaus dimostrava a Beatriz era il riflesso dell'affetto che provava per sua figlia, un modo di compensare il dolore della perdita. Rabbrividì al pensiero.

Daniel continuò, con voce pacata.

«Dopo la morte di Jessie, Hanna ha avuto tre figli, e si è adattata a vivere in un Paese che la costringeva a restare all'interno delle sue frontiere. Suo marito era potente e aveva una certa libertà di manovra; era uno strumento al servizio di un sistema perverso.» Ricordò la descrizione del marito fatta da Hanna prima di uscire dal carcere. «Grazie alla sua influenza e alla protezione di Hanna, sono stato spostato in una cella con il vetro trasparente.» Le sue labbra si dischiusero in un sorriso. «Dopo tanti anni ho rivisto il cielo... È stata una sensazione incredibile, non immagini quanto. Siamo abituati ad alzare lo sguardo verso il cielo e il sole e le stelle e la pioggia che cade, a sentire la brezza, senza impedimenti, ogni volta che vogliamo, sollevando gli occhi o affacciandoci alla finestra.» Tacque per qualche secondo, ricordando quella sensazione piacevole. «Hanna ha cominciato a farmi visita una volta al mese, per un'ora. Mi è stato permesso di tenere i libri che mi forniva lei, ho imparato il tedesco e a giocare a scacchi. In qualche modo Hanna mi ha salvato la vita... O almeno mi ha salvato dalla follia. Se non fosse stato per lei, avrei trovato il modo di morire; ci si può lasciar andare, abbandonarsi a poco a poco finché il cuore non ha più la forza di battere. Ero disperato, pronto a farla finita, quando è comparsa quella donna. La sua presenza mi ha restituito la sanità mentale.»

Sofía corrugò la fronte, riordinando le idee, mettendo in relazione i fatti. Parlò con angoscia: «È stata lei a portarmi la notizia della tua morte; mi ha consegnato un certificato che attestava il decesso di Daniel Sandoval per un arresto cardiocircolatorio, ma io sapevo che c'era stato uno sparo, perché Beatriz era presente. Anche quella donna lo sapeva...» Lo guardò con gli occhi alienati, pieni di panico. «Sapeva che il morto non eri tu, bensì Klaus, ma mi ha mentito...»

«Non poteva fare altrimenti. Se ti avesse detto la verità, lei e i suoi figli l'avrebbero pagata cara. In simili circostanze, Sofía, non si possono giudicare le persone.»

«È stata una crudeltà.»

«Ne era consapevole, e ha sofferto molto. So che stava per dirtelo, ma non poteva mettere a rischio i suoi tre bambini, che erano molto piccoli; la maggiore aveva l'età di Beatriz.»

«E perché quelle visite? Perché a te?»

«Aveva le sue ragioni.» Fece segno di no con la testa, con lo sguardo perso. «Quando si è sposata, il marito ha preteso che non si avvicinasse a Klaus: le era proibito mettersi in contatto con lui, e se avesse disubbidito, avrebbe perso la bambina. Si è attenuta agli ordini, ma non ha mai smesso di amarlo. Ha fatto in modo di conoscere tutti i suoi movimenti. So che è arrivata a fare cose abiette per ottenere quelle informazioni, cose denigranti per una donna, ma aveva bisogno di sapere che cosa stava facendo Klaus. Non ha mai smesso di amarlo, e continua ad amarlo anche adesso che è morto. Per questo mi ha aiutato, perché guardandomi ha trovato un modo di contrastare l'oblio che corrodeva i suoi ricordi.»

Sofía rimase immobile, esterrefatta, senza reagire, finché all'improvviso si alzò.

«Oddio... È... una follia...» Lo guardò come se all'improvviso vedesse un estraneo. «Come faccio a sapere che non sei lui, che non sei l'altro, tornato per introdursi di nuovo nella mia vita? Ti presenti qui undici...» Esitò un attimo. «Non so quanti anni dopo, e mi racconti una storia incredibile e io... Io...» Si strinse nelle spalle, come se sentisse il peso della propria furia. Il suo volto rifletteva un misto di dolore e sarcasmo. «So solo che mi avete rovinato la vita.»

Daniel la guardò, ferito perché lo aveva incluso tra i colpevoli.

«Non puoi dire così, Sofía, non è giusto.»

Lei si alzò, furente, sul piede di guerra.

«Per me lo è? È giusto che sia vissuta con un estraneo per sei anni, e che per undici abbia patito come una vedova?» Spalancava le braccia con veemenza, furibonda. «È giusto, questo? Dimmi, è giusto?»

Daniel la guardò, trattenendosi.

«Io sono una vittima tanto quanto te, se non di più. In ogni caso, tu hai mantenuto il tuo nome, hai un'identità, una carriera che ti dà prestigio e un progetto di vita cui aggrapparti. Ho visto che la gente ti ammira e ti rispetta. A me, invece, è stato tolto tutto. I vestiti che indosso mi sono stati prestati, le sigarette che fumo mi sono state prestate, i soldi con cui sono arrivato qui mi sono stati prestati, come il passaporto con cui sono entrato in Spagna.» Lo estrasse dalla tasca e lo lanciò sul tavolo, esasperato. «Porta il nome di un altro. Non so chi sono, non ho un'identità, non ho niente.» Aprì le mani, mostrando i palmi, e inarcò le sopracciglia. «Non esisto.»

Sofía lo guardò, turbata. Si rese conto del suo arbitrario egoismo, ma il risentimento che le bruciava dentro era talmente grande che non riusciva a cedere. Gli diede le spalle e si avvicinò alla finestra in silenzio, un silenzio che distrusse Daniel.

Dopo qualche secondo di tensione, si alzò lentamente.

«Mi dispiace molto, Sofía. Mi dispiace molto per tutto quello che hai dovuto passare.»

Prese il passaporto, il giubbotto, il cappello e si avviò verso il corridoio.

«Dove vai?» domandò lei girando la testa, senza muoversi.

Daniel si fermò e si voltò con espressione calma.

«Se tu non vuoi, non ho il diritto di intromettermi nella tua esistenza. Ma devo trovare il mio posto, devo riprendermi la mia vita, con o senza di te. Quindi, se è quello che vuoi, mi farò da parte e continuerò da solo, per la mia strada.»

Attese qualche secondo, per darle il tempo di reagire, e vedendo che non lo faceva, che restava immobile, con le braccia conserte, capì che non aveva intenzione di lottare per lui.

Si girò e uscì di casa, in silenzio.

Quando udì il rumore della porta, Sofía proruppe in un pianto incontenibile.

11

Si precipitò nel corridoio, aprì la porta e scese di corsa le due rampe di scale. In strada, guardò a destra e a sinistra, senza vederlo. Fece due passi e lo scorse che si allontanava lentamente in plaza de las Comendadoras. Gli corse dietro, quasi in punta di piedi, per evitare un rumore eccessivo di tacchi sul selciato.

«Daniel, aspetta», gli urlò. «Daniel!»

Lui, udendola, si fermò e si voltò. Impavido, con le mani in tasca, la guardò avvicinarsi, non più correndo, dopo averlo visto, ma camminando velocemente.

«Dove vai?» Sofía ripeté la domanda quando fu a un paio di metri da lui. Istintivamente, incrociò le braccia sotto il petto. Non aveva preso il cappotto e faceva molto freddo, troppo per il vestito sottile che indossava. «Dove andrai?» insistette, quando era ormai di fronte a lui.

Daniel la guardò con tenerezza, cercando di mantenere il contegno.

«Lascia stare, Sofía, i morti non tornano... E per te io sono morto da troppo tempo.»

«Ma adesso sei vivo, e sei qui, con me.»

«Non ho il diritto di pretendere niente da te. Il mio tempo è finito. Forse è arrivato qualcun altro a occupare il mio posto nella tua vita.»

«Non è vero», lo interruppe lei, con voce tremante. «Non c'è nessuno, nessuno importante come te.»

Daniel le sorrise, soddisfatto, e le diede una lieve carezza sulla guancia.

«Sono pronto a riconquistarti.»

«Non voglio che tu te ne vada, non voglio che tu scompaia di nuovo dalla mia vita. Non potrei sopportarlo. Per favore...» La sua voce si ruppe per l'emozione. «Torna a casa con me.»

In quel momento cominciò a piovere. Daniel abbozzò un sorriso, accarezzò il volto straziato di Sofía, come se con un gesto volesse asciugare la pioggia, far sparire tutta quella sofferenza, tutti quei dubbi, tutto quel dolore. Le gocce cadevano sulle sue palpebre, costringendola a chiuderle in continuazione. Daniel si tolse il giaccone pesante e glielo mise sulle spalle. Lei lo ringraziò sorridendo, con lo sguardo fisso sui suoi occhi. Poi, dolcemente, Daniel la prese tra le braccia e la strinse forte a sé, molto forte.

12

I morti non dovrebbero tornare. Chi è stato pianto, vegliato con un lutto di anni, non dovrebbe tornare. Ma Daniel Sandoval tornò, e non restava che adattarsi a quell'evento insolito. Uscì dalla casa di Elvira per stabilirsi nell'appartamento che era stato suo finché la sua vita si era interrotta in una stazione ferroviaria della Germania Est. Ritornò, restio a rimettere piede su un suolo quasi dimenticato e a ripararsi sotto il tetto che aveva rimpianto per anni.

Sofía stava aspettando Carmen al *Café Central*, seduta accanto alla finestra, e osservava i passanti in plaza del Ángel sotto il cielo coperto del pomeriggio, che minacciava pioggia. L'aveva chiamata per vederla, perché doveva parlare con qualcuno, era ancora molto confusa. Era trascorso solo un mese dalla miracolosa ricomparsa di Daniel e lei non sapeva come comportarsi. La convivenza con un redivivo era complicata. Avevano deciso di nascondere al mondo l'esistenza di Klaus, perché rivelandola avrebbero complicato le pratiche di Daniel per riavere la sua identità, e anche la vita di Sofía; temeva la reazione della gente se avesse saputo che aveva convissuto per sei anni con un estraneo senza accorgersi di niente. Certo, aveva avuto i suoi dubbi, ma li aveva sempre elusi, preferendo adattarsi e pensare che andasse tutto bene, voltando le spalle al sospetto che la opprimeva e che per lungo tempo aveva sempre ignorato, allontanandolo dalla mente come un fastidio. Perciò, apprendendo la verità, aveva provato un amaro senso di colpa. Erano passati undici anni e Klaus Zaisser non era mai esistito per nessuno, in Spagna, tranne che per lei, e così sarebbe stato in futuro. Non aveva potuto fare a meno di dirlo a Beatriz quando Daniel era entrato in casa. La ragazza si era mostrata diffidente, e come il san Tommaso scettico che mise il dito nel costato di Cristo aveva cercato la cicatrice sul petto del redivivo, dalla quale ricordava di aver visto sgorgare il sangue del padre ferito a morte; non l'aveva trovata, quindi le avevano detto la verità. Sofía aveva raccontato tutto anche all'amica Carmen, il giorno della comparsa di Daniel; aveva bisogno di farlo, di condividere con qualcuno quella strana zavorra che all'improvviso si ritrovava sulle spalle, scomoda e insieme desiderata, sconcertante e commovente, anche.

Vide Carmen arrivare in sella alla sua BMW rossa. L'amica posteggiò di fronte al bar. Sofía, vedendola, sorrise. La osservò mentre scendeva dalla moto, si toglieva il casco e si sistemava i capelli. Era così diversa e speciale. Si era sposata, follemente innamorata, alla fine degli anni Sessanta, ed era stata tra le prime donne a richiedere il divorzio non appena era stata approvata la legge che lo consentiva. Non aveva figli, abitava con due cani che adorava; ogni tanto aveva un amante, sempre passeggero, perché non permetteva mai a nessuno di restare nel suo letto più di una notte. I suoi accompagnatori erano sempre ricchi, sempre attraenti e di solito stranieri; aveva trascorso l'ultimo fine settimana a Londra con la sua ultima fiamma. Abitava in un appartamento affacciato su plaza de Oriente, viaggiava molto, ma non più come hostess: da anni era responsabile di una squadra formata dal personale di terra della compagnia aerea, un incarico importante, di grande responsabilità. All'inizio i suoi sottoposti erano solo uomini, ma con il tempo Carmen aveva inserito nel suo team diverse donne, molto capaci e competenti. Per Sofía, che la ammirava profondamente, l'amica era la bandiera dei nuovi tempi che viveva la Spagna, la modernità in persona.

«Datti tempo, Sofía. Sei stata vedova per undici anni. Non è facile ricominciare a essere la moglie di un uomo che non vedi da quando era ragazzo... Diciassette anni sono molti.»

«Lo so. Isabel si rifiuta di accettarlo. È andata a vivere con il fidanzato.»

«Tua figlia stava cercando una scusa per andarsene di casa, e ha preso la palla al balzo. Non preoccuparti troppo per lei, sai che per Isabel la vita è una festa. Con il tempo se ne farà una ragione.» Tacque, perché in quel momento si avvicinò il cameriere per prendere le ordinazioni. Chiesero entrambe un bicchiere di vino rosso. Carmen pescò una patatina dal piattino. «E Beatriz, come la sta prendendo?»

«Con grande diffidenza. Lo evita apertamente, come se fosse un estraneo; quando lui entra in una camera, lei esce, e se lo trova in sala, si chiude in camera sua; non si siede mai a tavola con noi, né a pranzo né a cena.»

«Devi dare tempo anche a lei. Ha bisogno di digerire la cosa.»

«Come si può digerire?» mormorò senza attendersi una risposta, con espressione pensosa.

«E lui? Come se la cava?»

Sofía tacque per qualche secondo, riflettendo sulla risposta.

«Non lo so. Parla pochissimo. Dorme nella stanza di Isabel, perché non riesco a riprendermelo nel letto...» Rimase per un attimo assorta, mosse le spalle e serrò le labbra. «Non ce la faccio. Vaga per la casa come un'apparizione. Non dev'essere facile rientrare in un luogo usurpato per anni dal tuo gemello. È strano...»

«Sentimi bene: stare in carcere per diciassette anni, chiuso in una cella senza sapere perché, renderebbe strano chiunque, non puoi negarlo.»

«Non so, Carmen, sono molto confusa. Da un lato Daniel è mio marito, il mio vero marito. Ma quando penso che ho vissuto con un estraneo per così tanto tempo...»

«Non proprio con un estraneo», replicò Carmen. «Sei anni sono abbastanza per conoscere una persona, e se ci pensi, sono gli stessi anni che avevi trascorso con Daniel; hai conosciuto meglio l'altro di quello vero, che ormai è diventato uno sconosciuto, dopo diciassette anni di assenza dalla tua vita, e dalla sua.»

«Lo so, ma da quando è tornato mi sento una cosa qui.» Si portò la mano al petto. «Sono piena di angoscia. Non riesco a togliermi dalla testa quello che ha fatto Klaus. È spaventoso, Daniel non meritava una cosa del genere, ma...» La fissò, con le pupille in movimento. «Lo odio così tanto, così tanto...»

«E l'odio che dici di provare per Klaus Zaisser non puoi evitare di proiettarlo su Daniel.»

Sofía guardò con sorpresa l'amica.

«L'ultima cosa che merita Daniel è il mio odio.» Inarcò le sopracciglia, riflettendo. «Ma... non so, forse in parte hai ragione.»

Carmen bevve un sorso di vino. Serrò le labbra, studiandola.

«Si vede che ce l'hai sulla punta della lingua, Sofía, sei un libro aperto. Vuoi che ti dica quello che penso?»

Sofía la guardò, sorridendo.

«Sarebbe la prima volta che tieni qualcosa per te.»

Carmen si protese, avvicinandosi all'amica.

«Sai che ti voglio molto bene, che sei la mia migliore amica da sempre. E proprio per questo ti dirò quello che ti sta succedendo, secondo me, anche se tu faticherai ad ammetterlo.» La fissò, con uno sguardo indagatore. «In fondo al cuore sei ancora innamorata di Klaus, ed è normale, perché la vita con lui è stata migliore che con l'originale, in tutti i sensi. Che tu lo voglia o no, sei quella che sei grazie a lui, perché ti ha appoggiata nel tuo progetto professionale, che ha dato così tanti frutti. Magari non lo ammetti, ma è così, e tu e io, che ti conosco meglio di quanto ti conosci tu, lo sappiamo.» Si tirò indietro, come per prendere le distanze. «Pensa a dove saresti se invece di Klaus fosse tornato da Parigi il Daniel originale. Te lo dico io: a casa tua, come tua madre, precisa identica a tua sorella Adelina.»

«Il punto non è questo», disse, contrariata dalla verità nuda e cruda che l'amica aveva messo sul tavolo.

«Non saresti diventata quello che sei adesso, una delle scienziate più riconosciute del Paese, una donna apprezzata e rispettata in un mondo ancora occupato per la maggior parte da maschi. Lo sai benissimo, per questo ti rivolti contro l'uomo che è tornato, perché sai che in lui non troverai quello che trovavi nell'altro, anche se sono gemelli. Il tuo vero problema è questo. Se non riesci a chiarire le cose, se non seppellisci una volta per tutte Klaus e pensi a che cosa fare con Daniel Sandoval, continuerai a sguazzare in questo brodo.»

Carmen prese un libro dalla borsa e glielo porse.

«Te lo regalo. L'ho comprato lo scorso fine settimana a Portobello. Sapevo di che cosa parlava perché avevo letto un articolo. È il racconto romanzato di un fatto reale accaduto quattro secoli fa in un paesino nel Sud della Francia. Parla di un furto di identità e delle sue conseguenze. L'ho letto tutto d'un fiato.» Tacque e la guardò con un sorriso accogliente. «Non ho potuto evitare di pensare a te.»

Sofía lo prese e lesse il titolo, *The Wife of Martin Guerre*, di Janet Lewis. Lo sfogliò mentre ascoltava l'amica.

«Martin Guerre aveva abbandonato la casa e la famiglia. Dopo otto anni di assenza, si è presentato un uomo che diceva di essere lui.

La moglie di Martin Guerre si è innamorata dell'impostore, perché era di gran lunga migliore del marito, infinitamente migliore. Aveva avuto dei dubbi ma per lungo tempo li aveva allontanati, godendosi la propria felicità. Il finale è drammatico, perché la moglie di Martin Guerre non ha osato seguire il proprio cuore. Si è lasciata condurre dalla ragione e da una morale distorta, e ha perso tutto. Ha denunciato l'impostore, che è stato processato, condannato e impiccato, ma ha perso anche il marito vero, che al ritorno l'ha ripudiata come adultera. Ciascuno scrive la propria storia, Sofía. Vedila così: adesso Daniel ha sostituito Klaus. Chiaramente non è la stessa persona che era quando vi siete sposati; è cambiato. Ma non dimenticare che l'unica verità che conta, in tutto questo, è la tua. Datti tempo. Devi decidere tu che cosa vuoi fare del resto della tua vita: ma ricorda che se perdi lui, perdi tutto, rimani senza niente.»

13

Nei mesi successivi, Daniel Sandoval fece il giro degli uffici pubblici. Era un uomo sradicato con una storia raccapricciante da raccontare, legalmente morto e senza identità, un redivivo, una specie di spettro che doveva reinserirsi, rientrare nella società.

Il giorno che dovette confrontare le impronte digitali con le ultime registrate dalle autorità nel 1967, per il rinnovo del passaporto e della carta di identità usati da Klaus durante gli anni della sua impostura, Sofía era accanto a lui. Daniel non vedeva l'ora di riavere i documenti, di poter andare dal dottore e guidare una macchina, di tornare a essere un cittadino con nome e cognome, doveri e diritti. Aveva sopportato pratiche, prove, scartoffie e burocrazia. Quindi il momento in cui il poliziotto gli confermò che senza ombra di dubbio le impronte coincidevano e che il richiedente era Daniel Sandoval, fu molto emozionante per entrambi. Sofía non riuscì a trattenere il pianto, e si abbracciarono. Era la fine di un periodo nero e sfortunato. A quel punto Daniel doveva rifarsi una vita, ricominciare una nuova esistenza. Si sentì come un bimbo appena nato, sollevato per il ritorno definitivo alla sua identità, pur sapendo che non si sarebbe dovuto chiamare Sandoval ma Zaisser, il cognome del padre, e neppure Daniel, ma Felipe, come il nonno materno, che non sarebbe dovuto crescere in Spagna ma a Mosca, nei primi anni, e poi a Berlino, sotto un regime comunista e non fascista come quello che aveva conosciuto, e che avrebbe dovuto avere due fratelli, il gemello e una sorella più piccola. Daniel sapeva tutto, ma aveva accettato la propria identità segnata da un destino innaturale, da una situazione estrema, dalla decisione della nonna materna di prendere lui invece che il gemello per consegnarlo a Romualdo Sandoval.

Adattarsi alla libertà non fu facile. Per lungo tempo si trascinò dietro una pesante catena, come se fosse uscito da una voragine profonda. Aveva la sensazione di aver vissuto un calvario, un castigo protratto nel tempo, oltre diciassette anni, per dimostrare la sua innocenza.

Comprese la reazione delle figlie e non fece nulla, non cercò di avvicinarsi a nessuna delle due: non aveva né le forze né la voglia. Prima doveva ricostruirsi come persona, allontanare dalla sua mente le paure, curare le sue ferite per riuscire a conoscere e rimediare per quanto possibile ai danni collaterali.

All'inizio la povera Vito lo guardava con stupore, ogni volta che si incrociavano diventava diffidente e si faceva il segno della croce per allontanare la sensazione di morte che, secondo lei, si portava ancora addosso. Quell'atteggiamento cominciò a divertire Daniel, che cercava di sdrammatizzare. Come le figlie, capiva la moglie, e la diffidenza o la normale curiosità della gente intorno a lui; comprendeva il clima suscitato da una persona considerata da tutti morta per sempre, perché sulla terra la morte, in genere, è definitiva.

Sofía prese il ritorno di Daniel molto peggio di quanto pensava, perché non solo aveva sconvolto il suo rapporto con le figlie, con l'allontanamento della maggiore e il comportamento diffidente di Beatriz, ma anche quello con se stessa e con il proprio modo di confrontarsi con lui. Ogni volta che lo guardava non vedeva il marito ritrovato, bensì l'estraneo che, suo malgrado, rimpiangeva.

Eduardo aveva lasciato Madrid poche settimane dopo la miracolosa ricomparsa del marito morto. Aveva accettato l'offerta di un laboratorio affiliato alla Columbia University che aveva rifiutato un mese prima, quando si aspettava di vivere la propria esistenza accanto a Sofía. Di fronte alla nuova situazione, aveva capito di non poter lavorare fianco a fianco con la donna che amava profondamente. Non era giusto né per se stesso né per lei, perché doveva lasciarle spazio. Si era accomiatato senza eccessi, con una serenità commovente.

Sofía aveva chiesto a Daniel di darle tempo, e lui non aveva protestato quando, entrati in casa, nella stanza matrimoniale, lo aveva supplicato di sistemarsi nella camera della figlia maggiore. Senza dire niente, Daniel si era voltato e, docilmente, si era diretto nella stanza assegnata. In realtà non si opponeva a nulla, si mostrava calmo ed educato, si muoveva in silenzio per la casa guardando tutto, osservando tutto, le cose nuove e quelle rimaste da prima.

Dovette ricomprare tutto, perché Sofía si rifiutò di fargli usare ciò che era appartenuto a Klaus, neppure i fazzoletti. Il giorno stesso del ritorno, Sofía aveva ordinato a Vito di svuotare l'armadio, senza lasciare nemmeno una calza, e di portare tutto fuori di casa. Come un neonato appena venuto al mondo, Daniel era andato a fare spese: doveva procurarsi ogni cosa, biancheria, scarpe, camicie, cappotto, maglie, abiti, effetti per l'igiene personale.

Quando ebbe i documenti in regola, Sofía lo esortò ad andare in banca, per intestargli il conto in cui aveva accumulato tutto ciò che aveva ricevuto dalla famiglia Sandoval. Daniel apprese che possedeva una fortuna.

Dormiva poco, si svegliava di soprassalto nel cuore della notte per via del letto e delle lenzuola morbide o per il rumore quasi dimenticato delle macchine che passavano in strada; fissava per ore la penombra, respirando l'odore pulito delle lenzuola, godendosi il benessere della camera; lo affascinava poter scegliere se leggere di giorno o di notte, accendere la luce e spegnerla quando voleva, sdraiarsi o alzarsi senza rendere conto.

Ogni mattina, dalla sua camera, sentiva il suono della sveglia nella stanza in cui dormiva Sofía, e stava attento a tutti i movimenti della casa (aveva sviluppato una capacità impressionante di identificare i rumori dietro le porte), i passi svelti, il getto della doccia, il ronzio del phon, le notizie della radio, la colazione nella sala da pranzo adiacente alla cucina, le chiacchiere mattutine con Vito (nei primi giorni sussurri, che con il tempo si erano rilassati). Sofía in genere incontrava Beatriz quando lei aveva lezione alla prima ora. Daniel rimaneva trincerato nella stanza di Isabel finché non se n'erano andati tutti. Solo allora, quando era rimasto solo con Vito, osava uscire dalla stanza e respirare la scia di profumo lasciato da Sofía nel corridoio.

Decise di tenere la barba, un po' più curata e corta. Era un segno delle esperienze che aveva vissuto, un modo di prendere le distanze dal Daniel di prima. Non restava niente di quel giovane imberbe, manipolabile e sottomesso al volere di un padre autoritario. Dedicava gran parte del suo tempo a leggere e a informarsi sul luogo in cui si era perpetrata la sua reclusione. Con l'idea di poter aiutare in qualche modo Hanna e i suoi figli, si imbeveva di tutto ciò che riguardava la DDR, la cortina di ferro, la guerra fredda, il sistema politico vigente nei Paesi dell'Est; lesse tutto su Gorbačëv, sullo sviluppo, l'applicazione e gli effetti della Glasnost e della Perestrojka non solo in Russia, ma anche nei Paesi satellite come la Repubblica Democratica Tedesca. Si interessò ai fuoriusciti e ai metodi di fuga usati a partire dalla costruzione del Muro e dalla chiusura delle frontiere per i cittadini del Paese. Rabbrividì di fronte a ogni morte, commosso dai metodi singolari, stravaganti, a volte dissennati, che la gente escogitava per uscire dal proprio Paese, in cerca della libertà perduta. Voleva conoscere tutto, i mezzi per fuggire, ciò che faceva chi riusciva a passare il confine, come ricostruiva la propria vita lasciandosi tutto alle spalle, non solo la casa, i beni, il patrimonio, ma spesso la moglie, il marito, i figli, i genitori, gli amici. Si informò anche (per quanto possibile, tenendo conto della censura nelle notizie) su come viveva chi era rimasto a Berlino Est, con l'ansia di libertà repressa, in una città che era diventata un ghetto asfissiante, dove la popolazione era considerata «non affidabile e vulnerabile», sottoposta a un controllo ferreo, che monitorava fisicamente ogni movimento di ogni cittadino, creando una società in perenne stato d'allerta, vigilata in modo eccessivo, avvolta in un timore persistente, con restrizioni e controllo della stampa e informazione manipolata e censurata soprattutto per gli abitanti della DDR.

Paragonava ciò che leggeva alla sua nuova situazione e considerava sorprendente il cambiamento vissuto da Madrid in quei diciassette anni. Il giorno in cui aveva preso quel maledetto treno per andare a incontrare il gemello, aveva lasciato un Paese schiacciato dalla dittatura, una Madrid più grigia, una città più lenta, più provinciale, molto più arretrata della Parigi luminosa che aveva visto allora, e della Berlino vitale che aveva attraversato per pochi minuti, sufficienti per passare definitivamente dall'altra parte, in un'altra dittatura, di segno opposto, ma con le stesse pastoie, il dominio assoluto di un solo partito, la sottomissione di tutta la popolazione a uno stesso *diktat*, il pensiero unico, la mancanza di libertà, il controllo, l'arretratezza. In quei dieci anni, dopo la morte di Franco, la Spagna era cambiata molto; la società si era evoluta, modernizzata, le infrastrutture, le automobili, gli abiti, era tutto diverso, più colorato, più allegro, più libero, e in più governavano i socialisti, cosa assolutamente impensabile quando Daniel aveva lasciato Madrid. Non riusciva a smettere di pensare alla Berlino di Hanna, dei suoi figli che non aveva mai conosciuto se non attraverso i suoi racconti, di sua madre e di suo padre, convinti che fosse un sistema perfetto, positivo per tutti, o per quasi tutti. Gli era rimasta impressa una frase di Gloria, la sua madre biologica: «Ciò che è buono per molti non deve esserlo per tutti». «Questo è un sistema fallito», gli aveva detto Hanna una volta, in spagnolo, sottovoce, quasi in un sussurro.

Oltre a leggere, a procurarsi libri e a frequentare le emeroteche in cerca di informazioni, dedicò le prime settimane a fare lunghe passeggiate in una città che lo affascinava. Con le mani in tasca, guardava tutto, godendosi la sensazione di camminare senza impedimenti, nuotando in un placido mare di autonomia, a suo piacimento, osservando la gente, i vestiti e le pettinature sconosciute, l'aria nuova di quella società che aveva lasciato sotto una dittatura votata a soffocare ogni eccesso, e alla quale era tornato in piena democrazia, con leggi come il divorzio e la parità di diritti dei figli nati fuori dal matrimonio, le unioni civili, l'aborto, la depenalizzazione dell'adulterio e della convivenza, e tante cose che sembravano impensabili diciassette anni prima.

Un giorno incontrò Carmen Santos sulla Gran Vía. Non si erano mai piaciuti; da quando Sofía li aveva presentati, tra i due si era instaurata una rivalità irrefrenabile per il suo affetto, che si era stemperata in Carmen solo con l'arrivo di Klaus nella vita dell'amica.

«Ti offro un caffè», gli propose lei dopo avergli dato due baci.

Daniel accettò, con qualche remora. Era sempre sul chi va là, sulla difensiva con tutti e tutto.

Entrarono in un bar e non appena si furono seduti Carmen gli fece una domanda, senza riuscire a trattenersi. Era la prima volta che lo vedeva senza l'amica dopo il ritorno, e la circostanza le dava occasione di indagare sul suo stato d'animo da un punto di vista diverso da quello di Sofía.

«Come stai?»

Daniel sorrise, studiandola, alzò le sopracciglia e si strinse nelle spalle.

«Contando che sono libero da quasi cinque mesi e respiro come ogni mortale, potrei dirti che sto bene.»

Venne il cameriere e loro ordinarono due caffè.

«E che progetti hai?» domandò Carmen, con una naturalezza sorprendente, come se stesse parlando con un vecchio amico. Il suo atteggiamento non disturbò Daniel, a differenza di quanto gli sarebbe accaduto diciassette anni prima.

«Che cosa intendi?»

«Dovrai fare qualcosa della tua esistenza, immagino. Non ci hai ancora pensato? Scusa se ti parlo in modo così diretto, ma so che Sofía è preoccupata. Non puoi startene con le mani in mano per il resto della vita.»

Daniel non si scompose. Indugiò, rifletté, accrescendo la curiosità di Carmen. Di fatto ci stava pensando da tempo, cercando una risposta a quella domanda, che rivolgeva a se stesso ogni giorno. Che cosa fare della sua vita, come affrontare il suo futuro? Si sentiva inutile in quella società che si muoveva troppo in fretta, molto più di quanto ricordava, troppo per la sua testa ancora anchilosata, chiusa tra le quattro pareti che non riusciva a dimenticare. Rifletté ancora per qualche secondo prima di parlare, assorto, come se avesse aperto il rubinetto dei pensieri che si agitavano da tempo nella sua mente.

«Questo Paese è troppo cambiato, per me. Fatico a adattarmi.»

Carmen sorrise, compiaciuta.

«Non sei l'unico. Anche se sono passati dieci anni dalla morte di Franco, molte persone lo rimpiangono ancora.» Alzò le mani, con veemenza. «Con Franco si viveva meglio, dicono.»

«Non ne dubito», disse sorridendo. «Anche io vivevo bene sotto Franco. Ma adesso non potrei sopportarlo.»

«Sei cambiato, allora!» esclamò Carmen, con gioia. «Il Daniel ventenne che conoscevo era un franchista convinto.»

«Anche nella DDR c'è molta gente convinta che sia un buon sistema, e lo difende a spada tratta.»

«L'essere umano è capace di tutto», aggiunse lei. «Dall'abbandono alla manipolazione più becera, fino a rischiare la vita propria e quella della propria famiglia per raggiungere una libertà idilliaca.»

«Davvero pensi che sia idilliaca la libertà di quelli che cercano di oltrepassare la frontiera della Germania Est?»

Carmen lo guardò, valutando se arrivare direttamente a ciò che voleva dire o indugiare ancora un po'. Temeva la sua reazione, ma decise di non preoccuparsene.

«Sarò sincera, Daniel. Da quando Sofía mi ha raccontato tutto quello che hai passato, ho pensato che dovevo fare qualcosa. Mi sono informata su ciò che accade in quella parte della Germania.» Tacque per un istante, con gli occhi fissi su Daniel. «Quando stiamo bene, ci voltiamo dall'altra parte per non vedere le cose che possono turbarci. In più c'è la censura, che nasconde i problemi che affliggono la DDR, ma non è una buona scusa per non pensarci. Quando qualcuno si espone in quel modo per varcare i confini del proprio Paese, deve essere mosso da motivazioni molto forti.»

Daniel sostenne il suo sguardo per un istante.

«Dove vuoi arrivare?»

Carmen si strinse nelle spalle. Era evidente che fosse un discorso premeditato.

«Potresti aprire gli occhi della gente sulla società in cui sei rimasto bloccato per diciassette anni. Adesso hai tempo e denaro.»

Daniel la guardava, meditabondo. Bevve un sorso di caffè, poi rimase un attimo assorto nei suoi pensieri. Carmen lo osservava in silenzio, in attesa. Dopo un po', Daniel corrugò la fronte e le rispose come se le sue parole provenissero dal profondo della sua coscienza, muovendo le mani che teneva sul tavolo.

«Hai ragione», disse, concentrato. «Ho tempo, ho tantissimo tempo. E in più dispongo di conto con una somma ingente di denaro, che mio padre ha guadagnato facendo soffrire molta gente, protetto da una dittatura che ha favorito apertamente a scapito di altre persone, molto più capaci di lui. Io stesso ho goduto di quei benefici finché sono stato sbattuto in una prigione di un Paese con una dittatura di segno contrario, trasformato in una pedina indispensabile per uno Stato perverso, che ancora oggi tiene i suoi cittadini prigionieri all'interno delle sue frontiere, controllando e indirizzando ogni loro passo sin da quando nascono; è lo Stato paternalista che provvede a tutto, pretendendo in cambio una lealtà incondizionata, che opprime e vincola i suoi cittadini sottomessi, privi della libertà di decidere dove vivere, come educare i loro figli, che cosa pensare o come agire.»

Carmen mescolò il suo caffè.

«Ed è evidente che tutto ciò ti turba e ti sta a cuore.»

«Certo che mi sta a cuore.» Daniel pensò che buona parte della sua fortuna si era accumulata grazie alle indennità che il suo gemello aveva ricevuto facendo la spia nel suo studio. «Mia sorella e molti altri come lei sono rimasti lì, e mi stanno a cuore. Mi preoccupo per loro.»

Carmen lo guardò, bevve un sorso di caffè, serrò le labbra e mise le mani sul tavolo come se dovesse dire qualcosa di importante che richiedeva tutta la sua attenzione.

«Tempo fa ho conosciuto un produttore americano che stava girando una specie di documentario su un gruppo di studenti che, guidati da un ingegnere, hanno costruito un tunnel sotto il Muro partendo da una fabbrica occidentale per raggiungere i sotterranei di un edificio dell'Est. Hanno cominciato nel maggio del 1962. Chiunque scavasse otteneva una specie di salvacondotto per far uscire qualcuno, una fidanzata, una sorella, un genitore. Era una specie di pagamento per il grande sforzo richiesto. Gli scavi sono durati quattro mesi; all'inizio di settembre, ventinove persone sono riuscite a passare a Ovest attraverso un tunnel lungo centoquarantacinque metri, a dodici metri di profondità; per dodici minuti, uomini, donne e bambini si sono spostati dentro la terra per raggiungere la libertà.»

«L'ho letto», commentò lui, annuendo.

«Da allora, la gente si impegna a escogitare modi di superare il Muro per liberare la gente della DDR. Ognuno ha i suoi motivi per intraprendere questa avventura pericolosissima, che è costata la vita a molte persone. Ma questo lo sai già.» Tacque per un attimo e allargò le mani, come per sottolineare l'evidenza. «Da anni questo mio amico collabora con organizzazioni come Amnesty International, non solo per aiutare chi vuole uscire, ma anche per soddisfare le prime necessità di chi riesce a farlo: alloggio, spese, assistenza medica e legale. I fuoriusciti ricevono aiuti finché riescono a rifarsi una vita. A quanto pare la maggior parte della gente arriva nella zona occidentale soltanto con ciò che ha addosso, lasciandosi tutto alle spalle. Si pagano riscatti alla DDR per liberare persone arrestate o chiuse in prigione; l'ammontare varia in funzione della preparazione professionale, dell'età, della presenza di figli all'Est; una specie di mercato, in cui valgono di più le persone più preparate e più giovani rispetto ai semplici operai o ai più vecchi. La negoziazione viene condotta in modo molto discreto, non ufficiale, dal governo della Repubblica Federale, ma ci sono anche associazioni private che se ne occupano. Si adotta un determinato prigioniero e si comincia una negoziazione con le autorità dell'Est, che può durare mesi, perfino anni.» Tacque per un istante, compiaciuta dell'aspettativa che sapeva di avere suscitato in Daniel. «Te lo racconto perché so che queste associazioni hanno bisogno di fondi, ogni donazione è ben accetta. Forse sarebbe un buon modo di usare parte di quel denaro, alleviando le sofferenze di chi è vittima di un'altra dittatura.»

Daniel la osservava, sorpreso. Con una smorfia scettica, si decise a parlare, sondando il terreno.

«Vedo che sei molto informata.»

Carmen sorrise e si strinse nelle spalle.

«Conosco un po' di gente. Ho fatto qualche chiamata, ho chiesto, mi sono documentata.»

Daniel sorrise, compiaciuto.

«Mi piace la gente che parla senza girare intorno alle cose.»

«Ti riferisci a me?» domandò Carmen, insuperbita.

«Sofía dice sempre che sei schietta e diretta.»

Lei sorrise, compiaciuta. Era contenta di prospettargli una strada, qualcosa di solido a cui aggrapparsi per far rimarginare una parte delle sue ferite. Prima di quell'incontro fortuito, Carmen si era messa in contatto con il produttore americano che aveva conosciuto tempo prima a New York. Senza fornire dati compromettenti, gli aveva parlato di ciò che era accaduto a Daniel.

«Si perde un sacco di tempo a girare intorno alle cose», concluse lei. «Non credi?»

Daniel mandò giù un altro sorso di caffè, prendendosi il tempo di riflettere.

«Non è una cattiva idea.»

«È una grande idea», affermò Carmen con convinzione. «Un modo di rivalersi sull'ombra di Romualdo, che continua a perseguitarti; il tuo passato pesa ancora, e se non fai qualcosa per seppellirlo definitivamente, faticherai a voltare pagina.»

Daniel la guardò per un attimo, scandagliando i suoi occhi per capire il suo vero obiettivo.

«È evidente che non stai facendo tutto questo per me.»

Carmen assunse un'espressione accondiscendente.

«Mi preoccupa il benessere della mia amica, e tu sei parte di quel benessere.»

«Non voglio coinvolgere Sofía.»

«Neanche io.»

Daniel sostenne il suo sguardo.

«Credi di potermi mettere in contatto con chi organizza queste fughe?»

Lei mescolò il caffè, soddisfatta.

«Lascia fare a me.»

Fu così che Daniel divenne un *Fluchthelfer*, un complice delle fughe, entrando in contatto con Amnesty International e con la comunità chiusa degli altri *Fluchthelfer* impegnati a organizzare gli espatri dalla DDR. Fin dai primi contatti, la sua priorità fu realizzare la richiesta di Hanna, per dare a lei e ai suoi figli l'opportunità di uscire dalla gabbia dorata in cui vivevano. Arrivò ad avere in mano i passaporti falsi di tutti e quattro, da usare in un varco al Sud di Berlino, vicino a Postdam, facendosi passare per una famiglia occidentale in visita turistica. L'operazione partì, ma si interruppe perché l'uomo incaricato di fingersi padre e marito fu arrestato alla frontiera con i passaporti falsi. Il contatto fu giudicato per traffico di persone e condannato a cinque anni di reclusione, ma essendo un cittadino della Germania occidentale, le organizzazioni negoziarono per riaverlo, in cambio di un'ingente somma di denaro. Fortunatamente, nessuno collegò l'arresto a Hanna, ma gli organizzatori dissero a Daniel che era molto rischioso far uscire la moglie e i figli di un pezzo grosso del Partito, perché erano sempre scortati da guardie che vegliavano sulla loro sicurezza. Sarebbe equivalso a metterli in pericolo, correndo rischi inutili, visto che avevano un'esistenza accettabile, date le circostanze. Daniel fu costretto ad accantonare il progetto di riscattare Hanna, ma compensò la propria impotenza con la liberazione di altre persone, gente anonima che raggiungeva l'agognata libertà grazie ai suoi fondi, o nelle pratiche per riunire le famiglie separate dal Muro, soprattutto genitori e figli. Il governo della DDR era disposto a lasciar passare in occidente una madre tiepida verso il regime, ma si teneva i figli. Ogni volta che una fuga o una riunificazione andava a buon fine, riceveva notizie e resoconti sulla storia dei fuoriusciti, che in alcuni casi arrivarono persino a scrivergli per ringraziarlo del suo contributo, pur restando all'oscuro della sua identità (era una condizione insindacabile da parte di Daniel, che voleva conservare l'anonimato). Le persone si rivolgevano a lui chiamandolo *Wohltäter*, benefattore, e gli organizzatori si facevano carico di recapitargli tutte le lettere. Tranne i suoi contatti, nessuno intorno a lui seppe del contributo economico destinato a una causa che doveva rimanere clandestina per garantire risultati; neppure Sofía ne seppe mai niente.

Con il passare del tempo, il suo spirito tormentato si placò, e la convivenza con Sofía si normalizzò, pur non ristabilendosi del tutto, perché c'erano vuoti che solo il tempo avrebbe potuto riempire. A poco a poco, Daniel sviluppò un rispettoso interesse per l'attività della moglie in laboratorio. Le chiedeva notizie e seguiva le sue spiegazioni come un allievo dotato. Riguardo all'intimità, l'abisso che si era creato tra loro dopo la solitudine della vedovanza cominciò a colmarsi il giorno in cui Sofía gli permise di dormire nel letto matrimoniale che non era mai stato usato da Klaus, perché se n'era andato per sempre nel momento in cui lei aveva rinnovato l'arredamento. Durante la prima notte che trascorsero insieme non accadde nulla. Era sabato sera, ed erano soli in casa. Vito era andata al cinema con una cugina e Beatriz era uscita con gli amici. Erano in sala a guardare la televisione e Sofía disse a Daniel che andava a letto. Lui non si mosse. La osservò mentre si alzava. Una volta in piedi, Sofía si chinò su di lui e lo baciò sulle labbra, sfiorandole appena come faceva sempre da quando era tornato. Stavolta, però, tenne gli occhi aperti, e incrociò lo sguardo di Daniel. Le loro bocche si allontanarono, ma i volti rimasero vicini, come se quegli occhi grigi l'avessero stregata e non riuscisse a liberarsi dal suo sguardo. Daniel le sorrideva e lei restò china su di lui, senza toccarlo, senza muoversi. Sofía gli porse la mano.

«Vieni con me», gli disse.

Daniel guardò la sua mano tesa, con il cuore che gli batteva nel petto. Si aggrappò a lei come un naufrago si aggrappa a un salvagente in mezzo al mare in tempesta. Sentì la sua pelle calda e morbida e rabbrividì. Si alzò e, guidato da lei, come se non conoscesse la strada, si incamminò verso la stanza. L'intimità di quello spazio travolse Daniel. Dal ritorno, era entrato a malapena in quella camera, come fosse un territorio sacro al quale non doveva accedere. Lei si voltò, gli carezzò la guancia e lo abbracciò. Daniel la accolse, con gli occhi chiusi per sentire la forma del suo corpo, ogni curva, pieno di una tenerezza che superava il desiderio.

Sofía si liberò dolcemente dall'abbraccio, si tolse i vestiti e si infilò nel letto, sotto le lenzuola. Daniel la guardava affascinato, come se vedesse una dea. Con la testa appoggiata al cuscino bianco, lasciandosi ammirare, Sofía gli sorrise e gli tese nuovamente la mano. Senza smettere di guardarla, Daniel si svestì e si sdraiò accanto a lei, di fronte, fissandola negli occhi. Cercavano di riscoprirsi a vicenda, senza muoversi, in silenzio. Fu lei a chiudere per prima gli occhi. Daniel continuò a contemplarla, imbambolato dalle sue fattezze, dai suoi occhi, dalle sue labbra, dalle sue guance, dai suoi capelli; non si stancava di osservarla, vegliando sul suo sonno, finché non si addormentò anche lui.

La notte successiva cominciò Sofía, prima lentamente, dandosi tempo. Lui fu troppo rapido, come se scaricasse la mente nell'atto fisico, sfociando nel corpo desiderato con la goffaggine di un adolescente alle prime armi. Lei cercò di minimizzare. Daniel si sforzò di conservare la tenerezza nei rapporti e a poco a poco divenne tutto più piacevole per Sofía, che tuttavia non poteva evitare di pensare a Klaus, che da quel punto di vista era molto meglio rispetto all'originale, al marito vero. «Che paradosso», diceva all'amica. «A quanto pare mi manca il sesso con l'altro. Se lo sapesse, povero Daniel.»

FINALE

Merita libertà e vita solo colui
che se la deve ogni giorno conquistare.
J.W. GOETHE

1

DANIEL attaccò il telefono, sconcertato, e accese subito la televisione. Dovette aspettare l'ultimo telegiornale della sera per udire ciò che già sapeva. Era la notizia di apertura.

Beatriz entrò in sala.

«Mamma non è ancora arrivata?»

«No...» le rispose, senza staccare gli occhi dallo schermo.

Beatriz si lasciò cadere accanto a lui sul divano. Era esausta.

«Che cosa guardi?» domandò. «Che cos'è successo?»

«Il Muro...» mormorò il padre, con lo sguardo ancora fisso sull'apparecchio. «È caduto il Muro di Berlino.»

«Ma dai, bello, no?»

Beatriz si concentrò sulle immagini trasmesse. Daniel aveva avuto l'anticipazione della notizia qualche ora prima, da un contatto dell'organizzazione che stava a Berlino. Gli aveva riferito l'accaduto in preda all'agitazione, sopraffatto di fronte a un evento inatteso, ma lungamente agognato. Gli eventi erano precipitati qualche ora prima, durante una conferenza stampa convocata dal governo tedesco nella quale il portavoce, Günter Schabowski, aveva esposto le nuove misure statali, che comprendevano una legge per la concessione, senza condizioni, di permessi ai cittadini della DDR per uscire dal Paese. Di fronte a quell'annuncio, un giornalista italiano, Riccardo Ehrmann, aveva chiesto a Schabowski quando sarebbe entrata in vigore la legge agognata dalla popolazione; il portavoce aveva guardato per qualche secondo tra le sue carte, cercando la data precisa, e non trovandola aveva improvvisato, senza considerare le conseguenze delle sue parole: «Avrà effetto immediato». Il telegiornale di un canale dell'Ovest aveva aperto con la notizia: «Oggi, 9 novembre, è un giorno storico. Le autorità della DDR hanno annunciato che le frontiere sono aperte per tutti. Le porte del Muro sono aperte». La notizia si era subito sparsa, e migliaia di berlinesi dell'Est si stavano riversando in strada per oltrepassare il Muro che divideva la città da ventotto anni.

In quel momento Sofía entrò in sala. Lasciò la borsa e il cappotto su una sedia, si tolse le scarpe e rimase in piedi, con lo sguardo fisso sullo schermo.

«Che cosa è successo?» domandò in un sussurro.

«È caduto il Muro di Berlino», le rispose Beatriz.

Sofía guardò immediatamente Daniel, rapito dagli eventi che stavano accadendo a migliaia di chilometri da lì, con gli occhi lucidi e le lacrime che gli scorrevano sulle guance.

Beatriz si alzò, estranea all'emozione del padre.

«Vado a letto, sono esausta», disse, lasciando la sala.

Sofía si avvicinò a Daniel e si sedette accanto a lui. Il marito era assorto di fronte alle immagini trasmesse sullo schermo del loro Philips K30.

«Stai bene?» gli domandò.

Daniel girò la testa verso di lei, con un'emozione irrefrenabile sul volto. Assentì con un cenno, la mandibola in tensione, le labbra serrate.

«È caduto il Muro, Sofía... Finalmente è caduto quel maledetto Muro...» Tacque, perché l'emozione gli soffocava le parole in gola.

Sofía sentì un brivido lungo la schiena. Guardava il marito, imbevuto della stessa emozione che animava la folla disordinata che oltrepassava il filo spinato con uno sconcerto esultante; volti felici, ancora increduli, che speravano in un futuro diverso. Non poté evitare le vertigini.

Quella notte Daniel non riuscì a prendere sonno, pensando alle conseguenze di quella misura, temendo una reazione del governo della DDR (prospettata dal suo contatto di Amnesty International, in attesa di conoscere la reazione degli alti comandi del Politburó e del ministero per la Sicurezza dello Stato). Molti temevano una repressione violenta, la chiusura delle frontiere, perché la follia delle due germanie rendeva tutto possibile. Nelle ultime settimane prima di quello storico 9 novembre, le manifestazioni di Lipsia e Berlino erano state gremite e pacifiche, e non c'era stata reazione di fronte all'invasione delle vie, alle proteste che chiedevano libertà. Honecker, tenace oppositore delle riforme suggerite dal Cremlino, era stato destituito dopo tredici anni al comando dello Stato; in più, a partire dall'estate si erano verificate fuoriuscite costanti di cittadini tedeschi orientali, che attraverso la Cecoslovacchia passavano in Austria, creando alle ambasciate di Bonn a Praga numerosi problemi, perché i rifugiati erano molti.

Il giorno successivo Daniel seguì tutti i telegiornali che trasmettevano immagini della notte berlinese. Una giornalista della televisione spagnola, che stava intervistando l'ambasciatore nel momento in cui si era diffusa la notizia, aveva testimoniato in diretta l'apertura del ponte di Borhholmer. Le immagini mostravano una realtà debordante. Era sera, poco dopo le nove. La folla vorticava intorno al passaggio, in attesa che accadesse qualcosa, raggruppata accanto alla barriera ancora chiusa. La giornalista, con il microfono in mano, stava intervistando una donna dai capelli corti, con una sigaretta tra le dita; voleva passare nella parte occidentale per rivedere la sorella e la nipote dopo tre anni di separazione. Era agitata, riferiva di avere sentito dire da una vicina che avrebbero aperto le frontiere: era venuta subito, ma non si sapeva altro, era in attesa degli eventi. All'improvviso c'era stato un movimento di gente. «Hanno aperto il cancello», aveva urlato qualcuno, e la folla si era precipitata verso la porta, dove alcuni agenti cercavano di guardare i passaporti che le persone tenevano in mano, mostrandoli in fretta, spinti da quelli dietro, ansiosi di oltrepassare la barriera finalmente aperta. Dopo qualche secondo di confusione, i poliziotti si erano fatti da parte, lasciando libero il passaggio.

Le riprese mostravano le lunghe code in attesa di passare a Berlino Ovest, la gioia debordante, le facce incredule, la sorpresa di tutti, con i più agili intenti a scalare il Muro che aveva separato la città per più di ventotto anni. Di fronte alle immagini Daniel non riusciva a trattenere le lacrime per quell'emozione contagiosa, per l'entusiasmo di chi stava recuperando il controllo della propria vita.

La notizia che Rostropovich si era recato a Berlino aprì i notiziari. Accanto al Muro, di fianco al Checkpoint Charlie, seduto su una sedia presa in prestito, il musicista esiliato e spogliato della nazionalità russa interpretò una suite di Bach al violoncello.

Quando l'ansia informativa si fu placata, Daniel ricadde nell'impenetrabile assenza dalla quale sembrava uscito ormai da molto tempo. Parlava poco, sembrava sempre assorto. Di notte, al buio, Sofía lo osservava, sapendo che era sveglio; lo capiva dal respiro, dai muscoli tesi, come nei primi mesi in cui gli aveva permesso di tornare nel letto. Passò un Natale inquieto, perso nei suoi pensieri. Sofía gli domandava come stava, ma otteneva sempre la stessa risposta: «Bene». Finché un giorno l'equilibrio si spezzò.

«Vado a Berlino.»

Lo disse di getto, all'improvviso, quando erano soli, davanti a un programma televisivo insulso. Era il primo giorno feriale dopo le vacanze di Natale. Sofía era tornata dal lavoro mezz'ora prima e aveva appena finito il panino che le aveva preparato Vito.

«Come sarebbe?» domandò, sconvolta. «E le lezioni?»

Daniel lavorava da due anni in una scuola, dando lezioni di tedesco e di scacchi per occupare il tempo al di là delle sue attività e dei suoi incontri, ignoti a Sofía, con i *Fluchthelfer* che finanziava da tre anni.

«I bambini non sentiranno la mia mancanza.»

«Quanto pensi di stare via? Magari puoi chiedere qualche giorno...»

«Me ne vado per sempre.»

Lei lo guardò, sconvolta. Mosse la testa e si erse, furibonda.

«Te ne vai per sempre? E io? Io che faccio?»

Daniel la guardò con immensa tenerezza.

«Tu sei stata tutto per me, sei l'amore della mia vita, lo sei sempre stata e lo sarai fino al mio ultimo respiro. Lo sei da quando ti ho conosciuta. Ti ho amato per tutta la vita... Ti ammiro tanto, Sofía...» Parlava con così tanta passione ed era così convinto che lei si commosse. «Sono sopravvissuto alla reclusione grazie al desiderio di tornare da te, di riabbracciarti anche soltanto per una volta...» Sviò lo sguardo e agitò la testa. «So bene che non ho saputo amarti, non ho saputo farlo prima e non sono stato capace di farlo ora. Sofía, mi dispiace, mi dispiace molto...»

«Non dire così, Daniel. Che cosa ne è stato di ciò che siamo riusciti a recuperare?»

«Sofía...» Mosse le mani come se reggesse un peso enorme. «Ho la sensazione che non basti mai.»

Sofía, sorpresa e turbata, cercava di capire che cosa passasse per la testa di Daniel.

«Che osa vuoi da me? Che cosa pretendi? Vuoi che lasci il laboratorio? È questo che vuoi? Che smetta di lavorare e che rimanga a casa a prendermi cura di te?»

Daniel abbozzò un sorriso triste, ricordando le parole della sorella Bettina.

«Sono grandicello per avere qualcuno che badi a me.»

Per qualche secondo si guardarono intensamente, cercando negli occhi dell'altro una risposta ai propri interrogativi. Daniel afferrò le mani della moglie e le baciò teneramente. Prima l'una, poi l'altra. Lei lo lasciava fare, in attesa, inquieta.

Daniel la guardò con il sorriso sulle labbra.

«Non te lo chiederei mai, Sofía. Sarebbe stupido. Ho sbagliato una volta e non intendo rifarlo.»

«Allora che cosa vuoi da me?»

«Niente... Non posso chiederti niente, e non voglio farlo... Non ho il diritto di farlo...»

Lei batté le palpebre, sconcertata.

«Non ho intenzione di rinunciare a te», disse con voce soffocata. «Non voglio perderti di nuovo.»

Daniel la guardò. Doveva dirglielo, non poteva continuare a nasconderle quello che, suo malgrado, aveva intuito da tempo. Prevedendo l'effetto distruttivo che le sue parole avrebbero sortito in entrambi, parlò piano, con una serenità schiacciante.

«Non si tratta di rinunciare a me, Sofía, ma all'ombra di Klaus. Finché non l'avrai seppellito, io non riuscirò a starti accanto. Non posso continuare a vivere con una parte di te in prestito.»

Lei lo guardò per un attimo, turbata.

«È per questo che vai a Berlino?»

«Vado a Berlino perché anche io devo seppellire definitivamente i miei fantasmi.»

«Ma...» Era nervosa e un po' confusa da quel bagno di realtà. «Che cosa c'entra quell'uomo con noi?»

«C'entra eccome, Sofía.»

«Mi stai chiedendo di cancellare dalla memoria sei anni della mia vita.»

Daniel la guardò intensamente, in silenzio. Fece cenno di no con il capo.

Lei gli prese la mano e la avvolse tra le sue.

«Non rovinare tutto, Daniel, per favore. Non rovinare tutto, adesso. Il mio amore per te è reale. Ti amo, Daniel, ti amo...»

Daniel la interruppe con la serenità che gli conferiva la sua fermezza.

«A chi è rivolto il tuo amore? A chi di noi due rivolgi il tuo amore ogni giorno, a me o al ricordo di Klaus?»

Sofía lo guardò, sconvolta. Sapeva che le sue parole nascondevano un fondo di verità. Cercò di cancellare quel pensiero dietro la rabbia di sentirsi scoperta.

«Perché dici così?» indagò, turbata e furente.

«Credi che non mi renda conto di come stanno le cose, di ciò che è accaduto nella tua vita? Ti vedo felice del tuo lavoro, parli delle tue ricerche e dei tuoi progetti con molto entusiasmo. Non c'è dubbio, occupi il posto che ti spetta. Ma io non posso smettere di pensare che se non avessi fatto quel maledetto viaggio a Parigi il mondo avrebbe perso un'ottima scienziata, una donna brillante che sta dando un grande apporto al miglioramento della società. So che sei cresciuta come persona e come scienziata con Klaus, non con me...» Sofía gli lasciò la mano. «So che ci hai provato, che hai fatto uno sforzo per ridarmi un posto che non mi spettava più. Ti ringrazio per tutto ciò che hai fatto in questi quattro anni. Ma non posso più ingannarmi, né lasciare che tu sopporti il peso della mia presenza per pura inerzia. Non sarebbe giusto per nessuno dei due.»

«Non sai quello che dici», mormorò Sofía, sempre più inquieta, più ferita; si sentiva minacciata, sotto attacco.

Daniel la guardò intensamente per qualche secondo, lottando contro la tentazione di farle la proposta che premeva per uscire. Pur sapendo che non avrebbe dovuto, lo fece.

«Allora vieni con me... accompagnami in questo viaggio. Possiamo ricominciare tutto, da un'altra parte.»

«A Berlino?» domandò lei, senza nascondere il sarcasmo.

Daniel sentì una fitta di pentimento per la trappola che aveva teso a se stesso.

«Mi dispiace... Dimentica la mia richiesta, non avrei dovuto fartela. Non avrei dovuto... Perdonami...»

Sofía lo guardò per qualche secondo. Si sentiva impotente, legata mani e piedi. Il suo mondo stava crollando per mancanza di fondamenta solide, sostituite dalla routine, ripresa dopo tanti anni passati insieme prima che Klaus irrompesse nelle loro vite e sconvolgesse tutto. Non poteva, non voleva, non era disposta a cedere e ad accettare l'evidenza che Daniel aveva messo sul tavolo, la cruda verità, pungente e affilata, che le rinfacciava. La rabbia vinse ogni altro sentimento. Si alzò e lo affrontò, con i pugni serrati, il mento teso per evitare ogni tremito che indicasse l'indecisione terribile in cui si dibatteva.

«Se esci da quella porta sarà per sempre», gli disse. «Non tornare più, mi hai sentito? Mai più.»

Daniel la guardava con gli occhi pieni di tormento, il volto alterato, spezzato dal dolore.

«Sofía, mi dispiace... Mi dispiace...»

Lei gli diede le spalle, uscì dal salone e si chiuse in camera sua. Quella notte nessuno dei due riuscì a dormire.

2

Uscì dall'aeroporto e salì su un taxi. Cominciava a fare buio. Quando vide gli occhi del tassista nello specchietto retrovisore, in attesa che gli desse l'indirizzo, Daniel si rese conto di non avere una meta. Esitò per un attimo e il conducente si voltò, esortandolo, con gentilezza tedesca, a fornirgli un indirizzo.

«*Bitte, zum Brandenburger Tor*», disse infine.

Il tassista premette sull'acceleratore e l'auto partì, muovendosi tra le vie di Berlino. Daniel osservava tutto dal finestrino, evocando il ricordo di quella mattinata di aprile del 1968, con il gemello che indossava ancora la parrucca e i baffi finti per nascondere la sua identità. Era rimasto in quella città per diciassette anni, ma la conosceva a malapena. Quando il taxi si fermò, pagò e scese. Aveva una piccola valigia con lo stretto indispensabile, un cambio, due camicie, qualche calzino, il libro di Zweig e il vecchio ritaglio di giornale che Hanna gli aveva dato quattro anni prima, con la foto di Sofía che teneva una conferenza. Non aveva bisogno di altro. Rimase fermo davanti al Muro, dove cominciavano ad aprirsi varchi dai quali la gente passava con insolita normalità. Si girò verso la lunga, ampia e rettilinea Strasse des 17. Juni (battezzata così dal senato di Berlino Ovest in onore delle vittime delle manifestazioni del 1953, organizzate nel lato orientale della città), fiancheggiata dal verde scuro di Tiergarten, con la colonna della Vittoria in fondo, in una parte di città sempre aperta, sempre libera, sempre viva. Fece un profondo sospiro e si voltò di nuovo verso Est. Il cemento della parete era coperto di dipinti colorati e di iscrizioni, fatti dalla parte della città in cui i cittadini avevano sempre potuto avvicinarsi e mostrare la loro impotenza e la loro rabbia con graffiti e *street art*. Dall'altra parte si ergeva, magnifica, la Porta di Brandeburgo, con le ferite della guerra ancora visibili sulla pietra ancestrale, in una terra di nessuno negli ultimi trent'anni, tra il Muro a Ovest e la zona di sicurezza a Est. Prima di Natale aveva sentito la notizia che erano stati tolti diversi blocchi dal Muro per permettere il passaggio delle persone sotto la porta emblematica, cosa impossibile per quasi tre decenni. Cercò un varco per raggiungere l'altra parte della città. Transitando sotto l'arco centrale della famosa porta non poté evitare di sentirsi emozionato e gli occhi gli si riempirono di lacrime. Si fermò per qualche secondo e si voltò per osservare la barriera che si estendeva da una parte e dall'altra, come un serpente che aveva represso l'ansia di libertà di tante persone, per tanti anni. Guardò di nuovo la città grigia, la Pariser Platz deserta e l'immensità della Unter den Linden, «Sotto i tigli», mormorò traducendo il nome di quell'ampio corso, bel nome per una via che aveva costituito uno scenario così cupo. Procedette e vide sulla destra la facciata dell'antico *Hotel Adlon*, tutto ciò che restava in piedi dopo che era stato distrutto cinque anni prima. Decise che per prima cosa sarebbe andato a casa dei suoi genitori. Ricordava perfettamente l'indirizzo al quale era stato condotto dal fratello Klaus, Borsigstrasse. Certe cose gli erano rimaste impresse a fuoco nella mente, come il nome della via, la facciata, la chiesa sul marciapiede di fronte, immagini che erano rimaste immobili nella sua coscienza come in una vecchia foto, impossibili da cancellare. Soffiava un vento gelido che costringeva i pochi passanti a camminare rattrappiti, a passo svelto. Si calcò il vecchio berretto inglese, che non metteva da quattro anni, tirò su il collo del cappotto e si strinse la sciarpa al collo. Non soffriva il freddo, anzi, era contento di sentire l'aria pungente sul volto.

Domandò a una donna che gli fornì frettolosamente le indicazioni richieste. Seguendole, procedette lungo Unter den Linden per poi svoltare a sinistra in Friedrichstrasse. Intravide subito la mole di cristallo e acciaio che proteggeva la maledetta stazione dove era cominciato il suo inferno: Bahnhof Berlin Friedrichstrasse. Entrò nell'edificio mosso da una curiosità morbosa. Scese le scale che conosceva. Le porte dalle quali si accedeva ai cubicoli dei controlli erano spalancate, e nessuno sorvegliava il passaggio delle persone. Entrò in quella che aveva varcato ventuno anni prima, confidando nella propria libertà. Nello stretto corridoio si sentì mancare l'aria. Deglutì e sentì il dolore che erompeva dentro di lui. Appoggiò la schiena alla parete di fronte alla garitta, ormai vuota, e ricordò il momento dell'arresto. Gli parve di udire le urla, sentì il dolore delle braccia torte con accanimento, il turbamento, l'incomunicabilità, l'allarme, la paura, il panico, il timore: tutti quei sentimenti lo investirono come un movimento tellurico incontenibile. Sussultò perché qualcuno gli toccò il braccio. Aprì gli occhi e si scostò, spaventato. Un'anziana dagli occhi chiari lo guardava con un sorriso gentile. «Sta bene?» gli domandò in tedesco. Daniel assentì, confuso, stordito, come se fosse stato strappato a un brutto incubo. Era madido di sudore e faticava a respirare. «Capisco benissimo quello che prova», disse la donna con voce dolce, serena, piena di tenerezza. «Si dia tempo, soltanto il suo trascorrere può curare questo genere di ferita. Abbia fiducia, passerà tutto.» Daniel annuì e sorrise, grato. La donna si allontanò verso le scale. Una volta recuperata la calma, uscì in strada. Sentì con piacere l'aria fredda. Continuò il cammino, attraverso il ponte sul fiume Spree, che ricordava di avere visto all'andata e al ritorno in macchina con Klaus. Le vie avevano ancora l'aspetto di un luogo perso nel tempo, fermo in un passato lontano, oscuro, grigio. Girò a destra in Torstrasse e, da ultimo, a sinistra in Borsigstrasse. Procedette a passo lento fino a raggiungere la chiesa. Si fermò a osservare il palazzo dove vivevano gli Zaisser. Sembrava tutto esattamente uguale a come lo ricordava, la stessa facciata scrostata, le stesse buche sulla carreggiata, lo stesso grigiore, la stessa tristezza dei marciapiedi. Si domandò se i suoi genitori fossero ancora vivi. Chissà che fine avevano fatto, dopo tanti anni. Hanna gli aveva riferito la rocambolesca fuga di Bettina e il suo straziante ritorno nella DDR, tradita da Klaus per salvare la piccola Beatriz. Doveva essere stato così doloroso per lei... E anche per il suo gemello, pensò con indulgenza.

Si avvicinò al portone e spinse il battente. Entrò sentendo il rimescolio di tutte le sue paure, dei suoi incubi, dei suoi terrori. Salì le scale e si fermò per qualche secondo sul pianerottolo. Prese aria, si avvicinò e suonò il campanello. Aspettò qualche secondo e sentì un rumore di passi che si avvicinavano alla porta. In quel momento si tolse il cappello e lo mise nella tasca dell'elegante cappotto corto grigio scuro, di lana pregiata.

«*Wer ist es?*» chiese una voce femminile.

«Sono Daniel, Daniel Sandoval.»

La porta si aprì e comparve una donna dall'età indefinita, né giovane né vecchia, con i capelli corti e bruni, striati di bianco. I suoi occhi scuri lo osservavano con curiosità e una certa reticenza. Non mostrò traccia di sorpresa, come se sapesse che presto o tardi il fratello sarebbe ricomparso per chiudere i conti in sospeso. Daniel pensò che non era rimasto quasi nulla della ragazza allegra che aveva conosciuto per qualche ora.

«Bettina?» domandò, di fronte al suo atteggiamento passivo.

Bettina sapeva che Daniel era vivo perché glielo aveva detto Hanna, ma non aveva mai mostrato interesse per lui, come se la maledizione scagliata su Klaus coinvolgesse anche il suo gemello.

«Daniel... Che cosa ci fai qui?»

Alzò le spalle prima di rispondere.

«Posso entrare?»

Esitò per qualche secondo, senza smettere di guardarlo, soppesando il da farsi. Alla fine lo fece accomodare, senza entusiasmo; una volta passata la sorpresa del primo momento, la sua espressione si fece accigliata, arcigna.

«Perché sei venuto?»

Daniel si rese conto che la sorella era sulla difensiva, convinta che la sua visita preludesse a un attacco pieno di rimproveri per tutte le disgrazie che aveva subìto.

«Non lo so, Bettina, so solo che dovevo venire.»

Erano nell'ingresso, in piedi, l'uno di fronte all'altro, e si guardavano, a disagio. In fondo al corridoio si udì una voce debole, sfinita.

«*Wer ist es?*» La domanda fu seguita dal silenzio. La voce insistette, in spagnolo. «Bettina, chi è?»

«Nessuno, mamma.»

I due fratelli si rivolsero uno sguardo di sfida.

«Voglio vederla», disse Daniel, a voce bassa ma ferma.

«Perché?»

«È anche mia madre.»

«È molto debole, fatica ad alzarsi.»

«E lui?»

«Mio padre?»

«Nostro padre», la corresse Daniel, con accondiscendenza.

«È morto lo scorso inverno, di polmonite. Convinto com'era, non so come avrebbe preso il crollo di tutto ciò in cui credeva.»

«Non avrebbe mai accettato la sconfitta, e tanto meno il senso di colpa per ciò che è accaduto qui per decenni, sotto un governo sostenuto da persone come lui.»

Di nuovo silenzio.

«Permettimi di vederla, per favore...»

Bettina ci pensò per qualche secondo. Prese fiato e si avviò nel corridoio, senza aspettarlo. Daniel appoggiò la valigia a terra e la seguì, lentamente. La casa era fredda. Non poté evitare di fermarsi davanti alla porta aperta di quella che era stata la stanza di Klaus. Era immutata: lo stesso letto, la stessa trapunta, le stesse tende, tutto esattamente identico a come lo ricordava.

La sorella lo aspettava sulla soglia della stanza. Le braccia incrociate sotto il seno, con espressione ostile, diffidente per la visita inaspettata. Non era più snella, aveva il seno pesante e i fianchi abbondanti. Indossava un paio di jeans e un maglione spesso. I capelli corti non le donavano, pensò Daniel, le indurivano i lineamenti e la invecchiavano.

Bettina si scostò quando Daniel la raggiunse.

«Mamma, guarda chi c'è.»

Daniel si affacciò, senza entrare. La luce era tenue, ma riuscì a vederla sdraiata, la testa sollevata da diversi cuscini per facilitare la respirazione.

Quando stava per entrare, Bettina lo prese per un braccio, fermandolo.

«Stai attento a quello che dici», gli sussurrò, perché la madre non sentisse. «Non sa niente del tradimento di Klaus, e nemmeno della tua lunga prigionia.»

Daniel abbassò lo sguardo sulla mano che lo tratteneva. Si liberò con un movimento leggero.

«Non sono venuto per vendicarmi, se è questo che temi. Puoi stare tranquilla.»

La sorella evitò il suo sguardo senza dire niente. Daniel ne approfittò per entrare nella piccola stanza piena di mobili. Oltre al letto matrimoniale, c'erano un vecchio armadio a quattro ante e un cassettone. Le pareti erano rivestite da tappezzeria a fiori, gialla e verde, fuori moda, antiquata, in sintonia con il resto dell'arredamento. In un angolo c'era una stufa che seccava l'aria, creando un'atmosfera soffocante, in netto contrasto con il resto della casa.

L'anziana osservò Daniel che si avvicinava, aguzzando lo sguardo.

«Chi sei?» gli chiese, con intonazione fioca.

«Sono tuo figlio...» Gloria aveva i capelli completamente bianchi, non era rimasto quasi nulla del volto che Daniel conservava nella memoria. Il tempo trascorso l'aveva invecchiata.

«Mio figlio è morto», disse allontanando lo sguardo, come se la curiosità iniziale fosse rimasta delusa.

«Sono Daniel... Felipe, se non mi avessero separato da te.»

La donna lo riguardò, stupita, con un ampio sorriso.

«Daniel... Il mio figlio perduto... Quanto ho sofferto per te. Solo Dio sa quanto ho patito...» Alzò la mano e lo invitò ad avvicinarsi. Gli occhi scuri lo scrutavano con impazienza. «Ti sei lasciato crescere la barba. Vieni, avvicinati, voglio vederti.» Daniel avanzò, e quando l'ebbe raggiunta lei gli prese la mano e lo fece sedere accanto a sé. «Quanto tempo... dove sei stato per tutti questi anni?»

Daniel guardò con la coda dell'occhio la sorella. Vide che si ergeva, tesa.

«A Madrid, con mia moglie e le mie figlie, le tue nipoti.»

«Le mie nipoti...» mormorò, con espressione triste. «Non le conosco. Tuo fratello ha avuto una figlia... Ma gli hanno tolto anche quella.... La sua piccola e la sua moglie adorata. Povera Hanna, non abbiamo più saputo niente di lei, mai. E lui... dopo la tua visita, ti ricordi?» Daniel annuì, sorridendo, come poteva dimenticare quella visita. «Klaus se n'è andato e non è più tornato. La notizia della sua morte, così dura...» disse con gli occhi distanti, persi nel ricordo doloroso. «Questo Paese asserragliato ha prodotto danni irreversibili. Non si possono imporre gli ideali con la forza, neanche se sono lodevoli, encomiabili. Se privi le persone della libertà non potrai mai convincerle, soprattutto i giovani, che hanno bisogno di volare, di scegliere, di sbagliare, di cadere, di rialzarsi, di trionfare e di arrendersi, sconfitti. I giovani devono vivere la loro vita, non quella imposta da un palazzo, con guide che pretendono di controllare perfino i battiti dei loro cuori.» Parlava rapita, come se avesse pensato molto a quelle cose. «Ma la colpa è nostra, di noi adulti; eravamo convinti di fare la cosa migliore, che questo fosse il sistema perfetto, che fosse necessario controllare tutto perché funzionasse meglio. Che errore! Che errore enorme! Avevamo in mente un'utopia e l'abbiamo sostenuta, ma abbiamo sbattuto la faccia e adesso non sappiamo chi siamo e che posto avremo in un Paese che ci considera cittadini di serie B. La libertà è l'unica cosa che conta...»

«Lascia stare, mamma», la interruppe Bettina, a disagio. «Ormai non vale la pena leccarsi le ferite. Bisogna fare i conti con quello che abbiamo.»

Gloria parve non ascoltarla. Gli occhi fissi su un passato pieno di ricordi amari.

«Le guerre sono orribili, io ne ho vissute due, una dopo l'altra. La prima mi ha costretto a lasciare la mia casa, il mio Paese e la mia povera madre.» Guardò Daniel, mostrando un'ombra di tenerezza. «Ho dovuto rinunciare a te.» Fece un lungo sospiro prima di continuare. «E questo maledetto Muro, in cui credevo fermamente, mi ha rubato mia nipote Jessie, mi ha impedito di conoscere le tue figlie, mi ha tolto Klaus e ha rovinato la vita a mia figlia.» Lo fissò, con gli occhi persi. «E adesso? Chi ci restituisce la vita dei nostri figli e dei nostri nipoti? Era un esperimento, ed è fallito.»

«Niente affonda del tutto, mamma», disse Bettina, con un filo di voce, come per farle coraggio. «Rimarrà qualcosa, nel bene e nel male...»

Daniel non sapeva che cosa dire. Per qualche secondo rimase zitto, schiacciato dal disagio.

«Come stai?» le domandò, per togliersi d'impaccio.

Gloria alzò le sopracciglia prima di rispondere.

«Sto morendo. Sono senza forze. Resisto perché Bettina mi accudisce, viene tutti i giorni, si preoccupa, ma io preferirei andare in un ospizio. Non voglio essere di peso. Ha le sue cose a cui pensare.»

«Non sei affatto di peso, mamma», concluse Bettina. «Non mi costa niente venire, lo sai.»

Gloria guardava il volto del figlio perduto. Lo tastò come un cieco che cerca di identificare i tratti con le dita, anche se non l'aveva quasi mai toccato in vita sua.

«Sei cambiato molto dall'ultima volta che sei stato qui», gli disse, sorridendo.

«Sono più vecchio. Gli anni passano per tutti, anche per me.»

Lei negò con un lieve cenno del capo.

«Per una madre i figli non invecchiano mai. È un miracolo della natura, vi vediamo sempre bambini.» Tacque e spostò lo sguardo. Lasciò la presa sulla mano di Daniel. Le tremò il mento. «Tocca a voi vedere la madre che invecchia, vederla morire, è naturale. Che una madre seppellisca il figlio è contro natura.»

«Mi dispiace, mamma.»

Lei lo guardò con una smorfia triste.

«È la prima volta che mi chiami mamma. L'altra volta non l'hai mai fatto.»

«Con gli anni mi sono abituato a pensarti e a considerarti mia madre.»

«Tu sai che cos'è accaduto a tuo fratello?» domandò Gloria, con ansia.

Daniel fece cenno di no, guardando con la coda dell'occhio Bettina.

«Non vogliono dirmelo», disse la madre, scoraggiata. «Nessuno mi spiega che cos'è accaduto, dove è stato mio figlio per oltre sei anni, senza dire niente. Quando finalmente ho avuto una notizia, ho saputo della sua morte. Com'è morto, che cosa gli è successo?» Si strinse nelle spalle, con lo sguardo perso. «Non l'abbiamo saputo.» Lo guardò con profonda tristezza. «Ci hanno avvertito del funerale due ore prima. Siamo dovuti correre per arrivare in tempo alla sepoltura... Mio figlio morto... Abbiamo fatto così tanto per questo maledetto Paese, e ci hanno ripagato così... Maledetti, che siano tutti maledetti...»

Chiuse gli occhi e rimase immobile. Il suo volto rifletteva l'enorme sofferenza interiore, l'infinita delusione.

«Daniel, sarà meglio che la lasci», disse Bettina. «Ha bisogno di riposare.»

«Sì», confermò la madre, senza guardare la figlia. «Ho bisogno di riposare per sempre. Di chiudere gli occhi per non riaprirli mai più, per trovare finalmente pace.»

Daniel si avvicinò e le diede un bacio sulla fronte. Sentì l'odore della malattia e della morte, e le sorrise teneramente.

Gli occhi di Gloria brillarono per l'infinita emozione.

«Figlio mio», mormorò, spossata. «Ti amo più della mia vita.»

«Grazie, mamma, grazie...»

Uscì dalla stanza, seguendo Bettina. Entrarono in cucina. Era tutto uguale a come lo ricordava, ma ancora più piccolo, più brutto, più vecchio.

Bettina accese un fornello e mise l'acqua a bollire.

«Vuoi un tè?»

«Grazie.»

«Perché sei qui?»

Daniel si appoggiò al tavolo mentre Bettina preparava il tè. Rifletté per qualche secondo. Agitò la mano nell'aria e parlò con espressione dubbiosa.

«Non lo so. Da quando ho visto la notizia della caduta del Muro, ho sentito un bisogno impellente di venire.»

«Dove dormi?»

«Ancora non lo so. Arrivo direttamente dall'aeroporto.»

«Puoi stare qui, se vuoi. C'è posto. Io vado a casa tra poco.»

Daniel rifiutò.

«No... Preferisco andare in albergo, grazie.»

Il bollitore fischiò e Bettina versò l'acqua nelle tazze con la bustina di tè. Gliene porse una e con la propria tra le mani, si appoggiò al piano di fòrmica scrostato; entrambi in piedi, certi che Daniel non sarebbe rimasto a lungo.

«Continuo a non capire che cosa ci fai qui. Non credo che tu provi un grande affetto per noi.»

«Lascia che gestisca i miei sentimenti da solo», le disse, un po' infastidito, ma subito si corresse nel tono e nell'espressione. «Mi dispiace, Bettina. Sono uscito di qui senza un'identità, considerato morto da tutti... E dopo quattro anni ho la sensazione di essere ancora morto, o almeno di non esistere. Non sono riuscito a cancellare il segno profondo che Klaus ha lasciato in mia moglie.»

«Quindi tua moglie si è innamorata di Klaus.» Si guardarono senza dire niente. «Non mi stupisce, è sempre stato un incantatore di serpenti. Ha sempre avuto due facce. Alla fine, ha tradito tutti, compreso se stesso. Mi ha ingannato nel modo più crudele e miserabile che si possa immaginare.» Alzò le sopracciglia, con un sorriso sardonico. «E non me ne sono neppure accorta.»

«Nel tuo caso, non aveva la possibilità di scegliere: o te o mia figlia, una bambina di sette anni, Bettina.»

Aveva parlato in tono conciliante, ma lei si sentì minacciata. Si mise definitivamente sulla difensiva. Alzò le spalle come se le pesassero e parlò con una smorfia di disprezzo: «Ciò che mi ha fatto non ha giustificazioni».

«Non hai mai pensato a quanto ha sofferto per prendere la decisione di consegnarti?»

«Tu ci hai pensato, dopo quello che ti ha fatto?» gli domandò, con rabbia.

Daniel la fissò per qualche secondo, infondendo serenità al suo sguardo.

«Ho avuto molto tempo per farlo...»

Bettina bevve un sorso di tè.

«Senti, Daniel, se sei venuto a chiedermi di perdonare le nefandezze di quel bastardo, sarà meglio che esci da questa casa e non ci torni mai più.» Tacque, senza smettere di guardarlo. «Dimenticaci, dimentica la nostra esistenza. Sarebbe stato tutto diverso se tu non fossi entrato nelle nostre vite.»

Daniel non poté evitare una risata sarcastica e una profonda tristezza. Abbassò gli occhi, fissando la tazza.

«Sai una cosa?» le disse, alzando il mento. «In fondo hai ragione. Non avrei dovuto considerare quel messaggio che mi invitava a Parigi. Se non avessi ceduto alla curiosità e non avessi preso quel maledetto treno, le nostre vite non si sarebbero mai incrociate. Forse tu avresti realizzato il tuo sogno di libertà, e io... Avrei vissuto la mia vita... La vita decisa dalla nostra nonna materna, che mi ha sottratto alle braccia di nostra madre per portarmi a un altro padre, a un'altra madre, diversi ma miei.» Rimasero in silenzio per qualche secondo, guardandosi con diffidenza. Daniel abbassò gli occhi e bevve il tè. Poi proseguì in tono conciliante. «Lasciamo da parte Klaus, che anche da morto ci ferisce. Raccontami che cosa ne è stato di te. Come stai? Hanna mi ha detto che sei riuscita a rifarti una vita.»

Lei cambiò posizione, a disagio. Non le piaceva la sua presenza, ma alla fine cedette, di malavoglia.

«Sono stata per un anno in carcere. Sono uscita distrutta. Ma è incredibile quanto si possa resistere...»

«Ti assicuro che so di che cosa parli», la interruppe, in tono dolce.

Lei lo guardò e abbozzò un sorriso.

«C'era bisogno di pediatri, quindi sono stati costretti a trovarmi lavoro nel mio campo. Hanna è riuscita a farmi collocare in un ospedale qui vicino, altrimenti mi avrebbero mandato dall'altra parte del Paese. Lì ho conosciuto quello che oggi è mio marito, Leo.» Lo guardò e abbozzò un leggero sorriso. «Ho due gemelle di sette anni.

Loro tre sono riusciti a placare le mie ansie di libertà. Mi sono abituata a vivere rinchiusa, e di sicuro ho trovato un buon compagno di gabbia.» Guardò l'orologio e si raddrizzò. «È tardi, devo andare.» Gli diede le spalle e mise la tazza nel lavandino, aprì il rubinetto e la lavò. Daniel si avvicinò e le porse la sua. Lei la prese e la sciacquò. Poi si asciugò le mani. «Vuoi che ti accompagni da qualche parte?»

«Potresti lasciarmi a un albergo; oltre il Muro, se non ti dispiace.»

«Andiamo.»

Uscirono dalla cucina e Bettina entrò nella stanza della madre. Poi tornò in corridoio.

«Si è addormentata.»

«Resta da sola?» domandò Daniel.

«La vicina ha le chiavi, bada a lei. Io vengo tutti i giorni, faccio la spesa, mi assicuro che mangi qualcosa. Non esce mai.»

In strada Bettina si diresse verso una Wartburg 353 beige. Daniel la seguì.

«Alla fine hai avuto la macchina», commentò, sorridendo.

«È di mio marito.»

Si calcò in testa un berretto di lana, con espressione impassibile. Aprì la portiera del passeggero. Daniel mise la valigia sul sedile posteriore e si sedette accanto a lei. Non aveva abbastanza spazio per le gambe. L'abitacolo era piccolo e scomodo, come quello della sua vecchia 600, niente a che vedere con la Opel Kadett che aveva lasciato a Madrid, o con l'Audi che guidava Sofía.

Senza togliersi i guanti, Bettina avviò il motore, che produsse un suono stridente. L'auto procedette nelle vie deserte. Stavano entrambi in silenzio.

Attraversarono il Checkpoint Charlie, aperto senza impedimenti, con i poliziotti nella garitta che non fermavano nessuno.

«Com'è stata quella notte, il 9 novembre?» domandò Daniel, con curiosità.

Lei lo guardò per un istante, sorridendo suo malgrado.

«Com'è stata?» Il sorriso si aprì senza remore. «*Wahnsinn!* Una follia! Un'enorme e immensa follia.» Lo guardò, come se la parola *Wahnsinn* l'avesse rilassata. «È stato tutto così imprevisto, nessuno immaginava ciò che è successo, le frontiere aperte di colpo... nessuno se lo aspettava.» Fece una risata piena di ironia. «La Stasi, che sapeva tutto di tutti, non ha saputo prevedere la caduta del sistema. Leo e io siamo stati con le bambine per tutta la notte a Ovest, a passeggiare, a guardare le vetrine; la gente si abbracciava, piangevano tutti di gioia, urlavano di allegria… È stata una notte delirante.» Si voltò verso di lui e lo guardò per un momento, continuando a sorridere. «La più felice della mia vita, credo.»

Si fermò davanti a un albergo vicino a Tiergarten.

La neve cominciava a cadere, coprendo il lunotto. In silenzio, si abbandonarono allo spettacolo dei fiocchi che si posavano sul vetro per poi scivolare lentamente sul cofano. Il tergicristallo era spento e non si vedeva fuori. Faceva molto freddo. La nuvola biancastra del fiato che usciva dalle loro bocche appannava a poco a poco il vetro gelato.

Daniel si rigirava il berretto tra le mani, esitante. Si voltò e la guardò.

«Vai mai alla sua tomba?»

Lei negò con un rapido movimento del capo.

«Anche se volessi, non potrei. Ogni volta che lo nomini rimango senza fiato.» Agitò la mano davanti a sé. «Mi sento soffocare al solo pensiero. Lo odierò per sempre, lo odierò fino alla morte. Questo genere di sentimenti non si spegne mai.»

Daniel osservò il suo profilo, la mascella tesa, le labbra serrate per la rabbia.

«Posso sapere dove è sepolto?»

Per qualche secondo Bettina non reagì, come se stesse valutando la risposta. Poi prese la borsa, tirò fuori una matita e un taccuino, appuntò qualcosa, strappò il foglio e glielo diede.

Lo guardò con il volto pieno di amarezza.

«Perché sei venuto?» gli disse, contenendo la rabbia. Non attese risposta, agitò la testa senza smettere di guardarlo, come se una sofferenza dimenticata le si fosse ridestata dentro. «Ti guardo e vedo lui… E non riesco a sopportarlo… Non posso… Mi dispiace.»

Daniel non disse niente.

Dopo un istante di silenzio, Bettina avviò il motore.

«Devo andare», disse in tono secco.

Solo allora azionò il tergicristalli e l'oscillazione delle spazzole eliminò lo strato biancastro che si era formato sul vetro. Rimase impassibile, lo sguardo di fronte a sé, fisso sulle spazzole che si muovevano, in attesa che lui lasciasse l'auto.

Daniel aprì la portiera, ma non si mosse. La guardò di nuovo.

«Posso chiamarti, qualche volta?»

Bettina rimase immobile. Parlò con voce tormentata.

«Questo non è il tuo posto, Daniel, non lo è mai stato. È troppo freddo per te.»

Daniel, in silenzio, si calcò il berretto, scese dalla macchina e prese la valigia dal sedile posteriore, ma prima di chiudere si affacciò per guardare il suo profilo immobile, le mani aggrappate al volante, come se temesse di cadere in un abisso buio. Chiuse la portiera, e la macchina accelerò subito, allontanandosi. Per la prima volta da molto tempo sentì un brivido per i fiocchi che gli scendevano nel collo. Si strinse la sciarpa ed entrò nell'albergo.

3

QUELLA notte Daniel non chiuse occhio. Stava albeggiando quando uscì dall'albergo e si mise a camminare senza meta. Aveva bisogno di muoversi e l'aria gelida della città lo aiutava a pensare. Le nuvole ritardavano l'alba, e il freddo intenso annunciava altre nevicate. Continuava a pensare a che cosa fare della sua vita. Era libero di andare dove voleva, ma era di nuovo confuso e solo, angosciato. Tirò fuori il foglio con il nome del cimitero e il numero della tomba di Klaus. Decise di andarci a piedi.

Il camposanto era coperto da un manto bianco, gelato. Si udiva lo scricchiolio dei suoi passi nel silenzio. Cercò la tomba seguendo le indicazioni ricevute dal guardiano all'ingresso. Non si vedeva nessuno. Troppo presto per fare visita ai morti, pensò mentre zigzagava tra le lapidi, coperte da uno strato di neve che nascondeva i nomi dei defunti. Raggiunse quella di Klaus. Sullo strato di neve che copriva la pietra c'era un mazzo di fiori congelati. Si chinò e con un movimento della mano spazzò il ghiaccio, scoprendo il nome inciso nella pietra.

KLAUS ZAISSER
4 GENNAIO 1939
12 APRILE 1974
AMORE MIO, FINCHÉ VIVRAI NEL MIO CUORE, NON ANDRAI VIA.

Si raddrizzò. Con le mani in tasca, guardò il nome che aveva cambiato così tanto la sua vita. Fu commosso dall'epitaffio, inciso in spagnolo, l'ultima traccia dell'amore di Hanna sulla dura pietra.

Non poté evitare di pensare a Sofía, a quanto aveva amato quell'uomo. Rimase per un bel pezzo là davanti, senza pensare a nulla di speciale, godendosi il piacevole silenzio che lo circondava, finché uno scricchiolio sulla neve lo mise in allerta, avvisandolo che qualcuno si stava avvicinando alle sue spalle. Voltò la testa senza girarsi del tutto, e la vide. Impiegò qualche secondo a riconoscerla. Si girò del tutto, per averla di fronte. Sorridente, talmente coperta da lasciare in vista solo gli occhi e un pezzo di naso. Le mani guantate reggevano due mazzolini di fiori.

«Che sorpresa!» disse lei con voce gentile. «È l'ultimo posto al mondo in cui pensavo di incontrarti.»

«Ciao, Hanna. Come stai?»

«Sopravvivo. È tutto quello che posso dire.»

«Allora siamo in due», aggiunse Daniel.

«Ieri sera mi ha chiamato Bettina, dicendomi che eri a Berlino.» Hanna fece un gesto verso la tomba. «Non avrei mai pensato che saresti venuto alla sua tomba.» Mentre parlava, si avvicinò alla lapide di Klaus, tolse i fiori congelati e depositò sul marmo uno dei mazzi che aveva in mano. «Tua sorella non lo ha fatto. Dopo tutto questo tempo continua a odiarlo.»

«Ma tu mi hai cercato qui.»

«No. Non sono venuta a cercarti. Vengo qui tutti i giorni, prima di andare a lavorare. Mi consola vederlo, lei e loro.» Si abbassò sulla tomba attigua e con la mano guantata tolse la neve e un altro mazzo rovinato dal freddo, scoprendo tre nomi con le date di nascita e di morte. Mise i fiori freschi sulla pietra, accarezzò uno dei nomi incisi sul freddo marmo e poi si alzò con lo sguardo fisso sulla tomba appena scoperta. «Prima la mia piccola Jessie, poi mia figlia Klara, a febbraio sarà un anno; e due mesi dopo mio marito.»

«Mi dispiace.»

Hanna si voltò verso di lui e Daniel poté vedere la tristezza nascosta dietro la sciarpa: aveva gli occhi in fiamme per un pianto prolungato nel tempo, la pelle di pergamena, le labbra solcate, secche, scolorite.

«Il fatto che tu sia qui dice molto di te, con tutto il male che ti ha fatto...» mormorò Hanna.

«È stato solo un gesto, per assicurarmi che fosse morto davvero. Non significa che non credessi alla tua versione. Ma con gli anni si diventa sospettosi di fronte alle cose che non si sono verificate di persona. In più, gli devo la vita di mia figlia, ed è una ragione sufficiente per fargli visita, una forma di ringraziamento.»

«Continuo a pensare che dica molto di te.»

In quel momento ricominciò a nevicare. Hanna guardò il cielo, abbassando le palpebre per proteggersi dai primi fiocchi. Fu scossa da un brivido.

«Si gela. Ho tempo per un caffè caldo, te lo offro.» Si incamminarono e lei si aggrappò al suo braccio, intirizzita. «Sembri immune al freddo.»

«La reclusione ha qualche vantaggio.»

Uscirono dal cimitero e si infilarono in un caffè con pochissimi clienti. Arrivò il cameriere, a cui ordinarono due caffè caldissimi. Quando si tolse lo spesso giaccone, Daniel vide con stupore che indossava una tuta da lavoro grigio scuro. Lei se ne accorse e commentò: «Non mi dona, ma protegge dal freddo e dalla polvere».

Daniel sorrise. Hanna prese un pacchetto di sigarette e glielo porse, ma lui rifiutò con un gesto.

«Grazie, ho smesso da tempo.»

Lei guardò il pacchetto e lo rimise via.

«Dovrei farlo anche io.»

Attesero in silenzio che il cameriere portasse i caffè.

«Posso domandarti che cos'è successo a tua figlia?» chiese Daniel con prudenza, quando furono rimasti soli. «Ricordo che aveva l'età di Beatriz. Troppo giovane per morire.»

L'amarezza sul volto di Hanna lo commosse.

«Che cosa le è successo?» ripeté, assorta. «Quello che è successo a molti giovani di questo Paese che si sta sciogliendo come una zolletta di zucchero in un caffè caldo: voleva essere libera... e ha trovato la morte. Usciva con un ragazzo da un po' di tempo, era molto felice. Stava per finire Medicina, voleva fare la chirurga. Qualche giorno prima l'avevo sorpresa vicino alla porta socchiusa dell'ufficio di mio marito, mentre ascoltava una conversazione del padre con un capo del ministero. Si è defilata, senza darmi spiegazioni. Non ho dato troppa importanza alla cosa, ma mi sembrava strana, non so; adesso, dopo tutto quello che è accaduto, posso pensare che stava tramando qualcosa, ma allora no; la memoria è traditrice. Un pomeriggio mi ha detto che sarebbe uscita con il suo ragazzo, di non aspettarla sveglia perché sarebbe rientrata tardi. Mi ha abbracciato...» Rabbrividì come se avesse ricevuto una scossa elettrica. «Dio mio... è stato il suo ultimo abbraccio...» I suoi occhi si arrossarono e si riempirono di lacrime, ma resistette, ingoiò il pianto e continuò a parlare, con voce tremante. «Non lo faceva mai, non era avvezza a baci e carezze, non le piacevano; avrei dovuto capire che stava progettando qualcosa, ma non ho fatto niente, l'ho lasciata andare...» Muoveva la testa leggermente, con espressione addolorata e la voce rotta. «Non è più tornata. Ci hanno avvisato la mattina dopo. Lei e il suo ragazzo sono penetrati nella zona di sicurezza, vicino al confine di Chausseestrasse, e non so come sono riusciti a raggiungere il Muro. Qualcuno li aspettava dall'altra parte per aiutarli; avevano srotolato una scaletta perché si arrampicassero. Il ragazzo ci è riuscito. È venuto a trovarmi due giorni dopo la caduta del Muro. Era distrutto. Mi ha raccontato che lui era salito davanti, che si era messo a cavalcioni del Muro; lei lo seguiva e quando stava per scavalcare, sono partite le sirene e si è acceso uno di quei fari, che li ha illuminati, rivelando la loro presenza. Qualcuno ha sparato, e lei è caduta a terra.» Rimase zitta per un istante, angosciata dal ricordo. «Anche se era ferita, ha tentato di risalire, ma le mancavano le forze... Povero ragazzo... Non ha potuto fare niente... È riuscito ad afferrarle la mano, ma non era abbastanza forte», continuò, immersa nella sofferenza della scena immaginata così tante volte. «Non è riuscito a salvarla... Quelli che lo aiutavano l'hanno obbligato a passare dall'altra parte, perché continuavano a sparare; è stato ferito a una gamba.» Tacque per qualche secondo e appoggiò la testa su una mano, tirandosi i capelli. «Il proiettile non l'avrebbe uccisa, se l'avessero soccorsa subito, ma...» Aveva il volto devastato, le tremava la voce. «Nessuno è venuto a salvarla. L'hanno lasciata lì per più di un'ora, a cinque gradi sotto zero, a dissanguarsi... Urlava di dolore, chiedeva aiuto... Il ragazzo mi ha detto che la sua voce si è andata spegnendo, e che non la smetteva di chiamarmi, mamma... mamma... finché è sceso il silenzio.» Le si ruppe la voce e cedette al pianto, ma continuò a parlare. «La mia bambina, la mia povera bambina, continuo a pensare alla sua morte orribile, da sola, nel cuore della notte, congelata, con la vita che la lasciava lentamente. Che tristezza...» Si nascose la faccia tra le mani, singhiozzando in silenzio. Daniel la guardava senza dire niente, condividendo l'emozione, prostrato di fronte a tutto quel dolore inutile. Hanna si passò la mano sulla faccia, come per cancellare le lacrime; prese fiato e lo guardò. «L'hanno lasciata morire sola come un cane. Il Paese per il quale lavorava suo padre, servendolo degnamente e sostenendolo, l'ha lasciata morire da sola in quella terra di nessuno. Il ragazzo mi ha raccontato che mia figlia aveva sentito mio marito che parlava dell'ordine di non sparare a chi cercava di fuggire. Per questo ci avevano provato, convinti di riuscirci. Secondo lui, era tutto sotto controllo. Se l'ordine fosse stato seguito, mia figlia sarebbe viva, ma c'è chi fatica ad abbandonare le abitudini cruente oramai interiorizzate. Da quel momento, la disgrazia si è abbattuta sulla nostra casa. Siamo stati costretti a seppellirla quasi di nascosto, e siamo diventati individui sospetti. Ci hanno interrogato per ore, tutti: me, mio marito, e anche gli altri nostri due figli, quello piccolo ha solo diciassette anni. È stato terribile.» Corrugò le sopracciglia, addolorata. «È difficile da raccontare. Mio marito è stato allontanato da tutti gli incarichi, ci hanno tolto tutto, la casa, i mobili... Tutto. Siamo stati costretti a rifugiarci da mia madre. Secondo la versione ufficiale, la sua morte è ascrivibile a uno sfortunato incidente. È assurdo, perché mio marito ha dovuto firmare decine di pratiche su morti avvenute in circostanze simili, con la medesima formula. Non ha retto. Si è sparato il giorno in cui avremmo dovuto abbandonare la casa.» Bevve un sorso di caffè, senza guardare Daniel. «Ecco che cos'è successo. Adesso mi guadagno da vivere in una fabbrica di legname. Ai miei figli è stata tolta la borsa di studio. Sono stati costretti a lavorare, hanno distribuito propaganda fino a un mese fa. Adesso pare che potranno tornare a lezione, ma hanno perso quest'anno e quello precedente, e soprattutto faticheranno a superare l'orrore che hanno vissuto durante gli interrogatori.» Lo guardò con un sorriso di circostanza. «Questa è la mia storia. E tu? Che cosa ci fai in questo posto pieno di ricordi spiacevoli? Non pensavo di rivederti da queste parti.»

Daniel prese fiato, come se tornasse a galla dopo una lunga immersione. Era scosso dalla storia.

«Ho visto in televisione la caduta del Muro e...» Si strinse nelle spalle. «Non so, da allora ho avvertito il bisogno impellente di tornare. Non so ancora perché. Mia madre sta morendo, mia sorella mi odia, pur non conoscendomi...»

«Raccontami qualcosa di te. Come è stato il ritorno da tua moglie e dalle tue figlie? Come hanno reagito?»

Daniel acconsentì con un lieve cenno del capo, riflettendo. Bevve il caffè che cominciava a raffreddarsi.

«Non è stato facile... Per nessuna di loro. Si consideravano vedova e orfane, e il cervello fatica a modificare una percezione del genere, non è preparato. Riconosco che ci hanno provato, soprattutto Sofía; le mie figlie ormai hanno la loro vita, e non c'è spazio per me. Ma Sofía...» La guardò, sperduto. «Klaus ha lasciato una traccia che non sono riuscito a cancellare. Non mi resta niente, Hanna. Sofía ha sopportato il più possibile. Ha fatto molto, in questi quattro anni. Non posso chiederle di più. Non sarebbe giusto.»

«Ma non è giusto neppure per te. Non è stata colpa tua.»

«Sono passati molti anni, troppi. Siamo cambiati entrambi, e Klaus è stato fondamentale per lei, in tutti i sensi.»

«Ho letto di lei», disse Hanna, sorridendo. «Ti sei scelto una donna molto intelligente.»

«È vero, una donna intelligente, straordinaria.» Inspirò e si scostò, come per prendere le distanze. «Se non fosse comparso Klaus, sarebbe rimasta relegata al ruolo di casalinga». Con lo sguardo perso nel nulla. «Non la merito. L'amore per compassione ha un sapore amaro.»

Hanna guardò l'orologio.

«Devo andare a lavorare. Ci vediamo più tardi, hai tempo?»

Daniel sorrise e si strinse nelle spalle.

«Ho tutto il tempo del mondo.»

«Mia madre e i miei figli saranno a Bonn per tutta la settimana, da una zia che non vedevano da dieci anni. Ho un *Eisbein* di maiale e una torta di carote da leccarsi le dita. Ceniamo insieme, e ti sfido a scacchi.»

«Non gioco dall'ultima volta che ti ho battuto.»

«Allora mi prenderò la rivincita.»

4

Alle cinque e cinque arrivò davanti al portone di Grunerstrasse. Dopo l'incontro con Hanna, Daniel aveva deciso di tornare in albergo. Era stanchissimo e si buttò sul letto. Dormì per cinque ore filate. Si svegliò lucido. Aveva il tempo di recarsi all'appuntamento a piedi.

Era quasi buio e la strada era coperta di brina gelata. Non nevicava, ma il freddo era intenso. Il portone era buio e odorava di umido. Le pareti opache, la vernice scrostata e le piastrelle scolorite nella zona di passaggio conferivano all'androne un aspetto povero e trascurato, seppure molto pulito. L'ascensore aveva un cartello appeso alla porta: ES FUNKTIONIERT NICHT. Daniel non ne fu stupito. Si apprestò a salire le scale. Doveva arrivare all'ottavo piano, e se la prese con calma. Incrociò diversi bambini che scendevano di corsa, ridendo e gridando. Fu superato da un giovane che saliva molto più rapidamente di lui, con più energia. Quando arrivò al pianerottolo dell'appartamento di Hanna, il cuore gli batteva forte nel petto. Respirò per riprendere fiato e raggiunse la porta E. Suonò il campanello e attese. Aveva una bottiglia di vino in mano, comprata per strada. Dopo pochi secondi la porta si aprì. Hanna aveva i capelli raccolti in una coda alta, indossava una camicia a quadri fuori dai jeans: niente a che vedere con l'abbigliamento del mattino.

Quando lo vide, la sua espressione si aprì in un sorriso soddisfatto.

«Quel berretto ti sta bene. I cappelli donavano anche a Klaus, ma lui preferiva i borsalino.»

Daniel si tolse il berretto e lo osservò, come se lo esaminasse.

«L'ho comprato a una bancherella di Berlino Ovest, il giorno in cui ho riavuto la libertà. Vicino al Checkpoint Charlie, con i tuoi soldi.» La guardò negli occhi e sorrise.

Lei si spostò per farlo accomodare.

«Entra», lo invitò. «Hai avuto problemi a trovare la via?»

«No», rispose Daniel, entrando nel piccolo ingresso. «Me la cavo bene. Le tue lezioni di tedesco hanno dato i loro frutti. Ho anche insegnato a un gruppo di adolescenti, ma non credo che abbiano imparato molto.»

«Non sminuirti, imparare il tedesco non è facile, e meno che mai nelle condizioni in cui eri. Sei portato per le lingue, come Klaus. In questo e in molte altre cose siete identici.»

«Continui a parlarne al presente.»

Lei scoppiò a ridere.

«Hai ragione, mi dispiace. Ma, quando ti vedo, rivedo lui.» Alzò le sopracciglia, senza smettere di guardarlo, come se scrutasse il suo volto in cerca dei lineamenti di Klaus. «Anche se lui non si è mai fatto crescere la barba, che io sappia.»

Daniel le porse la bottiglia.

«È per te. Non so che cosa ho comprato, ma troppo cattivo non sarà: mi è costato una fortuna.»

Hanna prese la bottiglia e lesse l'etichetta.

«È buono. Lo berremo a cena.»

Daniel lasciò il berretto su un ripiano, si tolse il cappotto e lo appese a un attaccapanni, accanto al giaccone che indossava Hanna la mattina. In sottofondo si sentiva una musica piacevole. Hanna gli fece strada nell'angusto corridoio, fino a raggiungere un soggiorno non molto grande, con mobili che ricordavano gli anni Sessanta a Madrid, la tappezzeria con un motivo geometrico sul marrone. Un divano a due posti con il rivestimento consumato, un tavolino basso di fronte, un altro, più piccolo, su un lato, con il telefono; un vecchio televisore e sul comò, un giradischi con il vinile che girava; una libreria con alcuni volumi, qualche oggetto decorativo, statuette e piatti di poco valore, oltre a varie foto di famiglia. Si soffermò su un'immagine che ritraeva Klaus e Hanna con una bambina bionda e riccia in braccio, tutti sorridenti e felici. Daniel prese la foto e la guardò. Udì la voce flebile di Hanna alle sue spalle.

«È l'ultima foto che ci siamo fatti insieme, pochi giorni prima di quel maledetto tentativo di fuga.»

«È incredibile quanto si somiglino...» commentò Daniel, senza smettere di guardare la foto. «È uguale a Beatriz.»

Hanna non disse niente, aprì un cassetto e tirò fuori una foto coperta di macchie scure, che ritraeva una bambina della stessa età. Gliela mostrò.

«È tua figlia. Klaus l'aveva con sé quando è morto.»

«L'ho scattata io», disse Daniel, rallegrato dal ricordo.

«Se non fossi la madre di Jessie, direi che sono gemelle.»

Hanna rimise la foto nel cassetto e lo richiuse. Appoggiò la bottiglia sul tavolo, prese i bicchieri e si voltò, cercando di mascherare l'emozione per ciò che avrebbe potuto essere e non era stato.

«Porto due calici», disse uscendo dalla stanza. «Mettiti comodo, la carne si sta scaldando e sarà pronta tra poco.»

Daniel rimise la cornice sullo scaffale e continuò a guardarsi intorno. Un tavolo rettangolare occupava gran parte dello spazio con quattro sedie, la tovaglia, i piatti, le posate e i calici per due. Si sentì un po' imbarazzato, non sapeva che fare.

Quando Hanna tornò, aveva due calici in mano e un cavatappi. Stappò la bottiglia e versò il vino. Gli porse un bicchiere e bevve dal proprio.

«Qui non si usa brindare?» domandò Daniel.

«Non ho niente da festeggiare...» Tacque, corrugò le sopracciglia e lo guardò. «Anzi, in realtà, potrei festeggiare perché ti ho rivisto.» Sollevò il bicchiere. «Brindo a te.»

«E io a te», aggiunse, facendo tintinnare il vetro sottile. Bevve un sorso. Suonava l'*Aria della Suite n. 3* di Bach. «Hai ottimi gusti in fatto di musica, complimenti.»

«Non è merito mio. Mia madre era appassionata di Bach e di Beethoven. La musica era la sua vita. Suonava il pianoforte, dava lezioni al conservatorio.» Distolse lo sguardo, portandolo sul contenuto del bicchiere. Fece una smorfia disgustata. «Ma una lesione alla mano l'ha costretta a smettere.»

«Che peccato», aggiunse Daniel. «Per un musicista non poter interpretare dev'essere un dramma.»

Lei abbassò gli occhi e annuì.

«Quando mi hanno arrestata per il tentativo di fuga con Klaus, l'hanno interrogata per ore; un poliziotto l'ha strattonata mentre la trasferiva, e le ha rotto il polso. Si sono giustificati dicendo che opponeva resistenza, ma chi non ne opponeva? L'hanno portata in ospedale troppo tardi, e la frattura si è complicata. Non ha più potuto suonare. Finché non è andata in pensione, ha dato lezioni di solfeggio e di storia della musica.»

«Sembra una maledizione.»

Hanna lo guardò, prostrata.

«Alcune persone sono abbonate alla disgrazia.»

Daniel fece una smorfia e bevve, per ingoiare l'amarezza che gli bruciava la gola. Poco dopo aggiunse: «Di certo questa musica riconcilia lo spirito.»

«Mia madre dice sempre che la musica apre il cuore e rimargina le ferite.»

Daniel assentì, ripensando alle parole che aveva appena udito insieme agli accordi di Bach. «Magari fosse vero.»

Hanna si avvicinò alla pila dei dischi.

«Ho una cosa per te.» Prese un singolo e glielo mostrò. «Questo disco me l'ha dato tua sorella. Mi ha detto che qualcuno gliel'ha regalato la sera che è caduto il Muro, mentre camminavano per le strade di Berlino Ovest. È di un cantante spagnolo, e ha un titolo evocativo, *Libre*. Il testo è un omaggio alla prima vittima della zona della morte.» Fece una smorfia senza smettere di guardare la copertina del disco. «La storia raccontata è molto simile a quella di mia figlia...» Parlò con così tanto dolore che Daniel si commosse.

Con il singolo in mano, annuì.

«L'ho sentito. Nino Bravo era famoso, anche dopo il suo sfortunato incidente automobilistico. È morto nel 1973.»

«Te lo regalo.»

«No», rifiutò con decisione Daniel, posando il disco sul tavolo. «Mia sorella aveva ragione, la storia appartiene a te.»

Lei sospirò e non disse niente.

Si sedettero per cenare. Parlarono delle difficoltà di Daniel nella sua nuova vita, del rapporto con le figlie, con il suo ambiente. Raccontò ad Hanna che finanziava fughe da ogni punto del Paese: in tutto erano centocinquanta le persone che erano passate dall'altra parte e si erano rifatte una vita grazie al suo contributo.

«Volevo farti uscire insieme ai tuoi figli, come mi avevi chiesto, ma tuo marito era un ostacolo più grande del Muro. Mi dispiace.»

Lei sorrise e gli accarezzò la guancia, con un gesto tra la tenerezza e la gratitudine.

«Stavamo per farcela», aggiunse. «Ma hanno arrestato il nostro uomo prima che arrivasse a te.»

Hanna lo guardò, commossa. Il solo fatto di immaginare il suo tentativo le suscitò una profonda e triste gratitudine.

«Grazie comunque», mormorò.

«Mi dispiace», ripeté Daniel, come se si sentisse in debito con lei.

«Non dispiacerti. È il prezzo che ho pagato per essermi sposata con un uomo come lui. Per riavere mia figlia Jessie, mi sono incatenata definitivamente a questo Paese e al suo sistema machiavellico. Non chiedermi se sono pentita, perché non saprei come risponderti. Mi rimangono i miei due figli. Vivo per loro.»

Mangiarono lo stinco di maiale in silenzio. Lei lo osservava incantata.

«Ti guardo e vedo Klaus», disse, con un placido sorriso. «È incredibile quanto vi somigliate. Siete due gocce d'acqua.»

Daniel cercava di evitare il paragone continuo con il gemello. Durante le visite in prigione, Hanna non l'aveva mai nominato, perché avrebbe riaperto la ferita ancora aperta del tradimento. Ma sembrava che vedendolo davanti alla tomba di suo fratello, il patto tacito del silenzio su Klaus si fosse sciolto, quasi fosse arrivata alla conclusione che Daniel avesse superato il dolore provocato dal suo ricordo.

«È come se lo rivedessi...» insistette, compiaciuta. «Siete così uguali...»

«Siamo molto diversi», puntualizzò Daniel, infastidito. «Io non sarei mai stato capace di fare quello che ha fatto lui, mai.»

Hanna si rese conto di avere esagerato.

«Mi dispiace... Non avrei dovuto...»

«Non importa», la interruppe Daniel. «Scusami tu.» Dopo un momento di silenzio imbarazzato, cambiò argomento; non voleva approfondire la questione di Klaus e le conseguenze della sua presenza nella loro vita. «Tu sei laureata in Fisica, mi sembra di ricordare che avevi lavorato in un'azienda farmaceutica. Non hai pensato di impiegarti nel tuo campo? Adesso, con la caduta del

Muro, le cose saranno cambiate in meglio, e magari cercano gente qualificata.»

«Non sono più qualificata da tempo. In più la caduta del Muro sta aumentando la disoccupazione all'Est: troppi funzionari, troppo lavoro sovvenzionato. Siamo diventati cittadini di serie B. La Germania Ovest e il capitalismo si stanno espandendo e noi siamo un po' spiazzati. Dopo i primi giorni di euforia, abbiamo capito quanto sarà complicata la riunificazione, per sentirci tutti tedeschi, senza dover specificare le zone o i sistemi politici del passato. Sono trascorsi troppi anni. Alla mia età, nella mia situazione, non mi aspetto un grande futuro. Spero solo di non restare disoccupata fino a quando i miei figli non potranno cavarsela da soli. Con la pensione di mia madre e questi prezzi alle stelle, non sapremmo come fare.»

«Ho dei soldi, posso aiutarti.»

Lei lo guardò e rifiutò: «No, Daniel, non servirebbe a niente. Ma ti ringrazio».

«Almeno lascia che ti restituisca il denaro che mi hai prestato.»

Gli occhi di Hanna si posarono sullo scaffale, dove c'era una scacchiera.

«Facciamo una partita?»

«Sì. Ma non gioco da un sacco di tempo.»

«Certe cose non si dimenticano.»

Si sedettero sul divano, con la scacchiera in mezzo. Sistemarono i pezzi e giocarono per un'ora, quasi senza parlare, concentrati sulle strategie di gioco. Ogni tanto Hanna si alzava per cambiare disco.

Alla ventesima mossa, Hanna mosse l'alfiere in H7.

«Scacco matto», disse, piena di orgoglio.

Daniel portò indietro la testa e chiuse gli occhi, arrendendosi alla sconfitta.

«Te l'ho detto che ero fuori allenamento.»

«Vuoi la rivincita?»

«No, devo andare. Tu domani ti alzi presto e non voglio rubarti ore di sonno.»

«Mi piace averti qui. Non mi sentivo così bene da anni.»

Daniel la guardò. Non aveva mai guardato Hanna con desiderio: era sempre stata una figura sacra, immune a ogni appetito carnale, il suo angelo protettore. Ma in una situazione così diversa da quelle cui era abituato, sapendo che il suo equilibrio mentale non dipendeva da lei come durante il soggiorno in carcere, vide la donna, niente altro.

Come se gli avesse letto nel pensiero, Hanna si avvicinò e lo baciò sulle labbra; un bacio dolce, lieve, non troppo lungo, cauto, come se volesse sondare il terreno. Per qualche secondo Daniel non lo ricambiò, rimase impassibile, con gli occhi aperti, sentendo il calore delle labbra. Ma alla fine non poté resistere, e aprì la bocca. Chiuse gli occhi e la baciò con passione. Lei si abbandonò senza remore. I loro corpi si schiusero all'altro. I pezzi degli scacchi rotolarono a terra, il disco finì e il vinile continuò a girare, muto, con un rumore monotono. Fu un rapporto veloce, goffo, puramente fisico, un modo di sfogare il desiderio scatenato dall'eccesso di alcol. Alla fine Daniel si liberò dall'abbraccio di Hanna e si mise seduto, con il respiro accelerato. Si alzò e si tirò su i pantaloni. Si abbottonò la camicia, guardandola con ritrosia.

«Mi dispiace», disse. «Non sarebbe dovuto succedere.»

Hanna si alzò e si mise il reggiseno.

«Be', a me non dispiace.»

Daniel osservò la sua espressione soddisfatta, il suo sorriso pieno di gratitudine.

«Devo andare.»

«Non andartene.» Hanna si alzò, tirandosi su le mutande in fretta e furia. Gli occhi supplichevoli, grondanti di aspettativa. «Siamo tutti e due soli... Non andartene.»

Daniel finì di vestirsi. Si infilò la giacca, la guardò per un secondo e uscì nel corridoio. Quando fu davanti alla porta, si fermò sentendo la sua voce. Lei lo raggiunse.

«Rimani, rimani con me, ti supplico. Mi spaventa stare sola. Rimani...» I suoi occhi divennero umidi e il mento cominciò a tremare.

«Non farmi questo, Hanna, non puoi farmi questo...»

Proseguì fino all'ingresso. Lei lo seguì. Daniel prese il cappotto e mentre se lo infilava si voltò. Lo smarrimento di Hanna gli straziò l'anima. Si avvicinò e le accarezzò la guancia bagnata dalle lacrime che sgorgavano dai suoi occhi.

«Non piangere, per favore. Hanna, non piangere.»

«Resta...»

Daniel abbassò lo sguardo, gettò la testa indietro, cercando di placare la sensazione straziante di angoscia che gli toglieva il fiato. Rifiutò con un cenno.

«Non hai fatto l'amore con me, Hanna: nella tua mente stringevi Klaus.» La guardava con gli occhi pieni di tormento. Si portò la mano al petto, come se faticasse a respirare. L'espressione piena di amarezza mise all'erta Hanna. Distolse lo sguardo, cercando di spiegare a parole ciò che sentiva. «Oltre ad avere usurpato la mia vita, mio fratello Klaus mi ha rubato l'anima.»

5

SCESE le scale di corsa, per non sentire più la voce di Hanna, la sua supplica. Perché no, pensava, perché non restare tra le sue braccia, al posto del fratello? Perché non rubargli la donna della sua vita, come Klaus aveva fatto con lui? Quando fu in strada, camminò nell'aria fredda e umida della notte fino a raggiungere Burgstrasse. I suoi pensieri erano confusi, distorti, si sentiva perso. Gli sembrava di essersi smarrito in un labirinto dal quale non sarebbe uscito indenne.

Camminò a passo lento, costeggiando i canali silenziosi dello Spree. Arrivò al ponte Weidendammer. Si fermò al centro, appoggiato alla ringhiera di ferro; i suoi occhi si posarono sul corso d'acqua, osservando la corrente che scivolava quasi senza rumore, inesorabilmente lenta, silenziosa, oscura; era estasiato dal suo incanto misterioso. Si domandò quanto fosse profondo, se fosse troppo freddo, al punto di provocare una morte rapida. Nessuno lo aspettava: la supplica di Hanna non contava, perché lei aveva bisogno di sostituire Klaus e lui non poteva e non voleva farlo. All'improvviso ebbe le vertigini. Aggrappato alla gelida ringhiera di ferro si protese leggermente in avanti e chiuse gli occhi. Per qualche secondo smise di pensare, svuotando la mente, attento solo al flusso lento della sua coscienza.

Una mano sulla spalla lo distolse dal suo rapimento.

«*Freund, bist du in Ordnung?*»

La parola «amico» lo riportò alla realtà. Daniel guardò stordito la persona che gli aveva parlato, annuì e rispose con gratitudine che stava bene. Quando l'uomo si fu accertato che Daniel avesse recuperato l'equilibrio, si allontanò verso la stazione della metropolitana di Friedrichstrasse, voltandosi ogni tanto per assicurarsi che Daniel stesse davvero bene e che non stesse per commettere una follia.

Daniel si avviò dietro il suo salvatore. Arrivò all'albergo stanco, molto stanco. Aveva mal di testa e le tempie che pulsavano forte. Si buttò sul letto e chiuse gli occhi, ma non riuscì a dormire. L'immagine implorante di Hanna era come il batacchio di una campana che tintinnava nella sua mente. Si domandò da che cosa l'avesse salvato e soprattutto perché. Sarebbe stato meglio essere morto come suo fratello, non pensare, smettere di vivere una vita rubata, tradita, usurpata.

Era quasi l'alba quando sprofondò in un sonno agitato. Fu svegliato da alcuni colpi alla porta: era la cameriera che voleva pulire la stanza. Daniel si scusò e le chiese mezz'ora di tempo. Si fece la doccia e si vestì. Quando uscì, fu abbagliato dal tiepido sole invernale.

Non sapeva che cosa fare e dove andare. Si mise a camminare e raggiunse l'ingresso del cimitero. Vista l'ora, sapeva che non avrebbe incontrato Hanna durante la visita quotidiana per portare fiori ai morti. Andò verso la tomba a passo deciso, perché conosceva la strada. Quando la raggiunse, si stupì. Sulla tomba delle figlie e del marito di Hanna c'erano dei fiori freschi, un mazzo grande e colorato; il marmo grigio della lapide era pulito, senza lo strato di neve gelata che copriva la maggior parte delle sepolture, compresa quella di Klaus. I fiori che Hanna aveva messo il giorno prima sulla sua lapide giacevano di fianco al tumulo, strappati alla memoria del morto. Daniel alzò il mazzo ormai appassito e lo ributtò a terra.

«Addio, Klaus, per sempre.»

Si girò e tornò verso la città.

Si sentiva meglio, più leggero, come se si fosse liberato di una stretta mortale che lo stava soffocando. Non sapeva che fare della sua vita, ma non voleva pensarci, almeno per il momento.

Imboccò il viale Unter den Linden, con la Porta di Brandeburgo sullo sfondo, il Muro ancora in piedi. In Pariser Platz sembrava che il tempo si fosse fermato. Intorno a lui solo edifici diroccati, abbandono e desolazione accumulata per anni. Tra i passanti che attraversavano il Muro da Ovest, notò una donna. Camminava lentamente sotto l'arco centrale della porta solenne, osservando tutto, come una turista che scopre una città nuova. Si soffermò a osservarla: il suo modo di camminare gli era noto. Ebbe un tuffo al cuore e trattenne il respiro.

Il cappotto blu, gli stivali alti e il basco rosso che le nascondeva i capelli. Portava gli occhiali da sole, ma Daniel non ebbe dubbi.

Rimase fermo in mezzo a Pariser Platz, a guardarla. Le sue labbra premevano per aprirsi e pronunciare il suo nome. Lei lo vide e si fermò a sua volta per un istante; quando si accorse di essere stato riconosciuto, Daniel si avviò lentamente verso di lei. Procedeva a rilento, senza smettere di contemplare la sua immagine che si avvicinava.

Si trovarono l'uno di fronte all'altra e si sorrisero, entrambi fermi, entrambi con le mani in tasca.

«Ti stavo cercando», disse lei, togliendosi gli occhiali da sole.

Daniel sorrise compiaciuto di fronte alla serenità riflessa nei suoi occhi.

«Sono venuto a seppellire un morto...» Si strinse nelle spalle con una smorfia sul volto. «Anche se è sepolto da tempo...»

«Anche io ne ho lasciato uno, sepolto per sempre a Madrid.»

«Allora...» disse senza osare continuare.

Dopo qualche istante di indecisione, proseguì con calma: «Non ci sono più morti tra noi...»

Una strana intimità pareva isolarli da tutto il resto. Lei abbassò gli occhi, poi si guardò intorno, come se cercasse qualcosa da dire, o un modo per esprimere ciò che desiderava. Alla fine alzò il volto e intuì l'aspettativa riflessa negli occhi avidi di lui.

«Ti ho già perso troppe volte, e non voglio... Non posso perderti di nuovo.»

Daniel rimase in silenzio per qualche secondo, senza smettere di guardarla, sentendo il cuore che palpitava.

«Sofía, se me lo permetti, rimarrò accanto a te finché non finirò sotto terra.»

Lei si avvicinò lentamente e gli posò la mano guantata sul cuore.

«Voglio che tu sappia che c'è solo un uomo nella mia vita... e sei tu, Daniel Sandoval. Amo te... Solo te...»

Poi lo guardò intensamente negli occhi. Lui la lasciava fare, guardare, toccare. Senza dire nulla, Sofía lo abbracciò, rifugiandosi contro il suo petto. Daniel l'accolse tra le braccia, e rimasero così per molto tempo, sotto il tiepido sole invernale, a sentire il cuore dell'altro che batteva.

Ringraziamenti

TUTTI i miei romanzi sono speciali, per me, ma questo lo è ancora di più, perché è stato un aiuto per percorrere a passo deciso le strade oscure che a volte, nella vita, ci si aprono davanti.

Ma è speciale anche per un altro motivo. Un personaggio del romanzo afferma che la musica apre il cuore e rimargina le ferite. Questo libro ha una colonna sonora, un regalo di mio figlio Javier, che sin da piccolissimo ha la musica nel sangue. Partendo da ciò che gli raccontavo mentre procedevo nella scrittura del romanzo, ha composto una colonna sonora che accompagnasse il lettore nella storia di Sofía. Vi assicuro che questa musica è un dono per i sensi. Si può trovare e ascoltare nelle piattaforme musicali con il titolo originale del romanzo, *La sospecha de Sofía*, o con il nome di mio figlio, Javier de Jorge.

I miei ringraziamenti più sinceri e sentiti a Palmira Márquez, la mia agente, che ha nuovamente confidato in me, sprizzando entusiasmo e fiducia.

Quando si ha a che fare con i migliori, il lavoro è molto gratificante, come nel caso della mia editor, Puri Plaza; non so come esprimere la mia gratitudine per la sua abilità, la sua sensibilità e l'enorme pazienza nell'estrarre ciò che si nasconde dentro di me sui personaggi e sulle loro storie.

Sono molto grata a Luz Sanz, Victoria Álvarez e Carmen Navarro, farmaciste, che mi hanno aiutato a comprendere alcuni aspetti della ricerca scientifica.

La mia profonda gratitudine va a Luis del Peso, Amparo Cano

e Benilde Jiménez, tutti scienziati dell'Instituto de Investigaciones Biomédicas Alberto Sols (UAM-CSIC), per avermi concesso il loro tempo e per aver provato a illustrare a me, donna di lettere, il mondo complicato e appassionante della biologia molecolare. E, naturalmente, grazie a Eva García Perea, per avermi offerto l'occasione di conoscere persone preparate e interessanti.

Una menzione speciale di gratitudine va alla dottoressa Margarita Salas, che è diventata un mio punto di riferimento come persona e come professionista, squisita nella sua attenzione, nel suo interesse, nella sua gentilezza e nella sua preparazione. Le donne come lei sono imprescindibili per il progresso della nostra società.

Grazie ai miei figli, Manuel e Javier, per avermi indicato la strada della vita, e alle mie nuore, Luisa Marco e Leticia Porras, che la percorrono al loro fianco.

La mia gratitudine a Manuel de Jorge, mio marito, il mio compagno di vita, perché se non lo avessi accanto, niente di tutto questo sarebbe possibile.

Madrid, 7 febbraio 2019

Finito di stampare presso Grafica Veneta S.p.A.
Via Malcanton, 2 – Trebaseleghe (PD)
Printed in Italy

Prova d'acquisto
978-88-200-6917